Greek Tragedy and
καλὸς θάνατος

ギリシア悲劇と「美しい死」

吉武純夫 著

名古屋大学出版会

まえがき

川端康成の随筆集に三島由紀夫への追悼文がある。三島は一九七〇年一一月二五日に憂国の念から市ヶ谷の自衛隊総監部に乗り込んでクーデターを狙うが失敗し割腹自殺を遂げた。川端は文中で、その日彼の抱いた驚きと悲しみを静かに記し、夜半に盟友である舟橋聖一が電話をかけてきてくれたのはありがたかったと述べている。舟橋は悲しみを訴え、三島の死を「憤りの死」、「美しい死」と言ったという。彼らは友の死をそのように捉えて自分たちへの説明を試みたのであろう。一つ目の言葉は明らかに彼の死の解釈であるが、二つ目は彼の死に対する感懐と言うべきか。「美しい死」とは印象深い評価であるが、舟橋は、かの死が生前に三島の思い描いていた「美しい死」に合致するものだったと言おうとしたのに違いない。

三島は一九六七年の「美しい死」というエッセイで、「古代ギリシア人の理想は、美しく生き、美しく死ぬことであった」と切り出し、「少なくとも、自分の仕事に誠実に生き、又、国や民族のためにはいさぎよく命を捨てる、といふのは美しい生き方であり死に方である」と述べている。(1) もっと明快なのは、「一か八かといふときには、戦って死ぬか、自刃するか」したならば、「そのとき、はじめて人間は美しく死ぬことができ」るというメッセージである。より気合をこめて書かれたと思われる一九六八年の『太陽と鉄』でも、男が「美と関わる」のは「壮烈な死によってだけ」であるとし、「特攻隊の美」をその典型として挙げている。(2)「美しい死」が成立する条件は、「名誉の観念」と「死にゆく状況の悲劇性」と「死にゆく肉体の美」であると言う。そしてそこでも、古代ギリシア人は「ひたすら美しく生き美しく死ぬことを願った」と付言している。

三島のこれらの記述には、ギリシア人が「カロス」(後述)と評した死への洞察も含まれているが、[3]これらのすべてがギリシア人の願ったことと解するとしたら誤りである。ここには、忠義やいさぎよさをよしとする「日本的」伝統や『葉隠』的なもの(「死に狂い」)への彼の共鳴、そして三島独自の美意識が色濃く出ている。特に、戦死と自刃を同列に並べているのは、ギリシア人のではなくて三島の「美しい死」だと言わねばならない。[4]

川端が「美しい死」とは何なのかをひとことも言わないのは、三島の議論を踏まえずとも舟橋の言葉はある程度了解されるという見通しがあるからだろう。クーデターも含めて三島の取った行動への賛否は別として、美意識に満ちていた彼が何かに躍起になり周到な準備をして命も顧みず最後まで突き進んだことを見て、たとえ呆れまじりにではあっても感銘を覚えたならば、やはりそれは美しいことであったと言わぬわけにはゆかないだろう、ということだ。要するに、感銘をもたらす死というほどの意味においてなら、舟橋のかの言葉は理解されうるのである。

それにもう一つ、美という言葉をじかに使わないにしても、戦死を散る花に喩えて散華と称する美意識が近代の日本にはあった。それは、散る桜花に美を感じるという美意識と、無に帰するとか己を無にするということをよしとする仏教的価値観との融合だろう。散華のような喩えは、ごまかしという意味で美化と呼ばれることもあるが、そのような喩えによらなくとも死と美が重なることがあるということは、多くの日本人にとって暗黙の了解事項である。[5]三島の死が美しいと言われれば、そうかと理解する筋道はすでに出来上がっているのである。

それにしても、三島のにせよ舟橋のにせよ、「美しい死」とはあまりに直截な修飾のしかたである。これほどあからさまな言葉で戦死を好ましきものと捉えるのは、西洋の流儀であったと言うべきかもしれない。近代のヨーロッパでよりよく知られていたのは、古代ローマの詩人ホラティウスの「祖国のために死ぬのは、甘美で端正なことだ」(dulce et decorum est pro patria mori :『カルミナ』第三巻二番一三行)という一節である。そこでは、祖国に命を捧げることがよしとされているだけのように見えるかもしれない。しかし、甘美や端正という言葉が示唆しているのは、それが自らすすんで望むに値するものだということである。その背後には、戦死を「カロス」という語で魅力あるものとして表現したギリシアからの伝統があった。そしてそこで肯定されていたのは、「祖国のために」のみならず「戦いながら死ぬ」ことである。三島が古代ギリシア人に帰していたのはこの伝統であり、これを正しく理解するには、日本的な感性からいったん離れるべきである。

このような話から出発したのにはもう一つ理由があって、それは本書のタイトルについて説明したいからでもある。タイトルに組み込んだ「美しい死」とは、まさに、前七世紀のギリシア詩人テュルタイオスが歌った「カロスなる死」のことを意図しているのだが、それに「美しい死」という言葉を充てるのにはためらいがあった。テュルタイオスの言ったのは、たしかに、美しい死ということだが、いきなり「美しい死」という日本語を出してしまうと、その意味するものが途方もなく広がってしまう恐れがある。美しいとされるあらゆる場合の死を、たとえば、三島の意図したそれまでをも思わせてしまうかもしれない。しかしテュルタイオスの「カロスなる死」は、第3章で詳しく説明するように、かなり明確なあるイメージをもってはっきりと規定された概念である。

ではそれを何と訳すのが一番よいかというと、やはり「美しい死」とするほかない[6]。それは、「美しい」が感覚的な表現の言葉であり、しかも（現代日本語においては）何か卓越し惹きつけるものがもたらす感動をそのままに伝える言葉だからである。

ついでに言うと、もとの「カロスなる死」という言葉にも、少し厄介な意味上の広がりがある。すなわち、死が、「美しい」とは違う意味でカロスと修飾される場合もいくらかある。詳しくは第5章で説明するが、「美しい死」ではなくてただの「よい死」あるいは「問題のない死」ということを表す場合である。「カロスなる死」というのは、そのような意味の幅を持ちうる言葉なのであり、「美しい死」という意味はその中の一部分なのである。

タイトルの中の「美しい死」という言葉には、以上の断り書きを付しておきたい。本書の中では、「美しい死」という表現は、序章と終章を除いてほとんど出てこない。カロスと修飾された死は、原則的に「カロスなる死」と表記する。特にテュルタイオスによって規定された意味でのそれは、第3章の末尾から「カロス・タナトス」と表すことになるが、上の事情を踏まえたうえでなら、それは「美しい死」と読みかえていただいてもかまわない。

本書の研究を始めるきっかけとなったのは、ギリシア悲劇の中に時々出てくるその「カロスなる死」についての疑問であった。具体的にはソポクレスの『アンティゴネ』で主人公が、禁じられた兄の埋葬を試みた場合に予想される、石打ち刑での死を自らカロスだと言いながらその決意を固めることに、強い感銘を覚えたからである。印象深いシーンだが研究者たちはほとんど関心を払ってこなかった。しかし、テュルタイオスの件の詩をそこに重ね合わせてみると、これまで説明されていなかったいろいろなものが、研究し尽くされた観のあるこの劇の中に見えてきた（詳しくは第6章を見られたい）。そしてまた、この観点からいろいろな悲劇を見直してみると、「カロスなる死」が『アンティゴネ』における意味とはまったく違う意味を表していると解すべき事例や、また二様にも三様にも解釈できる事例もあることが分かってきた。しかし注釈書はたいてい、ほとんど何も述べていないのである。この言葉の意味はまことに複雑であり、整理しがたいもののように見える。

「カロスなる死」の概念については、一九八〇年代にヴェルナンとロローが見るべき議論を残したが、それ以降はほとんど論考がなされておらず、それだけではまだまだ不十分に思えたので、私はこの概念について徹底的・総合的に調べてみることにした。とはいえ、その検討はなかなか大がかりとなる。テュルタイオス、その背景のホメロス、そして現実世界（特に前五世紀の歴史記述や弁論）での使用状況などを考え合わせなくてはならない。概念史を論ずることの難しさも痛感した。さまざまな方法論からの検討という意味では、私の議論は鉄壁にはほど遠いが、ともかくカロスという言葉の基本概念やギリシア人の死の捉え方などを概括し、一つにまとめて提示することを目指した。一筋の論理は見通せるはずである。とりわけ、基礎資料となるデータをまとめた付録A～Cには一定の価値があると自負している。注意を払いながらそれを分析していった結果、このように考えることもできるという、「カロスなる死」の一つの概念像がまとまった。それが本書の前半である。後半ではそれをもとに、五つの悲劇において死がカロスと言われていることの意義を考察した。

本書は全体としては、「カロスなる死」というものをこのように捉えるならば、それを問題にすえたいくつかの悲劇はこのようにも解することができるということを考え重ねたものである。古代ギリシア人の「カロスなる死」という表現がどういう意味の幅をもって実際に使われていたかが、これにより理解できるはずである。至らない点は少なからずあると思うが、試論としてお読みいただき、ご批判をいただけると幸いである。

目次

序　章　ギリシア悲劇における「美しい死」という問題

生きものとしての寿命によってではなく、何らかのなりゆきによって自分が死ぬという選択肢を与えられたとき、あるいは死の危険を冒さねばならなくなったとき、人はどういう条件のもとにそれを受け容れるであろうか。最も考えやすいのは、自分の死が何らかの実益をもたらし、そしてそのことが名誉をもって評価されるという場合であろう。祖国の命運や他人の命を救えることが神託によって確実に保証された人身御供の話や、自身の間もない死と引換えに復讐を果たすことができると神によって予告されるという話などが、ギリシア神話ではいろいろ用意されていた。神話の中のそのような確実な「取り引き」は、たいてい最後には納得して受け容れられる。

しかし、現実では〈死が奏功するという保証〉などないのが普通である[1]。それでも、兵士たちは死ぬ覚悟をして戦場に赴く。それは必ずしも、戦死するのをよしとしてのことではない。死ぬ覚悟ができているということは、死んでもよいということとは違う。しかしギリシア人は、奏功が見込めなくとも、死ぬことをよしとすることがあった。

戦死等に人々が名誉を与えるということは古代ギリシアにおいても盛んに行われた。死を受け容れる本人が、そのことを暗黙に期待するということはいくらでもあったろうが、それを自ら語る声はほとんど聞かれなかった。そ

れよりも好んで語られたのは、自らカロスに死ぬことを目指すということであった。(2)

ソポクレスの描いたアンティゴネは、兄を埋葬しながら死ぬことはカロスだと言って、禁じられた埋葬に文字通り決死の思いで着手する（*S. Ant.* 72. cf. 97）。エウリピデス『オレステス』のピュラデスはオレステスに、全ギリシア（ヘラス）の公敵としてヘレネを誅殺しようと提案するが、試みたうえで失敗してもその場で館に火をつけて死ねば、少なくともカロスな死を遂げることができると言って彼を説き伏せる（*E. Or.* 1151–52）。ギリシア悲劇からのこの二例では、実益をもたらさない死が、なおカロスだとして肯定されている。カロスの語は、時代が下るにつれてさまざまな意味を持つようになるが、ホメロスの時代から一貫して、その第一義は「美しい」ということであった。(3) 直感的な感動を表すこの言葉の性格から、カロスに死ぬということは、死が名誉だ、ということよりもっと根源的な好ましさを表していると思われる。死を受け容れなくてはならなくなったギリシア人にとっては、見返りが望めないような場合でも、いわば美しく死ぬということが確信できるならば救いとなった。この言葉は戦死に適用されることが多かったが、これを戦死以外にも積極的に用いたのがギリシア悲劇である。少なくともギリシア悲劇においては、もし美しい死が得られるのならば、もうそれ以上に死の意義が求められることも主張されることもない。カロスなる死は、それ自体が目的となりうるものであった。

ただし一方で、アイスキュロス『アガメムノン』では、宿願のアガメムノン殺しを成就させたアイギストスは、今からは自分の死もカロスだと言う（*A. A.* 1610–11）。ならばその死は命がけの企てで命を落とすことを言うものとは違う。ではいったい、カロスに死ぬとはどういうことだろうか。「美しく死ぬ」と訳すとしたら、それは想像力を大いに刺激するが、勝手なイメージが一人歩きしてしまうだろう。立派な死だとか、ノーブルな死と説明されることが多いが、それで十分なのか。アイギストスの言葉にもそういう含みを嗅ぎとるべきなのか。死を修飾するカロスには実のところどういう含意があり、各場面でそれはどういう働きをしているのだろうか。

〈カロスなる死〉というこの表現が戦死を表す場合が多いことはよく言われてきた。(4) しかし、どのくらい多いのかも、そこにどういう意義があるかということもあまり語られていない。[5] そして、この言い回しがギリシア文学の中のそれぞれのコンテクストでどのような効果を生んでいるかはほとんど議論されていない。それが戦死への連想を引き起こすということは分かったとしても、そこから何を読み取ることができるかが問題となる。

そもそも、戦死がカロスと修飾されるとき、それはどういうことを表していたのだろうか。それが、死を何らかの意味と程度において、良きものとして受け容れることを示唆するものであるのは分かるが、「美しい」ということをも表すカロスの語を使って戦死を称えるのは、どういうことなのだろう。前四世紀になるとアリストテレスが、「他人のためになされた仕事はすべてカロスである」と説明する。[6] しかし戦死をカロスなものにしているのは、利他的なことだけであろうか。リデル・スコット・ジョーンズのギリシア語辞書が載せているこの語の三つの意味のうちの三つ目は、「倫理的意味において美しい」となっている。[7] しかし、それらがいつの時代にも真であったという保証はない。実は、第2章で論じるように、この表現を最初に用いたホメロスやテュルタイオスの時代において、カロスという語に「倫理的に美しい」という意味があったかどうかははなはだ疑わしいのである。それだけでは何か重要なものを見落としたことにならないだろうか。というのも、〈感官に訴えるような魅力を称えた死〉[8][9] が意味されていると考える余地と必要もありそうに思われるからである。このような疑問を解くことを目指して取り組んだのが、本書である。

死がカロスという語で修飾された事例を調べてみると[10]（第1章）、現存の資料から判断する限り、カロスな死というアイデアを明確に語ったのはテュルタイオスが最初である。[11] 彼は、そのエレゲイア詩の断片一〇（West）の第一～二行で、「よき男が祖国のために戦いながら前線で倒れて死ぬことはカロスなることだ」と歌った。[12] それ以降、カロスなる死という言い回しは、前五世紀中頃までは戦死について用いられるのみだった。アイスキュロスからは、戦死以外の死への適用も認められるが、戦死を表すということは基本線としてずっと維持されていた。[13] そして興味深いことに、テュルタイオスに先行するホメロスにおいては、戦死というものをはっきりした言葉で肯定した例は一件しかなく、それはヘクトルの、アキレウスの手にかかっての英雄的な戦死を「名高く」(εὐκλειῶς《エウクレイオース》)と修飾するものだった(*Il.* 22. 110)。一般兵卒の戦死については、「不名誉なものではない」とする消極的な言い回しが一件あるのみである(*Il.* 15. 496)。それならば、戦死を単刀直入にカロスとしたテュルタイオスの言明は、衝撃的な申し立てだったはずである[14]。それは、一般兵卒の死の意義がはっきりと肯定された最初だからだともいえるが、それはまた、感官にかかわる響きを持つカロスという語がわざわざ持ち出されているからでもある。カロスなる死の本来の意味を探る正当な方法は、カロスという語の、その時代の用法と意味に注意しながら、テュルタイオスの詩句を正しく読解することだろう。

カロスなる死という概念を正面から捉えて説明しようとした研究者に、ヴェルナンとロローがいる[15]。ヴェルナンは確かに、ホメロスからテュルタイオスへと続く戦死肯定の根底にある美意識を分析し明察を示しているが、思弁性が強く、ロローは、戦死を称揚するポリス・イデオロギーの説明に傾いていて、どちらも、テュルタイオスやホメロスの関連箇所をどう読むかという議論は大雑把であり、私の上述の疑問を解消するためには不十分であった[16]。そのほかにも、テュルタイオスが美意識にも訴えているのだと指摘する研究者たちはいたが、彼らは、それが具体的にどういうことなのかについては説明せず、視覚的なものと倫理的なものの区別は無かったという話以上には進まないのが通例である[17]。結局、カロスという言葉で、何に対してどういう称賛を行っているのか、はっきりしないのである。

テュルタイオスがどのような死をどのような意味でカロスと言ったのかということを考察するために、まず必要なのは、彼が依拠したホメロスの言語における、カロスという語の基本的性質を理解することである。プラトンの哲学的議論より前のカロス概念についても、詳細な研究は少ない。アドキンス(1960)、ケアンズ(1993)、ヤマガタ(1994)、コンスタン(2014)の議論もなお、テュルタイオスのテクストのカロスという語の含意を理解するためには、あまり役立たない。そこで私は、ホメロスにおけるカロスの全用例を見渡してこの語の性格を分析しなおすことにした（第2章）。次いで、それをもとにして、テュルタイオスが提唱したカロスなる死という概念の本質を明らかにすることを試みる（第3章）。さらに、その概念が、悲劇の時代である前五世紀の現実世界においてどのように使われていたか、カロスなる死の意味がどのような広がりを見せていたか、という考察を加える（第4・5章）。そのうえで、カロスなる死というモチーフが大きな意味をもって用いられているいくつかのギリシア悲劇を眺めてみることにした。

冒頭に記したアンティゴネは、実際には幽閉された地下牢の中で、ひとり首吊り自殺を遂げる。カロスに死ぬという彼女の願いは叶ったと言うべきなのか（第6章）。誅殺失敗の果ての焼身自害がカロスだという、ピュラデスのかの申し立ては、どれだけ真に受けてよいのか（第9章）。アイギストスのかの言葉は、〈満足を表す修辞〉と解するだけで済まされるのだろうか（第10章）。このほかにも、ソポクレスのアイアスは、「良き生まれの者はカロスに生きるかカロスに死んでしまっていなくては（あるいは、死ななくては）ならない」（S. *Aj.* 479-80）と語った上で自殺するが、彼は結局カロスに死ねたのか否か（第7章）。あるいは、テーバイ攻めで戦死した息子たちの遺体が運ばれて来るのを待ちわびながら、母たちがそれをカロスなる見ものと言うとき（E. *Supp.* 783）、そのカロスという言葉にはどういう意味を汲み取る余地があるだろうか（第8章）。

本書は以下において、第I部では、カロスなる死という言葉の本来的意味と、悲劇の時代までにそれがたどった歴史を明らかにし、第II部では、実際に五つの悲劇において、カロスなる死という表現が持ち出されて、劇中に目を見張るような情念が描きこまれたり、葛藤が引き起こされたりしているさまを解き明かす。最後に、カロスなる死の意味を整理し、古代ギリシアの三大悲劇詩人たちが複雑な背景を持つこの概念をどう扱ったのかを明らかにして結びとする。

第I部　カロスなる死

槍と盾で戦う戦士たち（黒絵武壺，前 550–25 年，レディング大学ユレ美術館蔵）

この第I部では、死がカロスであるとはどういうことなのかを、五つの章にわたって考える。第1章「よき死の中のカロスなる死」では、カロスと修飾された死の、前五世紀までのすべての事例六五件を抽出して分類し、それらが、ギリシア人がよしとした諸々の死の中にどう位置するのか、を考えるとともに、テュルタイオスによって初めて打ち出されたカロスなる死の規定を紹介する。第2章「ホメロスにおける戦死評価とカロス」では、テュルタイオスが依拠したホメロスの言語と詩を検討する。ホメロスにおけるカロスの語の全用例を分析し、ホメロスにおけるこの語の用法と意味を調べなおす。また、テュルタイオスが特定の死をカロスと修飾した背景として、ホメロスにおける戦死称揚の実態も調査し考察する。特に、『イリアス』第二二巻七三行で語られる「パンタ・デ・カーラ」(*πάντα δὲ καλά*)の文意が問題となる。第3章「〈カロス・タナトス〉[1]の誕生」では、第1・2章の結果を用いながらテュルタイオスの詩文を分析し、彼は、どういう戦死をどういう意味でカロスだと主張したのかを解明する。

第4・5章は、悲劇の隆盛した前五世紀の現実世界において、カロスなる死という表現が実際どのように使われていたかを探る。第4章「前五世紀の戦死評価——カロス・タナトスの周辺事情(1)」では、戦死評価のさまざまな表現の中でカロスなる死という言葉がどういう位置を占めるものであったかを、前五世紀の三人の歴史記述者と三人の弁論家、および五つの戦死者葬礼演説のテクストを分析することにより解明する。第5章「もう一つのカロスなる死——カロス・タナトスの周辺事情(2)」では、テュルタイオスの規定したカロス・タナトスとはまったく違う種類の死をカロスだとみなす、前五世紀になって現れる事例を考察する。特に、〈つつがなき人生の終わり〉が語られているヘロドトス第一巻三二節の例を重点的に分析する。これらの検討をすべて合わせて、悲劇におけるカロス・タナトスを考察する第II部へ進む準備としたい。

第1章　よき死の中のカロスなる死

ギリシア文学においては、死がカロスと修飾されることがあったが、それはよい死を表すためにやみくもになされたものではなかった。カロスとされた死は戦死を表すことが多いと言われるが、戦死にも無制限に適用されたふうでもない。たとえば、戦死者を称える葬礼演説でもこの表現はごく限られた回数しか使用されていない。それはこの修飾が、何らかの特別な語用の伝統を持っているということでもある。この修飾がギリシア悲劇に現れるときの意味を判定するためには、まずその実態を理解している必要がある。戦死を表すことが多いと言っても、どのくらい多いのか、いつごろにその傾向が見られたのか、そして、どのような戦死に適用されているのか。また戦死に適用される以外には、どのような死に適用されていたのか。

1　カロスと修飾された死の全事例

このような疑問を解くために、私は、死がカロスと修飾されている事例をくまなく調べあげてみることにした。

まず、ＴＬＧ電子テクスト集[1]に記録されている前八～五世紀生まれの作家から、カロスの語（καλός《カロス》とその派生語）が、死を表す語（θνήσκω《ツネースコー》、πίπτω《ピプトー》、ὄλλυμαι《オッリューマイ》、τελευτάω《テレウタオー》、τέλος《テロス》、πότμος《ポトモス》と、他品詞を含むそれらの派生語）を修飾している事例を探し出した[2]。見つかった該当例は全部で六五件にのぼる。前後行を含めたギリシア語の該当テクストは、作家の年代順に並べて巻末の付録Aに示してある。

これらの事例の中で、戦死を表しているものがどれだけあるかを探ってみると、戦死を表しているとはっきり分かるものと、戦死ではない死を表しているとはっきり分かるものとがあるが、はっきり分からないものもあって、判定は単純にはゆかない。そこでまず、それぞれの事例においてカロスとされている死の特定性を整理してみた。「カロスなる死」の全例について、その内容をできる限り簡潔にまとめ、それをもとにして、戦死を表したものかどうかを含めてその死の特定性を、次の四つのタイプに分類した。

- 特定
  - 戦死：カロスなる死が、戦死を指していると特定される場合。
  - 戦死以外：カロスなる死が、戦死ではない特定の死を指している場合[3]。
- 緩特定：カロスなる死が、その種別は曖昧でも、何らかの特定性のある死を指している場合。
- 不特定：カロスなる死が、カロスということ以外に特定性を与えられていない場合。

その結果は表1に示すとおりである。この一覧表から分かることは、まず、カロスと修飾された死の全体六五件のうち、戦死が三二件にのぼる（四九％）ということである。戦死を表していないとはっきり分かるものが九件であるから、これはその三倍以上にあたる。残りの二四件は戦死を表しているかどうか判定できないものであるが、戦死を想定して言っていると思われるものは少なくない。ともかくも、カロスなる死の全例の少なくとも四九％は、確実に戦死のことを表していると言うことができるのである。さらにもう一つは、前六世紀までの事例に限ると、全部で一〇件あるうち、アイスキュロス-③[4]という一件のほかは戦死ばかりだという事実である。このように、全

表1　死がカロスと修飾されている全事例と死の特定性

事例番号とテクスト箇所	カロスとされている死などの内容[1]	死の特定性
〈前8世紀生まれ〉		
ホメロス		
①『イリアス』22.73 *	戦死者死体の周りの光景	戦死
〈前7世紀生まれ〉		
テュルタイオス		
① 断片 10.1（West）	「戦いながら」の死全般	戦死
② 断片 10.30（West）	戦死した若者全般	戦死
アルカイオス（前620年頃-）		
① 断片 400.1（*PLF*）	アレスのもとで死ぬこと全般	戦死
〈前6世紀生まれ〉		
シモニデス（前556-468年）		
① 断片 26.1-3（*PMG*）	テルモピュライ戦での死者たち	戦死
②『ギリシア詞華集』7.253.1	アレテーの一部としての死：戦死者墓碑銘より	戦死
アイスキュロス（前525-456年）		
①『テーバイ攻めの七将』1011	戦場を「若者にとって死がカロスとなる場」と表現する	戦死
②『アガメムノン』447	トロイア戦争で死んだギリシア兵たち	戦死
③『アガメムノン』1610	満足に浸るアイギストスが死ぬことをもよしとする	不特定
④『コエーポロイ』354-55	トロイア戦争の戦死者たち	戦死
〈前5世紀生まれ〉		
ソポクレス（前496-406年）		
①『アンティゴネ』72	埋葬を試みながらの死：アンティゴネの思惑	戦死以外
②『アンティゴネ』97	何らかのカロスなる死	不特定
③『アイアス』479	何らかのカロスなる死	不特定
④『アイアス』1310-11	死体を護りながらの死：テウクロスの思惑	戦死以外
⑤『エレクトラ』398	無思慮では死なないようにすること	緩特定
⑥『エレクトラ』1321	復讐を試みての死：エレクトラの思惑	緩特定
ヘロドトス（前490-25年）		
①『歴史』1.30.24	テッロスの戦死	戦死
②『歴史』1.32.23	クロイソスが幸福と認められるための条件を満たす死	不特定
③『歴史』1.32.26 *	万事カロスな状態でのよい死	不特定
④『歴史』3.73.2-3	誅殺が失敗した場合の死：ゴブリュアスたちの覚悟	緩特定
⑤『歴史』8.100.9	マルドニオスの覚悟した死	戦死
エウリピデス（前485-406年）		
①『アルケスティス』291-92	老境に達しての死	緩特定
②『ヘカベ』310-11	アキレウスの戦死	戦死
③『ヘカベ』329	戦死者たち全般	戦死

④『イオン』858	侍女が主人と死の運命を共にすること	緩特定
⑤『トロイアの女たち』386-87 ＊	トロイア戦争でのトロイア人たちの祖国のための死	戦死
⑥『トロイアの女たち』401-02	戦争中，ポリスのために死ぬこと	戦死
⑦『トロイアの女たち』1282-83	燃え落ちる祖国とともに滅びること：ヘカベの思惑	戦死以外
⑧『タウリケのイピゲネイア』321-22	剣をとっての死：オレステスの思惑	戦死以外
⑨『ヘレネ』298	自分に可能なカロスなる死：ヘレネの思案	不特定
⑩『オレステス』781	弁明をした上での死：ピュラデスの思惑	緩特定
⑪『オレステス』1152	ヘレネ誅殺を試みた上での自殺：ピュラデスの思惑	戦死以外
⑫『アウリスのイピゲネイア』1252	カロスに死ぬこと全般	不特定
⑬ 断片 361.1（N）（『エレクテウス』）	カロスに死んだ人全般	不特定
⑭ 断片 472e.46（K）（『クレタ人』）	パシパエが罰として享けるべき死	緩特定
⑮ 断片 994.1（N）（作品名不詳）	アレテーのために生命を捨てるという形の死	戦死
ツキュディデス（前 460-399 年）		
①『歴史』4.40.2.4	スパクテリア島で死んだラケダイモン人たち	戦死
リュシアス（前 458-380 年）		
①『弁論』2.79.4-5（葬礼演説）	戦死者たちが無為に待たず自ら選び取った死	戦死
②『弁論』34.6.5	「戦いながら」の死	戦死
アンドキデス（前 440-390 年）		
①『秘儀について』57.4-6	カロスに死ぬこと全般	不特定
②『秘儀について』57.7	カロスに死ぬこと全般	不特定
イソクラテス（前 436-338 年）		
①『デモニコスに与う』43.8	カロスに死ぬこと全般	不特定
②『ニコクレスに与う』36.8	カロスに死ぬこと全般	不特定
③『民族祭典演説』77.4	外敵と戦ってきた父祖たちが恐れなかった死	戦死
④『民族祭典演説』95.7-8	カロスに死ぬこと全般	不特定
⑤『アルキダモス』89.11	ヘラスの一番手になる以外の選択肢	戦死
⑥『ヘレネ頌』53.1-2	「戦いながら」の死	戦死
クセノポン（前 428-354 年）		
①『ギリシア史』4.8.38.6	アナクシビオスの覚悟した死	戦死
②『ギリシア史』7.5.18.12	エパメイノンダスの覚悟した死	戦死
③『ソクラテスの思い出』4.8.2.2	ソクラテスが冷静に迎えた死	戦死以外
④『ソクラテスの思い出』4.8.3.1-3	ソクラテスが冷静に迎えた死	戦死以外
⑤『アナバシス』3.1.43.5-6	カロスに死ぬこと全般	不特定
⑥『アナバシス』3.2.3.3	敵の手中に陥らずに死ぬこと	戦死
⑦『アナバシス』4.1.19.4	レオニュモスとバシアスの戦死	戦死
⑧『キュロスの教育』1.4.11.11-12	仕留められた野生動物の死体	戦死以外
⑨『キュロスの教育』7.3.11.3	アブラダタスの戦死	戦死
⑩『ラケダイモン人の国制』9.1.2	退却することなく死ぬこと	戦死

プラトン（前 427-347 年）		
①『法律』802.a.3	人々が頌歌で称えられてよいための条件を満たす死	不特定
②『法律』854.c.4	邪悪という病気から立ち去ることを目指しての死	緩特定
③『法律』944.c.7	襲撃に防戦して身に享ける死	戦死
④『メネクセノス』234.c.1-2	戦争で死ぬということ全般	戦死
⑤『メネクセノス』246.d.2-3	戦死者たちの選んだ死	戦死
⑥『メネクセノス』248.c.3-4	出征兵士たちが迎えようとしていた死	戦死
⑦『エピノミス』980.b.5	神々を称えて生涯を送った人が手に入れるべき死	緩特定
⑧『第七書簡』334.e.1	忠告に従い最美を目指しながらディオンが遂げた死	戦死以外

注 1）カロスの語が，死体や死ぬときの状況を表したものもあるが，そのようなケースでは，間接的にでもその語によって肯定評価されている死の内容を記す（表においては＊を付した 3 件）。

体として戦死が多くを占めるということが確認できたが、またそうでないものがあるのも事実である。その中には、戦死に喩えられるようなものもあるし、戦死とは似もつかないものもある。戦死以外のものも含めて、カロスという修飾は、どのような死にどれだけ適用されていたのだろうか。それを考えるためには、一段上の視点に立って、古代ギリシア人が死を何らかの意味でよしとしたのはどのような場合のことであったかを整理し、カロスなる死をその中に位置づけて考えてみるのがよいと思われる。

2　よき死の五つのタイプ

〈死をよしとする〉というときにはさまざまな場合がある。特定の死に方が好ましいものとされたり、素晴らしきものと称えられる場合もあれば、ともかく死ぬのがいいという場合もあるし、死ぬならどういうふうに死ぬのがいいという場合もあるし、死を絶対的な善とみなす思想もあった。その場合、死というのも、〈死ぬこと（dying）〉を表していることもあるし、〈死んでいる状態（state of being dead）〉を表していることもある。しかしこれらをすべて視野に入れて概括してみると、古代ギリシア人たちが死をよきものとした事例は次のような五つのタイプに分けることができるだろう。

α：〈よき状態をもたらすもの〉として死が評価される場合。
β：〈果敢な従事・態度の証し〉として死が評価される場合。
γ：〈死ぬときの周辺状況〉によって、死のよしあしが評価される場合。
δ：〈その死に問題がないこと〉がよしと評価される場合。
ε：〈葬礼が正しく施されること〉がよしと評価される場合。

それぞれの内容を以下で説明するが、カロスなる死の事例は次節でタイプごとにまとめて紹介するので、ここではなるべくそれ以外のものを例示する。

タイプα（〈よき状態をもたらすもの〉として死が評価される場合）は、ある死が、それによってもたらされる好ましい結果のゆえに、よきものとされるような場合である。死そのものが、よき結果やよき状態と密接に結びついているので、死に方などにこだわらず死ぬことそのものが好ましく願わしいものとして積極的に評価される、ということも共通点である。その内訳としては次のような場合がある。

［α-1：祖国や他者などの救済や福利の実現を意味する死］

たとえば、人身御供になれば祖国や同胞を救えることが約束されたイピゲネイアやマカリアの場合（E. *IA*. 1402；E. *Heracl*. 534）だとか、身代わりに死ぬことで夫の命を救えることが約束されたアルケスティスの場合（E. *Alc*. 150）などが典型例である。[5] 仲間の救済を目指す行動において発生する死という意味では、戦死も利他性と無関係ではない。しかし戦死はそれ自体、目指した救済の実現を意味するものではないから、このタイプとは区別してタイプβに分類する。ただし、自身の戦死が復讐成就の代価であると予言されているアキレウスの場合[6]（*Il*. 18. 98）はここにも属しうるだろう。

［α−2：自身の苦悩からの解放やよりよき状態の実現を意味する死］

アンドロマケが、夫に死なれるくらいなら死んだほうがマシだという場合（*Il.* 6. 410）や、従兄弟らの求婚を逃れるために死に憧れるダナイデスの場合（A. *Supp.* 776–805）、また苦悩の終わりの到来を求めるクレオンの場合（S. *Ant.* 1328–31）が典型例である。[7] これらは、願望されても達成されずに終わることが通例である。その死をよしとする度合いによって、δ−2と重なる面も出てくる。

［α−3：死一般が、絶対的善とみなされている場合］

たとえば、死を〈肉体という牢獄からの解放〉というよきものとして理想視するプラトン『パイドン』（65. c）の場合や、「最もよい時期を過ぎたら生きているより死んでいるほうがよい」と歌うミムネルモス（2.9–10）の場合、また〈生を享けぬことが最もよく生まれてしまったなら早く死ぬのがよい〉と歌うテオグニス（525–28）の場合が典型である。[8]

次にタイプβ（〈果敢な従事・態度の証し〉として死が評価される場合）で鍵となるのは、その死が何をもたらすかではなく、死を招くようないかなる振舞いや態度がなされるかということである。その死が何かをもたらすわけでなく、むしろ損失そのものであるとしても、そのことは問題でない、という点は、αの場合と対照的である。以下の四つに整理することができる。

［β−1：戦死］

戦死は通常、戦闘における失敗であり、必ずしも益をもたらすものではないが、それよりも、任務への従事や勇敢さの証しとして評価される。カロスな死と表現されることが多いが、それらの例は一括してあとに示す。そのほかにも、アキレウスとの一騎打ちで予想される戦死を「名高く」[9]（εὐκλειῶς《エウクレイオース》）と自ら表現するヘクトルの場合（*Il.* 22. 110）や、「よき男となって死んだ」とされるレオニダスの場合（Hdt. 7. 224. 4）などもある。また、戦死者たちを集合的に称える葬礼演説も、広い意味で戦死を称えるものだということができる。[10]

［β-2：戦闘以外の有意な企てへの従事の最中の、あるいはそれゆえの死］

有意な何事かを行っている最中の死は、任務への従事や、持ち場の堅持を証するものと言えるだろう。あるいは、果敢にそれを行ったことの報いとして死ぬことになる場合も同様である。このタイプに属するケースも、カロスなる死という形で表されるものが多い。カロスの語を用いずにそのような死が肯定されている例は存外に少ないが、しいて挙げるなら、四二キロメートルの距離を走りぬいてマラトンの勝利をアテナイに報告して息絶えたテルシッポス某[11]の伝説は、彼の忠実な熱意を称えるものとみなすことができるだろう。

［β-3：〈添うべきものと運命を共にする〉という形の死］

何らかの行動に共に従事しての死とか、それ自体が救済や福利をもたらす死でなくとも、共に死ぬことが忠誠や結束を証することになるという場合である。夫の亡骸を焼く火に誇らかに飛び込んだエウアドネ（E. *Supp.* 1006–08）や、戦死した夫の横で自刃して称えられたパンテイアや彼女と共に自刃した宦官たち（X. *Cyr.* 7.3.14–16）のような場合が典型である。

［β-4：死が避けられない場合の〈潔さ〉が称えられる場合］

明らかに耐えがたい状況に陥ったならばその生を唾棄する、あるいは、死なねばならぬと決まったならば生に未練を残さず死を受け容れる、という振舞いをよしとする場合である。たとえば、殺害されることを予見し一瞬で死ぬことをためらいなく願うカサンドラの事例（A. *A.* 1292–94）や、生贄にされることを無益に厭わぬことを自由人としての証しと語るポリュクセネの事例（E. *Hec.* 550–51）が典型的である。[12] 敵たちに笑われる中で死を遅らせる理由はないと言うときのアイアスも、この価値観に立っている（S. *Aj.* 473–76）。

タイプγ（〈死ぬときの周辺状況〉によって、死のよしあしが評価される場合）は、αやβで問題とされたような、死そのもののよさではなく、いついかなる状況のもとで死ぬかによって、その死がよしとされるような場合である。ただし、いかに死ぬかは触れられないのが通例であって、苦痛や不名誉などの問題がない死に方（タイプδ）をすることが暗黙の前提である。次の三つに分類することができる。

［γ-1：それまでのよき人生の仕上げ］

よい死はよき人生の仕上げという意味をも持ちうる。ただしその場合、幸福な人生を歩んできた人なら、特別によい死を遂げるというのではなく、恙なく死んだというだけでも、よき人生の完成として歓迎されうることは自然に理解できる。プラトン『ヒッピアス大』（291. d. 9–e. 2）で、よいこと尽くしの人をヒッピアスが語って見せるとき[13]、その人が〈幸せな人生を老齢まで生きた〉ということがその条件の一つとして挙げられるが、死に方は特に指定されない。それは、取り立てて言うこともない、つまり良くも悪くもない死に方をすると想定されているということだろう。ここでは、〈老齢まで幸福に生きたうえで問題なく死ぬ〉ということだけでも、よきこととみなされているのだと考えられる。あとであらためて説明するが、ヘロドトス-②の事例（Hdt. 1. 32. 23–24）でソロンがクロイソスに言おうとしている[14]ことも、問題のない人生の終わりを迎えることができさえすれば、栄華を極めた人生を送った人は幸福だといってよい、ということだと考えられる。これらの場合においては、その死自体がどれだけよいものかということよりも、〈よき人生を全うしたあと〉であることが、よき人生の終わりを作っているのである。この場合、死自体と〈人生の終わり〉としての死が交じり合っているので注意が必要である。

［γ-2：幸福な状態の中での死］

それまでの人生よりも、また死に方のよさよりも、まさに死ぬときに当人が置かれた状況に重点を置いての評価で、典型例は、祭礼の場まで牛車を引き群衆の喝采を受けたのち、神からの褒美として社の中で眠るように死んだクレオビスとビトン（Hdt. 1. 31. 14–26）の場合である[15]。一方、悲願達成時の満足を表すための修辞として現れることも多く、幸福な状況下での死を願わしいものと言ってみせるような場合もある。たとえば、〈故国の姿を再び見ることができたときには、わが命も去るがよい〉と言うオデュッセウスの場合（*Od.* 7. 224–25）や、待ちわびた勝利の報せを見て、今や死ぬことも拒まないというアルゴスの見張りの場合（A. *A.* 539）が典型例である。[16] どんな死に方をするかは語られないのが通例である。

［γ‐3：十分に長く生きたあとの死］

それまでの人生や死ぬときの境遇のよさではなく、ただ長く生きたということにより死がよきものとされることもあった。七〇歳に達すると、人が死ぬのは「時機に外れた」（ἄωρος《アオーロス》）ものではない、と歌うソロンの断片（27. 17–18（W））は、十分に生きたあとの死はよしとせよというメッセージだと言える。この場合の「よし」とは、許容範囲内ということであって、必ずしも素晴らしいということを意味するものではない。

タイプδ〈その死に問題がないこと〉がよしと評価される場合）は、問題の解消としての死を言うα‐2とは違って、その死自体が問題をはらんでいないこと、はらまないことをよしとする場合である。〈問題がない〉ということは、本性的に、それ自体で特別によきことを意味するものではない。しかしこれが適うことは、γの類型を成り立たせる条件としてだけでなく、それ自体としても願わしいことである。次の二つに整理することができる。

［δ‐1：苦痛のない安らかな死］

肉体的に問題のない死がこれを構成する。〈穏やかな死がやってきて、柔らかな老年によって衰えた汝を殺す〉と予言されるオデュッセウスの例（*Od.* 11. 134–36）では、人生の充実よりも死の穏やかさに重点が置かれている。γ‐3に分類したクレオビスとビトンの死（Hdt. 1. 31. 14–26）も、〈眠ったままの死〉という点では、これを満たすものである。無痛でなくとも、普通以下の苦しみで死ぬことができれば願わしいということは暗黙の了解である。

［δ‐2：悪評や不名誉の伴わない死］

肉体的苦痛以外の面で差し障りのない死と言ってもよい。ソポクレス『アイアス』で、自害を決意したアイアスに妻テクメッサが訴えるのは死後の不名誉への恐れであり（*S. Aj.* 500–13）、その劇の後半が描くのは死んだ彼の不名誉の払拭と名誉回復である。埋葬の許可はその一環に過ぎない。また、無分別によっては死なないようにすることがカロスだというソポクレス-⑤（*S. El.* 398）のような例もある。

タイプε（〈葬礼がよく施されること〉がよしと評価される場合）は、葬礼演説や戦死者名簿が公的に供される場合や、墓碑レリーフや墓碑銘で飾られた墓が造られたりする場合がその最たる例である。(17) しかし、そのような特別な扱いはなくとも、普通の葬礼は必須とされ、それが施されない死は極度に恐れられた。(18) 差し押さえられた葬礼が施されることを目指す話は、『イリアス』、『アイアス』、『アンティゴネ』、『ヒケティデス』（エウリピデスの）など多くの文学作品の題材となっている。

古代ギリシア人がよしとした死は、以上のように五つのタイプに分けられる。では、カロスなる死は、どのタイプにどれだけ当てはまるだろうか。

3　タイプ別に見るカロスなる死

死がカロスと修飾された六五件の事例をα～εのタイプ別に振り分けてみると、表2のようになる。単一のタイプに収まりきらないものもあるが、その場合には、どれか一つのタイプに配属し、別の該当箇所には、重複と付したうえでカッコに入れて、「(重複　プラトン-②)」のように記す。どのタイプに属するか判定しがたいものは、ωタイプとして末尾にまとめた。表を見ると、αとεに該当するものがほとんどないことと、β-1と並んでβ-2

表2　死がカロスと修飾されている事例のタイプ別分類

	ギリシア悲劇以外	ギリシア悲劇
α－1		
α－2	プラトン-②	
α－3		
β－1	ホメロス-① テュルタイオス-①② アルカイオス-① シモニデス-①② ヘロドトス-①⑤ ツキュディデス-① リュシアス-①② イソクラテス-③⑤⑥ クセノポン-①②⑥⑦⑨⑩ プラトン-③④⑤⑥	アイスキュロス-①②④ エウリピデス-②③⑤⑥⑮
β－2	ヘロドトス-④ クセノポン-③④⑧ プラトン-⑧	ソポクレス-①④⑥ エウリピデス-⑧⑩⑪⑭
β－3		エウリピデス-④⑦
β－4	(重複　クセノポン③④) (重複　プラトン-②)	
γ－1	ヘロドトス-② プラトン-①⑦	
γ－2	ヘロドトス-③	アイスキュロス-③
γ－3		エウリピデス-①
δ－1	(重複　プラトン-⑦)	
δ－2	(重複　ヘロドトス-②③) (重複　プラトン-①②)	ソポクレス-⑤
ε		
ω[1)]	アンドキデス-①② イソクラテス-①②④ クセノポン-⑤	ソポクレス-②③ エウリピデス-⑨⑫⑬

注1）どれに属するか判定できないものをωとする。

に該当するものの多いことが目につくであろう。γとδにはさまざまな作家がわずかずつの事例を提供している。

以下ではまず、この分類にそって全事例を並べ替え、それぞれのタイプごとに、そこに属する各事例の内容を簡潔に記述し、そのあと必要に応じて説明を付す。配属の説明が必要な場合も、そこに記す。事例の配列は時代順とするが、表2にあわせて、悲劇以外の作品と悲劇とに分け、前者を先に後者を後にまとめる。そしてその後で、このタイプ別分布から読み取れることを整理したい。先を急ぐ読者は三五頁までをとばしてもらってもかまわない。

＊

［α-2（自身の苦悩からの解放やよりよき状態の実現を意味する死）の事例］：一件

プラトン-②：悪しき欲望に囚われて邪な考えを退けることができない者には、「死のほうがよりカロスであると考えて人生から退け」と言ってやるように、とアテナイ人がクレイニアスに助言する。（『法律』854. c. 4）

プラトン-②がα-2に分類されるのは、「よりカロスである」とされている死が、〈そのような人物のとりうるよりよい状態〉そのものを表しているようにも響くからであるが、同時にこれは、〈より問題の少ない状態〉を表すもの（δ-2）とみなすこともできる。[19] それよりもここで重要なことは、αに属するものがほかに一件もないということである。[20]

［β-1（戦死）の事例］：三二件

ホメロス-①：若い兵士であれば斬殺されていても、そこに「見えるものはすべてカロスである」と、老プリアモス[21]は城内から息子ヘクトルに語りかける。（『イリアス』22. 73）

テュルタイオス-①：「祖国のために前線で戦いながら倒れた男が死ぬこと／死んでいることは、カロスである。」（断片 10. 1（West））

テュルタイオス-②：若者は「生きていても魅力的だが、前線で死んだならカロスである。」（断片 10. 30（West））

アルカイオス-①：「アレス神のもとで死ぬことは、カロスである。」（断片 400. 1（*PLF*））

シモニデス-①：「テルモピュライの死者たちの運命は名高く、その死はカロスである。」（断片 26. 1-3（*PMG*））

シモニデス-②：「カロスに死ぬことがアレテーの最大部分なら、それを運勢は私たちに与えた」という墓碑銘。（『ギリシア詞華集』（*AG.*）7. 253. 1）

ヘロドトス-①：「エレウシスで人々を助け敵を敗走させた上で、テッロスは最もカロスに死んだ」と、賢者ソロンがクロイソスに語った。（1. 30. 24）

ヘロドトス-⑤：「大いなることを目指してカロスに生を終えるかヘラスを征服するか、の危険を冒すのがよい」と、ペルシア軍の指揮官マルドニオスは考えた。（8. 100. 9）

ツキュディデス-①：アテナイの同盟者の一人がスパクテリア島から引かれてきた捕虜の一人に、「彼らのうち死んだ者たちはカロスかつアガトスだったか」と問うと、よき者らを矢が見分けるならばたいしたものだという返事が返された。（4. 40. 2）

リュシアス-①：当該の戦死者たちは、「自らやってくる死を待つのでなく、最もカロスなる死を選択して生を終えた」と、葬礼演説が語る。（2. 79. 4-5）

リュシアス-②：「戦いながら死ぬことのほうが、自身に対して死の投票をすることよりもずっとカロスである。」（34. 6. 5）

イソクラテス-③：この戦争の前に治世に当たっていた人々は、「ポリスのためカロスに死ぬことよりも、市民たちに悪く言われることを恐ろしいことだとみなしていた。」（『民族祭典演説』77. 4）

イソクラテス-⑤：「ヘラスで一番手であるか、卑怯を行うことなく生の終わりをカロスなものにして完全に討ち取られるかのどちらかをとるしかない。」（『アルキダモス』89. 11）

イソクラテス-⑥：神々が息子たちを戦場に送り出したのは、「ゼウスの娘（ヘレネ）のために戦いながら死ぬことが、危険を回避して生きるよりもっとカロスであると考えて」のことであった、と神話を説明する。(『ヘレネ頌』53.1)

クセノポン-①：「ここで死ぬことは私においてカロスである」とラケダイモンの将軍アナクシビオスは語る。(『ギリシア史』4.8.38.6)

クセノポン-②：「ペロポネソスの支配権を祖国に残すことを試みつつある者のもとでは、死ぬことがカロスである」と、テバイの将軍エパメイノンダスは考えた。(『ギリシア史』7.5.18.12)

クセノポン-⑥：カロスに勝利して生き延びることができないならば、「敵に劣るものとして生きることはせず、カロスに死のう」と、スパルタ出身の指揮官ケイリソポスは兵士たちに訓示する。(『アナバシス』3.2.3.3)

クセノポン-⑦：「いま二人の者が、カロスかつアガトスなる男として死んでしまっているのに、死体回収も埋葬もできなかった」と、指揮官クセノポンがケイリソポスに苦情を言う。(『アナバシス』4.1.19.4-20.1)

クセノポン-⑨：「彼は最もカロスなる終焉を手に入れた」と彼の妻に言って、キュロス王は戦死したアブラダタスを称えた。(『キュロスの教育』7.3.11.3)

クセノポン-⑩：スパルタの立法者リュクルゴスは、「恥ずべき生でなくカロスなる死を、ポリスの中で選ぶべきものにしたという功績」を称られるべきである。(『ラケダイモン人の国制』9.1.2)

プラトン-③：敵に襲撃されたとき、「勇気をもってカロスで幸福な死を手に入れるよりも、恥ずべき生を手に入れて、武器を投げ捨てることを選ぶ」ならば、罰せられるべきである。(『法律』944.c.7)

プラトン-④：「戦争において死ぬことは、多くの点でカロスであるようだ」と言って、ソクラテスは葬

プラトン-⑤ ：礼演説というジャンルを揶揄する。（『メネクセノス』234. c. 1-2）

プラトン-⑥ ：「カロスでなく生きるという選択肢もあったが、カロスに死ぬほうを私たちは選ぶ」という戦死者たちの生前の言葉が、葬礼演説から引用される。（『メネクセノス』246. d. 2-3）

アイスキュロス-① ：「自分たちのもとにあるのは、人間にとって最もカロスなものとなる終焉である」という戦死者たちの生前の言葉が、葬礼演説から引用される。（『メネクセノス』248. c. 3-4）

アイスキュロス-② ：「若者にとって死ぬことがカロスである場で、テバイの将軍エテオクレス[22]は非のうちどころなく死んだ」と、布告使が語る。（『テーバイ攻めの七将』1011）

アイスキュロス-④ ：トロイア戦争で、「ある男は戦いの名手、ある男は殺戮でカロスに死んだ、と人々は称えながら嘆く」と、コロスが歌う。（『アガメムノン』447）

エウリピデス-② ：もしアガメムノン[23]がトロイアで戦死していたならば、「かの地でカロスに死んだ者たちに慕われて、地下で王位についていただろうに」と、コロスが嘆く。（『コエーポロイ』354）

エウリピデス-③ ：「ヘラスのために最もカロスに死んだ男として、アキレウスは私たちの尊敬に値する」と、オデュッセウスが語る。（『ヘカベ』310）

エウリピデス-⑤ ：「汝ら夷狄は友を友と思わず、カロスに死んだ者らを敬わないがよい」と述べて、オデュッセウスはヘカベ[24]に警告する。（『ヘカベ』329）

エウリピデス-⑥ ：「トロイア人らはまず、祖国のために死ぬという最もカロスな名声を果たした」と、トロイアの王女カサンドラは戦死した同胞を称える。（『トロイアの女たち』386-87）

エウリピデス-⑮ ：「戦争になったなら、ポリスのためにカロスに滅ぶことは、恥ずかしくない冠である」と、カサンドラは考えを述べる。（『トロイアの女たち』402）

：「アレテー（武勇）を目指して命を投げうつ、という形で死ぬことはカロスである。」（言

者・作品名不明。断片994.1-2（N））

カロスなる死を表すには、〈カロスに死ぬ〉か〈死ぬことはカロスである〉という形をとることが多いが、なかには、〈カロスなる者として死ぬ〉や〈死体がカロスである〉という形をとる場合もある。それでも大方の場合は、何がカロスとされているかで訳に困るようなことはない。しかし、β-1の最初に挙げたホメロス-①では、何がカロスだと言われているのかがはなはだ曖昧である。そこでは、「見えるものすべて」がカロスだとされているが、それは若者が戦死しているという事態と捉えればよいのか、戦死した若者の血塗れの死体のことと考えてよいのか、によりカロスの意味も大幅に変わってくると思われる。実は、六五件の中で最古参のこの事例は、戦死にまつわることをカロスと修飾していることは確かなのだが、何がどういう意味でカロスとされているのか、はっきりしないのである。この問題は第2章で詳しく検討する。対して、この事例に次ぐ古さのテュルタイオス-②の文言は、きわめて明快である。β-1に属する事例全体を見ると、どんな戦死がカロスなのかをこのように説明的に語ったものもいくらかあるが[25]、多くは内容説明めいたものは含まず、戦場における死をただカロスと表すだけのものである[26]。しかし、説明的な文言の最たる事例であるテュルタイオス①が、カロスなる死の歴史のほぼはじめに位置しているということは、注目すべきことである。

なお、イソクラテス-③では、「ポリスのためにカロスに死ぬ」ことを恐れなかった人々というのが、「市民を異民族の手強い敵に作り上げた為政者たち」（およびおそらく「身を挺してギリシアのために危険を冒した人々」）である、ということが直前の文章から分かるので、表されているのは戦死のことだと判断した。エウリピデス-⑮は、作品名不明の失われた劇の二行だけの断片である。そのコンテクストは分からないが、「アレテーを目指して命を投げうつ」という言葉が入っている。アレテー（徳）は広い意味の言葉であるが、命をかける先のアレテーとは、特に悲劇においてならば武勇と解するのが妥当だと考えて、ここで語られているのは戦死であると判断した。

［β－2（戦闘以外の有意な企てへの従事の最中の、あるいはそれゆえの死）の事例］：一二件

ヘロドトス－④：マゴス僧を誅殺する謀議でペルシアの要人ゴブリュアスが、「支配を取り戻すか死ぬかすることが今よりもカロスとなるときはいつありうるか」と、反語で述べる。(3. 73. 2-4)

クセノポン－③：「ソクラテス[27]よりもカロスに死を耐えた人は記憶される人の中にはいない、と言われている。」(『ソクラテスの思い出』4. 8. 2. 2)

クセノポン－④：「人はソクラテスの仕方以上にカロスに死ぬことがどうしてできようか、いかなる死が最高にカロスに死んだ人のそれよりカロスでありえようか、いかなる死が最もカロスな死よりも幸福であろうか」という反語。(『ソクラテスの思い出』4. 8. 3. 1-3)

クセノポン－⑧：山野で仕留められた野生の猪や鹿は、「死体であっても、飼われた動物の生きた姿よりもカロスであるように思われる」と、若き日のキュロス王は語った。(『キュロスの教育』1. 4. 11. 11-12)

プラトン－⑧：プラトンの忠告に従って行動し暗殺されたディオン[28]について、「彼は従いつつカロスに死んだ。なぜなら、最もカロスなることを目指しつつ身に受けることはすべて正しくカロスだからである」と述べる。(『第七書簡』334. e. 1)

ソポクレス－①：アンティゴネは、兄の死体の禁じられた埋葬を「試みつつ死ぬことはカロスである」という。(『アンティゴネ』72)

ソポクレス－④：兄（アイアス）の死体の埋葬を目指すテウクロスは、「兄のために働いて死ぬことはカロスである」と宣言して、アガメムノンに向かって戦う覚悟を述べる。(『アイアス』1310-11)

ソポクレス－⑥：父のための復讐として母とアイギストスを殺そうと目論んでいたエレクトラ[29]は、自分が「カロスに自分を救済するかカロスに死ぬかのどちらかになるはずだった」と述べる。(『エレク

トラ』1321)

エウリピデス-⑧：牛飼いたちに殺されそうになったとき、オレステスはピュラデスに[30]「私たちは死ぬことになるが、できる限りカロスに死ぬことにしよう」と言って、剣を抜くよう促す。(『タウリケのイピゲネイア』321-22)

エウリピデス-⑩：ピュラデスはオレステスに、母殺しの罪を裁く民会に出頭して釈明することを勧め、そうして助かることを模索した上でならば、「死ぬにしてもよりカロスに死ぬことができるだろう」と言う。(『オレステス』781)

エウリピデス-⑪：ピュラデスは、ヘレネの誅殺を試みてもし果たせなければ館に火を放って死ぬ、ということにするなら、「カロスに死ぬかカロスに生きるかして名声を獲得することが間違いなくできる」と言って、オレステスにその誅殺を勧める。(『オレステス』1152)

エウリピデス-⑭：「何でもやらかすこの女(パシパエ)を罰して、カロスに死ぬようにしてやれ」と、ミノス王が憤激する。[31](断片472e. 46(K)『クレタ人』)

β-2の事例は、〈有意な企て〉と死がどのように関わっているかという点で、解説を要するものが多い。まず、何らかの企てに〈従事しながら〉の死がカロスと表現されているものを見てみよう。ソポクレス-①④、エウリピデス-⑧の三件では、何に従事しながらの死がカロスと称えられているかは明白である。一方プラトン-⑧は、プラトンの忠告に従い祖国の国政を「善導」しようとしていたシケリアの政治家ディオンが、政敵の凶刃に倒れたということを語るものである。彼がどういう行動に従事していたかはよく分からないが、それが何であるにせよ、テクストでは「従いつつ」(πειθόμενος《ペイトメノス》)と「目指しつつ」(ἐφιέμενον《エピーエメノン》)という二つの現在分詞が用いられていて、彼はその取り組みに従事している最中に死んだということが強調されている。クセノポン-③④は、ソクラテスが裁判で死刑を宣告されてから、処刑の日まで三〇日間を獄中で平静に過ごしたことを言うものである。死を恐れなかったという意味では、β-4にも属するものだと言える。しかし、すぐあとの記述（*Mem.* 4. 8. 3. 4-10）によれば、彼が死刑を受け容れたのは、〈この死刑は、彼が生涯を通して正義を考察し実行してきた結果であって、罪なくして殺されるのなら恥じるべきことではない〉という、彼の態度の表明だと解することができる。ならば、彼の三〇日間の平静な態度は、彼の信条の堅持、あるいは持ち場への踏みとどまりと言うべきものであって、死を恐れぬ潔さという以上のものであると判断される。クセノポンがカロスと称えたのはそのことであろう。クセノポン-⑧でカロスとされているのは、猟で仕留められた獲物の死んだ姿である。しかしそれは、猪が射手に向かって突進してくるところや、鹿が高く跳躍しているところを仕留められたものであることが示されている。このことは、突進や逃走という彼らの本分に従って、いわば射手と戦っている最中に仕留められた姿だと言うことができるだろう。それらの野生動物はもとから美しいと述べられているので、必ずしもその死が称えられているのではない可能性もあるが、死が称えられているのだとすれば、仕留められたときの彼らの振舞いがその理由だと考えられる。

β-2のその他の事例は、必ずしも何らかの活動に〈従事しながら〉の死というものではない。ヘロドトス-④とソポクレス-⑥は、それぞれ、王位を乗っ取った者の誅殺と、父のための復讐という有意の企てに失敗した場合に、何らかの形で命を落とすことを言ったものである。企ての最中の死となるかもしれないし、捕縛後の処刑かもしれないが、いずれにしても果敢な企ての直接の帰結となるような死をカロスと言っているのである。エウリピデス-⑩は、〈父の復讐として母を殺したオレステスが処刑されること〉を想定して言われているのであるが、彼が死刑を宣告されるとしたらそれは民会という弁論の場で戦う中でのことである。その死は、数日前の父の復讐とは別の、直近の果敢な企ての結果として、カロスと申し立てられていると言える。二例とも、果敢な企てからさほど時間的に遠くない死を表している可能性がある。

あとの二例は、β-2の事例として多少の違和感が否めない。エウリピデス-⑪は、ヘレネの誅殺に失敗したらオレステスたちが館に放火して人質もろともに焼身自害する、ということをカロスと言うものであるが、彼らがそのようにして死ぬことになるのはなにゆえかを考えてみると、それは彼らの恣意的な選択であって、誅殺失敗の自然な結果ではないように見える。ピュラデスは、いわば強引に、ヘレネ誅殺の企ての帰結として位置づけてこの死を称えているのだろう。彼のこの怪しげな申し立ては第9章で検討する。最後に、エウリピデス-⑭は、牛と交わって子を産んだパシパエに、王である夫が死を命ずるものである。彼はその悪事に対する報いとして特別ひどい刑死を指示しようとしているはずだが、それをカロスという語で表したのはどういうわけか。正反対の意味を持つ言葉で表すという反語によって、特別に過酷な死を表していると解するのが自然だと思われるが、反語ではなく〈刑罰として素晴らしい〉という意味、あるいは〈華々しく痛々しい〉という意味で言われているのかもしれない。いずれにせよ、彼女の犯した罪にみあうものとして特別な刑死が意味されているということは確かである。[32]

β-2タイプにあたる事例で、カロスなる死という表現を用いていないものを見つけることがなかなか難しいことは、β-2の最初の説明で述べた。このことからは、死を、何らかの企てへの〈果敢な従事の勲章〉として称えるには、もっぱらカロスという言葉を使うほかなかった——ただし戦死を称える場合はこの限りではない[33]——、ということができるように思われる。

［β-3〈添うべきものと運命を共にする〉という形の死〉の事例］：二件

エウリピデス-④：夫が家に入れようとしているその隠し子を殺害するようにと、クレウサ[34]が老僕に勧められているのを聞いて、侍女は自分も「運命を共にして、カロスに生きるか死ぬかしたい」と言う。（『イオン』858）

エウリピデス-⑦：陥落したトロイアの城市を焼く炎の中に駆け入ろうとして、ヘカベは「燃え落ちるこの祖国と共に死ぬことは私にとってこの上なくカロスなことだ」と言う。（『トロイアの女たち』

1282-83）

β-3に属する二件では、カロスと称えられているのは、ただ共に死ぬということだけなのか、それ以上のことなのかを考えてみる余地があると思われる。エウリピデス-⑦で想定されているのは、トロイア王妃ヘカベが滅びる祖国と運命を共にすることだが、彼女はそれを、燃え盛る火に飛び込むという果敢で派手な行為で達成しようとする。そこには、共に死ぬという以上の何か積極的なものがあるようにも見える。エウリピデス④は、セリフが簡潔なので、侍女がどういう共死を思い描いてそれをカロスと申し立てているのかはよく分からない。しかし彼女が共に死のうとする主人は、殺害を企てようとしているところなので、カロスと評されているのは、自分では手出しをしないまでも、この企ての共謀者として死ぬということを含意してのことであるかもしれない。(35) 二件とも、ともに死ぬということよりももっと、戦死に近い何かを有しているように思われる。しかしそのどこまでをもってカロスと評されているのかは判定しがたい。

β-4に優先的に分類された事例はなかったが、このタイプの鍵をなす〈死の前での潔さ〉は、いわばαとβに属するすべての事例に認められる要素だと言ってよい。しかし、それが比較的大きな比重を占めるのが、他と重複してここにも配属させた三件である。先述したように、プラトン-②は、α-2かこちらのどちらかに分類されるべきものと言えるだろう。クセノポン-③④は、上に述べたように、こちらにも属する資格を十分に持っているが、β-2に該当するという意義のほうが大きいと思われる。

［γ-1（それまでのよき人生の仕上げ）の事例］：三件

ヘロドトス-② ：賢者ソロンは大富豪クロイソスから、自分の幸福は私人にも及ばぬほど無価値なのかと訊かれると、「あなたがカロスに生を終えたと聞き届けるまでは、あなたの問いに答えることはでき

ない」と返した。(1. 32. 23)

プラトン-①：「人生全体を渡り終えてカロスなる最期を遂げていないうちに、まだ生きている人を頌歌や賛歌で称えることは安全でない」と、アテナイ人はクレイニアスに助言する。(36)(『法律』802. a. 3)

プラトン-⑦：「神々を称えてより清浄な人生を送った人が最もよく最もカロスなる終わりを手に入れるということが、法の仕上げであってほしい」と、クレイニアスはアテナイ人に語る。(『エピノミス』980. b. 5)

最初の二件がともに言っていることは自然に理解できる。注目すべきは、ヘロドトス-②で言われている「カロスなる人生の終わり」とは、大富豪として人生を過ごした人物の一生が台無しにならないための最低条件としての死のことだということである。このカロスの意味は第5章で詳しく検討する。プラトン-①もよく似た趣旨のものだが、こちらで言われているのは、人を頌歌や賛歌で称えてよいための条件なので、ヘロドトス-②の場合とはやや条件が異なっている。プラトン-⑦は、「法の仕上げであってほしい」と言うところの意味が分かりにくいが、「最もよく最もカロスなる終わり」という言葉を使っているので、何か特別に素晴らしい死を、誉むべき人の人生の締めくくりとして願うものであることは明らかである。ただしそれがどういう死のことを言ったものなのか、またそのとき「最もよい」と「最もカロスな」の関係をどう考えるべきかは厄介な問題である。これも第5章の課題である。

［γ-2（幸福な状態の中での死）の事例］：二件

ヘロドトス-③：ソロンはクロイソスに、「いかなる富裕な者でも、すべてをカロスな状態で保持したままよく生を終える運に恵まれない限り、その日暮らしの者より幸福であるとは言えない」と

語る。（1.32.26）

アイスキュロス-③：父の仇であるアガメムノンの殺害を叶えたアイギストスは、「この男が正義の網にかかったのを見た私においては、死ぬことさえもカロスである」と言う。（『アガメムノン』1610）

ヘロドトス-③は、死自体をカロスと修飾しているわけではないが、カロスという語によって間接的に死のよさを表している。そのため、ここで表されている死も、やはり広い意味でカロスなる死と言うことができる。上述のヘロドトス-②との違いは、死ぬそのときの境遇に焦点が置かれていることである。この事例も、ヘロドトス-②と同じ問題にかかわるので、第5章で詳しく検討する。アイスキュロス-③は、復讐の成就を見たアイギストスが、満足を表すための修辞として、いまや死んでもよいと言っていると解するのが、文脈から考えるなら自然だろう。その場合は、アイギストスは死を許容範囲内のものだと言っているだけということになる。しかし、それだけではないもっと尊大な響きもここには仕組まれていると思われる。この問題は第10章で検討する。

［γ-3（十分に長く生きたあとの死）の事例］：一件

エウリピデス-①：代理で死んでくれる者を探していた夫に、それを引き受けたアルケスティスは、引き受けを拒んだ夫の両親が「ご自身にとってもカロスに死ぬによい人生の頃合、またカロスに子を救い名高く死ぬによい人生の頃合に来ておられる」と語り、彼らをさりげなく非難する。（『アルケスティス』291-92）

エウリピデス-①は、テクスト上の問題はあるが、文意は明白である。すなわち、カロスの語を使って、夫の両親は死んでもよい年齢に達しているということを表しているのである。「カロスに死ぬによい頃合」の中の「カロスに死ぬ」とは、先に紹介したソロンの言説のように、時機に外れたものではないということを意味することまでは難なく理解できる。その両親の年齢での死がそれ以上の何か特別に素晴らしいものだとするものなのかどうかは、一考の余地がある。

［δ－2（悪評や不名誉の伴わない死）のタイプに属する事例］：一件

ソポクレス－⑤：父の仇を討とうと誘いかける姉（エレクトラ）に対し、安全志向の妹（クリュソテミス）は「無分別からは死なないのがカロスである」と言って辞退する。（『エレクトラ』398）

ソポクレス－⑤のクリュソテミスのセリフ原文は、「（死ぬにしても）無分別からではなく死ぬのがカロスである」と訳すこともできる。カロスの語が表しているのは、大変結構だということのようにも見えるが、実質的にはそれだけは守らなくてはならないということである。δ－2のタイプに優先的に分類されたのはこの一件だけであるが、γタイプと重複してここに属するものが多いことが、δ－1と共通の特徴である。

［ω（α～εのいずれとも判定できない事例）］：一一件

アンドキデス－①：「もしカロスに滅びるか醜く助かるかのどちらか一つを選ぶのだったならば、人はかの顚末（事件の事情を告白して死刑を逃れたこと）を下劣なことだったと評するだろう。」（『秘儀について』57. 4-5）

アンドキデス－②：「しかし多くの人たちは、カロスに滅ぶことよりも生きることのほうに価値があるとして、やはりそれ（生きること）を選んだだろう。」（『秘儀について』57. 7）

イソクラテス－①：「運命は死ぬことをすべての人々に課したが、カロスに死ぬことは熱意ある人たち

（σπουδαῖοι《スプーダイオイ》）に特有のものとして割り当てた」と、デモニコスに教示する。（『デモニコスに与う』43. 8）

イソクラテス-②：「危険を冒さねばならないような時には、醜く生きるよりはカロスに死ぬことを選べ」と、ニコクレスに訓戒する。（『ニコクレスに与う』36. 8）

イソクラテス-④：「カロスかつアガトスなる者たちのもとでは、醜く生きることよりもカロスに死ぬことのほうが選ぶに値するという事実があるように……。」（『民族祭典演説』95. 7-8）

クセノポン-⑤：「カロスに死ぬことを目指して頑張る人たちのほうが、むしろ生きて老年にまで達するのを私は見ている」と、指揮官クセノポンは兵士たちに訓示した。（『アナバシス』3. 1. 43. 5-6）

ソポクレス-②：「私はカロスに死ねないというほどの目に遭うことはないだろう」と、アンティゴネは見込みを語る。（『アンティゴネ』97）

ソポクレス-③：「よき生まれの者は、カロスに生きるかカロスに死ぬ（あるいは死んでいる）かせねばならない」と、アイアスは自分の信条を語る。（『アイアス』479）

エウリピデス-⑨：「どうしたら私はカロスに死ぬことができようか」と、ヘレネは思案する。[37]（『ヘレネ』298）

エウリピデス-⑫：「死にたいと願う人は狂っている、カロスに死ぬより悪しく生きるほうがマシである」と、イピゲネイアは生きていたい欲求を当初語る。（『アウリスのイピゲネイア』1252）

エウリピデス-⑬：「カロスに死んだ人たちのほうが、カロスでなく陽光を拝んでいる人たちよりも、生きているというに相応しいと私は思う。」（娘を生贄に供することに協力するプラクシテアの言葉か。[38]断片361. 1（N）『エレクテウス』）

ωのこれらの事例は、カロスなる死という表現が、その死の正体が明らかにならないような仕方で用いられている例である。〈その内容がどのようなものであるとしても、カロスといえる限りの死〉とでもいうような内容の広がりを示唆して使われている例もあれば（ソポクレス-②[39]、アンドキデス-①②）、実質的には〈特定の人に相応しいような死〉という限定された意味で使われている場合もある（ソポクレス-③、イソクラテス-①④）。また、ぼかして言ってはいるが戦死のことを念頭においていることはほぼ間違いないと思われる場合もある（クセノポン-⑤、イソクラテス-②）。

＊

カロスなる死の事例は以上のように分けられるが、ここで再び表2を見返して、事例の分布について考察してみたい。

戦死を表すβ-1の事例が突出して多く、しかも古い時代ほどその割合が高いということは先述した。このことは、カロスなる死という概念の基本形が戦死の中にあり、多様化されてゆく中でもその観念が連綿と守られていたということを意味すると言えるだろう。

β-1と並んで、β-2に該当するカロスなる死の事例が多いことも先に指摘したが、その件数は一二である。この数は、β-1のそれ（三二件）の三分の一強に過ぎないが、他のタイプに属する事例よりは著しく多い。ギリシア悲劇での事例だけで比べてみると、β-1とβ-2の件数はほぼ同じであるということも見逃せない。カロスと修飾される死の事例がβ-1とβ-2に集中しているということは、カロスの語で称えられるにふさわしい共通の要素がそこにあるからであろう。β-1とβ-2の間には確かな共通項がある。それは、その死が〈有意な企てへの果敢な従事〉の証しをなすということで、違いは、死ぬ者が従事する対象が戦闘であるか否かということだけである。だから、β-2のタイプの死は、戦死に準ずるものと位置づけることができる。β-1の事例（三二件）の、全件（六五件）に対する割合は四九％であったが、β-1とβ-2の両方の事例をあわせると四四件にのぼり、全件の六七％を占める。それゆえ、この二つのタイプをあわせて、〈何らかの企てへの果敢な従事の証しとしての死〉が、カロスなる死の全事例の三分の二を占める一大勢力である、と言ってもよいであろう。

αのタイプについて見ると、特に注目されるのは、利他的な死の最たるものを表すα-1タイプには、カロスと修飾された死が一つも見出されないということである。ωに分類したエウリピデス-⑫（イピゲネイアの言）と-⑬（プラクシテアの言）は、ともに、戦争に勝つための生贄が関係するコンテクストで語られるセリフであるので、生贄の死のことを言っている可能性がないとは言えないが、しかしその可能性は、彼女たちが戦死を含めたカロスなる死全般のことを言っているという可能性を上回るものではない。それらの内容はやはり不特定と言うほかないのである。もし本当に、α-1に該当するものが一件もないとすると、死が利他的であるだけでは、その死がカロスと修飾されることは妥当でなかった、という可能性に思い至る。[40] 戦死全般や、β-2に属する事例のいくつか[41]にも利他的側面があるのは確かだが、β-1やβ-2を構成している要素は利他性だけではない。[42] また、利他的なのは死ぬ者が従事していた行動なのであって、その人の死自体は必ずしも利他に貢献するものだとは限らない。[43]

また、α-2の一件以外にはαに属するカロスなる死の事例が存在しないということは、カロスの語は、死がよき状態をもたらすことを称えるようなものではない、また結果を称えるという性格のものではない、という可能性を予想させる。それゆえ、プラトン-②の事例をα-2に分類したのは間違いでありうる、という留保をつけておくべきかもしれない。あるいは、プラトンはそこで、カロスなる死という概念のきわめて異例な使い方をしている、ということなのかもしれない。

一方、γやδのタイプにもカロスなる死が少数ながら存在する、ということも見逃せない。境遇を含めた広い意味でよい死と認められる場合でも、よきものとして評価されているのは必ずしも死そのものではない、というのがγタイプである。上で見たγの事例においては、カロスの語で修飾された死はどれも、必ずしも特別に好ましい死を言ったものではない、という疑いがあった。このことはδに分類した一件でも同じである。このように、死をカロスと言っても、それは特別に好ましいものだということを示しているわけではない場合があるらしい。これらのカロスなる死は、βタイプのものとはかなり性格の異なるものであるように思われる。それらがカロスであるとはどういうことなのか、という精査は第5章で行いたい。

表2により、カロスなる死の全体には以上のような構造があることが分かった。検証するべき予測や考えるべき課題もいろいろと見えてきた。しかし、すべての鍵となるのは、戦死がカロスだというのはどういうことだったのかという問題であろう。

4 カロスなる死のメインストリームとしての戦死

戦死をカロスだと言うことは、戦死をどう捉えてどのように評価したものだったのか。このことを考えるとすぐに突き当たるのは、戦死に限らずとも死がカロスと修飾されていると見られる事例の現存最古のものであるホメロス-①が、はなはだ曖昧な文言であり、何がカロスだと言っているのかさえはっきりしないという、前節でも触れた問題である。それとは対照的に、その次の事例であるテュルタイオス-①②が、いかなる死がカロスであるのかをはっきりと語っている事実は衝撃的でさえある。詳しい内容分析は第3章で行うが、テュルタイオスの単刀直入な説明は次のようなものである。

というのも、よき男が祖国のために戦いながら
前線で倒れて死ぬことはカロスなることだからだ。(44)

(テュルタイオス断片10. 1-2 (West))

これは彼のエレゲイア詩断片一〇の冒頭であるが、さらに、その詩の末尾近くでも次のように語っている。

（その者は）生きていても、男たちの注視の的、女たちの憧れの的であるが、
前線で死んだらカロスなのだ。[45]

（テュルタイオス断片10. 29–30（West））

これは切りつめて言えば、〈祖国のために戦い、前線において倒れ死ぬこと〉が「カロス」なのだ、ということである。テュルタイオス以降は、死をカロスだというのはどういうことかをいちいち説明することなしに、戦死をカロスと修飾することが繰り返される。たとえばシモニデス-②やアイスキュロス-①が典型的である。このことから推定されるのは、死をカロスと修飾するときの意味は、テュルタイオスによって規定され、カロスなる死という概念も彼によって確立された、ということである。〈よき人士が祖国のために戦い、前線において倒れ死ぬ〉というような形の戦死が、〈カロスなる死〉という概念の基本線であり、そういうものとして受け継がれていたのだと考えられる。[46]

カロスなる死というものの基本形がこうしたものであると分かると、β-2タイプに属するカロスなる死の一群も、戦死ではないが、やはりテュルタイオスの描いた戦死に似た側面を持つものだということには、すぐに思い当たる。[47] そしてγタイプやδタイプのカロスなる死が、それらとは相容れないものであると気づくのも難しいことではない。それらの実体がどういうものであるにしても、こちらでは、β-1とβ-2のタイプのカロスなる死が、テュルタイオスの打ち出したアイデアのもとに、一つのまとまりを形成するということは明らかである。本書ではこのことをもとにして、テュルタイオスによって規定されたそのような死を、それに準じるものも含めて、「カロス・タナトス」と呼ぶことにする。

カロスなる死とは、カロス・タナトス以外のものも含めて、ひとまず以上のようなものを言うのであるとしよう。すると次の問題は、そのような死がどういう意味でカロスだとされているかである。それを探るには、テュルタイオスの依拠したホメロスの言語において、カロスがどんな意味の言葉であったかをしっかりと押さえることが必要

である。また、ホメロスにおける戦死評価の前史を把握すると、テュルタイオスがカロス・タナトスの概念を打ち出したことがどういう意味を持つのかも見えてくる。テュルタイオスの文言を精査するのは第3章でのこととし、次章ではまず、これらの準備作業を行うことにする。また、テュルタイオスの規定には当てはまらないもののカロスと修飾される死の一群（γとδのタイプ）には、どういうまとまりがあるのかということは、そのあと第5章で検討する。

第2章　ホメロスにおける戦死評価とカロス

戦死がカロスであるとはどういうことかを明確に打ち出した最も古い現存テクストは、テュルタイオスのものであることを先に示したが、戦死をカロスという語と結びつけるのはホメロスの『イリアス』に先例があり（ホメロス-①）、この戦争叙事詩にはそのほかにも、いろいろな形の戦死評価が見出される。ならば、テュルタイオスの打ち出したことは、カロスの語を援用した表現にせよ、そのような表現で規定した戦死の概念にせよ、それまでに比べてどれだけ斬新なことだったのか。また、テュルタイオスの依拠しているホメロスの言語においてカロスとはどういう意味を表していたのか。これらのことは、ホメロスにおける関連項目を押さえることによって検証されなければならない。そのためこの章で目指すのは、次の三つの課題である。

課題(ア)　カロスなる死の最古の例であるホメロス-①の意味を探る。

そのパッセージ（*Il.* 22. 73）の内容は大まかには、「死んでしまっていても、その者のもとで、見えるものはすべてカロスである」というものだが、前章でも触れたように、そこでカロスとされているものは何なのか、そのカロスはどういう意味で言っているのか、はっきりしない。[1]言おうとしていることも、〈戦死した血塗れの死体は美しい〉ということなのか、あるいは〈若者が戦場で倒れていることは似つかわしい〉ということなのか、と考量してみる余地がある。これを探るためには、次の二つの課題に取り組まなくてはならない。

課題(イ)　カロスという語のホメロスにおける意味用法を探る。

アウテンリートのホメロス辞典も記していることだが、ホメロスにおいてカロスという語には、大まかに「美しい」と「ふさわしい」にあたる二つの意味があった。どういう場合にどちらの意味で解したらよいのか、ということが私たちにとって最大の問題となる。これはまた、テュルタイオスの言明の意味を知るためにも必要である。

課題(ウ)　ホメロスにおける戦死評価の実情を見る。

ホメロス-①を理解するためには、『イリアス』の中にどのような戦死観があるかということも踏まえなくてはならない。もし同じ戦死観がこの詩の他所でも見出されるなら実証となるし、見出されないならそれもそれで注目すべきことである。この課題を解決することはまた、テュルタイオスの戦死評価の位置を知るためにも重要である。

課題の生じる順序は上のとおりだが、上に述べたように、(ア)を考えるためには別の二つを解決することが必要である。また、(ア)の議論は、(ウ)の議論からの流れにおいてのほうが扱いやすい。よって、以下においては(イ)(ウ)(ア)の順で議論を進めることにする。すなわち、まず第1節でホメロスにおけるカロスの意味用法を整理し、第2節で『イリアス』に見られる戦死評価を全体的に見渡し、第3節でホメロス-①のパッセージを分析する。

1　ホメロスにおけるカロスの意味

（a）修飾する対象による違い

まず、課題(イ)を検討しよう。ホメロスにおけるカロスの意味については、①‘beautiful of form, in build’と、②‘fitting, becoming, τινί《ティニ》（誰かに）, for any one’という二つの意味を記している、アウテンリート（1984）の説明が最も分かりやすい。シャントレーヌ（1983）もバイイ（1950）もスネル（1955）も、分類法は違うが、beau（schön）とconvenable（geziemend）という二つの意味を記しているのは、妥当であろう。[3]しかし問題は、どういう場合にどちらの意味になるのかということである。ドーバー（1974）やジャナウェイ（1995）は、人や物質的対象に適用されるときには美や魅力を表すと述べていて、[4]これについては、まったく正当だと思われる。しかし問題なのは、カロスがそれ以外の対象を修飾するときの意味である。というのは、ホメロスにおいては、適切性を表していても、卓越性を表しているとは思えない例もかなり見受けられるのである。ヤマガタ（1994）は、カロスが社会的な文脈の中では‘seemly’を表すが、それは‘acceptable’または‘commendable’という意味だという微妙な言い方をしている。つまり、適切性を表すだけか卓越性までを表すのかについては言明を避けているとも言える。[5]また、LSJギリシア語辞書（1996）の καλός《カロス》 のAⅢ項が記している、‘in moral sense, beautiful, noble, honourable’という意味は、時代の下った古典期の用例については正しいと思われるが、ホメロスの用例については正しいかどうか疑問である。[6]さらに、アウテンリートの掲げた①と②の意味の区別が、物質的対象と倫理的対象で分かれるものなのか、ということも考えてみるべきであるように思われる。

　このような理由から、私は『イリアス』と『オデュッセイア』における形容詞 καλός《カロス》 と名詞 κάλλος《カッロス》 の変化形の全用例に当たって、どのような対象のどのようなさまを表しているかを調べてみた。両詩についてその結果をまとめた一覧が付録B1とB2である。全例を見渡してみて見出されたのは、καλός《カロス》の語が表す意味は、この語が修飾している対象が〈感官で捉えることのできる性質のもの〉であるか否かに対応して、おおむね二つに分かれているということである。その二つの意味はアウテンリートの掲げている二つにも対応しているが、もう少し違った枠組みで考えるべきだということになる。分析は次のとおりである。

表3　ホメロスにおけるカロスおよびその変化形の，修飾対象別の事例件数

		『イリアス』		『オデュッセイア』		計	
人物や物体		134 件		146 件		280 件	
行為や事象	感官で捉えられる対象	13 件	4 件	31 件	14 件	44 件	18 件
	感官で捉えられない対象		9 件		17 件		26 件
計		147 件		177 件		324 件	

　私の計数によれば、両詩の中には、形容詞καλός《カロス》とその変化形(7)の使用例が全部で三二四件（『イリアス』に一四七件、『オデュッセイア』に一七七件）、名詞κάλλος《カッロス》とその変化形の使用例が一六件ある（『イリアス』に八件、『オデュッセイア』にも八件）ある。名詞カッロスのほうはすべて、人や物体の外貌における卓越性を表したものだと言って差し支えないだろう(8)。一方、形容詞カロスのほうは、人物や物体を修飾している用例が二八〇件（『イリアス』に一三四件、『オデュッセイア』に一四六件）あり、全用例の大半を占めているが、これらはすべて、〈感官で捉えられる対象〉であると言える。カロスの使用例の残り、すなわち、行為や事象を修飾している四四件の事例（『イリアス』に一三件、『オデュッセイア』に三一件）は、音楽や声や食事などの〈感官で捉えられる対象〉を修飾しているものが一八件、〈感官で捉えられない対象〉のそれが二六件ある。以上を表3にまとめた。

　ここで重要なことは、かたや、カロスの語が人や物体を修飾しているすべての場合（二八〇件）と、行為や事象の中でも〈感官で捉えられる〉ものを修飾しているすべての場合（一八件）とにおいては、この語は否定詞なしで置かれ、肯定されているということである。そしてかたや、行為や事象の中でも〈感官で捉えられない対象〉を

修飾している二六件の事例のうち、カロスの語が否定されているものは、原級で置かれているものだけを数えても一四件にのぼるという事実がある。つまり、〈感官で捉えられる対象〉を修飾する場合には、カロスの語はすべて肯定されているが、〈感官で捉えられない対象〉を修飾する場合は、半数以上においてカロスの語が否定されているのである。この奇妙な事実は、前者を修飾するカロスと後者を修飾するカロスの間で、何か大きな違いがあるということを予想させる。仔細を検討してみなくてはならない。

カロスが人物や物体を修飾している事例（二八〇件）については、数は多いが、すべて〈感官で捉えられる対象〉であり、またカロスが否定されている例もないので一括りにできる。一方、カロスが行為や事象を修飾している事例（四四件）は、さまざまなタイプからなっている。複雑なので、その四四件の内訳を付録B３に整理した。まず考えてみたいのは、カロスの語が〈感官で捉えられない対象〉を修飾している二六件の事例（『イリアス』に九件、『オデュッセイア』に一七件）である。そのうちの一四件（『イリアス』に五件、『オデュッセイア』に九件）が、原級で置かれたカロスが否定される形になっている。その内容は、松平訳で示すと次のとおりである。

「このように胸の中に怨みを抱いてすねているのは見苦しいぞ。」（*Il.* 6. 326）
「われらが争えば、碌なことにはなるまいからな。」（*Il.* 8. 400）
「もはや武勇を奮わず安閑としていることは許されぬ。」（*Il.* 13. 116）
「父神ゼウスも照覧あれ、不遜極まる広言を吐くは怪しからぬこと。」（*Il.* 17. 19）
「わたしが先手をとるわけにもゆくまい。」（*Il.* 21. 440）
「わが一家は惨憺たる破滅に瀕しているのだからな。」（*Od.* 2. 63）
「何者か知らぬが、怪しからぬことをいわれる。」（*Od.* 8. 166）
「いつまでも遠く家を離れて遍歴しているのは宜しくないぞ。」（*Od.* 15. 10）

「あなたは身分の高いお人ではあるが、申されることは筋が通らぬ。」(*Od.* 17. 381)
「もはやお前は無事にはこの屋敷から退散できぬぞ。」(*Od.* 17. 460)
「憐れな浮浪者を撃つとは怪しからぬことだ。」(*Od.* 17. 483)
「受け取られたらよかろう、折角の贈物を拒むのは宜しくないからな。」(*Od.* 18. 287)
「客人を、然るべくもてなさぬのは宜しからず、正しいことでもない。」(*Od.* 20. 294)
「無礼な振舞いをするのはよからぬことで、正しい態度でもありますまい。」(*Od.* 21. 312)

これらにおいて修飾の対象はいずれも行為や事象である。口調はさまざまで、はっきりとした非難となっているものが少なくないが、みな好ましさが全否定されているとまでは言えないかもしれない。さりとて、「あまり好ましくない」という部分否定が明確に打ち出されている例があるわけでもない。しかしどの例も実質的に、行為や事象が「適切でない」(まともではない)ということを表すものとなっているということができるだろう。

このことから予想されるのは、そのカロスは、「適切であるか否か」を表すための言葉であって、「特段に適切だ」とか「特段に好ましい」ということを表すものではない、ということである。もちろん、「適切さ」にも程度はありうるが、ここでのカロスは適切さのレベルが高いことを表すものではない、ということが予想されるのである。

このことは、人物や物体を修飾するときのカロスは通常、見目などが普通なみであるだけでなく特別に秀でていることを表す、ということと対照的である。対象の性格の違いにより一転してカロスの否定される例が多くなるという、先に指摘した事実も、この事情の反映としてなら、自然なこととして理解できるであろう。

しかし一方で、その予想を妨げるような事実はないか、ということも考えてみなくてはならない。カロスが比較級で用いられている場合(八件)は、問題が複雑なので後に回すことにして、原級のカロスが用いられているケースに絞って考えてみる。ならば、〈感官で捉えられない対象〉を修飾するカロスのうちで残っているのは、原級のカロスが肯定されている四件の事例である。それらにおいても、カロスは「適切であるかどうかを表す」だけのものであると見ても差し支えないだろうか。

「私を困らせるような者には、私と一緒になって困らせてやることが、汝にとってカロスである。」(*Il.* 9. 613–15)

「(弁ずるために)立っている者に対しては傾聴するのがカロスである、口を差し挟むことは妥当ではない。」(*Il.* 19. 79–80)

「不運な子の運命を汝は私にカロスに語ったので。[9]」(*Il.* 24. 388)

「アンティノオスよ、汝は私の父のごとく、息子のことをカロスに案じておられる。」(*Od.* 17. 397)

以上の四事例を見ると、それぞれの行為が好ましいものとして評価されているということは明らかであるが、カロスの語がそれぞれをどの程度好ましいものとして表しているのかは判定しがたい。しかしそれぞれの事例が示そうとしているポイントは、どれほど好ましいかということよりも、何かに対する適合性であるであるように思われる。一番目の事例(*Il.* 9. 613–15)は、私と友でいたいのなら、私の敵に親切にしてはならないという前言の言い換えであり、これはギリシア人の常識的な倫理でもあった。[10]「汝にとって」(τοι《トイ》)という与格の言葉がカロスの語に添えられていることが重要である。このカロスは、そうすることの好ましさを表すに劣らず、友たる者に相応しい行為は何かを表すものなのである。二番目の事例(*Il.* 19. 79–80)は、アガメムノンがざわつく会衆を戒める言葉であるが、ここでカロスによって示されているのは、演説者の話を黙って聞くということで、それは好ましいことである以前に、為して然るべきことのはずである。直後の「(口を差し挟むことは)妥当ではない」(οὐδὲ ἔοικεν《ウーデ・エオイケン》)という言葉もそれを裏返しただけのものであろう。三番目の事例(*Il.* 24. 388)は、ヘルメス神がヘクトルの戦死を、その父(プリアモス）の心情に沿うようにしてぴたりと言い当てたことを、父が評したものである。[11] 四番目の事例（*Od*. 17. 397）でテレマコスが言っているのは、求婚者の筆頭アンティノオスは、館の財産の消耗に気を揉むことによって、「私」のことに気を揉んでいるが、それはちょうど、息子のことに気を揉む父親のようだ、ということである。これは「卓越した親切さだ」と皮肉として言っているのだ、とする解釈があることは事実である。[12] しかし、卓越した心配振りというのを想像することよりは、彼の心配ぶりと父がするであろう心配の一致を思い浮かべることのほうがはるかに無理なくできる。心配ぶりが優れているとすれば、それは父のそれに一致するからであるはずだ。

これらの四件に共通して言えることは、カロスは、何かが何か——それは行動規範であったり、個人のなすべきことであったり、真実であったりする——によく当てはまっている様子を表している、ということである。そして、これらにおいてカロスは、「適切であるかどうかを表すもの」として使われているとしてもおかしくないものばかりである。たしかに、それが「特段に適切だ」という、程度を表す意味で使われていると考えることも可能ではあるが、それでは却って上の問題が説明できなくなるし、そのようにしか解せないというものではない。

では次に、〈感官で捉えられる対象〉を修飾する事例（二八〇＋一八件）についても考えてみよう。まず人物や物体がそれに該当し、その場合、カロスは外貌などが秀でていることを表すものであることは説明する必要もないであろう。一方、行為や事象のうち〈感官で捉えられるもの〉とは、音楽や声や食事などのことであるが、一八件の事例（『イリアス』に四件、『オデュッセイア』に一四件）がある。[13] たとえば、アカイアの戦士たちが歌ってアポロン神を喜ばせたとされる歌（*Il*. 1. 473）や、「その声神にも劣らぬ名手の歌を聴くこと」（*Od*. 1. 370）がカロスであるということは、秀でた歌唱やそれを聴く楽しみの絶対的な卓越性を意味するということは自明であるが、この一八件に属するその他の例も、何らかの卓越性、素晴らしさを表すものであるということを疑う余地はないであろう。

それにしても、これらの事例においては、カロスの否定されている例が皆目存在しないのはどういうことであろうか。考えられるのは、この場合のカロスは、否定されることに本来的になじまない内容を表しているのではないかということである。もし、ある修飾語が、「適切であるか否か」などのように何ごとかの是非を表すような性格の言葉であれば、それを肯定するか否定するかが語られるのは自然である。他方で、それとは違う最たるものとして考えられるのは、感動や感銘を表すような言葉だろう。たとえば、素晴らしい、惚れ惚れする、wonderful、excellent などがそうである。もしそこに否定詞を添えるならば、それは部分否定となるが、そもそも感動や感銘を否定するというのはかなり特殊なことで、そういうことは普通には起こらない。ともかく、プラトンがエロースを掻き立てるものの根本的性質として挙げる「カロス」とは、まさにこういうもののことである。[14] このことから、〈感官で捉えられる対象〉を修飾するカロスが表しているのは、何らかの卓越性が感動や感銘を掻き立てるさまなのであると考えられる。

以上のことをまとめると、予想されるのは、ホメロスにおけるカロスの語は、①〈感官で捉えられる対象〉を修飾する場合には、その対象の感動や感銘を呼ぶような特別な好ましさを表し、②〈感官で捉えられない対象〉を修飾する場合には、対象が「適切なものであるか否か」を表す、ということである。このとき、「適切なものである」ということは、多かれ少なかれ「好ましい」(acceptable という意味での)ということでもあり、そこには、さまざまな度合いがありうる。しかし②の場合のカロスは、その全幅を一括りにしてカロスと言うのであって、「適切性」や「好ましさ」がどんな程度にあるかということを表すものではない。

ただし②の場合でも、カロスの語が比較級で用いられている場合(八件[15])は事情が異なり、より「適切である」という言い方によって好ましさの程度が表現される余地がある。たとえば、「あなた自身にとっても、そうする(馬車で行く)ほうが、足で行くよりもずっとカロスです」(*Od.* 6. 39) という事例は、ナウシカアが洗濯場まで行く方法の優劣を語るものだが、さほど不適切ではない場合と比較してよりカロスだと言っているのであって、適切性の度合いが高いことが表されているのだと言える。また、「そうすることは彼にとって、よりカロスなことでもよりよいことでもない」(*Il.* 24. 52) という事例は、アキレウスが敵の死体を曳き回す行動をアポロン神が非難して語った言葉だが、カロスの比較級を用いて表しているのは、〈他の何かよりも「適切」に近いということがない〉という状態、すなわち、適切から最もかけ離れた状態であり、不適切さの度合いが示されていると言えるだろう[16]。適切性の程度が明確に表されていると判断されるのは、このような特別な形のときだけである。〈感官で捉えられない対象〉を修飾する場合、カロスという言葉は基本的には、「適切か否かということ」だけを表示するものであると考えられる。それは、不適切ではない、問題ないと言える限りの広い領域にあることを表す言葉だと言ってもよい。

ホメロスにおいては、このように考えること（①および②）によってはじめて、上に示した奇妙な事実を説明することができる。それゆえ、ホメロスにおけるカロスの概念にはこのような基本構造があると考えられるのである。

（b）卓越性

〈感官で捉えられる対象〉を修飾するとき、カロスは卓越性を表す、ということを上で述べた。その典型的な例は、美貌やすぐれた歌人の歌唱など、感覚的な快さである。しかし、この語が表す卓越性はそれだけにとどまらない。実際にどのような卓越がこの語によって表されているのかも考えておかなくてはならない。というのは、ホメロス-①（*Il.* 22. 73）の「死者のもとではすべてがカロスだ」（πάντα δὲ καλὰ θανόντι《パンタ・デ・カーラ・タノンティ》）は、もしそれが何らかの卓越性を表しているとすれば、感覚的な快を表しているとは考えにくいからである。

通常の感覚的な快さだけではない卓越性、あるいはそれとは次元の違う卓越性を表していると思われるのは、武具や軍人を修飾する場合である。衣服・酒器・家具の類や農場・農作物の類については、その機能的卓越とは別に、見目のよさが注目されて愛でられるということは珍しいことではない。しかし、武具の場合は、たしかに装飾を凝らしたものもありうるが、その機能性から離れて見目のよさだけが愛でられるということはあまり考えにくい。軍人も、たまたま美形であることはいくらでも考えられるが、軍人として有能な者がカロスと言われているケースが圧倒的に多いのである。カロスの語が軍事的な対象を修飾しているときは、見目の良さに劣らず、軍事的な良好性を意味するものであることが予想される。しかしそれは、外見など感官を通して捉えられるものと無関係に評価されているのだろうか。

『イリアス』においては、カロスの変化形を含めた全用例のうちの少なからぬものが、軍事的な物（武具・要塞など、一四七件のうち四六件）[17]と軍事的な人物・神（アキレウスやアレス神など五件）について用いられている。これらは、いずれも視覚的な要素を持つ対象であるから、カロスは、それらの対象の感官で感知しうる外貌を捉えて言われた賛辞である可能性がある。少なくとも、人物については、外貌を表すものと考えられてきた。[18]そしてそのことを疑うべき理由もない。しかしこれらの賛辞は、対象に内在する軍事的な卓越に対する賛辞と等しいものであると見込まれるのである。というのはまず、軍神アレスが、男神たちのうちで唯一カロスとされている（*Il.* 18. 518 および *Od.* 8. 310）[19]。このことは、彼のカロスぶりがこの神の職掌に関係するものであることを示唆している。また、ギリシア軍随一の武人であるアキレウスがギリシア勢で最もカロスなる男とされている（*Il.* 2. 674）。さらに、『オデュッセイア』第一一巻五二二行においても、オデュッセウスの目にした最もカロスな男とされているメムノンが、アンティロコス[20]をも撃ち破り、アキレウスと戦うまで殺されない強力な戦士であった[21]。これらのことが示唆するのは、軍人がいかにカロスであるかは、いかに彼が軍人として優れているかの指標となっていたということである。このことは、神の血を受けた者たちだけに限ったことではない。神の血筋以外でも、カロスとされるベレロポンテス（*Il.* 6. 156）はヘラクレス的英雄である。同一一巻五一九―二二行では、メムノンに次いで最もカロスであったとされるエウリュピュロスは、ネオプトレモスの討ち取った相手の筆頭に数えられている[22]。また、カロスであるアガメムノン（*Il.* 3. 169）も、第一一巻での活躍に示されるとおり、やはり強力な戦士である。これらの場合において、カロスという語は、彼らの外貌のありようを表しながら、彼らの軍事的な卓越性を示唆したものであると考えられる。ということは、この語は、軍事的内実のよさを裏打ちするような、特別な外貌を有していることを示すものだった、と考えられるのである。軍事的卓越性が「外貌における卓越性」と相関していることがある、という考え方は、「形姿」(εἶδος《エイドス》)を用いてアキレウスとアイアスの場合を表した『イリアス』第一七巻二七九―八〇行＝『オデュッセイア』第一一巻五五〇―五一行(「非のうちどころなきアキレウスを措いては、容姿も働きも他のダナオイ人に冠絶したアイアス」)[23]や、ヘクトルの場合を表した『イリアス』第一七巻一四二行(「おぬしは見かけはいかにも立派だが、いざ戦いとなると実にお粗末な男だな」)からも窺い知ることができる。[24]

この解し方が正しければ、武具や城壁等をカロスだという場合(武具：『イリアス』に四〇件、『オデュッセイア』に六件。城壁・胸壁：『イリアス』に二件)も、これと同様に考えることができるであろう。それらの物は、いずれも飾りではなく、武人たちが実戦で使用する武具や施設である。しかも、カロスとされている武具の多くは、その使用者たちを勝利または優勢に導く武具である。[25] また、パリスがメネラオスとの一騎打ちに使用する武具も、カロスなるものとされたうえで、詳しく語られる。これらのことから導かれるのは、カロスなる武具とは、優れた戦いをする武人に似つかわしい武具、あるいは、勝利することを期して身に付けるような武具のことだった、ということである。これらの場合のカロスとは、ＬＳＪギリシア語辞書(1996)のカロスの記事第二項のように、道具としての有用性を表していると解することもできるが、問題はそれが外貌と関係なしに語られているかどうかということである。後述するアキレウスのカロスなる楯(*Il.* 19.380)の例を考えると、やはり、卓越した内実を示唆する外貌を表すものであったとも考えられるのである。

もちろん、内実とは関係なく、見た目の心地よさだけを表すときにも、カロスという語は使われた。しかし、外貌を持つ何ものかをこの語が修飾するときには、いつでも見た目の心地よさを含意していたと考える必要はないだろう。さもなくば、武人で美形である者はみな優れた軍事的能力を備えており、また、見た目に心地よく作られた武具や軍事施設はすべて軍事的に有用だ、という奇妙な事態を想定しなくてはならなくなるからである。従来そのように解されてきたふしもあるが、[26] その見方が正しいという保証はない。私たちにとって問題なのは、ホメロスの世界において〈どのような人相が人のどのような内実に対応しているか〉ということよりも、ホメロスを聴くギリシア人は人相と内実の対応関係をどのような現実に引き合わせて解することができたか、ということである。確たることとして言えるのは、カロスの語が〈軍事的卓越性を裏打ちする外貌〉を表していると考えれば、これが、〈見た目に心地よい外貌〉を表しているとは考えなくともよいということである。

　確かに、カロスだが武人としては優れていないとされるパリスやニレウスについての扱いは混乱を招きやすい。『イリアス』第三巻四三―四五行は、アカイア勢は、パリスが「カロスなる容姿」（καλὸν εἶδος《カーロン・エイドス》）を有しているのに力も勇気もないのを見て笑うだろうと言う。彼が実際、優れた外貌を持っていた（*Il.* 3. 39）ということと考え合わせれば、これは、カロスといえる外貌を持っていさえすれば、必ず内実も優れているものだ、と一般に信じられていたと思わせるかもしれない。しかし、ここで気をつけるべきことは、パリスの場合、カロスとされる εἶδος《エイドス》（形姿）は、「アフロディテの贈り物」（*Il.* 3. 54–55）と言われる類のものであるということだ。つまり、ギリシア勢がパリスを見て笑うのは、彼が〈カロスなのに勇気がない〉からというよりも、彼が〈優れた武人らしい εἶδος《エイドス》を有しているのではないのに、ただその εἶδος《エイドス》がカロスであるがゆえに前線に立っている〉と彼らがみなすからだ、と解される。[27] これはむしろ、外貌自体が何らかの点で優れてさえいれば軍事的内実も優れていると思い込む、ということは愚とみなされる、というメッセージである。ガニュメデス（*Il.* 20. 233, 235）や求婚者たちの給仕ら（*Od.* 15. 332）がカロスなのと、武人がカロスなのとは、違うことなのである。重要なのは、人物を武人としてカロスと言っているのか、愛人や給仕等としてカロスと言っているのか、また、武具を武具として、城壁を防御施設としてカロスと言っているのか、ということだ。少なくとも軍事的なコンテクストで語られるときには、カロスの語が、〈外貌自体が優れているという様子〉よりも、まず第一義的に、〈軍事的内実が優れていることを示唆するような外貌を持っている様子〉を表すものであった、と考えるのが無難であろう。一方、ニレウスは、「ダナオイ勢中アキレウスに次いで最もカロスなる者としてイーリオンにやって来た」が、弱い男（ἀλαπαδνός《アラパドノス》）であったと語られる

(*Il.* 2. 673–75)。それならば、彼はアキレウスと同じタイプの外貌を有していたのだと考えられる。彼が勇士であると推測されることは正しい。この場合は、彼の外貌は軍事的能力を示唆するものであったが、彼の内実はこの示唆を裏切るものだったということである。

カロスだとされる、アキレウスの楯（*Il.* 19. 380）の長大な描写（*Il.* 18. 478–608）において強調されているのは、その頑丈さ（*Il.* 18. 478–80 に）と、見た目の心地よさというよりは見た人間が驚嘆する（*Il.* 18. 466–67）ほどの装飾の精巧さである。それは、これが神の手で作られたということを証するものである。そしてそれこそが、この楯全体が完璧な出来の物であるということを表す標章なのでもあり、そこから、この楯が並ならぬ有用なものだということも見込めるわけである。これは、外貌がそれとは別の内的卓越性を裏打ちするという状況の究極的な例である。しかし、現実の世界においては、このように内実と外貌がはっきりと対応しているということが、いつも望めるわけでないのは確かである。もし、外貌はいつも内実を反映するものだ、と考えるとすれば、現実の世界においては、それはハズレの多い愚かな認識と言うほかはない。しかし、いつでもそうであるはずだと彼らが盲目的に信じていたと考える必要はないのである。内的に卓越しているものには「それらしい外観」が伴っていることは往々にしてある、と考えることはなんら奇異なことではない。それらしい外観を見せている場合にそれを「見」分ける能力と習慣を彼らが身につけていた、と考えればよいのである。

これらのことから、カロスという語は、視覚的に捉えられる対象を修飾するときは、〈視覚的な快を与える〉という事態を表すだけでなく、〈内的な卓越性を示唆する外貌〉を有していることを表す場合もあった、と判断される。

（c）小まとめ

以上の議論（aとb）から言えるのは、次のようなことである。ホメロスにおけるカロスの語は、〈感官で捉えられる対象〉に対しては卓越性を表すものであったが、〈感官で捉えられない対象〉に対してはその限りではなく、適切性を表すに過ぎなかった。それは外れてはいないということであって、否定詞が付けば不適切であることを示すものとなる。[28] 適切性の条件は与格で示されることもあるが、特に示されずに何らかの暗黙の標準が想定されていることが多い。この語が卓越性を表す場合は、対象が感覚的な快を与えるものであることを表す場合が多いが、内的な卓越性を示唆する外貌を有していることを表す場合も少なくなかった。

あるものが内面的にカロスであるということは、その外貌に左右されるものではない、と主張したのはプラトンである。[29] しかし、その彼も、カロスなるものは「最も鋭敏な感覚である視覚」に訴えるときに最も鋭く感得され、エロースを掻き立てるものだ、という認識を『パイドロス』や『饗宴』において繰り返し語っていた。[30] 古典期にはカロスという語も、倫理的卓越を含め、さまざまな意味で使われるようになっていたということは事実である。しかし、サッポーの断片五〇（L-P）の第一行「カロスなる人は、姿形に関する限りにおいて、カロスなのだ」は、[31] 視覚に訴えるものを修飾することが、この語の本来のあり方だと言っているように思われる。[32] カロスとは、〈感官で捉えられる対象〉を修飾するときにこそ、ものの魅力をしっかりと表現できる言葉なのであった。[33]

2　戦死一般をよしとした二つの箇所

ここからは、課題(ウ)、すなわちホメロスにおける戦死評価の実情について考えてみよう。ホメロスの中で、戦死が何らかの明瞭な言葉でよきものとされている例は、非常に少ない。その稀なケースの一つは、『イリアス』第二二巻一一〇行でヘクトルが、トロイアの城の前での一騎討ちを想定し、アキレウスに討たれることを「名高く滅びる」（ὀλέσθαι ἐϋκλειῶς《オレスタイ・エウクレイオース》）と表現する場面である。そのように名誉あることとして捉えるのは、彼が第一八巻二八五

―三一〇行で、強敵アキレウスに果敢に挑むことを宣言したときに、群集から歓呼と称賛を受けたことを踏まえたものでもある。もう一つのケースをしいてあげるとすれば、第二一巻二七九―八〇行でスカマンドロス河（の河神）に押し流されるアキレウスが、むしろヘクトルに討たれていたならよかったと望む場面である。彼はその死が、「アガトスなる者（よき者）がアガトスなる者を殺すこと」[34]であるとして、望ましいものであることを説明している。それはつまり、戦いに敗れるにしても、互角の勇者同士が戦った結果、勇者として死ぬということだ。つまり、この二件の戦死肯定は、非常に高い水準の戦いを果たした結果としての戦死であることを前提としたものである。それ以外には、ホメロスの中に明瞭な言葉で戦死がよきものとされている例は見当たらない。ホメロス-①を構成する『イリアス』第二二巻七三行は、カロスという語を使ってはいるが、繰り返し述べてきたように、何がどういう意味でカロスとされているのかははなはだ曖昧である。また、戦士の倒れるさまが、巨木あるいは佳木の倒れるさまに喩えられるシミリ[35]は少なくなく、そのいくつかは、美しさを思わせる印象的なイメージを明確に引き起こすものであるとしても[36]、それぞれにおいて何がどのように肯定されているのかはまったく不明確である[37]。このように、ホメロスにおいては、戦死が明瞭な形でよきものと語られることはきわめて少ない。

ここで注目されるのは、戦死一般への評価を語った、『イリアス』の中の二つの文言（*Il.* 15. 496–97, 22. 71–73）である。これらの文言の中には、戦死というものについてのある態度を見てとることができる。

（a）『イリアス』第一五巻四九六―九七行

第一五巻で接戦が続いているさなか、ヘクトルは配下のトロイア勢とリュキア勢に向かって、死を恐れず戦闘に邁進するよう勧告しながら次のように語る。

　さあ、船の傍らで一団となって戦え。そなたらのうちで刺されあるいは撃たれて非運に遭う者があれば、死なせておけ。祖国を護って死ぬのは決して不名誉なことではない[38]。

（『イリアス』第一五巻四九四―九七行）

ここで注目すべきなのは、「不名誉なことではない」（第四九六行）という部分である。現在分詞を用いて「祖国のために防戦しながら」という積極的意義を明らかにしたうえで、しかも、兵士たちに戦死を厭わせぬことを目的として語られる言葉であるから、戦死をできる限り称揚してもおかしくない機会なのに、カロスのような積極的評価の語を肯定の形で使うには至らず、死を修飾する表現は、ἀεικές《アエイケス》（不名誉な、みっともない）の否定という消極的な言い方にとどめている。

もちろん、これは、〈戦死が恐れるに及ばぬこと〉と、〈ただし死ぬなら「戦いながら」（逃げ腰でなく）でなくてはならないこと〉とを恥意識の観点から教えるもので、恥を恐れたギリシア人全般に対して大きな影響力を持つ言葉であったに違いない。しかし、これは戦死を称えられるべきものとして示したわけではないのである。

このテクストからは同時に、「祖国のために防戦している最中に」という条件が整わないなら、敵に殺されることはἀεικές《アエイケス》である、ということも読み取れる。それが基本にあるとすれば、「祖国のために防戦しながら死ぬ」ことがどこまで積極的に肯定されているのかは微妙な問題である。

私たちの日常言語では、「悪くない」と言うことによって「かなり良い」ということを表す場合があるのは事実だが、ここで安易にそれに倣った解釈をするのは危険である[39]。もし、戦死は称えられるべき名誉のものという一般的認識が既にあったとしたら[40]、不名誉の否定も、その認識の単なる言い換えとして通用することがあるかもしれない。しかし、もしそういう一般的認識がなかったとしたら、その可能性も覚束ない。それがはっきりしない以上は、ἀεικές《アエイケス》の否定とカロスの肯定との違いは見過ごすべきではない[41]。実際にはそういう認識の肯定的な証拠が何も現存しないという状況の中では、このテクストはむしろ、すべての戦死を一律に肯定するような価値観がホメロスのもとにはまだ存在していなかったということを予想させるのである。

(b)『イリアス』第二二巻七一―七三行

もう一つの文言は、プリアモスが第二二巻で、アキレウスと対決しようとスカイア門の外にひとり残るヘクトルに語りかける言葉の中にある。このとき彼は、息子が一人で戦うことは避けて城内に退いてくれるよう求めながら、ヘクトルを失ったときに予想される味方の惨状を次のように語る。[42]

そして最後にこのわしを、何者かが鋭い槍で刺すなり撃つなりして、この身から命を奪った時、生肉を啖う犬どもが玄関口の辺りで引き摺り咬み裂くのであろう、わしが屋敷で番犬として食卓の傍らに置いては養ってきた犬どもが――わしの血を啜って心狂い、戸口に寝そべるようなことになるのであろう。鋭利の刃に撃たれ戦場に倒れて横たわるにしても、それが若者ならば万事立派に見える〔それは若者にまったく似つかわしいことだ〕、たとえ死んでいても、目に映るものが何もかも美しいのだ〔はすべて問題ないのだ〕。だが討たれた年寄りの白髪頭や白髯や隠し所を犬どもが辱しめる時、憐れな人間どもにとってこれより悲惨なことはない。[43]

（『イリアス』第二二巻六六―七六行[44]）

細かい解釈はさておくとして、プリアモスがここで言おうとしているのは、武器で殺されるようなことは老人にはあってはならず、それは若者にあるべきことだ、ということであるのは間違いないだろう。戦死というものについて、あるいは戦死体についての一つ（あるいは二つ）の定見が見て取れるのは、第七一―七三行の部分である。それは二つの文章からなっているが、どちらも一様ではない解釈の余地があるので、注意して読まなくてはならない。傍線を施した部分（νέῳ δέ τε πάντ᾽ ἐπέοικεν《ネオー・デ・テ・パンパン（タ）・エペオイケン》）（第七一行）を述部とするその一つ目の文が、〈戦死は若者に似つかわしい〉ということを表しているのは明らかだが、若者の戦死は好ましいことだということも含意しているのかどうかは自明ではない。そして、「パンタ・デ・カーラ」（πάντα δὲ καλά）（第七三行）を述部とする二つ目の文は、θανόντι《タノンティ》というアオリスト分詞の与格[45]を伴っているので、前の文と同様に適切・適合を表しているようにも見えるが、また何らかの素晴らしさを表しているようにも見える。もし後者を取るなら与格はどう解すればよいのか。また、カロスとされているのは、実質的に何なのか[46]。

このように、厄介な問題がこの部分には詰まっている。しかし、これらの問題は等閑に付されてきたというのが実情である。第七一―七三行は 'exhortation to die' であるように見えるので、プリアモスの言い分にそぐわないということが古くから指摘されている[47]。そのためか、管見の注釈書においては、前後を含めたこのパッセージとテュルタイオス断片（10. 23–27）の間の類似やテクストの先後問題が論じられてはいるが[48]、その陰で、ここにどれだけの奨励が含まれているかということや、第七三行の καλά《カーラ》[49]が何を意味するのかということは正面から論じられることなく済まされてきた。古註（スコリア）も、このパッセージの単なる言い換えをするだけであったり[50]、あるいは、祖国や縁者たちの益のために死ぬことがカロスなのだという、いわばテュルタイオスの視点に立った解説を付して終わるばかりなのである[51]。しかし、〈死ぬこと〉ではなく、死んだ後の死体の光景をカロスだと言い、また与格語も付されているこのパッセージの言っていることは、テュルタイオスが言っていることとはやはり違うのである。第七三行に関して、見るべき議論を展開したのはヴェルナン（後述）であるが、彼においても文脈と構文のレヴェルでの議論は不十分である。テュルタイオスの言説に頼らず、第七三行の文言自体を検討してみる必要がある。そして第七三行の問題を考えるには第七一行からの一文の問題も併せて検討しなくてはならない。

3　『イリアス』第二二巻七一―七三行の分析

（a）パン（タ）・エペオイケンについて

第二二巻七一行の「ネオー・デ・テ・パン（タ）・エペオイケン」（νέῳ δέ τε πάντ᾽ ἐπέοικεν）というフレーズの主語

になっているのは、「鋭利の刃に撃たれ戦場に倒れて横たわっている」(ἄρηϊ κταμένῳ δεδαϊγμένῳ ὀξέϊ χαλκῷ κεῖσθαι《アレーイ・クタメノー・デダイグメノ(ー)・オクセイ・カルコー・ケイスタイ》)という不定法句[52]である。通常、エペオイケ(ἐπέοικε)は与格支配[53]で「〜に相応しい・似つかわしい」[54]を表す語であるから、戦死するのに相応しい者は老人でなくて若者だという適合性を表していることはすぐに分かる。しかしそれは、〈好ましくかつ相応しい〉ということなのか、〈好ましくないが相対的には妥当だ〉ということなのかは分かりにくい。実際、このセンテンスは〈若者が戦死すること自体の良好性〉を表しているように読み取ろうとする人もいる。[55]しかし、たとえば、〈蕎麦を食べるのは、箸でがよい〉という発言が、必ずしも〈(箸で)蕎麦を食べるのは素晴らしいことだ〉ということを含意しないように、[56]〈戦死するのは若者がよい〉という言は〈(若者が)戦死するのは素晴らしいことだ〉ということを必ずしも含意しない。それらは別々のことなのである。[57]

この部分の文の流れを見ると、少なくともこのセンテンスを語る時点では、プリアモスが〈戦死すること自体の良好性〉を語ろうとしているとは考えられない。なぜなら、プリアモスがここでヘクトルに求めていることは、〈同胞の安全を慮ることなく早々と戦死するという危険を冒す〉ようなことはやめて(第三八―五八行)、老父を憐れんでくれということだからである(第五九行。第七六行参照)。後に残された老人が敵に殺され、犬に食われてそれを顧みる者もないというような憂目(第六六―七六行)は、起こって欲しくないこととして述べられているのである。この流れにおいて注目されるのは、第七一行と七三行が共に「横たわる」(κεῖσθαι《ケイスタイ》)の語で始まっていることである。主人の屍肉を貪り食った犬の横たわりと、戦死した若者の横たわりとが対照されている。そしてさらに、敵に殺され飼い犬に辱められた(当然横たわっているはずの)老人の屍の様子も前者と共にあると言える。彼がなんとしても避けてほしいこととしているのは、犬と老人の横たわりであり、そのために必要なことは、今ヘクトルが退いてくれることと、戦いをしかるべき者たち(若者全般)が担ってくれることである。[58]プリアモスがここでヘクトルに向かって、〈戦死して横たわるにしても、それは若者に相応しいことだ〉と語るのなら自然に理解できる。しかし〈若者が戦死することは素晴らしいことだ〉と語ることは、彼を一騎打ちへと励ますようなもので、ありそうにないことである。戦死は、〈難儀ではあるものの、まず若者たちに降りかかるべきもの〉として見込まれていると言うべきだろう。第七一―七三行で若者の横たわりがプリアモスの口に上ったのは、そのような論理構成のもとにであると考えられる(59)。

プリアモスはエペオイケン（第七一行）のセンテンスによって、若者が戦死して横たわるという場合の「取り合わせ」のよさのみを、すなわち、〈若者が戦死するのはそれ自体素晴らしいことだ〉という含みなしで〈横たわるなら、それは若者であるべきで、飼主を食った犬でもなく、敵に殺された老人でもない〉ということを言わんとしているのだ、と理解するのが自然である。それ以上のこと、すなわち〈若者が戦死すること自体の良好性〉を聞き取ることは妥当ではない。したがって、エペオイケンのセンテンスの意は、「しかし若者にこそぴったりと相応しいのだ、戦いで鋭い剣でもって斬殺されて横たわることは」ということだと判断される(60)。パン（タ）（πάντ᾽＝すべて／完全に）によって強調されていることも、あくまでも適合性（似合っている）であって、それが絶対的評価において良好だということではない。

（b）パンタ・デ・カーラについて

一方、第七三行の「パンタ・デ・カーラ」（πάντα δὲ καλά）とは、「すべてがカロスだ」ということであるが、これはいったい、何がどうだと言っているのだろうか。ここからは課題(ア)の検討である。まず、カロスだとされているのはパンタ（πάντα＝すべて）であり、その内容は「現れるところの」（ὅττι φανήῃ《ホッティ・パネーエー》）と説明されていることまではっきりと分かる。しかしこの「目に映るものすべて」とはどこまでを含む光景なのかは曖昧である。ここには与格のアオリスト分詞のθανόντι《タノンティ》（死んでしまっている）が添えられているが、これは、前の文章でも与格で示されていた〈戦闘で斬殺された若者〉をそのまま受けて言い足したものと解される。だから、これが与格で置かれていることをどう解するかはさておくとしても、カロスであるとされているのは、〈その戦死体を中心として目に映る光景全体〉か、あるいは〈目に映るその戦死体の隅から隅まで〉であろう。[61] その焦点を、流血、若人の肉体、死などのどこに見るべきなのかを判定する手掛かりはない。しかしいずれにせよ、それをとりあえず戦死体の光景と呼ぶことにしよう。[62] それがカロスであると言っているのだとして、最大の問題はここでのカロスの意味である。

この章の前半で得られた結論に照らし合わせると、このカーラ（καλά）は、「目に映るものすべて」の様子を語っているのだから、それは何らかの卓越性を表していると推測するのが自然だろう。その様子というのが、第七二―七三行の不定法句[63]で表されていたものに等しいとすれば、視覚的にイメージできるものがそこに用意されていると言えるのかもしれない。しかしまた、カロスはそれと何かとの適合を表したものに過ぎないのかもしれない。というのも、カロスの語が与格語を伴っているというケースは、『イリアス』第二二巻七三行以外にホメロスに五件しかなく、[64] それらはすべて、誰かが何かをすることの適切性・適合性を表すものばかりだという事実があるからである。このようなことと先の議論を踏まえると、第二二巻七三行のカーラ（καλά）が表す意味として、次の三つを考えなくてはならない。

(A) 何かと適合している（〜に相応しい、似つかわしい）、という意味。
(B) 適切で問題ない（不適切ではない）、という意味。
(C) 何らかの魅力・卓越が、その外貌に映し出されている、という意味。

(A)から説明しよう。アウテンリートも述べているように、カロスには与格支配で〈〜に相応しい〉という意味がある。通常、その意味が適用されるのは、そしてその意味にとどまるのも、〈感官で捉えることのできない対象〉を修飾するときである。もしそれがここに適用されるとすれば例外的である。この場合、文全体の意味は、与格を伴ったエペオイケンを述部とした直前の詩句（第七一―七三行）と非常に似通ったものとなる。すなわち、「戦闘で斬殺されて横たわっているという光景は、若者に相応しい、たとえ彼が死んでしまっているとしてもだ」ということであり、これは、直前で「……横たわっているということは、若者に相応しい」と言っていたことの言い換えに過ぎない。ただし、不定詞で捉えていたものを目に映るイメージと捉えなおして同じことを語ったということになる。[65] また、θανόντι περ《タノンティ・ペル》 の περ《ペル》 によって、〈彼が死んでいるから、それは言いにくいことだが〉という意味の申し訳が加えられている、ということも変化の一つである。

一方(B)の場合は、カロスが何かとの適合を表すとみなしつつも、θανόντι《タノンティ》 という与格は適合の相手を表したものではなく、「関係の与格」[66](「〜に関することだが、〜のもとにおいて」)、あるいは「利益の与格」[67](「〜にとって利益となることなのだが」)であると解することになる。文全体の意味は、「若者の場合の話だが、戦闘で斬殺されて横たわっている光景は、あってよい光景である、たとえ彼が死んでしまっているとしてもだ」ということになる。この場合は、(A)の場合と比べると、誰が戦死すべきかということではなく、戦死が許容されうるものかどうかが問題にされていることになる。しかし、結局は(A)の趣旨とほとんど同じである。ここでもやはり、〈死体のことだから気易くは言えないが〉と言い訳をしながら、〈戦死した若者の倒れている光景はあってしかるべきものだ〉と言っていることになる。

これに対して、(C)の場合は、その光景を魅力的なもの、何か卓越したものとして捉えていることになる。しかし、若者が斬殺されて横たわっている光景に、どんな魅惑、どんなよさが認められるのだろうか。どこまでの範囲を言っているのかは分からないとしても、「目に映るものすべて」がカロスであるとされているわけであるから、この戦死体そのものを含めてカロスだとされていることは間違いない。(C)の場合は、戦死体が〈視覚的快を与える外貌〉か〈内的な卓越性を示唆する外貌〉のどちらかを見せているということになる。しかし、それらはどのくらい考えうることだろうか。このことは節を改めて検討する。

4　魅力・卓越の光景？

（a）若さの美

パンタ・デ・カーラ（第七三行）のセンテンスは、少なくとも、〈若者の戦死体はすみからすみまでカロスである〉ということを表している。エペオイケン（第七一行）のセンテンスからの流れの中で考えるならば、このことは戦死者の中でも若者に限って言われているということは明らかである。つまり、これが年老いた戦死者には適用されないこととして言われていると考えられる。そしてさらに、ὅττι《ホッティ》という関係代名詞と接続法の動詞 φανήῃ《パネーエー》（現れる、見える）が示しているのは、若い戦死者のもとに見えるものなら何でもいいのだ、ということである。しかるに、若さというものはそもそもそれ自体でカロスなるものだという論理が、少なくとも『イリアス』の世界にはあった。つまり、若さやヘーベー（ἥβη＝青春）はしばしばカリス（χάρις＝優美）の概念と結び付けられており[68]、カリス女神とはカロスの概念と密接なかかわりをもつ女神である。[69] 若者が戦死するときには、そこに死体と共にヘーベーが残されると言う。[70] このように、若者は原則的にカロスな存在なのである。その結果としておのずと導かれるのは、若者の戦死体は、少なくともその若やかな外貌のゆえにカロスだと認められうるということである。

もちろん、戦死体が当然伴っている血や傷自体は、直視しがたいものであると思われ[71]、それが視覚的快だと言っているとしたら奇異に響くだろう。しかし、重要なことはおそらく、死体の傷を受けた部分も受けていない部分もすべて、若者の肉体である限りカロスだと言っているということである。第七四―七五行が映し出すイメージは、老人の「白い頭髪、白い髭、隠し所」が犬に辱められる図である。第七三行でもこれと同じ距離感覚で若者の死体を捉えているとすれば、そこに映るイメージは、血や傷自体というよりも、血で汚れ傷を負ってはいても若者の身体と判別できる肉体だと考えられる。武器で斬殺されたばかりの若者の肉体ならば、生時の若者のみずみずしさを残したままの肌も伴っているはずである。若やかなる男性が軍事的にカロスであるか否かは、その人その人によるところが大きいであろうし、またその顔立ちについても同じである。しかし、その肌のレベルで考えるならば、個人間に大差はなく、戦闘に参加するほどの若者の肌は皆等しく「美しい肌」とみなされえたであろう。[72]

このようなことから考えられる可能性の一つは、第七三行のカロスが指しているのは、戦死体のもとにある、若者に特有な視覚的快、すなわち、若者の肉体の美しさ、それもおそらく皮膚レベルでの美しさだということであり、そのセンテンス全体は〈若者の肉体は、その若さのゆえに、死んでも美しい（サマになる）〉と言っているのではないか。それは、〈死ぬことによってカロスになる〉ということではない。彼の肉体がカロスであるのは生前からのことであり、その死にかかわりなく死後にもそれが続くのだと言っているに過ぎないのである。プリアモスが第七四—七六行でも再び語ることだが、〈老人が敵に斬殺されて醜さをさらすような事態にはせぬように〉と息子を説得するためになら、彼がその程度のことを語るということは理解しうることである。[73]

（b）命がけの奮闘

しかし、同じ(c)の場合でも、これとは別のものが称えられているという可能性も考えてみるべきだろう。傷を含む光景の「すべて」は、普通には見て心地よいと思えるものではないし、若者の肉体は若さゆえに美しいと語ることは、あまりにも凡庸な理屈のように思えるからだ。戦死者の光景が、何か別の種類のよきもの・素晴らしきものを証するのだ、とプリアモスが主張しているということがありそうかどうかを考えてみよう。[74]

軍事的良好性とでも言うべきものがこのセンテンスに描かれていると見て、説明を試みたのはヴェルナンである。彼は、血塗れの死が、あたかも「現像液」のように働いて、死体の上に'eminent quality of an *anēr agathos*（よき男）'を浮かび上がらせ、その'quality'が「それ自体の美として死体の上で輝く」のだとし、「すべてのものが美しい」と言われているのはそのためだと述べた。[75] しかしこの説明は、血まみれの戦死は「自身の武勇を証明しようとして自らすすんで臨んだ戦闘の結果」であるという前提に立っている。私たちはこのことに注意せねばならない。はたして、第七三行で言われているのは、そのような模範的な戦い方をした者の場合であろうか。また別の論文では、彼は若さと軍事的良好性とを関連付ける。ヘーベーとは年齢よりも体力・身体コントロール・敏捷さを意味するものだとし、「ヘーベーと共に残された死体」にある「若さの輝き」が、「死体の美」をなすのだと述べる。その美は、彼の勇敢さ（courage, vaillance）を思い起こさせる血や傷によって高められるものだとも言う。[76] すなわち、血や傷を伴った「若さ」ある戦死体は、それ自体の「若さの輝き」と、そこに思い起こされる生前の奮闘・活躍のゆえに「美しい」のだ、と説く。この説明もやはり、戦士の奮闘・活躍を前提としている。[77] 彼の考えは要するに、戦死者の光景は、彼が死ぬまで奮戦したことを証するものであり、第七三行はその命がけの奮戦を称えているのだ、ということである。[78] しかし、第七一―七三行のテクストを見ると、奮闘や果敢さといった軍事的良好性を示唆する言葉は何も見当たらない。[79] 斬殺された老人と若者が比べられているこの文脈では、そのことが一般的なこととして言われているように思われる。すなわち、素直に読むならば、一方的に斬られて果てたような凡庸な兵士にでも当てはまることが、ここで言われているように思われる。だから、ヴェルナンの説明をうのみにすることはできないのである。

ただし、テクスト上の示唆は何もないわけだが、もしプリアモスが第七三行を、若者の場合には戦死の光景が〈いつも〉ではなくて〈時には〉カロスでありうる、という意味で語っているのだとすれば、ヴェルナンの説明も有効となる余地がある。その場合、彼が思い浮かべているものは、第七二―七三行の文言が表している光景がおのずと表しているものではなくて、その光景の中に想定しうるある特殊な事態なのである。彼の説明がいつも有効なわけではない、ということを忘れてはならない。

彼のように解釈する場合には、もう一つクリアしなければならない問題がある。それは、エペオイケン（第七一行）の意味を検討したときにも論じたように、ここでプリアモスが戦死を称えるようなことを言うのはおかしくないかということである。このことについても、次のように考える余地はあるかもしれない。確かに、エペオイケンのセンテンスを語る時点では、彼が戦死を歓迎するようなことを言い出すなら、支離滅裂であったし、聞き手もそこに道理を見出せなかっただろう。しかし、エペオイケンのセンテンスを語った後では、事情は少し違ってくる。本来の言い分を語り終えたあと、それを補強するために別の言い分を持ち出そうとして、不注意にも本来的には不都合なことを言ってしまう、というようなことは実際の人間にも往々にしてありうることだ。彼が、〈女・子供・老人を守るためには戦死という難儀は若者に担ってもらうしかない〉というエペオイケン・センテンスの議論を補強するために、若者の戦死には好ましい面もある、と言ってしまうことは理解できないことではない。それが、ヘクトルにいま戦死の危険を冒すのをやめさせたいという彼の本来の意図にダメージを与えるとしても、老人の迂闊な口走りとしてならありうるかもしれない。このことを考えれば、ヴェルナンの説明が成り立つのは、さらに特殊な場合のことだと言わなくてはならないのである。

(c) 戦闘への参加

では、〈戦闘で斬殺されて倒れている〉という光景が無理なく証しうることは何かといえば、それは、〈戦闘に参加して死んだ〉ということまでであろう。戦闘に参加するというのは、兵士として当然のことであるが、そこで斬られて死んだということは、〈確実にわが身を危険にさらした〉ということをも意味する。戦死をそのようにして捉え一律に称えるということは、古典期の葬礼演説においては基本となる論法であるが[80]、プリアモスも、その意味において戦死一般を称えているということは考えうるだろうか。〈どのような死に方をしたかにかかわらず戦死一般に敬意を表す〉ということは、もちろんホメロスの世界においてもあったと思われる[81]。しかし、ホメロスにおいては、戦死一般を〈称える〉という例は他に見当たらず、先に見た第一五巻四九六行でも、模範的と言えるような戦死さえ消極的にしか肯定されていなかったことを考えると、〈戦闘に参加して命を危険にさらした〉というだけのことを、卓越したよきこととして称えるという発想は、ホメロスにおいては、あまりありそうなものと思えない。プリアモスがここで、若者が〈命の危険を犯して戦闘に加わった〉ということを証するものとして、その光景を称えているというアイデアもやはり、ないとはいえぬ可能性に過ぎないものであって、なんらテクストによって根拠付けられているわけではない。

この節では、第二二巻七三行のカロスが魅力・卓越を表すものとして用いられているとした場合(C)に絞って、パンタ・デ・カーラのセンテンスの内容を考えてきたが、それは次のように整理される。最も容易に理解できるのは、〈若者の肉体は、その若さゆえに、死んでも見目うるわしい〉ということである。そのほか、〈若者が命を賭けて奮戦したことの素晴らしさを、死体は証する〉ということ、あるいは〈若者が命の危険を伴う戦闘に加わったことの素晴らしさを、死体は証する〉ということが意図されている可能性もないとは言えないが、テクストの中にそのような意図を裏づけるものがあるわけではない。後者二つは、すこぶる曖昧に語られたパンタ・デ・カーラのセンテンスが表しうる〈ポテンシャルに過ぎないもの〉として理解するべきであろう。

第七三行のカロスの意味が(A)(B)(C)のどれであるにしても、この箇所でカロスによってよしとされている内容を考える際にもう一つ押さえておくべきことは、「たとえ彼が死んでしまっているとしても」(θανόντι περ《タノンティ・ペル》)という部分によって表されている意味である。この一句が意味するのは、彼の死自体は、その光景が映し出しているものを肯定するための差障りになるということだ。つまり、戦死に何らかの好意的な評価をしていても、死自体に対しては、やはり抵抗感が隠せないでいるのである。

5　まとめ

ホメロスにおいてカロスの語は、修飾する対象によって異なる、二つの意味を持っていた。〈感官で捉えられる対象〉を修飾するときは、その対象の、感銘を呼ぶような卓越性を表すものであった。この場合、外貌等自体が好ましいさまを言うこともあり、外貌等が何らかの内的な卓越を映し出しているさまを言うこともあった。一方、〈感官で捉えられない対象〉を修飾する場合は、その対象が適切なものであるかどうかを表すものであった。その場合、カロスであるとは、与格で示されたものと適合している、または何らかの標準に適っているなど、しかるべきありようから外れていないということで、その否定は不適切ということを表した。（以上が、課題(イ)に対する答えである。）

『イリアス』第二二巻七三行のパンタ・デ・カーラの一文（ホメロス-①）については、カロスとされているものが何であるかも、カロスがどういう意味で使われているのかも分かりにくい。カロスの語の性格と文脈からすると、その一文の意味として考えやすいのは、〈戦死は若者に似つかわしい〉と〈若者の肉体は死んでいても美しい〉という二つの意味である。どちらが正しいというよりも、この両方が曖昧に感得されるというのが正しいだろう。〈（若者の）戦死体は（若い）奮闘の形跡として美しい〉というヴェルナンの主張する意味をここに読み込むことは、不可能ではないが、文脈を含めテクストから自然に導かれることではない。この一文が戦死を称えたものと考えるのは難しい。（以上が、課題(ア)に対する答え。）

ホメロスにおいて、戦死が明確な言葉で肯定評価されることは、英雄同士の一騎打ちという特別な場合の二件しかない。戦死一般についての見解が語られているケースは、二件あるのみだが、〈祖国のために戦いながら死ぬことは不名誉なことでない〉という内容の『イリアス』第一五巻四九六行は、名誉意識に訴えた勧説力のある言葉ではあるものの、消極的な言い回しにとどまるもので、戦死を称えたものではない。同二二巻七一―七三行のエペオイケンの一文も、〈戦死は老人でなく若者に似つかわしいことだ〉というもので、やはり戦死を称えたものとはいえない。すぐそれに続くパンタ・デ・カーラの一文も、上に述べたとおりである。したがって、ホメロスにおいては、戦死一般（普通の戦死）に対する明確な肯定評価は認められないと結論される。[82]（以上が、課題(ウ)に対する答え。）

第3章　〈カロス・タナトス〉の誕生

前章で見たとおり、『イリアス』には「戦死体の光景」がカロスだという一節があったが、その表している内容はきわめて曖昧であった。それに対し、前七世紀のテュルタイオスは、τεθνάμεναι《テツナメナイ》という不定法の形で表された死そのものをカロスであるという考えを打ち出した。しかし、そこで彼は死をどのように捉えてどんな意味でカロスだとしたのか。この章ではそのことを、彼のテクストを分析しながら明らかにしたい。さらに、それはどういう意味を持つことであったかも考えてみる。

1　カロスとされているもの

カロスなる死が打ち出されているのはテュルタイオスのエレゲイア詩断片一〇（West）においてであるが、彼はカロスという語をこの詩の最初と最後の二箇所で用いている。彼も詩作に用いたホメロスの言語においては、この語は、修飾する対象が〈感官で捉えられるもの〉であるか否かで違った意味を表すという性質を持っていたが、テュルタイオスは死をどのように捉えてカロスだと言っているだろうか。詩の構成も考慮しながら、それらの表現を実際に見てみよう。この断片のテクスト全体を次に掲げる。

というのも、勇敢な男子が祖国のために戦っている最中に
前線で倒れて死ぬことはカロスなることだからだ。
自分のポリスと肥沃な農地を後にして、あらゆる人々に
物乞いをして回るのは最も嘆かわしいことである、
それも自分の母と年老いた父とともに、
また幼い子供たちと妻とともにだ。すがる相手たちのもとに、
彼は嫌われ者として参上することになる、
欠乏と忌まわしい貧窮の姿をして。
彼はその氏を辱め、またその輝かしい容姿をも貶めて、
不名誉と悲惨がその後を追って回る。
その果てに、このようにさまよう男とその氏には
いかなる配慮も払われることがない、いつになっても。
この地のため、また子供たちのために本気で戦おう、
魂を惜しむことなく、死のうではないか。
若者たちよ、さあ、互いのもとにとどまって、戦いなさい。
恥ずべき逃亡や、背走を始めてはならない、
そうではなくて、胸の中に大きく頑強な心を持て。

男たちと戦っている時に魂をいとおしんではならない。
膝がもはや軽やかではない、より年取った人たち、
老人たちを後ろに残して逃亡してはならない。
というのも、醜いことだからだ、より年取った男が前線で、
若者たちの前に倒れて横たわっているのは。
それも、すでに頭は白くあごは灰色で、
頑強な魂を砂塵の中に吐き出し、
血みどろの恥部をわが手で押さえているのは。それは
見た目に醜く、見るからに不快だ、肌がむき出しにされて
いるのは。これに対し、若者の場合は全てがよろしいのだ。
愛すべき青春の輝かしい華を抱いている限り、彼は、
生きていても、男たちの注視の的、女たちの憧れの的であるが、
前線で死んだらカロスなのだ。
さあ、誰であれ、よく両足を開き地面を踏みしめてとどまれ、
大地にしっかりと立ち、唇を歯で噛みしめながら[1]。

まず第三〇行のカロスから考えてみることが、議論をしやすくするであろう。そのカロスが修飾しているのは、「前線で倒れた（死んだ）」という戦死者自体である。これは一つのイメージを伴った、感官で捉えうる対象であるから、このカロスには、卓越性を表すものである資格があるといえる。第二一行からの文脈も重要である。ここでは、戦死者が、生きている若者と明確に対照されている。このことは、このパッセージが下敷きにしている『イリ

アス』第二二巻七一―七三行と比較してみると、はっきりと見えてくる。

鋭利の刃に撃たれ戦場に倒れて横たわるにしても、それは若者にまったく似つかわしいことだ、たとえ死んでいても、目に映るものはすべてカロスなのだ。[2]

（『イリアス』第二二巻七一―七三行）

ここでは、老プリアモスが、殺されて横たわっている自身の情けない姿を思い描いた後に、若者が戦闘で斬殺され横たわっている（第七三行：κεῖσθαι《ケイスタイ》）という状況を取り上げて、「すべてが似つかわしい」（第七一行：πάντ᾽ ἐπέοικεν《パン(タ)・エペオイケン》）と言い、その上で、「この死体のもとに見えるものはすべてカロスである」（第七三行：πάντα δὲ καλά《パンタ・デ・カーラ》）と言っていた。つまり、ἐπέοικεν《エペオイケン》もκαλά《カーラ》も、一貫して死体をめぐって言われていたことなのである。これに対しテュルタイオス断片一〇では、「すべてがよろしい」（第二七行：πάντ᾽ ἐπέοικεν《パン(タ)・エペオイケン》）とされているのは、生きている者も含めた若者全般をめぐってのことであり、まず二八行目から二行あまりにわたって、彼は生きている間に皆からちやほやされ愛される、ということが語られる。死んだ彼がカロスであるというのは、その後の第三〇行でのことなのである。このようにして、戦死者は、〈愛すべき青春の華を抱き女たちからもエロースをさし向けられる存在〉である生きている若者をもしのぐ存在として位置づけられ、カロスと修飾されているのである。だから、彼は、まさにプラトンが『パイドロス』（250. d-e）で語っている、エロースを掻き立てるような者とされている、ということは明らかである。

しかし、カロスがいかなる意味の賛辞であるにせよ、なぜ彼は死んだ時にカロスとなるのか[3]、ということは、この文脈からは不明である。それを明らかにする手掛かりは、同じカロスの語を含む第一―二行の文言である。というのも、第一―二行もまた、兵士が前線上で戦いながら倒れて死ぬという、ほぼ同じイメージを添えながら、死をカロスだとしているからである。ここでかなり具体的なイメージが与えられていることは、ホラティウスのよく知られた一節「祖国のために死ぬのは、甘美で端正なことだ[4]」と比較すれば一目瞭然である。前章で検討した

『イリアス』第一五巻四九六—九七行（「祖国を護って死ぬことは不名誉なことではない」）と比べてみても、第一行で「前線において」（ἐνὶ προμάχοισι《エニ・プロマコイシ》）および「倒れた者」（πεσόντα《ペソンタ》）が加えられていることにより、テュルタイオスの詩句のほうがより入念なイメージ描写のなされていることが分かる。したがって、断片一〇の冒頭にあるカロスも、何らかの卓越性への称賛を表すものである資格を有すると見込まれる。もしここで何のイメージも添えられていなかったならば、このカロスは、「あって然るべきだ」あるいは何かに「適合している」という意味で解されることになろう。そして第三〇行との対応も希薄となり、第三〇行のカロスの真意を捉えることも難しいかもしれない。冒頭の第一—二行でカロスが形容しているのは感官に訴える対象であり、それが表しているのは賛嘆であると判断することを、もし第一—二行を聞いてすぐにはできなかったとしても、この詩が進行してゆくうちに、すなわち、第九行が外貌（「輝かしい容姿」ἀγλαὸν εἶδος《アグラオ(ン)・エイドス》）を問題としていることや、第二一—二七行の老兵の死体の描写[5]、そして第二九行が若者の見映え（「見るにふさわしい」θηητὸς ἰδεῖν《テーエート(ス)・イデイン》）を指摘することなど、この詩全体が視覚的な要素を重用しているのを見てゆくにつれて、この詩が少なからず外貌やイメージに関心を払うものであるということに私たちは気づかされるはずである。そうして、第三〇行に至るならば、冒頭行のカロスは第三〇行の結論を根拠づけるものであり、同じく強い称賛を表すものであったということが確信される。第一—二行と第三〇行のカロスは同じ意味を表して補完しあっていると考えられ、それでこそ、この詩には一貫した主張を見ることができるのである。[6]そして、この微妙な関係は、この詩のリングコンポジション[7]の効果を高めることになっているといえる。

さらに、第一—二行と第三〇行の対応は、この詩の構成において重要な意味を持つ。確かに、第三行からは、〈生きながらえたとしても、家族を支えることができない〉という本人にもおぞましき事態を教えるメッセージが第一二行まで長く続き[8]、それが、懸命に戦うことへの勧告（第一三—一五行）の前提になっている。第三—一二行のこの否定的アプローチを重視するルーギンビルは、カロス・メッセージに重要性を認めようとしない[9]。しかし、第三—一二行は、内容も言い回しも、言い古された比較的ありきたりなメッセージである[10]。否定的アプローチは、この詩の後半に入ってからも、その大部分にわたる第一六—二七行で続く（敗走の恥：第一六行、年長者より後ろに立つことの禁止：第二一行、斃れている老人の醜さ：第二一、二六行）。しかし、これも言い古された、またはよく知られたありきたりなメッセージである。そもそも老人の死体を表した第二三—二五行のみならず、第一九—二七行全体が『イリアス』第二二巻七一—七六行のもじりである。さらにまた、「踏みとどまれ」（第一五、三〇行）も、『イリアス』で四〇回以上繰り返されている常套句である。重要なのは、第三〇行でカロス・モチーフが再登場するということだ。第一九行に始まる老人のモチーフは、「醜さ」（第一九—二七行）から「若者の魅力」（第二七—三〇行）へ、そして「戦死者の美（カロス）」（第三〇行）へと移り変わってゆくことにより、『イリアス』の当該パッセージのニュアンス、すなわち、〈老人を戦死させるべきではない〉や〈若者は若さゆえに美しい〉というメッセージを保持しながらも、「死んでこそカロスになる」という新たなメッセージへと繋がってゆくのである。

ありきたりで否定的なアプローチに依拠したメッセージを、冒頭と末尾から挟み込んでいるのが、肯定的で衝撃的な二つのカロス・パッセージである。断片一〇は、全体として、唾棄すべき振舞いを教えると同時に、称賛される振舞いを教えている。確かに、前者を示すことも、「命を懸けて戦う」という同じ目標への促しとして、少なからぬ効力を持つことは疑いない。しかし、この詩はそれだけにとどまらず、「前線に踏みとどまり、前向きに戦いながら死ぬ」ということが、どんなに人の目に訴えることであり、どんなにエロースを掻き立てるような魅力的なことなのかを示すという新しいアプローチによって、積極的な誘いかけを行っているのである。ここで、恥ずべき振舞い、おぞましき事態の示しは、魅力ある振舞いを引き立てる役割を果たしている。否定的アプローチのほうが長大だとしても、そちらのほうに眼目があるとは限らない。内容展開の仕方から言っても、この詩全体が勇戦への勧告の決め手としているのは、否定的アプローチではなく、肯定的アプローチのほうなのである。そしてこの点こそが、この詩の独自性であり、また新しさだ、ともいえる。一般兵卒の戦死それ自体を直接に肯定評価するということは、ホメロスのみならず、テュルタイオスの他の詩とも異なる点である。[11]

ところで、断片一〇の冒頭行のγάρ《ガル》（というのは）はどう考えるべきか。第一三—一四行に対する根拠を提示しているとも[12]、また、第三〇行に対する根拠を提示しているとも言われている。[13]第一四行でいったん第一—二行が思い起こされると考えることには問題はないが、この断片が第一四行までと第一五行以降の二つの詩からなっているという説に従わねばならぬということはない。[14]この詩を引用したリュクルゴスのテクスト（『レオクラテス弾劾』第一〇七節）に従って、三二の行すべてを合わせて一つの全体であると考えるほうが妥当であるように思われる。[15]

ここで参考になるのは、この詩が繰り返し語られたとするゲルバーの見解である。[16]冒頭と末尾で戦死をカロスと言っていることは、ダ・カーポ（冒頭に戻って繰り返す）の形で読むことを思い起こさせる。第三二行まで進んでから第一行に戻るという形でもおかしくはないし、第三〇行からまっすぐ第一行に戻るということを繰り返したあとに、第三一—三二行をコーダ（終結部）とするという形も考えられる。この詩が反復することを前提に作られているとすれば、すなわち、冒頭行が、第一四行や第三〇行や第三二行の後に語られるのだとすれば、冒頭行にγάρ《ガル》があるということは、初回にこれを聞く場合にのみ奇妙であっても、繰り返し以降はなんら奇妙ではない。[17]第三〇行で兵士自体がカロスと修飾された直後に、第一—二行が繰り返されるならば、この詩を聞く者は、冒頭行のカロスが、第三〇行を説明するものとしておよそどういう意味で語られているのかを、より確実に聞き分けることができるであろう。描かれているイメージを感官で捉えて、そこに特段のよきものを映し出しているのだ、と解すれば良いということが分かる。

2　カロスなるイメージの中に示唆されているもの

では、断片一〇においては、戦死や戦死者について、どんな内実が特段のよきものとして示唆されているのだろうか。それは何よりも第一―二行および第三〇行が描いている視覚的なイメージから辿られるべきである。第一―二行の原文は次のとおりである。

τεθνάμεναι γὰρ καλὸν ἐνὶ προμάχοισι πεσόντα
ἄνδρ᾽ ἀγαθὸν περὶ ἧι πατρίδι μαρνάμενον.

（テュルタイオス断片 10. 1-2（West））

テクストをよく見ると、イメージを再現するに当たって考えておかなければならない点がいくつかある。その一つは、第一行がカロスだとしている τεθνάμεναι《テツナメナイ》 の意味である。θανεῖν《タネイン》（死ぬ）の完了形不定法のこの形は、二通りに解釈できる余地がある。一つは、行為やできごとから結果した状態として「死んでしまっていること」を意味する余地であり、もう一つは、行為やできごとの単なる強調（intensive perfect）[18]として現在形のように「死ぬこと」を意味するという余地である。この語を単独で見るならば、その間の違いは大きいものでありうるが、二行にわたる不定法句の中に置かれたこの場合はどうだろうか。ここでは不定法のこの語に、アオリスト分詞（πεσόντα《ペソンタ》）と現在分詞（μαρνάμενον《マルナメノン》）が併置されているため[19]、不定法句全体としては、「戦いながら倒れて死ぬこと」と「戦いながら倒れて死んでしまっていること」の違いとなる。しかし、ここには、一人の男がどんな場面でどのように死ぬのか、という動きのあるイメージが周到に描きこまれているのであり、この不定法句の焦点はそこにある。それならば、τεθνάμεναι《テツナメナイ》 が状態を表すものであるか否かはあまり重要ではない。この不定法句が表しているのは、彼が〈戦っている最中に倒れる〉というところから始まる死のイメージなのである。

兵士が死ぬということは、特殊な場合を除いては[20]、戦闘行為の失敗である[21]。しかし、ここで称えられているものは、まさにその死にざま自体であって、死の前からあったものではない。だからそれは、ヴェルナンがパンタ・デ・カーラ（*Il.* 22. 73）の実体として見ようとする「若い肉体」の類ではない。それはまた、彼が死ぬまでに収めた戦績でもない。また、密集隊形においては確かに、攻撃することだけではなく、持ち場を守ることも重視された[22]。

しかしここでは、彼が死ぬまでにどれだけ持ちこたえたかということとは関係なく、彼の死が称えられている。まさに死ぬ時に何をしていたかが問題とされているのである。

ここで考え併せなくてはならないのは、第二行の ἄνδρ᾽ ἀγαθόν《アンド（ラ）・アガトン》（よき男）という語である。アドキンスは、ἀγαθός《アガトス》（よい）の語が、アレテー（ἀρετή：徳・武勇）の語とともに「競争的価値」(competitive value) を表すものであり、成功を収めた人物や成功を約束する物事に適用される言葉であったと言うが[23]、テュルタイオスにおいてもそれが同等に有効なのかは疑問である。なぜなら、彼の断片一二の第一〇—二〇行では、「戦争におけるよき男」なる者（第一〇、二〇行）の条件として示されているのは、要するに、前線に立ち肝を据えて勇敢に戦うということに過ぎず（第一五—一九行）、また、そのように振舞うことがアレテー（第一三行）の内容だとされているのである。

というのは、戦争においてよき男にはなりえないからだ、
もし血みどろの殺戮を見据えて
敵たちのすぐ前に立ち、近づいてゆかない限り。
これこそがアレテーである。これこそが、若者に与えられる、
人間にとって最も優れた最も美しい褒章となるのだ。
祖国とそこに住む全ての人々にとって最も善き
共有物となるのは、前線に常に踏みとどまり、
恥ずべき逃亡をすこしも考えることなく、
命と頑強な魂をその場に据えて
言葉で傍に立つ者を力づける男だ。
そのような者が、戦争におけるよき男となるのだ[24]。

（テュルタイオス断片 12. 10–20 (West)）

確かに、この第一〇行と第二〇行には、「成る」(γίνεται《ギーネタイ》)という語が付されていて、古典期になると、「よき男になる」ということは〈戦死すること〉によって達成するのだという言説が行われたりもする。(25) しかし、ここにおいては、彼は戦死してもよいし(第二三―三四行)、生き残ってもよいことになっている(第三五―四二行)。何らかの戦績を収めること(第二一―二二行)も、見事な戦死をすること(第二三―二六行)も、勝利して凱旋すること(第三五―三六行)も、それぞれポテンシャルとして語られているに過ぎない。ここでは、彼が「よき」者であるためには、彼が戦いにおいて成功を収めるか否かは問題とされていない。(26) このことを踏まえるならば、断片一〇の第一―二行が言おうとしていることは、「よき男として死ぬことがカロスだ」ということであって、「死ぬことによって彼はよき男になる」ということではない。テュルタイオスにおいては、兵士は死ぬ前から「よき」者たりうるのであり、それは彼の戦績の有無で決定されることではないのである。

もう一つ、断片一〇の第二行の περὶ ῇι πατρίδι《ペリ・ヘー・パトリディ》(彼の祖国のために)という句にも注意を向けなくてはならない。この一句を、戦死を称揚するこの重要な箇所に組み込んでいるからには、テュルタイオスが「祖国のために」という要素を、軽視していないことは確かである。しかし、この要素は視覚的なイメージにはなりにくい。どんな目的を抱いて死んだかによって、死にざまが違って見えるということは考えられないからである。したがって、カロスという語が照らし出す視覚的なイメージを通して伝えられるメッセージの中では、「祖国のために」という要素は影が薄くなっていると言わざるをえない。(27) この要素が第三〇行の対応部分においては省略されているという事実も、これがカロスという語の強調する最たる要素ではないということを窺わせる。

これらのことを踏まえると、第一―二行の語句が映し出す、カロスなる死の視覚的なイメージとは、「前線で果敢に戦っている最中に倒れて死ぬに至った」という様子である。このイメージが彷彿とさせるのは、彼が、最後まで前線に踏みとどまり、態勢を崩すことなく戦っていた、そしてその態勢のままで終わりを遂げた、ということである。しかしどういうわけか、テュルタイオスは、そこに含意されているよきものが何なのかということまでは語ろうとしない。彼はただ、よきものを示唆するイメージを示してみせるだけなのである。そのイメージの奥にいかなるよきものを見出すかは、我々に任されているともいえるだろう。しかし、果敢な戦いぶりのうちに果てたということが含意するよきものを言い当てるのはさほど難しいことではない。とりあえず考えうるのは、次の三点である。

(1)献身：生命という、人間にとって最も重要で根源的なリソースを、戦闘に費やしたということである。これは、『イリアス』においてアキレウスが、生命を捨てる決意でパトロクロスの仇討ちにとりかかることと同じである。ペリクレスがその葬礼演説（ツキュディデス2. 43. 1）で戦死を「最も美しい貢献」（κάλλιστος ἔρανος《カッリストス・エラノス》）と言い表すのも、同じ観点からである。

(2)任務の履行：生きている限りにおいて、彼は踏みとどまって戦うという任務を果たした[28]。バウラも、なぜカロスなのかは説明しないものの、兵士の任務遂行が戦死の「カロス」なる要因なのだとしている[29]。踏みとどまるということが兵士の重要な任務の一つだということは、ホメロスにおける「踏みとどまれ」の繰り返しからも明らかである。しかし、死者がその任務を全うしたということになるのか、死んだところでその任務に失敗したということになるのかは、必ずしも自明ではない。興味深いのは、歴史記述や葬礼演説を見渡してみても、踏みとどまって死ぬことを任務の遂行として明らかに称えることは、あまりなされなかったように見えることである。重装歩兵の死をはっきりした言葉で任務の遂行とみなすのは、現存テクストの中では四世紀のデモステネスの葬礼演説（60. 19）が、管見の限り最初である[30]。ペリクレスの葬礼演説（ツキュディデス2. 43. 1）も、戦死者たちは兵士の「義務を弁えていた[31]」と言うが、兵士の義務を果たしたという言い方をしていない。プルタルコスが伝えているスパルタの諺、「ある人が彼に闘鶏を与え『これは勝利を目指して戦いながら死ぬ』（μαχόμενοι ἀποθνήσκουσι《マコメノイ・アポッネースクーシ》）と言ったとき、某クレオメネスは『しかしむしろ、それらを殺すほうの鶏をいくつか私にくれ……』と言った」（Plu. 224B8–C3）は、その現在分詞によってテュルタイオス断片一〇の第一―二行を思い起こさせるものであるが、戦闘の失敗である戦死に対するこのアンビヴァレントな感覚をよく伝えている。とは言っても、〈少なくとも死ぬまでは踏みとどまった〉ということが、明瞭な言葉で賛辞を浴びるのではなくとも、任務履行の一つの形として何らかの肯定的感情を持って見られたということは、自然なことである。

(3)努力の究極的維持：最後に、しかし最も見逃せないこととして挙げられるのは、彼が気力と体力を緩めることなく、戦う姿勢を死ぬまで貫いたということである。バウラが、兵士たちの死は、叙事詩や悲劇に見られる幾多の英雄たちの死と同じ「自己実現」というべきものだ、と言っているのは、この点を指摘している。[32] 最後の瞬間まで戦いの努力を続け、また、持っている体力と気力のすべてを戦いに費やすということは、ほぼ同じ時代のエフェソスのエレゲイア詩人カッリノスが次の詩句によって奨励していることでもある。

そして誰でも、まさに死につつある時、最後の投槍を投げよ。[33]

（カッリノス断片1.5）

この詩句は、その行為がどんな言葉で称えられるのかということまでは語らないが、このような行いに価値をおく気風がこの時代にあったということを伝えている。

テュルタイオス断片一〇の第一―二行が伝えようとしているのは、兵士の映像的な死にざまの中には以上のようなよきものが見て取れる、というメッセージだと考えられる。

では、第三〇行のカロスが示唆するよきものとは何か。「前線で倒れた」兵士はいかなるよきものとして描き出されているのか。ここで与えられている兵士のイメージが表すのは、基本的には、第一―二行が表しているものと同じであろう。なぜなら、「前線で倒れた」（ἐν προμάχοισι πεσών《エン・プロマコイシ・ペソーン》）という句は、第一―二行の「前線で戦っている最中に倒れて死んだ」（τεθνάμεναι ... ἐνὶ προμάχοισι πεσόντα ... μαρνάμενον《テッナメナイ…エニ・プロマコイシ・ペソンタ…マルナメノン》）ということを、そのまま思い起こさせるからである。第二七行からの文脈とあわせて見るならば、ここで強調されているのは、いかに魅力的な青年兵士といえども、カロスとなるのは戦闘の中で死ぬことによってだ、ということである。それだけではなく、かのような死にざまを見せた兵士は誰でも、その容姿の美醜にかかわらず、またその戦績にかかわらずカロスとなる。そうだとすれば、かのような死にざまを見せた彼は、一つの戦いに文字通り彼のすべてを懸けたということを、目に見える形で証した者として称えられているのだ、と言えるだろう。

いま挙げた「よきもの」のうち、どれが、どれだけ明瞭に、テュルタイオスとその聴衆によって認識されていたかは分からない。しかし、何らかの内なるよきものを映し出す死に方というものがともかくもあり、そしてそれが一般の重装歩兵みなの手の届く所にある、ということが示されたのは画期的なことであった。しかも、そのよきものはカロスという語によって、魅惑的なものでさえあることが示唆されているのである。このことによって、重装歩兵は誰でも、その資質によらず努力次第で、並ならぬ価値のある死を遂げることができる、と信じることが可能になったのである。

彼のカロスなる死は、それが戦績に結びつくものではないため、積極的には評価しにくいものだったに違いない。また、その死の意義は、倫理的価値が複雑微妙に組み合わさったものであるため、言葉では表現しにくいものでもあった(34)。しかるに、その内実を彷彿とさせるイメージを描いてみせることは、彼の死の価値を表現するための、てっとり早くて間違いのない方法なのだった。その意味で、彼の死は、イメージを浮き上がらせるカロスという語で称えられることが最もふさわしい。テュルタイオスはこの詩でカロスという概念を使うことにより、いわば、兵士の死にざまが、彼の中のよきものを一気に簡潔に映し出して、直覚的な理解で人を感動させる優れた絵をなすものだ、と指摘しているのである。いわば、彼の死にざまを思い浮かべれば、きらびやかではないが、人間一人分の生命の重みが懸かった、彼の行動の侮れない価値を感得することができる、そしてそれは人の心を揺さぶり称賛を掻き立てるほどのものだ、と言っているのである。

3　歴史的事情

テュルタイオスのこのような詩は、時代の要請に応えるものだったといわれている。その要因の一つは、前七世紀に発展した重装歩兵の戦闘方法である。それは重装歩兵が隊列を組んで、主として突き槍と剣と楯を使い、敵と至近距離で戦うというものであった。[35] 重装歩兵は前面の守りは固いが背面や側面を弱点としていたため、勝ち進むことにもまして、戦列を破り抜けられないようにすることが肝要であった。[36] そのためには、各兵士は、たとえ前進できなくとも、持ち場を死守することが要求され、また勝ち進むか死ぬかという覚悟も必要であった。もう一つは、第二次メッセニア戦争である。前六六〇年頃から二〇年間も続いたメッセニア人との戦争は、長引くにつれて、勝利のための抜本的な方策への需要をスパルタの中に高めていた。このことも、一人ひとりの兵士が戦死を恐れずに徹底的に戦うことを要求した。そのためには、彼らをその気にする必要があった。しかるに、前七世紀後半頃には、兵士たちの多数を平民層の戦士が占めるようになっていた。[37] 平民戦士たちが進んで命を懸けて戦うようになるためには、ホメロスの戦士たちを動機付けていた貴族的な矜持（たとえば *Il.* 12. 310–28）に期待することはできない。そういうものを何も持たない大衆の心をも動かすことのできる動機付けが求められていた。また一つは、第一次メッセニア戦争以来、農業に従事させたヘロット（スパルタ特有の農奴）を常に監視する態勢をとり、軍事的な緊張状態に馴化していたスパルタ人の気質であろう。[38] それは、「楯を携えているか、楯に載せられてあれ」だとか、「この楯を守るか、さもなければこの世にあるな」という諺を持つことのできる気質であった。さらにもう一つは、エレゲイア（哀歌）というジャンルが、小規模な聴衆に向けて直接語りかける機会をもたらしたということが挙げられよう。[39]

これらの社会的状況が、たまたまこの時代にこの地に現れたテュルタイオスの感性を刺激したのは間違いない。

しかしそれ以上に、彼にこのような画期的な詩を書かせたのは、『イリアス』第二二巻七三行のパンタ・デ・カーラの詩句であるに違いない。そのきわめて曖昧なセンテンスが一つのポテンシャルとして秘めていたもの、すなわち、戦死自体がカロスでありうるという可能性に着目し、それを明確化ししかも分かりやすい形にして人々の前に表したのである。あるいはもしかしたら、リチャードソンが想定しているように、『イリアス』よりも前から、カロスの語を含む、戦死を促す何らかの詩句が存在し、テュルタイオスもそれにヒントを得てこの詩を書いたということかもしれない。しかしもしそうであったとしても、〈カロスという語が、戦闘に命を捧げることの感銘深さを表すものとして使われていた〉ということはなかったのではないか。もしあったならば、テュルタイオスがそれに依拠していながらこんなに説明的に語ることはなかったと思われるからである。(40) いずれにしても、カロスという語を直接「戦いながらの死」というイメージに結びつけ、人の美意識をくすぐることによってスパルタの平民を勇戦へと勧奨するというアイデアは、画期的なものであったはずである。

4 まとめ

この章で論じてきたことは、次のようにまとめられる。ホメロスの言語におけるカロスは、修飾する対象が快を与える外貌を持っていることを表すほかに、内的な卓越性を示唆する外貌を持っていることを表すこともあった。テュルタイオスが断片一〇で戦死や戦死者をカロスとするのは、この後者の場合であったと考えられる。彼は、「兵士が前線で勇敢に戦っている最中に倒れて死ぬ」というイメージを提示しこれをカロスだとして、そのような死にざまは青春の只中にある若者の姿よりも見る人の心を高揚させ賛嘆させるものだと主張した。なぜそうなのかということは、言葉では語られていないが、そこに描かれたイメージが語っている。彼が前線に踏みとどまるという任務に最後まで背かなかったこと、彼が戦いに文字通り命を懸けたこと、彼が最後の瞬間まで戦いの努力を怠らなかったことなど、他の形では残らない彼の美点が、そのような死にざまの中に映し出されているから、というのがその答えとして考えられる。〈戦死する前から備わっていた徳性〉や〈戦死するまでの活躍〉ではなく、まさに〈前線で戦いながら死ぬ〉ということ自体に価値を見出し、しかもそれを魅惑的なことと位置づけたのは、それまでの文学には見られない画期的なことであった。それが一般兵卒の戦意を鼓舞したのならば、もっともなことである。

ところで、第1章で示したように、死がカロスと修飾されることは、実質的にはテュルタイオスまでなかったが、テュルタイオス以降は、カロスと修飾された死のほとんどが戦死を表すということがしばらく続き、前五世紀になっても半数近くは戦死を表していた。それは、〈カロスなる死は戦死を表す〉ということがテュルタイオスによって規定されて慣例となったということであろう。しかも、カロスなる死はそこで、前線で戦いながら倒れ死ぬ者という特定のイメージを伴った、模範的な戦死として規定されていたのであった。死がカロスと修飾される時、基本的には、そのようなイメージとともに模範的な戦死が想起されていたと考えられる。第1章末尾で呼び名を定めた「カロス・タナトス」の基本形は、以上のとおりである。

ただし、カロスなる死という表現が適用されたのは、純粋な戦死ばかりではなかった。戦死そのものでなくとも、テュルタイオスが規定した模範的な戦死に準ずるような死がカロスと修飾されているという事例（表2のβ-2）が、悲劇の中に目立って現れる。それらは、模範的な戦死に匹敵するような称えるべき死がここにもあるという主張だと見ることができるだろう。それらは本書の第II部でじっくりと検討する。

しかしその前に、上のような伝統を有していたカロス・タナトスの概念は、悲劇が書かれた時代（前五世紀）においていかなる位置を占めていたのか、その周辺事情も見ておきたい。まず、前五世紀の戦死評価にはさまざまな形があった。その中で、戦死評価の一つの特殊な形であるカロス・タナトスはどのように特徴づけられるだろうか。

また、死がカロスの語で修飾されていても、テュルタイオスによって規定されたような意味では通らない事例が五世紀にはいくつか現れる。その場合のカロスなる死はどのように解するべきなのか。次の二つの章でこれらの課題に検討を加えて、カロス・タナトスという概念の理解を補足したい。

第4章　前五世紀の戦死評価
――カロス・タナトスの周辺事情(1)

前五世紀には、歴史記述や弁論のテクストが多数産出して、カロスなる死という表現についても、またさまざまな表現による戦死評価全体についても、手掛かりが一挙に多くなる。現実世界を題材として書かれたそれらのテクストを見渡すと、悲劇の隆盛した前五世紀アテナイの現実社会の中でこの言葉が実際どのように用いられていたか、またカロスなる死と表現された以外のものも含めて戦死評価がどのように行われていたかを、前世紀に比べるとずっと仔細に見て取ることができる。この章の関心事は、前五世紀後半頃の現実世界における、戦死評価全般(ただし言葉によるものに限定する)と、戦死評価に限らないカロスなる死という表現の使用状況である。

前五世紀後半を生きた歴史家と弁論家の中には、死をカロスの語で修飾したテクストを残している作家がちょうど三名ずついるので、この章ではこれらの六作家に着目してみたい。それは、ヘロドトス、ツキュディデス、クセノポンの歴史家たち(1)、リュシアス、アンドキデス、イソクラテスの弁論家たち(2)であるが、彼らのテクストにおいて、死をカロスと修飾する記述、および戦死を評価するその他の記述(「戦いながら死ぬ」や「よき男になる」など)を分析する。またもう少し枠を広げて、アテナイの戦死者葬礼演説の現存する全五編においてもそれらを探ってみる。彼らのテクストは前四世紀に書かれたものも含まれているので、前五世紀の現実だけを抽出することにはならないが、いわゆる古典期（前五〇〇―三三八年）の中央の時期における思潮を垣間見ることは可能である。カロスなる死という表現が、この時代の戦死評価全体の中でどんな位置を占めていたのかが見えてくることで、その特性をより明らかにすることができるはずである。

1 カロスと修飾された死

件の六作家において、間接的に修飾されたものも含め、死がカロスと修飾された事例は、付録C1にまとめたとおりである。全部で二六件あり、その中には、明らかに戦死を言っているもの（一四件）が多いが、戦死をどのくらい含意しているかはっきりしないもの、戦死を言っているのではないと考えられるもの、比喩的な意味でもカロス・タナトスとは言えなさそうなものもある。しかしこれら全体に共通して見出される興味深い特徴は、カロスなる死が遂げられた（誰かがカロスに死んだ）ということを明言した例がきわめて少ないということである。このことを軸として、この表現は前五世紀の実社会においてどのように使われていたのかということを考察してみたい。

六作家によるカロスなる死の言及事例は、その死の現実度に着目すると、大まかに三つのタイプに分類される。その結果は付録C1の〈現実度〉という欄に記してある。カロスと修飾された死が、ファクト（既に実現した事実）として想定されている事例をAと分類する（七件）。これに対し、まだ実現されていないカロスなる死が意欲や期待の対象として語られている事例をBとする（一三件）。そのうち、カロスなる死への、死ぬ本人自身の意欲が語られているものをB1とし（七件）、他人の期待あるいは一般的な期待が語られているものをB2とした（六件）。AでもBでもないものはCとする（六件）。カロスなる死が一般的概念として捉えられ、意欲や期待の対象にもなっていないというような事例はここに入る。このように分類してみると、Bの事例が半数以上を占め、カロスなる死をファクトとして述べたAの事例はそれよりも大幅に少ない。その中でも、カロスなる死が遂げられたと明言されている事例はさらに少ない。このことをより詳しく分析してみよう。

Aのグループに属するものは七件であるが、誰かがカロスに死んだと率直に述べているものは二件だけである。その一つであるヘロドトス-①（Hdt. 1. 30. 24）は、ソロンがクロイソス王に世界で最も幸福な人物として示したテッロス（Tellos）の戦死の報告である。彼は恵まれた人生を送ったが、エレウシスでの戦闘で「最もカロスに死んだ」という。ここで注目したいのは、これを言明しているのがヘロドトスでなくソロンだということである。客人と主人の間の私的な会話という状況の中で、ソロンは、世界で最も幸福と判定しうるための条件を王に教えるために、テッロスの死にぶりが羨まれるようなものであったことを、いわば譬え話同然のものとして語っている。真実性や客観性に責任を持つなどの必要もなかったと思われる。もう一件のクセノポン-⑨（*Cyr.* 7. 3. 11）は、キュロスの軍に加勢して死んだスサの王アブラダタス（Abradatas）の戦死の報告である。[3] ずたずたになった彼の死体を戦闘後の現場で目の前に見ている彼の妻に、「彼は最もカロスな終わりを遂げた」とキュロスが語る。当人の妻を慰めるためにキュロスは、軍の総指揮者ではあるが私的に語っているのである。ここでも、カロスなる死の言明は、登場人物が語ったものとされており、著者であるクセノポンの言明ではない。

一方、カロスに死んだことが強く示唆されてはいるものの、カロスが死を修飾する仕方が直截ではないものが二件ある。その一つクセノポン-⑦（*An.* 4. 1. 19）は、あとを追う部隊の指揮官であるクセノポンが先を行く部隊の指揮官ケイリソポスに向かって、待つようにという要請を聞いてくれなかったことを非難して、自分の部下二人の死を語った言葉である。[4]「二人の男が、カロスかつアガトス（よい）なる者として死んでしまっているのに」、その遺体を収容することも葬ることもできなかったと言う。ここで使われている「カロスかつアガトス」という言葉は、「二人が死んでいる」という言葉の主語のほうを形容詞として修飾している。ギリシア語の文法ではこれを属性的に取ることも述語的補語的に取ることも可能である。「カロスかつアガトス」とは貴族階級の一員であることを表したり、倫理的特性を兼ね備えた人物を表したりする言葉でもあるが[5]、ここには彼らの死んでいるさまを称える意味でカロスだと言っているような響きも少なからず感じられる。というのは、敗走中の死ではあるものの、直前(*An*. 4. 1. 18)に比較的細かに記されている彼らの凄絶な死にぶりがそれを示唆するからである。つまりここには、彼らが「カロスかつアガトスなる人物たち」であったという意味に、彼らの死にぶりがカロスであるというニュアンスが混じりこんでいる気配がある。しかし文脈で見ると、非難であるこのセリフの欠かせない意味として考えられるのは、〈どうでもよくはない人〉を二人も死なせることになってしまった、ということである。二人が立派に戦死したという響きはあるとしても、カロスに死んだということを言明しているのではなく、別の意味に乗じてさりげなく言った形になっているのである。もう一つ注目すべきことは、ここでもまた、このセリフは歴史記述者としてのクセノポンが言っているのではなく、指揮官として登場している彼が個人的な対話で語った言葉だということである。別の一件であるクセノポン-⑧(*Cyr*. 1. 4. 11)は、若きキュロス王が猟場の外で仕留めた野生動物の死体を指して、仲間の少年たちに語った言葉である。「それらは死んでしまっていながらも、囲いの中で生きている動物たちよりカロスであったと思う」と彼は言う。この場合もきわめて似通ったところがある。階級を示唆する「カロスかつアガトス」はないが、野生動物たちは大きくカロスで艶やかに見えたとも言っているので、死んでも変わらずカロスだと言っているだけのようにとることもできる。しかし直前に、「猪は勇敢な男たちのように突進してくるところ」を、鹿は「羽根あるもののように天に向かって跳ね上がるところ」を仕留めたとも語っているので、カロス・タナトスに通じるものを多分に思わせることも確かである。この事例でもやはり、これを語っているのは著者ではなく登場人物であり、またカロス・タナトスはさりげないほのめかしにとどまっているのである。

一方、ツキュディデス-①(Th. 4. 40. 2)の事例は、カロスなる死の肯定には至らずに終わる、という形をとる。これは、スパクテリア島で投降したラケダイモン人たち[6]に向かってアテナイ同盟軍のある者が皮肉に尋ねた言葉で、「死んだ仲間たちはカロスかつアガトスだったか」と問うものである。これも一見、死んだ者たちの高貴さを問うているようにも見えるが、直前（Th. 4. 40. 1）に、〈ラケダイモン人は力の続く限りぎりぎりまで戦い続けて死ぬ〉というのがギリシアの通念だった、ということが示されていることから、この問いは明らかに、死んだ者たちがカロス・タナトスを遂げたはずだという前提を濃厚に含んで発せられていると言えよう。しかし相手は、この問いをはぐらかして終わる。カロス・タナトスの示唆はかなり確かでも、それがファクトとして肯定されてはいないのである。

Aタイプの残りの事例は、カロスなる死の表示がはなはだ修辞的で回りくどい。死刑を宣告されてから処刑までの三〇日間を平静に耐えたソクラテスを評した、クセノポンの二つの文言である。クセノポン-③（*Mem.* 4. 8. 2）は、「よりカロスに死を耐えた者は、記憶されている人々の中で誰もいないと言われている」というものであり、そのすぐあとのクセノポン-④（*Mem.* 4. 8. 3）は、「かのように以上にカロスに死ぬことは、どうして可能だろうか。いかなる死が、最もカロスに死ぬ人の死よりもカロスでありうるだろうか。いかなる死が、最もカロスな死よりもっと幸福なものでありえようか」という反語的疑問文の積み重ねである。ここでカロスなる死とされているのは、逃げ出さずにソクラテスが死を平静に受け容れたということであり、戦いという要素はないにせよ最後まで果敢に己の持ち場を堅持するという意味で、カロス・タナトスに喩えられている、ということは明白である。そして両者とも、筆者であるクセノポン自身によって述べられており、しかも、ソクラテスの死がカロスなものであったと言いたい彼の熱烈な想いが修辞的技巧で如実に表されているのは事実である。それならば、この二件は上に挙げた例に似ず、カロスな死を言明しているようにも思われる。しかし、もって回った言い方が繰り返されている、ということが見逃せない。しかも、クセノポン-③においては、カロスの語が修飾しているのは「死を耐えた」ということであって、「死んだ」というのとも違う遠まわしな言い方をしている。クセノポン-④ではカロスの語がいずれも直接に死の語を修飾しているにしても、カロスに死んだのが誰かは結局言わずじまいである。ソクラテスがカロスに死んだという単刀直入な語りがどこにもない。ソクラテスの死はカロスなるものだった、と言いたい思いが滲み出ている一方で、言明は巧妙に回避されているのである。

以上、Aの七件を分析した結果として言えるのは、著者が自身の言葉で、カロスなる死をファクトとして言明した例は一つもないということである。ファクトとしての言明は私的な会話で見られるのみで、それ以外では直截ではない形で表されるばかりである。カロスなる死をファクトとして公的に陳述することには何らかのはばかりがあった、という事情が見てとれる。なぜそうであったのかを精密に解き明かすことは難しいが、推測されるのは、〈戦死がカロスだということは目で見たその死にざまで判定されるものだった〉ということに関係しているのではないかということである。まだ現実になっていない死は、好きなイメージでそれを思い浮かべることも自由である。しかしすでに遂げられた死は、確定した死にざまがあるはずで、それを目撃した者が、あるいは見ているように語る作者が語るのでなければ、それをカロスと言明することは空疎に響く。信憑性のある言葉として語るには条件が整っていなくてはならなかったので、おいそれと言明することはできなかったのではないか。興味深いのは、称えるべきような戦死を果たしたということを、カロスなる死という言い回しを用いずに陳述する方法が別にあり、ファクトとしての言明にはそちらが多く使われたという事実である。このことは次の節で詳しく示す。なお、付録C1の〈現実度への補足〉に「Aに近いがB」と記したものもあるが、それについてはBを検討したあとに考える。

次にBのタイプを検討してみよう。カロスなる死を既に起こったファクトとして想定していたAのタイプに対して、それを、いまだ遂げられていない完全に想定上の事態として語るのがB（一三件）とC（六件）のタイプで、合わせると二六件のうちの三分の二を占める。その中でも優勢なのが、カロスなる死を意欲や期待の対象として語るBのタイプである。

死をよしとすることは、現実から一歩離れた空想の中でのほうが語りやすい、というのは自然なことかもしれない。しかし、Bの事例を見渡してみると、自分がカロスに死ぬことに意欲を燃やすというケース（B1の全部）が多く（七件）[7]、その残り（B2の六件）を見ても、自分以外の誰かがカロスに死ぬことをあからさまによしとするようなケースは少ない。B1のタイプには、仲間たちが自分と一緒に賭けに出てカロスに死ぬことを誘うという形のものが二件あるが（ヘロドトス-④とクセノポン-⑥）、自分と一緒にという形をとらないB2の事例は、神々が死すべき者として生んだ息子たちをトロイア戦争に出陣させた、という神話的なケースが一件ある限りである（イソクラテス-⑤（*Arch.* 89. 11)）。

B2に属するそれ以外のケース五件はすべて、カロスに死ぬことが好ましいということを、いつ誰がということなしに述べたものである。(8) こうしてみると、自分はこれから戦ってカロスに果てたいという類いの語りは多数あるのに対し、「汝または某某が行ってこの戦闘でカロスなる死を果たすべし」というような他人への要請はほとんど見られないということになる。他人のカロスなる死への期待を語ることにも、やはり何らかのはばかりがあったということか。

ここで、「Aに近いがB」と記した三件(9)についても考えてみよう。それは、「ヘラスを征服するかカロスに死ぬかするほうがマシだと考えて」死んだ（ヘロドトス-⑤（Hdt. 8. 100. 9)）とか、「最もカロスなる死を選択して生を終えた」（リュシアス-①（Lys. 2. 79. 4)）など、死ぬ当人の〈考え〉や〈選択〉を表す言葉がさしはさまれている事例である。これらは、彼らが結果的にカロスな死を遂げた、と言っているのとほとんど変わりないことのようにも見える。しかし、〈カロスな死を遂げた〉ということを筆者がどこまで言い切っているか、ということを考えると、言明されているのはその死に対する〈当人の生前の意向〉までだと言わざるを得ないのである。これは、他人の立場からの事後の称美とはやはり異なる。それゆえ、これらの四件はAではなくB1に属すると判定することが妥当だと考えられる。

一方Cタイプの六件は、カロスな死という想定を期待や志向ぬきに語ったものである。誰かがカロスに死ぬという事態がはばかりをもって語られる、という様子は観測されない。ここで気がつくのは、それとはかなり次元の異なる二つのことである。

まず、Cタイプで明らかに異彩を放っているのはヘロドトス-②③の二件である。それらは、〈富豪の幸福が無価値と判定されないためには、その人がカロスなる死を遂げていなくてはならない〉という趣旨のソロンの言葉である。よく考えると、これに該当するカロスなる死とは特別に秀でた死であるとは思われない。ヘロドトスがソロンに言わせた「カロスなる死」とは、カロス・タナトスとほとんど別のもの（第1章の分類でγのタイプ）として考えるべきものと予測されるので、この二件は次の章で検討することにする。

Cタイプにはこのほか、何らかの素晴らしい死のことであるらしいが、まったく具体性がなく、どんなイメージをもって考えたらよいのか分からない、というケースがあることも忘れてはならない。弁論家アンドキデスは、前四一五年にヘルメス像破壊事件と秘儀模倣事件に参加した嫌疑で捕えられたが、仲間の名前を含む、この事件の情報を告白することによって釈放された。アンドキデス-①②の二件（*Myst.* 57. 5, 7）は連続したテクストであり、彼自身が前四〇〇年の裁判で、そのときの経緯を語った話の中に含まれている。

> もし、カロスに滅びる（καλῶς ἀπολέσθαι《カロース・アポレスタイ》）か恥ずべきように助かるかという二つの、どちらかを選ぶという状況に私があったのであれば、かの事実（私が仲間の情報を告白したこと）は卑劣である、と人は言ったかもしれない。とはいえ、多くの人々はやはりそれを選んだであろう、カロスに死ぬ（καλῶς ἀποθανεῖν《カロース・アポタネイン》）ことよりも生きることの方に価値があるとして。[10]
>
> （アンドキデス『秘儀について』第五七節四―七行）

引用冒頭の「もし……あったのであれば」の部分は具体的にどういうことを想定しているのか分かりにくい。特に二回出てくる「カロスに滅ぶ」、「カロスに死ぬ」はどういうことを想定しているのか。戦死やそれに準ずるような死は、この文脈では考えにくい。しかし、引用の直後にある文を見れば、その疑問は解けてくる。というのは、「しかしそこには、それとはまったく反対の事情があったのだ。黙り通した場合に自分が、不敬虔なことは何もしていないのに、最も恥ずべきように滅び、さらには父や義兄や親戚たちの死んでしまった姿を傍観しなければならなくなる、という事情が……」（第五八節一—四行）という文が続いている。アンドキデスは、当時彼自身のもとにあったのは「カロスに滅びるか恥ずべきように助かる」というような二択ではなかったので、卑劣と判定されるいわれはない、と言おうとしているのである。[11] その後に続く内容と合わせると、彼のもとに実際にあったのは、〈何もしないで恥ずべきように死ぬか、市民たちに情報を提供して親族を救うか〉という二択なのであった。最初の条件文で彼が言わんとしているのは要するに、「カロスに滅びる」というような選択肢はなかったということである。それで問題となるのは「カロスに滅びる」とはどういうことか、であるが、彼が表そうとしている絶望的な状況は、立派な戦死やそれに準じるような死に方をするチャンスがなかったというだけのものではない。カロスと呼べるようないかなる死のチャンスもなかったと言うべきだろう。[12] ここでは、「カロスに滅びる」ということが意味しうるあらゆる可能性が一瞬思い浮かべられなくてはならない。そしてその選択肢はなかったのだ、ということが要点である。このとき、このフレーズがテュルタイオスの規定したもの以外をも意味する可能性を、現実に考えてみなければならなくなっているのである。

イソクラテス-①（*Ad Dem.* 43. 8）の事例では、「死を運命はすべての人に割当てたが、カロスなる死は熱意ある人たちに特有のものとして割当てた」というものだが、直前に戦場の例示があるため、カロスなる死を戦死のこととして解そうとすれば、それも可能である。しかしこの文章自体は一般化しうるものでもある。そしてそのカロスなる死とは戦死を超えてどこまでを指しうるものなのかを考えようとすれば、それは際限のない想像をしなくてはならないことになる。Cタイプの残りの一例クセノポン-⑤（*An.* 3. 1. 43）についても、事情はほとんど同じことである。

実は、この事情はCタイプの事例に限らない。たとえばB2に分類したイソクラテス-④（*Paneg.* 95. 7）は、「醜く生きることよりもカロスに死ぬことのほうがカロスかつアガトスなる人々にとって選ぶに値する」というものだが、同じことを戦闘のコンテクストから離れて言えば、カロスかつアガトスなる人々が選ぶべきカロスなる死とはどこまでを考えるべきなのか、たちまち捉えどころがないことになってしまう。

「カロスなる死」というものが、テュルタイオスの規定したイメージから離れて一人歩きしだしていることがここに垣間見える。しかし重要なことは、そこにはいつも、テュルタイオスの規定したカロス・タナトスのイメージが基本的なモデルとして併走しているということである。

2 戦いながらの死

戦死は、「戦いながら死ぬ」という形で表されることも多い。μαχόμενος《マコメノス》（戦いながら）という現在分詞を伴って表された死が、死ぬ瞬間にも前向きに戦いつつあること、すなわち「最後の瞬間までの戦い」を表しているなら、それはテュルタイオスの規定したカロス・タナトスの主要要件が満たされていることを示すものだと言える。典型的なのは、ツキュディデス第四巻四〇章一節の、「彼らの通念では、ラケダイモン人は……何があっても武器を引き渡すことなく、それを携えたまま能う限り戦いながら死ぬ（μαχομένους ὡς ἐδύναντο ἀποθνήσκειν《マコメヌース・ホース・エデュナント・アポツネースケイン》）ものと思われていた」（藤縄訳を一部改変）という一節である。ここに表されているのは、ラケダイモン人が全力で戦いながら死ぬという姿である。カロスの語を用いていなくとも、ここにはほぼ確実にテュルタイオスのカロス・タナトスに一致するものが表されていると言える。[13]

件の六作家のテクストの中でこれに該当する記述をすべて集めると、付録C2のとおりである。もちろん、μαχόμενος《マコメノス》という現在分詞がどれも〈敵と向かい合っての戦闘の最中〉ということを表すとは限らない。習慣的・反復的行為を表すものでもありうるし、[14]冠詞の付いた οἱ μαχόμενοι《ホイ・マコメノイ》のような場合は、ただ〈戦う者〉を表すこともありうる。[15]広い意味で戦いに従事している最中、すなわち〈戦いの場に身をおいている〉ということを表すだけの現在分詞もないとは言えない。しかし、μαχόμενος《マコメノス》の語がφεύγοντες《ペウゴンテス》（逃げながら）の語と対照的に置かれているような場合は、「戦闘中」ということが強調されているのだと言える。たとえば、アナクシビオス（Anaxibios）と一二人の例である。アナクシビオスの「カロスなる死」への目指しがクセノポン-①（*HG*. 4. 8. 38）で語られていたが、彼の実際の死にざまが、仲間の死にざまと共にそのすぐ次の節で描かれている。

> 楯を受け取ってその場で戦いながら死ぬ。それでも彼の若衆はそばに留まり、諸ポリスからやってきていたラケダイモン人の一二人ほどの統監たちも、戦いながら共に死んだ。しかし他の者たちは逃げながら倒れた。(16)
>
> （クセノポン『ギリシア史』第四巻八章三九節）

ここにおいては、戦いながら死んだアナクシビオスおよび一二人と、敗走しながら死んだ他の者たちの死にざまが明確に対照されており、彼らの死が実質的にテュルタイオス的なカロス・タナトスであったことが示されている。それはまさに、直前にアナクシビオスが目指すものとして自ら「カロスなる死」と表現していたものの実現であるということは、誰にも明らかである。またヘロドトス第九巻一〇六節二行も、「ギリシア人たちは多くの異国人たち、戦いつつある者たちと逃げつつある者たちを殺した」というもので、戦いながらの死を明確化している。このような形で強調されている場合でなくとも、戦闘場面での話ということがすでに明らかな場合は、μαχόμενος《マコメノス》は「戦場で」という以上の意味を付加しているはずであり、それは「戦いながら」と解して差し支えないであろう。(17)

C2の表を見渡してみると、戦いながらの死をファクトとして語っているケースが多いことに気づく。それは〈死の動詞の形〉という項目に、直説法の現在形やアオリストの定動詞の形が載っていることで確かめられるとおりである。「カロスなる死」の場合には実際に果たされたと語られることがごく稀にしかなかった、という事実とこの事実との間には、鮮明な対照がある。「戦いながらの死」という事例が特に多いのはクセノポンであるが（一八件）、その大半（一四件）は典型的な歴史記述である『ギリシア史』の中にある。ツキュディデスではペリクレスの言葉の引用が一件あるだけで、この歴史家はこの表現を好まなかったものと思われる。しかしヘロドトスにおいては五件あり、それらはすべて彼自身の言葉として記されている。

ほぼ同じ内容の戦死を記述するにしても、少なくとも二人の歴史家たちが、カロスという語の使用を避ける一方で、「戦いながら」という言い回しのほうを抵抗なく使ったとすれば、それはなぜであろうか。それを考えるには、「カロス」の語の代わりに μαχόμενος《マコメノス》 を用いるということに、どのような意義があるのかを探るのがよいと思われる。

「カロス」は、好ましいというきわめて主観的な価値判断を表す語であるし、ある人が「カロスに死んだ」と言ってしまうと、いかに死んだかを具体的に語らずに、その死を評定してしまうことになりかねない。これに対し、μαχόμενος《マコメノス》 は戦闘行為を行っているという事実を客観的に描写する語である。だから、「戦いながら死んだ」と表現することは、その死がカロスという評価に値するものであることを、主観的な価値判断をさしはさまずに、事実によって客観的に示すことを意味するであろう。

このことがよく分かる事例は、マンティネアで落命したアテナイ騎兵たちのクセノポンによる描写である。テバイ人の将軍エパメイノンダスが騎兵隊をマンティネアに送り込んだとき、マンティネアの市民はアテナイの騎兵隊に救援を求め、両騎兵隊は激しく戦った。アテナイ騎兵隊の中でそのとき落命した者たちの中にクセノポンの息子グリュッロス（Gryllos）が含まれていたことが分かっているが、[18] クセノポンはその事情には触れず、彼らの死について、ただ次のように書いている。

彼ら（アテナイ騎兵）が、街の外にあったマンティネア人たちのあらゆるものの救いの果たし手となったのも、そのうちのよき男たち[19]が死んだのも、また明らかに同等な者たちを殺したのも、戦いながらのことであった。[20]

（クセノポン『ギリシア史』第七巻五章一七節）

クセノポンは直後に、双方が相手にじゅうぶん届く長い武器で戦い殺し殺される互角の戦いであったことや、また死体を放棄せず休戦のもとで返還しあったということも付記して、この戦闘と戦死を入念に称えている。前節で戦闘の記述を始めるときに、「彼らのアレテー（徳・武勇）を称えない人がいるだろうか」という強い称賛を述べてはいるが、落命した者たちの死の描写には主観を排した μαχόμενοι《マコメノイ》 の語を用いており、筆致は冷静沈着である。少なくとも身びいきを感じさせないものになっていると言えるだろう。

　このすぐあとに、いわゆるマンティネアの戦いが記述されてクセノポンの『ギリシア史』はまもなく終わるのだが、特筆すべきことは、立派に果たされた戦死がはっきりと描かれているのは、上に引用した箇所が最後だということである。実は、すぐ次の節にクセノポン―②（*HG*. 7.5.18）の文章があり、そこでエパメイノンダスが、「もし死ぬとしても、それがペロポンネソスの支配権を祖国に残そうと試みつつであるなら、自分の死はカロスなものとなるだろうと考えた」と語っている。そして、彼は敵の全軍を潰走させたとも語られている。しかし彼の実際の死は、直後の副詞節の中で「しかし彼が倒れると」[21]（7.5.25）と実に素っ気なく語られるだけで、どういう死に様だったかは皆目示されていない[22]。それのみならず、「残りの者たち」は以後、敵を誰ひとり討ち取ることもできずビクビクと引き下がったと言う。軽装兵と楯兵たちは騎兵隊に援護されて敵の左翼まで到達したが「その場でアテナイ人たちによってそのほとんどが死んだ」と言う。これは、その場に踏みとどまって戦いながら死んだというのと実質的には同じことであるかもしれない。しかしそれは、上に示したアテナイ騎兵たちの描写のようにはっきりと示されたものとはやはり異なる。どのように死んだのかまでは何も示されていないというほうが正確だろう。クセノポンは『ギリシア史』をこのように締め括ることによって、息子とその仲間たちの立派な戦死を静かに引き立てているのだと考えられる[23]。

　以上の例から見て取れるのは、「戦いながらの死」という言い回しは、カロス・タナトスとして称えられてもよい戦死を主観性を排して表現できる方法として、客観的記述を旨とする書き手が使うのに適した表現であったということである。

　ところで、いま示したエパメイノンダスの場合のように、死に様を特に示すことなしに戦死を報告するというケースにも目を向けてみよう。個々の戦闘の戦死者数を表現するようなときには、それで十分であろう。しかし、注目を浴びている人物が死んだというとき、その死にぶりが一切示されないということは、ある種のもの足りなさや疑問を掻き立てることがある。とりわけ、カロスに死ぬことを目指していることが語られた人物の場合には、実際にはいかに死んだかということが注目される。同じエパメイノンダスの死でも、前一世紀の歴史家ディオドロス第一五巻八七章はクセノポンの描写とは対照的に詳しく記述している。エパメイノンダスは英雄的に戦ったあと（ἡρωικῶς … ἀγωνισάμενος）《ヘーローイコース・アゴーニサメノス》胸に槍の一撃を受け、その先端が体内に残されたまま陣営に運び戻された（ἀπηνέχθη）《アペーネクテー》のち、言葉を交わしながら手当てを受けて死んだと言う。仮にこれが事実どおりだとしたら、彼は敵と相対しているときに前方から攻撃を受けたようにも思えるが、もしかしたら見えない敵に不意を衝かれたのかもしれない[24]。また、持ち場で死ぬことにはならなかった。ならばこれはカロス・タナトスとみなされるだろうか。他人によってどうみなされるかということよりも、クセノポンのテクストにおいてエパメイノンダス自身が期待していたところの「カロスなる（生の）終わり（καλὴ τελευτή）《カレー・テレウテー》」のうちに含まれるかどうかということが問題である。しかしその答えは本人に聞いてみなくては分からない。ディオドロスは、彼が味方の勝利を聞いたあと、自分はレウクトラとマンティネアにおける勝利という「二人の娘」を残して死ぬのだと言って死んでいったと記している。この記述が確かに伝えようとしていることは、彼が自分のしたことに一応満足して死んだということである。これらのことに照らし合わせると、クセノポンが彼の死の詳細について一切語っていないことにも意味がありそうである。すなわち、エパメイノンダスに関しては、死にざまがどのようなものであったかは分からぬままに、またカロスに死んだといえるのかどうかも曖昧なままにしておくという効果が生じているのである。

　一方、明らかに敗走などの弱気な振舞いに転じたわけでなくとも、カロス・タナトスを目指していた者が実際には残念な死に方をしてしまうという例もある。その一つが、クセノポンの記したケイリソポス（Cheirisophos）の場合である。『アナバシス』の遠征で、キュロスが死に、大半の指揮官も失われたあと、新しく選ばれた隊長たちの一人として兵士たちに向かって激励する彼は、見事に敵を撃破して活路を見出すことができないならば、「せめてカロスに死のうではないか」（『アナバシス』第三巻二章三節＝クセノポン‐⑥）と語っていた[25]。彼は総指揮官として黒海までの難行軍も成功させるのだが、彼の実際の死は、「解熱剤を飲んでこの時までに死んでしまっていた」と素っ気なく語られるだけである（『アナバシス』第六巻四章一一節）。

　これに劣らず残念な例は、ヘロドトス第九巻七二節に描かれたカリクラテスの場合である。彼はプラタイアの戦いに参じたスパルタ将兵だが、戦闘が始まる前、犠牲がなされているあいだ戦列で腰を下ろしているときに脇腹を矢で射られ、その場から運び戻されてしばらくあとに死んだという。プラタイアの戦いで死んだギリシア人のうち、「最も名を挙げた」（ὀνομαστότατοι《オノマストタトイ》）とされた者たちは五人いたと第九巻七一節で語られるが、彼がそのうちに入らなかったことの理由がここでわざわざ挙げられる。それは、彼が「ギリシア勢で最もカロスなる者として戦陣にやって来ていながら、戦いの外で死んだからだ[26]」というのである。ここにある暗黙の前提は、彼は本来は最も名を挙げるような死にかたをするはずだったということである。それならば、ここで言われている「カロス」は、武勇に優れているということを暗示しているはずである。第2章で考察したことを踏まえるならば、それは武勇に優れていることを予測させる外貌を備えているということだと考えられる。つまり、彼は死ぬにせよ死なないにせよ優れた武勇を示すに最も似つかわしい男だったのである。そうだとすると、彼は死に様においてもカロスであるはず、という期待が、もちろん皮肉もこめて寄せられていたであろう。しかし、彼の実際の死にざまは上に示したとおりのものであった。それをカロスだとみなす人は誰もいないだろう。彼は、〈自分の腕を生かすことができなかったこと〉と〈自分に相応しい働きが何一つできなかったこと〉が遺憾だと死ぬ前に語ったと言うが（Hdt. 9. 71. 8–12）、手柄を上げることができなかっただけでなく、カロスな死に様を見せることさえも叶わなかったのである。彼が最もカロスなる者であったということを指摘したヘロドトスの記述は、彼の無念さが彼の最後の言葉以上のものであることを示唆している。

このように、いかに死んだかを具体的に語ることによって、その死がカロス・タナトスだと言うに等しい称賛を与えることがある一方で、カロス・タナトスを遂げることが予期されていたのに、いかに死んだかまでを語らないことによってオヤと思わせたり、あるいは、実際の死は戦いながらでなかったことを示すことによって、その死が残念なものであるという印象を増幅するということもあったのである。

3　カロス・タナトスという概念によらない戦死評価

戦死の評価は、カロス・タナトスの概念によるものばかりではなかった。この節と次の節では、「カロス」という語や「戦いながらの死」という表現に頼らずに行われた戦死評価を眺めてみる。

いかに死んだかということは、戦死を評価するための有力な根拠となるが、実はそれはいつも得られるとは限らない情報である。その情報を用いなくとも、その戦死がいかなる意味を有しているのかを示すことによって、その戦死を称えるという方法もいろいろある。たとえば、祖国や大義のための死であるとか、その死が何かをもたらしたなどである。しかしここでは、それを一つ一つ挙げることはしない。私がここで行いたいのは、包括的な戦死者評価の中に組み込まれた戦死評価を分析することである。

戦死者たちに対してなされた総合的な評価として、最もよく知られておりまた理解しやすいのは、ヘロドトスがプラタイアの戦いの記述の終わりに記したアリステイア（勇戦）の評定である（Hdt. 9. 71-74）。彼はいくつかの大きな戦闘を記述したそれぞれの終わりに、アリステウエイン（ἀριστεύειν、勇戦）した軍勢や個人の名を記しているが[27]、第九巻七一―七四節はその最大のものである。個人単位でなされる評定は通常、軍勢ごとに一人が挙げられるだけだが、この箇所ではスパルタの個人の部門では、珍しく次点以下五人まで挙げられていて、それがいずれも戦死者で占められているということは注目すべきことである[28]。

アリステウエインするということは、〈アリストス（ἄριστος、最もよい）なる者である〉ということであるが、この箇所では、それが「アレテー（武勇）での卓越を見せる」（ὑπερβάλλοντο ἀρετῇ : Hdt. 9. 71. 4）ことや、「敵の最強部隊を攻撃してこれを打ち破る」（ibid.）ことによって根拠付けられると説明されている。ならば、それが戦死者だけの特権ではないことはすぐに理解できる。実際に、他の箇所を見ると、アリステイアは戦死者以外にも認定されている[29]。

それでは、第九巻七一節で認定された五人は、何によってアリストスであると認定されたのだろうか。勇ましい戦いぶりを示したのは間違いないとしても、大きな戦果も残したのか（たとえば、倒した敵の数など）。最高位に認定された者だから、その両方であっても不思議ではないが、詳しく説明されていないから実のところ分からない[30]。彼らの死そのものがどれだけアリステイアの評価を高めているかという疑問にも、答える術はないが、戦死を遂げたということはアリステイア評価の結果に少なからず関わることがあるものと推定される。

アリステイアの評定は、アリストスぶりの評定であり、特別に優れた者の名を挙げるものであって、いわば戦死者評価の特殊な部門である。これに対して、アリストスの原級である「アガトス」（よい）と「男」（アネール）という語を用いて、「よき男になる（ἄνδρα ἀγαθὸν γενέσθαι）[31]」という形で評価する仕方もあり、それは主に兵士たちの評価に用いられた。アリストス（最もよき者）のように対象を絞っていないから、その表現を適用しうる対象は桁違いに多くなるはずで、実際その適用例はかなりの数になる。そして適用されている兵士は戦死者であることも少なくない。「よき男になる」とは戦死を称える隠語であると指摘されることも多い[32]。しかし、立ち入って説明されることもないため実態は分かりにくい。それが戦死を表す場合と表さない場合はどれくらいあるのだろうか、そもそもその本来の意味はどういうことなのだろうか。そこで、「よき男になる」とその変形である「最もよき男になる（ἄνδρα ἄριστον γενέσθαι）」という言い回しとをあわせた使用例を、件の六作家で集めてみると全部で四七件見つかる。[33] 付録Ｃ３の表にまとめたので、これを見ながら分析してみよう。以下では、「よき男になる」と「最もよき男になる」という表現を、併せてＡＡＧと略記する。

まず、ＡＡＧの事例のどのくらいが戦死を表しているのだろうか。ＡＡＧが死を表してはいないことが明らかであるケースは、四七件のうち一五件[34]もある。このことから、ＡＡＧの言葉がそれだけでは必ずしも戦死を表すものではない、という基本線があることが明らかになる。しかるに、アブラダタスの妻が夫に向かって「あなたがよき男となったなら、私はあなたと一緒に土を被りたい[35]」と語る言葉（クセノポン『キュロスの教育』第六巻四章六節）のように、ＡＡＧの表現がそれだけで明らかに戦死のことを言っていると判定できるケースは五件[36]しかない。一番大きなグループを構成するのは、ＡＡＧの置かれている文章が、全体として死を含意しているようにも、していないようにもとれる曖昧なケースで、二二件[37]にのぼる。これだけのデータから分かるのは、ＡＡＧは戦死を表す場合もあるし表さない場合もある、というくらいが精々のところかもしれない。

しかし、注目すべきものが残りの事例の中にある。すなわち、マラトン戦のカッリマコスの[38]死について語った「よき男となって、死んだ」（διαφθείρεται, ἀνὴρ γενόμενος ἀγαθός : Hdt. 6. 114.3）のように、死を表す動詞にＡＡＧの分詞形が併置されている例が四件[39]ある。ＡＡＧの γενέσθαι の動詞はアオリスト分詞の形で添えられているので、二つの事象の時間的関係がはっきりと分かるようになっている。つまり、「よき男になる」とは、死の一歩手前に起こったことだと判断されるのである。

ここでもう一つ、ＡＡＧという言葉の本来の意味も考え合わせてみよう。「よき男になる」とは、男子としてアガトスだと認定されるような振舞いをすることのはずである。それゆえ、アガトスとは何かが問題となる。それは〈物事を成功させる人〉のことだというアドキンスの主張[40]は、ホメロスにおいてはそれなりに妥当であったろう。しかしそれ以降、テュルタイオスは断片一二で、「よき男になる」には討たれて死ぬか勝利を収めるかは問題ではないとしていた。前章で示したように、彼はそこで、「よき男になる」とは〈命の危険を冒して戦場で勇敢に振舞うこと〉だと示している。前五世紀におけるＡＡＧの諸例はこちらの意味で通用するはずである。つまりそれは、〈死の危険に接するような男子の任務を果たす〉ということである。

この二つの判断を合わせると、導かれるのは次のような結論である。すなわち、戦争というコンテクストの場合、ＡＡＧの言葉自体が直接表しているのは、戦死ではなくて、〈死に接するような男子の任務を果たすこと〉である。ならば、ＡＡＧはその隣接性によって、戦死をも表す可能性を持っていることになる。ＡＡＧが戦死を表すのは、メトニミー（換喩）によってのことなのである。[41]

このメトニミーは、死を純粋なよきもの、そして聞き心地のよいものとして表すことを可能にしている。上に挙げたアブラダタスの妻の言葉は、そのことを効果的に利用して、死という忌まわしい言葉を避けながら、夫が死ぬという想定を語ることに成功している。ただし、死動詞をＡＡＧに添えて用いることもあるから、ＡＡＧがいつも死をぼかすために用いられているというわけではない。

ＡＡＧを用いた戦死の表現は、レオニダス（Hdt. 7. 224. 4）のように奮戦しながらの死を表す場合ももちろんあるが、ＡＡＧの表現自体は、何らかの模範的な行動を示したことを表すものであって、必ずしも死に方が模範的であったことを表すわけではない。それゆえ、応召して危険な戦場に立ったということだけでもＡＡＧと認定されるということがありうる。そのことは、葬礼演説における戦死評価の重要な要素となる。[42] しかし葬礼演説は、特殊な意図のために特殊な論法でなされる評価なので、次節で別に検討したい。

以上においては、「よい」（ἀγαθός《アガトス》）／「最もよい」（ἄριστος《アリストス》）／「徳・武勇」（ἀρετή《アレテー》）という概念を軸にした包括的な戦死者評価を眺めてきたが、戦死評価はこのほかにもいろいろある。たとえば、「名高い」（εὐκλεής《エウクレエース》）や「血筋のよい」（γενναῖος《ゲンナイオス》）という言葉で死を修飾する形があるが、[43] これらは利他的な死という以上にはどんな死を思わせるものだったであろうか。もちろん、戦場というコンテクストの中で、名高い死、よき生まれに相応しい死といえばどんなもののことか、ある程度の共通理解はあっただろう。しかし、それはカロス・タナトスのように、一つの確固としたイメージで規定されたものではなかった。このことはＡＡＧについても同様である。

4　アテナイ葬礼演説における戦死者と戦死の評価

古代ギリシアの戦死評価を考えるときに無視することができないのは、アテナイの戦死者葬礼演説というジャンルが有した特異な観点である。その本義の一つは戦死者を称えることであるが、それは、何らかの意味で卓越した戦死者を称えるのではなく、ある期間あるいはある戦闘の戦死者全員を一律に称えようとするもので、上に見てきた戦死者評価とは性格を大きく異にするものであった。

ツキュディデス第二巻三四章が記すところによれば、アテナイの葬礼演説は、年ごとの戦死者の遺骨が埋葬されたあと、選出されていた声望のある市民が墓地で、参列した人たちに向けて語ることになっていた。このジャンルには一定のパターンがあり、それはアテナイの辿った栄光ある戦争の歴史をおさらいし、民主制を誇り、新規の戦死者を称え、遺族への慰めを語る、というものだったことが、現存する五つの葬礼演説テクストから分かっている。[44]ただし、雄弁に語られるのはアテナイの栄光についてで、戦死者への賛辞は全般的にステレオタイプ化された簡素なものだった。[45]戦死者評価という観点から見た顕著な特徴は、各年や各戦闘での戦死者たちを常に一括りに捉えるということである。「カロスなる死」や「戦いながらの死」や「よき男になる」の言葉もいくらかは登場するが、戦死者たちを評価するためのより重要な共通の鍵は「アレテー（徳・武勇）を示した」ということと、彼らが果したとされる軍事的功績である。そうして行われた評価とはどのようなものであろうか。

葬礼演説における戦死者評価の要をなしていたアレテー評価は、各演説の次のパッセージに典型的に表されている。

①ツキュディデス第二巻四二章二節「私の見るところでは、この人々の死は男としてのアレテーを明示するものである。[46]」

②リュシアス第二弁論六七節「今ここで埋葬されている人々は……すべての人々に彼らのアレテーを明らかなものとして示した。[47]」

③プラトン『メネクセノス』二四三・a・六「彼らの分別とアレテーに対しては、干戈を交えさえした当の敵たちのほうが、味方の者たちが他の者たちに寄せるよりも多くの称賛を寄せている。[48]」

④デモステネス第六〇弁論[49]二三節「私が考えるに、この男たちのアレテーこそがギリシアの生命であったと言う人は、真実を語っているのだ。[50]」

⑤ヒュペレイデス第六弁論[51]二四節「彼らはアレテーの顕示のゆえに幸福だとみなすべきではないか。[52]」

どの葬礼演説も、戦死者たちがアレテーを発揮したということを指摘しているが、重要なのは、戦死者たちが集合的に捉えられ、その皆が一様にアレテーを発揮したように語られていることである。つまり、①の「この人々」とは、ペロポンネソス戦争初年の終わりに埋葬されたアテナイ兵全体のことである。②の「埋葬されている人々」とは、コリントス戦争のある年に埋葬されたアテナイ兵全体のことである。③の「彼ら」とは、シケリアへの遠征で落命したアテナイ兵全般のことである。④の「この男たち」とは、カイロネイア戦で落命したアテナイ兵全体のことである。⑤の「彼ら」とは、ラミア戦争で死んだレオステネスとその部下たち全員のことである。しかし、彼らが一様にしたどんな行動のゆえにそう判定されているのかは、ほとんど示されていない。かろうじて語られているのは、②の直後に続く、「というのは、彼らは果敢にもギリシアを強大にしようと自らの救いのために危険を冒したばかりでなく、敵たちの自由のためにあえて死にもしたのだ」（Lys. 2. 68, 細井・桜井・安部訳を一部改変）という言葉くらいである。つまり、大義のために危険を冒して死んだということだけであり、アレテーを証するような、どういう積極的行動をとったのかは明らかにされていない。

もちろん、アレテーを認定するのにいちいち証拠を示さなくてはならぬということはない。しかし問題は、戦死した者がみなアレテーを示したように語られているところにある。前章で示したテュルタイオスのエレゲイア（fr. 12. 13）では、アレテーは、〈流血を見ても怯まず自分の持ち場にしっかり踏みとどまって敵たちに向かってゆくこと〉にあるとして、「よき男になる」ということと一緒に規定されていた。その理想を貫いて死んだ者たちはもちろんいるであろうが、それができずに死んだ者たちもいなかったとは思えない。敗走中に殺されるケースは戦史記述の中にいくらでも見出されるし、カリクラテスのように戦闘が始まる前に倒れる者もある。しかしそういう者たちも含めてみながアレテーを示したとどうして言えるのだろうか[53]。

「よき男になる」ということも、各演説で一回ずつ、達成された事実として語られているが[54]、そこにもまったく同じ問題が存在する。どうして戦死した者たちがもれなく「よき男になった」と言えるのか。また、「戦いながら死んだ」ということも、達成された事実として語られているケースが二件あり[55]、そこでも問題は同じである。どうして戦死した者たちがもれなく「戦いながら死んだ」と言えるのか。

ここには二つの可能性がある。すなわち、(1)葬礼演説は、そういう理想的な振舞いができずに死んだ者は存在しなかったことにしている、という可能性と、(2)葬礼演説は、そのような理想的な水準の話をしているのではなく、本当にすべての戦死者――敗走中に死んだ者も含めて――が果たした限りのことを、アレテーの示しと言っているに過ぎない、という可能性とである。これはどちらが正しいと判定されるべきことではない。(1)のように受け取る者もいただろう。その想定は単純で考えやすいが、強引で不誠実な議論であることは否めない。一方、(2)のように受け取る者もいたであろう。問題は、その受け取り方が無理なく通るものであるかどうか、そこに聞く者が納得しうる理屈があるかどうかである。

ところで、すべての戦死者に共通することで、しかもアレテーとみなしうるようなものがないか、考えてみよう。するると、かろうじて見つかる答えは、〈戦場に立って死の危険を究極まで冒した〉ということである。どんな死に方をしたにせよ、彼らはその点において、死ななかったどんな者にも劣らぬ切実な経験をしているのである。戦場の危険に身を曝す、ということがアレテーであり「よき男になる」ことであるならば、(2)の可能性が説明でき、上の問題は解決されるであろう。葬礼演説にはそういう論理があるものと考えられる。「戦いながら死んだ」ということも、それがすべての戦死者について無理なく言えることとなるには、「戦いながら」が戦闘に参加していること、戦場に身を置いていることを言うに過ぎないものと考えればよいのである。[56]

葬礼演説ではこのように、アレテーや「よき男になる」や「戦いながら死ぬ」ということの、言うなれば安売りが行われているのだとも言える。しかし、「カロスなる死」に関しては事情が異なる。この言葉は、五つの葬礼演説全体で一〇回語られているが[57]、いずれも、戦死者が生前に目指したこととして語られているばかりである。たとえば、リュシアスの葬礼演説の例では次のようである。

自分を運にまかせてしまったのでもなく、ひとりでにやってくる死をいたずらに待ったのでもなく、最もカロスなる死を選んで、というようにして生を終えた。[58]　（リュシアス第二弁論七九節二―五行＝リュシアス―①）

彼らが心中それを目指した、というのは、弁者の勝手な推測に違いないだろう。しかし、想いの程度は人によって異なるにせよ、戦場に赴く者は誰でも多かれ少なかれ「カロスなる死」を希求するものだと考えるならば、彼らがそれを目指したと語ることはさほどでたらめなことではない。いずれにせよ、戦死者がみなカロスに死んだ、というような言明は葬礼演説には一件もない。ということは、「カロスなる死」という概念だけは、葬礼演説においても安売りはされなかった、ということである。[59]これは、前五世紀の多様な戦死評価の中でも、「カロスなる死」という評価は特異な位置を占めるものであったことの証左だと言えよう。

5　まとめ

前五世紀の歴史・弁論の六作家のテクストの観察から分かったのは次のことである。

まず、「カロスなる死」という表現の用いられ方には、少なくとも歴史・弁論というジャンルにおいては、次のような三つの特徴があった。すなわち、①カロスなる死は、当人が果たそうとする意欲の対象としてや、一般的な期待の対象として語られることが多かった。②一方、カロスなる死が果たされた、とファクトとして語られる事例は限られていて、特に歴史家や弁論家自身の言葉で語られることはほとんどなかった。③実際に果たされた死がカロス・タナトスに相当するものであることは、「戦いながら死ぬ」という、主観を排した言い回しによって表現されることが多かった。これらのことから、カロスなる死という表現は、標準的には、主観的意向を表す場合に使われるもので、客観性を志向する陳述にはなじまぬ類のものであったと考えられる。カロスなる死が、意欲されたほどには達成されなかった、というわけでは必ずしもない。

秀逸な戦死者を称える方法の一つとして、「よき男になった」という表現があったが、それは、男性市民としての戦場における模範的な振舞いを果たしたということの是認と称賛で、戦死に至らなかった者にも適用されるものであった。それは勇敢さや忠実さを称えるという倫理的な評価であり、カロス・タナトスという評価が、彼の死にぶり自体が感動をもたらすようなものであることを感性的に表すものであったのに対し、こちらは評価する対象も次元も異なるものであった。しかし、勇敢に戦うということは死と隣り合わせの危険を冒すことであるから、「よき男になる」という表現は、メトニミーによって戦死を表すことができた。それは死という言葉を直接持ち出さずに戦死を表現する手段であり、また戦死を称えるにも、あからさまに死そのものを好ましいものと言ってしまわずに済ませられる方法でもあった。

前五世紀の戦死評価を考えるうえでは、葬礼演説というジャンルも無視できない。戦死者全員を称えることを旨とするこのジャンルにおいては、アレテーを示したとか、「戦いながら死んだ」や「よき男となって死んだ」という表現で彼らを集合的に称えることがあったが、それは戦死者たちが戦闘に赴いて危険を冒したというレベルのことを評価していたのであって、必ずしも卓越した戦いぶりや死にぶりを言っているのではなかった。そこでは、そう認定する基準が緩むことによってすべての戦死者に適用されるものとなる、ということが起きている。そしてそこでは、カロスなる死を目指したという兵士たちの意気込みを称えることはあったが、彼らがカロスなる死を遂げたと言い切ることは決してなかった。このことは、「カロスなる死」が、その評価基準を緩めて戦死者全員に対して認定するにはなじまない言葉であったことを示している。

カロス・タナトスという概念は以上のように、前五世紀の現実世界においても健在で、「熱戦している最中に死ぬ」という死にぶりに着目するものとして、さらにそれがもたらす感動を主観的に表すものとして、多様な戦死者評価の中でもきわめて特異な位置を占めるものであった、と言うことができる。

第5章　もう一つのカロスなる死

――カロス・タナトスの周辺事情(2)

死を修飾しているカロスの語が、特別な好ましさや何らかの卓越性を表すのとは別の意味で使われている、と考えられる事例も前五世紀にはいくつか出現する。それらはいずれも、第1章の表2でγやδに分類したものである[1]。この章では、それら八件の事例（ヘロドトス-②③、プラトン-①②⑦、アイスキュロス-③、ソポクレス-⑤、エウリピデス-①）におけるカロスなる死の内実を明らかにしたい。それらにおいてカロスはどういうことを意味しているのか、その意味でカロスと修飾された死は、カロス・タナトスとどういう関係をなすだろうか。問題の八件のうち、テクストと文脈を分析することによって最も明瞭な判断が期待できるのは、ヘロドトス-②の事例である。

1　問題なき生の終わり

ヘロドトス-②（Hdt. 1. 32. 23）の文言は、ヘロドトス-③（Hdt. 1. 32. 26）とともに、ソロンとリュディア王クロイソスの問答の中にある。そこでは、栄華を誇るリュディア王クロイソスのもとを訪れたソロンが、王に財宝を見せられて、「あらゆる人の中で最も幸福な者を誰か見たことがあるか」（Hdt. 1. 30. 13）と問われる。彼が、それは見事な戦死を遂げたテッロスという壮年の男であり（ヘロドトス-①（Hdt. 1. 30. 24））、次点者は神殿で栄誉のなか眠るように死んだ若い兄弟クレオビスとビトンだと答えると、クロイソスは自分を該当者としてもらえなかったことに苛立って、「汝は私が庶民たちよりも無価値なものだと言うのか」と問い直す。それに対してソロンは、「あなたがカロスに生を終えたと聞き届けるまでは答えることができない」（Hdt. 1. 32. 23–24 ＝ヘロドトス-②）と答える。このカロスなる死は、テュルタイオスのカロス・タナトスでないことは明らかであろう。国王たる者が何かに命を賭して死ぬということは、国が滅びるときくらいしか考えられないからである。しかしそれでは、どういう死を見届けるまでと言っているのだろうか。既存の訳[2]は、「カロスに」という語の曖昧さをそのまま引き継いだものばかりである。訳としては問題ないものの、「カロスに生を終える」が表そうとしている意味を正確に捉えるための助けにはならない。諸々の注釈書もそのことには触れておらず、この問答について書かれた研究書でも、ここに使われたカロスの意味まで考えたものは、管見の限りでは見つからなかった。本書では、このテクストの中にある論理を検討して、「カロスに生を終える」の意味を探ってみることにしたい。

ヘロドトス-②③を含む一節のテクストは次のとおりである。

1. 32　ソロンはこのように幸福の第二位を右の兄弟に与えたのであるが、クロイソスは苛立って言った。「アテナイの客人よ、そなたが私をそのような庶民の者ども〔ほどにも値しないとするほど〕、そなたは私のこの幸福は何の価値もないと、思われるのか。」

ソロンが（5行）答えていうのに、「クロイソス王よ、あなたは私に人間の運命ということについてお尋ねでございますが、私は神と申すものが嫉み深く、人間を困らす事のお好きなのをよく承知いたしております。〔……〕されば（20行）クロイソス王よ、人間の生涯はすべてこれ偶然なのでございます。あなたが莫大な富をお持ちになり、多数の民を統べる王であられることは、私にもよく分っております。(ア)しかしながら今お尋ねのことについては、あなたが〔カロスに生を終えられたこと〕を承知いたすまでは、私としましてはまだ何も申し上げられません。(イ)〔いかなる〕富裕な者〔でも〕、〔すべてをカロスな状態で保持したままよく生を終える〕運に恵まれませぬ限り（25行）、その日暮らしの者より幸福であるとは決して申せません。腐るほど金があっても不幸な者も沢山おれば、富はなくともよき運に恵まれる者もまたたくさんおります。きわめて富裕ではあるが不幸であるという人間は、幸運な者に比べてただ二つの利点をもつに過ぎませんが、幸運な者は不幸な金持よりも多くの点で恵まれております。なるほど一方（30行）は欲望を充足したり、降りかかった大きな災厄に耐える点では、他方より有力ではございましょう。しかし幸運な者には他方にない次のような利点がございます。なるほど欲望を満足させたり、災厄に耐える点では金持と同じ力はございますまい。しかし運が良ければ、そういう事は防げるわけでございます。身体に欠陥もなく、病を知らず、不幸な目にも遭わず、良い子に恵まれ、容姿も美しい、という訳でございますからね。(ウ)その上（35行）更に良い往生が遂げられたならば、その者こそあなたの求めておいでになる人物、幸福な人間と呼ぶに値する人物でございます。人間死ぬまでは、幸運な人とは呼んでも幸福な人と申すのは差し控えねばなりません。

　人間の身としてすべてを具足することはできぬことでございます。国に（40行）いたしましても、必要とするすべてが足りているようなところは一国たりともございませぬ。あれはあるがこれはない、というのが実情で、一番沢山ある国が、最も良い国ということなのでございます。人間にいたしましても同じことで、一人一人の人間で完全に自足しているようなものはおりません。あれがあればこれがないと申すわけで、(エ)できるだけ〔それらのものを多く持ちつつ過ごす〕ことができ、その上〔恵まれた仕方で生を終えることのできた人〕、王よ、さような（45行）人こそ〔かの名[3]〕をもって呼ばれて然るべき人間と私は考えるのでございます。いかなる事柄についても、それがどのようになってなったのか、その結末を見極めるのが肝心でございます。神様に幸福を垣間見させてもらった末、一転して奈落に突き落された人間はいくらでもいるのでございますから。(4)」

（ヘロドトス第一巻三二節一—四八行）(5)

ここでは、人の幸福度を判定するための四つの条件が示されている。傍線部(ア)〜(エ)がそれであるが、(ア)はちょうどヘロドトス-②の文言を、(イ)はヘロドトス-③の文言である。この(ア)は、クロイソスが庶民たちよりも幸福度において劣ると判定されないための条件を、そして(イ)は、任意の金持ちがその日暮らしの人よりは「もっと幸福だ」（ὀλβιώτερος《オルビオーテロス》（比較級））と判定できるための条件を、(ウ)は、運のよき者が「幸福だ」（ὄλβιος《オルビオス》（原級））と判定されるための条件を、(エ)は、人が「最も幸福だ」（ὀλβιώτατος《オルビオータトス》（最上級））と判定されるための条件を表している。(ア)が表しているのは、四つのうちの最も低いレベルの条件である。といっても、まずそのことにも説明が必要であろう。(ア)の最初にある「今お尋ねのこと」とは、クロイソスの発していた第一の問い「最も幸福な人を見たことがあるか（1.30.12-13）」ではなく、第二の問い「私を庶民たち（ἰδιῶται《イディオータイ》）よりも無価値とみなすのか」（1.32.2-4、引用の波線部）であると解するべきである。というのも、第一の問いに対する答え（テッロスやクレオビスとビトンの名）はすでに答えられているからである。(6)つまり(ア)は、〈庶民たちに劣らぬ程度の幸福度〉を判定するための基準にかかわるものなのである。

さて、ソロンはこの問いに対して、〈クロイソスがどのように死ぬかを見届けるまでは答えることができない〉と答えてもよいはずであった。しかし彼はあえて、「カロスに生を終える」（τελευτήσαντα καλῶς τὸν αἰῶνα《テレウテーサイ・カロース・トン・アイオーナ》: 1.32.23）のを見届けるまで答えられないと言う。そもそも、「クロイソスが一般庶民よりも無価値であるかについて何らかの答えを言うために必要なこと」(A)は、「クロイソスが「最も幸福な者」であると判定するために必要なこと」(B)とは明らかに違うはずであるし、「彼がその日暮らしの者「よりも幸福な者」であると判定するために必要なこと」(C)とも違うし、また「彼が「幸福者」であると判定するために必要なこと」(D)とも違う。(B)のためには、クロイソスが最高によい死に方をするのを見届けることが必要であろうが、(C)や(D)のためにはそれほどでもないが良い死を見届けることで足りるだろう。しかし(A)のためには、さほどのよさも必要ないはずである。ひるがえって、一般人たちよりも無価値であると判定するためには、ソロンの富による幸運を相殺するような、しかるべき悪い死を見届けなくてはならないだろう。しかし少なくとも、一般人たちよりも無価値でないということを判定するためには、悪い死である必要はない。特別よい死を見届けるのではなく、良さもほどほどの死を見届ければいいはずである。彼は富に恵まれているのだから、悪い死に方をするのでもなければ、普通の人より幸福度において劣ることはない、というのが自然に導かれる判断である。それならば、(A)の内容はおのずと明らかで、それはクロイソスが〈問題ない死に方をする〉かどうかを見届けることである。それを見届けさえすれば、王が一般人よりも無価値だということはないと言えるのである。

したがって、傍線部(ア)においてソロンが言おうとしたはずのことは、〈王が問題のない死を迎えるのを見届けるまで、彼が一般人より無価値だということを否定することはできない〉ということである。[7] ただしソロンは、〈一般人よりも無価値である〉というような可能性に触れて相手の気に障ることを避けるために、「何も答えることはできない」と言い換えたのであろう。[8] つまりは、(ア)における「カロスに」とは、〈問題なく〉という意味であると解されるのである。

カロスの語が、ホメロスにおいて〈問題ない・適切である〉という意味を持っていたことは第1章で確認した。ＬＳＪのギリシア語辞書は、カロスの副詞的用法の項目に、[9] 意味の一つとして、「適正に」(rightly)や「妥当に」(deservedly)という意を載せているが、[10] それが該当するのかもしれない。[11] ただし、その意味がここで用いられているとしても、「問題ない死」とはどういう死のことなのかについては、注意が必要である。[12] たとえば、王が適正にあるいは妥当に死ぬと言えば、理想的な死を思い浮かべやすいが、ここで考えられているのはそういう死ではない。(ア)で言われているのは、〈王が、一般庶民たちよりも劣ることにならないためのぎりぎり最低限の死に方をクリアする〉のを見届けなくてはならないということである。すなわち、ここで意識されているのは、どんな死に方が王に相応しいかということよりも、むしろどんな死に方までなら許容されるのか、そしてどんな死に方ならダメなのかということである。言い換えると、(ア)はそういう許容範囲の下限を示そうとしたものであると考えられる。「問題なき死」は、安らかな死や穏やかな死も含むだろうが、普通程度の苦しみのある人並みの死も含めてよいと思われる。というのは、人並み程度の苦しみであれば、それによってクロイソスが幸福度において庶民たちより劣るということにはならないだろうからである。

(ア)の「カロスなる死」が〈問題のない死〉であるということは明らかになったが、実はそれが身体的な死にざまのことを言ったものなのか、あるいはさらに死ぬときの境遇や葬礼なども含めて言ったものなのかは示されていない。しかし、後者も劣らず重要である。問題ない死を手に入れるためには、問題を抱えずに死ぬということも暗黙裡の要件のはずである。それは(イ)に読み進むことによってはっきりしてくる。

(イ)が表しているのは、クロイソスの幸福という個別の話題から離れて、任意の金持ちがその日暮らしの者よりは「もっと幸福である」と判定されるための条件だが、それは「すべてをカロスな状態で保持している」(πάντα《パンタ・》καλὰ ἔχοντα《カラ・エコンタ》) と「よく生を終える」(τελευτῆσαι τὸν βίον εὖ《テレウテーサイ・トン・ビオン・エウ》) の二つである。これは、その直後に示されるように、その日暮らし人のうちの運のよい者たちに負けないための条件である。といっても、そのうちの最も運のよい部類の者たちとの勝負ではない。その者たちならば当然よい往生を遂げるはずであり、(ウ)で表されているところの、「幸福な」と認定される者たちこそ彼らのことである。もしその彼らの誰にも勝る者というなら、(エ)で表されている者、すなわち「最も幸福な者」のことになってしまう。(イ)が問題にしているのは、幸福度のもっと低いレベルでの比較である。すなわち、〈その日暮らし人たちのうち、運よき者と認めうる人の誰でも(つまり最低限の人)〉に負けてしまう〉ことにならぬための条件を表したものと解するべきだろう。

しかるに、〈運に恵まれている〉ということの基本となるのは、〈難儀に遭うことがない〉ということだと判断される。それは、第三四―三五行を見ると分かる。というのは、そこでは、運のよい者の例として、「身体に欠陥もなく、病を知らず、不幸な目にも遭わず、良い子に恵まれ、容姿も美しい」という者が挙げられているが、そのような人は、あとさらに「よい死を遂げる」だけで「幸福な」（ὄλβιος《オルビオス》）と呼ばれうるほどの強運の持ち主である。ここで挙げられている五つの幸運は二段階になっていて、最初の三つは難儀に遭わないということを表し、残りの二つはそれ以上の特別な恵みを表している。このことから、運よきことの基本的条件は、難儀に遭わないことだと考えられるのである。したがって、(イ)において金持ちが勝負することになっている、運のよい最下限の人たちとは、金持ちではないが、難儀に遭わずに済む人たちのことだと考えられる。金持ちが、その日暮らし人たちに優越できるために欠かせない条件というのは、その日暮らしでも運のよい者なら誰でも備えている要件ということであり、それこそが、かの三条件なのである。すなわち、(イ)に言われている「すべてをカロスな状態で保持したまま」とは、〈難儀に遭っていない〉という状況にあるということであり、ここでも「カロス」とは〈問題ない〉ということを表しているのである。[13] また、そこにあるもう一つの条件「よく（εὖ《エウ》）生を終える」というのも、上限はきりがないとしても、「問題なき死」までをも含む広い概念だと理解するべきだろう。そうでなくては比較にならないからである。要するに、(イ)の表していることは、〈金持ちは、問題ない運勢を保って問題ない死を迎えるならば、その日暮らしの人々のうちの運のよい部類の人たちよりも幸福である〉ということだ。そのもとにある判定基準は、実は(ア)のそれとほとんど同じものである。いわば、ヘロドトスは、(ア)で「カロスに生を終える」という一言で表したものを、(イ)ではこうして観点を二つに分けて言い換えているのである。このことから、(ア)の言う〈カロスなる生の終わり〉[14]は、死自体の問題なさとその周辺事情の問題なさとが一緒になって構成するものとされているのだと理解できる。

ヘロドトス-②③とよく似通っている事例は、プラトン-①(*Lg.* 802. a. 2–3)で、新国家を建設するために必要な法を検討する中で頌歌や賛歌のあり方をめぐって語られた言葉である。

人生全体を渡り終えてカロスなる終わりに到達する前の、まだ生きている人々を頌歌や賛歌で称えることは安全でない。[15]

(プラトン『法律』802. a. 2–3)

ここでカロスなる死は、人を頌歌や賛歌で称えることがよしとされるための条件とされている。一見するとこれは、ソロンの談話にあった、庶民やその日暮らしの者よりは幸福だと認められるための条件よりも、はるかに高い水準の条件であるように見える。しかしこの直前には「市民たちのうち、身体あるいは魂において立派で骨の折れる仕事を成し遂げたうえで、かつ法によく従った者として生を終えた限りの人々は頌歌を受けてよい」(801. e)と言われているので、そのような生涯を歩んできた者なら新たに特別な死を遂げるのでなくてもよいはずなのである。ただし、差し障るような死に方をしたならば話は別である、ということがこの但し書きの趣旨だろう。ゆえに、ここでも「カロスなる終わり」とは問題のない死にほかならないと判断される。

2 問題ない死

問題なく死ぬことをもっと具体的な形で示していて分かりやすいのが、エウリピデス-①である。夫の身代わりとなって死ぬことを引き受けたアルケスティスは、身代わりとして死ぬことを拒んだ夫の両親について次のように言う。

彼らは人生の中で、自身に関してはカロスに死ねるところまでやってきていたし、また、息子をカロスに救い名高く死ぬによいところまでやってきていた。[16]

（エウリピデス『アルケスティス』二九一—九二行）

この言は、テクスト原文に分かりにくい点があるものの、[17]夫の両親が、死ぬのに相応しい老齢に至っていることを言おうとしたものであることは間違いないだろう。第1章のγ-3の説明で述べたように、[18]ギリシア人には死んでもよい年齢についての通念があったので、カロスに死ぬるとは、それによるならば死んでも差し支えないということを表しているのだと考えられる。「名高く」と並べられている次行のカロスとは違い、第二九一行のカロスは、何らかの特別な好ましさを表すと考える必要はないはずである。この「カロスに死ねる」とは、「問題を引き起こすことなく死ねる」と言い換えることができる。

プラトン-②（*Lg.* 854. c. 4）は、悪人に対する死の勧めである。新国家建設のための議論の中で、神殿荒らしを目論むような者がいれば、そのような衝動は一種の病気として振り払う努力を自らするべきだが、もしそれができないようであれば、

死をよりカロスなものと見做して生から退け。[19]

（プラトン『法律』854. c4）

と言ってやるべきだ、という提言がなされる。このとき、死は現状よりはよい状態として想定されているわけであるが、〈より素晴らしい状態〉なのかどうかははっきりしない。しかしもし死自体を絶対的によきものとみなすのであれば、比較級でなく原級で表される方が自然だろう。死がなお問題のある方策として考えられているのだとすれば、ここの「よりカロスな」は、〈問題のより少ない状態〉を表すものだということになる。仮に語り手が前者の意味を意図したとしても、後者の意味で受け止められる余地もあると言わねばならない。それゆえに第1章の表2では、この事例はα-2とともにδ-2にも属するものとなっている。[20]

一方ソポクレス-⑤（*S. El.* 398）は、巧妙に作られた劇の言葉である。エレクトラが危険をものともせず父の仇を討とうと目論んでいることに対して、妹のクリュソテミスは次のように忠告する。

しかし、無思慮から死ぬなどということはしないのが、確かにカロスなのです。[21]

（ソポクレス『エレクトラ』三九八行）

彼女がここで言おうとしていることの根幹は、無思慮で死ぬようなことはしてはならないということだろう。それなら、「無思慮から死ぬことはカロスではない」という言い方もできたはずであるが、彼女は、これはカロスであるという肯定の形で、しかも肯定を強める小辞（γε《ゲ》）をつけて論評している。彼女はそれが何か魅力的なことだと言って誘いかけているようにも見えるが、「無思慮から死なない」ということは普通には特に褒めるようなことでもない。このカロスは、「問題ない」ということを表しているというよりは、それを外すことは論外だという含みをもって、どうしても確保しなくてはならない適正さ――すなわち標準――を表すものと考えるのが妥当であろう。[22]というのは、彼女の言葉もその意味でのほうがよほど深みと説得力をもち、二人の駆け引きも、この場に相応しいより緊張を帯びたものとなるからである。興味深いのは、次行でエレクトラが、「もし必要なら、父のために復讐しながら私は死のうと思う」[23]と語っていることである。これは、現在分詞と死の動詞という組み合わせによって、β-2タイプの典型であるソポクレス-①（*S. Ant.* 72）やソポクレス-④（*S. Aj.* 1310-11）を連想させる形である。つまり、エレクトラは前行で妹の出したカロスの語を受けて、どういう死こそがカロス・タナトスであるかを語り、相手の忠告に痛烈に反撃する形となるのである。カロスの語が否定詞なしで行頭に置かれたことによって、そのような緊張感のある複雑なやり取りが仕組まれていると理解できる。

アイスキュロス-③も挑発力のある劇中の言葉である。アガメムノン王を彼の妻に殺させて父の恨みを晴らしたアイギストスは、満悦のうちに次のように語る。

その男が正義の網にかかったのを見た私においては、このような次第で、死ぬことさえもカロスである。[24]

（アイスキュロス『アガメムノン』一六一〇行）

この場合、文脈から考えて自然なのは、彼が満足のゆえに「今は死んでもよい」と言っていると解することだろう。その場合、カロスは、嫌ではない・不都合はない、すなわち、問題ないということである。しかし、アイギストスは増長して、どんな死に方にせよもし今死んだらそれは栄誉の印あるいは功績の証しだと主張しているように聞こえなくもない。実際にコロスはそのように受けとったように動く。この意味でこのカロスには複層的な意味があるのである。このことは第10章で詳しく検討する。[25]

最後に最も分析しにくい事例が、プラトン-⑦（*Epin.* 980. b. 3–6）である。『法律』の続編とされる対話篇『エピノミス』において、まずアテナイからの客人がクレイニアスに、国法制定に当たる者がそれに相応しい賢者となるために必要なことは、神々についてよりよく語ることを探求し敬虔な人生を過ごすことだ、と教示する。するとクレイニアスは、

その者が神々を祝ぎ歌いながらより清浄な人生を送ったのち、最もよくかつ最もカロスなる終わりを手に入れる、ということが法の仕上げであってほしい。[26]

（プラトン『エピノミス』980. b. 3–6）

と返答するのである。まず、「法の仕上げであってほしい」という部分が分かりにくいが、これは要するに、法はそのような人々によって制定されるものであってほしい、ということであろう。そうだとすれば、彼が言いたいのは、国法制定者は、老年まで神々についてよりよく知ることを目指す生活を送り、最後に最高の晩年や死を迎えるということが望ましいということだと考えられる。最高の晩年あるいは死を迎えるというのはどういうことか。人事のレベルで、役職や医療や葬礼なども含め晩年に最高の待遇を受けるということかもしれないし、あるいは神々

の意向によってクレオビスとビトンのような恩寵ある最期を遂げるということかもしれない。その両方が願われているとしても不思議ではない。[27] 私たちにとっての問題は、「最もよくかつ最もカロスなる終わり」(τελευτῆς・《テレウテース・》ἀρίστης τε καὶ καλλίστης《アリステース・テ・カイ・カッリステース》) が死を指す場合に、その「最もカロスなる」はどういうことを意味しているか、ということである。もしこれが何か卓越性を表すカロスの最上級であるとしたなら、それはどういうことを表すと考えられるだろうか。カロス・タナトスの類が彼らに該当するとは想像し難い。クレオビスとビトンに与えられた死は、ヘロドトスにおいて「最もよき」(ἀρίστη《アリステー》: Hdt. 1. 31. 15) と修飾されていただけであるので、ここで言われている「最もカロスなる終わり」の前例とはならない。結局、卓越を表すカロスだと考える限りは、この文言がどういう死を表そうとしているのか、つかみどころがないのである。しかしもし、これが問題なさ・適切性を表すカロスの最上級であるとすると、〈最も苦痛が少なく安らかな死〉を難なく思い浮かべることができる。概して、形のないもの、とらえどころのないものはどんなに素晴らしいかより、どんなに問題ないかということのほうが考えやすいものである。カロスはここで最上級で用いられているので、特別な好ましさを表しているには違いないが、少なくとも死に関する限り、それはやはり、〈完全に問題ない〉という様子を表していると考えるのが、いちばん自然であるように思われる。

以上のように、前五世紀には、「問題ない」もしくは「標準的である」という意味でカロスの語が死を修飾するいくつかの事例が確認された。カロスの語が「問題ない」という意味で使われることはホメロスから見られたが、その意味で死を修飾することは前六世紀まで見られなかった、ということを考えると、これは注目するべきことである。

3　二つのカロスなる死

カロスという語が行う修飾には、対象の卓越性を表す場合と、対象の問題なさを表す場合の二つがあるという構造は、前五世紀になっても変わらない。ただし、その用い方には変化があったようである。ホメロスにおける実態は第2章で詳しく述べた。前五世紀のそれを同じ精度で分析することは不可能に近いと思われるし、その必要もないだろう。ドーバーが、前五世紀後半から前四世紀においては、カロスの語が「賞賛すべき、立派な、名誉ある」という意味で行為や功績を評価するのに使われていた、と語っているだけで十分である。[28] カロスの意味は、修飾する対象が感官で捉えられるものであるか否かによって異なる、というホメロスで見られた原則は緩み、広く行為や功績についてもカロスの語が卓越性を表現するようになったということである。一方、「問題ない」という意味のカロスも広く使われるようになっていたと言える。すぐに思い当たるのは、プラトンが多用した「カロスに言う」(καλῶς λέγειν《カロース・レゲイン》) という言い回しである。[29] それは強い賞賛をこめて言う場合もあるが、ごく軽い是認あるいは妥当を表すだけの場合も多い。そして、「カロスに言う」の否定がそのまま全面否定になることを明言している箇所もある。[30] このことは、カロスの二つの意味が分かれる境目が分かりにくくなってきた、ということでもある。上で検討したアイスキュロス-③やソポクレス-⑤やプラトン-⑦の事例において、カロスの意味が、基本的には「問題ない」ということでありながらも、両様に取れなくもなかった、ということはそれと一緒のことであると言えよう。

では、前五世紀において、カロスの語は無制約に使われるようになっていたのだろうか。それを全般的に検討することは本書の目指すところではない。しかし死を修飾するカロスに関してなら、これが好きなように使われたわけではないと言える。第1章で示したように、死を修飾するカロスの語がαタイプの意味（利他性など）で使われることはほとんどなく、卓越を表す場合はほとんどがβ-1かβ-2のタイプ（カロス・タナトス）においてであった。それは前五世紀の事例に絞っても同じである。

この観点から注目されるのは、二つの意味に応じた言葉の使い分けを思わせる次の事実である。先に検討したソロンの談話（Hdt. 1. 30–32）において、テッロスの戦死（Hdt. 1. 30. 24）は、「最もカロスにアポタネインした（死んだ）」（ἀπέθανε κάλλιστα《アペタノン・カッリスタ》）という形で語られていた。この「最もカロスに」は、卓越した好ましさを表すものとしてのカロスを最上級の副詞として使っている、ということに疑う余地はない。特筆すべきなのは、「死ぬ」を表すタネイン（θανεῖν）という動詞から合成された動詞がここで使われていることである。しかるに、問題ないだけの死を表していた下線部(ア)においては、「終える・終わる」を表す動詞テレウターン（τελευτᾶν）が、「生」を表す目的語（αἰῶνα《アイオーナ》）を添えて使われていた。続く(イ)(ウ)(エ)でもやはり、一般の死を表すためにテレウターンが、生を表す別の目的語（βίον《ビオン》）を添えて繰り返し使われている。死を表すことでは同じなのに、戦死を表す時だけタネインを用い、そのあと一般的な死を表すためにはテレウターンを四回続けて用いているのである。

このことから、ソロンの談話においては、戦死とそれ以外の死を表すために、タネインの語と「生を終える」という語が使い分けられていると考えられる。眠るように死んだクレオビスとビトンの死（Hdt. 1. 31. 15）も、最もよい「生の終わり」（τελευτὴ τοῦ βίου《テレウテー・トゥー・ビウー》）と表されている。実は、戦死したテッロスの場合も、最初に紹介されるとき（Hdt. 1. 30. 21–22）には、最も輝かしい「生の終わり」という言い方で語り出されているのは事実である。しかしそれは、彼が戦死の後に国費で死地に埋葬され大いに顕彰されたということ（Hdt. 1. 30. 25–26）までを含めての、彼の死の全体を指して言ったものであると考えることができる。

もちろん、戦死を表すのにテレウターンの語が使われている例は、ヘロドトスの中にもおびただしく存在する。また、カロス・タナトスを表す場合にテレウターンの語が用いられることがあるのも事実である。しかし、「生を終える」「生の終わり」という目的語つきの形で戦死に適用されている例は僅かであるから、[31] 何らかの使い分けがあるように見える。ヘロドトス全体の用語法で考えると明快な判断は難しい。しかしソロンの談話だけに限ってみると、テレウターンの語と対置されたタネインの語が、カロス・タナトスを表す際立った言葉として響くようになっている、ということは確かである。[32] また、表2でβ-2タイプと認定した事例、すなわち、戦死ではない死がテュルタイオスの称えた戦死に譬えられている事例では、一二件のうち一一件がタネインの語を用いており、残りの一件もオレスタイ（滅びる）という動詞を用いている、という事実がある。[33] このことは、ある死がカロス・タナトスであるという評価を分かりやすく伝えるためには、テュルタイオス-①②の表現に倣ってタネインの語を使うことが有利であったからだと思われる。ソロンの談話においても、タネインとテレウターンの使い分けが、カロス・タナトス（ヘロドトス-①）ともう一つの「カロスなる死」（ヘロドトス-②③）との区別を分かりやすくしていた、と言うのは正しいだろう。

推測されるのは、どちらの語を使ってもよいが、紛らわしい場合にはタネインの語を用いることでより間違いなくカロス・タナトスであることを表すことができ、またテレウターンの語を用いることでよりカロス・タナトスの連想から離れることができるという緩い規範があった、ということである。ただし悲劇では、どちらかの意味で言われたものがもう一方の意味を帯びるとか、どちらの意味でとればよいのか迷わせる、というケースがいくつか発生して、興味深い展開を見せたりもする。そしてそれは意図的に行われていると思われる。それらのケースは、本書第Ⅱ部（特に第7章、第10章）で取り組む課題である。

4　まとめ

この章で明らかになったことは次のとおりである。前五世紀に至っても、カロスの語は、卓越性を表す場合だけでなく、問題のなさ・適切性を表す場合もあった。これは特異性を表す場合に対する、標準性を表す場合と言ってもよい。

カロスの語が死を修飾する事例に限ると、これが後者の意味で適用されているものは、五世紀に入ってから初めて登場する。大富豪が庶民より無価値とみなされないための条件としてソロンが示した「カロスなる人生の終わり」（ヘロドトス-②）がその典型であり、そのほかにも七件が見出される。カロスなる死の事例の大半が、明らかにカロス・タナトスを表すかそれを示唆するものである中で、それらは目立つ存在である。なかには、カロスの語がどちらの意味で使われているのかを考えさせられるものもある。

また、死を表す言葉にはタネインのほかテレウターンやペセイン等の語もあり、カロス・タナトスを表すときにはいずれも使われたが、これをより確実に表現するためにはタネインの語を用いる、という緩い規範があったという可能性も考えられる。

第II部　悲劇におけるカロスなる死

オレステスに殺されるアイギストス（赤絵式壺，前 500–450 年，ボストン美術館蔵。この図版については，第 10 章注 100 参照）

第Ⅰ部では、カロスの語の意味と「カロスなる死」という表現が持つ意味を明らかにした。カロスの語には、ホメロスの時代から二つの意味があり、それは対象が称賛や憧れをもたらすような卓越性を有することを、感性的に示すという意味と、対象が何らかの基準に適っており問題ないということを、批評的・診断的に示すという意味であった。一方、死がカロスであるという言い方は、実質上テュルタイオスの提起したイメージによって固まった表現であり、基本的には、命を懸けた奮戦の証しとして戦死を称えるものであった。それは戦死に適用されることが圧倒的に多かったが、奮闘の証しとなるようなその他の死を好意的に捉える場合にも用いられた。そこにはテュルタイオスの描いたイメージが伴っており、本書がカロス・タナトスと呼ぶところのものはまさにそれである。このイメージにそぐわない死がこの言葉で称えられることは、前六世紀までは、まずなかった。しかし前五世紀には、死が問題ないことを表すためにカロスの語が用いられることも起きてきた。事例数はさほど多くないが、それは、安らかで平穏な死を表す場合や、どんな死なら問題ないかを表す場合や、死んでもよいという心境を表す場合に用いられた。

さてこの第Ⅱ部では、そのような事情を踏まえながら、ギリシア悲劇の取り上げたカロスなる死に目を転ずる。悲劇においては、しかるべく遂げられる戦死がカロスの語で称えられることは少なくないが、そのような戦死の成否が劇の中心をなすことはほとんどない。カロスなる死というモチーフが悲劇の中で重要な意味を持つのは、まず、戦死ではない死がカロスと申し立てられている場合が多い。そしてそれらの死は大抵、カロスには遂げられないのである。また、カロスであると申し立てられた死がどういう意味でカロスなのかと、私たちに考えさせることもある。あるいは、しかるべき戦死を遂げた死体のカロスなさまが、目の毒だとして見ることを妨げられる。以下、第

6～10章で取り上げて論じるのは、カロスなる死のモチーフがこのように問題含みな形で持ち出され、注目すべき役割を果たす五つの悲劇、ソポクレスの『アンティゴネ』と『アイアス』、エウリピデスの『ヒケティデス』と『オレステス』、そしてアイスキュロスの『オレステイア三部作』である。カロスと修飾された死の意味を的確に捉えることにより、これらの劇の理解と味わいがどのように深められるかを示してゆく。

第6章　それを行いながら死ぬことは……

──ソポクレスの『アンティゴネ』

『アンティゴネ』のあらすじ

　オイディプスの追放後、テバイの王位を争った二人の息子が戦いを交え相討ちとなって死んだが、王位を継いだクレオンは、二人のうち祖国に弓を引く形となったポリュネイケスについては死体の埋葬を禁じ、違反者は石打ち刑にすると言い渡した。二人の姉妹であるアンティゴネがそれに耐えられず、埋葬を妹に誘いかけるという場面から劇が始まる。妹は法に背くことはできず服従するほかないと言うが、アンティゴネは死ぬことも覚悟して一人で埋葬をする決意を固めて退場する。クレオンが登場し、私事より国家を優先するという施政方針を語っているときに、ポリュネイケスの死体に秘かに土がかけられていたという報告がもたらされる。その後、今度は叫び声をあげながら、死体に弔いの儀を施していたアンティゴネが逮捕されて引き連れられて来る。彼女はクレオンに詰問されても、人が出した布令より神々の掟を守るのだと一歩も引かず、これに対してクレオンは息子の許婚であっても死は免れないと宣告する。やがてその息子ハイモンが登場して父に意見するが、父はこれを聞き入れず、アンティゴネを申し訳程度の食料を沿えて石敷きの洞穴に閉じ込めると決める。アンティゴネはわが身の運命を嘆きながら洞穴へと引き連れられてゆく。コロスの歌ののち、予言者テイレシアスがクレオンの前に現れて、国がポリュネイケスの腐肉で病んでおり、生者と死者の置き場を逆転したかの措置を改めないならクレオンは代価として身内を死なせることになろうと予言する。これにはクレオンも敵わず、アンティゴネを解放しに向かうが、まもなく報告者が現れて、洞穴で首吊りをしたアンティゴネを発見したハイモンがその場で父を恨みながら自刃したと語る。これを聞いた彼の母も館に入って首を吊り、これを知ったクレオンは悲痛な嘆きをあらわにして劇が終わる。

模範的な戦死を意味する限りでのカロス・タナトスが、古代ギリシアの女性たちにとって手の届かぬものであったのは自然に理解できる。しかし、比喩的な意味でのカロス・タナトスに関してはどうであろうか。第1章の表1で果敢さを表すタイプβに分類された事例の中で、女性の死について言われたものはいくつかあるが（ソポクレス-①⑥、エウリピデス-④⑦）、実際に死に至るのはアンティゴネだけで、ほかはみなカロスなる死を念慮するだけで終わっている。

もちろん、よい死を遂げる機会が女性に閉ざされていたわけではない。ポリュクセネ、マカリア、イピゲネイア、アルケスティスという女性たちは、自身の命を祖国や人に捧げたことによって、不朽の称賛を勝ち得たし、彼女たちは実際、「生まれよき」（εὐγενής《エウゲネース》）、「名高き」（εὐκλεής《エウクレエース》）、「血筋よき」（γενναία《ゲンナイア》）者[1]として称えられている。しかし、彼女たちの死はカロスという言葉で称えられてはいない[2]。カロスに死ぬということは、結局のところ、女性たちにはできないことだったのだろうか。

女性がカロスな死への志向を語ることはあっても、その実現に向けて動き出すことはほとんどない。ヘレネは、カロスに自殺することができると主張するが（E. *Hel.* 298 = エウリピデス-⑨）、それを行おうとはしない。クレウサの侍女たちは、彼女と運命をともにしてカロスに生きカロスに死にたいと言うが（E. *Ion* 858 = エウリピデス-④）、その言が試される時はやってこない。ヘカベはもう一歩進んで、「最もカロスに死のう」と言って燃え盛る火の中に飛び込もうとするが（E. *Tr.* 1282-83 = エウリピデス-⑦）、タルテュビオスによって制止される。女性の中でカロスな死に向かって実際に動いた例は、アンティゴネだけである。

彼女は、その名を冠したソポクレスの劇において、自分の死はカロスであろうという確固たる信念をもって反逆的な振舞いを敢行し、地下牢に幽閉されて自殺する。そうして彼女は、結局、カロスな死を遂げることができたのだろうか[3]。これは捨て置けない問題である。なぜならば、もし答えが是であるならば、それはギリシア文学において例外的ということになるからである。

この問題は、あまり議論されてこなかった。彼女の死がカロスだとはっきり述べた研究者があまりいないのは確かだが、(4)そうではないと考えた研究者もいなさそうである。彼女の死を一種の殉教と捉えることが不適当であることは、今や広く認められているが、(5)ラインハルトの「アンティゴネは完全さの中で死ぬが、彼女は同じ完全さの中で生きもしたであろう」という見解に対して異議が呈されたことはなかった。(6)バウラは、劇の最後のシーンで彼女がほとんど無視されているとしても、末尾におけるクレオンの凋落によって彼女の死は報われていると示唆した。(7)彼女の行動と死を、一揃いのものとして肯定的に評価するというのが一般的傾向である。しかし、彼女の死のこの劇における扱いをそのように理解するのは正しいであろうか。一九八〇年代になって、ロローが、アンティゴネの死は屈辱的で不面目なしかたで遂げられたのであって、「美しい死」(la belle mort) とは程遠いと結論した。(8)また、スルヴィヌ・インウッドは、彼女が生きたまま埋葬されたこと、自殺したこと、未婚のまま葬礼を受けることもなく死んだことを指摘し、はっきりと「悪い死」であると述べた。(9)しかし私が不十分だと思うのは、この二人の研究者も、この劇で言及されているカロスなる死が何を意味するかということを検討せずに済ませていることである。第七二行と九七行におけるアンティゴネの言葉遣いに注意を向けた研究者は、ベナルデトとほか数人がいるが、しかし彼らもまたそこで終わっている。(10)私が試みるのは、アンティゴネ自身が目指したものと、彼女が実際に遂げた、あるいは受けたこととの落差に注目しながら、この劇においてカロスなる死というモチーフがいかなる働きをしているかを考えてみることである。(11)

1 アンティゴネによるカロス・タナトスの申し立て

愛する兄ポリュネイケスの埋葬にクレオンが禁令を敷いた、ということを聞いて、アンティゴネは妹イスメネに、兄を埋葬する手伝いをしてくれないかと尋ねる。反逆者になることを恐れるイスメネは思わしい答えを返さないが、アンティゴネは動じず、一人でもそれを実行すると言う。彼女が兄を埋葬したいと思っていることは確かである。しかし奇妙にも、彼女はそれを成し遂げられるように気を遣うということはしない。むしろ、それが叶わないことを承知している様子である。イスメネが結局は協力してくれないと分かったとき、この秘密をクレオンに暴露してしまうがいい、とアンティゴネは彼女に言う（第八六―八七行）。その挑発はまさしく、この企ての失敗と、投石による彼女自身の処刑をもたらすことを意味する（第三六行）。しかしその死を、彼女はカロスなものだと主張する。

　　私は彼を埋葬します。
それを行っている私において、死ぬことはカロスなことです。[12]　（第七一―七二行）

さらに、妹から悲観的な観測や警告を聞かされた末に、一人でこの企てに乗り出すと宣言するわけを彼女はこう述べる。

　　なぜなら、
カロスに死ねない、というほどの目に遭うことはないだろうから。[13]　（第九六―九七行）

これらの二つのパッセージにおけるカロスなる死という概念の繰り返しは注目に値する。いかなる死の概念が彼女を鼓舞し魅了しているのか、ということを問わぬわけにはいかない。

むろん、カロスの部分には二つの意味が考えられる。すなわち、〈問題ない・適切である・許容しうる〉という意味と、〈何か素晴らしいものである〉という意味とである。第七二行には μοι《モイ》（私に）という与格の語が付いているから、死ぬことは私にとっては問題ない、そうして死んでも私は構わない、と言っているようにも響くのは確かである。しかし、死がそれ以上のものだと言っているようにも見える。次行には「親しい彼と一緒に、私は親しい者として横たわるだろう」（第七三行）とあるのは、それだから死んでも構わないと言っているようにも見えるが、またそれだからこの死は素敵なのだ、ということであってもおかしくないだろう。しかしまた、そこに彼女は、「神の掟に適ったことをやってのけた上で」（ὅσια πανουργήσασ᾽《ホシア・パヌールゲーサーサ》）（第七四行）という言葉も添えている。さらに第七二行で、「死ぬ」に「それを行いながら」という現在分詞が伴っていることは、テュルタイオスによるカロス・タナトスの規定（断片 10. 1-2（West））を思い起こさせる。それゆえここには、私は構わないという気持ちももちろんあるはずだが、それだけではなく、この死が何か立派なものであるという確信も窺われるのである。また第九六―九七行は、彼女が〈最低でもカロスに死ぬことだけは間違いなくできる〉と確信していることを表すものであるが、もしこれが〈よくないような死を遂げることはありえないはず〉ということだとしたら、投石刑が執行される見込みであるという現状には合わないだろう。あるいはまた、「（それがたとえ投石刑であるとしても）私にとっては受け容れられないような死はありえない」という意味だとすれば、何を言っているのかほとんど分からないものになってしまう。しかるに、〈（それが問題のある死となるにしても）カロスと称えられるような死を遂げられることだけは確実だ〉という意味ならば無理なく理解できる。

その死は、今も指摘したように、誇るべき果敢な行いの成果として見込まれているのであり、しかもテュルタイオスのかの規定を思わせる形で言い表された死である。それはカロス・タナトスのイメージに一致するものと言ってよいだろう。彼女は埋葬を試みて処刑されることを戦死に準ずるカロス・タナトスだと言おうとしているのだと考えられる。そして、そう解釈すると、一見不可解な彼女のもろもろの言動もよく分かるようになるということは、次節に示すとおりである。

しかしそれにもまして、私たちにとって重要なのは、カロス・タナトスという概念において大きな意味を持つ〈死にざまのイメージ〉に着目するならば(14)、アンティゴネの果敢さと無念さがひときわ鮮明に見えてくる、ということである。すなわち、彼女は埋葬しながらの死という自身のセンセーショナルなカロス・タナトスを目指してすべてを賭けるが、それをクレオンは幽閉という刑罰への恣意的な変更によって無効にしてしまうという構図があり、それが意外にも劇全体を覆うものともなっているのである。

2　アンティゴネが実際に目指しているもの

劇のプロロゴス（冒頭部分）の中のいくつかの発言は私たちに、アンティゴネの遂げるかもしれない死をある程度イメージさせる。まず第一に、第三六行で報告されるクレオンの禁令は、違反者を石打ちにするというものであった。それは直接的な打撃の結果としての血塗れな死を意味する。第二に、第六二行ではイスメネがアンティゴネに「男たちに向かって戦いをするべきでない」と警告するが、この言葉は、アンティゴネの企てが戦争のようなものと捉えられることを私たちに示す。[15] 第三に、その一〇行後、カロスなる死というアイデアが持ち出される。ここで第七二行をもう一度見てみよう。動詞 θανεῖν《タネイン》（死ぬこと）と現在分詞 τοῦτο ποιούσῃ《トゥート・ポイウーセー》（それを行いながら）の組み合わせは、テュルタイオスの詩句を思い起こさせる。カロスなものになると彼女が予期している死は、自分の兄を埋葬している最中での死なのである。[16] 要するに、これらのイメージが示すのは、彼女の死は行動の最中での血塗れな死になろうとしているのであり、それは戦いというコンテクストの中で発生するということである。プロロゴスはこのように、テュルタイオス的な意味でのカロス・タナトスのイメージを強力に突きつけている。

彼女が、捕えられると同時に石打ちにされるということがありうるのか、と訝るのはもっともである。しかし、第七二行で彼女が思い描いているのはやはり確かに、行動の最中の死なのである。逮捕後ただちに公的な投石刑が行われるとすれば、冷静な心にとっては奇妙であるが、もし、エウリピデス『オレステス』第五九行でメネラオスが帰国した妻に対する偶発的な投石を恐れたように、アンティゴネが自然発生的な投石を予期したと考えれば、さほど奇妙でもない。それよりも見逃せないのは、それに続く諸場面においても、彼女は一貫して、テュルタイオスの描いたタイプの死を確実なものにすると思えるような仕方で言動を重ねるということである。

まず、兄の死体を前にした彼女の行動を考えてみよう。初回は夜の間におそらく音も立てずに形ばかりの埋葬を行ったが、彼女はその後もっと多くの土をかぶせるため再び死体のもとに戻ってきた、と報告されている。[17] そしてこのとき、彼女はもっと大胆になって、白日の元で泣き叫んだり灌ぎをしたりしている（第四二三―三一行）。捕えられても、彼女は怯まず、見張りたちの尋問に何一つ否定することもない（第四三二―三五行）。つまり、彼女はその場を離れることもなく、力で屈服させられるまで行動を続け、死ぬ覚悟でいたのである。それならば、彼女は、カロス・タナトスを遂げる兵士と同じ行動をとっていたことになる。違うのはただ、彼女の取り組みが軍事行動でなかったことだけである。これに加えて、クレオンに引き渡されてからも、彼女がいかに大胆であったかも考えてみよう。彼の咎めに対して彼女は遠慮なく反論を返す（第四五〇―七〇行）。彼女は、受け容れがたい禁令に抗って自分の姿勢を堅固に守り、過酷に罰せられる覚悟を崩すこともない。それだけでなく、彼女は彼に、遅れることなく殺せと要求する（第四九九行）。このように、彼女は、間違いなくすぐ死ねるような言動を続けているのである。アンティゴネの死がより本来的なカロス・タナトスであるためには、それが少しでも即座の死刑であることが重要であった。もし処刑が遅れてゆくならば、処刑と埋葬行為との関係は形式的なものになってゆくだろう。群集による投石刑も興奮を欠いたものになるかもしれない。間がおかれる結果として、彼女はいつ、いかに殺されるか、だけでなく、殺されるのか否かも分からなくなってしまうかもしれない。しかるに、もし即座に彼女が石打ちにされるならば、その処刑には群集のより激しい怒りが伴うことが予期される。[18] 投石刑がすぐに行われる限り、彼女は、敵たちの沸き立つ怒りという、いわば戦いのような状況の中で血を流して殺される、という報いが、自分の埋葬行動に対して直接返ってくるのを見ることができるのである。それならば、彼女の処刑は、その果敢な行動の鮮烈な記憶として人々の目に刻み込まれることになる。手短に言うならば、すぐさまの処刑は、彼女の死をその外見において戦中のカロス・タナトスに近いものにするのだといえる。アンティゴネは、生け捕りされた後も、少しでも早い処刑を求めることによって、テュルタイオス的なカロス・タナトスを目指すという当初からの姿勢を貫徹しようとしているのである。

なぜ彼女はそのようなことをするのだろうか。確かに、彼女はすでに死んでハデス（冥界）にいる家族たちに会いたいと願っている（第七三行、八六八行、八九四行、八九九行）。また、彼女が辛くて絶望的な生に飽き飽きしているということも理解できる（第四六二―六八行）。しかし、彼女がそのようなよその世界への憧れや敗北主義的な願望に掻き立てられているからという理由だけで十分であろうか。もちろん、それらの願いが偽りであると思う必要はない。しかしそれらの願いは、彼女が地下牢の中に閉じ込められてより深い無力感と絶望に襲われたときのほうが、彼女の意向を左右するものとして相応しいのではないか。[19] それよりもむしろ、彼女はこの段階においては、カロス・タナトスを目指しているのだと、私には思われる。それには、二つの理由がある。

第一に、アンティゴネは、生まれのよさ（εὐγένεια《エウゲネイア》）の証しを示すことができるか否かということに大変気を遣っており（第三八行）[20]、また裏切り者と見られることに対して強い警戒心を抱いている（第四六行）。この点から見ると、もし埋葬行動のその場での派手な死が実現しなくとも、公衆による石打ちは、彼女にとって大きな意味を持つであろう。なぜならば、それは彼女がいかなる咎によりいかに罰せられたかを公的に表示するものであるし、さらには彼女が兄を埋葬するためにどれだけの痛みを覚悟していたかを証してくれるものだからである。彼女が少しもためらうことなくかの死に方を目指したのは、自身の気高い献身のほどを示したいという思いに由来することなのではないか。

第二に、そしてより重要なことだが、カロス・タナトスの本質は、大義や請け負った任務のために自分の持っているあらゆる力を費やしきるということにある。そのような死は、何よりも、アンティゴネの置かれた絶望的状況に対する積極的な打開策でありうる。この考え方は、葬礼演説というジャンルにおいても認められるものだった。

つまり、戦死者たちが称えられるときに重視されたのは、彼らの行動の実際の結果ではなくて、彼らが最大限に努力をして死に至ったということである。[21] そのことを明らかに示すのは、ツキュディデスの記録した葬礼演説の中の、「戦死者は、たとえ彼が企てにおいて失敗したとしても、その最もカロスな献身（κάλλιστον ἔρανον《カッリストン・エラノン》）によって称えられる」（Th. 2. 43. 1）という一節である。ここで称賛されているのは明らかに、戦死者が自身の取り組みのために、その生命をも含むリソースを、何も残らぬまですべて使い尽くしたという事実である。リュシアスの葬礼演説は、「向こうからやってくる死をじっと待っていること」と区別して、「最大最美なもののための冒険」の結果が「最も美しい死」なのだと述べている（Lys. 2. 79）。行動の成果を度外視して、兵士の惜しみない尽力を称賛するということは、カロス・タナトスという評価の基本的条件の一つである。アンティゴネが自らに予期している死はこの観点から捉えることができる。つまり、兄を埋葬するという企てが果たせないことは最初から分かっているが、それでもなお彼女は自分の死を、カロス・タナトスの名のもとに歓迎しているのである。もちろん、拘束されて何もできずにいることは耐え難いだろうから、死によってそれを逃れたいと思うこともありうるだろう。しかし彼女は、〈いかに死んだかということも知られずに、ただ息を引き取ること〉ではなく、〈カロス・タナトスという名の死を遂げること〉を目指し続けている、ということが重要である。言うなれば、そこには、彼女のすべてのエネルギーが完全燃焼するという鮮烈なイメージを見ることができる。[22] ひとことで言うと、彼女は自分の死を、兄と神々の法への献身の象徴にすることを狙っているのである。それこそが、アンティゴネがカロス・タナトスを目指し、埋葬行為をこれ見よがしに行い、クレオンにすぐさまの容赦なき処刑を要求する理由であると考えられる。

3　アンティゴネの刑罰と死の実際

次に、彼女が実際に遂げた死の様相を考えてみよう。もしクレオンが、投石による処刑を直ちに実行していたなら、アンティゴネはきっと、彼女がカロス・タナトスと呼んだものに近い死を遂げたはずである。しかし、彼は刑を変更して、彼女を「申し訳程度の食料」（第七七五行）[23]とともに地下牢に幽閉する。その結果、死を目指して行った努力がすべて無にされ、彼女は、兵士の死とは似ても似つかぬ首吊り自殺をする。この落差が、実はこの劇の最も重要な構成要素である。

〈僅かな分量の食料をあてがわれた幽閉〉と、〈彼女が目指し予期していたもの〉との間には、次のような違いがある。第一に、もし彼女が地下牢の中で死ぬように意図されているのだとすれば、[24]このような形の処刑には公然さがなく、投石のように皆の目に訴えるという要素もない。彼女は、自分がしたことを顕示するチャンスも、自分がいかなる目に遭いどう反応するのかを人々に知ってもらうチャンスをも奪われたことになる。第二に、クレオンのやり口は、ゆっくりとした死、そして遅い死を彼女に与えるものである。彼女は少しずつ、しかし着実にやせ衰えてゆき、いかなる意味においてもしっかりと立つことができなくなる。彼女は何らかの形で降参するかもしれない。そのことは、いくらかの研究者にとっては想像できないことかもしれないが、彼女自身が第九一行で言っていることである。[25]これは彼女にとっても、耐えられるという自信を持てない試練なのである。[26]彼女は食べ物を摂取するだろうか、それとも食べずに通すだろうか。どちらがよいのかは誰にも分からない。もし彼女がクレオンに降参せずに通すとしても、そのためにできることは、食物を拒絶することくらいしかない。彼女はこの状況を拒絶するために自殺するかもしれない。しかしその旨を誰に伝えることもできないのである。いずれをとるにしても、彼女が最初に予定していたこととは比較にならない、惨めな選択肢である。第三に、クレオンはアンティゴネに自然死を強いている。つまり、彼女は空腹か病気か、あるいはもし食物が与えられ続けるならば老衰によって死ぬことになる。もしクレオンが餓え死にをさせるつもりなのであれば、彼は彼女の死と直接には関わりを持たないこととなる。それならば、彼女は誰によって殺されるのでもなく、ポリス全体も穢れを負わずにすむ。それこそが、少しの食物を与えたクレオンの狙いである（第七七五─七七六行）。彼女が地下牢でいかにその姿勢を堅持しようとも、彼女が誰に対して戦い反逆しているのかははっきりしない。いわば、クレオンはその戦いから抜け出すのであって、戦いという構図そのものが消滅する。このように、刑罰の変更は、彼女の死を戦闘や衝突というコンテクストから引き離すことであり、彼女に無為のうちに生きるよう強いることである。抗戦しながら人の目に見えるような形で死ぬ、つまりはカロス・タナトスを死ぬ、というチャンスは、このようにして彼女から奪われたのである。

アンティゴネはもともと、〈殺す〉ということ以上に重い刑罰はないはずだと考えていた（第四九七行）。この見通しは、ドラコンの言葉として知られ一般に受け容れられていた通念ともよく通じるものである（Plu. *Sol.* 17. 1. 4）。しかし皮肉なことに、実際に彼女を苦しめているのは、〈明瞭な殺しがなされない〉ということなのである。劇中央部に置かれたコンモス（激しい嘆きの交唱）と、それに続くシーンで歌われる彼女の嘆きは、それを表している。彼女が嘆くのはもちろん、生きたまま埋葬されるということをおぞましく思うからでもあり[27]、自分自身の葬礼行列を歩まされているからでもあり[28]、また嘆いてくれる友がいないからでもある[29]。しかしそれよりも、ここで強調されているのは、彼女の死の異常さそのものである。すなわち彼女は、生きたままハデスに下るのであり、結婚式も祝婚歌もなしにハデス（冥界の王）の嫁になるのであり、奇妙な墓に入るのである[30]。彼女はこの葬礼行列の主人公でありながら、死者ではない。多くの研究者は、彼女が当初に見せていた反抗心とこの場面での死を前にしての感傷的な嘆きぶりとの間に落差があるとしてそれを説明しようと手を焼いてきた[31]。しかし、彼女はどんな死でも受け容れようと思っていたのではなく、ある特定の種類の死を受け容れるつもりでいたのだと理解するならば[32]、私たちは彼女の嘆きを聞いてもさほど面食らうことはないだろう。彼女が、〈唯一の望みとして目指していたもの〉を手に入れることができないと悟ったときに、感傷的に嘆くということは、まったく当然のことと言うべきである。[33]彼女の首吊りについては、いかなる動機の示唆も原文中には見当たらない。[34]それゆえ、その意味を探るのはきわめて困難である。もちろん、その死は、先に死んだ家族たちに会いに行くことだ、ということは分かっている。しかし、なぜそんなに急いで彼女は死ぬのだろうか。[35]彼女は、死んでクレオンに抗議した、あるいは、受け容れがたい状況を毅然と拒絶したのだ、[36]と考えることも不可能ではない。しかしそうであるという保証もない。彼女の自殺について、より確実に言えることは、首吊りという死の形は、彼女が当初において遂げようと決意し、また、見通しの危うい企ての中でも確実に得られる成果だと考えていたところの死の形、すなわちカロス・タナトスとはまったく似ていないということである。[37]

このように、カロス・タナトスに向けてのアンティゴネの熱烈な努力と、クレオンの気まぐれによるその阻害とがおりなすコントラストは、少なくとも劇の最初の三分の二における重要な構成要素となっているのである。

4 コントラストの意義

彼女の行動が正しかったのか間違っていたのかを単純に判定することはできないと認めるとしても、[38]この劇がアンティゴネを、敬虔で勇敢に行動した人として描いているということは間違いない。ハイモンの言葉は、彼女の行動が最大限に名誉あるものだと認める人たちが街中に大勢いる、ということを明らかにしている（第六九五行）。劇の終わりで、クレオンはその加害と血迷いのために正当に罰せられていると言うのも正しい。[39]しかし、この劇がアンティゴネの見せた努力に報いているとは思えない。[40]たしかに、テイレシアスはアンティゴネの取った立場は正しいとみなしているが、ただ原則論として言うだけで（第一〇二九―三二行、一〇六八―七六行）、それを彼女個人のこととしては語らない。彼は彼女の敬虔な振舞いに言及することもない。ポリュネイケスの埋葬は劇の終わりまでに果たされると言っても、それは基本的に、テイレシアスがクレオンに警告を発した結果であって、どれだけアンティゴネの功績だと言えるかは疑わしい[41]。もし彼女の最初の行動と幽閉とがなかったならば、ポリュネイケスの死体は埋葬されなかったかもしれない、と言うことだけはできるだろう。しかし、かの結果に対する彼女の貢献はよく見えない、という印象は否めない。この劇は、劇『アイアス』の末尾でアイアスが受ける名誉回復に相当するものを含んでいない。実際、アンティゴネは最後のシーンで、吊り下がっている彼女の死体を描写する使者のセリフ二行だけでしか、顧みられることがないのである（第一二二一―一二二二行）[42]。彼女に対するこのように明らかな無関心は何を意味するのだろうか。彼女が完全に忘れ去られるようになっているる、というわけではないことは事実である。それどころか、クレオンが終盤で次のように嘆くとき、私たちは、アンティゴネが最初に抱いていた願いと彼の願いとを照らし合わせるように導かれているように思われる。

さあ、来てくれ来てくれ、
現れろ、最も美しい最もカロスに
私にとっての最後の日をもたらす
究極の運命よ[43]。
（第一三二八―三三一行）

彼が何らかの意味でのよき死を願っているのは明らかである[44]。それを表すために使われている「最もカロスに」（第一三二九行）の語は、プロロゴスでカロス・タナトスへの真摯な願いを表すのに使われていたアンティゴネの言葉（第七二行、九七行）を思い起こさせる。クレオンはすぐあとに、次のようにも言う。

私が熱望していること、それを私は祈ったのだ[45]。
（第一三三六行）

その願望を表現するために、彼は ἐρᾶν《エラーン》（熱望する）という語を使っている。この語は、プロロゴスでイスメネが、不可能なことごとに対するアンティゴネの熱望を一言でまとめて表現するのに使った言葉である（第九〇行）[46]。ここに見えてくるコントラストもまた重要である。なぜなら、それが、クレオンのこれらの発言に内在するいくつかの問題をも明らかにするからである。気まぐれによってアンティゴネからカロス・タナトスを奪い、彼女を首吊りへと追いやった彼に、いささかでもよい死に与る資格があるだろうか。また、その「熱望」を実現することに、彼はどれだけ本気だろうか。そのあとに彼が語る言葉はすべて、彼が何をしたらいいのか分からず途方にくれていることを表すばかりである。そのことは、〈クレオンが語る死欲求の安易さ〉と、〈アンティゴネがよき死を目指した決意の深さ〉との隔たりをはっきりとさせ、劇がこの血迷った支配者の悲劇へと視線を向け変えたということに気づかせる。このように、私たちは最後に、アンティゴネの見せた気高く敬虔で死にもの狂いの努力が、報われることも顧みられることもなく終わるという事実を見出す[47]。観衆の多くはそれでも、心のうちで彼女の努力を評価するであろう。しかしそれは別の話である。この劇の後半で示されている彼女への冷遇は、実は、前半において彼女に対して強行された非道の延長である。彼女の受難は、彼女が舞台を去ってから、より確実なものとなる。これらのすべてが、彼女が最後の数時間に味わったに違いない悲しみを示唆するのである。その悲しみは、たとえ兄の埋葬が実現され、クレオンが悲惨に罰せられようとも、永遠に解消されないままである。それはなぜなら、彼女がそれらのことを知らずに死んだからでもあるが、兄の埋葬は彼女が切望したことの半分でしかなかったからでもある。

5　女であることによる受難

アンティゴネがこのように受難しなくてはならなかった理由の一つは、クレオンが刑罰を恣意的に変更したからである。しかし、より根深いもう一つの理由は、彼女が——当時の時代背景を考えれば当然のことなのだが——武器を取るという男性の仕方で行動しなかったからである。『アイアス』においてテウクロスがアガメムノンに向ける次の言葉を思い起こしてみよう。(48)

なぜなら、人々の前でこの人（アイアス）のために骨折りしながら死ぬことは、私にとってカロスだからだ。(49)

（『アイアス』一三一〇—一一行）

彼らの決闘はオデュッセウスの介入で危うく回避されるが、テウクロスがここで戦いながら死ぬということは容易に思い浮かべることができる。僚友の死体をめぐる熾烈な戦いは、『イリアス』（第一六・一七巻）以来の伝統的なモチーフである。もしアンティゴネも武器を用意して行動していたなら、彼女がカロス・タナトスを遂げることはまったく不可能ではなかったはずである。その意欲と技量次第の問題となっただろう。

ソポクレスは、この〈最も気高く勇敢だが本質的に女性らしいアンティゴネという英雄(50)〉を描くにあたり、古代ギリシア世界の女性がおかれていた一般的状況を盛りこんだ。武具を手にして行動するという選択肢はなく、(51)彼女らは何であれより強い力を持つ者に従わざるを得なかった。そのことは、ギリシア文学における戦利品の、あるいは奴隷化された女性たちの運命に描かれているとおりである。(52)戦争の外においても、彼女たちの状況はあまり違わなかったと思われる。ギリシア悲劇における多くの例が示唆しているのは、何らかの不運が彼女たちを逆境に巻き込んだ場合には、大抵の女性たちは男性の支配や公的権威や人々の目に対して反抗したり超然と立ったりはしなかったということである。彼女たちは多くの場合、すぐに、あるいは言葉で反抗してもその後まもなく、状況の要請に従う。(53)あるいは、助けに来る男性の誰かを待つと決めるのでもない限りは、(54)自殺して苦境から逃れようとする。(55)もし術策を仕組む力量があれば、自分でそこから脱出できるかもしれないが、(56)その場合でも、最終的な避難先が見通せない状況の中で危険を冒すということはほとんどない。(57)

たしかにソポクレスのエレクトラは、オレステスが死んだと信じたときに、完全に死ぬ覚悟をして自分一人で復讐を遂げる決意をする。しかし、彼が生還すると、その計画は即座に放棄される（*S. El.* 954–1020）。メデイアは、形勢が悪くなった場合には自分で剣を取って戦うという意向を一瞬抱くが（*E. Med.* 392–94）、そのような事態は結局起こらない。彼女が熱心なのは、自身は安全で敵が受難するという完璧な術策を仕組むことのほうである（第四〇一―〇二行）。アイスキュロスのクリュタイメストラは、アイギストスの死を知らされたときに斧を求めて叫ぶ（*A. Ch.* 889）[58]。彼女は敵たちと武力で戦うつもりでそう叫んだに違いないが、それは実現しない。オレステスに命乞いをするが、無駄だと分かると彼女はあきらめ、すべてをエリニュエス（復讐女神たち）にゆだねて死を受け容れる（第九二四行）。言葉で粘り強く頑張るのではあるが、その最後において彼女はそれ以上の何かをする機会を与えられることはないのである。

ギリシア文学においてはこのように、逆境に立たされながらも、最後の一息を吐くまで自身のあらゆるリソースをもって奮闘する女性を見つけるということは困難である。自分の命を有効に使い果たすことができる女性は、神の権威のもとで〈自分の命を差し出せば人を救済することができる〉と告げられた、虚構世界の中の特別に選ばれた女性たちだけである[59]。現実世界では、出産のために命を落とした女性たちだけが例外であった。プルタルコスによると、スパルタでは出産に際して死んだ女たちは、戦死した男たちとともに特別な敬意を受け、墓石に名前を刻まれるという特権を、女性たちの中で唯一与えられたとされている（*Lyc.* 27.2（Latte））[60]。しかしそれ以外の女性たちは、苦境を打開するための意味ある行動に自分の生命をまるごと費やすということはできなかった[61]。

ただし、この劇においては、小心なクレオンの気紛れな変心さえなかったならば、アンティゴネのカロス・タナトスは実現していただろうと思われる。埋葬に命を懸けるという彼女の言動はそれほど確固としたものとして描かれている。ソポクレスは、それが例外的に遂げられるケースとして描くこともできたはずである。

しかしやはり、ソポクレスは結局、彼女のカロス・タナトスを実現させなかった。それは、彼女が特別な女だということで終わらせたくなかったからにほかならない。いくら強い意志を持っていても、「美しく死ぬ」ことが君主の恣意によって叶わなかったという無念さをも、さらに描こうとした。前節までの分析から導かれるのは、詩人の意図に対するそのような理解である。

それに加えてここには、カロス・タナトスが女性には、武器を持って行動することができないという文化的要因からも、実現しにくいという実情が確かに映し出されている。それは、戦死という形をはじめとする「美しく死ぬ」ことの可能性が、男性には女性によりもずっと開かれていること、いわばそれが男の特権のようなものであるという現実を、観客のほとんどを占めたはずの男たちに気づかせるものでもあったに違いない(62)。

6 まとめ

アンティゴネは、兄の死体の埋葬を切実に願っていた。それは兄への愛や、神の掟への敬意や、自分の気高さの証しでもあった。そして、何もせずに生きていることはできないと思いつめていた。しかし、力もなく武器を持って戦う術もない彼女にとって、それをし遂げることが叶わないのは目に見えていた。ならば、より現実的な目標は、それに生命を懸け、その証しとなるカロス・タナトスを遂げることである。それはクレオンが布告した、衆人環視の中での石打ちという処刑により間違いなく実現できるはずであった。彼女はためらうことなくそれを目指して動き出し、捕えられてからもクレオンに挑発的な態度をとって、血塗れの刑死を一刻も早く遂げようとする。しかしクレオンはここにきて、ポリスに新たな穢れが発生することを恐れて刑を変更し、彼女にその思い描いていたような死に方ができないようにしてしまう。これにより、彼女は唯一の希望として目指していたものをも奪われてしまい、絶望の中で首を吊った。

クレオンには天罰ともいうべきものも下るが、それよりも強力にこの劇が示しているのは、アンティゴネの、兄を埋葬するという願いが叶わぬならそこに生命を費やしてその思いの証しを立てるという強い意思と、しかし彼女が身柄を捕えられたらさいご、クレオンの恣意に左右されて一切の努力を無にされてしまうという無念、この二つであると言うことができる。彼女はあくまでも古代ギリシアの女性が置かれていた枠内で行動した。彼女はいかなる武器を身に着けることもなく、暴力的になることも攻撃的になることもなかった(63)。ここには、アンティゴネの女性としての情熱と悲しみ(64)が力強く描かれている。そしてそれはまた、男性にはカロス・タナトスを遂げて自分の生命を役立てるチャンスが開かれているという自覚を与えるものであったと思われる。

第7章　生まれよき者がなすべきは……
――ソポクレスの『アイアス』

『アイアス』のあらすじ

トロイア戦争でアキレウスが倒れたのち、彼の武具が最高の勇者に贈られることになり、軍はこれをオデュッセウスのものと判定した。不満を抱いたアイアスは軍の将たちを夜襲しようとしたが、アテナ女神に狂気を送り込まれて家畜の群れを襲った。オデュッセウスが彼の様子を伺う場面でこの劇が始まる。アテナが現れて、オデュッセウスにこの襲撃の次第を説明し、錯乱した敵の姿をあざ笑うがよいと言うが、彼は却って憐れみを覚え、人の身の危うさを悟る。一方、狂気から覚めたアイアスは絶望をあらわにし、父にも合わせる顔がなくなすすべもない、生き長らえることを望むのは恥ずべきことだと語る（第一スピーチ）。これを聞いた妻は自殺を思いとどまらせようとするが、彼は聞かず、自分の死後の始末を指示して（第二スピーチ）退場する。コロスの歌ののち再び現れた彼は、すべてのものは変化し自分も例外ではないと分かったと語り、剣を埋めに行くと言って立ち去る（第三スピーチ）。これを聞いた周りの者たちは自殺を断念したと思い喜ぶが、そのころ彼は海辺で、すばやく死ねることを祈り敵への呪いを吐き（第四スピーチ）、地面に立てた剣に飛び込んで死ぬ。妻とコロスと弟テウクロスが彼の死体を見つけて嘆くが、まもなく総大将の弟メネラオスがやってきて、アイアスの死体の埋葬を禁止し、テウクロスと論争になる。決着がつかぬままメネラオスが退場すると、今度は総大将のアガメムノンが登場して論争が続き、テウクロスが兄のために死ぬことを覚悟して戦おうとしたとき、オデュッセウスが現れて間に入る。優れた勇者を侮辱してはならないと彼が説いても理解されないが、いずれは自分にも帰ってくることだと示すと相手は折れて、禁が解かれテウクロスらは葬礼に向かう。

ソポクレスの劇『アイアス』は、ギリシア軍第二の英雄アイアスが、アキレウスの武具を譲り受けるための審査でオデュッセウスに敗れて錯乱し狼藉を働いたのちに、怒りと屈辱感の渦の中でいかに悶え、いかに自殺し、いかに埋葬を許可されるに至ったかを描く。狂気から覚め、反乱が見事に失敗に終わったことを知ると、屈辱の極みに陥るが、なおも彼の矜持は高く、現実に打ちのめされながらも、怒りを緩めることなく死んでいった。

万物変化の法を悟りながらも、怨む者たちへの呪いを吐いて自刃する姿は、怒りを永遠化するかに見える(1)。そこにアイアスの暗い勝利を描いているのかもしれない。一方、神の威力を見て憎しみを憐れみに変えるオデュッセウスや、オデュッセウスの弁舌によりアイアスを許すに至るアトレイダイ(2)は人間一般の脆さを巧みに描いているのだろう。

しかしこの劇のもう一つの見どころは、ソポクレスがアイアスの自殺をいかに描いているかである。「しかし、生まれよき者がなすべきは、立派に生きるか、さもなくば、カロスにテツネーケナイ(3)することだ」(第四七九—八〇行)と結語する彼の第一スピーチ(第四三〇—八〇行)は、アイアスが自殺によって、〈生まれに相応しい見事な死〉を遂げるのだと予告しているようにも思わせる。しかし従来、カロスの語で修飾されるタナトス(死)は戦死であるのが通例であったから、もしここで自殺をカロスと言おうとしているのだとしたら、それは奇妙に響くことだったはずである。さらにまた、舞台上で演じられたアクロバット的な自刃も衝撃的で考えさせるものがあったろう。そんな死が本当にカロスと言いうるものなのか。カロスだとしたらいかなる意味でカロスと言えるのか。何らかのよきもの・好ましきものを映し出しているのか。一体何が「よい」のか。彼の自殺は、そのものが大きな問題を引き起こしうるものでもあった。劇後半の激しい論戦もこの自殺のために起こるのである。そこで、「カロスにテツネーケナイする」という言葉の意味を劇全体に照らし合わせて考えてみる、というのが本章の目的である。

1　問　題

管見のところ、『アイアス』の既存訳のほとんどが、第四七九行の「カロスに」の部分を「高貴に《ノーブル》」(nobly) または「名誉あるかたちで」(honourably) と訳している。[4] また、「テツネーケナイ」の部分は、不定法完了形であることを反映して「死んでいる」(to be dead) と訳すものもあるが、半分以上の訳が「死ぬこと」(to die) として訳している。「高貴に《ノーブル》」と「名誉あるかたちで」は、ともに、好ましく敬意や称賛を集める様子を意味するだろう。大まかに言うならば、第四七九―八〇行の訳の大半は「貴人は立派に生きるか立派に死ななくてはならない」という趣旨のものである。

しかし、疑問に思われるのは、(1)「カロスに」はそのように抜きん出た良好性を表すものとして訳しきってよいのか、ということと、(2)テツネーケナイを訳すに当たって、これが〈死んでいる〉という状態を表しうるものであることを無視して、現在形と同じように訳してしまってよいのか、ということである。アイアスが語っているのは、既存訳の大半が示すような意味のことだ、ということも考えられなくはない。しかし問題は、そのように訳してしまうと、この言葉が同時に表している重要な意味を置き去りにしてしまわないかということである。

まず(1)について考えてみよう。かの状況のアイアスにとっては、いかに死ぬにしても、「よい死」をどれだけ見込むことができたかは疑問である。自殺は、戦死のように公的是認を無条件に得られるものではないし、身内を屈辱の中に置き去りにすることになるのは明白だからだ。リバニオスはその修辞学の教本の中で、[5] この状況に置かれたアイアスの思いを、もっと単純に、「よい評判を得ながら生きるか、さもなくば死ぬ（死んでいる）べきだ」[6] という言葉で代弁している (Lib. 11. 5. 5)。死のほうには「立派に」にあたるものが付いていない。これと比べると、ソポクレスのこの箇所の「立派に死ぬべきだ」というのは、彼の置かれた現実から大きく乖離していて、空しく響く、あるいは、ひたすら理想主義的なものとして響く。しかし、カロスという語は〈特別のよさ、好ましさ〉を表すほかに、〈問題のなさ・適切さ〉を表すこともあったはずである。そちらの意味があてはまる余地はないであろうか。[7]

次に(2)について考えてみよう。もちろん、完了形には現在形の強調されたものと解する余地もある。[8] そして従来のカロス・タナトス概念では、死ぬ瞬間における死にざまが決定的要因であった。だから、テッネーケナイが現在形と同じ意味で置かれていると考えるならば、通常のカロス・タナトスを意味するものと理解することは可能である。しかしこの完了形は、本来的には、死んでしまっている状態を表すものである。それが平然とカロスの語に添えられていることには奇妙な感を禁じえない。[9] そしてアイアスの場合は、死体の始末や死後の名誉のありようが思わしくないものになろうことは目に見えているのであり、実際、劇後半では彼の死体の埋葬と名誉回復が取りざたされる。〈死後のありよう〉についての懸念を表しうる言葉がアイアスの口から述べられていたということは、無視できないのではないか。

この問題に正面から取り組んだ研究はこれまで皆目なかったと言ってよい。もちろん、「カロスに」を「高貴に《ノーブル》」あるいは「名誉あるかたちで」という意味と捉えて、それはどういうことなのかと論考した研究ならば多数ある。アテナ女神への贖罪を意図した自殺だから名誉あるものなのだとする解釈などもあるが[10]、広範に行われている解釈は、屈辱的な生を拒絶すること自体が高貴《ノーブル》なのだ、あるいは名誉をもたらすことなのだ、とするものである。[11] その図式も間違いではないが（後述）、ことはそれほど単純ではない。ベルフィオーレは、ギリシアにおいて自殺が簡単に高貴《ノーブル》と肯定されうるものではなかったということに正しく着目したが、〈アイアスは自殺によって、家族を予想された恥辱から救い、「倫理的互酬関係」を立て直した〉とし、それゆえに彼の死は「高貴な死《ノーブル》」なのだと主張する。しかし、家族の救済はどれだけ彼の死によっていると言えるだろうか。もう一つ、彼女を含めて大方の研究者に見られる問題は、カロスを高貴《ノーブル》と解してそれ以上は、これらの語自体の意味を検討しようとしないことである。また、アイアスの死のどのアスペクトを高貴《ノーブル》だとしているのかが曖昧なことである。

本章が解明しようとするのは、本劇において「カロスにテッネーケナイする」という言い回しがどう使われているかということである。それを考える方法として、〈アイアスが目指した死〉と〈アイアスが実際に得た死〉がそれぞれどういうものであるのかを検討し、それぞれが「カロスにテッネーケナイする」の持ちうる意味にどう対応しているかを考察する。このとき重要なのは、アイアスがどういうつもりでこの表現を使ったかということよりも、ソポクレスがどういう意図でこの曖昧な言葉を使わせたか、ということである。この議論によって、アイアスの自殺をこの劇がどのように評価しようとしているのかを明らかにしたい。

2　アイアスはどんな死を目指していたのか

第四七九―八〇行は、アイアスが漠然とした死への欲求から考えの整理を経て、自分のとるべき行動についてまとめた一応の結論である。

ギリシア軍への襲撃に失敗したことを知って「たちの悪い心痛にすっかり打ちのめされた」彼は（第二七五行）、嘆きの言葉を展開する。死の予感（「私は滅びるところだ」第三四三行）に、激しい死欲求（「私を殺してくれ」第三六一行）が交じり合う。オデュッセウスとアトレイダイを倒したいという欲求もまだあるが（第三八四行、三八八―九〇行）、その成否とは独立に、[12] 漠然と自分の死を願っている（第三九一行、三九七―九八行）。どのようにして誰の手で死ぬ、ということは語られない。これらの言葉が、コンモス（第三四八―四二九行の交唱）の枠内で語られているということは、彼が激しく動揺していることを表している。

これに対して、第一スピーチ（第四三〇―八〇行）に入ると、彼は落ち着いた省察に入る。父テラモンのこと、武具審判、神の干渉を振りかえった上で、自分のとるべき行動を考える。選択肢を吟味して、原則を明らかにしながら結論に向かってゆくが、その思考は次の四つの段階に分けられる。

(1)故郷に帰ろうか。しかし、父のもとに空手で帰ることはできない（第四六〇―六四行）。

(2)トロイア人たちと戦って討ち死にするか。しかしアトレイダイを喜ばせることになるから、実行する気はない（第四六五―六九行）。

(3)テラモンの息子としての肝魂を、正しく受け継いでいることを示さなくてはならない（第四七〇―七八行）。

(4)生まれよき者（εὐγενής《エウゲネース》）は、よく生きるか、さもなくば「カロスにテッネーケナイする」べきだ（第四七九―八〇行）。

このうちで、(1)と(2)で示されたのは、自分では選択しないとする行動である。これに対し、自分はどうするべきかを言ったものが、(3)と(4)である（第四七〇―八〇行）。

　　　　なんとしてでもやらねば
ならない、年老いた父上に分ってもらえるようなことを、いやしくも
父の血統を継いだおれが、〔生れつき肝魂を欠いた者〕ではないということを。
そうだ、もはや運命に見離された男が、
命を永らえようとしたところで身の恥。
死のきわみに連れて行かれてまた引き離される、
そんなふうに日々を送ったところでなんの喜びがあろう。
むなしい夢を見て熱くなるような手合いは、
おれにはなんの値打ちもありはしない。

〔立派に生きるか、カロスにテツネーケナイするか〕、生れよき者の選ぶ道は
ふたつにひとつ。言うべきことはこれだけだ[13]。

（『アイアス』四七〇—八〇行[14]）

(3)の冒頭の三行（第四七〇—七二行）は原則の言明であり、それだけではどういう具体的行動を要求するものなのか分かりにくいが、次行以下にその説明が続く。その最初に表されているのは、何が恥ずべきであるかということである（第四七三—七四行）。直前の三行に対する説明としては一見唐突であるが、〈テラモンの息子ならば恥ずべきもの（αἰσχρόν《アイスクロン》）にどう対処するべきなのかは決まりきっている〉という前提があると考えるならば、流れは不自然ではない。説明は第四七八行まで続き、アイアスがどういう具体的選択をするのかが、明らかにされる。すなわち、「改善する見込みのない惨めな生を少しでも引き伸ばそうとする」こと（第四七三行[15]）は、「空しい希望に心を熱くする」こと（第四七八行）であり、そういうことを自分はしない（第四七七行）と言う。

つまり、テラモンの正しい息子であることの証しとして必要なのは、恥ずべきものを唾棄すること、すなわち、絶望的な不名誉に見舞われたこの生に、遅れることなく見切りをつけることだ、というのが彼の第一の結論である[16]。それが実現可能なことだということは明白である。

これに続いて語られて第一スピーチを締め括るのが、一般論的な形で述べられた(4)である。それは、要するに、貴人たる者は死ぬにしても「カロスにテツネーケナイする」べし（第四七九—八〇行）、ということだが、これには(3)におけるような説明が続くこともなく、具体的にどういうことを意味するのかは分かりにくい。従来の諸訳は、何か特別なよい死・立派な死を達成すべきだという意味をあてている。しかし、この状況に置かれたアイアスに、しかも戦死するという選択肢を拒否した彼にとっては、何か称えられるような死が可能であるかどうか、はなはだ疑問である。

もちろん、(3)で語られたとおり、彼が「肝魂なし」（ἄσπλαγχνος《アスプランクノス》）から程遠い者であることを自ら示そうとするな

らば、毅然たる態度で恥ずべきものを唾棄する、すなわち、早急に死ぬということは自然であるかもしれない。しかし、そうして死を達成することが、すんなりと、よきこと、立派なこととして称えられるものとは思えない。なぜならば、テクメッサも直ちに指摘するように（第五〇五行）、この状況下で自殺することは恥ずべき事態を招くと考えられるからである。それならば、(4)の言葉は、実現できることなのか否か、達成するつもりか否かを度外視して語った理想に過ぎないものなのだろうか。そうであるという可能性もないとは言えない。しかし、解釈の道はそれだけではない。

カロスという語が表すのは、特別によきこと・立派なことばかりではない、ということを思い起こしてみよう。「カロスに」の部分を抜き去ってできているのが、先述したリバニオスの「よい評判を得ながら生きるか、さもなくば死ぬ（死んでいる）べし」という言葉である。それと同じく「さもなくば（ただ）生きてあらぬべし」ということならば、何の無理もない現実的な結論として(3)の後に位置することができるであろう。ただ、当然、死ぬのであればどんな死でもよい、というはずはない。そのことを考慮するならば、リバニオスの言い換えにおいて不足しているのは、「ただし悪く死ぬのであってはならない」という条件である。ここで注目すべきことは、テツネーケナイに付された「カロスに」が、まさにそのような条件を表しうる言葉だ、ということである。

ここで少し立ち止まって、第四七九行の「カロスにテツネーケナイする」がどういうことを意味しうるのかを単語レベルで確認しておきたい。

まず、カロスの意味である。本書第I部で論じたように、カロスは、人物など目に見ることのできる対象を修飾している場合はたいてい、特別の魅力・好ましさを持った状態を表す働きがある。それは、プラトンが『パイドロス』や『饗宴』などで、エロースを掻き立てる働きとしているところのものである。[17] テュルタイオスの規定によるカロス・タナトスでも、カロスは戦死する姿の中に映し出されている特別な好ましさを表していた。また、LSJギリシア語辞書（1996）がこの語の意味の一つとして「倫理的意味で美しい」と記しているのも、特別な好ましさを表すこの語の働きを指しているのである。しかしこの語は、特別なよさ・好ましさばかりを表したのではない。この語によって何かが〈適切である・相応しい〉ということを表すことはホメロスの時代からあった。それは基本的に、〈外れていない、問題ない〉ということである。たとえば、〈貴人に相応しく生きる〉ということならば、それは、四六時中、立派な振舞いをして生きるということではない。そこに求められるのは、しかるべき時に立派な振舞いをし、それ以外の時には、(貴人として)問題となるような振舞いをしないことである。ホメロスにおいては、五感で捉えられない対象を修飾する場合には、カロスの語はこの意味で使われる、というのが大まかな決まりであったが、前五世紀にはもっと広く用いられるようになっていたことは、第5章に示したとおりである。このように、カロスの語には〈特別なよさ・好ましさ〉を表す場合と、〈問題のなさ・適切さ〉を表す場合とがあった。

一方テッネーケナイの意味はどうか。上述のとおり、第四七九—八〇行の従来訳の約半数は、完了形のこの語を現在形と変わらぬものとして解し、生から死へと移ること(dying)として表現している。しかし、完了形の本来の意味を考慮するならば、この語は死んでいる状態をも意味しうる。〈死ぬという変化〉と〈死んでいる状態〉は異なる概念である。死を受け容れる毅然さなどは、前者における様態としてカウントされるだろうし、受けた葬礼のよしあしや、死後に受ける評価・批判は、後者における様態としてカウントされるであろう。では、第四七九—八〇行の文言はこのどちらを問題としたものなのか。またこのとき、カロスの語の二つの意味のどちらが適用されるのか。しかし、いくら探ってもそれを明らかにする手掛かりはテクストの中に見つけられない、というのが私のたどり着いた答えである。

結局、第四七九—八〇行が表しているのは、〈立派な死を死ななくてはならない〉ということなのかもしれないし、よい死を遂げるかどうかは別として〈問題を残さずに死んでいるべきだ〉ということなのかもしれない。彼の掲げた課題は、そのどちらの意味をも持ちうる。ソポクレスはそのように両義的な言葉をここで語らせているのである。この事実を私たちは無視するべきではない。ここには、〈死の瞬間に勇ましくて潔い〉だけでは、貴人の課題が達成されたと即断するわけにはいかない、という事情を垣間見ることができる。

3　アイアスの実際の死

ここまでは、アイアスがどのようなことを目指して死の決意に至ったかを明らかにした。ここからは、まず彼の実際の死はどのようなものであったかを確認し、次にそれと彼が目指したものとの関係を検討する。そうすることにより、この劇がアイアスの死を、どちらの意味においてにせよカロスと評価しようとしているのかどうかを考えてみたい。

(a) 経　緯

自刃に至るその経緯は次のようである。アイアスの第一スピーチが終わるとすぐ、テクメッサはアイアスに死を思いとどまらせようとして、自殺が彼自身にとって恥ずべき事態（αἰσχρά《アイスクラ》：第五〇五行）を招くこと、子女・父母を放棄するのは貴人がすべきではないことを訴える。アイアスの言い分を逆手にとった強力な言い分である。[18]

アイアスはそれに対して聞く耳を持たないが、第二スピーチ（第五四五―八二行）に入ると息子と父母の将来に一応の配慮はあることを示す。でも、神々に対して機嫌をとる義理はないと強く言い、意を翻す様子は見せず陣屋に退場する。

コロスの歌舞（第一スタシモン[19]）の後に再登場すると、彼は多様に解釈される第三スピーチ（第六四六―九二行）を語る。その中では、自分が「口において女々しくなった[20]」（第六五一行）と言い、妻子への憐れみ（第六五二行）を表す。アテナ女神を宥めるという意向（第六五六行）と、自分もいずれ神々に従いアトレイダイを崇めることになるという予想（第六六六―六七行）を述べ、すべては変化する、ということを知らなくてはならないと述べる。彼がここで家人のことを気にしているのは確かだが、アイアスは自殺を断念したのかどうかは分からぬ曖昧な言い方をしている、というのが実情である。[21] その終わりで、彼は「私の望むことが成就するよう祈ってくれ」（第六八六行）と指示し、「先の状況はよいだろう」（第六八四行）、「自分は救われているだろう」（第六九二行）と予告して、剣を海岸に埋めに出かける。

コロスがそれを翻意と解して喜んでいるうちに、アイアスは海辺で手の込んだ自刃の仕度を整える。トロイアの地面に立てたヘクトルの剣を「殺し屋」（σφαγεύς《スパゲウス》：第八一五行）に見立て、「一息で」死ねることを目指している。自刃直前の第四スピーチ（第八一五―六五行）は、そのように準備がなされたうえで語られる。自分の死体が敵の手に渡って凌辱されることのないようゼウスに祈り、死が素早いものとなるようヘルメス神に祈る。エリニュエス神への祈りは、自分がいかに惨めに滅びるかを見届けてギリシア全軍に復讐してくれるようにという呪いである。自分は空しく嘆いていないで、すぐに事に取り掛からねばならぬ、と言ってスピーチを終え、彼は舞台上で自刃する。

そののち、死体は妻に発見され、それをテウクロスが守る形となるが、死体の処置をめぐってアトレイダイとの間に口論が始まり、一対多でまさに武力衝突が起ころうとするときにオデュッセウスが仲裁に入る。彼はアイアスの功績と武勇《アレテー》を語り、死者を陵辱することの非を語るが、アガメムノンは聞こうとしない。オデュッセウスが、結局これらのことは自分たちの身に返ってくることなのだと語ると、相手は折れ、埋葬の許可が得られる。

（b）立派な死

そのように達成されたアイアスの死はどう評価されるか。普通とは違う、何らかのよい死が達成されていると言えるだろうか。まず、本章第一節で指摘した、多数の訳者が「カロスに」（第四七九行）の意味であると主張する

「高貴《ノーブル》に」という観念に照らし合わせてみる。(22)この場合、「高貴《ノーブル》に」とは、〈貴人《ノーブル》に相応しいような仕方で〉あるいは〈称えられるような立派な仕方で〉ということであろう。ただし、カロスという言葉自体に〈貴人《ノーブル》らしい〉という意味があるわけではない。

アイアスは早急なる自殺をした。テウクロスの到着を待つこともなく立ち去り、仲間の捜索に遅れをとることなく死んだ。それは、上述のとおり、〈承服しがたい状況には甘んじない〉という気質をテラモンから受け継いでいることを示すことであったろう。この自殺は、恥ずべきことを嫌う高い名誉意識と、死を恐れぬ勇気を反映してのことだったと言える。たしかに、これらの特質は貴人には必須とされるものであり、そして誰もが持ちうるものではない。だから、アイアスがかのように自殺したのは、貴人の特質の一つを発揮してのこと、貴人ならではのことだった、と言うことはできる。

しかし、それは〈貴人に相応しいこと〉、〈称えられるべき立派なこと〉であろうか。というのは、テクメッサ(第五〇五行、五二四行)が責めるように、自殺して妻子を屈辱にさらすのは恥ずべき事態を招くことになるし、彼らを放棄することは貴人に似つかわしくないことだ、という言い分があるからである。

もちろんアイアスは息子や父母の安泰を願っていたし、テウクロスが彼らの安泰と彼自身の死体を守ってくれることを心づもりしていた。しかし彼自身がそのために何をしたかというと、テウクロスにそうするよう伝えてくれと頼んだだけである。(23)彼は、せめてテウクロスが戻るまでの間さえも、彼らのために踏みとどまろうとしなかった。つまり、妻子の安泰を確保するために具体的に行動するということよりも、自分の気質がどういうものであるかを示すことを優先した。(24)それならば、テクメッサの言うとおり、アイアスは家族を放棄したのと同じであり、貴人に相応しくないという非難を覆すことはできない。

また、彼は死んだことによって、どれだけ家族を救ったか、ということを考えてみよう。彼がすでに死人であるという事実は、たしかに、劇末の論戦ではアトレイダイの譲歩を引き出すための前提として有効に働いている。しかし、死ぬことによって家族を隷属や侮辱から救い、自身の埋葬許可を導いたと言えるためには、アイアスの果たした役割があまりにも小さすぎるのである。というのも、オデュッセウスが論陣を張ってくれなくてはそのような結果が生まれることもなかったろうからである。また、そこへの道筋があまりにも不確実すぎた。というのも、オデュッセウスがその線で動いてくれるという見込みはまったくなかったはずだからである。一方、オデュッセウスのアイアスに対する寛容は、アイアスの生前の勲功と劇冒頭のアテナ女神による見せしめとにより、すでにほとんど決定されていたのであり、オデュッセウスが救済してくれたのも、〈アイアスが死んでいるから〉なのかどうかははっきりしない。アイアスは自分の確実にできることを精一杯行うのではなくて、きわめて不確実な賭けに出たわけである。そして、命をかけたとみなすにしても、所詮、結果として得られたことは、家族を危険から守ったというより、家族に迷惑をかけずに済んだということに過ぎない[25]。

以上のことを踏まえると、アイアスは、早急に死ぬことが家族を守ることになるのか、放棄することになるのか分からない状況において、少しも踏みとどまることなく急いで自殺したのだと言うほかない。それならば、貴人に似つかわしくない、というテクメッサの批判は妥当である。したがって、「貴人ならでは」の挙を見せたとしても、彼は高貴《ノーブル》に死んだと言い切ることは難しい。

それでは、彼の〈死んでいる状態〉そのものはどう評価しうるのか。「高貴《ノーブル》に」という解釈と組み合わせると、「カロスにテツネーケナイする」という言葉は、「高貴《ノーブル》に死んで、そのままの状態が続いている」という意味にも、「死者として高貴《ノーブル》な状態にある」という意味にもなりうるだろう。前者の意味では、上に論じた結果からこの問いに否と答えられるが、後者の意味ではどうか。オデュッセウスが登場して援けてくれない限り、彼は家族を守れなかったろうし、また守ろうとしたようにも見えない。さらに、野晒しという目にあうことは避けられないところだった。少なくとも、テウクロスがアトレイダイと論戦にてこずっているとき、そうなる可能性が高まっていった。それは貴人に相応しい状態でも、称えられるような立派な状態でもない。ただし、劇末で埋葬が許可される時に至って、少し状況が変化する。後述するように、〈貴人に相応しくない〉とされた点は解消される。一方、〈高い名誉意識〉と〈死を恐れぬ勇気〉を証した状態で死んでいるという事実だけは消えずに残る。そのかぎりにおいてのみ、高貴《ノーブル》に死んでいると言うことができる。

では、もう一つのポピュラーな訳のように「名誉あるかたちで」と評価しうるだろうか。彼は、敬意を受けるに相応しい仕方で死んだか、死者として敬意を受けるに相応しくあったか、というと、答えは先の場合とほとんど変わらない。もしそうすれば味方を守れる、という確証がほとんどない状況であるのに、壮年の男子が危機に瀕している味方を力の限り守ってやろうとせず、いかなる形ででも持ち場を離れるということは、殺されるまで踏みとどまって戦うことを旨とする古代ギリシア人の倫理観においては、非難の対象にほかならなかった。ゆえに、アイアスの自殺は敬意を受けるに相応しくはなかった。[26] 埋葬が許可されたときにようやく、「死者として高貴《ノーブル》な状態にある」ということができるようになるのとまったく同じ理由で、同じだけ「死者として名誉ある状態にある」と認めることができるようになるだけである。

それでは、高貴《ノーブル》さや名誉という点以外で、何か特別なよさ・好ましさがこの死に認められるだろうか。迅速な死は、アイアスが熱心に求めたものの一つである。[27] アイアスの自刃においてそれは実現したと考えてよいであろう。それは彼の急所の知識とぬかりない準備と巧みな身のこなしという、一つの卓越性を反映したものであり、舞台上で演じられたその死にざまは、目で感得しうるものであったろう。五感で捉えられるものに卓越性が映し出されているならば、それはカロスと言うべき最たるものである。しかもその場合カロスは多分に審美的（aesthetic）な観念で、必ずしも倫理的価値に拘束されるものではなかった。したがって、彼の迅速な死にざまには、カロスと修飾される余地があったと言えるかもしれない。同様に、先述したアイアスの高い名誉意識と死を恐れぬ勇気、そして死への潔さも、〈剣に飛び込む彼の姿〉の中に視覚的に現れていたといえる。さらに、〈死後、剣に刺さって横たわっている姿〉もそれらの美点を視覚的に思い起こさせるものであったと言えなくもない。[28]

ただし、従来、死がカロスと評されたのは、戦死がそうであるように、その死が〈危険を伴う行動への果敢なる従事〉の最中に起こることにより、それをまぎれもなく証するような場合のことだった。[29] このことを考慮するならば、アイアスの自殺は、そういう「果敢なる従事」という要素を決定的に欠いており、従来のカロス・タナトスに比べると、空疎なものであったと言わざるをえない。

以上のように、特別のよさ・好ましさは、アイアスの死の中にいくらかは認められる。しかしそれはまず、オデュッセウスが事態を解決してくれるまでは、名誉にかかわる問題点によって大いに曇らされていた。その間は、アイアスの死を特別なよきものと評価することにはためらいが伴うのである。そして、問題が解消したときにも、その死のよさの度合いは戦死のそれには及びえない。

(c) 問題なき死

一方、〈問題のなさ〉はどのように達成されているだろうか。彼の死にはさまざまな問題がありえたが、劇末ではほとんど解消されている。問題なき死は、劇中、アイアス自身の言動とオデュッセウスの援けによって徐々に整ってゆく。それを理解するためには、もともと彼の死にはどんな問題がありえたかを考えてみればよい。

まず、死ぬ瞬間にありえた問題だが、もし自殺しなければ、彼は捕えられ石打ちなどで処刑される可能性が大きかった。[30] また、自殺するにしても、それはともすれば自罰やアトレイダイへの屈服のように映ったり、あるいは屈辱的状況からの逃避のように映ったりするかもしれなかった。[31]

しかし彼は第一スピーチを語ることにより、その自殺がアトレイダイのためのものでなく、何よりも屈辱的状況の唾棄であることを示した。また第四スピーチでも、彼がアトレイダイに屈服するつもりはないことを示した。加うるに、トロイアの大地につきたてたヘクトルの剣に飛び込む、という方法を選んだことが意味するのは、彼が自分の死を何よりもトロイアおよびヘクトルとの関係において捉えようとしているということである。彼は件の剣を

「殺し屋」と言っているが、それは誰が彼を殺すということなのか。剣自体か、ヘクトルか、トロイアの地かと考えるなら、その答えを出そうとしても行き詰まるほかないが[32]、はっきりと見えてくるのは、彼は自分がアトレイダイに殺されるとは捉えていないということである[33]。自刃のシーンが圧倒的な迫力をもって伝えるのは、彼が命を委ねるのはこの剣とトロイアの大地にだ、ということである。このことによって、いわば、アトレイダイを蚊帳の外に置いているのである。それは、ギリシア軍やアトレイダイへの負い目感情だとかアトレイダイへの敗北という意味をこの自殺に探ろうとすることが見当違いだという無言の主張でもある。

そのように準備して死ぬことによって、アイアスは悪く死ぬ可能性をいくつも回避した。ただし、家族を守ることをせずに自殺し、また自身の死体が野晒しになるという決定的な不名誉の可能性はまだそのまま残っている。彼が死んだ時点では、アイアスが「問題なく死んだ」ということはまだできないのである。

アイアスの死後、死体を守ろうとするテウクロスはアトレイダイの二人と対決するが、彼らを怒らせるばかりで、アイアスのもとに生じようとしている不名誉を食い止めることができない[34]。しかしオデュッセウスが登場し、アガメムノンと渡り合ってようやく、アイアスの埋葬を認めさせる。このことは、彼の死体が野晒しにされるという問題が解消し、彼に対する咎めも終わることを意味する。また、アイアスがギリシア軍第二の勇者であり、武勇《アレテー》の持ち主であるとする彼の議論によって、彼の名誉が再び照らし出される。これらのことは、家族が彼のゆえに苛められることはもうない、ということを予測させる[35]。アイアスが家族を屈辱に曝したという非難は生じないことになる。つまり、想定されていた死後の不名誉を、彼が被らずに済むようになったということである。結果として、彼は死者として問題ない状態に落ち着くことになる。

この節で検討したことをまとめてみよう。アイアスの自殺は、貴人ならではの行動だったとは言えるが、貴人に相応しい行動であったとは言い難い。たしかに、死ぬことを恐れぬ態度は、従来の〈よい死〉の条件の一つであったし、恥ずべきことを拒絶する名誉意識をはっきりと見せつけたことも、好ましい一面と言えるかもしれないが、従来の「カロス・タナトス」とは比べるべくもない空疎なものであった。彼が自刃によって〈特別なよき死〉を達成したと言い切るのは難しい。

一方、彼の選んだ死に方は、ほかにありえた不名誉な死に方を回避するものであったし、死後に発生すると思われた不名誉も、オデュッセウスのおかげで回避されることとなった。したがって、彼の死は最終的にほぼ問題ないものとなり、彼自身もようやく問題なき状態に落ち着くこととなった。(36)「カロスにテッネーケナイする」ということは、この意味においてこそ達成されたということができる。

4　この劇は何を伝えているのか

ここまでは、アイアスが自らの課題とした「カロスにテッネーケナイする」とはどんな死を意味しえたのかを明らかにし、実際の彼の死がそれらに合致するかどうかを検討してきた。そのことを踏まえて、この劇が彼の自殺について何を言おうとしているのかをここで考える。

アイアスが「カロスにテッネーケナイする」という言葉を、「立派に死ぬ」という意味と「死者として問題ない状態にある」という意味のどちらで語っていたのかは不明だが、それがどちらであるにせよ、それは劇の終わりになんとか達成される。しかし、達成されるのか否かは、劇の終わり近くまで分からない。劇の観衆はそれまでずっと、彼の死がよき死か否かということよりも、問題なき死か否かという問いにハラハラしながらつきあわされる。

たしかに彼は高い名誉意識の証しとして潔く自殺したが、その立派さは、従来のカロスなる戦死に比べられるほどのものではない。劇の後半は、埋葬が許可されず家族が屈辱から救われる見込みも立たずに、彼の死も彼の死体も決定的な不名誉で覆われるという可能性をじっくりと見せつける。それによりこの劇は、〈死後に問題を残さぬように死ぬ〉ということが、〈立派に死ぬ〉ということに劣らず、いかに重要であるかを対比的に示しているのである。また、それは、たとえ窮地に立たされても蔑ろにしてはならない貴人の責務だということを伝えている。劇半ばに起こる死（dying）だけを見て、アイアスの死を立派だと言うことが軽率であるということもそこから分かる。(37)

最終的に「カロスにテッネーケナイする」ということは達成されるものの、アイアス自身は、死後の問題が解決するという見通しが立たないままに自殺した。問題の解決は、オデュッセウスがアガメムノンと渡り合って埋葬許可を勝ち取り名誉を回復してくれたことによって初めて現実になった。ここには、アイアスが自ら貴人たる者の責務と言明したことが、彼自身の力だけでは達成できなかったという苦々しさがある。(38)それも、彼にとっての憎しみの的であるオデュッセウスに借りを作ってしまうという強烈な苦々しさである。劇の観衆は、錯乱に端を発したアイアスの名誉の危機に、劇末で、かろうじて問題なき死ともいうべき形の解決が見られたことで安堵を得る。しかし、いかにして彼の死がカロスになったかを思うとき、皮肉にもその死に刻印された彼の不面目を見せつけられ、彼に下された運命の意地悪さを思い知らされるのである。

5　まとめ

以上の議論全体は、次のようにまとめられる。アイアスが錯乱後に熟慮のすえ自身の目指すべき行動としたのは「カロスにテッネーケナイする」ということであったが、それは意味の曖昧な言葉であった。それは必ずしも、広く訳されているような「高貴《ノーブル》に死ぬ」ということではない。アイアス自身がどういう意味でこれを語ったかは判明しえないが、重要なのはソポクレスが彼に両義的な言葉を言わせているということである。

曖昧さをもたらしているのは次の二点である。すなわち、「カロスにテツネーケナイする」の「カロスに」の部分は、〈特別なよさ、立派さ〉をも〈問題のなさ〉をも表しうる副詞だということ、それから、テツネーケナイの部分は動詞の完了形だが、現在形と同様〈死ぬ〉という出来事をも表すし、〈死んでいる〉という状態をも表すということ。そこから、「カロスにテツネーケナイする」とは、〈立派に死ぬこと〉と〈問題を残さずに死んでいる〉の二つの意味を持ちうる。

アイアスの死、特にその自刃の姿は、たしかに死を恐れぬ潔さと高い名誉意識を反映したものであり、「立派」な要素をいくらか含んでいるが、カロス・タナトスの標準に比べると、何事かへの果敢な従事という決定的要因を欠いている。一方、この自殺は、そのままでは、妻子の放棄と自身の死体の野晒しという、彼の名誉にとっての重大な問題を引き起こしうる行為であった。その懸念が解消しない限り、彼の死は立派なものとは言えない。オデュッセウスの援けによって葬礼許可がおり名誉も回復されたとき、死がもたらす問題は解消されて、彼の死は〈問題なき〉ものとなる。それと同時に、かすかな立派さだけが残る。そうしてようやく、私たちは彼のカロスなる死の達成を見る。この劇は、〈立派に死ぬこと〉に劣らず、〈問題を残さずに死ぬこと〉が重要であることを伝えている。

カロスなる死は達成できたものの、それは彼の死後、敵とみなしていたオデュッセウスの援けがあって初めてできたことであった。「カロスにテツネーケナイする」ことの達成によって、彼を絶望に陥れた問題はかろうじて解決できたが、実はこのカロスなる死には、彼の高貴《ノーブル》さに劣らず、彼の不面目も消しがたく刻印されている。

第8章　カロスなる見ものを目にするならば……

――エウリピデスの『ヒケティデス』

『ヒケティデス』のあらすじ

アルゴス王アドラストスは、娘婿ポリュネイケスが彼の祖国テーバイの王位を取り返すのを援けるため、七名の将が率いる七つの軍をテーバイに送り込んだが、敗れて将たちは全員死んだ。テーバイが彼らの遺体を引き渡さないため、アドラストスは将の母たち[1]と共にアテナイに来て、遺体を取り返してほしいと嘆願している[2]。それを見つけたアテナイ王テセウスは、アドラストスの母アイトラが、息子を呼び寄せて待っているという状況からこの劇は始まる。到着したテセウスは、アドラストスの要望を聞くと尋問を開始し、かの出兵が思慮分別を欠くものだったことを非難し、救援をいったん拒絶する。しかし、死者埋葬の掟を踏みにじる者たちを放っておくことは許されないという母の訴えに動かされて、遺体の奪還を宣言する。そこへテーバイから使者がやって来て、干渉しないことを求めるが、テセウスは戦死者に対するテーバイの措置を責め、戦いを交えることになる。将の母たちと侍女たちからなるコロスの歌ののちに、報告者が現れ、テセウスが勝利し遺体もまもなくアテナイに運ばれてくると知らせる。これを聞いた将の母たちが遺体との再会を心待ちにする思いを歌う。やがて舞台上[3]に運び込まれた遺体を目にしたアドラストスと母たちが激しく嘆くと、テセウスは彼に、将たちの優れた素性の説明を求めて弁舌に転じさせ、また遺体は母たちに近づけぬまま焼くようにと指示する。火葬の最中、将の一人カパネウスの妻（エウアドネ）が現れて愁嘆し、炎に身を投げる。将の遺児たちが遺骨を運んで来ると、テセウスはアドラストスに、恩恵を忘れぬようにと言いながら遺骨を渡そうとするが、そのときアテナ女神が現れて、安易にこれを渡してはならない、今後もアテナイとは敵対することなく戦争時には味方するという制約を取るようにと教唆し、テセウスはこれに恭順を示して劇が終わる。

テーバイに攻め入った七将の遺体が、クレオンの布告によって野晒しにされていた。アルゴス人自身の力では奪還できないその遺体を、アテナイ王テセウスが軍を動員して取り返してきて、アルゴス王アドラストスと母たちに骨灰にして引き渡すまでを描いた劇が、エウリピデスの『ヒケティデス』である。その遺体がこの劇の主人公であると言っても過言ではない。冒頭に遺体の奪還を求める嘆願があり、テセウスも重い腰をあげてこれを目指す。劇半ばで舞台上に運び込まれた遺体は、母たちとアドラストスの感情をあおる。彼女たちは遺体の到来に嘆きを強め、アドラストスは遺体を目の前にして自らの責任を痛恨する。テセウスは、遺体を見ることで彼らの大胆な活躍（τολμήματα《トルメーマタ》）を見知ったという。彼はまた、遺体を目の当たりにしたら母たちは息絶えてしまうだろうと言い、エウアドネは投身して焼かれる夫の遺体との「合体」を遂げる。遺体が火に焼かれることで、母たちは息子らとの別れを実感する。この劇は、遺体によって掻き立てられる情によって押し進められてゆく。

ところで、いよいよ遺体がやって来るというとき、母たちは遺体の光景を「カロスなる見もの」[4]（καλὸν θέαμα《カロン・テアーマ》：第七八三行）と表現する。すでに腐敗して見苦しい状態であると想像される将たちの遺体[5]の光景を、「カロス」という言葉で修飾するのはどういうことなのだろうか。この意味を考えることを通して、舞台に運び込まれた遺体をめぐって展開される葛藤を説明するのが本章の目的である。

1　カロスなる見もの

遺体の奪還を請われたテセウスは自軍を率いてテーバイに乗り込んで勝利する。アルゴス兵の遺体をすべて取り返して現地に埋葬したが、将たちの遺体だけは、アテナイで待つ母たちとアドラストスのもとにそのまま持ち帰る。第三スタシモン（第七七八―九三行）は、遺体の到着を待つ間に、母たちと侍女たちからなるコロスが歌う短い歌で、その一つ目のストロペー（第七七八―八五行の連）は、息子らの遺体を迎えることについての悲しみと喜びが交じり合った複雑な心境を歌ったものである。句読[6]もかかわる文章構造の問題があるが、ディグルのテクストに沿って訳すと次のようになる。

これはよきことでもあり、不幸な廻り合わせでもある。
国にとっては栄光が、
軍を導く将らには
名誉が積み重ねられる。
しかし私にしてみれば、子らの身体を直視するのは
辛いことだ。カロスなる見ものをもしも見るならば、
——それはほとんど望み得なかったこの日を見て（迎えて）のことなのだが——、
それは最大の苦しみだ。[7]

（『ヒケティデス』七七八―八五行）

文章構造の問題というのは、このストロペーの後半（第七八二―八五行）にある。〈直視するのは辛い（πικρόν《ピクロン》）〉と〈見ものがカロスである〉ということの対置を強調しようとする訳者が多いが、そうすると〈もしも見るならば〉の部分が邪魔になってしまうし、また後半全体の構造も、〈辛い、しかしカロスだ、しかし苦しみだ〉というややこしいものになってしまう。私は、〈カロス〉が〈辛い〉と対置されているとは考えず、「カロス」からストロペーの末尾までを一まとまりとして捉える。後半全体が、〈直視することは辛い〉と〈カロスなる見ものを実際に見るとなったら最大の苦しみである〉という二段構えの嘆きを構成するものとみなし、それが、国にとっての幸いを述べたストロペー前半（第七七九―八一行）と対置されていると考えるのである。これがディグルの句読の最も自然な読み方であり、また最も分かりやすい文章構造になるはずである。しかしあえて複雑な読み方がなされがちなの

は、第七八三行のカロスの語を〈辛い〉と対置させ、そこに対立する意味を汲もうとするからであろう。θέαμα《テアーマ》（見もの）を修飾しているこのカロスが、何らかの好ましさを表していることに疑う余地はないが、その意味するところはさほど単純ではない。視覚的な快を表すというものではもちろんない。[8] コロスはこの語によって、何がどう好ましいと言おうとしているのだろうか。

この問題について、従来においては、説明や議論はほとんどなされていないというのが実情である。コラードの注釈書は、この句がアリストパネスによってパロディされるほどに（*Ar. Av.* 1716）、エウリピデスの言葉としてよく知られていた、と言うだけで、カロスという語にも θέαμα《テアーマ》という語にも解説は加えていない。ただ僅かに、ヴェルナンが、ホメロスにおける「美しい死」を論じる中でこの箇所に言及している。彼はテクストの「カロスなる見もの」を、『イリアス』においてヘクトルの戦死遺体が「端麗な容姿」（*Il.* 22. 370）とされたりアキレウスの戦死遺体（の膚）がカロスとされたりしていたこと（*Od.* 24. 44）と関連づけている。[9]『イリアス』第二二巻七三行のパンタ・デ・カーラ（πάντα δὲ καλά）を「美しい死」に繋げようとする彼の論説は、本章第3節での議論に大きなヒントを与えるものであるが、『ヒケティデス』第七八三行のパッセージについての彼の言及はごく簡単なもので、この句にこめられた意味の複合性についてはなんら説明を与えていない。よって、「カロスなる見もの」の意味を私たちはほとんどはじめから考えてゆかなくてはならないのである。

この部分に対する従来訳を見て、そこにどういう意味が汲み取られてきたかを探ることから始めよう。「カロスなる見もの」に対する従来訳は、大きく三つの種類に分けられる。[10]

(1) 母にとっての息子の愛しさ、息子に再会する母の喜びが、そこに表現されていると解釈するもので、たとえばジョーンズ（1958）が 'a ... lovely sight' と訳している。

(2) 戦死した息子を誇りに思う母の気持ちが、そこに表現されていると解釈するもので、たとえばウェイ

（1912）が‘sight … yet proud’と訳している。

(3) 上のどちらというわけでもなく、死体のその光景が包括的に好ましいと言っているように訳するもので、たとえばコウルリッジ（1913）が‘a welcome sight’と訳し、コヴァクス（1998）が‘a fair sight’と訳している。

ここで特に考えてみたいのは(1)のタイプの解釈である。息子は、死んでいなくても、そして死んでいればなおさら、愛しい存在であり、その死体に再会することがうれしいことであるのは自然に理解できる。そしてそのことが息子の死に姿の光景を好ましいものにしているということも確かだろう。しかし、カロスで表されている母の感情は、そのような愛しさだけであろうか。カロスという語は、対象の特別なありさまを客観的事実として表す語であって、φίλος《ピロス》（親愛な）のように好きだとか愛しいというこちら側の主観的な好意を単刀直入に表す語ではなかった[11]。また、いわゆるカロス銘[12]は、愛情を表す語であったとされているが、それは人名に付けて用いられるものであった。それゆえ、戦死者たちの光景に付されているこのカロスは、カロス銘とは大きく隔たっていると言わざるを得ない。「息子のカロスなる死に姿」というのは、「愛しい息子の死に姿」というのと同じではない。息子の愛しさではなくて、愛しい息子の死んだ姿が何らかの感情を喚起することを表したものなのではないだろうか。

参考になるのは、プラトン『国家』（439. e–440. a）に描かれている、レオンティオスが刑死遺体の「カロスなる見もの」に魅了されたエピソードである。この男はペイライエウス[13]からアテナイへ帰る途中、野晒しにされている罪人の刑死遺体をたまたま眼にする。死体に気づいたとき、「嫌悪の気持ちが働いて、身を翻そうとした」（439e）が[14]、好奇心から、よく見てみたいという欲求に駆られる。よそうとする思いと激しく葛藤しながらも、欲求に負けてしまう。そのとき、彼は自分自身の目に向かって「このカロスなる見ものを存分に味わうが良い[15]」と叫んで死体を見る。

この場合、罪人の刑死遺体の姿はどういう意味で「カロスなる光景」と言われているのだろうか。レオンティオスの心の目にどう見えているかはさておき、普通にはとてもカロスと言えそうにないものを、あたかも客観的にカロスなるものであるかのように言うのは、多分に皮肉まじりであろう。[16] しかしその皮肉が成り立つのは、そこに当たっている面があるからである。罪人の刑死の結果であるその光景は、視覚的な快を与えるものでも、立派なものでもなく、何の美点を表しているのでもないだろう。しかし、その光景がレオンティオスの心に狂おしいほどの欲求を掻き立てているという事実があり、それは正真正銘のカロスなるものがそれを見る者にもたらすであろう状況と同じである。このことは重視されるべきである。なぜならば、その少し前の箇所（402. d. 6–7）で、「最もカロスなるもの（κάλλιστον《カッリストン》）は最も強くエロースを引き起こす（ἐρασμιώτατον《エラスミオータトン》）」ということの確認が行われているからである。このエピソードにおいて「カロスなる見もの」とは、〈自己抑制が効かぬほどのエロース（激しい欲求）をもたらす光景〉のことだと言えよう。[17] もちろんカロスなる見ものという例がみな狂おしいほどの欲求を掻き立てる外貌を意味するわけではないとしても、光景がカロスだということは、そういうポテンシャルのある様子として理解されうるのである。[18]

それならば、『ヒケティデス』の第七八三行においても、カロスなる見ものとは、エロースを掻き立てるような、なにかセンセーショナルな光景のことだと考える余地が見えてくる。そしてそう理解するならば、母たちの心情をより的確につかむことができるように思われる。息子たちの死に姿を思い浮かべて母たちが抱くエロースは、会えてうれしいという程度のものではないはずである。痛ましさ、悲しみ、誇りというようなさまざまな感情をもって息子に近寄り、抱きしめたい、あるいは一緒に死にたい、というような思いだと考えられる。第七八三行のカロスは、そういう複雑な熱情を掻き立てるさまを表しているのではないだろうか。そうだとすると、これは‘lovely’だとか「うれしい」という言葉で表現しつくされるものではないだろう。

カロスが、〈エロースを掻き立てるような外容を有していること〉を表すならば、並行して〈エロースを掻き立てるような何らかの卓越を示す外容を有していること〉をも表すということは、第2章の議論からすぐに察せられることである。[19] 戦死した姿は勇戦の証しとみなしうるものであった。第七八三行の母たちの言葉はこの意味も含みうるであろう。母たちにとっては、息子たちの死に姿は、これらの両方の意味でカロスであったはずである。彼女たちは、息子たちの戦死した姿がこれら両方の意味でさまざまな思いを掻き立てる光景を想像し、もしそれをこの日実際に見たならば、胸は張り裂けるだろう、とこのストロペーで歌っているのである。

既存訳に戻るならば、(2)の訳が母たちの誇らしい気持ちを汲み取っているのは妥当であろう。しかし、カロスの訳をそれだけのものにしてしまっては不足であると言わざるを得ない。(3)の訳が、カロスの意味を限定しないようにしているのは賢明であるが、'welcome' や 'fair' と訳すのは、心地よさばかりが表現され、母たちの感じているエロースの痛ましさが置き去りにされているように思われる。結局なんと訳したらいいのか、よい答えは見つからないが、パルマンティエやスカッリーのように直訳で「美しい見もの」とするか、[20] さもなければ「思いを掻き立てる光景」とするあたりが現実的であろう。

このストロペーは、劇のこの先の展開を先取りしたものと言える。というのは、まもなく七つもの損傷した戦死遺体が、おそらく壮大な軍隊式葬列[21]を伴って運び込まれ、それに接する者たちの心をさまざまに揺り動かしてこのあとの劇が動いてゆくからである。ここで重要なのが、次の二点である。一つは、戦死遺体の痛々しいありさまが、すぐさま母たちの愛惜やアドラストスの痛恨を激しく掻き立てるということだ。劇がこの点をめぐってどう展開されているかを、第2節で検討する。もう一つの点は、将たちの傷ついた遺体の光景をカロスと修飾することは、切り苛まれた戦死者の光景をパンタ・デ・カーラと修飾していた『イリアス』第二二巻七三行を思い起こさせるものであり、また戦死全般をカロスという言葉で称える伝統に繋がっているということである。その含意は、第3節で検討される。第4節では、遺体の光景がもたらす波紋を描くことによって、この劇が戦争について提示しているメッセージを明らかにする。

2 思いを掻き立てる光景

第三スタシモンが終わると同時に遺体が舞台上へと持ち込まれるが、母たちは遠巻きにながらその光景を見るやいなや[22]、「この子供らと一緒に死んでハデスへ下りたい」（第七九五―九七行）と嘆く[23]。これはまさに、一緒になりたいという狂おしい欲求なのであって、カロスなるものが掻き立てるというエロースが、分かりやすい形で現れていると言えよう。もちろん、母親にとって死んだ息子というものは、いかなる死に方をしたのであったとしても、抱き寄せたい対象であり、一緒に死にたいと思うとしても不思議ではない。しかし、彼女たちが垣間見た光景は、意味もなく死んだ息子らの姿ではない。かの光景には、息子たちがいかなる死を遂げたかということが如実に反映しているのであり、それも相俟って母たちの心が掻き乱されたのである。

遺体の眺めは、彼女らを惹きつけてやまない。しかし、遺体はスケーネーに置かれるのであり、オルケストラにいる彼女らには、よく見ることができない。ここから母たちとアドラストスの嘆きの交唱（第一コンモス[24]：第七九四―八三六行）がしばらく続くが、注目されるのは、アドラストスの動きである。母たちは〈息子らへの哀惜の念〉を、アドラストスは〈愚かな戦争をして自国の男子たちを死なせたことの悔恨〉を、それぞれ痛切に訴える。劇前半で、彼らの嘆願がテセウスによって一旦拒絶されたときには（第二五三―八五行）、アドラストスが自己統制力と潔い諦めを見せたのに対して、母たちのほうがはるかに感傷的で強引であるように見えた。しかし今に至っては、アドラストスが母たちよりも激しく嘆くのである。母たちは、コンモスのはじめに、一度だけ死への欲求を吐露するきりであるが、アドラストスはコンモスが進むにつれて感情を昂ぶらせてゆき、コンモスの後半において二度も死への欲求を口にすることになる。「カドモス人らの戦列が私を砂塵の中に殺してくれたらよかった」（第八二一行）。「大地は私を飲み下してくれないだろうか、大風が引き裂き、ゼウスの火炎が頭に落ちてくれないだろうか」

（第八二九—三一行）。彼は、今や母たちをさしおいて、ほしいままに嘆きに浸っている。このことは、将たちの遺体が、母たちからは遠ざけられているぶんだけ、アドラストスのすぐそばに置かれているという事実と対応している。彼自身の「運び入れよ、不運な男たちの血にまみれた身体を」（第八一一—一二行）という言葉が示すのも、彼が、遺体の生々しい姿を目の前にして、嘆きを昂めてゆくということである。[25] 彼の心の中にエロースを掻き立てたというのは当たらないだろうが、アドラストスの心を昂ぶらせているのは、その生々しい傷跡によって彼らの死を映し出している、「カロスなる見もの」と呼ばれるかの光景なのである。

第九四四行に至ると、テセウスは自ら、もし母たちが息子たちの変わり果てた様子を「見る」ならば、彼女たちは死んでしまうかもしれない、と予想する。しかし観衆はそれに先んじて、かの「カロスなる見もの」がどんなに人の心を揺さぶる力を持つものであるのかを、アドラストスの振舞いの中に見出すように仕組まれているのである。また、第五スタシモンで展開されるエウアドネの焼身自殺のエピソードも、「カロスなる見もの」によって掻き立てられるエロースと悲痛が、[26] 無制約に放置されたならば途方もない結果を生むことになるということを示すものだということができる。[27]

こうしてみると、最初にテセウスが遺体を母たちからよく見えないところに置いたことも、すでに彼女らの嘆きに対する牽制なのであったということが分かる。さらに、母たちは、遺体の姿を「見る」ことを禁じられたまま（第九四四行）、彼らを火葬場へと送り出さなくてはならない。テセウスは、また、アドラストスに対しても嘆きを牽制している。すなわち、戦死者を称えるという知的な課題を彼に与えることによって、彼を感傷的な嘆きのモードから、一気に理性的な演説のモードに移行させる。[28] 為政者であるテセウスがこのような措置を講じたのには、もっともな理由があった。戦死者の遺族や同胞が自己破壊的な欲求に走ったり極度に取り乱したりするということは、政治的に望ましくないことだからである。というのも、戦死というほとんど避けられない事態と折り合いをつけて、社会秩序を維持してゆくことが必要だからである。現実のアテナイでは、年に一度だけ戦死者の骨を集めて象徴化・抽象化した形で戦死者葬礼が行われていたが、そこにも、生々しい遺体を排除するという同じ方向性を見ることができる。[29]

将たちの骨灰が運ばれてくる第二コンモス（第一一一四―六四行）は、その直前までのシーン、すなわち、エウアドネが誇らしげに炎の中へ投身自殺し、父イピスがそれをやめさせることも叶わず絶望のうちに退場するという、極度の高揚感と切実な死への欲求で満ちたシーンと、著しい対照をなしている。ここにおいては、もはや、張り詰めた思いはほとんど聞こえてこない。たしかに、将たちの遺児らはコンモス中間部（第二ストロペーと第二アンティストロペー）で復讐の意思を口にするが、それはコロスを同調させることもなく（「十分だ」（ἅλις《ハリス》）：第一一四七行、一一四八行）、コンモス後部にも続かない。それはもともと子供の意思であり、そのインパクトは弱い。ここで強調されているのは母たちの脱力感[30]と喪失感[31]である。彼女らの悲痛は続いているが、抑えがたい情念は立ち消えている。第一一六〇行で彼女らは骨灰を受け取っても、テセウスが第九四四行において予想していたような破滅的な気分を口にすることはない（第一一六〇行）。劇の終わりで彼女らが、アテナイとの同盟関係を誓うようアドラストスに誘いかけ、テセウスに感謝して立ち去ることは、彼女らが悲痛から回復しつつあることを示唆する。

生の遺体が到着しても、母たちは、それを見て取り乱すことがないようにと、それに近づくことを許されなかった（第九四七行）。彼女たちが狂おしい感情から解放されたのは、遺体が骨灰となって運ばれてきたときであった。遺体が骨灰になるということは、息子らの生前の姿と戦闘の痕跡の一切が滅却するということである。つまり、かの「カロスなる見もの」が滅却されることによって、狂おしい思いが沈静化されたということになるのである。

このように、第七八三行の「カロスなる見もの」とは、将たちが戦死したことを生々しく映し出して、見る者に狂おしい心情を掻き立てるところの、遺体の姿のことだったと言うことができる。

3　称えられるべき戦死

しかし同時に、「カロスなる見もの」はもう一つ別の意味を持っている。戦死遺体を映し出している光景がカロスと修飾されるという事態が、『イリアス』第二二巻七三行のパンタ・デ・カーラのパッセージを思い起こさせるからである。そこでは、アキレウスを迎え撃とうとするヘクトルに、プリアモスが城壁内に戻れと語りかけていた。もしもヘクトルが敗れたなら、老人である自分がどんなに惨めに殺されることになるかを語った後、若者と老人の死にざまを比較して次のように言う。

鋭利の刃に撃たれ戦場に倒れて横たわるにしても、それが若者ならば万事立派に見える、たとえ死んでいても、目に映るものが何もかも〔カロスなのだ〕。だが討たれた年寄りの白髪頭や白髯や隠し所を犬どもが辱しめる時、憐れな人間どもにとってこれより悲惨なことはない。（『イリアス』二二巻七一―七六行[32]）

第2章で示したように、パンタ・デ・カーラの意味はきわめて曖昧であるが、ともかく、戦死した若者たちの光景がまるごと、何らかの意味で素晴らしい見ものだ、と言おうとしていることだけは間違いない。それが、死にかかわるものがカロスと称えられた最初であり、このユニークな取り合わせはテュルタイオスによって採りあげられた。彼は戦死を視覚的に捉えるという手法を受け継いで、〈祖国のために果敢に戦いながら前線上で倒れて死ぬこと〉がカロスなのだ、という公式を編み出した。カロスの語は、『イリアス』においては、戦死体の何を称えているのかはっきりしなかったが、テュルタイオスを経てそれは、視覚的に捉えられた戦死そのものを称える言葉だということになった。その後には、視覚的なイメージを介在させることが特になくとも、戦場での死はすべてカロスなるものとして称えられるという流れも生じた[33]。『ヒケティデス』の母たちが戦死遺体をカロスなる見ものと表現することは、これら一切の含意を呼び起こしもする。

このカロス・タナトスの伝統においては、「戦場で死ぬということ」がそれだけで、カロスという言葉で称えられるべきこととみなされるようになっていったから、正真正銘の戦死体は、自動的にカロスなものとみなされたとしても不思議はないのである。戦死遺体が視覚的にそれらしいものであればあるほど、まさにカロスなものとして受け容れられただろう。

テセウスは第八四四―四五行で、彼自身（ないしは、遺体を取り返してきたアテナイの若い兵士たち[34]）は、将たちの大胆な活躍を「見た」と言っているが、それは、戦死遺体の様子を目にすることがとりもなおさず彼らの果敢な戦いぶりを感得することを意味する、とテセウスが認めているということを表している。後述するように、テセウスは彼らの大胆さを率直に称えようとはしないのだが、ギリシアの通念では、大胆さは男子の称えられるべき徳に数えられていた[35]。将たちの遺体のかの生々しい光景は、彼らの武勇の、名ばかりではなく実体ある証しなのである。第七八三行のコンテクストにおける「カロスなる見もの」とは、カロス・タナトスを髣髴とさせるような遺体の光景のことでもある。そうであるとすれば、第七八三行の「カロスなる見もの」という言葉には、母たちの意図があるか否かにかかわりなく、母たちの誇るべきものを感じさせる響きもあるといえる。

ところで、このような伝統に照らし合わせると、テセウスは遺体をどのように提示し、彼らの死をどのように報告しているかということが重要性を帯びてくる。テセウスは、彼らの戦死を称えることに関しては積極的ではない。もちろんテセウスは、彼らが豪胆さ（εὐψυχία《エウプシュキア》：第一六一行、八四一行）において卓越していたこと、彼らの大胆さ（第八四五行）が強烈なものだったことは認めている。また、確かに、彼は〈勇戦の証し〉である遺体をエレウシスまで持ってきたし、遠巻きに見せる限りにおいて「カロスなる見もの」に物言わせたと言える。しかし、彼は遺体を母たちから離れたところに配置したし、それだけではなく、アドラストス以外の誰をも遺体には近づかせない。少なくとも、彼はかの「カロスなる見もの」を勇戦の証しとして積極的に活用しようとしてはいない。それだけではない。彼はアドラストスに将たちへの賛辞を語らせるとき、彼らの戦いぶりと死について語ることを一切禁じるのである（第八四六―四八行、八五三行）。その理由を考える際には注意が必要である。

テセウスが自身で語っている理由は、戦闘報告が信用できないから、ということである。

だが、戦場で誰が誰と戦ったかとか、
誰の槍を受けて負傷したかというようなことは、
聞こうとは思わない。このようなことをすれば失笑を買うだけであろう。
目の前を槍のひっきりなしに飛び交う戦場にあって、
誰が勇ましい者であったかなどと、見てきたように伝えると言っても、
これを語ったりする者、これを聞き伝える者の、
言葉なぞは空虚なものである。
このようなことを訊ねるつもりもなければ、
このようなことをあえて語る者を信じることもできない。
すなわち、敵の軍勢と向い合った時に、
〔必要なものだけでも見ることのできる者はほとんどいないのだから〕。（『ヒケティデス』八四六―五六行[36]）

これは戦死者葬礼演説の一般的あり方についての信条告白でもあるだろうし、さらに、プラトンの『メネクセノス』も指摘しているようなアテナイの葬礼演説全般に認められる欺瞞性[37]への批判でもあるかもしれない[38]。これらの懸念があって、アドラストスの称賛演説の内容に制約を加えたのだとしてもおかしいことはない。しかし、もっと重大な理由となりうるものが劇の前半において示されている。つまり、彼はアドラストスがテーバイに仕掛けた戦いについて、徹底的に否定的な態度をとっていた。アドラストスが嘆願してきたとき、テセウスは彼に問い質して、

かの戦いが神意に反したものであり、彼らが発揮した勇猛心は思慮分別を欠くものだったことを早々と確認していた（第一五五―六一行）。野心に燃えて彼をそそのかした若者たちへの弾劾も忘れない（第二三二―三四行）。テセウスが自ら救援軍を率いて出発するときにも、戦には正義と神の同意が必要であることを強調し、それを欠いた戦いにおいては、武勇《アレテー》さえも無意味だと言っている。

私に必要なものはただ一つだ。正義を尊ぶ神々を
味方に持つことだ。というのは、それらが同時に揃っていれば、
勝利が与えられる。だが賛同する神を味方につけるのでなくては、
武勇《アレテー》は人々に何ものももたらさない。
（『ヒケティデス』五九四―九七行）

だから、彼が、アルゴスの将たちの武勇や死が称えられることを苦々しく思うとしても、なんら不思議ではない。このことは、彼が将たちへの賛辞に制約をもうけた理由として言明されているわけではない。けれども、かの牽制が、彼のこの信念によく調和するものだということは重要である。

将たちの戦死が称賛を得ることは、遠くからの眺めが許された限りにおいてのみ、黙認された。遠くに置かれた遺体の光景自体が、健闘を物語ることを許されたのみである。言葉の次元においては、彼らがいかに戦い、死んだかを表すことは僅かにも許されない。彼らの武勇が言葉に還元されることのないまま、それを証する唯一のものであるカロスなる見ものは、火葬に付され、滅却されることとなる。彼らの戦死への評価はそういう形で制限されている。このように、戦死の評価という面でも、カロスなる見ものがもたらす効果は大きく牽制されているのである。

将たちの戦死の名誉を無視するということは、義を欠いた戦闘を仕掛けたからだとはいえ、アテナイの葬礼演説の精神からすると非常に酷なる仕打ちである。[39] ただし、テセウスは彼らに対して冷徹なわけではない。彼らの勇戦を称えることは牽制しつつも、彼らの気骨を生み出したものが何なのかを語るようにとアドラストスを促す。アド

ラストスはこれに応えて、彼らの秀でた性格や才能を語る。テセウスは彼らに対する敬意も忘れなかった。それは、テセウスが彼らの遺体に自ら手当てをしたという報告（第七六四―六六行）にも示されていた。

4　戦争批判

戦争批判は、この劇の顕著なメッセージの一つであるが[40]、注目すべきことは、戦死者の遺体が、この劇の何箇所かで、戦争の愚を警告する動機を作っていることである。まず、テーバイの使者がテセウスに向かって、アテナイが軍を派遣することの不当性を主張する中で、戦争は狂気の行為（δορμανής《ドリマネース》：第四八五行）であると断じ、なおかつ、それは「戦死の光景」を人々に見せることによって抑制することができる、ということを指摘している。

もし投票の際に、死が目の前に見えているならば、
ヘラスが槍に心狂わせて滅ぶようなこともないであろうに。
（『ヒケティデス』四八四―八五行）

これは政治的論争というコンテクストを超えて、普遍性を持った真理であろう。[41]一方アドラストスは第九四九―五二行で、第七四四―四九行に次ぐ二回目の戦争批判を語る。

ああ、哀れな人間たちよ、
なぜお前たちは槍を取り互いに殺戮を
重ねあうのか。やめなさい。そんな苦しみはやめにして
平和のうちに町を守りなさい。
（『ヒケティデス』九四九―五二行）

重要なのは、この言葉が語られるタイミングである。これは、将たちの遺体がいよいよ火葬の場へと運び出されるときに語られる最後の言葉であると共に、「変わり果てた遺体」を目にした場合に母たちがいかに酷い苦しみ（第九四四―四五行）を味わうかを想像した結果として発せられた言葉である。母たちはあからさまに戦争批判を口にすることはないが、劇の最初に、失われた息子の遺体を請い求める粘り強い嘆願者として登場したときから、厭戦の思いを象徴するともいえる存在である。アドラストスはこの箇所で、彼女らが終始募らせてきた思いを代弁しているとも言える。この劇は、戦死遺体のセンセーショナルな光景がもたらす効果をよく意識して、戦争が確実に厭わしいものだということを力強く伝えていることは確かである。

しかし、一見自然でありもっともなものに思われる戦争批判も、この劇では単純に是とされているわけではない。厭戦観に水をさす要素もある。まず、嘆願の場面である。アドラストスが仕掛けた戦争を非難し、それにはかかわるまいと決めていたテセウスに向かって、母アイトラは、「不正を正すための戦いは請け負うべきだ」と説得して、テセウスを戦争に向かわせる。テセウスも、一旦戦うことを義と判断すれば、もはやためらいは見せず戦争に出発する。そして使者の報告（第六五〇―七三〇行）は、テセウスらの戦いを栄えあるものとして描いている。もっとも、その最後に、遺体を取り返すという本来の目的以上のことは何もせずに引き上げたというテセウスの抑制的態度をも忘れずに描いている（第七二三―二五行）。また、この劇は、テセウスが戦闘を交える前に武力によらぬ解決の可能性を探ろうとする様子を何度も描いている（第三四七行、三五八行、三八五―八九行、五五八―九〇行）。要するに、テセウスは、第五九四―九七行で自ら語っているように、神の支持と義の有無によって戦争の是非を冷静に判断することを旨としているのである。戦争はしないつもりでいても兵を出さねばならないときはあり、そんなときに情に流されて判断してはならない、ということである。この姿勢は、嘆願されたときから打ち出されており、劇中を通して動じることがない。この原則において彼は毅然としており、それは、義を欠いた戦死者については武勇《アレテー》さえも認めない、というほどであった。母たちやアドラストスが生々しい遺体を目にして感情に溺れるということを許さない、という措置もその延長線上のことであった。

こうしてみると、第九四九―五二行で語られたアドラストスの戦争批判もまた、多分に情緒的なものでもあった。この劇は、反戦論を絶対的なものとせず、相対的な目で捉えるように促しているように思われる。デウス・エクス・マキナ(42)として終盤で登場するアテナ女神は、それまでに発せられた反戦論を意に介さぬかのごとくに、戦争の是非について冷静で現実的なメッセージを語る。テセウスがアドラストスに、このたびの恩義を忘れぬよう求めて将たちの遺骨を渡そうとすると、女神は、将来にわたって裏切らないという誓約を取らずに引き渡してはならないと警告する。これは、外交関係においては、現在の融和的な雰囲気に惑わされて相手に気を許すようなことがあってはならない、いつか戦い合うこともありうるという現実を直視する必要がある、ということにほかならない。戦争は避けられない、備えなくてはならない、という現実的な知恵は、戦争が悲惨で愚かしいという感懐に惑わされずに保持するべきものなのである。情に流されて判断してはならないというテセウスの精神もこれとほぼ同じだといえよう。この劇は、戦争批判を最大のメッセージとはしていない。エウリピデスがそれをアテナ女神の視野の外に置いたことは、戦争忌避があまり現実的な課題ではないことを示唆したのかもしれない(43)。

第四スタシモンで言葉少なに表明された遺児たちによる復讐の意思についても考えてみよう。遺児たちの訴えは弱く、このスタシモンの中で立ち消えになるかに見える。それは厭戦ムードに圧倒されたかのようでもある。だから、アテナ女神が終盤のセリフで、遺児たちによる復讐の実現を予言することは意外に思われる。しかし、アテナの予言は、復讐を是とも非ともしていないことに注意するべきである。復讐はアルゴス人たちの問題であるが、アテナが語りかけているのはアテナイ王テセウス(44)なのである。だから、女神がここでアルゴス人のとるべき道をとやかく言う筋合いもない。エピゴノイの復讐は神話の中の既成事実なのであり、彼女はそれを予告しているに過ぎない(45)。ここでこの予告に意味があるとすれば、それは、「戦争はいつまでたってもなくならない」という厳しい現実が示されているということであろう。

5　まとめ

戦死遺体の光景がカロスと修飾されるのは、それが息子たちの姿だからという以上に、目に見える戦死者としてのありさまゆえのことである。第七八三行の「カロスなる見もの」とは、痛々しくあるとともに、将たちの凄まじい戦いぶりを髣髴とさせる見事な絵をなし、見る者の心を揺さぶるような、遺体の光景を表したものである。母たちもアドラストスも、それを見ることで激しい思いを掻き立てられた。火葬によりそれが消滅すると共に、母たちの嘆きも沈静化した。

「カロスなる見もの」は、彼らの死がカロス・タナトス（称えられるべき戦死）であったことを証する光景でもある。カロス・タナトスの伝統の中では、その光景を人の目に晒すことが、彼らの死にざまを語ることと同様に、彼らの死を称えることを意味する。しかし、将たちの仕掛けた戦争は神の同意と義を欠いたものであったために、テセウスは彼らの死を称えることを拒む。彼らの死にざまを言葉で語らせないまま彼らの遺体を火葬に付すことは、カロス・タナトスの証しをなきものにしてしまうことでもある。ただし、テセウスは決して彼らに冷酷なわけではない。

戦争批判は、この劇の顕著なメッセージの一つであるが、「カロスなる見もの」に対する反応として噴出した多分に情緒的なものとして位置づけられる。この劇は、そういう反戦論を相対的な目で捉えるように促している。戦争の是非を冷静に判断することを旨とするテセウスは、戦争をすべきか否かを判断するときには、情に流されてはならないという立場をとる。彼の精神は、アテナ女神と同様、感情的な反戦論を超越したところにある。

以上のように、この劇は、戦死遺体の生々しい光景に影響されて生じた、母やアドラストスの思いと、テセウスの理性主義との葛藤を描いた物語であると言える。

第9章　誅殺できないならこの館を焼いて……

――エウリピデスの『オレステス』

『オレステス』のあらすじ

父（アガメムノン）を殺されたことの復讐として母（クリュタイメストラ）を殺してから、狂気の発作に見舞われるようになったオレステスの眠っているそばで、姉エレクトラが独白する場面でこの劇は始まる。この日はアルゴスの民会で二人を投石刑と斬首刑のどちらに処するかの投票が行われることになっているが、二人にとってただ一つの希望は、叔父メネラオスに救援を求めることだと語る。その後メネラオスが登場すると、オレステスは事情を説明し、父の与えた恩を引き合いにして救援を依頼するが、そこへ母の父テュンダレオスが現れてオレステスを責め、民会が投石刑を選ぶよう画策すると宣言し、メネラオスにも彼らを援けてはならぬと釘を刺す。メネラオスもこれを聞くと、オレステスへの返答をあいまいにして去る。入れ替わりに登場する彼の親友ピュラデスは、何もせずにいるよりは民会へ出向いて弁明し助かる道を探ることを彼に勧め、二人は民会へ出発する。コロスの歌ののちに使者が現れ、彼らの死刑は確定されたが、オレステスの説得により投石ではなく自刃により死ぬことが認められたと報告する。やがてオレステスがエレクトラと死の準備をしていると、ピュラデスは、死ぬ前に全ギリシアに憎まれているヘレネの誅殺を試みて名声を獲得しようではないかと提案する。次いでエレクトラも、ヘレネ殺害後に危害を加えられることを防ぐためにメネラオスの娘（ヘルミオネ）を人質に取っておくことを提案する。これらのことで一致して三人は行動に移る。ところが、館から出て来たヘレネの奴隷は、オレステスが人質を捕えようとして、すでに捕えていたヘレネを取り逃がした、という報告をもたらす。誅殺に失敗したオレステスたちは人質を連れて屋上に現れ、駆けつけたメネラオスに対し、人質を殺し館を焼くと宣言するが、それが嫌なら民会に死刑の撤回を説得せよと要求する。相手がぐずぐずしていると館に火を放とうとするが、そのときアポロン神が現れて、彼らの行動を制止し、和解を指示すると共に各人のとるべき道を示して、すべての問題を解決に向かわせる。

オレステスとエレクトラの死刑がほぼ確実という状況（第四八—五一行）で始まるこの劇は、死ななくてはならないという状況にどう対処するかという問題で貫かれており、オレステスたちはその中で迷走する。彼らの目指すものは劇中で、名誉の自刃、ヘレネの誅殺、人質殺しと変転してゆく。民会で死刑を宣告された彼らは、名誉のために自刃することを願い出てそれを認められていたが（第一〇六〇—六四行）、親友ピュラデスの提案により、死ぬ前にヘレネの殺害を試みることを決意した（第一〇九八—一一七六行）。しかし、劇終盤の屋上シーン（第一五六七—一六二四行）でヘレネ殺しが叶わなくなったと悟ったオレステスは、自害するつもりではあるがその前に、人質として捕えていた従妹ヘルミオネを殺そうとする。彼は少なくともそういう素振りを、アポロン神に制止されるまで貫く。

この最後の事態はきわめて醜悪だが、それはヘレネ殺害を提案したピュラデスの言（第一一四七—五二行）を思い起こさせる。というのは、彼はそのとき、大義あるヘレネ誅殺が叶わない場合に、館を焼き落として自害することがいかにカロスなことかを雄弁に語っていたからである。オレステスもそれを聞いて絶賛し、「自由人らしく」死ぬ決意を固める。しかるに実際には、捕まえたヘレネに隙を見せて逃げられてしまい、屋上に現れると、死ぬつもりではあるがその前に、代わりに捕えた人質を殺さずにはおかぬと言う。自害するという限りにおいて、彼はピュラデスのかの言のとおりに動いているようだが、しかしその態度はピュラデスの言に見えていた一途さや潔さとは対照的なものであるように思われる。意図的に設けられたに違いないこの対照に、私たちは何を見るべきだろうか。劇のこの仕掛けは、このあたりのことを考えてみるようにと私たちに求めているように思われる。この劇の中に世相への批判、神話への批判、文学的な遊びなどを見ようとする研究者は多いが、この劇が強く訴えてくるものがまだほかにあるのではないか。本章では、名誉や生死や復讐に対するオレステスの態度の変化にまず目を向けて、それ自体が何を語っているのかということを考えてみたい。

1 問題

問うべきことをもっとはっきりさせよう。私が意図しているのは、ピュラデスが第一一四七―五二行で語っていたことに照らし合わせて、いくつかの時点におけるオレステスの振舞いの正体を明らかにし、オレステスの態度の変化が劇全体の中でどのように批判されているかを考えることである。死刑の判定を受けて自刃を決意しピュラデスに別れを告げる（第一〇六八行）までは、オレステスの態度は、第一〇六〇―六三行に端的に言明されているとおり単純で分かりやすい。しかしそれ以降の彼の態度は単純明快ではない。そもそも、彼にヘレネ殺しを勧めるためにピュラデスが語る言葉（第一一四七―五二行）が、詭弁にも見えて真意をつかむまでにいくらかの努力が必要である。また、それを聞いたオレステスがヘレネ殺しを決意するときの思いを語った言葉（第一一六三―七二行）にも、すんなりとは理解しにくい点がある。そして、屋上に現れたオレステスがヘルミオネを殺そうとするのも、単に復讐のためだけとは考えにくい。最初に必要なのは、これらの点について、テクストから分かることをはっきりさせて、オレステスの態度がどのように変様したのかを確認することである。とくに吟味を要することは、次の三つの点である。

①〈ピュラデスはヘレネ殺しへの思いをどのように語っていたか〉

ピュラデスはオレステスに、彼を助けてくれなかった彼の叔父メネラオスへの復讐として叔母ヘレネの殺害を持ちかけるが、それは全ギリシア人の敵ともいえるヘレネを誅殺することだとして、自身のそのことへの熱意を示す。

説得のクライマックスをなす第一一四七―五二行の部分は、要するに「ヘレネ誅殺を試みた上でならば、助かることも自害することも立派なことだ」というものであるが、第2節で詳しく検討するように、このパッセージには私たちを考え込ませる点がある。というのは、ヘレネ誅殺ができないならば館に放火して自害するということを、カロスな死に方だとしているからである。(1) カロスなる死とは通常、戦死のごとく命を賭けた取り組みの中で最後まで力を尽くしながら死ぬことを称えるときか、さもなくばその死が問題ないことを表すときの言い回しであった。それに対してここでは、企てが失敗した時点で自ら命を絶つことをカロスな死だと申し立てているのである。その申し立ては真に受けてよいものであろうか。そのように命を軽んずることは是認されるだろうか。そのようなあやしい申し立ては、修辞的詭弁に過ぎないのだろうか。(2) 第七八一行に登場するカロスなる死のモチーフも考え合わせてみるべきかもしれない。

② 〈オレステス自身はどういう考えをもってヘレネ殺しを決意するに至ったか〉

ピュラデスの熱い提案を聞いたオレステスは、直ちに相手を絶賛する(第一一五五―六二行)。しかし彼がピュラデスの発言・振舞いのどういう部分に賛同したのかはよく分からない。すぐあとに彼自身の思いとヘレネ殺しの決意を語る言葉が続くが、注意を要するのは第一一六九―七二行の部分である。彼はそこで、〈自由人らしく死にたい〉という意向と〈メネラオスに復讐したい〉という意向とを並行して述べるのだが、二つの意向にどんなバランスがあるのかは分かりにくい。彼は誅殺という大義には触れないが、メネラオスに復讐するに当たって義を守る意思がどれだけあるのか、疑問に思われる。この問題については、さまざまなテクスト解釈が提起されてきたが、セリフの流れを説得的に説明できる論理をきちんと考えてみることが必要である。また、「自由人らしく死ぬ」とはどういうことかは曖昧であり、彼がどういう死に方を思い描いてこう言っているのかもつかみにくい。そこまでに示されていたオレステスの名誉意識がどれだけ維持されているのかが問題となってくる。

③ 〈屋上のオレステスが頑なに人質を殺すと言うのはどうしてか〉

ヘレネ殺しを決意したオレステスは、エレクトラからの提案を容れて、メネラオスとヘレネの娘ヘルミオネを人質として捕獲する。しかし彼はヘレネ殺しに失敗したことを悟ると、ヘルミオネ殺しに転じる。ヘルミオネを殺すというのが無罪放免を要求するための騙りである可能性もありうるが、彼は無罪放免を要求することにもさほど熱心ではなく（第一六一〇—二〇行）、亡命を提案されても拒み（第一五九三—九四行）、その代わりいわば執拗に、ヘルミオネを殺すと繰り返し言う（第一五七八行、一五八六行、一五九六行）。しかしなぜヘルミオネを殺そうとするのか。彼女を殺せばメネラオスを苦しめることができるのは明らかだから、彼への復讐のためであると考えやすいが、メネラオスのしたことに比べるならば、殺すいわれの乏しいヘルミオネを殺すのはいかにも法外なことだと思われる。[3] 彼がヘルミオネを殺そうとするのは、メネラオスへの復讐心からだけではないのではないか。屋上のオレステスを支配しているものは何なのか。

以上の三点をよく吟味すると、単純明快ではないものの、この劇のテクストはオレステスの内的変化を濃厚に示唆していることが見えてくる。

ところで、これらのことについて従来どんな考察がなされてきただろうか。もちろん、屋上シーンでのオレステスの行動は問題視されてきた。しかしこれまでになされた議論の大方は、この問題行動の原因を、性悪な仲間（ピュラデス、エレクトラ）の唆し、縁者（メネラオス、テュンダレオス）の薄情と悪意、腐敗した民会などに求め、それに対する作者の批判的意図を主張するものであった。[4] それらも多くは間違っているわけではない。しかし、上で指摘したようなオレステスたちの内面にかかわる問題は見過ごされてきたと言っても過言ではない。オレステスの「堕落」を言う研究者も、[5] それがどんな内容・性質のものとして描かれているかには触れぬままであった。本章では、その変様の正体を見定めたい。そしてその上で、この劇が何を問題視しそれによって何を言おうとしているのかを考える。

以下に、議論の手順を示す。第2節では、①の問題を中心にピュラデスの言い分を検討し、第3節では、②の問題を中心にオレステスが復讐を決意するまでの間にどのようなことを考えていたかを検討し、第4節では、③の問題を中心にオレステスが屋上で見せている態度を検討する。第5節ではそこまでの検討結果を照合して変様の原因を探り、最後に第6節で、人質殺しをしようとしていたオレステスにアポロンが実質上の無罪放免を言い渡すとはどういうことなのか、について考える。

2　ピュラデスの言い分

ではまず、この劇に描かれているピュラデスの言い分をはっきりさせたい。彼は第一一五二行を過ぎるとほとんどダンマリ役と等しくなりオレステスに従うままとなるが、それまではオレステスに重要な助言を繰り返す。少なくともその間、彼の示す態度に変化はないと言ってよいだろう。

彼はオレステスに、まず民会に出向いて助かるための抗弁を試みることを勧めるが、死刑が確定してオレステスが自害の準備をするのを見ると、ヘレネの殺害を提案する。そのとき、これは公敵の誅殺であるとして、もしこのことが叶わないならば、自分は生きていたいとも思わないから、館に放火して死んでしまうつもりだと言う。そのうえで、もし叶えば民衆に称えられて死罪を免れることが望めるし、失敗してもそうして自害するならばカロスに死ねると主張する。

このとき、提案の出発点は、オレステスと生死を共にする決意を固めたピュラデス（第一〇六九―九六行）の、タダでは死にたくない、メネラオスに復讐したいという心情だった（第一〇九八―九九行）。しかし彼は、これは誅殺だからこそ正当化されるのであり、もっとまともな女を殺すのは恥ずべきことだという認識を語ることも忘れない（第一一三三行）。

ピュラデスの言い分のどの点がオレステスを動かしたのかははっきりしないとしても、オレステスが彼を絶賛するのは（第一一五五—六二行）、たしなめも含めた彼の提案全体を聞いてのことである。そしてその演説の悼尾を飾るカロス・タナトスの申し立ては、オレステスらが少なくとも立派な死を遂げられるという見込みがあることを宣言するもので、劇中に最も明るい希望の光を投じる重要な局面である。

しかし、その演説のエッセンスとも言うべき最後の六行（第一一四七—五二行）は、私たちに立ち止まって考えることを余儀なくさせる。

生きていたくはない、
もし彼女に向けて黒い剣を抜かないならばだ。
もしヘレネの殺害をものにできないならば、
私たちはこの館を焼いて死んでしまおう。
というのも、一つのことは失敗せずに名声を手にすることができるだろうから、
カロスに死ぬか、カロスに助かるかして。(6)
（『オレステス』一一四七—五二行）

まず、第一一四七—四八行は〈叶わなければ生きていたくはない〉と言っているわけだが、それは古代ギリシアの倫理感覚においてどれだけ受け容れられることだったろうか。満足できない状況の中で死を好ましいと語る例は、ホメロスにおいていくらかあるが(7)、それは基本的に絶望の深さを表す手段であった。死を望ましく思っても男子が自ら命を絶とうとするケースはほとんどなく(8)、あっても咎められるべきものとされている(9)。そういう死を立派とみなすことは、まず普通にはありえなかっただろう。しかし、死刑を宣告された親友と運命を共にすることをすでに決意したピュラデスにおいては、少し状況が異なる。自害せねばならないという事情の中では、彼の言っていることは「死ぬ前にしたいと思うことは、もうほかにはない」ということに等しい。それならば、この言はマイナスの

響きなしに、ただヘレネ誅殺への一途さを表すものであると考えられる。

次に問題となるのは、そのような自害を第一一五二行でカロスなる死だと申し立てていることである。第1節でも述べたように、戦中死に相当するわけではない死をカロスと形容することにどれだけの説得力があるかは疑問である。[10] しかし、そんな死をカロス・タナトスと認定しうるかどうか詮索することは、ここでは重要ではない。実は、死のカロスさという話題は第七八一―八三行でも触れられていた。そこではピュラデスがオレステスに、自分を裁く民会に出頭し意見を戦わせた上で死刑を宣告される場合のほうが、何もしないでそうなる場合よりも、よりカロスに（κάλλιον：比較級副詞形）に死ねるだろうというのである。

オレステス：では行くことにしようか。
ピュラテス：　それがいい、そうして死ぬのなら、よりカロスに死ぬことになるだろう、 781
オレステス：君はよいことを言う。その方法で卑怯さを避けよう。
ピュラテス：　ここにじっとしているよりもだ。 783
オレステス：そして私のこの行為は正当なのだ。
ピュラテス：　そのように映るようにただ努めよ。[11] 782
（『オレステス』七八一―七八三行）

ここで話題になっているのは刑死であり、しかも民会という言葉の戦いののちに場を改めて行われる死であって、戦中死とは大きくかけ離れたものである。しかしそれと似通ったところもある。民会という論戦の場で命を賭けて戦った結果として発生する死だという点である。また、それが卑怯さを避ける方法になるというのだから、ただ問題ないだけの死でもないはずである。ならば、ここで「よりカロスに」（κάλλιον《カッリオン》）によって表されているのは、カロス・タナトスでなくとも、それに近い、似ている、ということだと判断される。このことが示唆するのは、カロス・タナトスの条件を完全には満たさない死にも、カロス・タナトスらしさを認めることができるということである。
　そのような経緯を踏まえると、ある死をカロスだと申し立てることは、それがカロス・タナトスに何らかの点で似ているということだと解しても、おかしくはないだろう。それならば、第一一四七―五二行で想定されている死はカロス・タナトスに似ていると考えられないだろうか。ピュラデスは、ヘレネ誅殺が叶わなければ死ぬと言っているのであるから、カロス・タナトスと似ているところがあるとすればそれは何よりも、〈命を賭けた結果として死ぬ〉ということであろう。[12] ピュラデスとしては、第一一五二行のカロス・タナトスの申し立てによって、誅殺に命を賭けると宣言しているのだと解することができる。[13]

　命を賭けると言っても、死が避けられなくなった人物が何かに命を賭ける、という場合は、その賭けの価値も減じるだろう。しかるに、ピュラデスは、すでに親友とともに死ぬ決意をしているとはいえ、もともとは死なずともよい立場にある。そのことを考え合わせると、彼が命を賭けるということの意味は小さくないと言える。

　また、このパッセージには、ピュラデスの究極の目標が明確に語られているということも指摘しておきたい。死も覚悟してヘレネ誅殺を試みるのも、カロスに死ぬかカロスに助かるかして名声（κλέος《クレオス》）を手に入れることができるからだということが、第一一五一行に示されている。つまり、彼はここで、何よりも目指すべきものは、生きるにしても死ぬにしてもカロスに振舞うことであり、そしてそこから得られる名声だ、と言っているのである。

　以上のようにピュラデスは、ヘレネ誅殺は命を賭けるに値するが、それ以外の方法でメネラオスに復讐することはまずいと考えた。彼の究極の目標は、カロスなる振舞いと名声であった。

　しかし彼の果たした次の働きも見逃してはならない。すなわち、彼は、誅殺を試みた上で自害することをカロスなることだと指摘することによって、オレステスらに宣告された死をとびきりの名誉あるものに変える論理をあみ出した。また彼は、ヘレネを誅殺するという形にすることによって、メネラオスへの復讐が（少なくとも一応）大義のもとに遂行できるようにしたし、無制約な復讐は問題をはらむものであるとも示唆した。

3　復讐決意に至るまでのオレステス

オレステスは、メネラオスに復讐するという提案を聞かされて賛同するが、エレクトラからヘルミオネを人質にするというアイデア（第一一八九行）を聞かされると、それまでと明らかに違う態度を見せ始める。ここで明らかにしたいのは、その前段階すなわち、オレステスがピュラデスの説明を聞き終えて復讐を決意する（第一一七六行）までに、名誉や生死や復讐についてどういう態度を示していたかということである。

当初彼は民会から死刑を宣告される恐怖に怯えていたが、やってきたピュラデスに励まされ、民会で命を賭けた論戦を試みることを決意した。それは、予期される刑死を少しでもカロス・タナトスに近いものにするためであった（第七八一行）。論戦の甲斐なく死刑を宣告されると、彼は投石刑を免除してもらう代わりに自刃することを約束し、「生まれのよさの証し」として、「肝臓に剣を勢いよく突き刺して」死のう、と用意を整える（第一〇六二―一〇六三行）。ピュラデスに再会して以来、自分の死にざまはよいものにしたい、少なくとも、生まれに恥じないものにしたいという意思を彼自身で明確に示していたと言える。以上が、復讐の提案を聞かされるまでにオレステスが見せていた態度である。それが彼の関心のほぼすべてだったのであり、そのためには痛みや恐れは無に等しいものであったとも言えよう。

しかし、メネラオスに復讐するというアイデアがピュラデスから提案されると、彼は自刃しようとしていたのを中断する（第一〇九八―一一〇二行）。そして、ヘレネを殺すという具体化されたアイデアを聞くと、「それを果したならば二度死ぬことも厭わない」と言う（第一一一六行）。これは、ヘレネを殺して復讐することが、いわば命よりも、すなわち何よりも大切だという意思表明である。

これに対してピュラデスは、公敵であるヘレネを殺すのでなければみだりに復讐はできないことを示して、舞い上がった彼を牽制する。ヘレネ以外の女を殺すことは自身の名誉を汚すことだとまで言う（第一一三三行）。その代わり、この誅殺を試みるならば、失敗して死ぬにせよ成功して助かるにせよ名声を博することになると言う（第一一五一―五二行）。オレステスはこれを受けてピュラデスを絶賛し（第一一五五―六二行）、「自由人らしく死ぬ」ことともにメネラオスに復讐することを宣言する（第一一六三―七六行）。

この経過の中で特に注目したいのは、オレステスが第一〇六二―六三行で示した〈生まれのよさを証するという意思〉と、彼が第一一六三―七六行で語った〈自由人らしい死と復讐の意思〉という二点である。

まず、剣を自身の肝臓に突き刺すことによって生まれのよさを証することができるとはどういうことだろうか。

> そして私も、生まれのよさをポリスに示してやろう、
> 肝臓を剣で突き刺して。[14]
> （『オレステス』一〇六二―六三行）

ここにあるのは、臆せず勇ましく死を自らに課すという動作である。しかし、むやみに勇ましくなされる自害がみな「生まれのよさ」（εὐγένεια《エウゲネイア》）の証しとなるわけはない。この動作がこのコンテクストの中で何を表すかが重要である。どんな態度が表されているかをつかむには、オレステスがエレクトラに自刃の覚悟を促そうとして語った第一〇二二行からの一連の語りかけを振り返るのがよいであろう。上の二行はそのまとめとして語られた言葉である。彼はその最初から「女々しい嘆きはやめて、決定されたことを静かに受け容れないか」（第一〇二二―二三行）と言い、やり取りの中でその旨のことを繰り返す。彼が、同じ生まれの姉と共に守らねばならないと考えていたのは、受け容れるべき死ならば、嫌がらずに受け容れるという態度なのであった。「輪縄を吊り下げるか、自分の手で刃を研がねばならない」とも言う（第一〇三五―三六行）。つまり、ここでの肝臓の一突きは、〈一旦死ぬべきことになったら、挙動の上でも心情の上でも死を潔く受け容れる〉ということなのである。それが「生まれのよさ」を証するというのは、そのように振舞うことが「生まれよき者」（εὐγενής《エウゲネース》）たる者に相応しい振舞いであり、[15] それがで

きることが生まれよき者の条件だということである[16]。

次に、ピュラデスの提案をすべて聞いたうえでオレステスが表明する結論を見てみよう。

何としても私は、最後の息を吐きながら
私の敵たちに何がしかのことを果たした上で死にたいものだ。
私を裏切った者たちを滅ぼし、
私を惨めにした者たちを嘆かせるために。
私はアガメムノンの子として生まれた。彼は敬われてヘラスを治め、
ただの王ではなく
神の力ともいうべきものを持っていたお方だ。その方を、
私は奴隷的な死を甘受して辱めるようなことはせずに、自由人らしく
魂を放つ。それに、メネラオスに復讐をする。
というのも、もし一つを手に入れたら、私たちは幸運というべきだろうから。
もし予想外にも、殺しを果たした者たちに、自らは死なずともよいという救いが
出来するならば、それは願うべきことだ[17]。
（『オレステス』一一六三―七四行）

これは、オレステスがピュラデスを八行にわたって絶賛した直後に語る言葉だが、彼の考えはピュラデスの考えとどれだけ一致しているのか、という疑問を呼び起こす。というのは、彼自身の口からは、ピュラデスが表明していたような〈ヘレネを誅殺することに命をかける〉という特定の情熱が聞こえてこないからである。彼は復讐への情熱において、殺すのはヘレネでなくてはならないという自制をピュラデスのように持っているのだろうか。注目されるのは、〈自由人らしく死ぬという意思〉と〈復讐意思〉とが並行していることを示す第一一六九―七一行であ

る。彼において復讐意思の比重はどれほどのものか。復讐意思の歯止めになるようなものはここに認められるだろうか。明快には分からないのは確かだが、テクストから判断できることは何かを探ってみよう。

「というのも」(γάρ《ガル》)で導かれている第一一七二行は、第一一六九―七一行を決意した理由を語るものだと考えられるが、第一一七二行まで来ても、二つの意思の比重は明らかにならない。それどころか、第一一七二行がどういう理由を示そうとしているのかもよく分からない。しかし第一一七三―七四行を見ると、ある理解へと導かれるように思われる。ただし、第一一七二行の末尾の句読点について、一八九五年のウェッドや一九〇九年のマリーのテクストが載せている伝統的な読み(末尾をコンマとする)ではどうしても問題があるようで[18]、一八九六年のイングランドが提唱して以来ガウ(1916)、ジャクソン(1955)、ウィリンク(1985)[19]によっても支持されてきたように読む(末尾をフルストップないしコロンとする)ことが必要となる。上の訳が準拠したディグルのテクストもその読みに従っている。

ともかくも、第一一七二行は「もし一つを手に入れることができたら、私たちは幸運だろう」というものであり、「一つを手に入れる」とは何のことなのか分かりにくい。第一一七二行までしか見なければ、イングランドのように、〈自由に死ぬこと〉と〈復讐すること〉のどちらかではないか、と迷うかもしれない。ではオレステスはここで、復讐さえ叶えばそれでも結構だと言っているのだろうか。しかし、続く第一一七三―七四行には〈両方を手に入れた場合〉のことが述べられている、ということに気づくべきである。つまり、「殺しを果たした者たちに、自らは死なずともよいという救いが予想外にも出来するならば(すなわち、相手を殺しても自分たちは死ななくともよいという事態になるならば)、それは願うべきことだ」と言っているのであるが、それは〈死ななくともよい〉と〈復讐を果たす〉ということの両方が叶うことを言っているのである。そのようにして見ると、第一一七二行で言っていたのは、〈死ななくともよい〉は叶わないが〈復讐を果たす〉だけが叶うという事態を想定して、それを幸運だと言っていたのだと解される。

それならば、それは具体的には、〈自由人らしくない死に方をするが復讐だけは叶う〉という事態ではないだろう。というのも、それが「幸運」（第一一七二行）と評価されるとは考えがたいからである。[20] 第一一七二行の〈一つが叶う〉とは、〈死は避けられないが、自由人らしい死と復讐が一セットとして叶う〉という事態のことだということが分かる。[21] ここで注目すべきなのは、オレステスは、〈復讐さえ叶えば自由人らしい死が叶わなくとも結構だ〉と言っているのではないということだ。そして、自由人らしくない死に方をするという選択肢は、彼の考えにはない。彼にとって〈自由人らしい死〉は、原則的に外せないことなのである。

このことは、次の事実からも裏付けられる。すなわち、議論の流れを見ると、復讐は第一一六三―六六行で〈欲求〉（χρηίζω《クレーイゾー》）として語られていたに過ぎないが、すぐそのあと、自分が偉大なアガメムノン王の息子だという不動の〈事実〉が三行にわたって語られ、第一一六九―七一行ではそこからの当然な要請として、自分は生まれに恥じない死に方をせねばならないと語られている。しかも、守らねばならないほうのこと（自由人らしく死ぬこと）は自分の意思しだいでほぼ確実に遂げられるはずのことであり、欲求のほう（ヘレネを殺害すること）は自分の努力だけでは確実を期せない案件である。それならば、第一一七二行で「叶えば幸運だ」とされているのは、叶わないかもしれないことのはずであり、その不確定要素とは復讐の成否である。

もちろん、復讐が彼にとって痛切な欲求でないことはないだろう。しかしこの時点でどれだけ切実なのかは分からない。確かなこととして言えるのは、オレステスは、〈メネラオスへの復讐〉を叶えられないかもしれないことと考えているのに対し、〈自由人らしい死〉は原則として外せないと考えているということだ。

では、この〈自由人らしく（ἐλεύθερος《エレウテロース》）死ぬ〉とはどういうことだろうか。[22] 自由人に相応しい死に方をすることだということは自明であるが、その意味するところは曖昧だと言わざるを得ない。第一〇六二―六三行に語られたような死に方ももちろんその中に含まれるだろうが、それですべてではない。自由人らしい死とは、〈不自由な思いをすることなく死ぬ〉ということも含意しうるかもしれない。[23] しかし好き放題のことをして死ぬということならば、「自由人らしく」の範疇を超えてしまう。普通には、「他人の統制の下でなく死ぬ」あるいは「自身の統制の下で死ぬ」ということを意味すると解される。[24] 私たちとしては、この意味での発言がこの文脈にうまく収まるかということを考えてみるべきだろう。

オレステスは、民会から自刃の許しを得たとき、すでに自身の統制の下で死ぬことが可能になっていたのだから、ここでそのように死ぬと宣言しても前からの決意を繰り返し言っただけのように見えるかもしれない。しかし、彼らは新たにヘレネ殺しを企てるところなので、状況は大きく変わろうとしている、ということを忘れてはならない。その企てに伴って、彼女の護衛との間に戦闘が生じ彼が捕獲されたり殺されたりする可能性も新たに考えられるのである。だから、ここで彼が、捕獲されて殺されそうになった場合には先んじて自らの手で死ぬという決意を語るということは、ごく自然に考えられることである。そしてそういう趣旨ならば、それは、もしヘレネ殺しに失敗したら自害すると言っていたピュラデスの言(第一一四七―五〇行)によく対応する発言だと言えるし、彼がこの演説の最初にピュラデスへの賛同を吐露していたこととも調和することになる。[25] それならば、〈自由人らしく死ぬ〉という言葉は「捕まることなく自分の統制の下で死ぬ」という意味で語られていると解するのが妥当であると考えられる。オレステスは復讐をうまく果たせない場合も見込んで第一一六九―七一行を語っているのである。またそれだからこそ、第一一七一行で復讐成就への意思もあえて言い添えているのだと解される。

分析が長くなったが、オレステスがピュラデスの提案に応えて語った結論を簡潔にまとめると次のようになる。私はいま命をかけて、私を苦しめた者に復讐したい(第一一六三―六六行)、ことがうまく運ぶとしても運ばなかったとしても、私は捕えられることなく自分の手で果てる(第一一六六―七一行)、もしその過程で復讐が成功するならば、死ぬのであっても幸運というものだ(第一一七二行)、さらにもし、死なずに済むとしたら、もっけの幸いである(第一一七三―七六行)。

復讐を決意するまでにオレステスのとっていた態度全体をまとめると、次のようになる。彼は基本的に「生まれよき者」に相応しい振舞いを目指していた。死なねばならない以上、死に方についても〈生まれのよさの証したる潔い死〉を志していた。しかし復讐のアイデアを聞かされると、彼が目指すものは〈自由人らしい死〉〈自分の手で果てること〉へと広がり、またメネラオスへの復讐への意思も加わった。ただし、その復讐はまだ運任せのこととして考えており、自由人らしい死と同じほどには必須のものと思っている形跡は見当たらない。ピュラデスが述べていたように、〈ヘレネ殺しが叶わなければ彼も潔く自害するつもり〉でいるのかどうか、またオレステス自身が第一〇六二―六三行で考えていたように、〈復讐などできずとも、民会との約束を守っていわばタダで潔く自害するつもり〉のままなのかどうか、ということまでは、第一一七六行の時点では分からない。とはいえ、この時点では、復讐は一応大義名分のあるヘレネ殺しという形でしか捉えられておらず、彼の復讐意思もそれを超えるものではなかったと考えるべきであろう。

4 屋上のオレステス

では、屋上に現れたオレステスはどのように変様しているだろうか。まず、復讐決意後に起こったことを概観しよう。まもなくエレクトラが二人に口を挟んで、ヘレネを殺してもメネラオスに制裁されずに助かることができるよう、ヘルミオネを捕獲して人質にすることを提案すると、オレステスはこれを容れて動き出す。館に入ってヘレネを捕まえ、あとは喉に剣を突き刺すだけというところまで至るが(第一四七二行)、そこにヘルミオネが現れると、彼女を捕えるために彼はヘレネから離れ、その隙にヘレネは姿を消してしまう。ヘレネの奴隷のプリュギア人を追って館から出て来た彼は、アルゴス市民の蜂起は怖いがメネラオスと剣を交わすことは恐れないと言いながらも(第一五三一行)、館に戻り閂をかけてしまう。

騒ぎを聞いてメネラオスがやって来ると、オレステスはヘルミオネを連れて屋上に現れ、締め出されたメネラオスに向けて無条件的な言い方で、彼女を殺すと三回も繰り返し（第一五七八行、一五八六行、一五九六行）、逃亡の提案も拒む（第一五九三―九四行）。無罪放免するよう市民を説得してくれなければヘルミオネを殺す、とも彼に言うが（第一六一一―一二行）、相手がぐずぐずしていると、館を放火するよう姉とピュラデスに命じて、もろともに焼かれることが確定する。ただそれは、突如出現したアポロン神によって制止される。

ここで大変重要なのは、オレステスが実行すると言い張っているヘルミオネ殺しは、途方もない行為であるということだ。もし少しでも彼に言い分があるとしたら、復讐か貸しの取り立て[26]ということだろうが、その妥当性は怪しい。もともと、ヘレネ殺しを立案した時点でオレステスとピュラデスがしようとしていたのは、民会において救援してくれなかったメネラオスへの復讐であった（第一〇九九行）[27]。しかし彼への復讐としては、彼の娘ヘルミオネを殺すことは、過大なことであるように思われる。いまオレステスのしようとしていることは彼の受けたことと同じではない。メネラオスの非は、オレステスらを助けるために何もしなかったということであるから、誰かの命を奪うことがメネラオスへの復讐としてオレステスに許されるという説明はつきそうもない[28]。もちろん、トロイア戦争の際にメネラオス家がアガメムノン家にイピゲネイアの命という借りを負ったぶんだけ（第六四二―五九行）、アガメムノン家の者がメネラオス家に返済を請求する権利やメネラオスの裏切りを責める権利はあるだろう。しかし、貸しがあるからといって強奪してよいというものではない。イピゲネイアの死は神託により要求されたものであったし、またそれはギリシアの名誉を左右するものであったが、それに対して、オレステスは、自分の恣意によって相手の娘の命を所望しているに過ぎない。ヘルミオネがオレステスによって殺されることの必要性は、イピゲネイアが生贄として死なねばならなかったという必要性とは比較にならないことである。

また、この殺しは恥ずべき行為でもある。ピュラデスが第一一三二―三三行で言っていたのは次の言葉である。

もしもっと正気な女に
剣を突き刺すならば、それは名誉が傷つく殺害となろう。[29]

（『オレステス』一一三二―三三行）

直後に続くヘレネへの非難の言葉も踏まえると、彼の言い分は、最大の悪女であるヘレネならもともと殺しても問題ないが、それ以外の女を殺すことは妥当でないということである。ヘルミオネ殺しはまさにそれに当てはまるだろう。彼はここで、名誉・恥の観点から話している、ということが特徴である。そのような殺しが名誉を損なうもの（δυσκλεής《デュスクレエース》）とされているのは、〈無力な第三者や無防備な相手に危害を加えて復讐する〉ことは女のすることであり、[30]男のなすべきことではないという古代ギリシアの通念からであると考えられる。[31]害すべき当人でなく第三者を攻撃することは、第一五三一―三二行（「メネラオスと剣を交えることは私にとって脅威でない」）のようなことを語る者においては、なおさら恥ずべきことのはずである。

ここで確かに言える一つのことは、ヘルミオネ殺しはヘレネ殺しよりも妥当性がずっと小さいということだ。[32]そもそもヘルミオネ殺しは、メネラオスが要求を拒めないようにするために、相手にとって最大限に受け容れ難い代案としてエレクトラが用意したものなのであった。だから、それが法外なものであるのは当然のことなのである。

そうであれば、屋上のオレステスは、本気でヘルミオネを殺すつもりなのかどうか、という疑問もわいてくる。彼は、相手がこちらの要求に応じるよう、その気もないのに無理して途方もないことをすると言っているのではないか、という可能性も考えてみなくてはならない。実際、彼がヘルミオネを殺すと言っているのは助かるための脅しに過ぎない、と主張する研究者たちもいる。[33]しかし、実のところ、彼はあまり熱心に助かることを求めているようには見えない。というのは、彼が自分たちの無罪放免をアルゴス市民に説得するようメネラオスに要求するのは（第一六一〇―一一行）、屋上からメネラオスとやり取りをはじめて（第一五六七行）からしばらく経ってからのことであり、しかもそれを二行で切り上げてしまうからだ。それならば、彼は、もしメネラオスが市民を説き伏せたならヘルミオネ殺しの取りやめも考えないではないが、実はそれに大して期待を寄せてはいないのであって[34]、それよりもむしろ、彼の基本的な意向は、ヘルミオネを殺して自害するということであり、それゆえに亡命も拒んでいるのだ（第一五九四行）と解するのが妥当であろう。

彼がヘルミオネを刺殺するにせよしないにせよ、彼が彼女ともろともに死のうとしているということは、彼の次の振舞いによっても裏付けられる。すなわち、メネラオスが第一六一七行（「汝は私を押さえた」）で負けを認めても、オレステスはそれに皮肉な言葉でしか応ずることなく、エレクトラとピュラデスの双方に命令を下して放火に突き進むのである[35]。

もちろん、アポロン神が制止しなかったとしても彼が土壇場でヘルミオネを放棄する、という可能性もないとはいえない。しかし重要なのは、彼がヘルミオネを殺そうとする姿を見せているという事実、そして〈彼が本当に彼女を殺すという想定〉が他の人物たちを実際に怖れさせ、また〈彼の言っていることの途方もなさ〉が私たちを唖然とさせるという事実である。これは劇なのであり、どういう姿を演じているかが意味を持つのである。その姿がどういう意味を持つかを考えることが必要である。

では、〈オレステスがヘルミオネを殺す〉とはどういうことなのかをもっと掘り下げて考えてみよう。まず言えることは、なぜヘルミオネを殺すのかをオレステス自身はどこにも語っていないということだ。この殺しは、メネラオスへの復讐として案出されたヘレネ殺しの代わりに浮上してきた事案だからか、これを復讐として捉えるのが一般的であった[36]。確かに、それはメネラオスを苦しめることであるから、彼への復讐に数えることはもちろんできる。また、第一六一六行ではオレステス自身も、メネラオスが今苦しんでいるのは彼が役に立ってくれなかったからだと言っている。しかし、これはメネラオスのしたこと自体、すなわち民会における援護の怠りに対する復讐としては、法外に大きい企てなのである。実はそれだけのものではない、という可能性も考えてみるべきだろう。

では、〈自分が死刑にされたことに対する復讐〉として理解すればよいだろうか。ヘルミオネ殺しが、死刑にされたことへの恨みに発する行動であるということももっともである。しかしそもそも、それが復讐だけで説明できるものであるかが疑わしい。というのも、復讐であるならば、それが誰に向けての復讐なのかが問われるからだ。もちろん、死刑判決はメネラオスが援護に立たずテュンダレオス一味が民会を扇動した結果であるから、彼には、死刑にされたことでメネラオスを恨む気持ちや、テュンダレオス一味と民会を恨む気持ちがあっても不思議ではない。しかし第一に、死刑にされた恨みをメネラオスにぶつけるということは、メネラオスの所為ではないことの報いをもメネラオスに向けるということであって、復讐の枠内にきれいに収まるものではない。また第二に、オレステスが民会やテュンダレオス一味をどれだけ困らせようと思っているのか、疑わしいところがある。民会を説得せよというオレステスのメネラオスに対する要求（第一六一〇行）があまりにもあっさりと切り上げられてしまうからである。[37] それならば、ヘルミオネ殺しは、復讐、すなわち受けた痛みを相手に返報するというだけのものではないのではないか。ヘレネ殺しは、少なくともピュラデスの考えにおいては、メネラオスへの復讐を超えて〈ヘレネその人への誅罰〉でもあった。ちょうどそのようにヘルミオネ殺しも、メネラオスへの復讐よりもっと大きな意味を持つものであるという可能性も考えてみるべきなのである。

そこで思い当たるのは、第一〇九八行から始まる新しい展開の最初に発せられていた、「我々は死ぬのだから」[38]というピュラデスの言葉である。彼らは、メネラオスの〈裏切り〉に怒っていることは確かだが、最終的に死ななくてはならなくなったという事情があるからこそ、ヘレネやヘルミオネをも死なせようとしているのである。たしかに、かの箇所ではそれはメネラオスを苦しめるための理由として語られたものであったが、オレステスを法外な人質殺害へと動機づけるものとしても、これ以上理解しやすいものはないだろう。それならば、ヘルミオネ殺しは、〈メネラオスのしたこと〉というよりも〈メネラオスのしたことから出来した事態〉全体の代償を、メネラオスが苦しむような形で一括して取り返すということにほかならない。[39] これは、本人がどう認識しているかということとは別次元の話である。[40] ヘルミオネ殺しは、メネラオスへの復讐をも兼ねているが、[41] 本質的意味においては、〈自分が死なねばならなくなったということ〉全体に対する強引な埋め合わせなのである。

オレステスは、逃げずに館を焼くと言い（第一五九四行）、さらに、館が焼け落ちるのはヘルミオネを刺殺した上でのことになると言っていた（第一五九五—九六行）。これが意味するのは、彼は（自刃によるか否かは定かでないとしても）館の中で自ら死ぬつもりであるが、ただしそれをヘルミオネの殺害なしにはしない、ということである。つまり、彼の自害とヘルミオネ殺しは抱き合わせになっている。確かに彼は、自害しないとは言っていない。しかし、自らの死の埋め合わせを取ることなしの自害はありえない、というのが彼の現在見せている態度だと言える。屋上のオレステスの中にあるのは、〈タダでは死なぬという魂胆〉とでも言うべきものなのである。

以上のことをもとにしてここで考えてみたいのは、オレステスの行きついた人質殺しという行動は、〈彼が復讐を決意するときまで意図していたこと〉とどのように食い違っているかということである。三つの観点から考える。

まず死に方をめぐってである。彼は今も死ぬつもりを覆していないが、当初彼はどのように死ぬつもりでいたかを思い出してみよう。第一一七〇—七一行で、彼の目指す死に方は〈自由人らしい死〉と明言された。自ら放火した館と共に果てようとする彼は、確かに、他人の統制のもとで死ぬのではないという限りにおいては、その意思を守っていると言える。しかしそれよりも少し前に、彼は〈生まれのよさを証する死〉を目指していることも明らかにしていた（第一〇六二—六三行）。それは、先述のとおり、〈仕方のない死ならば潔く受け容れる〉ということであった。それは第一一七〇—七一行までに取り消されたわけでもなかったし、「自由人らしい死」と背反するものでもない。しかるに、いま屋上のオレステスは、死を拒んではいないが、タダでは死なないという頑な態度を示している。つまり彼は、死を受け容れる態度において、生まれよき者としての矜持を捨てたのだと言える。

次は、オレステスが死刑を言い渡されたときに民会と交わした約束と照らし合わせてみよう。彼は民会に対して、自刃するという約束と引換えに、投石刑を免除してもらったのだった（第九四六—四八行）。たしかに屋上のオレステスは、自刃によるのか否かは語らずとも、自害する意思は翻していない。だから彼はあからさまに約束を破ろうとしているわけではない。しかし彼は、かの約束に関して二つの意味で違背を犯している。というのはまず、もともとオレステスは無条件で死罪に従わなくてはならなかったのに、民会はいわば特別の恩恵として自刃という死に方を許可したのであった。つまり民会は、彼が自刃という方法をとること以外の勝手なことはしないという暗黙の了解のもとにそれを許可したはずであり、オレステスもそのつもりだったはずである。しかし彼はいま、埋め合わせなしには死なないという態度を貫こうとしている。それは、当然そうすべきとして想定されていたようには約束を履行しないということであり、相手の信頼を裏切ることである。また彼は、自刃の約束の撤回を求めるのみならず、自分の無罪放免すなわち死罪の撤回をも、(どれだけ本気かは疑う余地があるとしても)メネラオスを通して民会に、強引な仕方で求めようとしている。これは約束を破るどころの話ではなく、約束の解消を相手の弱みにつけこんで無理強いしようということである。[42]オレステスはこのように、自分から申し出て応じてもらった約束の信義をいま自分から蔑ろにしているのである。

最後に、行動原則についてである。彼がいま行おうとしている埋め合わせの仕方も、彼が当初考えていた原則に悖っているという疑いがある。というのも、彼は第一〇六〇―六一行で次のように言っていた。

しかしながら、いざ我々は、生まれに相応しきこと、そしてアガメムノンに
最も相応しきことを行ったうえで死のう。[43]

(『オレステス』一〇六〇―六一行)

死の前には高貴な生まれに相応しい行動をなすべきである、と彼は考えていた。彼がその直後に口にした、「肝臓を剣で突き刺す」という死に方(第一〇六二―六三行)もその行動の一つである。しかるに、ヘルミオネを殺すということは、上述したように、復讐としても女の流儀によるものであり、復讐でないとして見てもほとんど正当化できるものではない。ピュラデスによれば、それはまさに「名誉を損なう」行いなのであった。もしかするとそれは、傲岸さにおいてはアガメムノン[44]の息子に似つかわしい行為だと言えるかもしれない。しかし、一般的な意味で

考えるならやはり、高貴な生まれに相応しい行動とは言えないだろう。

以上のことをまとめると、ヘルミオネを殺すと言い張ることは、名誉や信義や道義[45]を蔑にすることにほかならないのである。オレステスは当初、名誉[46]を命に劣らぬ価値として尊重していたし、信義を大切にしていたし、また道義に背くようなことをするなどは考えてもいなかったが、〈タダでは死なぬという魂胆〉にとり憑かれてしまうと、そのような〈よきものへの配慮〉とでも言うべきもの[47]をどこかへやってしまった。屋上において彼が見せている（演じている）のは、そういう態度である。[48]

5　意思の不確かさ

前節では、ヘルミオネ殺しの画策の中にオレステスの変様を見出したが、次に、なぜそのような変様が起こったのかを考えてみたい。この問題は、彼がなぜヘルミオネ殺しを画策するようになったかという問題と重なる。その第一の答えは、彼が死ぬことになったからであるが、さらにそのほかにはどんな事情があるだろうか。

検討すべきなのは、先行する研究者たちの見解である。ヘルミオネ殺しを画策することを問題行動と見て、その理由を説明しようとした人は少なくないが、大抵は次の三派のどれかにあてはまる。[49] (1)ある人たちは、彼が見境いをなくしたのは、受けた酷い仕打ちに反応し堕落してのことだと言う。[50] しかし、彼が酷い仕打ちにあったというのはすべて、民会で死刑の判定を受けるまでのことであるのに対して、彼は民会から戻ってからもなお、〈名誉と信義を重んじて、約束どおり潔く死んで生まれのよさを証しよう〉という意思を見せていた（第一〇六〇―六四行）。そして、上で確かめたように、第一一六九―七二行においても復讐意思はまだ絶対優先事項にはなっていなかった。この事実に鑑みると、彼は必ずしも、酷い仕打ちを受けただけで変様してしまったわけではないと言える。(2)別の人たちは、オレステスはピュラデスとエレクトラという仲間に唆されたのだと考えている。[51] たしかに、メネラオスに復讐をするというアイデアを持ち出したのはピュラデスであるが、彼は、〈ヘレネは誅殺してよいとしても、他のまともな女を殺すべきではない〉という倫理的けじめを教えることも忘れなかった。またたしかに、ヘルミオネを人質に取るというアイデアを持ち出したのはエレクトラであるが、彼女は、ヘルミオネの命を脅かすのはメネラオスがオレステスらを殺めようとした場合の最後の手段として提案したに過ぎなかった（第一一九八―九九行）。ヘレネを誅殺してその報いとして放免されるという筋道をたてて、ヘルミオネは殺さずに済ますというのが彼女の計画であった。しかるに、理由はどうあれヘレネを取り逃がし、ヘルミオネを殺さざるを得ないような状況を導いた責任は、ひとえにオレステス自身にある。このように、彼らは人質殺しよりはずっとまともなことへと導こうとしていたのであって、人質殺しを唆したという責任が彼らにあるとは言えない。(3)その他の人たちの言い分は、オレステスの問題行動は彼の隠されていた本性が表に現れたに過ぎないということだ。[52] しかし、民会での勝負に命を賭ける、死刑を宣告されたら潔く受け容れて「生まれのよさ」の証しを立てる、また死に方は自由人に相応しいものでなくてはならない、という最初に彼の見せていた高貴な意思が、彼の本心から出たものでないという理由はない。メネラオスに恨みを感じていても、ピュラデスの提案を聞かされるまで、彼には、復讐するという発想すらなかった。それは彼の偽の姿であって執念深さこそが彼の本性だ、と断ずることはできない。

もちろん、彼らの指摘してきたこれら三つの事情が、オレステスの変様に関係ないと考える必要はない。しかしそれ以外にも、より確かな要因が考えられることを見逃すべきではない。というのは、彼の変様は、〈いま何をすることができるか〉という状況の変化と大いにかかわっているのである。オレステスが当初、判決により死ぬほかないという状況にあったときには、彼はいたずらに生き延びるのではなく潔く死んで「立派さ」を証することを目指していた。[53] すなわち、〈命に劣らず大切に守らねばならぬものがある〉という態度を示していたのである。しかしその後、ヘルミオネを捕獲して人質にすれば死なずに済むということをエレクトラから聞かされると、彼の態度に変化が現れる。そのときから、彼はまず、策略を用いてでも生き延びようという動きに出る。それは少なくとも、〈自刃という形で死刑を受け容れるという民会との約束〉に背こうとすることである。彼の潔い死への意思、信義への意思が、命への思いの故にまずここでぐらつくのである。さらに、そののち、ヘルミオネを捕獲するのと同時にヘレネを取り逃がしてしまうと、誅殺という功績によって救いを勝ち取るという可能性は消失し、しかし人質だけは好きなように用いることができるという状況が発生する。彼が途方もない人質殺しをためらいもなく言い張るようになるのは、そうした状況に至ってのことなのである。[54] 注目すべきことは、ヘレネ誅殺に失敗したため、ここで彼が、当初と同様に再び、〈死ぬことは避けられない〉という事情に見舞われていることだ。当初彼は、いわば〈タダで死ぬのであっても名誉を守る〉ということを目指していたが、ここに至っては、〈名誉を損なうことになろうともタダで死ぬことは拒否する〉という構えである。何が彼の態度の違いをもたらしているのかといえば、人質が彼の手の内にあるので、死ぬにしても埋め合わせを取ることが可能になったということが決定的だろう。

当初彼が〈タダで死ぬこと〉を受け容れていたということは、彼はそれにさほど抵抗を抱いてなかったということだろうか。彼が当初から少なくとも屈辱に対しては抵抗を持っていたということは、第九四七行の自刃要求から明らかである。それは第一一七〇行の自由死欲求にも現れている。しかし、それと〈よきものへの意思〉との間には折合いがついていた。第一〇二二―三六行を見れば、タダで死ぬことにほかならない〈潔い死〉を積極的に受け容れようとしていたということは明らかである。つまり彼は、屈辱的なことは嫌いながらも、〈よきものへの意思〉のもとで譲歩する用意があったのだ。

しかしいま、埋め合わせが取れるという誘惑的状況になると、彼の中において、埋め合わせへの欲求が野放しになる一方で、拮抗するべき意思が力及ばないということになっている。[55] 彼の中で屈辱に対する抵抗はたしかに強い。埋め合わせ欲求に見境なくとり憑かれたのは、『イリアス』の第一巻に描かれた彼の父も同じであった。オレステスがこの劇の最後に見せる埋め合わせへの異様な執念はアガメムノンの血筋の現れだと言えなくはない。[56] しかし、埋め合わせを取る欲求がひとり好き放題に動くようになったのは、名誉や信義や道義への意思が力を失ったということでもある。そのような〈よきものへの意思〉は、彼の中に確かにあったのだが磐石ではなかったのだ。

ところで、オレステスが自分でよしとして思い定めたはずの意思が不確かで、何かがあると維持できなくなってしまうということは、他所でも見られた。彼は〈館の中でヘレネを捕まえ、命もかけてその殺害を遂行する〉という決意を、ピュラデスとエレクトラとともに一二一六―四五行では堅持していたはずだが、いざ喉元に剣を突き刺すだけという段になると、彼はそれを果たさずじまいとなる。使者はそのときのオレステスについて次のように語る。

〈彼の〉左肩のところで〈ヘレネの〉首を後ろに倒したあと、
黒い剣を喉の中へと撃ち込もうとしていた。

（『オレステス』一四七一―七二行）

まもなく館内に入ってきたヘルミオネに向かってピュラデスと二人で駆け寄る（第一四九二行）までの間、ピュラデスは救援に駆けつけた館内のプリュギア人奴隷たちに「アイアスのごとく」反撃したと語られているが、オレステス自身が何をしたかは皆目示されていない[57]。もし彼が、掩護されているのにヘレネ殺しを果たさず、やがてヘレネを手放してヘルミオネの捕獲に向かうだけだったとすれば、彼はヘレネ殺しをためらっていたと解するほかない。あるいは、奴隷たちへの反撃をピュラデスに任してはおけず、オレステス自身もヘレネを殺す手を止めて奴隷たちと戦ったのだとすれば、彼はためらっていたのではないかもしれないが、その場合にもやはり、彼のヘレネ殺しへの決意は鈍っていたと言わざるを得ない。ヘレネを殺せるなら二度死んでもよいと第一一一六行で語っていたように、彼は〈ヘレネ殺しに命を賭けてもいい〉というつもりでいたはずである。それは衝動的な思いつきに過ぎなかったもしれないが、彼はピュラデスの訓導を受け第一一六三―六六行に至っても、死ぬ間際に復讐を果たしたいのだと語っていた[58]。第一二四五行でも、命をかけてこの仕事を果たすということが三人共通の決意としてピュラデスによって語られていた。しかるに上記の場面では、オレステス自身が攻撃されて命を落とすかもしれないとしても、その剣を突き刺しさえすれば確実に彼女を殺せたはずである。命がけで復讐するとはまさにそういうことだったはずであるが、彼は結局そのチャンスを放棄する。かくのごとく、彼においては、よく考えて固めたはずの決意もあてにならないのである。

これと同様のことは、アイスキュロスの『コエーポロイ』においても描かれていた（第八九九—九〇三行）。すなわち、オレステスは母殺しに際しても、肝心のところで迷いが生じて自分一人の意志では踏み切れなかった。母殺しが正当化されうるか否かは難しい問題であるから、母殺しをためらったのは倫理的には妥当なことであろう。しかし、状況が変わってもいないのに行動の時が迫ると決意が揺らぐということは、決意の弱さの現れにほかならない。エウリピデスにおいてはどうだろう。オレステスが母殺しの直前にためらいを見せたか否かは何も示されていないが、殺害後の彼の言葉は苦渋に満ちている（E. *El.* 1190ff.）。これは、まっとうな良心の呵責ではあるが、やはり、母殺しの意志を貫きることのできない彼の意思の弱さの現れだと言えよう。(59)

以上のことを考えれば、思い定めた決意が維持できなくなりがちなことは、オレステスの基本的な性格なのである。そして、彼の意思の不確かさこそが、〈タダでは死なないという魂胆〉が彼の中で野放しになった理由であり、オレステスがかのように変様した根本的な理由である。そうだとすれば、変様の原因は周囲の人に劣らず、オレステス自身の中にあるといえる。(60)

〈よきものへの決意〉が脆いということこそがオレステスの本性と言うべきものであり、(61)そしてこの劇は、何よりもまずオレステスのそういう性質を基本にして作られている。時々の誘惑や迷いに従ってしまうことは、意志が弱ければ、むしろ誰にでもありうることだ。ここに描かれているのは、ソポクレス的な意志の硬い英雄とは違い、凡夫が意志の不確かさゆえに愚かな選択を重ねてゆくさまである。

6　アポロン神の措置

オレステスがついに放火をエレクトラとピュラデスに指示すると、アポロン神が突如現れてそれを制止し、思いがけない措置を講ずる。ヘルミオネ殺しはなされずオレステスも死なずに済み、結局何もなかったかのようなことになるのはよいとしても、彼がいわば無罪放免されるのは、神の勝手とはいえすんなりと納得できることではない[63]。そのような措置を劇の最後に盛り込むことによって何が仕掛けられているのかを、上の考察の成果に照らし合わせて考えてみたい。

アポロンは、オレステスがヘルミオネを殺すことをやめ、アルゴスから去ってアテナイで裁判を受けるように、そしてヘルミオネを娶るように、また、メネラオスがオレステスにアルゴスを支配させるようにと指示し、そして神自身はアルゴス市民たちを宥めると約束するわけだが（第一六二五―六五行）、なぜそのようなことになるのだろうか。

人質殺しとオレステスの自害が制止されるのは、一つにはヘルミオネとオレステスがここで死んでは神話に反することになるからであろう[64]。また、オレステスがそのような無法な殺しをすることをアポロンやエウリピデスが倫理的に許さないということなのかもしれない。しかしそれならなぜ無罪放免にするのだろうか[65]。無罪放免は、オレステスがそれに相応しいという判断がどこかにあってのことなのだろうか。亡命が許されるのはもちろん、オレステスが決定的な凶行をこの劇ではまだ何一つ果たしていないという事実に応じてのことだろう[66]。しかし、法外な脅迫をメネラオスに向けたことやヘルミオネの死を含意する放火[67]を命じたことに対して何の咎めもなくオレステスが放免されるということ、それも、オレステスに対するアルゴス市民の悪感情を清算することをアポロンが請け負い、しかも彼がヘルミオネを嫁として貰えることにもなる[68]、ということには違和感が否めない。

ここで考えるに値するのは、かの措置はオレステスのしたことに対する倫理的な裁量には無頓着に、別の理由からなされたものであるという可能性である。アポロンの措置は、この劇で起こったこと全体を、いわば、きれいさっぱり無かったことにするものである、という事実[69]を考えると、まさにそのことこそが詩人の意図であったのではないか、ということに思い至る。というのも、エウリピデスはオレステスの振舞いも民会の暴走もアポロン神の権威で帳消しにするという最後の手段があるからこそ、前途ある人物であるはずのオレステスを用いながら、しかし彼に徹底的に醜悪で愚かな振舞いをさせて、取り返しのつかなくなる手前ギリギリのところまで突っ走らせることができたと考えられるからである[70]。そして、〈オレステスがそのような振舞いをするという悪夢〉を観衆に見せるということには十分な意味が認められるからである。

アポロンのそのような措置は、現実界の倫理感覚をもってオレステスの転落に気を揉んだに違いない大多数の観衆を、現実界に置き去りにするものである[71]。もちろん、単純にオレステスが救済されてよかったと喜ぶ人もいたであろうが、事件の帳消しが行われないという逆の事態、本来はそうなるはずだった事態に思いを致してあれこれ省察する人も少なくなかったはずである。エウリピデスはそのことを見越して、オレステスに対する倫理的判断をわざとに空白にし、観衆の一人ひとりに任せることにしたのかもしれない。エウリピデスがどう意図したかよりも、多くの観衆はそのように反応したに違いないということが重要である。

もしアポロンによる制止がなかったら、ヘルミオネは殺されオレステスらも自害し[72]焼け落ちる館とともに炭になるはずであった。ここで重要なのは、彼はそういう事態に向かって最終的に動き出したということである。それはまだ実現していない段階で停止されそれ以上進まない、という状況が作りだされているが、しかし観衆は誰も〈その中で次に起ころうとしていた醜悪な事態〉のことを案じずにはいられなかったはずである。私たちは、〈オレステスがこれから一線を踏み越える〉ということの痛ましさが最も感じられる瞬間でとめ置かれる。オレステス自身の死はもとから命じられていたもので仕方ないとしても、彼の破滅の痛々しさは、恥ずべきヘルミオネ殺しを行うことによって名誉までもなきものにしてしまうことにある。しかしそれは避けようがなかったのか。もっとマシな振舞いようはなかったのか。

それを考えるとただちに、そして確かなこととして思い当たるのは、次のことである。すなわち、ヘルミオネ殺しはオレステス自身の迷妄によって導かれたものに過ぎないのであって、もし彼がヘルミオネ殺しを自分であきらめて自害するなら、そのほうが、同じく自害するにしても確実にマシであったということだ。この状況を予測するかのごとく語られていたのが、カロス・タナトスの厚かましい申し立てとともに記憶されている、かのピュラデスの提案、すなわち、ヘレネ誅殺に命を懸けてそれが叶わなければ館を焼いて潔く果てるというシナリオ（第一一四七—五二行）であった。ここへ来ると、それは重みのあるものとして思い起こされるのである。[73]

ところで、オレステスはヘレネ殺しを中途放棄したも同然であったが、もしその殺しを遂行していたら少しでもマシなことが望めたであろうか。ヘレネ殺しの是非という厄介な問題はあるが、[74] それとは切り離して少し考えてみよう。ヘレネ誅殺を遂行したなら、ピュラデスが示唆している大衆の称賛を得て無罪放免になりヘルミオネ殺しには至らなかった可能性もあるだろうが、そのとおりになったかどうかはまったく未知数である。目論み通りに無罪放免が得られなければ、手許の人質をどうするかをやはり自分で決めなくてはならない。自身の死の〈埋め合わせ〉としては、ヘレネ殺しのほうがヘルミオネ殺しよりも大義のあるぶんマシであると言えよう。また、もしヘレネ殺しの真最中に殺されるならば、誅殺の成否にかかわらずカロス・タナトスという栄誉が得られたかもしれない。しかしそうだとしても、ヘレネ殺し自体の是非ということまで考え合わせると、そうする方がマシだったかどうかは分からないというほかない。何ら確実なことは言えないのである。

また、オレステスは提案された亡命を拒否したが、もしヘルミオネを殺さず亡命していたらマシであったろうか。それは、ヘルミオネ殺しという醜悪と、亡命の場合の屈辱および約束違背とのどちらがマシかという価値判断である。アポロンが前者を阻止し後者を命ずるということは劇の与える一つの示唆であり、アポロンの指令を待たずとも、ヘルミオネを殺さないほうがマシであることはほとんど自明ではあるが、ではその同じ条件のもとで、亡命するのと潔く自害するのとではどちらがマシかというと、それは簡単に答えられる問題ではない。

以上から判断されるのは単純なことである。オレステスは、結局自害する道を選んだわけであるが、同じく自害するなら、ヘルミオネ殺しを放棄しさえすれば名誉を維持することができたろう、ということだけは確実だということだ。そしてそれよりマシな展望は、何一つ期待しうるものとして与えられていない。彼の非は、英雄的な行動を果たさなかったことにあるのではない。埋め合わせ欲求に心奪われてしまったことにある。埋め合わせ欲求に囚われて取り返しのつかぬところまで進む前に、〈よきものへの意思〉を取り戻して自ら立ち止まることがいかに大切かということが、劇の終わりで悪い夢から覚めるという特異な方法で、観衆の一人ひとりに銘記される。オレステスが自刃、誅殺、人質殺しという行動の間をさ迷った果てに、アポロンの措置を受けるという展開によって、この劇は、何よりもそんな明確で実用的なメッセージを伝えていると考えられる。(75) 前四一一—一〇年の寡頭政権をめぐる動乱以来、市民に渦巻いていた猜疑と憎悪と訴訟沙汰、またペロポネソス戦争で繰り返されてきた報復の応酬を見てきた当時のアテナイ市民たちは、他人事でないと感じたのではないだろうか。

7　まとめ

以上の議論全体は次のようにまとめられる。第一一四七—五二行でピュラデスが言っていた想定と末尾の屋上シーンで起こっている事態との符合は何のためのものか、どういう効果をもたらしているか、ということを解明するためには、まず三つのことをはっきりさせる必要があった。

その第一は、ヘレネ誅殺を勧めるピュラデスのスピーチの悼尾をなす第一一四七—五二行はどのように考えればよいかということである。ここで彼がカロス・タナトスを申し立てることは奇異ではあるが、それは彼が誅殺のために命をかけるという心意気の現れにほかならない。大義によって正当化されるヘレネ誅殺のためには命も惜しまない、という彼の潔さが描き出されている。

その第二は、オレステスはそれにどういう態度で同意したのかということである。もとより彼は、死刑と判定された以上は潔く自刃して生まれのよさを証しようとしたように、名誉等を守るためには必要とあれば命も惜しまないという〈よきものへの意思〉に満ちていた。メネラオスへの復讐としてヘレネの殺害を決意したときでも、彼のその意思は健在で、復讐を何が何でも叶えてみせるという意思は見当たらなかった。

第三の問いは、ヘレネ殺しに失敗したあとオレステスがヘルミオネ殺しを目指すのはどういうことか、である。ヘルミオネを殺すというアイデアは、無罪放免されるための最後の脅迫手段でもあったが、オレステスはしまいにその可能性に見切りをつけて、彼女の殺害に踏み切ろうとする。ヘルミオネを殺すということは、誰に対する復讐というよりも、自分が死なねばならなくなったことの埋め合わせを、ほとんど関係ないところから奪い取ることであると言える。それは、名誉や信義や道義をないがしろにすることでもある。

以上のことから、第一一四七—五二行と屋上シーンとの間に設けられた符合は、オレステスが今や〈タダでは死なないという魂胆〉の虜になっている、ということを照らし出すものだと解することができる。それは、ピュラデスが劇中で二度提案したカロス・タナトスの精神とは対極をなすものである。ヘレネを大義の枠内で殺すことができなくなっても、人質が手許にあれば、それを殺して死の埋め合わせを取る気になってしまった。〈よきものへの配慮〉と〈よく考えてしたはずの決意〉が脆い、それが彼の根本的な問題である。

その彼にアポロンがありえないような無罪放免という措置を施すことにより、この劇は観衆を悪夢とともに現実世界の中に置き去りにする。観衆は一人ひとりが自分で、オレステスはどうすればよかったのかを考えることを余儀なくされる。そのとき私たちは、かのピュラデスの言葉（第一一五一—五二行）からカロス・タナトスを死ぬ選択肢もあったことを思い起こすはずである。もちろんそれが本当にカロス・タナトスと言えるものかは怪しい代物であったが、それでもこの悪夢よりはマシであることに気づく。そしてこれが悪い夢であったことに胸をなでおろすのである。この劇は、埋め合わせ欲求に狂って分別を失うことへの実際的な警告を含んでいる。それはエウリピデスが当時の市民たちに宛てたメッセージであったろう。

第10章　その男が正義の網にかかったのを見た私には……
――アイスキュロスの『オレステイア』三部作

『オレステイア三部作』のあらすじ

　第一部『アガメムノン』は、トロイアで戦っているギリシア軍からの知らせをアルゴスの町で長年待ち続けていた見張りが、ついに勝利を告げる松明の光を認める場面から始まる。長老たちからなるコロスが現れ、この戦争の出兵時に総大将アガメムノン王が娘を生贄に捧げねばならなかったことや、この戦争でたくさんのギリシア兵が命を落としたことなどが歌われる。長大な歌ののち、伝令が到着して戦勝を正式に伝えるが、コロスは素直に喜べない様子を見せる。アガメムノンが帰還すると、彼の妻クリュタイメストラは王を派手に出迎えるが、館内に送り込んだのち、わが願いを叶えよと秘かにゼウスに祈る。コロスが不吉な予感を歌うと、王の連れてきた女捕虜カサンドラが館から出てきて、エリニュエス（復讐女神たち）が館の中におり、死の運命がアガメムノンや自分に迫っていると語る。彼女が戻ってゆくと、館の中からアガメムノンの断末魔が響き渡る。やがてクリュタイメストラが出てきて夫を殺害したことを告白すると、コロスは嘆き非難するが、彼女は悪びれずに応酬する。そこに彼女の間男アイギストスが現れ、悲願成就の喜びを表明する一方、かの殺害は自分が計画したもので正義だと語ると、コロスが非難を浴びせ、互いに剣を抜きそうになったところをクリュタイメストラが止めて第一部は終わる。

　第二部『コエーポロイ』は、里子に出されていたアガメムノンの息子オレステスが、秘かにアルゴスに戻り父の墓に詣でている場面から始まる。そこへ彼の姉エレクトラもやって来て、きょうだい同士であることを知る。彼らは父の復讐を決意し、復讐への意欲を奴隷女たちのコロスとともに歌う。場所は館の前へと変わり、オレステスは遠来の客を装って現れる。偽情報を使ってアイギストスをおびき寄せ、油断してやってきた彼を殺す。騒ぎを聞いて出てきたクリュタイメストラをも殺そうとすると命乞いされ、一瞬ためらうが、同行者ピュラデスに促されて彼女も殺す。二人の死体を前にしたオレステスは、殺害の事情を説明するが、その間にも正気が奪われてゆき、エリニュエスの幻影に追われるようにして退場し、第二部が終わる。

第三部『エウメニデス』は、デルポイのアポロン神殿に嘆願に来たオレステスが、追ってきたエリニュエスに取り囲まれている場面で始まる。アポロンが現れ、アテナイに行ってアテナ女神像にすがりつくよう指示する。場所はアテナイに変わり、オレステスはアテナ女神に裁きを求める。女神が現れて、母殺しをめぐる裁判が開かれる。エリニュエスがオレステスを告発しアポロンが彼を弁護するのを、アテナイ人の陪審員が票決する形となるが、その票が五分五分となったのでアテナが加えた票によって彼は無罪となる。コロスは不満をあらわにするが、正義の番人の地位を与えると言うアテナ女神によって説得され、全員が喜びのうちに退場して劇は終わる。

従兄弟である王アガメムノンを斃した有頂天のアイギストスは、第一部『アガメムノン』の末尾で、今や死ぬこともカロスであると言う。〈もう死んでも文句はない〉だとか〈死んでしまいたい〉だとか〈このようにして死ぬのがいい〉だとか、死を何らかの形でよしとする発言が多く見られるのが、『オレステイア』三部作の特徴の一つである。自分か他の誰かが死ぬことを、敵対感情とは別の次元で好意的に捉えることを総称して、ここでは「死への心よせ」と呼ぶことにしよう。この三部作全体でそれらは一七件にものぼるが、そのうちの一二件が、第一部の『アガメムノン』に集中している。なかには、殺される運命を悟ったカサンドラの場合のように額面通りに受け取られるものもあるが、凱旋を告げる伝令の場合は本気で死をよしとしているわけではない。何らかの感情を表すための修辞として語られた、半ば定型的なものが多数を占めるというのは事実である。

しかし、定型的修辞というだけでは済まされないものの一つが、冒頭で触れたアイギストスの言である。というのは、彼はこれを、満足を表そうとして言っているように思われるが、現存するテクストで見る限り、それまでの時代においては、カロスと修飾される死はすべて戦死であったから、アイギストスが当該の状況でそのように言うと、意味は通じたとしても違和感のある響きになったに違いないためである。満足を表すために死への心よせを用いるにしても、他の表現の仕方がいくらでもあったのに、戦死をイメージさせるカロスの語を用いていることはどう考えるべきだろうか。一方、第二部の『コエーポロイ』では、死への心よせの数はずっと減って四件であるが、そのうちの二件で、オレステスが ὀλοίμην《オロイメーン》[1] という同じ言葉を用いて母殺しをめぐる心情を表している、ということも見過ごすことができない（*Ch.* 438, 1006）[2]。実際に王を手に掛けたのは王妃で、父の仇をとる決意を固めたこの王子は、母に代価を払わせたあとで滅びたいと言い、そして母を殺めたあとさらに、このまま子無しで滅びたいと言うのである。これらを、〈母殺害への願望〉と〈母へのやまぬ憎悪〉を表現するための修辞だとして済ませてしまう研究者が多いが、ここに表されているのはオレステスのもっと複雑な心境ではないのか。というのは、自分が「滅びること」をよしとするのは、通例自らを呪うときの言い回しだからである。死への心よせが多数語られたあとに、問題含みな形で発せられる、彼ら二人の死への心よせはいずれも、その意味するところをもっとよく考えてみるべきものであるように思われる。これらの疑問に沿って考察してゆくと、二人の死への心よせが、対照しながら多くを語るものであることが見えてくる。

1　死への心よせ

二人の死への心よせを詳しく見る前に、『オレステイア』の三作中に見られる一連の死への心よせを概観しながら、考えるべき問題を説明しよう。まず『アガメムノン』の中にあるものを順に示す[3]。死への心よせを表す最も肝心な部分に傍線を付してある。

『アガメムノン』より

①四四五―四九行：コロスは、トロイア戦争を振り返る歌の中で、兵士たちのうちのある者たちはカロスに倒れた、と人々が称えていると言う(4)。

②五三九行：ギリシア軍からの伝令が、自身の帰国の喜びと王のまもない凱旋を告げて、「私は上機嫌だ、死んでしまうことを、もはや神々に対して拒まないだろう(5)」と語る。

③五五〇行：王が帰国すると聞き、まずいことが始まると予見したコロスは、何かを恐れているのかと聞かれ、「今あなたの言ったことのとおりで、死ぬことさえも大きな恵みです(6)」と答える。

④八七四―七六行：王を出迎えた王妃は、王を待つ間に不安の中で何度も首を吊ろうとしたことを自ら語る(7)。

⑤九二八―二九行：王妃からあまりに豪奢な歓待をされた王は、人の分を超えることになるのを恐れて、分別を持ち安寧の中で生を終えるような者こそが幸福なのだと諭す(8)。

⑥一二九二―九四行：自分がまもなく殺されることを予見しているカサンドラは、ちょうどよい打撃で痙攣なく死ぬことができるようにと祈る(9)。

⑦一三〇四行：カサンドラが死を恐れていないのを見たコロスは、「名高く死ぬということは、人間にとって恵みだ(10)」と言って称える。

⑧一三六四行：王が殺されたことを知ったコロスは、「しかしそれは耐え難い、死ぬほうが勝っている(11)」と仲間うちで語る。

⑨一四四八―五一行：王妃が殺害を弁解するのを聞いたコロスは、運命が死の眠りをもたらしてくれることを希望する旨を歌う(12)。

⑩一五三七―四〇行：コロスは、王妃のなお強気な自己弁護に苛立って、王の死んだ姿を見る前に死んでいたかったと歌う(13)。

⑪一六一〇―一一行：アイギストスは、念願の復讐を果たしたことを喜び誇りながら、「この男が正義の網にかかったのを見た私においては、このような次第で、死ぬことさえもカロスである」と語る。[14]

⑫一六五二行：王殺害を誇るアイギストスとそれを非難するコロスの間に緊張が高まり、どちらかが、[15]「柄に手を掛けている私も死ぬことを拒むものではない」[16]と言って戦う構えを見せる。

これらのうち、いくつかは問題なく理解できる。①は戦死一般をカロスなる死として称えたに過ぎないし、⑤は幸福のうちに死ぬことへの心よせで、これは誰が言ってもおかしいことはなく、ともに言の真偽に疑うべき点はない。また、⑥⑦は、カサンドラの目前に迫った死について表白された、自他の気持ちの誠実な表白と見てよいであろう。

しかるに、②③⑧⑨⑩はうって変わって、死ぬ必然が全然ない者たちが自分の死をよしとするものである。伝令の語る②は、望みが叶ったから死んでもよいという修辞の、他の四つは、この状況が死ぬほど厭わしいという修辞のパターンに従ったものである。彼らがそれぞれ強い情念によって動かされているということは真実だとしても、自分が死ぬことを本気でよしとしているのだとは到底思えない。もし誇張でないとしても、疑う余地が十分にあると言える。

それに対して、アイギストスの語る⑪はおもむきが違う。悲願が果たされての満足の中で自らの死をよしとしているという点では、②と似ているが、アイギストスは今後復讐される恐れがあるという状況の中でこれを言っているので、②のようにまったくの絵空事としては響かない。最大限の満足感に浸っている、という状況からすると、今や死んでも文句は言わぬと彼が調子づくことは理解できる。しかし、②のような「神に嫌だとは言わぬ」という消極的な言い方[17]ではない。譲歩の印として「さえもまた」(kai《カイ》)という語が添えられているにしても、⑪は〈死ぬこともカロスだ〉という形で単純肯定しているのであり、死をよしとする態度はもっと積極的なのである。そして言葉の組み合わせからは、単刀直入にカロス・タナトスを申し立てているように見えなくもない[18]。しかし、そこに想定されている死は、カロス・タナトスが成立するような条件を満たしていそうではない。一方、ほどなくして語られる⑫は、アイギストスとコロスのどちらの言であるにせよ、剣に手をかけた二者のどちらかが斬られるかもしれないという状況の中で言われているので、カロスの語は用いていなくとも、これはまさにカロス・タナトスへの覚悟を表すものとなっている。それゆえ⑪と⑫は相俟って、私たちにカロス・タナトスの概念を思い起こさせずにはおかない。では、⑪のカロスはどう解するべきなのか。ここにちらつくカロス・タナトスのイメージはどう考えたらよいのか。⑪を語ったことにより、アイギストスはどういう人物として描き出されているのか。これらのことを考えるのが、本章の第一の課題である。

『コエーポロイ』より

次に『コエーポロイ』に目を向けてみると、語られている死への心よせは『アガメムノン』におけるよりも少ないが、深刻なものばかりである。

⑬三四五―四七行：コンモスの中でオレステスは、父がイリオンで敵に討ち取られていたらよかったのにと嘆く[19]。

⑭三五四―五九行：コンモスの中でコロスは、トロイアで戦死した兵士たちをカロスに死んだ者たちと表現し、また王が戦死していたら地下でもよい境遇を得られたろうにと嘆く[20]。

⑮四三五―三八行：母殺害の決意を固めたオレステスは、彼女を殺したあとに自分は滅びるがよい[21]と言う[22]。

⑯一〇〇五―〇六行：母殺害後に現れたオレステスは、彼女への非難を語った上で、彼女のような女と一緒に暮らすようなことが起こる前に、自分は子なしで滅びるがよいと言う[23]。

これらのうち、⑬と⑭はともに、立派に死ねなかったアガメムノンへの憐れみや、戦死した者たちへの哀惜のもとで、立派な戦死をよしとする思いが単純率直に語られたものだと理解できる。これに対し、「私は滅びるがよい」(ὀλοίμην《オロイメーン》)を共通に含んでいる⑮と⑯は複雑である。確かにこれらは、解釈者たちが指摘するとおり、〈母殺しへの欲求〉や〈いまだ消えぬ母への嫌悪〉という、自分の死を願うのとは別の感情を、効果的に表す手段になってもいるだろう。しかしそれだけのものではなさそうである。まずこれらは、ただ死ぬことをよしとしているのではなく、よしとする死を、「滅びる」(ὀλέσθαι《オレスタイ》)という動詞によって悪い死に特定しているのである。[24] もちろん、何らかの厭わしい事態への嫌悪感を示すために、ひどい死に方をするほうがまだマシだという論法は存在するが、[25] ここではそのように語られているわけではない。⑮が、ためらいや譲歩を表すような要素をいっさい介在させずに、自分が滅びることを率直によしとしている、ということは、同じく〈悲願を果たしたときの死〉をよしとするものであっても二重否定を用いている②や、「さえもまた」を用いている⑪と比べてみると分かりやすい。このことは⑯も同様である。それなら、この二件は、他の感情を述べるための方便的な修辞であるだけではなく、自身の悪い死に向けた心よせを語るものではないのか。これが第二の課題である。

また、⑮は、〈悲願を遂げた時点で死ぬこと〉への心よせという意味で⑪と同じであるし、⑯は、〈悲願を遂げた時点で語られた(死への)心よせ〉という意味で⑪と同じである。特に、⑯でのオレステスは、いますぐにも死ぬことをよしとしているはずである。一方⑪のアイギストスも、自分がいつ死んでもそれはカロスなことだと言っていた。それならば、オレステスの死への心よせは、アイギストスのそれにきわめて近づけられているわけである。ここには意味のある対比があるのではないか。これを考えるのが、第三の課題である。

『エウメニデス』より

第三部の『エウメニデス』では、死への心よせといえるかどうか曖昧なものが一件あるだけである。

⑰六二五―三〇行：アポロン神は、王たる者が女の手によって死ぬことは怪しからぬことだが、アマゾンのような誰かの矢で死ぬなら話は別だという趣旨のことを語る。[26][27]

「アマゾンのような誰かの矢に殺される」とは、戦死を意味しているのか、ただ武器で殺されることも含むのかは分からないが、男にとっては、女に策略で殺されるよりは、矢で射られて死ぬほうが、少なくともマシであるということを一般論として表したものである。しかしこれはもはや、死すべき身の者がどのような死をよしとするか、という話ではない。舞台は、神どうしが見解を戦わせる場に変わっており、これまでの死への心よせとは次元の違う話がなされていると言うべきかもしれない。

『オレステイア』三部作においてはこのように、人間の情念のドラマは最初の二作に凝縮され、第一部には、真に受けるほどのものではない死への心よせが多彩にちりばめられているが、末尾にその真意を考えさせるような内容のものが置かれ、第二部には深刻な内容のものだけが置かれるとともに、第一部の心よせで問題化されたアイギストスの死が成就するように設定されている。死への心よせのこの満ち干のような様相の中で、⑪と⑮⑯は相俟って何かを問いかけていると思われる。上で挙げた三つの問題を、以下の第2節～第4節で順に考察してゆこう。

2　アイギストスの有頂天

アガメムノンが殺され、クリュタイメストラの殺害の弁も一通り語られたあと、アイギストスが登場して『アガメムノン』は大詰めとなる。復讐の達成を誇る彼は、アトレウスとテュエステスの争い以来のいきさつを語った上で、自分がこの謀殺の計画者《ラペウス》（第一六〇四行）としてあらゆる策略をめぐらしたのだと強調する（第一六〇九行）。[28]

三五行にわたるそのスピーチの最後を締めくくるのが、先に⑪として挙げた死への心よせである。

この男が正義の網にかかったのを見た私においては、[29] このような次第で、
死ぬことさえもカロスである。[30]

（『アガメムノン』一六一〇―一一行）

ここで解釈に迷うのは、「カロス」という部分である。この二行に対してこれまでになされている訳は、おおむね次の三種類に分かれる。

(ア)カロスを〈受け容れてもよい・問題ない〉という意味（'fine for me' など）にとるもの。
(イ)カロスを〈好ましい・心地よい〉という意味（'sweet to me' など）にとるもの。
(ウ)カロスを〈名誉ある・立派な〉という意味（'die in honor' など）にとるもの。[31]

この多様さは、この語自体の多義性にもとづくものであって、どれも誤りとは言えないが、それぞれのタイプの解釈にどんな根拠と問題があり、総合的にはどう考えればよいのだろうか。それは大いに考えさせられる問題なのだが、なされた議論は管見の限り皆無に等しい。[32] 以下において、それぞれのタイプごとに考えてみよう。

アイギストスが満足に浸っているという状況だけから考えたならば、ここで彼が言うのに一番違和感のなさそうなことは、心よせ②（4. 539）で伝令が語ったごとく、〈死ぬことになっても厭とは言わない〉という類のことだろう。上の三つのタイプの中では、(ア)がそれに当たる。死ぬことを喜んで受け容れるというわけではなく、必要なら抵抗せず受け容れるという態度を表すものとしてである。カロスの語はホメロスの時代から、〈適切である、問題ない〉という意味を表すことがあったから、第一六一〇―一一行もこの意味を持ちうることは、十分認められてよいだろう。しかし問題は、第一六一〇―一一行の意味がそれだけで済むものか、すなわち、聞く側にとってそれだけの意味で響いたか、またアイギストスがそれだけの意味で言おうとしていたか、ということである。カロスなる

死の部分についての解釈の道が複数あるなら、それらを一通り考え合わせてみることが必要である。慣用によって導かれる別の解釈があるならば、それも考慮されなくてはならない。というのも、アイスキュロスの時代までは、現存テクストで見る限り、死をカロスと修飾するのはほとんど、戦死を称えるべきものとして表す場合ばかりだったからである。[33] (ア)のように解釈するだけで十分か、ということを考えるときに見逃せないのは、第一六一〇—一一行の直後にコロスが示す反応である。

アイギストスよ、災いの中で傲慢な口をきくことを私は認めない。[34]

（『アガメムノン』一六一二行）

コロスは、彼の言っていることが傲慢《ヒュブリス》だと言って反撃しているのであるが、これは第一六一〇—一一行の言葉に対する非難であるように見える。もしかすると、彼がこの二行を言わなくとも、コロスはこのように言ったかもしれないし、あるいは、彼の締めくくりの言葉を「死んでもよい」という程度の意味で理解したとしても、コロスが同様に苛立つことはあったかもしれない。しかし、かの言がより傲慢に響く余地があるならば、それこそがコロスを苛立たせるのにより似つかわしいものとして見込まれることになる。アイギストスが、単に〈もう死んでもよい〉というだけでなく、もっと傲慢なことを語っていると解する余地がないかどうかも考えてみる必要がありそうである。

(イ)のタイプの解釈は、カロスを「私に」（ἐμοί《エモイ》）とセットにして、「私にとっては魅力的」という主観的でより積極的な評価を見込むものである。その趣旨は、〈私には死ぬことさえも好ましい〉ということだが、それは、願いが完璧に果たされたいま、そう言えるほどすべてのことが自分には好ましいと言っているのに等しい。ならば、満悦の極みにあるゆえ、どんなものどんなことでも厭わぬどころか歓迎するということで、彼は感覚の麻痺、あるいは錯乱の状態にあるのだとも言える。それはまさに、自分の手柄に対する度を越えた満悦なのであって、コロスから傲慢《ヒュブリス》だとして非難されるのに確かに似つかわしいことだと言える。ただし、こういう意味のカロスがタネイン

(θανεῖν)の派生語で表された死を形容した例も、現存するそれまでのテクストには見られない。また、死を好ましいと言う理由はその「錯乱」以外に見当たりそうにない。ゆえに、(ア)の場合と同様、かの言がこの意味を持ちうることは認められても、それだけですんなり通るとは考えにくい。

これに対し、かの心よせに〈名誉ある・立派な死〉という概念を読み込むのが[35]、(ウ)の解釈である。復讐を果たしたから、これからは私の死は名誉あるもの・立派なものとみなされる、という理屈は自明ではない。何かをした人はただ死ぬだけでも立派だ、という主張なら、ナンセンスであるようにも思える。しかしそれでも、彼は〈私が死ぬとしたら、それはカロス・タナトスでさえある〉と主張しているようにも聞こえることは間違いないことである[36]。もちろん、いまから彼に起こりうる死が、カロス・タナトスとなるとは考えにくい。もし彼が新たに命がけの勝負をして、それゆえに死ぬというのなら話は別であるが、復讐を達成させただけでは、カロス・タナトスの条件が満たされるわけではまったくないからである。というのは第一に、死がカロスとされるためには、どのようにして死ぬのかが問題で、何らかの目標達成のために自ら犯した危険の中で死ぬということが重要だからである。あるいはそれに準ずる死だとしても、その死が、危険を犯して行動したことの証しか、せめてその代価となるようなものであることが必要である。しかるに、彼がここでカロスだと申し立てているのは、どんな死に方をするかということをいっさい限定していない死なのである。また第二に、カロス・タナトスを申し立てるということは、間接的に果敢さ・勇気を申し立てることであるが、彼は殺害を女に任せたのであって、危険を伴う行動を自ら行ったという実績が彼にはないからである。

しかし、カロス・タナトスがまずありえないという実態がありながら、彼がそのような主張をしているように響くとすれば、この言はコロスの反撃を招くのにより似つかわしいということになる。それに、アイギストスが厚かましくそれを本気で主張しているというふしもある。というのは、彼が自ら次の言葉を吐いているからである。

自分は、不在のままこの男に襲いかかった。[37]

（『アガメムノン』一六〇八行）

つまり彼は、行動に加わっていないと言いながら、自身で襲いかかったと言っているのである。[38]その矛盾はまさに、彼がカロス・タナトスを申し立てるということの矛盾と一致するものである。以上のように、彼がここでカロス・タナトスを申し立てるということはまったくお門違いで不当なことではあるが、彼はそのことにまったく頓着していないのだと言える。その態度はあまりにも非論理的で強引である。しかしそうであればなおさら、コロスから直ちに返された傲慢《ヒュブリス》という指摘は最も似つかわしく響くことになるだろう。

コロスのその後の言葉にも注目してみよう。

汝は、この男を自ら進んで殺したし、
この哀れむべき殺しを一人で計画したのだ、と言っているのか。[39]

（『アガメムノン』一六一三―一四行）

たとえ計画したのはアイギストス一人であったとしても、彼は下手人ではない、という事実[40]に照らし合わせると、ここでコロスが言おうとしているのは、アイギストスは殺害自体も含めてかの殺し全体を自分の手柄だと申し立てている、ということである。また、第一六二五―二七行では、彼らは、アイギストスが戦争の時に家にいて悪事を謀ったことをあげつらい、女のようだ（男の名に値しない）と非難する。

女よ、戦から戻ったばかりの男たちに対して、
家事をしつつ夫の閨を辱めもしながら、
将軍たる男にこの殺しを謀ったのは汝であるか。[41]

（『アガメムノン』一六二五―二七行）

これらの言葉を通してコロスは、〈果敢な行動と無縁であるのに、他人の功績を我がものとして誇る〉というアイ

ギストスのやり口を指摘しているのである。それは彼がカロス・タナトスという栄誉——本来的にそれは戦う男性に属するものである[42]——を横領していることへの非難としてこそ、最も似つかわしいものといえるだろう。

コンテクストから比較的容易に推定できる第一六一〇行の解釈は以上の三種類であるが、カロスは与格語とともに用いられて「〜に相応しい」という意味[43]をも表すことにもとづき、次のような四つ目の解釈の余地があることも指摘しておきたい。

(エ)カロスを〈相応しい〉という意味にとる解釈。

もしアイギストスがここで「私には死ぬことが相応しい」と言っているとしたら、考えられるのは、〈死という代価が相当するほどに満悦を味わった〉ということを言おうとしてのこと、かもしれないということだ。というのは、快楽において人間の分際を超えることに対して制裁が下るということはギリシア神話においては一般的に認められることであり[44]、死という制裁が下るという例もいくつか存在するからである[45]。アイギストスが自分の満足の程を表そうとしてそのようなことを語る、ということはありうるかもしれない。しかし、彼が自ら、自分は死という制裁を受けるのが相応しいと言ったのだとすれば、彼の傲慢な印象が薄れ、第一六一二行のコロスの反撃がやや妥当性を欠くものになってしまうだろう。ゆえに、第一六一〇行のカロスがこの意味でコロスに解されたというふうには考えにくい。しかしかの言の持ちうる意味の一つだと言うべきである。

第一六一〇—一一行の意味内容についての以上の議論から言えるのは次のようなことである。まず、カロスの部分の意味は曖昧で不確定であるが、アイギストス自身の意図がどうであれ、コロスは彼の⑪の言を(ウ)のタイプのものとして受け取っているように見えるということである。そしてさらに、この劇はそのことを通して、彼がカロス・タナトスを申し立てているのではないかと疑う余地を積極的に作っているということである。

カロス・タナトスにかかわりのあるやり取りが、最後にもう一つ設けられていることにも留意するべきだろう。

コロスの非難とアイギストスの牽制が繰返されるうちに、両者は剣に手をかけて斬り合おうかというところまで進み（第一六四九―五三行）、クリュタイメストラに制止される。

アイギ：しかし汝がこれらのことを行い語るつもりなら、すぐに思い知ることになるぞ。
さあ、僚友たち、この仕事はまもなくだ。
コロス：さあ、みな柄に手をあてた状態で剣を準備せよ。
アイギ：いや、柄に手を掛けている私も死ぬことを拒むものではない。
コロス：汝が死ぬと言っているのを、私たちは確かに聞いた。運勢をつかみとろう。[46]

（『アガメムノン』一六四九―五三行）

ここには、どのセリフをどちらに帰するかというテクスト上の問題があり、少なくとも五つの異なる案が出されていて事情は複雑であるが[47]、重要なのは⑫に当たる第一六五二行の一行である。フレンケルは写本（MS）と共にこの一行をアイギストスに帰しているが、ペイジのOCTテクストはコロスに帰す（スタンリー、ブラウンも）。老人からなるコロスが剣を持っているというのは奇妙だとする見解と、彼らは杖を剣に見立ててそう言っているのだとする見解とがあって、どちらに帰するのが正しいのかははっきりしない。しかしいずれにしても、どちらかの者がここで命をかけて戦うという態度を示している（少なくとも言葉の上で）ことは確かである。ということは、ここでもカロス・タナトスというアイデアが示唆されているのである。もしこれをアイギストスが言っているとしたら、ここで初めてそういう毅然さを身につけたということなのかもしれないが、それは言葉だけで戦いは「伴の者たち」（第一六五〇行）に任せようというつもりかもしれない。またもし、これをコロスが言っているとしたら、狡猾な行動とは裏腹にカロス・タナトスを申し立てていたアイギストスへの痛烈な当てこすりとなるであろう。いずれであるにせよ、これはカロス・タナトスという概念を聴衆に強く思い浮かべさせるものだと言える。

以上の議論から、『アガメムノン』に⑪の言がもたらしている波紋は、次のようにまとめることができる。この劇の終盤でアイギストスによってなされる死への心よせは、劇中のそれまでの一連の心よせとは違い、深く考えさせる内容のものであって、この第一部の締めくくりを意味深長なものにしている。その言は、彼が有頂天になっていることを表しているわけであるが、それだけではなく、カロスという語を用いたまぎらわしい言い方をすることにより、カロス・タナトスという概念が想起されるように仕組まれている。その結果として、彼にはカロス・タナトスを遂げる資格があるのかということが詮索され、彼がカロス・タナトスとは相容れない卑劣な態度をとってきたということが確認されながら、この第一部が終わることになる。

3 オレステスの痛心

第二部『コエーポロイ』において語られる死への心よせは四件である。最初に心よせが向けられるのは、アガメムノンが敵に槍で刺されて殺されていたらよかったのに、という過去の非現実（⑬：*Ch.* 345-47）であり、次にはトロイアで実際に遂げられたギリシア兵士たちの戦死である（⑭：*Ch.* 354）。前者は εἰ γὰρ《エイ・ガル》 を用いた願望表現によって示され、後者は καλῶς《カロース》 を用いた戦死表現によって示されている。これらはいずれも、戦死という名誉の死をよしとしたもので、その心よせの言葉を文字通り受け取ることをためらう余地は、まったくないだろう。しかしその後に語られる残りの二件⑮⑯は、共通の ὀλοίμην《オロイメーン》 という語（第四三八行、一〇〇六行）を含んでいて、よしとされるものはここで一転して、話者自身の将来の悪い死に切り替わることになる。

そのうちの一件目である⑮は、『コエーポロイ』を特徴づける長大なコンモス（第三〇六―四七八行）の三分の二を過ぎたあたりで語られるもので、父に対してなされた非礼な殺害の次第とそれへの恨みを姉とコロスから聞かされたオレステスが、母殺しの意志を固めながら語る次の言である。

父への非礼の報いを、やがて彼女は支払うことになる、
神々により、
私たちの手によりだ。
そののち、殺した上で私は滅びるがよい。[48]

（『コエーポロイ』四三五―三八行）

二件目⑯は、アイギストスとクリュタイメストラの殺害をし遂げたあと、館から出てきたオレステスが二人の骸を示しながら、彼らのとった卑劣な手口を語った上で語る次の言である。

そのような女が家の中に一緒にいてほしくはない。
私はそれより先に、神々の意志により子なしで滅びるがよい。[49]

（『コエーポロイ』一〇〇五―〇六行）

ὀλοίμην《オロイメーン》の部分を、上の引用では一応「滅びるがよい」と訳したが、これをどう訳すかは大きな問題である。[50] ⑮は、オレステスが母殺しを遂げたうえで「滅びる」ことをよしとし、⑯は、母のような女と一緒に暮らすことになるより前に「滅びる」ことをよしとするものである。〈これらは母殺しへの熱望と母への止まぬ嫌悪を表現する方便として語られたものに過ぎず、ここにそれ以上を読み取るべきでない〉と主張する研究者が少なからずいる一方で、それだけではないと見る研究者もある。しかし、いずれにおいても踏み込んだ議論はなされていないというのが現状である。この問題は、語り方や動詞 ὀλέσθαι《オレスタイ》の特性などに注意して、テクストをよく見て検討しなくてはならない。

第四三八行（⑮）の問題

では、⑮でオレステスは、どういう死をどのようによしとしているのだろうか。〈願いが達成されたときの死を受け容れる〉というのは、願望のほどを表すための古代ギリシアの慣用的な言い回しの一つであったことは事実である。しかしポーレンツ（1930, 60）はさらに、⑮の ὀλοίμαν《オロイマーン》 は〈母殺害後の良心の苦悩〉を表すものではないと言い、ラインハルト（1949, 116–18）も、これが（一見内面的な闘いの証しのように見えるということは認めながらも）〈彼の良心の格闘や克己〉を表すものではないとした。ロイド・ジョーンズ（1982, 34（ad *Ch.* 434））も、これが彼のためらいを表すものと取るべきではないと述べ、ウィニングトン・イングラム（1983a, 144）も、これはオレステスがどんな予感を抱いているかなどを示すものではなくて、よく知られた決まり文句に過ぎないと言っている。ボウエン（1986, 90（ad *Ch.* 438））も、この語を必ずしも死を表すものと捉える必要はないとして、彼らと同じ立場に立つ。これに対してレスキー（1943, 95）は、修辞の類例を連ねてもこの言の内実を論じることはできないと述べて、死を表すのに θανεῖν《タネイン》 や κατθανεῖν《カッタネイン》 でなく ὀλέσθαι《オレスタイ》 という動詞が用いられていることに注目した。そこには〈満足できたなら死んでもよい〉という気持ち以上の何かが表されていると見て、復讐のあとには悲惨な運命が自分を待っているというオレステスの予感がここに示されていると主張した。スレブルニー（1964, 83）はこれを全面的に支持し、ルベック（1971, 200–201）も実質的にこれと同じ立場に立っている。ガーヴィー（1986, 162（ad 438））も、レスキーが正しいかもしれないとして、オレステスの不吉な予感と復讐の連鎖への示唆をここに認める。他方、ツァイトリン（1965, 496）は、オレステスが母殺しに〈嫌悪感〉を抱いていて、それゆえ復讐達成のあとは死ぬことを望んでいるという解釈のもとに、オレステスの言は誠実であると述べている。

死受容による願望表現の一〇類例

このように、心よせ⑮にはさまざまな解釈があるが、それらはこの言い回しについてのどれほどの考察を踏まえたものかというと、いずれも心もとない。多くの研究者が行っているように、慣用的な言い回しに似ていることを指摘しただけで片付けてしまうことは危険である。必要なのは、オレステスの言を類似の言い回しと適切に比較検討することである。ガーヴィー（1986）は、「私が目標を遂げたときには喜んで死なせてもらう」という形で願望の深さを表現する伝統的定式があるとして、一〇件の例を参照せよと述べているが[51]、それらを注意深く見ると、『コエーポロイ』におけるオレステスの言が、むしろ特異な位置を占めるものとして見えてくる。一〇件とは次のものである[52]（要旨だけを記し、死への心よせ自体にあたる部分に傍線を付す）。

(a) 『オデュッセイア』第七巻二二四―二二五行：オデュッセウスは、故国に辿りついて自分の館等を目にすることができたならば、生命が離れ去ってもよい、と言う[53]。

(b) 『アフロディテへの讃歌』一五三―五四行：アンキセスは[54]、少女に扮したアフロディテ女神に誘惑されて、同衾することができたならハデスに降ることを欲するかもしれない、と言う[55]。

(c) アイスキュロス『アガメムノン』一六一〇―一一行（上掲の心よせ⑪）：アイギストスは、敵を斃したいまや、死ぬことさえもカロスである、と言う[56]。

(d) ソポクレス『アイアス』三八八―九一行：アイアスは、絶望の中でとるべき道を思案し、どうしたら憎い者たちを滅ぼしたうえで自分が最後に死ねるだろうか、と自問する[57]。

(e) ソポクレス『エレクトラ』一〇七八―八〇行：コロスは、エレクトラが、二つの復讐を遂げたうえで死ぬことにためらっていないし、目を閉じる用意もできている、と言明する[58]。

(f) エウリピデス『エレクトラ』二八一行：エレクトラは復讐を切望する中で、母を殺した上で死にたいと言う[59]。

(g) エウリピデス『エレクトラ』六六三行：エレクトラの爺やは、クリュタイメストラの死を見届けた上で何としても死にたい、と言う[60]。

(h)エウリピデス『オレステス』一一〇〇行：オレステスは、ヘレネの誅殺を実現したうえで何としても死にたい、と言う(61)。

(i)エウリピデス『オレステス』一一一六行：オレステスは、ヘレネの誅殺を仕遂げたうえでなら、二度死ぬことも恐れないと言う(62)。

(j)カッリマコス、断片五九一：一行しかないので話者もコンテクストも不明であるが、彼の死の報せを受けたときに死にたい(63)、と言うもの。

これらの吟味に入る前に、いくつかに現れている希求法の単独用法(a)(d)(f)(j)および希求法のεἰ γάρ《エイ・ガル》付き用法(64)(h)(i)の意味について確認しておきたい。それは願望を表現するわけであるが、願望の積極性については要望から認容まで様々ある(65)。しかし総じては、ある事態をよし・好ましいとするという態度の表明である。

さて、上記の一〇件はみな、何らかの願望の強さを表すべく、その達成を〈自分の死という高い代価で値踏みしたもの〉と見ることができるだろう(66)。しかしよく見てみると、死を受け容れる態度にはかなりの幅があり、いくつかは⑮とずいぶん違うものであることがすぐに見てとれる。たとえば、希求法に「さえもまた」(καί《カイ》)が添えられている(a)である。すなわち、(a)が言っているのは、〈館等を目にした状態で私が死ぬということさえもが、好ましい〉ということであって、ここには、本来的に好ましいことは別のところ(館等を目にしても死なずにいること)にあるという含みがある(67)。これに対して、「さえもまた」を伴わない⑮が言っているのは、〈母を殺したうえで私が死ぬということ自体が、好ましい〉ということである。さらには、前者は当人の死ぬ必然性がまったくないという状況の中で語られているのに対して、後者は当人に死の制裁が下る可能性が少なからず予想される状況で語られている、という違いもある。つまり(a)と⑮の間には、空想の話と現実の話ほどの違いがある。「さえもまた」が添えられているのは、(c)も同じである。また、βουλοίμην ἄν《ブーロイメーン・アン》(68)が用いられている(b)にも似たところがある。すなわち(b)は、

〈汝のベッドに入っても、私は死ぬことを欲しないかもしれない〉という可能性も含ませながら語っている。万が一求められた場合には、死ぬことをよしとすることもあるが、本来的にそれを求めているわけではないという含みがここにもある。つまり、これらにおいては、当人が死ぬということが、本来的ではない話、特別な場合の話として語られている、ということが分かるように表現されているのである。先の言い方を用いるならば、(a)(b)(c)においては、願望の達成は、〈当人の死という代価〉と引換えにしてもよいが、それは非本来的につけられた高めの代価であって、本当はもっと安い代価で済ませたいのだ、ということが含意されている。

このほか、(d)(g)(h)(i)も、⑮との違いが分かりやすい。すなわち、これらにおいては、〈いずれにせよ死なねばならない〉という事情を持つ者が、自分が死ぬのはいつがいいと言っているに過ぎないのである。というのは、(d)については、狂乱の醜態を晒したアイアスは、死ぬほかないと思っていることが同作品の中で語られているし（*S. Aj.* 473–74）、(g)については、エレクトラの爺やは、作品内ですでに示されているようにかなり老齢であり死期もあまり遠くないし（*E. El.* 489–92行）、(h)(i)については、オレステスはすでに民会で死刑の判決を受けている。少なからずこれらの事情によって、彼らは、自分がいつ死ぬのがいいと格段に言いやすくなっているはずである。したがって、彼らの場合は、願望の達成されたあとに死ぬのがいいと言ったとしても、願望の達成を純粋に自分の死で値踏みしているとは言えないのである。

三つのパターン

こうして見ると、件の伝統的定式には、まず少なくとも二つのパターン(あ)(い)があると言える。

(あ)：いずれにせよ死なねばならないという状況の下で、願望の達成したあとに死ぬのがいいと語るパターン。

これに従うものは(d)(g)(h)(i)である。その死受容は文字通りに解してよいが、それは必ずしも、願望の達成を自分の死で値踏みしたことを意味するものではない。

(い)：願望の達成されたあとの死が、実際に起こることのなさそうな想定上の話として、好ましいとされている、というパターン。これに従うものは(a)(b)(c)である。当人も、そのように死ぬということが現実にあると考えて言っているのではない可能性があり、非現実的な、ないしは誇張した話として響く。そのように死ぬことが好ましい、とするのは、願望達成に対する、最大限に割増しした非本来的な値踏みであり、文字通りに受け取るように想定されているものではない。

では、これらのパターンに従わない残りの三件はどうだろうか。(j)はコンテクストが分からないので留保し、(e)(f)を考えてみる。これらは共に、エレクトラが母やアイギストスに復讐する意欲をたぎらせている様子を表すものである。(e)は彼女の死受容を表す二つの記述からなっており、その一つ目（προμηθής《プロメーテース》（ためらっている）の否定）は実質的には二重否定の形になっていていくぶんややこしいが、この場合は「ためらいはしない」という積極的姿勢を表すものとみなすことができる。[69] 一方、(e)の二つ目に用いられている ἕτοιμα《ヘトイマ》（準備ができている）という語は、要請があれば動き出すという消極的な態度も表しうるが、乗り気であるという積極的な態度をも表しうるので、曖昧である。しかし、エレクトラ自身がそれより前に、〈復讐しながら死ぬ〉という覚悟を明らかにしていたことを考えれば、[70] ここでコロスが言っているのは、彼女が死ぬことには少しもためらいを持っていない、ということの指摘だと判断できる。一方、(f)でエレクトラが言っていることは単純で、希求法単独用法が表す限りにおいての話だが、復讐達成後の死が手放しでよしとされている、ということは明らかである。それならば、(e)と(f)が表しているのは、〈復讐が叶ったら、自分は死んでもよい〉ということではなく、〈復讐が叶ったら、自分はまさに死ぬのがよい〉という態度であろう。それは、〈目標達成と引換えに、ためらい無く死ぬ覚悟がある〉という意思の表明であり、復讐達成をきっかりと自分の死で値踏みするということである。(あ)が願望達成に対する譲歩的な値踏みを表していたのに対し、これは願望達成に対する譲歩なしの値踏みである。

以上のことにより、(あ)(い)とは別に、次のパターン(う)が存在し、(e)(f)はそれに従うものだと考えることができる。

(う)：願望の達成されたあとの死が、実際に起きそうなこととして、好ましいとされている、というパターン。
願望の達成をきっかりと自分の死によって値踏みするもので、(少なくとも表現上は)文字通りに受け取るように想定されている。

(f)は、復讐への意志の固さを訊ねてきたコロスの前行の問い(第二八〇行)への応答であるから、覚悟のほどを示そうとして語られたものであり、復讐が本気であり、〈どれだけの価値を占めるものとして捉えているか〉を率直に表そうとしたものである。(e)も、エレクトラ自身が語った〈復讐しながら死ぬつもり〉という覚悟(*S. El.* 399)を、コロスが寸分たがわずに表現しようとしたものと考えられる。また(j)も、このパターンになら違和感なく調和するであろう。⑮が従っているのもこのパターンである。オレステスはここで、母殺しの達成を、まさしく自分の死という代価で買うべきものと認めながら、それを望んでいるのだと理解することができる。ほぼ同じことが⑯についても言えるが、これについてはあとであらためて論じる。

ὀλέσθαι《オレスタイ》という動詞

ところで、心よせ⑮⑯を上の一〇件と照らし合わせるとき、もう一つ見落とせないことがある。それは、オレステスがよしとする死は ὀλέσθαι《オレスタイ》(滅びる)の動詞で表されているということである。一〇件においては、死を表すために用いられているのは、θανεῖν《タネイン》、κατθανεῖν《カッタネイン》の動詞[71]または死の婉曲表現((a)(b))で、どのように死ぬかということがほとんど問題にされていない。つまり、それらの一〇例において言われているのは、それぞれの状況においてただ生を終えるのをよしとする、ということに過ぎない。このことを考えると、⑮⑯は(う)のグループの中でも特異なのである。

ὀλέσθαι《オレスタイ》が表すのは〈滅びる〉ということであり、それが人の死を表す場合は基本的に、悪い仕方、異常な仕方で死ぬことを意味する。[72] 実際、三大悲劇詩人の現存作品でこの動詞の変化形を検索してみると、希求法の形が⑮⑯のほかに四七件見出されるが、そのうち三六件が、希求法の単独用法または εἴθε《エイテ》付き[73]による、自他への純粋な呪いである。[74] その他四件は ἄν《アン》[75]を伴った形の「私が滅びることはどのようにしてありうるだろう」という定式によるもので、いずれも、惨めな状況に置かれた人物にあって、自分がそのまま死ぬという可能性を自問するものである。[76] このほかには、〈跡形なく消失する〉という意味にとるべき例も三件あるが、[77] 残りの四例はいずれも悪い最後を表すものとみなすことができる。[78] このように、ὀλέσθαι《オレスタイ》という動詞は、人の死を表すときは基本的に悪い死を表し、その希求法単独用法は、呪いを言うのに好んで用いられた形なのである。ここで重要なのは、オレステスは自分が、〈そのような悪い死を遂げるのでもよい〉と言っているのではないということだ。彼は、〈まさしくそのような悪い死を遂げるのがよい〉と言っているのである。以上のことをまとめると、オレステスが⑮で言おうとしているのは〈母を殺した上で自分が悪しく死ぬのがよい〉ということだ、とほぼ確定できる。[79]

ただしそれは、彼は母を殺したあとに悪しく死のう、あるいは死にたいと思っている、ということでは必ずしもない。彼は、〈母を殺したなら、自分は悪い死を遂げずにいてはならぬ〉と思っているのかもしれないが、あるいは、〈神罰や刑罰が下ってくれればよい、それは覚悟している〉というだけのことかもしれない。[80] 実のところ、彼は母殺しのあとに、自ら裁判を受けに行くにしても、自ら滅びようとするわけではないから、あてはまるのは後者だということになる。[81] しかし第四三八行では、そこまでのことは示されていない。観衆は、それは分からないままで、ただ⑮の言葉を上のように、すなわち両様の解釈の余地があると理解して劇の進行を見守ることになる。

オレステスが悪い死をよしとする理由

ところで、オレステスが〈母を殺した自分は悪しく死ぬのがよい〉と思うのはありそうなことなのか、ということをもう少し考えてみる必要がある。これは、オレステスにおける良心の咎めや殺害決意のプロセスという、長く議論されてきた問題とも関わるものである。

彼が母殺しを〈問題のはらむ行為〉だと考えていたことは、彼が母に命乞いをされたときに語る言葉「ピュラデスよ、どうしよう、母を殺すことを慎むべきか」[82]（第八九九行）や、母に向けた最後の言葉「受けてはならないことをあなたは受けなさい」[83]（第九三〇行）を見れば明らかである。もちろん彼は、事後の弁である第一〇二七—三二行で語るように、この行為の正義を確信していたし、母殺しがひどい咎めを受けることはないとアポロン神から聞かされてもいた。しかし、それはまずい行為であるとも思っていたのである。彼が第二九九—三〇五行で語っていたのは、〈さまざまな欲求〉と〈神の命令〉と〈父への哀惜〉が彼を行為に向かわせているだけでなく、〈財的窮乏〉と〈市民たちの名誉回復の必要〉が彼を駆り立てているということだった（第三〇一行）。彼は第二七一—九六行でも、それを果たさねばどんなにひどい罰を受けることになるとアポロンから脅されていたかを念入りに語っている。このことは、彼がたとえ好まなかったとしてもそれを果たさなくてはならないという事情が厳然としてあったということを表す。これらのことから無理なく推定されるのは、彼は母とアイギストスの殺害を何としても果たすつもりではいるが、母の殺害はタダでは済まないことだと分かっていたということである。そうだとすれば、第四三八行は、彼がそれをどれほど罰当たりなことととして捉えているかを表すものだと考えられる[84]。すなわち、彼は〈悪しく死ぬこと〉がその制裁として妥当だと分かっているのである。

良心の呵責の問題

ここで私は、ポーレンツやラインハルトらによって主張されている、〈第四三八行はオレステスが良心に苛まれている様を表すものではない〉という説を検討したい。[85] オレステスが母殺しを「あってはならないこと」（第九三〇行）と捉えていることから、彼にはそれが罪だという意識があることは明らかである。[86] しかし、彼がその罪を実行しようとしている自分をどれだけ責めたて、苦にしているか、ということはどこにも、一目瞭然な形で示されているわけではない。そういう意味では、ポーレンツらの言が間違っているわけではない。しかし彼らの主旨が、第四三八行はいささかも母を殺すことの痛みを表していないということであれば、賛成できない。

「良心」がギリシア文学の中で最初に描かれたのは、エウリピデス『オレステス』のオレステスが語る次のセリフにおいてだ、とはよく言われることである。[87] オレステスはメネラオスから「お前を滅ぼしつつある病気は何なのだ」と問われ、次のように答える。

それは、自分が恐ろしいことを実行したことを知っている、というその認識です。[88]（『オレステス』三九六行）

これが最初の例であるという認識は、一面において正しいのかもしれない。というのは、『オレステイア』三部作のオレステスは、母殺しを「してはならぬこと」と認識しているとしても、エウリピデスのオレステスのようには、〈それが倫理的にどう判定されるか〉という認識をどこにも語っていないからである。先ほど見たように、彼はただ、〈それをすれば悪しき死を遂げなくてはならない〉という認識を示すだけなのである。だから、母殺しという行為の問題性についての彼の認識は、エウリピデスの描くオレステスのそれに比べるとはるかにおぼろげだと言わなくてはならない。たしかに、「良心」の欠けた人物の典型として『イリアス』冒頭巻のアガメムノンという例があるように、[89] ギリシアの古い時代においては、罪悪感についての問題意識は弱かったのかもしれない。しかし、『コエーポロイ』のオレステスは、かのアガメムノンのように「説明不可能な失策」[90] として母殺しをしようとしているのでは全然ない。彼にあるのは、まず上述のように、〈母殺しはしてはいけないことだ〉という認識である。ただしそれは、彼を揺さぶるほどの力もない。あったとしても、第八九九行で一瞬ためらわせるくらいでしかない。

またそれは、彼をして、事後に率先して自分の罰を求めさせるような罪悪感ではない。それよりも確かに彼の中にあると言えるのは、第四三八行が表しているところの、〈母殺しをしたならタダでは済まない〉という意識である。それは自分を責める意識と言えるかどうかは分からぬとしても、自分が罰せられることは間違いないという意識である。エウリピデスの描いたオレステスの「認識」（σύνεσις《シュネシス》）が「良心」のことであるとすれば、アイスキュロスにおけるこの意識はそれの萌芽的なものというのが正しいかもしれない。[91] ウィリンクが、そのような概念を表す言葉が五世紀後半に増加し始めたのは、知性的言語が急に発達したからであって、「心の痛み」という現象がこのとき現れ出したというわけではない、と言っているのは重要である。[92] スネルも言うように、「われわれ現代の人間ならば自分の犯した行為に対する恐怖と解釈するであろうようなもの」を体現したエリニュエスに対する信仰は、それ以前から確かに存在していたのである。[93]

第四三八行の位置づけ

〈母殺しをしたらタダでは済まない〉という意識をオレステスが垣間見せるのは、劇の中で第四三八行が初めてであるということにも考えを向けなくてはならない。それは、コンモスのここに至って彼に何か変化があったということなのだろうか。ヴィラモーヴィッツは、それまでためらっていたオレステスが、コンモスでコロスとエレクトラにたきつけられて母殺しを決意するに至ったと主張したが、多くの反論が指摘したとおり、彼の復讐意志は既に第一八〇—八一行でも第二九八行でもはっきりと示されているというのが事実であり、それは当然母殺しも含意していたはずである。[94] しかし、彼のその決意はコンスタントであるというよりは、段階的に強められてゆくものとして描かれているというのが正しい。[95] その中で、クリュタイメストラを殺すという明確なアイデアが初めて現れる場所が第四三五—三八行である。これは、母殺しという計画が具体化するのに合わせて、母殺しの問題性もオレステスの中で意識化され、その言葉に反映されるまでになったということを意味する。そしてここからその意識が確かなものになって、第八九九行のためらい、第九三〇行の罪意識を含んだ発言、そして第一〇〇六行の再びのὀλοίμην《オロイメーン》へとつながってゆくのである。

第四三八行のὀλοίμαν《オロイマーン》がそういうものであるならば、そこには彼の苦悩が表現されていると言うべきである。(96) しかしそれだけではない。この言葉は、〈自分がしようとしているのはタダでは済まぬことだという苦悩〉と、〈それでも死を覚悟してそれを決行するという決意の悲壮さ〉とを同時に表している、と言うべきである。(97)

第一〇〇六行（⑯）の問題

心よせ⑮で示されている死への心よせについて言うべきことは以上であるが、⑯で再び現れるὀλοίμην《オロイメーン》については、まだ検討すべきことが残っている。⑯でオレステスが言っているのは、クリュタイメストラのような悪い女が家に一緒にいて欲しくはないとした前言を受けて、「それより前に神々により、私は子無しのまま滅びるがよい」ということである。ここでもまず問題なのは、ὀλοίμην《オロイメーン》がそんな事態への嫌悪感を表すための修辞に過ぎないのかということである。(98) クリュタイメストラへの嫌悪が未だに激しく続いているということには不思議はないが、理解しがたいのは、新たに別のそんな女――それがオレステスの嫁であろうとなかろうと――が現れて自分と一緒に暮らすということを彼はなぜわざわざ想定するのかということである。もし、そんな状況から未然に逃れるためにということであれば、わざわざ悪しざまに死ぬ必要はないはずである。(99)「滅びる」（ὀλέσθαι《オレスタイ》）という言葉を使うにしても、〈必要なら自分が悪しざまに死ぬことになってもよい〉という形で条件を限って言うのがもっと自然であろう。無条件に自分が悪しざまに死ぬのがいいとする道理は見つからない。

ここで思い起こすべきことは、第四三八行では滅びることがどのような条件のもとによしとされていたかということである。そこでは、母殺しが遂げられたあかつきに、悪しざまに死ぬのがよいとされていたわけであるが、まさにその時がやってきているのがいま第一〇〇六行の時点である。だから、第四三八行の言が嘘でないなら、いま、彼が悪しざまに死ぬことは妥当だということになるのである。それは、〈そんな女と一緒に暮らす〉という事態がやって来るか否かとは関係のないことである。むしろ、〈そんな女〉が家にもおらず、また自身に子供がいないという状況というのは、まさに今のことである。だから、⑯は、自分が滅びるとよいのはまさに今だということを言ったものなのである。

このことを裏打ちするのは、いよいよ母を殺そうとしたとき、胸をはだけての命乞いをされたことに対して彼が示した反応である。先に引用もしたとおり、彼は第八九九行で、母を殺すことを畏れ慎むべきかとピュラデスに問う。このとき彼の母殺しの決意がどれだけ挫かれたかは定かではない。しかし、彼が母の懇願に遭って胸の潰れる思いをしたということに疑う余地はない。そうであれば、彼がいまあらためて、達成感を抱きながらも罰当たりという意識に苦しんでいる、ということはじゅうぶん理解可能であり、また本当らしいことなのである。

心の混乱にいたる苦悩

心よせ⑯を語ったあとは、コロスによる三行のストロペーを挟んで、オレステスはアガメムノンの血で染まったマントを、自分がいま果たした復讐の根拠として示す（第一〇一〇—一三行）。「彼をいま称える」と一言だけ述べるが（第一〇一四行）、復讐の達成を誇ることも復讐を正当化することもなく、彼の言は嘆きの方向に向かってゆき（「嘆きを放つ《アポイモーゾー》」：第一〇一四行、「苦しむ《アルゴー》」：第一〇一六行）、「この勝利で自分はうとましい穢れを手にしている」と言ってそのセリフを締めくくる（第一〇一七行）。その後ふたたびコロスによる三行のアンティストロペーを挟んだのち、彼はまず自分の心が制御できなくなっているということを告白する（第一〇二四行）。今度は、母殺しはアポロンの指示にもとづいた正義の行いであったという弁明を語ることになるが（第一〇二七—三二行）、しかしそれは、恐怖《ポボス》が心臓をかき乱していて間もなく正気からそれるだろうと予測しながらのことである（第一〇二四—二六行）。このように、彼はいま心の混乱に苦しんでいる。

それまでに⑮⑯で何が描かれていたかということを考えれば、彼のこの心の混乱は、彼の中における、〈タダでは済まぬという意識〉と〈自分を正当化しようとする思い〉の相克であると理解するのが自然であろう。言い換えれば、彼のその葛藤は、母殺しを遂げてそれを振り返ったいま、精神に混乱をきたすほど高まっているのである。彼が何度か垣間見せてきた心の痛みが、ここで一気に舞台の中心に立ち表れたのだと言ってもよいであろう。

以上で見てきたように、彼が母殺しを行ったのは、それを果したならタダでは済まないことを重々承知で、悪しく死なざるを得なくなることを覚悟してのことだった。復讐は敢然と果たされたが、オレステスにとって大きな痛みを伴うことだった。オレステスが『コエーポロイ』において二回語った死への心よせは、彼のそうした苦々しい悲壮さを表しているのだと言える。

4　コントラスト

以上の考察から、二人の死への心よせには明らかに対照的なところがあり、二人がとても対照的な人物であることが見えてきた。二人の間のコントラストをまとめると次のとおりである。

まず最も鮮明に見えるのは、自分の行った問題行動への自己評価の違いである。アイギストスは有頂天とも言うべき満悦に浸り、何が起こってもこの喜びを打ち消せないとも、どんな死に方をしてもこの栄誉は打ち消せない、とも取れるようなことを言うほどの手放しな喜びようを見せている。一方オレステスは、復讐を果たしても満足も喜びも表すことなく、もう自分が悪しざまに死ぬのがよいと言うほどである。しかも彼のその憂いは、殺害してみて初めて気づいたというような現金なものではない。

それは彼らの考えの深さの違いも反映している。自分の問題行動に対して何が帰ってくるかという予見においても、また、近い将来にありうる自分の死に言及するに際して、どれだけのことを考えて言っているかという点においても、大きな違いがある。アイギストスは、自分にいかなる危険が待ち受けているかということをまったく気にしていない様子である。また自分の死を想定する言葉が傲慢に響くことにも無頓着で、それがコロスの反感を招くことや、その真意を詮索されるきっかけとなることに対して不用意である。これに対してオレステスは、自分の企ての意味を複眼的に捉えており、自分はどう行動するべきか、そう行動したら自分はどのようなことになるかを、すでに決行前から真剣に考えていた。そして復讐の決意は、自分は正しいと割り切ったものではなく、自分が死ぬのも当然だという痛心をにじませたものであった。

彼らがそれぞれ口にした死への心よせの帰趨も対照的である。アイギストスは結局死ぬがオレステスは死なない、ということもさることながら、それよりも重要なのは、彼らの言がどれだけの真実を含んでいたかということである。もちろん、両者ともその時点のたぎる思いを語っているという意味では、十分に真である。しかしそれ以上のところで、彼らの言葉はどれだけ真となったのか。アイギストスの死が文字通りカロスであったか否か、という問題はあとに考えることにして、彼が実際にどういう死に方をしたかを見てみよう。オレステスが死んだという報せを聞いて、彼はそれを確かめにやってくる。噂に過ぎないのではないかとも疑うものの、護衛にもならない奴隷だけを伴って、異国からの客に会おうと館の中へ入り、無防備に斬りつけられてそのまま命を落とす（*Ch.* 838–80）。これはアガメムノンが湯浴み中の無防備な状態で妻に切り殺されたのにも似た（*A.* 1384–86）、あっけないつまらぬ死に方である(100)。

これに対して、オレステスは結局死なない。しかし、いわばその代わりに彼は、思いの葛藤が昂じて心の混乱に陥るとともに、アポロンの火(101)を目指してデルポイへと出発することになる。このときの彼はまだ逃げ腰であったが、第三部『エウメニデス』に至ると、すでにアポロンの火で清められているせいか（*Eu.* 282–83）、彼の態度は落ち着いている。裁判を受けるべくアテナイに行けというアポロンの指示（*Eu.* 79–83）に従い、彼はアテナ女神の神像の前にやってきて公正な裁きを待っている（*Eu.* 242-43）。そして女神が現れると、彼は女神に、自分に対する裁きを求め、いかなる結果をも尊重すると言う。

正しかったかそうでないか、あなたは裁きを下してください。
というのも、私はあなたの手の内でどんな境遇になっても、それを尊重しますから。[102]

（『エウメニデス』四六八―六九行）

つまり彼は、アポロンという弁護者に支援されながらではあるが、命のかかった勝負へとここでわが身を委ねるのである。

まずここで、オレステスが死ぬ代わりにとったこのような行動と、彼が⑮や⑯で言っていたことが調和するのかどうかを考えてみよう。⑮⑯が、「悪しざまに死にたい」という単純な思いを述べたものではないことは前節で見たとおりである。彼は、悪しざまに死ぬことを当然の代償として覚悟していることを表していたのであった。[103]それならば、彼が自ら死を求めるようなことをせず、支援者であるアポロンに援けてもらいながら、知恵の女神であるアテナの判定を待つということは、言に違えたことにはならない。彼の行動は、自分が滅びるべきか否かを公正に判断してもらうというものであり、むしろ⑮⑯におけるのと同じ真摯な態度を維持したものだと言うことができる。

彼らの動きをカロスおよびカロス・タナトスの観点から見てみよう。アイギストスは⑪において、今や自分の死はカロスなものになると言っていた。彼は必ずしも、人々が称え憧れるような立派な死を意味して言っていたのではないかもしれないが、そのように言っているようにも響いたのであり、『アガメムノン』の末尾部分全体も、彼がそういう死を遂げる意欲や資質があるかどうかと考える契機を、聴衆に与えるものであった。しかし、彼はもとより自ら危険を冒したり戦いに赴くような人間ではなかった。そして彼の実際の死にざまも、当然考えられる危険を察知もせず、丸腰で一方的に斬り殺されたというものであり、どう考えても無様な死にざまと言うほかない。実際、彼の死はオレステスによって取るに足らぬものとされている。

というのも、アイギストスの死のことは語らない。
なぜなら、彼は恥ずべきことを働いた者の罰を、掟のとおりに受けたのだから。(104)

(『コエーポロイ』九八九―九〇行)

これらのことから少なくとも言えるのは、彼の死はいわゆるカロス・タナトスからは程遠いものだった、ということである。しかしもしかすると、彼は⑪でただ主観的に、〈死んでも構わない〉あるいは〈死ぬことさえも素敵に思える〉と言っていただけかもしれない。彼がどう思って死んだのかは分からず、その意味では、彼の死が彼の意図していた意味においてカロスであったか、についての答えは出ない。しかし、もう一つ別の意味で、彼の死がカロスであったかどうかと考えてみる余地がある。それは、本章第2節において(エ)として示した〈相応しい〉という意味である。さきほど述べたように、彼の死にざまは、彼の仕掛けたアガメムノンの死と似たものであった。またオレステスも、いま引用したように、アイギストスは恥ずべきことを働いた者の罰を掟どおりに受けたと評している。つまり、彼は自分のしたことの相応しい罰となるような死に方をしたと言えるのである。アイギストス自身も、この喜びに見合うのは死という帳尻あわせであると考えていたという可能性もないわけではない。しかし、ふさわしい死がこのようにして実現したのだとすれば、⑪で彼が口にした死への心よせは、きわめて皮肉な形で実現したのである。

では、オレステスはどうか。もちろん、彼は自分の死や振舞いをカロスと申し立ててもいないし、誰かからそう評価されたわけでもない。しかし、彼が〈自分の死というリスクを覚悟しながらも母殺しを敢行した〉ということが注目に値する。襲撃の最中に死ぬということはなかったが、いつか代償として悪しざまに死なねばならぬかもしれないと知りつつ、母殺しを敢行したということは、彼にはカロス・タナトスを遂げる資質があることを意味する。『エウメニデス』に至って彼が裁きの場に堂々と臨むということもそのことと調和する。(105)

アイギストスは、カロス・タナトスの資質を持たない人間である。復讐を遂げた満悦の勢いでお門違いにもカロス・タナトスを申し立てるような発言をして顰蹙を買うが、実際にはそれとは程遠い死を遂げる。一方オレステスは、アポロンという後ろ盾があっても、母を殺すことが罰当たりであることを無視できず、死なねばならなくなることを覚悟してそれを挙行した。そうして復讐を果たしても喜ばず、母殺しの是非という葛藤に苦しんで、潔く裁きの場に臨む。彼のそういう姿勢には、アイギストスには見えなかった誠実さや資質が垣間見えるのである。

このように、アイギストスとオレステスの振舞いや気質が、この三部作を横断して対照されている。そしてオレステスと対照すべきもののほとんどすべてが、第一部の第一六一〇行におけるアイギストスの、自分の死はカロスであろうという申し立ての中に集約されているとも言える。彼のその一言は、オレステスの内面を照らし出す重要な鍵をなしているとも言えるのである。

5　まとめ

『オレステイア』においては、死への心よせが多数語られている。額面どおりに受け取られるものも、他の情念を表すための修辞に過ぎないものもあるが、いずれも何らかの激しい情念を描くものである。概してすんなりと理解できるものが多いが、その大半が語られたあと、『アガメムノン』一六一〇行で語られるアイギストスのそれと、『コエーポロイ』四三八行と一〇〇六行において語られるオレステスのそれには、どのように解釈するべきか、迷わせるものがある。

『アガメムノン』の終盤でアイギストスは、復讐を遂げて満悦しながら、もはや死ぬこともカロスであると言う。その状況からすると、彼は〈嬉しくて死んでもよいほどだ〉と語ろうとしているのかもしれない。しかし、タネイン（θανεῖν）の派生語とカロスの組み合わせは、必然的にカロス・タナトスという概念を連想させ、彼が場違いにも、自分の死を立派な死だと申し立てているようにも響く。コロスはすぐ、それを嗅ぎとったらしい反応を返す。そこで鮮明化されるのは、彼がカロス・タナトスを遂げる資質をまったく持ち合わせない人物だという事実である。

一方オレステスは『コエーポロイ』で、母殺しの前後二度、「私は滅びるがよい」（ὀλοίμην《オロイメーン》）と口にする。それはそれぞれ〈母殺しへの熱望〉と〈母へのやまぬ憎悪〉を表す修辞に過ぎない、と言われることが多いが、譲歩ではない希求法単独用法を用いていることと、悪い死を表すその語を用いていることから、常套的な修辞とは一線を画す言い回しであると判断される。彼は母殺しがいかに罰当たりなことかを心得ていて、悪しく死なねばならなくなることを覚悟している、しかしそれでも果たすつもりである、という思いがそこに表現されているのである。母を殺した後、彼は結局死のうとはしないが、その代わりアテナ女神に裁定を乞いに行く。それは、裁判という勝負に己のすべてを委ねるということである。この一連の行動は、彼にカロス・タナトスに通じる資質があることを示唆する。

このように、『オレステイア』は、女にやらせた復讐の成就に有頂天になっているアイギストスと、心を痛めながら復讐に命をかけて行動するオレステスとをはっきりと対照させている。アイギストスが浅ましく口にしたカロス・タナトスの言葉は、この三部作の主人公ともいえるオレステスの誠実な苦渋に光を与えるための重要な契機をなしているのである。

終　章　「美しい死」とギリシア悲劇

本書の第I部ではカロスなる死とは何かを論じ、第II部で五つの悲劇においてカロスなる死がいかに問題化されていたかを探ってきた。カロスの語はもともと、対象の、〈感官に訴えて賞賛や憧れを呼ぶような卓越したさま〉を表す場合と、〈何らかの基準に適っており問題なく適切であるさま〉を表す場合とがあり、「美しい」と訳してよいのは前者の場合であったが、テュルタイオスは、この意味で死をカロスと修飾し、戦士が戦いながら倒れ死ぬ姿を、己のすべてのリソースを費やして奮闘しきったことの証しとして称えるものとした。このイメージで捉えた奮闘の証しとしての死が、古代ギリシアの「美しい死」であり、当初はもっぱら戦死に適用されていた。しかし五世紀中頃から、死に対するカロスという修飾には、二つの面で慣例から外れる事例が現れた。一つは、「問題ない」という意味で死をカロスと修飾する場合であり、もう一つは、戦死以外の死を従来的な意味で称えるという場合である。その数はいずれもさほど多いわけではないが、悲劇の中では大きな割合を占め、いくつもの注目すべき展開をもたらした。これらのこと全体に対して、この終章では以下の三つの点を補足したい。

1　「美しい死」の概念の新しさと古さ

「美しく生き、美しく死ぬこと」が古代ギリシア人の理想であったと三島由紀夫は書いていたが、その理想は英雄世界の最初から彼らのもとにあったのではなかった。

ホメロスにおいては、模範的な戦死を「美しい死」とみなす観念はなかった。踏みとどまって戦えという規範はあったが、それを守って死んだ者を称える言葉はなかった。たとえば、『イリアス』第一二巻でサルペドン(1)がグラウコスに語る有名な言葉を見てみよう。

友よ、もしもわれら二人がこの戦いを無事に切り抜けさえすれば、いつまでも老いも死も知られずにいられるものならば、わたしも第一線で戦うこともなかろうし、男子がその名を挙げる戦場に、おぬしを送ることもなかろうに。さはいえ今のありようは、数も知れぬほどの死の運命がわれらの身に迫っており、人間の分際ではこれを逃れることも避けることもできぬ。されば勝利の栄誉は、われらが敵に与えるか、敵がわれらに譲るかは判らぬが、今は進んでゆこうではないか(2)。

（『イリアス』第一二巻三二二—二八行）

これは、不死身であるなら話は別だが、死すべき身である以上、自分たちはいま死ぬかも知れないし、勝利の栄光をつかめないかもしれないが、敵に向かって進み出ようという誘いかけである。死ぬ覚悟は十分に表されているが、見込むことのできるよきものは勝利した場合の栄光だけしか示されていない。討ち死にした場合に見込めるものについては何も語らない。「美しい死」という概念を知っている者にとっては、言えることは何もないのだろうかと不安を抱かせる(3)。

「美しい死」という発想は前七世紀のテュルタイオスまで待たなくてはならなかった。最古のホメロスに見当たらないだけだといっても、古代ギリシアの戦記文学の最高峰をなす『イリアス』においてそれが欠落しているということは、小さいことではない。美しい死というのはホメロスの英雄たちが考えていたことではないのである。それは、「古代ギリシア人」の思想の中でも後発の思想だと言ってよいかもしれない。しかし前五世紀のギリシア人にとっては、それは非常に古くからの伝統的思想と考えられていたと言ってよいだろう。そしてそれが、前五世紀には、理想的な戦死をあらわす言葉として広く使用されていたことが当時の散文の中に確認できることは、第4章で示したとおりである。

2 三人の悲劇詩人の傾向

第II部で取り上げたのは五つの悲劇だけであったが、カロスなる死に言及している悲劇はそれだけではない。また、三人の詩人はそれぞれ、このトピックについていくらかの傾向と言えるものを見せている。それを概観すると次のようである。

三人のうち最古参のアイスキュロス（前五二五―四五六年）においては、カロスなる死の表現を用いた事例が四件あるうち、三件はオーソドクスに戦死を表したものである。残りの一件は、第10章で見た前四五八年の『アガメムノン』で、アイギストスの「この男が正義の網にかかったのを見た私には、死ぬこともカロスだ」という発言であった。満足を表現しているようにも聞こえるが、彼のカロスという言葉には場違いな傲慢な響きもあり、その表現の曖昧さが突出した形となって劇の中に波紋を引き起こしている（アイスキュロス-③）。ただし、そこで言われた「カロスなる死」とは、アイギストスが深い意図もなくもらした紛らわしいだけの言葉なのであり、次に見るソポクレス劇におけるように切実に目指されるものとして言われているのではない。

彼より三〇年ほどのちの世代のソポクレス（前四九六―四〇六年）においては、カロスなる死への言及は現存作品では六件ともすべて、戦死ではない死について言ったものである。前四四〇年代末の『アンティゴネ』は、第6章で見たように、「美しい死」への主人公の切実な希求を描いている（ソポクレス-①②）。クレオンが刑罰を地下牢での幽閉へと変更しなかったならば、その美しい死はほぼ叶えられていたと予想される。また前四四〇年代の『アイアス』において、テウクロスがアガメムノンと剣を交えようとして口にするカロスなる死の申し立て（ソポクレス-④）も、切実でまた妥当かつ現実的な言い分だと言える。それが実現に至らなかったのは、オデュッセウスが仲裁に入ったからに過ぎない。また、前四一〇年代の『エレクトラ』でエレクトラが、もし弟が現れなければ自分一人で復讐を試みてカロスに死ぬ覚悟ができていた、と語るのも（ソポクレス-⑥）、劣らず切実で真実味のある申し立てである。問題ある死に方をせぬようにとイスメネが忠告したこと（ソポクレス-⑤）さえ、エレクトラの美しい死への意志を導き出すばかりであることは、第5章で示した。これらの例においては、テュルタイオスの提起したカロス・タナトスの生々しいイメージがほぼそのままに喚起されている。第7章で見たアイアスの、「生まれよき者は、立派に生きるか、さもなくばカロスにテツネーケナイしなくてはならない」という言葉（ソポクレス-③）は、それが「美しい死」と「問題ない死」のどちらを意味するものか両義的であるが、いずれにしてもそれは彼の切実な思いを表したものであり、それが達成されることがいかに重い要請であるかを十分に観衆に伝えるものである。

一方、ソポクレスと同時代に活躍したエウリピデス（前四八五―〇六年）が、戦死以外のカロスなる死について見せたアプローチは、ソポクレスのものとはまったく異なるものだった。前四〇九年の『オレステス』において、ピュラデスが提案したカロスなる死（エウリピデス-⑪）は、第9章で見たように、たしかにオレステスをヘレネの誅殺に向けて、己の命を懸けて戦うよう歓喜とともに決意させる力を持っていた。彼らはその時点では切実に美しい死を希求していたのに違いない。もしその死が、〈ヘレネ誅殺のために戦いながら死ぬ〉ということであれば、その死は美しい死と称しても違和感はなかったろう。しかし、そこでカロスなる死の名のもとに実際に提案されていたのは、誅殺に失敗したなら館を焼いて自害するということであった。つまりそこで目指されている「美しい死」とは、従来の戦いながらの死とは明らかに違うものなのである。ここで私たちは、彼が目指しているのは本当に美しい死なのかと考え込まざるを得ない。同様のことは、前四一二年以前上演の『タウリケのイピゲネイア』におけるオレステスにおいても認められる（エウリピデス-⑧）。彼はタウリケに到着してまもなく土地の者たちに殺されそうになると、「死ぬにしてもできる限りカロスに死のう」と言って剣を抜く。確かに彼は死ぬまで戦おうとしている。しかし、たとえ戦いながら死ぬのだとしても、自分の身を守るために戦って死ぬことは、何らかの大義のために戦い死ぬことと同一視できるだろうか。あるいは、四一五年の『トロイアの女たち』におけるヘカベは、焼け落ちるトロイアの城市に飛び込んで祖国とともに死ぬことを最高にカロスだと語るが（エウリピデス-⑦）、飛び込もうとするところをギリシア兵に制止される。彼女の思いは切実であるが、祖国を焼く火に身をゆだねることは、戦死と同等に「美しい」と言えるだろうか。また、前四一二年以前上演の『イオン』において、女主人が夫の隠し子の殺害を試みるなら共にカロスに死ぬか生きるかしたい、と侍女たちが語るとき（エウリピデス-④）、彼女らが本当に美しく死ぬことはほとんど現実味のない話だと言うほかない。このようにエウリピデスでは、カロスなる死を戦死以外で目指す者を描く場合には、大抵その死が、本来的な美しい死よりも安易なものにされていて、多かれ少なかれ違和感が付きまとうのである。ソポクレスの場合のように、主人公たちが思い描く（戦死に準じるような）美しい死がすんなりイメージできる例は、現存するエウリピデスの作品においては皆目見当たらない。エウリピデスにおいては、美しい死の申し立ての安易さが批判されていると言えるかもしれない。しかしそれよりも確かに言えるのは、死が美しいと言える基準は何かということを、たとえ瞬間的にでも私たちはいちいち考えさせられるということである。

一方、戦死自体をカロスと称える事例は、エウリピデスにも五件あるが、それらはいずれも特に問題を提起するようなものではない。とはいえ、第8章で取り上げたように『ヒケティデス』には戦死体の光景を美しいとする事例がある。そこでは、「美しい戦死」そのものに対する警戒が示されている。立派な戦死が人々に情緒的に作用して好意を掻き立てるという事実を認めて、まさにそのこと自体のゆえに、戦死体の「魅惑」が危険なものであり、手放しで歓迎するべきものではない、という主張がテセウスの言葉を通して展開されている。とはいえこれは、元来のカロス・タナトスの一側面を批判したものであって、エウリピデスが「カロス・タナトス」という概念全体に否定的であったということを意味するものではない。戦死をカロスとして表した五件が示唆するのはむしろ、彼はテュルタイオスが唱えた美しい死という概念を支持していた可能性である。

3　悲劇において戦死以外の「美しい死」が成就しないこと

現存する悲劇の中では、戦死以外の美しい死は、目指されても結局どれも成就していない。それはなぜか。悲劇作家たちはみな、戦死以外に死は美しくありえないと考えていたのだろうか。そのことを解明するのは困難であるが、この事態はどういうことなのかを考えてみることはできる。

〈まだ遂げられておらず思い描かれているだけの死〉について、当人あるいは他人が見込みを語ることは、具体的にどういう死に方をするのかは未確定にしたままであってもさほど問題にはならない。死がカロスなものになると申し立てる（させる）ことは比較的自由にできる。しかし仮に、美しい死として申し立てられた死が現実のものになったとしたら、その死にざまが現実にあるわけで、それが本当に美しい死であったかどうか、ということがカロス・タナトスの基準に照らし合わせて検討される余地が実際に生ずることになる。この手の問題の厄介さは、第7章で『アイアス』について見たとおりである。彼は美しい死を目指したわけでなく美しく死なねばならないと言っているに過ぎなかったとしても、一旦その死が現実になると、それはそのとおりになったのかという詮索が始まる。仮にアンティゴネが布告通りに投石刑で死んだとすれば、それは彼女の目指したとおりの死ではあろうが、今度はそれが本当に美しいと言える死かどうかという問題が現実的なものとなってくるだろう。しかし、もし劇が描こうとしているのはそんなことではないとしたら、それが劇の焦点をぼやかしてしまうことにもなりかねない。劇の中で死が希求されたようには成就しないということは、そういう問題への考慮はしないで済むということなのである。成就の可能性が否定されているのだとは限らない。

第II部で考察した劇が、カロスなる死というテーマのもとで描こうとしたのは、もっと別のことだった。『アンティゴネ』の場合は、投石刑で死ぬことが美しいか否かはともかく、アンティゴネは美しく死ぬということに魅了されていた。ソポクレスはまずそのことを描き出している。また、彼女が自分で言う美しい死を遂げることは確かにありうるはずのことではあったが、ソポクレスが心を砕いたのは、彼女の熱意にもかかわらずクレオンの変心によってそれが叶わぬものとなった無念さを描くことであった。エウリピデスの『オレステス』の場合は、ピュラデスがカロスと申し立てた死は、本当にカロスなるものでありうるのか最初から疑わしいが、民会に弁明をしに行くときもヘレネ誅殺を目指すときも、オレステスがこの一語で奮い立ったのは事実である。しかし、エウリピデスがその先に描いたのは、いったん殊勝にも目指したその目標をオレステスがあっさりと忘れてしまうという愚かさだった。『アイアス』の場合は、ソポクレスがアイアスに〈生きるにしても死ぬにしても美しく〉という貴人の責務を語らせたのは、その責務が自分にはもう実現する余地がなくて状況が絶望的であることを明確化させるためだった。『アガメムノン』の場合は、アイギストスがどういう意味で自分の死は今後カロスだと言ったのであるとしても、彼の死は「美しい」とは正反対の、浅ましい情夫に相応しいものになったということを、アイスキュロスは描こうとしていた。

このようにしてみると、これらの悲劇は、美しい死については、それが成就するかどうかよりも、何かほかのことを描こうとしていたのだということが分かる。戦死以外の美しい死は成就しえない、という道理がどこかに見出されるわけでもない。むしろ、美しい死というものが戦死以外においても考えうる、ということがそれらの例においてあえて示唆されていると言うべきだろう。ただし、それがなかなか実現できないという苦渋を繰り返し描くということは、毎年どこかで遂げられるであろう美しいとみなされる戦死への、人々の賛意や祝意、あるいは意欲を高めることにも結果的になっただろうと考えられる。

以上のように、ギリシア悲劇は、アイスキュロスの『アガメムノン』を嚆矢として、頻繁ではなくともコンスタントに、「美しい死」を考えてみるべき題材として市民たちの前に提起した。ときおり「問題ない死」という不協和音を織り交ぜながら、「美しい死」の本質を思い返してみるための刺戟を前五世紀のアテナイの人々に与え続けた。そしてそれらの作品から確かに分かるのは、祖国のためであれ、家族や愛する人のためであれ、正義のためであれ、あるいは自身の信念や名誉のためであれ、己のリソースを最大限に費やして奮闘することが、ギリシア人の大いなる関心事だったということである。ギリシア悲劇において「美しい死」とは、いわばそのことの究極的な体現なのであり、もはや、特別に戦死や国家のための死を指すものではなくなっている。彼らはそれが容易に到達できるものと考えてはいなかった。しかしこの言葉には、それを究めることへの彼らの憧れが凝縮されているのである。

あとがき

古代ギリシア悲劇に焦点を合わせた本書は、前五世紀生まれの作家とその作品までしか取り上げなかったが、前三世紀の墓碑銘に心を動かすものが一つあるので、それをぜひここで紹介したい。プロアルコスという兵士の墓に刻まれた、女流詩人アニュテー(1)による銘である。

プロアルコスよ、人々はお前を壮丁にした、子よ、そして
お前は死んで父ペイディアスの家を暗い悲しみの中に置いた。
しかしお前の上でこの墓石が美しい言葉を歌っている、
お前は愛する祖国のために戦いながら死んだと。(2)

(『ギリシア詞華集』第七巻七二四番)

これを読むと私は、この墓がカロスなるもので満ちあふれているのを感じる。しかし、決して華美なのではない。四行目は、プロアルコスの死がテュルタイオスの規定したとおりのカロス・タナトスであったことを示しているが、そこにカロスの語は使われていない。彼の死自体を表現している言葉は、「戦いながら死んだ」というあくまでも主観を排したものである。一方、カロスの語が使われているのは三行目で、それは、四行目全体をひっくるめたものである「言葉《エポス》」という語を修飾している。つまり、〈プロアルコスが戦いながら死んだ〉というのは素敵な話だ、それを聞くのは心地よい、ということである。これは、彼がカロスに死んだということ(彼の死にざま自体)とは別のことだ。つまり、死にざまの見事さに対して、表現の心地よさである。これらは確かに別のものであるは

すだ。結局は同じことを言っていると言えなくもなさそうだが、しかしその大もとである彼の死にざまは、カロスという言葉で表されていないのである。

それだけではない。その「美しい言葉」のほうは、墓石《ペトロス》が歌っているのだと現在形で示されている。つまり、それは永遠的な存在である石によって永遠に語り続けられているというのである。この墓碑のそばへ行くといつでも、彼がどのように死んだかを語る言葉が聞こえ、その美しい姿が心の中に思い浮かぶ、ということになっている。なんという巧みな構想だろう。

この墓碑は、おそらくプロアルコスの父が息子のために建てたものであるが、プロアルコスの戦死に対する限りない祝福で満たされているといえよう。しかしここにあるのは決して単純な、戦死の美化ではない。息子を失った父の悲しみを伝えることを忘れず、また彼の死が美しいとはまったく言わないという抑制も効いている。また愛国心も、確かに構成要素の一つではあるが、「祖国のために」という一句にどれだけの重きを置くかは聞き手次第だとも言える。本書で述べてきたことを踏まえると、この墓碑銘に埋め込まれた機知と思慮を感じていただけるのではないだろうか。

私がギリシア悲劇に魅了されたのは大学院生の時だった。生命をかけるとか美しい死ということにかかわらず、何らかの究極的状況をこしらえてその中で人物たちがどう行動するかを描いてみせるというのがギリシア悲劇の本質だということが分かったのは、京都大学で西洋古典学の基礎をどうにか固めてブリストル大学に留学し、R・バクストン博士から指導を受けていたときのことであった。当初はその関心から、個々の悲劇の問題点を探りその解明を試みるということを続けていたが、突き止めるべき大きな課題を持っていたわけではなかった。カロスなる死という問題に行き当たったのは、二〇〇〇年頃、『アンティゴネ』という劇の力強さがどこにあるかということを考えていたときのことである。そういえば、京都大学で学んでいたとき、演習の中で何度か、カロスなる死とはほぼ戦死のことだというように聞いたことを思い出したが、それを確認しようと思って調べてみても、まとまった説明はどこにも見当たらない。それならば自分で調べてゆくほかにないと思い、ちょうどその頃、コンピュータでギリシア語テクストの検索ができるようになっていたので、カロスなる死という語を検索すると、どの作者がどのようにこれを使っていたのかが一目瞭然となり、解明できる確信が持てた。その概念がどんなまとまりを持ち、ギリシア悲劇の中でどのように機能しているかを明らかにするのが私のするべき仕事であり、旧式の考え方だが、博士論文を書くならこれだと心に決めたのであった。

テュルタイオスが「美しい死」の概念を確立させた人であるということはすぐに分かったが、それに至るまでにどのような経緯があったかということを、先行するホメロスの中に探るのは大変苦労した。二〇〇五―〇六年に名古屋大学から一年間のサバティカルをいただき、ブリストル大学からも研究室を提供されて研究に専念できたことはその解明に大きく役立った。かの地で落ち着いて過ごせた一年間は何にも換えがたい宝物である。その後は、いろいろな悲劇の中のカロスなる死のモチーフを考察していったが、今度は「問題ない死」という厄介な概念にも取り組まなくてはならなかった。その概念を理解することはたいして難しいことではなかったものの、論証する方法を見つけるのにまた苦労した。石橋をたたいてもなかなか渡らない私の性格から、博士論文として纏めるまでには大変時間がかかってしまったが、自分では一応納得のいくものになり、二〇一六年に母校に提出して認めてもらうことができた。それをもとに約一年半をかけて議論を練り直し、また新たに章を書き下ろして出来上がったのが本書である。

本書を書き終えることができたいま、西洋古典学を教えてくださったすべての方たちに感謝したい。特に、京都大学でギリシア語の高度な読み方と劇の捉え方を教えてくださった故岡道男先生と、ブリストル大学でギリシア文学と神話に対するダイナミックな展望を与えてくださったバクストン先生への感謝は尽きない。また京都大学で博士論文の査読をし貴重なご意見をくださった先生たち、とくにM・チエシュコ博士にも感謝申し上げたい。

なお、本書は平成二八年度名古屋大学学術図書出版助成を受けて刊行される。それはたいへん大きな励みともなった。そして、本書の出版に当たって無数の有益な助言を下さった名古屋大学出版会の橘宗吾さんと三原大地さんには、心からお礼を申し上げる。また、なかなか終わらない私の研究をやさしく見守ってくれた家族たちには、できたよと伝えたい。そして最後に、昔々ギリシア語を楽しく教えてくれた亡き父に本書を捧げたい。

二〇一八年一月

吉武 純夫

《著者略歴》

吉武純夫《よしたけすみお》

1959 年　北海道小樽市に生まれる
1983 年　京都大学文学部卒業
1988 年　ブリストル大学古典学部にリサーチスチューデントとして留学
1991 年　京都大学大学院文学研究科博士後期課程認定退学
静修女子大学（現札幌国際大学）人文社会学部助教授などを経て
現　在　名古屋大学大学院人文学研究科准教授，京都大学博士（文学）

ギリシア悲劇と「美しい死」

2018 年 3 月 30 日　初版第 1 刷発行

定価はカバーに
表示しています

著　者　吉　武　純　夫

発行者　金　山　弥　平

発行所　一般財団法人　名古屋大学出版会
〒 464-0814　名古屋市千種区不老町 1 名古屋大学構内
電話（052）781-5027／FAX（052）781-0697

印刷・製本 ㈱太洋社　ISBN978-4-8158-0906-5
乱丁・落丁はお取替えいたします。

人名・事項索引

本文で言及されているもののみ収録した。→は「その項目を見よ」を表し，⇒は「その項も参照せよ」を表す。

ア　行

カ　行

サ　行

タ　行

ナ　行

ハ　行

マ　行

ヤ　行

ラ・ワ行

古典出典索引

本文で言及されている古典作品のみ収録した。まず各作品の行番号を示し，コロンの後ろに本書の頁番号を付した。付録 A に収録されているパッセージは，カッコの中にその「事例番号」を示してある。

略号一覧

A.	アイスキュロス
A.	『アガメムノン』
Ch.	『コエーポロイ』
Eu.	『エウメニデス』
Pr.	『プロメテウス』
Supp.	『ヒケティデス』
Th.	『テバイ攻めの七将』
Aeschin.	アイスキネス
AJP	*American Journal of Philology*
Alc.	アルカイオス
And.	アンドキデス
Myst.	『秘儀について』
AG.	『ギリシア詞華集』
Ar.	アリストパネス
Av.	『鳥』
Arist.	アリストテレス
Rh.	『弁論術』
BICS	*Bulletin of the Institute of Classical Studies*
Budé	Collection des université de France（ギヨーム・ビュデ協会後援の西洋古典叢書）
CA	*Classical Antiquity*
Call.	カッリマコス
Callin.	カッリノス
CJ	*The Classical Journal*
CP	*Classical Philology*
CQ	*Classical Quarterly*
CR	*Classical Review*
CW	*Classical World*
D.	デモステネス
D. L.	ディオゲネス・ラエルティオス
D. S.	ディオドーロス・シクルス
E.	エウリピデス
Alc.	『アルケスティス』
Andr.	『アンドロマケ』
Cyc.	『キュクロプス』
El.	『エレクトラ』
Hel.	『ヘレネ』
Hec.	『ヘカベ』
Heracl.	『ヘラクレスの子供達』
HF.	『ヘラクレス』
Hipp.	『ヒッポリュトス』
IA.	『アウリスのイピゲネイア』
Ion	『イオン』
IT.	『タウリケのイピゲネイア』
Med.	『メデイア』
Or.	『オレステス』
Rh.	『レソス』
Supp.	『ヒケティデス』
Tr.	『トロイアの女たち』
fr.	断片
GRBS	*Greek, Roman, and Byzantine Studies*
Hdt.	ヘロドトス
Hom.	ホメロス
Il.	『イリアス』
Od.	『オデュッセイア』
HSCP	*Harvard Studies in Classical Philology*
h.Ven.	『アフロディテへの讃歌』（ホメロス風讃歌）
Hyp.	ヒュペレイデス
Epit.	『葬礼演説』
Isoc.	イソクラテス
Ad Dem.	『デモニコスに与う』
Ad Nic.	『ニコクレスに与う』
Antid.	『アンティドシス（財産交換）』
Arch.	『アルキダモス』
De big.	『競技戦車の四頭馬について』
Evag.	『エウアゴラス』
Hel.	『ヘレネ頌』
In Loch.	『ロキテスを駁す』
Paneg.	『民族祭典演説』
JHS	*Journal of Hellenic Studies*
Lib.	リバニオス
Loeb	Loeb Classical Library（ハーバード大学出版局の西洋古典叢書）
LSJ	（参考文献を見よ）
Luc.	ルキアノス
Laps.	『挨拶における失敗について』
Lycurg.	リュクルゴス

Lys.	リュシアス
MH	*Museum Helveticum*
OCT	*Oxford Classical Texts*（オクスフォード大学出版局の西洋古典叢書）
Pl.	プラトン
Epin.	『エピノミス』
Grg.	『ゴルギアス』
Hp. Ma.	『ヒッピアス（大）』
Lg.	『法律』
Mx.	『メネクセノス』
Phd.	『パイドン』
Phdr.	『パイドロス』
R.	『国家』
Smp.	『饗宴』
PLF	（参考文献を見よ）
Plu.	プルタルコス
Lyc.	『リュクルゴス伝』
Sol.	『ソロン伝』
PMG	（参考文献を見よ）
S.	ソポクレス
Aj.	『アイアス』
Ant.	『アンティゴネ』
El.	『エレクトラ』
OT.	『オイディプス王』
Ph.	『ピロクテテス』
Tr.	『トラキスの女たち』
Simon.	シモニデス
TAPA	*Transactions of the American Philological Association*
Th.	ツキュディデス
TLG	*Thesaurus Linguae Graecae CDROM*（ギリシア古典テクストをほぼ網羅的に集成したCDROM）
Tyrt.	テュルタイオス
UCPCP	*University of California Publications in Classical Philology*
WS	*Wiener Studien*
X.	クセノポン
Ages.	『アゲシラオス』
An.	『アナバシス』
Cyn.	『狩猟について』
Cyr.	『キュロスの教育』
Eq.	『馬術について』
HG.	『ギリシア史』
Mem.	『ソクラテスの思い出』
Lac.	『ラケダイモン人の国制』
Oec.	『オイコノミコス（家政術）』
YCS	*Yale Classical Studies*

参考文献

Adkins (1960) : A. W. H. Adkins, *Merit and Responsibility : A Study in Greek Values* (Chicago, 1960).

Adkins (1977) : A. W. H. Adkins, 'Callinus 1 and Tyrtaeus 10 as Poetry', *HSCP* 81 (1977), 59–97.

Allen (2000) : D. S. Allen, '"Envisaging the Body of the Condemned" : The Power of Platonic Symbols', *CP* 95 (2000), 133–50.

Anderson (1974) : J. K. Anderson, *Xenophon* (New York, 1974).

Arrington (2015) : N. T. Arrington, *Ashes, Images and Memories : The Presence of the War Dead in Fifth-Century Athens* (Oxford, 2015).

Arrowsmith (1958) : W. Arrowsmith, 'Introduction to *Orestes*', in D. Green & R. Lattimore (ed.), *The Complete Greek Tragedies : Euripides*, IV (Chicago, 1958), 106–11.

Asheri (2007) : D. Asheri, *A Commentary on Herodotus*, Book 1–4 (Oxford, 2007).

Austin (1968) : C. Austin (ed.), *Nova Fragmenta Euripidea in Papyris Reperta* (Berlin, 1968).

Autenrieth (1984) : G. Autenrieth, *Homeric Dictionary*, tr. by R. P. Keep (London, 1984) (orignally German 1887).

Bailly (1950) : A. Bailly, *Dictionnaire grec français* (Paris, 1950).

Barrett (1964) : W. S. Barrett, *Euripides Hippolytos*, edition and commentary (Oxford, 1964).

Barron & Easterling (1985) : J. P. Barron & P. E. Easterling, 'Early Greek Elegy : Callinus, Tyrtaeus, Minmermus', in P. E. Easterling & B. M. W. Knox (ed.), *Cambridge History of Classical Literature I : Greek Literature* (Cambridge, 1985), 128–36.

Belfiore (2000) : E. Belfiore, *Murder among Friends : Violation of Philia in Greek Tragedy* (New York, 2000).

Benardete (1999) : S. Benardete, *Sacred Transgressions : A Reading of Sophocles'* Antigone (South Bend, 1999).

Bloch (1982) : M. Bloch, 'Death, women and power', in M. Bloch & J. Parry (ed.), *Death and the Regeneration of Life* (Cambridge, 1982), 211–30.

Blundell (1989) : M. W. Blundell, *Helping Fiends and Harming Enemies : A Study in Sophocles and Greek Ethics* (Cambridge, 1989).

Blundell (1995) : S. Blundell, *Women in Ancient Greece* (London, 1995).

Boedeker (2003) : D. Boedeker, 'Pedestrian Fatalities : The Prosaics of Death in Herodotus', in P. Derow & R. Parker (ed.), *Herodotus and His World* (Oxford, 2003), 17–36.

Bourriot (1995) : F. Bourriot, *Kalos Kagathos - Kalokagathia : D' un terme de propagande de sophistes à une notion sociale et philosophique : étude d'histoire athénienne* (New York, 1995), 2v.

Bowen (1986) : A. Bowen, *Aeschylus Choephori*, edition and commentary (Bristol, 1986).

Bowie (1990) : E. Bowie, '*Miles Ludens*? The Problem of Martial Exhortation in Early Greek Elegy', in O. Murray (ed.), *Sympotica* (Oxford, 1990), 221–29.

Bowra (1944) : C. M. Bowra, *Sophoclean Tragedy* (Oxford, 1944).

Bowra (1957) : C. M. Bowra, *The Greek Experience* (London, 1957).

Bowra (1969) : C. M. Bowra, *Early Greek Elegists* (New York, 1969).

Braun (1927) : T. Braun (tr.), *Das Geschichtswerk des Herodot von Halikarnassos* (Leipzig, 1927).

Brown (1951) : A. D. F. Brown, 'Aegisthus and the Chorus', *CR* 1 (1951), 133–35.

Brown (1987) : A. Brown, *Sophocles : Antigone* (Warminster, 1987).

Burian (1995) : P. Burian, '*Logos* and *Pathos* : The Politics of the *Suppliant Women*', in P. Burian (ed.), *Directions in Euripidean Criticism : A Collection of Essays* (Durham, N. C., 1995), 129–55.

Burkert (1974) : W. Burkert, 'Die Absurdität der Gewalt und das Ende der Tragödie : Euripides' Orestes', *Antike und Abendland* 20 (1974), 97–109.

Burkert (1983) : W. Burkert, *Homo Necans : The Anthropology of Ancient Greek Sacrificial Ritual and Myth* (Berkeley, 1983).

Buxton (1980) : R. G. A. Buxton, 'Blindness and Limits : Sophokles and the Logic of Myth', *JHS* 100 (1980), 22–37.

Buxton (1982) : R. G. A. Buxton, *Persuasion in Greek Tragedy : A Study of* Peitho (Cambridge, 1982).

Buxton (1984) : R. G. A. Buxon, *Sophocles* (Greece & Rome New Survey) (Oxford, 1984).

Cairns (1993) : D. L. Cairns, *Aidōs : The Psychology and Ethics of Honour and Shame in Ancient Greek Literature* (Oxford, 1993).

Cairns (2016) : D. Cairns, *Sophocles : Antigone* (London, 2016).

Campbell (1879) : L. Campbell, *Sophocles : The Plays and Fragments,* vol. I (Oxford, 1879), 2v.

Campbell (1967) : D. A. Campbell, *Greek Lyric Poetry* (London, 1967).

Campbell (1983) : D. A. Campbell, *The Golden Lyre* (London, 1983).

Campbell (1991) : D. A. Campbell, *Greek Lyric III : Stesichorus, Ibycus, Simonides, and Others* (Cambridge, Mass., 1991) (Loeb Classical Library).

Carson (1992) : A. Carson, 'How not to Read a Poem : Unmixing Simonides from *Protagoras*', *CP* 87 (1992), 110–30.

Cartledge & Greenwood (1988) : P. Cartledge & E. Greenwood, 'Herodotus as a Critic : Truth, Fiction, Polarity', in Bakker et al. (ed.), *Brill's Companion to Herodotus* (Leiden, 1988), 351–71.

Chantraine (1983) : P. Chantraine, *Dictionnaire étymologique de la langue grecque : histoire des mots* (Paris, 1983).

Chantraine (1986) : P. Chantraine, *Grammaire homerique, tome ii, Syntaxe* (Paris, 1986).

Chiasson (1986) : C. C. Chiasson, 'The Herodotean Solon', *GRBS* 27 (1986), 249–62.

Coleridge (1938) : E. P. Coleridge (tr.), '*The Suppliants*', in W. J. Oates & E. O'Neill Jr. (ed.), *The*

Complete Greek Drama (New York, 1938), 185–223.

Collard (1975) : C. Collard, *Euripides : Supplices* (Grnoningen, 1975), 2v.

Collard (1981) : C. Collard, *Euripides* (Greece & Rome New Survey) (Oxford, 1981).

Conacher (1967) : D. J. Conacher, *Euripidean Drama : Myth, Theme and Structure* (Toronto, 1967).

Craig (1994) : L. H. Craig, *The War Lover : A Study of Plato's Republic* (Toronto, 1994).

Dain & Mazon (1955) : A. Dain & P. Mazon, *Sophocle, t.1 : Les Trachiniennes ; Antigone* (Paris, 1955) (Collection de Budé).

Dain & Mazon (1958) : A. Dain & P. Mazon, *Sophocle, t.2 : Ajax ; Oedipe Roi ; Électre* (Paris, 1958) (Collection de Budé).

Dale (1954) : A. M. Dale (ed.), *Euripides : Alcestis* (Oxford, 1954).

Dawson (1966) : C. M. Dawson, 'Σπουδαιογέλοιον : Random Thoughts on Occasional Poems', *YCS* 19 (1966), 39–76.

Denniston & Page (1957) : J. D. Denniston & D. Page, *Aeschylus : Agamemnon*, edition and commentary (Oxford, 1957).

Diggle (1981) : J. Diggle, *Euripidis Fabulae, t. 2 : Supplices ; Electra ; Hercules ; Troades ; Iphigenia in Tauris ; Ion* (Oxford, 1981) (Oxford Classical Texts).

Diggle (1994) : J. Diggle, *Euripidis Fabulae, t. 3 : Helena ; Phoenissae ; Orestes ; Bacchae ; Iphigenia Aulidensis* ; *Rhesus* (Oxford, 1994) (Oxford Classical Texts).

Dodds (1951) : E. R. Dodds, *The Greeks and the Irrational* (Berkeley, 1951).

Dodds (1973) : E. R. Dodds, *Ancient Concept of Progress* (Oxford, 1973).

Donlan (1969) : W. Donlan, 'Simonides, Fr. 4D and P. Oxy. 2432', *TAPA* 100 (1969), 71–95.

Donlan (1973) : W. Donlan, 'The Origin of *kalos k'agathos*', *AJP.* 94 (1973), 365–74.

Dover (1974) : K. J. Dover, *Greek Popular Morality : In the Time of Plato and Aristotle* (Oxford, 1974).

Easterling (1984) : P. E. Easterling, 'Tragic Homer', *BICS* 31 (1984), 1–8.

Edmonds (1931) : J. M. Edmonds, *Greek Elegy and Iambus* (London, 1931) (Loeb Classical Library).

England (1896) : E. B. England, 'Wedd' s Edition of the "Orestes"' (review), *CR* 10 (1896), 344–46.

Erbse (1969) : H. Erbse (ed.), *Scholia graeca in Homeri Iliadem* (1969).

Erbse (1975) : H. Erbse, 'Zum Orestes des Euripides', *Hermes* 103 (1975), 434–59.

Eucken (1986) : C. Eucken, 'Das Rechtsproblem im euripideischen Orest', *MH* 43 (1986), 155–68.

Falkner (1983) : T. M. Falkner, 'Coming of Age in Argos : Physis and Paideia in Euripides' *Orestes*', *CJ* 78 (1983), 289–300.

Ferrari (2007) : G. R. F. Ferrari, 'The Three-Part Soul', in G. R. F. Ferrari (ed.), *Cambridge Companion to Plato's Republic* (Cambridge, 2007), 165–201.

Fraenkel (1950) : E. Fraenkel, *Aeschylus Agamemnon*, edition and commentary, 3 vols. (Oxford, 1950).

Fränkel (1975) : H. Fränkel, *Early Greek Poetry and Philosophy* (New York, 1975).
Gagarin (1976) : M. Gagarin, *Aeschylean Drama* (California, 1976).
Gantz (1983) : T. Gantz, 'The Chorus of Aeschyrus' *Agamemnon*', *HSCP* 87 (1983), 65–86.
Garland (1985) : R. Garland, *The Greek Way of Death* (London, 1985).
Garland (1990) : R. Garland, *The Greek Way of Life* (London, 1990).
Garrison (1995) : E. P. Garrison, *Groaning Tears : Ethical and Dramatic Aspects of Suicide in Greek Tragedy* (Leiden, 1995).
Garvie (1986) : A. F. Garvie, *Aeschylus Choephori*, edition and commentary (Warminster, 1986).
Garvie (1998) : A. F. Garvie (ed.), *Sophocles : Ajax* (Oxford, 1998).
Gerber (1997) : D. Gerber, *A Companion to the Greek Lyric Poets* (Leiden, 1997).
Godley (1920) : E. D. Godley (tr.), *Herodotus* (Cambridge, Mass., 1920) (Loeb Classical Library), 4v.
Goldhill (1984) : S. Goldhill, *Language, Sexuality, Narrative : The* Oresteia (Cambridge, 1984).
Goldhill (1992) : S. Goldhill, 'The Great Dionysia and Civic Ideology', in J. J. Winkler & F. I. Zeitlin (ed.), *Nothing to Do with Dionysos ?* (Princeton, 1992), 97–129.
Goodwin (1992) : W. W. Goodwin, *A Greek Grammar* (Edinburgh, 1992).
Gow (1916) : A. S. F. Gow, 'On Two Passages of the *Orestes*', *CQ* 10 (1916), 80–82.
Gras (1984) : M. Gras, 'Cité grecque et lapidation', in Y. Thomas (ed.), *Du châtiment de la cité* (Paris, 1984), 75–89.
Griffin (1980) : J. Griffin, *Homer on Life and Death* (Oxford, 1980).
Griffith (1999) : M. Griffith, *Sophocles : Antigone* (Cambridge, 1999).
Hainsworth (1993) : B. Hainsworth, *The Iliad : A Commentary, volume III : Books 9–12* (Cambridge, 1993).
Halm-Tisserant (1988) : M. Halm-Tisserant, *Réalité et imaginaire des supplices en Grèce ancienne* (Paris, 1988).
Halperin (1998) : D. Halperin, 'Platonic *Eros* and What Men call Love', in N. D. Smith (ed.), *Plato : Critical Assessments* (London, 1998), 66–120.
Heath (1987) : M. Heath, *The Poetics of Greek Tragedy* (London, 1987).
Hellman (1934) : F. Hellmann, *Herodots Kroisos-Logos* (Berlin, 1934).
Herrman (2004) : J. Herrman, *Athenian Funeral Orations* (Newburyport, 2004).
Hobbs (2000) : A. Hobbs, *Plato and the Hero : Courage, Manliness and the Impersonal Good* (Cambridge, 2000).
How & Wells (1912) : W. W. How & H. J. Wells, *A Commentary on Herodotus* (Oxford, 1912), 2v.
Hude (1927) : C. Hude (ed.), *Herodoti Historiae* (Oxford, 1927) (Oxford Classical Texts), 2v.
Humphreys (1993) : S. Humphreys, *Family, Women and Death : Comparative Studies* (Ann Arbor, 1993).
Ireland (1986) : S. Ireland, *Aeschylus* (Greece & Rome New Survey) (Oxford, 1986).
Irwin (2005) : E. Irwin, *Solon and Early Greek Poetry : The Politics of Exhortation* (Cambridge, 2005).

Jackson (1955) : J. Jackson, *Marginalia Scaenica* (Oxford, 1955).

Jaeger (1945) : W. Jaeger, *Paideia : The Ideals of Greek Culture*, volume I (Oxford, 1945).

Jaeger (1966) : W. Jaeger, *Five Essays* (Montreal, 1966).

Janaway (1995) : C. Janaway, *Images of Excellence* (Oxford, 1995).

Jebb (1896) : R. C. Jebb (ed.), *Sophocles, the Plays and Fragments, Part VII : The Ajax* (Cambridge, 1896).

Jebb (1928) : R. C. Jebb, *Sophocles : The Plays and Fragments, Part III : The Antigone* (Cambridge, 1928).

Jones (1958) : F. W. Jones (tr.), '*The Suppliant Women*', in D. Grene & R. Lattimore (ed.), *Euripides IV Four Tragedies* (Chicago, 1958), 51-104.

Just (1989) : R. Just, *Women in Athenian Law and Life* (London, 1989).

Kells (1973) : J. H. Kells (ed.), *Sophocles : Electra* (Cambridge, 1973).

King (1993) : H. King, 'Bound to Bleed', in A. Cameron & A. Kuhrt (ed.), *Images of Women in Antiquity* (London, 1993), 109-27.

Kirk (1985) : G. S. Kirk, *The Iliad : A Commentary, volume I : Books 1-4* (Cambridge, 1985).

Kitto (1956) : F. M. D. Kitto, *Form and Meaning in Drama* (London, 1956).

Kitto (1961) : H. D. F. Kitto, *Greek Tragedy : A Literary Study* (London, 1961).

Knox (1961) : B. M. W. Knox, 'The *Ajax* of Sophocles', *HSCP* 65 (1961), 1-37.

Knox (1964) : B. Knox, *The Heroic Temper : Studies in Sophoclean Tragedy* (Berkeley, 1964).

Komorowska (2000) : J. Komorowska, 'Loyalty Forsworn : an Inquiry in Euripides' *Orestes*', *Eos* 87 (2000), 39-52.

Konstan (1983) : D. Konstan, 'The Stories in Herodotus' *Histories* : Book 1', *Helios* 10 (1983), 1-22.

Konstan (2014) : D. Konstan, *Beauty : The Fortunes of an Ancient Greek Idea* (Oxford, 2014).

Kovacs (1998) : D. Kovacs (ed., tr.), *Euripides III : Suppliant Women ; Electra ; Heracles* (Cambridge, Mass., 1998) (Loeb Classical Library).

Lattimore (1947) : R. Lattimore (tr.), *The Complete Greek Tragedies : Aescylus I : Oresteia* (Chicago, 1947).

Lattimore (1962) : R. Lattimore, *Themes in Greek and Latin Epitaphs* (Urbana, 1962).

Leaf & Bayfield (1952) : W. Leaf & M. A. Bayfield, *The Iliad of Homer in Two Volumes* (London, 1952) (originally 1898), 2v.

Lebeck (1971) : A. Lebeck, *The Oresteia : A Study in Language and Structure* (Washington, 1971).

Lefèbre (1991) : E. Lefèbre, 'Die Unfähigkeit, sich zu erkennen : Sophokles' Aias', *Würzburger Jahrbücher für die Altertumswissenschaft* 17 (1991), 91-117.

Legrand (1964) : Ph. -E. Legrand (tr.), *Herodote, Histoires*, livre 1 (Paris, 1964) (Collection de Budé).

Lendon (2005) : L. E. Lendon, *Soldiers & Ghosts : A History of Battle in Classical Antiquity* (New Haven, 2005).

Lesky (1943) : A. Lesky, 'Der Kommos der Choephoren', *Sitzungsberichte Wiener Akademie der*

Wissenschaft, Phil. Hist. Classe 221 (1943), 1-130.
Lesky (1983) : A. Lesky, *Greek Tragic Poetry*, tr. by M. Dillon (New Haven, 1983).
Linforth (1954) : I. M. Linforth, 'Three Scenes in Sophocles' *Ajax*', *UCPCP* 15. 1 (1954), 1-28.
Linforth (1961) : I. M. Linforth, 'Antigone and Creon', *UCPCP* 15. 5 (1961), 183-259.
Lloyd-Jones (1982) : H. Lloyd-Jones, *Aeschylus : Oresteia*, translation and notes (London, 1982).
Lloyd-Jones (1994) : H. Lloyd-Jones, *Sophocles I : Ajax, Electra, Oedipus Tyrannus* (Cambridge, Mass., 1994) (Loeb Classical Library).
Lloyd-Jones & Wilson (1990) : H. Lloyd-Jones & N. G. Wilson (ed.), *Sophoclis Fabulae* (Oxford, 1990) (Oxford Classical Texts).
Long (1970) : A. A. Long, 'Morals and Values in Homer', *JHS* 90 (1970), 121-39.
Loraux (1975) : N. Loraux, '*Hēbē* et *andreia* : deux versions de la mort du combattant athénien', *Ancient Society* 6 (1975), 1-31.
Loraux (1978) : N. Loraux, 'Mourir devant Troie, tomber pour Athenes', *Information sur les sciences sociales* 17. 6 (1978), 801-17.
Loraux (1986a) : N. Loraux, *The Invention of Athens : The Funeral Oration in the Classical City,* tr. by A. Sheridan (Cambridge, Mass., 1986).
Loraux (1986b) : N. Loraux, 'La main d'Antigone', *Métis* 1 (1986), 165-92.
Loraux (1987) : N. Loraux, *Tragic Way of Killing a Woman*, tr. by A. Forster (Cambridge, Mass. 1987).
Loraux (1995) : N. Loraux, *The Experiences of Tiresias : The Feminine and the Greek Man*, tr. by P. Wissing (Princeton, 1995).
Loraux (1998) : N. Loraux, *Mothers in Mourning* (Ithaca, 1998).
Low (2003) : P. Low, 'Remembering war in fifth-century Greece : ideologies, societies, and commemoration beyond democratic Athens', *World Archaeology* 35 (2003), 98-111.
Low (2010) : P. Low, 'Commemoration of the war dead in classical Athens : remembering defeat and victory', in Pritchard (2010), 341-58.
LSJ (1996) : H. G. Liddell & R. Scott (ed.), revised by H. S. Jones, *A Greek-English Lexicon* (Oxford, 1996).
Luginbill (2002) : R. Luginbill, 'Tyrtaeus 12 West : Come Join the Spartan Army', *CQ* 52 (2002), 405-414.
Macleod (1982) : C. W. Macleod (ed.), *Homer : Iliad Book XXIV* (Camridge, 1982).
MacDowell (1962) : D. M. MacDowell (ed.), *Andokides : On the Mysteries* (Oxford, 1962).
MacDowell (1986) : D. M. MacDowell, *Spartan Law* (Edinburgh, 1986).
Mazon (1925) : P. Mazon (tr.), *Eschyle : Tragédies, t. 2 : Agamemnon ; Les Choéphores ; Les Euménides* (Paris, 1925) (Collection de Budé).
Mazon (1970) : P. Mazon (tr.), *Homère : Iliade* (Paris, 1970), 4v (Collection de Budé).
Monro (1986) : D. B. Monro, *A Grammar of the Homeric Dialect* (Hildesheim, 1986) (originally 1891).
Moravcsik (1982) : J. Moravcsik, 'Noetic Aspiration and Artistic Inspiration', in M.Moravcsik & P.

Temko (ed.), *Plato on Beauty, Wisdom, and the Arts* (Totowa, N. J., 1982), 29–46.

Morris (1989) : I. Morris, 'Attitudes toward Death in Archaic Greece', *CA* 8 (1989), 296–320.

Most (1994) : G. W. Most, 'Simonides' Ode to Scopas in Contexts', in I. J. F. de Jong & J. P. Sullivan (ed.), *Modern Critical Theory and Critical Literature* (Leiden, 1994), 127–52.

Mullens (1940) : H. G. Mullens, 'The Meaning of Euripides' *Orestes*', *CQ* 34 (1940), 153–58.

Murray (1909) : G. M. Murray, *Euripidis Fabulae, t3 : Helena ; Phoenissae ; Orestes ; Bacchae ; Iphigenia Aulidensis ; Rhesus* (Oxford, 1909) (Oxford Classical Texts).

Murray (1924) : A. T. Murray, *Iliad with an English Translation* (Cambridge, Mass., 1924) (Loeb Classical Library), 2v.

Murray (1955) : G. Murray (ed.), *Aeschyli septem quae sunt tragoediae* (Oxford, 1955) (Oxford Classical Texts).

Murray (1991) : O. Murray, 'War and Symposium', in W. Slater (ed.), *Dining in a Classical Context* (Ann Arbor, 1991).

Nagy (1979) : G. Nagy, *The Best of the Achaeans* (Baltimore, 1979).

Nicole (1891) : J. Nicole (ed.), *Les scolies genevoises de l'Iliade* (Hildesheim, 1891).

O'Higgins (1989) : D. O'Higgins, 'The Second Best of the Achaeans', *Hermathena* 147 (1989), 43–56.

Osborn (2004) : R. Osborn, *Greek History* (London, 2004).

Oudemans & Lardinois (1987) : T. C. W. Oudemans & A. P. M. H. Lardinois, *Tragic Ambiguity : Anthropology, Philosophy and Sophocles'* Antigone (Leiden, 1987).

Page (1972) : D. Page (ed.), *Aeschyli Septem Quae Supersunt Tragoedias* (Oxford, 1972) (Oxford Classical Texts).

Parker (1983) : R. Parker, *Miasma : Pollution and Purification in Early Greek Religion* (Oxford, 1983).

Parmentier & Grégoire (1923) : L. Parmentier & H. Grégoire (tr.), *Euripide : Tragedies*, tome III (Paris, 1923) (Collection be Budé).

Parry (1969) : H. Parry, 'Euripides' *Orestes* : The Quest for Salvation', *TAPA* 100 (1969), 337–53.

Pelling (2006) : C. Pelling, 'Speech and Narrative in the *Histories*', in C. Dewald et al. (ed.), *Cambridge Companion to Herodotus* (Cambridge, 2006), 103–21.

Peradotto (1969) : J. J. Peradotto, 'Cledonomancy in the *Oresteia'*, *AJP* 90 (1969), 1–21.

Perrotta (1935) : G. Perrotta, *Sofocle* (Messina, 1935).

Perseus (2000) : *Perseus 2.0, Interactive Sources and Studies on Ancient Greece* (New Haven, 2000), 4 CDs.

PLF : E. Lobel & D. L. Page (ed.), *Poetarum Lesbiorum Fragmenta* (Oxford, 1955).

PMG : D. L. Page (ed.), *Poetae Melici Graeci* (Oxford, 1962).

Pohlenz (1954) : M. Pohlenz, *Die griechische Tragödie* (Göttingen, 1954), 2v.

Pollitt (1974) : J. J. Pollitt, *The Ancient View of Greek Art : Criticism, History, and Terminology* (Ann Arbor, 1974).

Porter (1994) : J. R. Porter, *Studies in Euripides'* Orestes (Leiden, 1994).

Powell (1949) : J. E. Powell (tr.), *Herodotus* (Oxford, 1949), 2v.

Prinz (1997) : K. Prinz, *Epitaphios Logos* (Frankfurt a. M., 1997).

Pritchard (1999) : D. M. Pritchard, *The Fractured Imaginary : Popular Thinking on Citizen Soldiers and Warfare in Fifth Century Athens* (Sydney, Doctorary Thesis, 1999).

Pritchard (2010) : D. Prichard (ed.), *War, Culture and Democracy in Classical Athens* (Cambridge, 2010).

Pritchett (1991) : W. K. Pritchett, *The Greek State at War*, part 5 (Berkeley, 1991).

Rawlinson (1910) : G. Rawlinson (tr.), *The History of Herodotus* (London, 1910) (Everyman's Library), 2v.

Reinhardt (1949) : K. Reinhardt, *Aischylos als Regisseur und Theologe* (Bern, 1949).

Reinhardt (1976) : K. Reinhardt, *Sophokles* (Frankfurt a. M., 1976) (originally 1933).

Reinhardt (1979) : K. Reinhardt, *Sophocles*, tr. by H. and D. Harvey (Oxford, 1979).

Reinhardt (2003) : K. Reinhardt, 'Intellectual Crisis in Euripides', in J. Mossman (ed.), *Oxford Readings in Classical Studies : Euripides* (Oxford, 2003), 16–46.

Richardson (1993) : N. Richardson, *The Iliad : A Commentary, volume VI : Books 21–24* (Cambridge, 1993).

Rohdich (1980) : H. Rohdich, *Antigone : Beitrag zu einer Theorie des sophokleischen Helden* (Heidelberg, 1980).

Romilly (1983) : J. de Romilly (ed.), *Sophocle : Sept exposés suivis de discussions* (Vandoeuvres-Genève, 1983) (Entretiens sur l'antiquité classique, 29).

Rusten (1986) : J. S. Rusten, 'Structure, Style, and Sense in Interpreting Thucydides : The Soldier's Choice (Thuc. 2. 42. 4)' *HSCP* 90 (1986), 49–76.

Rusten (1989) : J. S. Rusten, *Thucydides : The Peloponnesian War Book II* (Cambridge, 1989).

Schadewaldt (1932) : W. Schadewaldt, 'Der Kommos in Aischylos' Choephoren', *Hermes* 67 (1932), 312–54.

Schadewaldt (1959) : W. Schadewaldt, *Von Homers Welt und Werk* (Stuttgart, 1959).

Schein (1975) : S. L. Schein, 'Mythical Illlusion and Historical Reality in Euripides' Orestes', *WS* 9 (1975), 49–66.

Scott (1974) : W. C. Scott, *The Oral Nature of the Homeric Simile* (Leiden, 1974).

Scully (1996) : S. Scully, 'Orchestra and Stage and Euripides' *Suppliant Women*', *Arion* 4 (1996), 61–84.

Seaford (1984) : R. Seaford, 'The Last Bath of Agamemnon', *CQ* 34 (1984), 247–54.

Seaford (1990) : R. Seaford, 'The Imprisonment of Women in Greek Tragedy', *JHS* 110 (1990), 76–90.

Seidensticker (1983) : B. Seidensticker, 'Die Wahl des Todes bei Sophokles', in Romilly (1983), 105–44.

Seltman (1948) : C. Seltman, *Approach to Greek Art* (Cambridge, 1948).

Shapiro (1996) : S. O. Shapiro, 'Herodotus and Solon', *CA* 15 (1996), 348–64.

Smyth (1926) : H. W. Smyth, *Aeschylus II : Agamemnon, Libation-Bearers, Eumenides, Fragments*

(Cambridge, Mass., 1926) (Loeb Classical Library).

Smyth (1984) : H. W. Smyth, *Greek Grammar* (Cambridge, Mass., 1984).

Snell (1955) : B. Snell, *Lexikon des frühgriechischen Epos* (Göttingen, 1955–78), 4v.

Sommerstein (2008) : A. H. Sommerstein, *Aeschylus II : Oresteia : Agamemnon, Libation-Bearers, Eumenides* (Cambridge, Mass., 2008) (Loeb Classical Library).

Sontheimer (1964) : W. Sontheimer (tr.), *Die Bücher der Geschichte* (Stuttgart, 1964) (Reclam Universal-Bibliothek), 3v.

Sourvinou-Inwood (1989) : C. Sourvinou-Inwood, 'Assumptions and the Creation of Meaning : Reading Sophocles' *Antigone*', *JHS* 109 (1989), 134–48.

Sourvinou-Inwood (1995) : C. Sourvinou-Inwood, *'Reading' Greek Death : To the End of the Cassical Period* (Oxford, 1995).

Spira (1960) : A. Spira, *Untersuchungen zum Deus ex machina bei Sophokles und Euripides* (Kallmünz, 1960).

Srebrny (1964) : S. Srebrny, *Wort und Gedanke bei Aischylos* (Wroklaw, 1964).

Staiger (1958) : E. Staiger (tr.), *Agamemnon : Orestie I* (Stuttgart, 1958) (Reclam Universal-Bibliothek).

Stanford (1958) : W. B. Stanford (ed.), *The Odyssey of Homer* (London, 1958), 2v.

Stanford (1979) : W. B. Stanford (ed.), *Sophocles : Ajax* (New York, 1979).

Stebler (1971) : U. Stebler, *Entstehung und Entwicklung des Gewissens im Spiegel der griechischen Tragödie* (Bern, 1971).

Steidle (1968) : W. S. Steidle, *Studien zum antiken Drama* (München, 1968).

Stein (1883) : H. Stein, *Herodotos*, Erster Band (Berlin, 1883).

Storr (1912) : F. Storr, *Sophocles I : Oedipus the King ; Oedipus at Colonus ; Antigone* (New York, 1912) (Loeb Classical Library).

Taplin (2000) : O. Taplin, 'Yielding to the Forethought : Sophocles' Ajax', in G. Bowerstock et al. (ed.), *Arktouros : Hellenic studies presented to Bernard M. W. Knox* (Berlin, 2000), 122–29.

Thomson (1938) : G. Thomson, *The Oresteia of Aeschylus*, edition, translation and commentary (Cambridge, 1938), 2v.

Thompson (1996) : N. Thompson, *Herodotus and the Origins of the Political Community : Arion's Leap* (New Haven, 1996).

TLG (1999) : *Thesaurus Linguae Graecae CD ROM #E* (Irvine, 1999).

Toher (2001) : M. Toher, 'Euripides' *Supplices* and the Social Function of Funeral Ritual', *Hermes* 129 (2001), 332–43.

Turpin (2014) : W. Turpin, 'Croesus, Xerxes, and the Denial of Death (Herodotus 1.29–34 ; 7. 44–53)', in *CW* 107 (2013–14), 535–41.

Tyrrell (1984) : Wm. B. Tyrrell, *Amazons : A Study in Athenian Mythmaking* (Baltimore, 1984).

van Wees (2004) : H. van Wees, *Greek Warfare : Myths and Realities* (London, 2004).

Verdenius (1969) : W. J. Verdenius, 'Tyrtaeus 6–7D : A Commentary', *Mnemosyne* 22 (1969), 337–55.

Verdenius (1972) : W. J. Verdenius, 'Callinus Fr.1 : A Commentary', *Mnemosyne* 25 (1972), 1-8.
Vermeule (1966) : E. Vermeule, 'The Boston Oresteia Krater', *American Journal of Archaeology* 70 (1966), 1-22 with plates 1-8.
Vermeule (1979) : E. Vermeule, *Aspects of Death in Early Greek Art and Poetry* (Berkeley, 1979).
Vernant (1991) : J. -P. Vernant, *Mortals and Immortals : Collected Essays* (Princeton, 1991) (originally French 1979).
Verrall (1904) : A. W. Verrall, *The Agamemnon of Aeschylus*, translation and commentary (London, 1904).
Wankel (1961) : H. Wankel, '*Kalos kai agathos*' (unpublished doctoral thesis, University of Würzburg, 1961).
Warren & Scully (1995) : R. Warren & S. Scully (tr.), *Euripides : Suppliant Women* (New York, 1995).
Waterfield (2004) : R. Waterfield, 'Xenophon's Socratic Mission', in C. Tuplin (ed.), *Xenophon and his World : Papers from a conference held in Liverpool in July 1999* (Stuttgart, 2004), 79-113.
Way (1912) : A. S. Way (ed., tr.), *Euripides III : Bacchanals ; Madness of Hercules ; Children of Hercules ; Phoenician Maidens ; Suppliants* (Cambridge, Mass., 1912) (Loeb Classical Library).
Wedd (1895) : N. W. Wedd, *Euripides Orestes* (Cambridge, 1895).
West (1972) : M. L. West, *Iambi et elegi Graci ante Alexandrum cantati* (Oxford, 1972), 2v.
West (1987) : M. L. West, *Euripides Orestes* (Warminster, 1987).
West (1993) : M. L. West, *Greek Lyric Poetry : The Poems and Fragments of the Greek Iambic, Elegiac, and Melic Poets down to 450 B. C.* (New York, 1993).
Whitehorne (1986) : J. E. G. Whitehorne, 'The dead as spectacle in Euripides 'Bacchae' and 'Supplices'', *Hermes* 114 (1986), 59-72.
Wilamowitz (1923) : U. von Wilamowitz-Moellendorff, *Griechische Tragödien übersetzt* (Berlin, 1899-1923), 4v.
Willcock (1978) : M. M. Willcock, *The Iliad of Homer* (Basingstoke, 1978), 2v.
Willink (1986) : C. W. Willink, *Euripides Orestes*, edition and commentary (Oxford, 1986).
Wilson (1996) : L. H. Wilson, *Sappho's Sweetbitter Songs* (New York, 1996).
Winnington-Ingram (1980) : R. P. Winnington-Ingram, *Sophocles : An Interpretation* (Cambridge, 1980).
Winnington-Ingram (1983a) : R. P. Winnington-Ingram, *Studies in Aeschylus* (Cambridge, 1983).
Winnington-Ingram (1983b) : R. P. Winnington-Ingram, 'Sophocles and Women', in Romilly (1983), 233-49.
Wißmann (1997) : J. Wißmann, *Motivation und Schmähung : Feigheit in der Ilias und in der griechischen Tragödie* (Stuttgart, 1997).
Wolff (1983) : C. Wolff, '*Orestes*', in E. Segal (ed.), *Oxford Readings in Greek Tragedy* (Oxford, 1983), 340-56.
Yamagata (1994) : N. Yamagata, *Homeric Morality* (Leiden, 1994).

Yoshitake (1994)：S. Yoshitake, 'Disgrace, Grief and Other Ills : Herakles' Rejection of Suicide', *JHS* 114 (1994), 135–53.

Yoshitake (2010)：S. Yoshitake, '*Arete* and Achievements of the War Dead : The Logic of Praise in the Athenian Funeral Oration', in Prichard (2010), 359–77.

Zanker (1994)：G. Zanker, *The Heart of Achilles : Characterization and Personal Ethics in the Iliad* (Ann Arbor, 1994).

Zeitlin (1965)：F. I. Zeitlin, 'The Motif of the Corrupted Sacrifice in Aeschylus' *Oresteia*', *TAPA* 96, (1965), 463–508.

Zeitlin (2003)：R. I. Zeitlin, 'The Closet of Masks : Role-Playing and Myth-Making in the *Orestes* of Euripides', in J. Mossman (ed.), *Oxford Readings in Classical Studies : Euripides* (Oxford, 2003), 309–41.

アサド（2008）：T・アサド（茢田真司訳）『自爆テロ』（青土社，2008 年）。

伊藤（2004）：伊藤貞夫『古代ギリシアの歴史――ポリスの興亡と衰退』（講談社，2004 年）。

大貫（2003）：大貫恵美子『ねじまげられた桜――美意識と軍国主義』（岩波書店，2003 年）。

岡（1988）：岡道男『ホメロスにおける伝統の継承と創造』（創文社，1988 年）。

岡（1995）：岡道男『ギリシア悲劇とラテン文学』（岩波書店，1995 年）。

川島（1983）：川島重成『ギリシャ悲劇の人間理解』（新地書房，1983 年）。

川島（1999）：川島重成『ギリシア悲劇――神々と人間，愛と死』（講談社，1999 年）。

木曽（1990）：木曽明子（訳・解説），ソポクレース「アイアース」，『ギリシア悲劇全集』第 4 巻（岩波書店，1990 年），1-93，387-404 頁。

北嶋（1975）：北嶋美雪（訳・解説），プラトン「ヒッピアス大」，田中・藤沢編『プラトン全集』第 10 巻（岩波書店，1975 年），1-71，201-16 頁。

久保（1990）：久保正彰（訳・解説），アイスキュロス「アガメムノーン」，『ギリシア悲劇全集』第 1 巻（岩波書店，1990 年），1-110，269-301 頁。

呉（1991）：呉茂一（訳）『ギリシア・ローマ抒情詩選』（岩波文庫，1991 年）。

小松（2004）：小松美彦『脳死・臓器移植の本当の話』（PHP 研究所，2004 年）。

佐藤（1992）：佐藤信夫『レトリック感覚』（講談社，1992 年）。

スネル（1974）：B・スネル（新井精一訳）『精神の発見』（創文社，1974 年）。

丹下（1996）：丹下和彦『ギリシア悲劇研究序説』（東海大学出版会，1996 年）。

丹下（2008）：丹下和彦『ギリシア悲劇――人間の深奥を見る』（中公新書，2008 年）。

津村（1975）：津村寛二（訳・解説），プラトン「メネクセノス」，田中・藤沢編『プラトン全集』第 10 巻（岩波書店，1975 年），163-200 頁。

ドッズ（1972）：E・R・ドッズ（岩田靖夫・水野一訳）『ギリシア人と非理性』（みすず書房，1972 年）。

中務（1990）：中務哲郎（訳・解説），エウリーピデース「オレステース」，岡・久保・松平編『ギリシア悲劇全集』第 8 巻（岩波書店，1990 年），247-355，395-411 頁。

中務（2014）：中務哲郎（訳・解説），ソポクレース『アンティゴネー』（岩波文庫，2014 年）。

中村（1979）：中村善也「『悲劇』の終わりの『神』――エウリピデスのデウス・エクス・

マキナについて」，中村善也ほか編『ギリシア・ローマの神と人間』（東海大学出版会，1979 年），161–90 頁。

中山（1965）：中山恒夫（訳・解説），エウリピデス「救いを求める女たち」，『エウリピデス』筑摩世界古典文学全集，筑摩書房，1965 年），163–89 頁。

西村（2015）：西村賀子（訳・解説）『テオグニス他　エレゲイア詩集』（京都大学学術出版会，2015 年）。

橋本（1991）：橋本隆夫（訳・解説），エウリーピデース「ヒケティデス——嘆願する女たち」，『ギリシア悲劇全集』第 6 巻（岩波書店，1991 年），177–267，401–14 頁。

平田（1988）：平田松吾「アイギストス殺害報告におけるオレステス像——エウリピデス『エレクトラ』774–858 行をめぐって」『西洋古典学研究』36 巻（1988 年），33–43 頁。

藤縄（2000）：藤縄謙三（訳）『トゥキュディデス　歴史 1』（京都大学学術出版会，2000 年）。

松平（1971）：松平千秋（訳・解説）『ヘロドトス』（筑摩世界古典文学全集，筑摩書房，1971 年）。

松平（1992）：松平千秋（訳・解説）ホメロス『イリアス』上下（岩波文庫，1992 年）。

水野（1975）：水野有庸（訳・解説），プラトン「エピノミス（法律後篇）」，田中・藤沢編『プラトン全集』第 14 巻（岩波書店，1975 年），1–63，211–22 頁。

柳沼（1990）：柳沼重剛（訳・解説），ソポクレース「アンティゴネー」，『ギリシア悲劇全集』第 3 巻（岩波書店，1990 年），229–324，363–76 頁。

吉武（1989）：吉武純夫「アイアスの敵意——ソポクレスの『アイアス』について」『西洋古典学研究』37 号（1989 年），23–33 頁。

吉武（2002）：吉武純夫「カロス・タナトス，アンティゴネの目指したもの」『西洋古典学研究』50 号（2002 年），45–55 頁。

吉武（2004）：吉武純夫「戦死者を見つめ直す——デモステネス葬礼演説」，北嶋美雪編『デモステネスにおける説得の論理と修辞——アッティカ弁論術の精華とその発展』（文部省科学研究費補助金研究成果報告書，2004 年），1–27 頁。

注

まえがき

（1）『決定版 三島由紀夫全集』35 巻，新潮社，2003 年，440–41 頁。

（2）三島由紀夫『太陽と鉄』講談社文庫，1971 年，49 頁。

（3）このほかにも，たとえば『憂国』肆（『花盛りの森・憂国』新潮文庫，1968 年，283–94 頁）が描いている血塗れの光景の壮烈さは，『イリアス』第 22 巻 73 行が「パンタ・デ・カーラ」（すべてカロスなり）という表現で描こうとしているものに通じていると思われる。第 2 章を参照のこと。なお，「カロス」というギリシア語は一般に，「美しい」や「立派な」と訳されることが多い。

（4）それを非難するというのではない。問題は，そのどこまでがギリシア人のものであったかということである。死に「美しい」という言葉を適用したのは確かにギリシア人の発明であるが，美しいとされていたのはどんな死なのかということには注意が必要である。自殺を肯定する文化はギリシアにはなかった。『憂国』を書き自らも割腹自殺を遂げた三島は，自刃して死んだアイアスを多分に意識していたと思われるが，ソポクレスの悲劇においてもなお，自刃がアイアスの口にした「カロスなる死」の体現だと言える保証はない。第 7 章を見られたい。

（5）それは政治的に刷り込まれたものであるかもしれない。国家が，教育や報道や文芸等を介して，兵士や国土を桜という美の典型になぞらえ，国民の意識を軍国主義に向けて操縦していった近代日本の不幸な歴史を克明に解き明かした大貫（2003）の研究を参照せよ。特にその第 6 章と第 7 章。この本は私に大いなる刺戟を与えてくれたが，その目標は，桜を愛でる日本古来の美意識がいかに巧妙に軍国主義のために利用されたかを解明することであった。それに対して私の研究は，古代ギリシア人はいかなる意味で戦死を「美しい」と捉えたのかということを考えることを目標としている。古代ギリシアにおいても，兵士の戦意高揚のために美意識が援用されたことは同じであるが，そこではその言明の率直さが特徴である。またギリシア悲劇において言われる「カロスなる死」は，おおむね軍国主義とは無関係のように見える。美意識の援用における二者の間の差異は明瞭であり，かつまことに興味深い。

（6）2015 年に刊行された『エレゲイア詩集』において，西村賀子氏はテュルタイオス断片 10 番 1–2 行を，「死は美しい。前線で戦う勇敢な戦士の，祖国を守る戦のさなかの死は美しい」と訳しておられる。

序　章　ギリシア悲劇における「美しい死」という問題

（1）現代においては，たとえば生体心臓移植をすれば自分の命を他の人に譲り渡すことが技術的には可能であるだろうが，これは現実にはなされえないグロテスクな話である。

また一方で，自爆テロが思い浮かぶ。これは爆薬の力を用いてあまりに安易になされうるものになってしまっている。小松（2004）の特に第2章と第6章，および Keegan (1978), 329–30 参照。

（2）本書においては，ギリシア語の καλός（カロス）という形容詞を，その変化形（比較級・最上級・副詞形も含む）にこだわらず，包括的に表そうとするときに，カタカナを用いて「カロス」と記すことにする。

（3）ホメロスにおけるカロスの意味については，第2章を見よ。

（4）Humphreys (1993), 148 ; Vernant (1991), 50–74, 84–91 ; Loraux (1986a), 100 ; Loraux (1995), 63–74 ; Morris (1989), 304 など。

（5）「カロスなる死」という話題は，Garland (1985) にも，Sourvinou-Inwood (1995) にもほとんど取り上げられていない。

（6）Arist. *Rh.*, 1367a. なお，パトロクロスの救援に向かったアキレウスの死をカロスだと述べるにあたり，自分の利害を顧みなかったということを強調する同書 1359a も参照せよ。

（7）LSJ (1996) による καλός（カロス）の定義は次のようにまとめられる。I. (1) (of outward form) beautiful, fair ; (2) token of love or admiration ; (3) τὸ καλόν meaning beauty ; II. (in reference to use) good, of fine quality ; III. (in a moral sense) beautiful, noble, honourable. Hobbs (2000), 191 はより単純に，'aesthetically beautiful' と 'morally praiseworthy' という二つの意味に分けている。

（8）本書では，「感官に訴える」という言葉を，視覚・聴覚などの感覚に訴えるという意味で使う。それは英語の 'sensuous' という言葉に当たると考えてよい。

（9）Pl. *Phdr.* 250d–e でソクラテスは，κάλλος（カッロス，美）は，視覚に直接訴えてエロースを掻き立て，感動と賞賛をもたらすものだ，という趣旨のことを述べている。καλός（カロス）とは，そのような κάλλος（カッロス）を宿しているものの様子のことのはずである。カロスのこの意味は，ホメロスにおいても確かに認められる，この語の最も根源的な意味であろう。第2章を見よ。

（10）死がカロスと修飾された全例の一覧は，第1章1節の表1と巻末の付録Aにあり，全例の内容紹介は第1章3節にある。

（11）テュルタイオスの前に，若者の戦死体について言われた *Il.* 22. 73 の一件の例が存在するが，第2章で論ずるように，それは，何がどういう意味でカロスとされているのか判然としない，はなはだ曖昧な叙述である。

（12）Fr. 10 の原典テクストは，第1章4節に引用してある。断片全体の詳しい検討は第3章で行われる。

（13）テュルタイオスの名前が古典期にもよく記憶されていたことは，Pl. *Lg.* 629a–630c での扱われ方からも分かる。前4世紀の弁論家リュクルゴスは，その政治演説の中で fr. 10 (West) の全文を引用した。

（14）Dawson (1966), 51 : 'arresting' ; Adkins (1997), 95 : 'novel'.

（15）Vernant (1991), 50–74, 84–91 ; Loraux (1978), 801–17 ; Loraux (1995), 63–74.

（16）Vernant の議論については第2章で詳しく検討する。Loraux (1995) は，テュルタイオスの詩句も一通り検討するが，前5世紀アテナイにおいては，ホメロスやテュルタイオ

スが認めたような「審美的意味」を排除し「倫理的意味」だけで戦死を称えるというアテナイ独自の「美しい死のイデオロギー」（the ideology of the beautiful death）が，戦死者葬礼演説などで行われていたと主張する（275 n. 25)。それを「アテナイ版のカロス・タナトス」（Athenian version of *kalos thanatos*）とも呼ぶ（65)。ポリスのためのコマとなって忠実に働く兵士を称え，そうして遂げた死に栄光を付すイデオロギーがアテナイにあったことは確かだが，アテナイのどのテクストが「カロスなる死」という表現をその新しい意味で使っているかというと，論証はどこにも見当たらない。この言葉が意味するものが何で，この表現が前5世紀アテナイで実際にどのように使われていたかには関心がなかったようである。違う領域でも，ポリス・イデオロギーの鋭い分析からの時々勇み足になるLorauxの議論に対し，戦死者に対する古典期アテナイ人たちのまなざしをめぐって補正を提案するような議論が，近年たとえばLow (2010), 341やArrington (2015), 125–26らの歴史研究者からも出されている。

(17) Fränkel (1975), 156 ; Verdenius (1969), ad 21 ; Adkins (1960), 164 ; Loraux (1995), 275 n. 5. このほか，Luginbill (2002), 410–13は，Tyrt. fr. 10において αἰσχρόν という語のほうに重点があるとして，カロスをその補足としか認めず，この語が何か独自の主張を展開しているとは認めないという立場をとった。しかしこれに対してはJaeger (1966), 114を参照せよ。最近では，たとえばArrington (2015), 154–66は，パルテノン神殿のアテナ女神像が持っていたとされる楯の底部に描かれていた男性が，テュルタイオスの描いた‘beautiful death’を体現するものであったと主張して説得的ではあるが，テュルタイオスの‘beautiful death’とは何かということについては，VernantとLoraux以上のことを何も語っていない。

第I部

(1) 本書では，カロスと修飾された死全般を「カロスなる死」と記すのに対し，テュルタイオスがカロスであると規定したタイプの死を「カロス・タナトス」と記す。第1章4節および第3章を見よ。

第1章　よき死の中のカロスなる死

(1) *Thesaurus Linguae Graecae CD ROM #E* (1999). ホメロスから後1453年までの，ギリシア語で書かれたテクストのほとんど（碑文，パピルス文書を除く）を収めた電子テクスト集。*#E*はCDROMの形態の最新版である。

(2) 具体的には次の方法をとった。まず，〈καλ で始まる語〉が5単語以内の距離において，〈θαν／θνα／θνη／θνε〉または〈πεσε／πεσο／πεσω／πιπτ／πεπτ〉または〈ολε／ολη／ολου／ολω／ολλυ／ωλες〉または〈τελευτ〉または〈τελο／τελε〉または〈ποτμ〉を含む語を伴って現れるケースを検索した。検索には，TLG Workplace, 9. 02 (2001)を使用した。次にその中から，カロスと死に関係のない語が検索されている例を排除し，また両者の間に修飾関係のないものも排除した。その際，〈カロス派生語が死を（形容詞的にまたは副詞的に）直接修飾しているもの〉だけでなく〈間接的に修飾しているもの〉も残した。

(3) 武器を取っての死で戦死に似ているが，戦死ではないという例，たとえばテウク

ロスが武器を持って個人的にアガメムノンと争うというソポクレス-④のような場合は，「戦死以外」に分類される。

（4）カロスと修飾された死の各事例の指標は，作家名と，表 1 の各事例の左端にある数字とを結びつけて，「アイスキュロス-③」ように表すことにする。

（5）イピゲネイアはギリシア軍総大将アガメムノンの娘。マカリアはヘラクレスの娘。アルケスティスはアドメトス王の妻。

（6）アキレウスは，親友の仇を討ったらまもなく死ぬという予言を聞かされていた。

（7）アンドロマケはトロイアの戦士ヘクトルの妻。ダナイデスはダナオス王の 50 人の娘たち。テーバイの王クレオンについては第 6 章の『アンティゴネ』のあらすじを見よ。

（8）ミムネルモスもテオグニスも，人生に対する悲観主義で有名なエレゲイア詩人。

（9）前 480 年のテルモピュライの戦いでスパルタ軍の精鋭部隊を率いた将軍。

(10) ただし，葬礼演説は，独特の論法を用いるので，戦死自体を直接称える言葉はあまり多くない。本書第 4 章 4 節および Yoshitake (2010) を見よ。

(11) 前 490 年のマラトンの戦いのギリシア軍の勝利をアテナイに伝えたのは，プルタルコス（347C）によるとエルキア（Erchia）のテルシッポス（Thersippos）またはエウクレエスであったというが，ルキアノス（*Laps*. 3）によるとフィリッピデスであったという。

(12) カサンドラもポリュクセネもトロイア王プリアモスの娘。前者はアガメムノンの戦利品となった。後者はアキレウスの霊のための生贄となった。

(13) ヒッピアスは高名なソフィストで，「カロス」の概念についてソクラテスと対話する。この箇所で，ヒッピアスはソクラテスに，「いかなる人にもいかなる場合にも，常にも美しい（カロスなる）こと」の典型として，一つの人生を示して見せているのである。

(14) ソロン（前 7–6 世紀）はギリシア七賢人の一人。リュディア王クロイソスを訪ねた。

(15) クレオビスとビトンの死は，δ-1 に属する資格もある。

(16) オデュッセウスはトロイア戦争終結後，故国に帰り着くまで 10 年間を要する。アルゴスの見張りについては，第 10 章の『オレステイア三部作』のあらすじを見よ。

(17) Garland (1985), 89–90 ; Sourvinou-Inwoood (1995), 326–27 を見よ。神話においては『イリアス』第 23 巻に描かれたような葬礼競技で称えられる死もある。

(18) Lattimore (1962), 199–201 ; Garland (1985), 101–03 を見よ。

(19) このことは第 5 章であらためて検討する。

(20) 本節末尾のまとめを見よ。

(21) プリアモスはトロイア王。城外で戦い続けようとするヘクトルに，退却するよう懇願する。

(22) オイディプス王の息子。祖国を守る立場で兄弟ポリュネイケスと戦い，相討ちとなって死んだ。

(23) ギリシア軍総大将としてトロイア戦争に勝利したが，帰国後まもなく妻に殺された。

(24) トロイアの王妃。トロイア陥落後，オデュッセウスの戦利品となった。

(25) テュルタイオス-①のほかに，リュシアス-①②，クセノポン-②がある。

(26) その最も分かりやすい例は，シモニデス-②やヘロドトス-①である。

(27) いわゆるソクラテス裁判で死刑を宣告されてから約一ヶ月間，弟子たちと語り合いな

がら悠然と死刑執行を待った。

(28) シケリアの政治家でプラトンの弟子。

(29) アガメムノン王とクリュタイメストラの娘。父を殺した母とアイギストスに恨みを抱いていたが，帰還した弟オレステスに復讐を任せる。

(30) オレステスは親友ピュラデスとともに，アテナ女神の木像を求めてタウリケに行くが，殺されそうになる。

(31) パシパエはクレタ王ミノスの妻。牡牛と交わって怪物を生んだ。

(32) 原典テクストでは，「カロスに」（καλῶς）の代わりに「悪しく」（κακῶς）という Wilamowotz の異読も提案されているが，あまり支持されていない。前者が写本どおりである。Austin (1968), 58 参照。

(33) カロスなる死という表現以外で，戦死を称えるために前 5 世紀に行われたいくつかの典型的表現については，第 4 章 2 節以下を見よ。

(34) アテナイ王エレクテウスの娘。クスートスを婿にしたが子が生まれずにいる一方，夫に隠し子がいると思い込む。

(35) たとえば，首を吊るような死も含めてカロスと言っているのだとしたら，かなり奇異なことと思われる。首吊り自殺のニュアンスについては，Loraux (1987), 9-10 を見よ。

(36) クノッソス人。クレタ島に植民国家を建設することを任ぜられたという設定で，アテナイ人から法律制定の助言を受ける。

(37) οὖν を οὐ とする読みでは，「どうしてカロスに死ねないことがあるだろうか」という内容になるが，彼女にはカロスに死ねる見込みがあるわけではない，ということに変わりはない。

(38) アテナイ王エレクテウスの妻。エレウシス人が攻めてきたとき，神託が娘の生贄を求めたのを受け容れる。

(39) ソポクレス-②（S. *Ant.* 97）は，一見そのように見えるが，実際には 25 行前のソポクレス-①（S. *Ant.* 72）で述べたカロスなる死のことを指しているという可能性も考えてみなくてはならない。この事例は第 6 章 1 節で検討対象になる。

(40) Arist. *Rh.*, 1367a は，他人のためになされた仕事はすべてカロスだと言っているが，それが絶対的に正しいかどうかは分からない。特に，死をカロスと修飾することに関しては，特別な慣例があったと考える余地があるだろう。

(41) たとえば，ソポクレス-①④，ヘロドトス-④，プラトン-⑧。

(42) 次節および第 3 章を見よ。

(43) α-1 に属するような死を称える語は，しばしば εὐκλεής（名高い）や γενναῖος（生まれのよい）である。α-1 の説明で挙げた例のほか，エウリピデス-①に含まれている εὐκλεῶς（名高く：E. *Alc.* 292）の語もこれに該当する。

(44) τεθνάμεναι γὰρ καλὸν ἐνὶ προμάχοισι πεσόντα / ἄνδρ᾽ ἀγαθὸν περὶ ᾗι πατρίδι μαρνάμενον·（Tyrt. fr. 10. 1–2）

(45) ἀνδράσι μὲν θηητὸς ἰδεῖν, ἐρατὸς δὲ γυναιξὶ / ζωὸς ἐών, καλὸς δ᾽ ἐν προμάχοισι πεσών.（Tyrt. fr. 10. 29–30）

(46) この意味が〈カロスなる死〉の基本線であるとしたら，表 1 で不特定とされたカロス

なる死も，これを前提にしたものであったと考えてよいのではないか。

(47) テュルタイオスの言うカロスなる死の条件には，〈よき男〉という人物，〈祖国のために〉という目的，〈前線において〉という場，〈戦いながら倒れて〉という様態といったいくつもの要素が埋め込まれている。それらが全部揃えば，彼の言うとおりの〈カロスなる死〉に間違いなく合致するだろうが，そうでなくとも，これらのうちのいくらかの要素があれば，それに似たもの，近いものと認められる資格がある。なお，β-2 のカロスな死の事例の過半数が悲劇で語られたものであるということから予想されるのは，さまざまな問題提起を好むジャンルである悲劇が，テュルタイオス的な〈カロスなる死〉は戦死以外にもさまざまにありうる，というテーゼを投げかけているのではないかということである。

第 2 章　ホメロスにおける戦死評価とカロス

(1) *Il.* 22. 73 (πάντα δὲ καλὰ θανόντι περ ὅττι φανήῃ) は翻訳もしにくい。その内容の検討は本章 3 節でなされる。前後をあわせた原典テクストもそこを見よ。

(2) Autenrieth (1984), s. v. καλός.

(3) 一方，LSJ (1996) は，① ‘outward form’ に関して ‘beautiful’，② ‘use’ に関して ‘good’，③ ‘moral sense’ として ‘beautiful’ という意味を載せているが，Autenrieth の② の意味も与格支配という説明も記していないのは奇妙なことである。

(4) Dover (1974), 69 : ‘*Kalos* applied to a person, some part of a person, or any artefact or material object, means ‘beautiful’’, ‘handsome’, ‘attractive’. Janaway (1995), 59 : ‘the word in ordinary Greek when applied to people and physical things has a central meaning to do with visual attractiveness’. しかるに，Yamagata (1994), 227 が，人や物質的対象を修飾するときの意味は ‘pleasant to the eyes (also to the ears)’ だとしているのは，限定しすぎではないかと思われる。Konstan (2014) は，カロス概念について述べた貴重な本であり，ホメロスについては，述べていることはすべて正しいが，‘physical beauty’ しか扱っていない (31-61)。

(5) Yamagata (1994), 228. ただし，彼女は同じ頁で，ヘクトルにとって，名誉ある戦闘で死ぬことはカロスであると記している。現実には，死がカロスと評されている箇所は (*Il.* 22. 73 は間接的にそうであるかもしれないがこれを除くと)『イリアス』の中には存在しないので，大いに不正確なのであるが，彼女のこの言明は，ヘクトルが *Il.* 22. 110 でアキレウスに討たれることを ἐϋκλειῶς な死として思い浮かべていることを指していると思われる。そうであれば，彼女の議論はここでいくらか混乱していると思われる。

(6) 下でも議論するが，そこに挙げられているホメロスの例のほとんどが否定文であるということに注意すべきである。

(7) 比較級，最上級も含める。中性対格形で副詞のように使われている例も，また 1 件しかない副詞形 (καλῶς) も含める。なお，6 件ある κάλλιμος は，便宜上 καλός と同じ語とみなす。

(8) κάλλος が ‘physical beauty’ を表すものであることは，Konstan (2014), 35 によっても強調されている。

(9) *Il.* 24. 388 の原文は ὥς μοι καλὰ τὸν οἶτον ἀπότμου παιδὸς ἔνισπες. である。もし ὥς を

‘exclamatory’（詠嘆を表すもの）と解するならば，「なんとピッタリと」という意味に取らなくてはならないだろう。しかし，ὥς を ‘explanatory’（説明を表すもの）であると解するなら問題ない。そもそもこの読みは，より広く行われていた ὅς という読み（Willcock (1984), ad loc. や Macleod (1982), ad loc. によっても支持されている）に対する異読である。‘explanatory’ な関係代名詞である ὅς ならば，もともと問題はなかったのである。

(10) Blundell (1989), 26–59.

(11) Macleod (1982), ad loc. を参照せよ。Loeb 訳（A. T. Murray 1924）も，このカロスを ‘fitly’ と訳している。

(12) たとえば，Stanford (1958), ad 17. 393ff. は，‘how extremely kind ... you are to me’ と解している。

(13) 歌：*Il.* 1. 473, 18. 570, *Od.* 1. 155, 8. 266, 10. 277, 19. 519, 21. 411 ; 声：*Il.* 1. 604, *Od.* 5. 61, 12. 192, 24. 60 ; 歌人に耳を傾けること：*Od.* 1. 370, 9. 3 ; 音楽と酒を堪能すること：*Od.* 9. 11 ; 風：*Od.* 11. 640, 14. 253, 14. 299 ; および，「目に見える限りのもの」（ὅττι φανήῃ）：*Il.* 22. 73。ただし，この最後の「目に見える限りのもの」が具体的にどこまでを含んでいるのかは，不明である。一応，「若者の死体が横たわっている光景」と解する。

(14) 序章注 9 を見よ。

(15) *Il.* 24. 52 ; *Od.* 3. 69, 3. 358, 6. 39, 7. 159, 8. 543, 8. 549, 17. 583.

(16) ただし，「彼らが食事を堪能した今なら，よりカロスであろう，客人たちに何者なのかと尋ね問うことは」（*Od.* 3. 69）という事例では，相手の素性を訊くことを，明らかに不適切な場合と比較して今ならよりカロスだと言っているので，比較級を使っている意味がほとんど見出せない。

(17) この数には，武人の肌やヘルメットの房毛など間接的なものと，内容の曖昧な *Il.* 22. 73（πάντα δὲ καλά）は含めていない。

(18) Jaeger (1945), 416 (n. 4); Donlan (1973), 367–38. 上の注 4 も参照のこと。

(19) *Il.* 18. 518 では，軍事の女神であるアテナも，アレス神と併せて双数形でカロスだとされている。カロスと修飾される女神はアテナだけに限らないが，この箇所においては，アテナがアレスと同じ軍神という資格においてカロスとされているのだと考えるのが妥当だろう。

(20) アンティロコスがいかに優れた戦士であったかは，*Il.* 15. 570 に記されている。

(21) メムノンがアキレウスに殺されたことは，『アイティオピス』において語られていたということについては，岡（1988），254ff., 403ff. を参照せよ。アンティロコスを討ち取ったということは，*Od.* 4. 187–88 に記されている。

(22) ギリシア軍中第 2 の実力者アイアス（*Il.* 2. 768, 13. 321–25）もまた，アキレウスに次ぐ外貌（εἶδος）の持ち主とされている（*Il.* 17. 279–80＝*Od.* 11. 550–51）。しかし，カロスという語は彼については使われていない。

(23) ほぼ同じ意味の文言として *Od.* 11. 469–70＝*Od.* 24. 17–18 もある。

(24) 引用はいずれも松平訳。彼らの「卓越した外貌」とは，アキレウス（μέγας : *Il.* 21. 108）の場合もアイアス（πελώριος : *Il.* 3. 229, 7. 211, 7. 288）の場合も，体躯の大きさを含むものだと思われる。アレス神も，体躯の大きさが指摘されている（μέγας : *Il.* 18. 518）。

(25) たとえば，『イリアス』の 40 件のうち，17 件はアキレウスの武具，『オデュッセイア』の 6 件のうち，5 件がオデュッセウスの武具である。

(26) cf. Seltman (1948), 28–29 : 'To say that for the Greeks Beauty and Goodness were one and the same is an error.' Donlan (1973), 370 は，'In Homer beauty was an important aspect of the physical ideal and a desirable attribute of the heroic warrior...' と言っている。それが彼らの「理想」であったとするのは賢明な言い方である。問題は，その理想と現実がどう関係しているとギリシア人たちが考えていたかということである。Verdenius (1969), ad 21 は，「5 世紀末まで *kalos* の moral and visual aspects は明瞭に区分されていなかった」と言うが，混同されていたという意味なら当たっていないと思われる。Adkins (1960), 164 も同様。

(27) そのように解するのでなくては，*Il*. 3. 44 の「王子が前線にいる，と言って（笑う）」(φάντες ἀριστῆα... ἔμμεναι) という部分を生かすことができない。Loeb 訳（Murray 1924）を参照せよ。

(28) これは，LSJ (1996) が A III 項として掲げる「倫理的に美しい，高潔だ」（'in a moral sense, beautiful, noble, honourable'）という意味が，ホメロスの時代に確立していたとは言えないということを意味する。Autenrieth (1984) の καλός の項目が，「倫理的卓越」という意味を挙げていないことは明察である。Hainsworth (1993), ad *Il*. 9. 615 がきわめて簡潔に述べた 'καλός is unusual in the epic as a moral term' という指摘も注目に値する。

(29) Moravcsik (1982), 31.

(30) プラトン『パイドロス』250. d–e :「われわれは，美を，われわれの持っている最も鮮明な知覚を通じて，最も鮮明にかがやいている姿のままに，とらえることになった。というのは，われわれにとって視覚こそは，肉体を介してうけとる知覚の中で，いちばんするどいものであるから。……しかしながら，実際には，美のみが，ただひとり美のみが，最もあきらかにその姿を顕わし，最もつよく恋ごころをひくという，このさだめを分けあたえられたのである」（藤沢令夫訳 1967）。同『饗宴』210. a–212. c に展開されているのも，同趣旨の内容である。*Phdr*. 238. b. 7–c4 ; *Smp*. 197. b. 3–9, 201. a. 3–10, 203. c. 1–4, 204. b. 1–5, 204. d. 3–5, 206. e. 2–3 ; *R*. 402. d. 3–7 も参照せよ

(31) ὀ μὲν γὰρ κάλος ὄσσον ἴδην πέλεται ⟨κάλος⟩. サッポーのこの断片は，その 2 行目（ὀ δὲ κἄγαθος αὔτικα καὶ κάλος ἔσσεται.）で，内面的なよさを持った人もただちにカロスであると述べるので，全体としては複雑な言説となるが（Wilson (1996), 170–71 を見よ），1 行目で述べているのは単純なことである。

(32) Donlan (1973), 368 n. 8.

(33) Halperin (1998) 110 n. 112 : 'the word normally refers to the quality of outwardly attractive or appealing.'

(34) τώ κ' ἀγαθὸς μὲν ἔπεφν', ἀγαθὸν δέ κεν ἐξενάριξε. (*Il*. 21. 280)

(35) ホメロス叙事詩に特徴的である長大な直喩表現。

(36) たとえば，*Il*. 4. 473–89（シモエイシオス），5. 548–60（クレトンとオルシロコス），13. 170–81（インブリオス），13. 384–96（アシオス），16. 477–91（サルペドン），17. 43–60（エウポルボス）.

(37) Scott (1974), 70–71.

(38) ἀλλὰ μάχεσθ᾽ ἐπὶ νηυσὶν ἀολλέες· ὃς δέ κεν ὔμεων / βλήμενος ἠὲ τυπεὶς θάνατον καὶ πότμον ἐπίσπῃ / τεθνάτω· οὔ οἱ ἀεικὲς ἀμυνομένῳ περὶ πάτρης / τεθνάμεν·（*Il.* 15. 494–97）訳は松平（1992）による。

(39) Zanker (1994), 145 は，15. 496 を，‘it is no shameful thing’ と訳した上で，‘that is, it is a matter of glory’ と言い換えている。Yamagata (1994), 228 も，この箇所を ‘it is not unseemly to die...’ と訳してはいるが，それを明らかに「カロスなる死」と同等視している。

(40) Richardson (1993) は，このような文言をもたらした何らかの勧告的な詩行（‘protreptic passage’）が『イリアス』より先行して存在した可能性を示唆している。しかし，もしそういうものが存在したとしても，そこで何が述べられていたのかということが問題である。その内容は，〈戦死が名誉である〉ということだとは限らない。〈戦死するのに似つかわしいのは老人より若者である〉ということである蓋然性のほうがはるかに高いと思われる。以下および次節を見よ。

(41) スネル（1974），324 が，このパッセージについてテュルタイオスとの比較において述べていることは正しい。

(42) 次章で取り上げるテュルタイオスの戦死論には，明らかにこのパッセージを連想させる詩句がある（fr. 10. 21–27（West））。Leaf & Bayfield (1952), ad 69 ; Schadewaldt (1959), 300 らは，22. 69–76 が文脈にそぐわないものであるとし，テュルタイオスの文言をもとにした後世の付加であると考えたが，Richardson (1993), ad 66–76 はその考え方には反対している。Verdenius (1969), 354 も『イリアス』のパッセージの先行性を支持している。私も，『イリアス』のパッセージの先行性を認めて差支えないと考える。私はまた，後述するように，69–76 が文脈にそぐわぬことはないとも考える。

(43) αὐτὸν δ᾽ ἂν πύματόν με κύνες πρώτῃσι θύρῃσιν
ὠμησταὶ ἐρύουσιν, ἐπεί κέ τις ὀξέϊ χαλκῳ
τύψας ἠὲ βαλὼν ῥεθέων ἐκ θυμὸν ἕληται,
οὓς τρέφον ἐν μεγάροισι τραπεζῆας θυραωρούς,
οἵ κ᾽ ἐμὸν αἷμα πιόντες ἀλύσσοντες περὶ θυμῷ
κείσοντ᾽ ἐν προθύροισι. νέῳ δέ τε πάντ᾽ ἐπέοικεν
ἄρηϊ κταμένῳ δεδαϊγμένῳ ὀξέϊ χαλκῷ
κεῖσθαι· πάντα δὲ καλὰ θανόντι περ ὅττι φανήῃ·
ἀλλ᾽ ὅτε δὴ πολιόν τε κάρη πολιόν τε γένειον
αἰδῶ τ᾽ αἰσχύνωσι κύνες κταμένοιο γέροντος,
τοῦτο δὴ οἴκτιστον πέλεται δειλοῖσι βροτοῖσιν.（*Il.* 22. 66–76）

(44) 傍線部分については，松平訳（1992）とは違いの最も大きい可能な訳（吉武訳）を，〔 〕に入れて直後に付した。内容については，本章の次節を見よ。

(45) アオリストは過去の一時的な動作を表す時称で，アオリスト分詞は動作が終わっていることを表す。θανόντι は，「死んでしまった者」の与格である。与格は「〜に」「〜にとって」「〜との関係において」などを表す格である。

(46) 参考までに，一般に行われている第 71–73 行の訳を挙げておく。Leaf & Bayfield (1952), ad 22. 71 : ‘For a young man all is befitting, if he be slain in battle, even to lie cut and torn

with a sharp sword ; yea, all beseemth him in his death.' Murray (1924, Loeb): 'A young man it beseemeth wholly, when he is slain in battle, that he lie mangled by the sharp bronze ; dead though he be, all is honourable whatsoever be seen.' Mazon (1970, Budé): 'A un jeune guerrier tué par l' ennemi, déchiré par le bronze aigu, tout va. Tout ce qu'il laisse voir, même mort, est beau.'

(47) 古くは scolia vetera (Erbse 1969), ad 71–73 より。

(48) Richardson (1993) は,『イリアス』にも先行する勧告的な詩行が,『イリアス』とテュルタイオスにとって共通のモデルとなった,と想定している。もちろん,戦死を何らかの形の敬意をもって受け容れ,ある程度やむをえぬ損失として是認する姿勢はいつの時代にもあったであろう。しかし,『イリアス』のこのパッセージは,後述するように,先行モデルを想定しなくてはならないほど文脈にそぐわぬものではない。先行する「勧告的な詩行」がカロスという名のもとに行われたものであったと考えるべき根拠もない。15. 496 はむしろ,戦死が積極的に肯定されることがまだなかったことを示唆する。

(49) καλὰ はカロスの中性複数主格形。πάντα(すべて)の性数格に一致している。

(50) scholia vetera et recentiora (Nicole 1891), ad 22. 71.

(51) ibid. および Erbse (1969), ad 22. 71–3.

(52) 不定法で置かれた動詞(不定詞)に,その内容を限定する語が伴った句を不定法句という。

(53) 与格形で置かれた語と結びついて意味を構築する性質。

(54) ἐπέοικε の動詞が,与格を伴わず,対格主語を擁した不定法句を主語とする場合もあるが(*Il.* 1. 126, 10. 146–47 ; *Od.* 11. 186),それらも結局は適合性・適切性を表すものに過ぎず,何らかの行為や事態の絶対的好ましさを言うものではない。

(55) 事実,松平(1992)は πάντ' ἐπέοικεν 部分を「万事立派に見える」と訳しているし,LSJ (1996), s. v. ἐπέοικε も,この例文に 'it is a seemly thing for a young man to lie dead' という微妙な訳を与えている。

(56) 蕎麦を好きな人が言う場合にはこれを含意して言うこともありうるが,蕎麦が嫌いな人が言う場合はこれを含意せずに言うことができるだろう。

(57) プラトン『ヒッピアス(大)』のソクラテスが,カロスという概念についての議論において,290. b–291. c で力説していることは,象牙や黄金の彫像の目に入れる石や,土鍋に添える無花果の杓子など,そのもの自体が特段好ましいというわけではないものでも,相応しさのみのゆえにカロスだと言えることがあるということである。つまり,X そのものがカロスであるということなしにも,X が Y に対してはカロスであるということはありうるのである。このように,ものの適合性・適切性ともの自体の良好性は区別されるべきものである。

(58) ὁπλότερος《ホプロテロス》という語をホメロスが若い人を表す語として使っているということは,若者こそが武器(ὅπλον《ホプロン》)を扱うに相応しい,戦闘に従事するに相応しいという考え方を表していると考えられる。これは,戦死するのは若者に相応しいことだ,という命題に通じるものであると思われる。

(59) 彼がここで率先して,若者が「戦死して横たわるのはよろしいことだ」という趣旨のことを言わんとする理由は見当たらない。それを言うことは,〈ヘクトルが戦死の危険を

冒すのを止めさせたい〉という彼の本来の意図にそぐわないことであり，彼の要求を弱めることでもある。もし彼が，確たる理由もなくそのようなことを言うとしたら，それは支離滅裂というほかないであろう。

(60) たとえもし Richardson (1993), ad 22. 66–76 の考えるように，若者を戦死に向かわせるような勧告的な詩行がホメロスに先行して存在していたとしても，そしてさらにそれが「戦死自体の良好性」(e.g.「若者が戦死するのはよろしいことだ」) までも述べたものであったとしても，プリアモスがここに言い表そうとしたのは「適合関係のよさ」(e.g.「戦死するべきは若者である」) までであったと考えるべきである。

(61) Richardson (1993), ad 22. 73 は，眼に映る限りの戦死体の姿と解している。

(62) 戦死体の光景をカロスとする捉え方は，エウリピデス『ヒケティデス』783 行の καλὸν θέαμα《カロン・テアーマ》にも受け継がれている。第 8 章で論じる。

(63) ἄρηϊ κταμένῳ δεδαϊγμένῳ ὀξέϊ χαλκῷ κεῖσθαι. (*Il.* 22. 72)

(64) *Il.* 9. 615, 21. 440, 24. 52 ; *Od.* 6. 39, 17. 583. このうち，*Il.* 24. 52 以外はみな不定詞を主語としており，その 24. 52 自体も〈アキレウスが死体を引き回し続けていること〉を受けた τό《ト》(それ) という指示詞を主語としている。

(65) イメージ化したということは，〈相応しいことだ〉ということを示しつつも，さらに〈卓越性の指摘(C)〉も加えたということかもしれない。

(66) ‘dative of relation’. Smyth (1984), §1495 ; Goodwin (1992), §1172 を参照せよ。ただし，Smyth も Goodwin も，ホメロスにおける用例は挙げていない。Monro (1986) は彼のホメロス文法にこの項目を挙げていないが，彼の分類で言えば，‘locatival dative’ (§145) の一種ということになるであろうか。

(67) ‘dativus commodi’. Monro (1986), §143 ; Smyth (1984), §1481 ; Goodwin (1992), §11165 を参照せよ。

(68) *Il.* 14. 267＝14. 275 では，カリス女神たちのエピセットが ὁπλότεραι《ホプロテライ》(より若い) である。また，*Il.* 24. 248 では，変身したヘルメス神の ἥβη《ヘーベー》は χαριεστάτη《カリエスタテー》(最も優美な) とされている。

(69) *Il.* 18. 382–83 :「輝くヘッドバンドを巻いたカロスなるカリス女神」(Χάρις λιπαροκρήδεμνος / καλή) ; *Od.* 6. 18 :「カリス女神たちから得た美を携えている」(Χαρίτων ἄπο κάλλος ἔχουσαι：王女ナウシカアの女中たちのこと) ; *Il.* 5. 725 :「見るにも驚くべきもの」(θαῦμα ἰδέσθαι：ヘーベー女神が馬車にしつらえる車輪のこと)。

(70) 16. 857 : パトロクロス ; 22. 363 : ヘクトル。Vernant (1991), 62 を参照せよ。「魂は四肢を脱け出して ἥβη《ヘーベー》を後に残して去る」というフォーミュラが適用されているのはパトロクロスとヘクトルだけであるにしても，それは死に際して ἥβη《ヘーベー》を後に残したのがこの二人しかいなかったからだと解する必要は——Loraux (1975), 23 にもかかわらず——ないだろう。この二人は『イリアス』の中で死体への汚辱が試みられる特別な存在であるから，詩的意図のために，このような言及もこの二人に絞られたのだと思われる。

(71) Burkert (1983), 5, 20 は，流血は ‘biological inhibition’ をもたらすものであるという。テュルタイオス断片 12. 11 も，戦闘の流血は直視しがたいものであることを認めている。

(72) *Il.* 23. 805 では，武装二人試合 (armed duel) の競技説明において，任意の競技者の，

傷つけられるべき肌が，「カロスなる肌」（χρόα καλόν《クロア・カーロン》）と表現されている。

(73)『イリアス』の詩作上の意図からすれば，それで十分に一つの目的を達成していると考えられる。詩の構成から見ると，若者たちの戦死体がみなカロスであることをこの箇所で示しておくということは，まもなく凌辱を受けることになるヘクトルの死体が *Il.* 22. 370 で「端麗な容貌」（εἶδος ἀγητὸν《エイドス・アゲートン》）を持つものとして提示され諒解されるための下準備となっている，というのは Vernant (1991), 63, 84 の言うとおりである。*Il.* 22. 73 は，とりあえずすべての若者の戦死体について，物理的良好状態が期待されることを示し，潜在的に物理的凌辱の恰好の餌食となりうるものであることを予め教えているのである。英雄の戦死体がやがて凌辱を受けることの意義は，戦死体に当初の「美しさ」があればこそ増幅される，という Vernant (1991), 67–74 の説は正しい。Griffin (1980), 134, 138 は，'beauty brought low' のモチーフと名づけている。そういうことがこの箇所の詩作上の意図であったとすれば，戦死自体がカロスであるのか否か，ということは作者にとってはどうでもよいことであったと考えられる。

(74) 戦死者の姿が人々の好奇心を煽ってやまない，ということは十分ありうるだろう。人の死体の眺めが，目を背けたくなるものでありながらも，好奇心を掻き立ててやまないものでありうることは事実であり，プラトン『国家』440. a. 3 ではそういうさまがカロスという言葉で言い表されている（καλοῦ θεάματος《カルー・テアーマトス》）。第 7 章を見よ。しかし，『イリアス』の第 22 巻でプリアモスが，戦死体をそういう好奇心の対象としてカロスだと主張することは，ありそうなこととは思えない。

(75) Vernant (1991), 84.

(76) Vernant (1991), 61–64.

(77) 仮に *Il.* 22. 73 が，若者の戦死体はカロスなこともありうる，というポテンシャルとして語られているのならば，Vernant の考えも適用しうるだろう。第 73 行の中にはそういう含意もありうると主張することは不可能ではないが，第 73 行自体はそれをうまく表現し切れていないというほかない。つまり，第 73 行は戦死の軍事的良好性を言っているのかもしれないと思わせながらも，それを明確に示してはいないのである。戦闘で死ぬことが勇敢さの証しだ，という逆説が真なる命題として通用するようになるのは，テュルタイオスの言説を待たなくてはならない，というのが私の考えである。

(78) つまるところこれは，後述するテュルタイオスのカロス・タナトスの発想と同じものである。しかしそれがホメロスにおいてすでにあったと認めうるのか否か，ということが，ここで問題になる。

(79) *Il.* 15. 496 の「祖国のために戦いながら」（ἀμυνομένῳ περὶ πάτρης τεθνάμεν）という言辞に比べてみると，*Il.* 22. 72–73 の「戦闘において切り苛まれ死んで横たわっている」（ἄρηϊ κταμένῳ δεδαϊγμένῳ ὀξέϊ χαλκῷ κεῖσθαι）というだけの表現が描いているイメージは，軍事的にポジティブなものは何も含んでいないことがよく分かる。戦死に至るまでどのように振舞ったか，ということを示唆することは一切なしに，戦死した若者の一般的な姿が物理的に表されているだけなのである。

(80) Yoshitake (2010), 363–69 を見よ。前 7 世紀にテュルタイオスは，「前線において戦いながら死ぬこと」がカロスである，と条件付きで提唱をする。しかし，前 5 世紀には，

戦闘中に死にさえすれば戦闘ぶりによらずカロスなる戦死者と呼ばれうる状況があったことをツキュディデス 4. 40. 2 は暗示する。

(81) *Il.* 7. 331–35 を見よ。

(82) Loraux (1995), 65–66, 275 n. 25 は，古典期アテナイにおいて受け容れられていた ‘beautiful death’ という概念は『イリアス』的なものではないと，論証なしにだが述べている。そこで彼女が言おうとしていることは，私のこの結論と同じことだと思われる。

第3章 〈カロス・タナトス〉の誕生

(1) τεθνάμεναι γὰρ καλὸν ἐνὶ προμάχοισι πεσόντα
ἄνδρ᾽ ἀγαθὸν περὶ ἧι πατρίδι μαρνάμενον·
τὴν δ᾽ αὐτοῦ προλιπόντα πόλιν καὶ πίονας ἀγροὺς
πτωχεύειν πάντων ἔστ᾽ ἀνιηρότατον,
πλαζόμενον σὺν μητρὶ φίληι καὶ πατρὶ γέροντι
παισί τε σὺν μικροῖς κουριδίηι τ᾽ ἀλόχωι.
ἐχθρὸς μὲν γὰρ τοῖσι μετέσσεται οὕς κεν ἵκηται,
χρησμοσύνηι τ᾽ εἴκων καὶ στυγερῆι πενίηι,
αἰσχύνει τε γένος, κατὰ δ᾽ ἀγλαὸν εἶδος ἐλέγχει,
πᾶσα δ᾽ ἀτιμίη καὶ κακότης ἕπεται.
†εἶθ᾽ οὕτως ἀνδρός τοι ἀλωμένου οὐδεμί᾽ ὤρη
γίνεται οὔτ᾽ αἰδὼς οὔτ᾽ ὀπίσω γένεος.
θυμῶι γῆς πέρι τῆσδε μαχώμεθα καὶ περὶ παίδων
θνήσκωμεν ψυχέων μηκέτι φειδόμενοι.
ὦ νέοι, ἀλλὰ μάχεσθε παρ᾽ ἀλλήλοισι μένοντες,
μηδὲ φυγῆς αἰσχρῆς ἄρχετε μηδὲ φόβου,
ἀλλὰ μέγαν ποιεῖτε καὶ ἄλκιμον ἐν φρεσὶ θυμόν,
μηδὲ φιλοψυχεῖτ᾽ ἀνδράσι μαρνάμενοι·
τοὺς δὲ παλαιοτέρους, ὧν οὐκέτι γούνατ᾽ ἐλαφρά,
μὴ καταλείποντες φεύγετε, τοὺς γεραιούς.
αἰσχρὸν γὰρ δὴ τοῦτο, μετὰ προμάχοισι πεσόντα
κεῖσθαι πρόσθε νέων ἄνδρα παλαιότερον,
ἤδη λευκὸν ἔχοντα κάρη πολιόν τε γένειον,
θυμὸν ἀποπνείοντ᾽ ἄλκιμον ἐν κονίηι,
αἱματόεντ᾽ αἰδοῖα φίλαις ἐν χερσὶν ἔχοντα—
αἰσχρὰ τά γ᾽ ὀφθαλμοῖς καὶ νεμεσητὸν ἰδεῖν,
καὶ χρόα γυμνωθέντα· νέοισι δὲ πάντ᾽ ἐπέοικεν,
ὄφρ᾽ ἐρατῆς ἥβης ἀγλαὸν ἄνθος ἔχηι,
ἀνδράσι μὲν θηητὸς ἰδεῖν, ἐρατὸς δὲ γυναιξὶ
ζωὸς ἐών, καλὸς δ᾽ ἐν προμάχοισι πεσών.
ἀλλά τις εὖ διαβὰς μενέτω ποσὶν ἀμφοτέροισι

στηριχθεὶς ἐπὶ γῆς, χεῖλος ὀδοῦσι δακών. (Tyrt. fr. 10. 1–32 (West))

(2) νέῳ δέ τε πάντ᾽ ἐπέοικεν / ἄρηϊ κταμένῳ δεδαϊγμένῳ ὀξέϊ χαλκῷ / κεῖσθαι· πάντα δὲ καλὰ θανόντι περ ὅττι φανήῃ· (*Il.* 22. 71–73)

(3) 死ぬ時にカロスになる，ということは Dawson (1966), 57 によっても強調されている。

(4) dulce et decorum est pro patria mori.

(5) λευκόν《レウコン》（白い），πολιόν《ポリオン》（灰色の），αἰσχρά ... ὀφθαλμοῖς《アイスクラ・オプタルモイス》（目に醜い），νεμεσητὸν ἰδεῖν《ネメセート（ン）・イデイン》（見るに不快な）.

(6) 作品の統一性は，Jaeger (1966), 138 によっても主張されている。

(7) 最初に語ったことが最後に再び取り上げられる語りの構成のこと。この詩のリングコンポジションについては，Barron & Easterling (1985), 133 ; Adkins (1977), 96 を見よ。

(8) ἀνιηρότατον《アニエーロタトン》 (最も嘆くべき), αἰσχύνει《アイスキュネイ》 (辱める), ἐλέγχει《エレンケイ》 (貶める), ἀτιμίη《アティーミエー》 (不名誉), κακότης《カコテース》 (悲惨).

(9) Luginbill (2002), 410–11, 413.

(10) Verdenius (1969), ad 4, ad 9. Jaeger (1966), 114 も見よ。

(11) たとえば，テュルタイオス断片 11 は，戦死をいかなる意味においてもよきものとは見ようとしていない。避けるべき死に方がどういうものであるかは具体的に表しているが（第 19–20 行），ではどのようにして戦死するのがよいかは示さない。戦死は厭うべきものではないとしながらも（第 5–6 行），本音では避けたいものであることは隠さない（第 13 行）。断片 12 は，「よき男」（ἀνὴρ ἀγαθός）に相応しい死に方をさりげなく描いてはいる。「自身は前線で倒れていとしい命を失い，彼の都市とその民と父の名を高めた。胸と，臍付き楯と，胴よろいを，何度も前方から貫かれて」（第 23–26 行）というその死に方は，前向きに戦っている最中に撃たれて死ぬということであり，断片 10 がカロスとする死に方とほぼ一致するものであることは確かだ。しかし，「よき男」の何たるかを示すことを目指しているこの断片 12 からは，その死自体に対する肯定評価はやはり聞こえてこない。そこでは，彼の死への評価は，死後における人々の哀惜という間接的な形でしか表されていない（第 27–34 行）。

(12) Verdenius (1969), ad 1.

(13) Adkins (1977), 76, 96.

(14) Verdenius 自身の考えは違うが，断片 10 を二つの詩と見る説は，Verdenius (1969), ad 15 に整理して紹介されている。

(15) Jaeger (1966), 138 ; Verdenius (1969), ad 15.

(16) Gerber (1997), 92.

(17) Verdenius (1969), ad 1 は，断片の 1 行目がこの詩の始まりだという見解を示している。この詩が自己完結したものではなく，「何があっても踏みとどまって戦い続けるのがよい」ということを語ったのちに歌うべき詩であった（あるいはそのようなものとして受容されてこの形で残った）と考えるならば，冒頭行に γάρ があってもおかしくはない。

(18) Smyth (1984), §1947.

(19) μαρνάμενον の現在分詞は，「戦いながら」という進行中の動作と，倒れること・死ぬこととの同時性を表すものと解される。Smyth (1984), §1872a を見よ。進行中という意

味なしに，「戦いを反復しながら」，または「試みながら」という意味に解するのでは，文全体の意味が何とも捉えがたいものになってしまう。

(20) たとえばコドロスの神話のように，死が何らかの益をもたらすことが神託等によって保証されており，死ぬことが最初から目指されているような場合ならば，戦死が作戦の成功を意味するということもありうる。

(21) Cairns (1993), 76.

(22) ホメロスからテュルタイオスの時代の密集隊形は，古典期ほど密ではなく，自由に活動する余地も大きかった。しかし，隊列を敵に突破されないようにすることが各兵士の重要な任務の一部であったのは事実である。Osborn (2004), 65 および van Wees (2004), 149–51, 154 を見よ。

(23) Adkins (1960), 32, 33, 35, 157. 成功を評価する価値観を 'competitive value' と呼ぶことについては，id. 6 を見よ。また，Yamagata (1994), 188–92, 222, 237 も参照せよ。Cairns (1993), 76 は，Adkins のこの論が厳密さを欠くことを指摘している。

(24) οὐ γὰρ ἀνὴρ ἀγαθὸς γίνεται ἐν πολέμωι
εἰ μὴ τετλαίη μὲν ὁρῶν φόνον αἱματόεντα,
καὶ δηίων ὀρέγοιτ᾽ ἐγγύθεν ἱστάμενος.
ἥδ᾽ ἀρετή, τόδ᾽ ἄεθλον ἐν ἀνθρώποισιν ἄριστον
κάλλιστόν τε φέρειν γίνεται ἀνδρὶ νέωι.
ξυνὸν δ᾽ ἐσθλὸν τοῦτο πόληΐ τε παντί τε δήμωι,
ὅστις ἀνὴρ διαβὰς ἐν προμάχοισι μένηι
νωλεμέως, αἰσχρῆς δὲ φυγῆς ἐπὶ πάγχυ λάθηται,
ψυχὴν καὶ θυμὸν τλήμονα παρθέμενος,
θαρσύνηι δ᾽ ἔπεσιν τὸν πλησίον ἄνδρα παρεστώς·
οὗτος ἀνὴρ ἀγαθὸς γίνεται ἐν πολέμωι. (Tyrt. fr. 12. 10–20)

(25) たとえば，ツキュディデス 2. 35. 1 ; デモステネス 60. 1 ; ヒュペレイデス 6. 28. Loraux (1986a), 99, 100 を参照せよ。「よき男になる」というトピックは，このあと第 4 章 3 節で検討する。

(26) 第 10 行と第 20 行に対する Edmonds (1931) の訳（Loeb）も，West (1993) の訳も，かのような兵士は戦争または戦時において ἀγαθός であると訳しており，何かを果たして ἀγαθός になるという訳し方はしていない。

(27) このことは，後に，特に古典期の悲劇において顕著であるが，カロスという修飾がしばしば愛国心とは関係のない死や，時には反愛国的な死にさえも適用されるようになるという事情とも無縁ではない。

(28) 戦場に踏みとどまることの徳を，Pritchard (1999), 97–98 は 'passive conception of bravery' と呼び，Lendon (2005), 50–55 は 'passive courage' と呼んでいる。

(29) Bowra (1969), 60. Loraux (1986a), 101 も Bowra のこの見方を支持している（ただし，これについて彼女の引用した Bowra の文の出典表記（385 n. 107 での）は誤り）。私は，Bowra のこの見解に対し，カロスとされているのはあくまでも，兵士の死にざま，そのイメージであると考える。そのイメージは内なるよきものを示唆しているが，その内的

なものが直接カロスという語で称えられているわけではない。
(30) デモステネス 18. 208 にもその考え方が示されている。吉武（2004), 4–6 を見よ。
(31) γιγνώσκοντες τὰ δέοντα（Th. 2. 43. 1).
(32) Bowra（1957), 37 : 'Just as the grand figures of legend, like Ajax and Heracles, die violent and fearful deaths, so other men were glad to die in battle because this set a crown on their lives and proved that in the ultimate test they shrank from nothing to prove their worth.' '... the self-realization which a man finds when he sacrifices everything that he has, and exercises a privilege which belongs to him alone.'
(33) καί τις ἀποθνήσκων ὕστατ' ἀκοντισάτω.（Callin. fr. 1. 5）
(34) 戦死の意義を明らかな言葉で語ろうとして，葬礼演説の弁論家たちがなした巧妙な苦心・工夫については，Yoshitake (2010) および，本書の第 4 章 4 節を見よ。
(35) van Wees（2004), 172.
(36) Osborn（2004), 65.
(37) 伊藤（2004), 143.
(38) 伊藤（2004), 148.
(39) Murray（1991), 93, 96, 98；西村（2015), 363–64.
(40) 前章でも示唆したように，最も考えやすい可能性は，カロスの語がもし用いられていたとしても，それは「老人と違って若者の身体は死んでも美しい，だから死ぬことを恐れるな」という論法で用いられていたという可能性である。

第 4 章　前 5 世紀の戦死評価

(1) ヘロドトスは，前 490–425 年頃に生きた小アジア出身の歴史家で，『歴史』9 巻を残した。ツキュディデスは，前 460–400 年頃に生きた歴史家で，ペロポネソス戦争を記録した『歴史』8 巻を残した。クセノポンは，前 426–355 年頃に生きた文筆家で，歴史家として『ギリシア史』7 巻を残したほか，行軍記録や国制論などさまざまな書物を残している。

(2) アンドキデスは，前 440–390 年頃に生きた弁論家で，前 415 年のヘルメス神像破壊事件のために亡命したが，のち許されて帰国した。演説 4 篇が残る。リュシアスは，前 458–380 年頃に生きた法廷弁論代作者で，居留外国人として法廷弁論の代作で生計を立てた。30 余篇の弁論が残る。イソクラテスは，前 436–338 年に生きた弁論家で，修辞学校を開いたが，法廷弁論も執筆した。演説 21 篇が残る。

(3) キュロスは前 559–529 年在位のペルシア王。アブラダタスの戦死は前 6 世紀のこと。

(4)『アナバシス』に記されているのは前 401 年の行軍である。

(5) カロスかつアガトスという概念全般については，Dover (1974), 43–44 および Wankel (1961), Bourriot (1995) を参照せよ。特にクセノポンにおけるそれについては，Waterfield (2004), 96–97 を参照せよ。

(6) 前 425 年にアテナイ軍がピュロスを占領したとき，スパクテリア島にいたラケダイモン人（スパルタ人）の兵士たちが捕虜となった。

(7) ヘロドトス-④⑤，クセノポン-①②⑥，リュシアス-①，イソクラテス-③。

(8) クセノポン-⑩，リュシアス-②，イソクラテス-②④⑥。

(9) ヘロドトス⑤，リュシアス-①，イソクラテス-②。このほかにも，これらに近似するものとして，ツキュディデス第2巻42章4節には，‘ἐν αὐτῷ τῷ ἀμύνεσθαι καὶ παθεῖν μᾶλλον ἡγησάμενοι ἢ [τὸ] ἐνδόντες σῴζεσθαι (... ἀπηλλάγησαν)’という文言がある。μᾶλλον（もっと）にはDobreeが提案したκάλλιον（よりカロスに）という異読を置き換え，παθεῖν（受難する）も慣例に従って死ぬという意に解することにすれば，その意味は，「降参して助かるよりは抗戦する中で死ぬことを，よりカロスなることと考えながら(……彼らは死んだ)」というものになる。しかし，κάλλιονという読みには賛否両論があり，死を表す動詞も例外的なものが使われているので，本書ではこの事例を「カロスなる死」の事例には認定しない。詳しくはRusten (1986), 62–64およびRusten (1989), ad loc.を見よ。本章注57も参照せよ。

(10) εἰ μὲν γὰρ ἦν δυοῖν τὸ ἕτερον ἑλέσθαι, ἢ καλῶς / ἀπολέσθαι ἢ αἰσχρῶς σωθῆναι, ἔχοι ἄν τις εἰπεῖν κακίαν / εἶναι τὰ γενόμενα· καίτοι πολλοὶ ἂν καὶ τοῦτο εἵλοντο, / τὸ ζῆν περὶ πλείονος ποιησάμενοι τοῦ καλῶς ἀποθανεῖν·（And. *Myst.* 57. 4–7）

(11) MacDowell (1962), 101を参照せよ。

(12) これとよく似た形をとっているのが，ソポクレス-②（*Ant.* 96–97）である。それは，アンティゴネが「カロスに死ねないというほどの目に遭うことはないだろう」と語るもので，〈何らかのカロスなる死は確実に得られるだろう〉と言っているもののようにも見える。しかし，これはまた，25行前のソポクレス-①（*Ant.* 72）で述べられたカロスなる死をそのまま受けたものであるという可能性もある。この事例の解釈は第6章1節で課題となる。

(13) ツキュディデスは，カロス・タナトスという表現の使用が少なく，これを避けているようにも見える。しかし，こちらの表現方法を通して，カロス・タナトスと同じ概念を表しているのである。

(14) たとえば，Th. 4. 44. 1 ; X. *An.* 5. 8. 13. なお，μαχόμενος《マコメノス》と「勝利した」が組み合わされることも少なくないが，その場合は，勝利した瞬間の状態とは考えにくい。「戦いの中に身を置いて」と解するべきだろう。

(15) たとえば，X. *HG.* 7. 4. 23 の οἱ μαχόμενοι πρὸ αὐτοῦ は，配置ポジションを指しているだけかもしれないし，そこで戦っている最中を指すものかもしれない。

(16) τὴν ἀσπίδα ἐν χώρᾳ αὐτοῦ μαχόμενος ἀποθνῄσκει. καὶ τὰ / παιδικὰ μέντοι αὐτῷ παρέμεινε, καὶ τῶν Λακεδαιμονίων δὲ / τῶν συνεληλυθότων ἐκ τῶν πόλεων ἁρμοστήρων ὡς δώδεκα / μαχόμενοι συναπέθανον· οἱ δ’ ἄλλοι φεύγοντες ἔπιπτον.（X. *HG.* 4. 8. 39. 2–5）

(17) テュルタイオスでは，ἐν προμάχοισι（前線において）の語が付されていたから，μαρνάμενον はやはり「戦いながら」と解されるものである。

(18) D. L. 2. 54.

(19)「よき男たち」(ἄνδρες ἀγαθοί) というこの語は，後述するように葬礼演説などにおいて戦死を表すこともあるテクニカル・タームだが，ここでは「義務に忠実な男」というほどの意味に解するべきであろう。

(20) καὶ / μαχόμενοι αἴτιοι μὲν ἐγένοντο τὰ ἔξω πάντα σωθῆναι τοῖς / Μαντινεῦσιν, αὐτῶν δ’

ἀπέθανον ἄνδρες ἀγαθοί, καὶ ἀπ– / έκτειναν δὲ δῆλον ὅτι τοιούτους·（X. *HG*. 7. 5. 17. 1–4）

(21) ἐπεί γε μὴν ἐκεῖνος ἔπεσεν.（X. *HG*. 7. 5. 25. 1）

(22) D. S. 15. 87 は，エパメイノンダスの死をもっと詳しく描写している。それについては下で検討する。

(23) D. L. 2. 6. 54 が伝えるところによれば，クセノポンは，犠牲を捧げていたときに息子の戦死を伝えられたとき，被っていた花冠を取り外したが，息子が立派に死んだということを聞いて冠を被りなおしたという。これは彼が息子の死にぶりを，控えめな好意を持って受け止めたということを意味するであろうが，クセノポンが私たちのパッセージにおいて行っていることも，それに相当するものだと言えるだろう。Anderson (1974), 194–95 を参照せよ。

(24) 不意を衝く飛び道具で殺されるというケースの典型は，下に述べるカリクラテス（Hdt. 9. 72）の場合である。

(25) εἰ δὲ μή, ἀλλὰ καλῶς γε ἀποθνήσκωμεν.（X. *An*. 3. 2. 3）

(26) Καλλικράτης γὰρ ἔξω / τῆς μάχης ἀπέθανε, ἐλθὼν ἀνὴρ κάλλιστος ἐς τὸ στρατό–/πεδον τῶν τότε Ἑλλήνων, ... (Hdt. 9. 72. 2–4)

(27) ヘロドトスはこのほかにも，キュプロスのサラミス戦（Hdt. 5. 112），テルモピュライ戦（Hdt. 7. 226–27），アルテミシオン戦（Hdt. 8. 17），ミュカレ戦（Hdt. 9. 105）についても勇戦（アリステイア）の評定を記している。

(28) アリストダモスのほかに，ポセイドニオス，ピロキュオン（Philokyon），アモンパレトス（Amonpharetos），マルドニオス。ヘロドトス自身の評価としては，アリストダモスを筆頭とするが，その戦闘に参加していた者たちの判定では，狂乱して戦列からはみ出て戦った彼は外され，次点のポセイドニオスが首位となり，以下の3人までが「名誉ある者」(τίμιος) として顕彰されただけだったという。

(29) アルテミシオン戦でもミュカレ戦でも，アリステイアが認定されている個人は死ななかった者である。

(30) Boedeker (2003), 36 は，叙事詩のように死の詳細を描かないのはヘロドトスの特徴だと言うが，これはヘロドトスに限ったことではない。

(31) この熟語は動詞部分がアオリスト形で使われることが圧倒的に多いので，ここではアオリスト時称の不定法を用いて表示する。

(32) Loraux (1986a), 99 n. 126, 100 ; Rusten (1986), 71–75 ; Gould (1989), 61–62 ; Boedeker (2003), 35 など。

(33) 厳密には，AAG の例は 45 件である。しかし，ヘロドトスの第 7 巻 224 節 6 行と第 7 巻 226 節 1–2 行のテクストは，直前の第 7 巻 224 節 4 行を受けて，繰り返しを避けるために ἀγαθός《アガトス》 を ἄξιος《アクシオス》（価値ある）と τοιοῦτος《トイウートス》（そのような）に置き換えただけのものと考えて，例外的に AAG の事例と数えることにした。

(34) ヘロドトス 3 件，クセノポン 8 件，リュシアス 3 件，アンドキデス 1 件。

(35) βούλεσθαι ἂν μετὰ σοῦ ἀνδρὸς ἀγαθοῦ γενομένου κοινῇ γῆν ἐπιέσασθαι.（X. *Cyr*. 6. 4. 6. 3–4）

(36) ヘロドトス 4 件，クセノポン 1 件。

(37) ヘロドトス 7 件，ツキュディデス 3 件，クセノポン 7 件，リュシアス 3 件，イソクラ

テス 2 件。
(38) マラトンの戦いを指揮したアテナイの軍事長官。
(39) ヘロドトス 3 件，クセノポン 1 件。
(40) Adkins (1960), 32, 157.
(41) メトニミーについては，詳しくは佐藤（1992), 140–71 を参照せよ。
(42) 戦闘意欲に満ちて参戦し規律に何ら背いていない状態で倒れた件のカリクレスの場合も，そういう判定基準なら AAG を認定される資格は認められるかもしれない。
(43) εὐκλεής な死の例：X. *An*. 6. 3. 17 ; *Ages*. 11. 8. 5 ; *Cyn*. 1. 14. 3 ; Lys. 2. 23. 3. γενναῖος な死の例：Hdt. 7. 134. 14. なお，6 作家以外の事例は，第 1 章の注 43 を見よ。
(44) 5 つの現存テクストとは，①ツキュディデス 2. 35–46 に記されたペリクレスの葬礼演説（ペロポネソス戦争最初年の戦死者たちのための)，②リュシアスの 2 番演説（コリントス戦争の某年の戦死者たちのための)，③プラトン『メネクセノス』の中で（236d–49c）ソクラテスが女史アスパシアの作品として語ってみせる葬礼演説（どんな機会のどんな戦死者たちにも適用しうるように作られたもの，ただしコリントス戦争後の作文)，④デモステネスの 60 番演説（カイロネイア戦での戦死者たちのための)，⑤ヒュペレイデスの 6 番演説（ラミア戦争で戦死したレオステネス将軍とその部下たちのための）である。このほか，ペロポンネソス戦争の時期にゴルギアスが語った葬礼演説の断片もあるが，状態が不完全なため本書では考察の対象から外す。上の 5 つの葬礼演説のうち，前 5 世紀に語られたものは①のみであるが，①から⑤まで一貫するスタイルは 5 世紀中にある程度完成していたと考えられる。それゆえ，前 5 世紀の戦死者評価の一面を探るために欠かせぬ作業として，本節では，4 世紀の作家のもの（④と⑤）も含むことになるが，これら全体を見渡すことにする。
(45) アテナイの葬礼演説全般については，Loraux (1986)，Herrman (2004) および Yoshitake (2010) を見よ。
(46) δοκεῖ δέ μοι δηλοῦν ἀνδρὸς ἀρετὴν πρώτη τε μηνύουσα καὶ / τελευταία βεβαιοῦσα ἡ νῦν τῶνδε καταστροφή.（Th. 2. 42. 2. 5–6）
(47) Οἱ δὲ νῦν θαπτόμενοι, ... πᾶσιν ἀνθρώποις / φανερὰν τὴν αὑτῶν ἀρετὴν ἐπεδείξαντο.（Lys. 2 67. 1–7）
(48) ὧν οἱ ἐχθροὶ καὶ προσπολε- / μήσαντες πλείω ἔπαινον ἔχουσι σωφροσύνης καὶ ἀρετῆς ἢ / τῶν ἄλλων οἱ φίλοι·（Pl. *Mx*. 243. a. 5–7）
(49) 前 384–322 年に生きた弁論家，政治家。
(50) δοκεῖ δέ μοί τις ἂν εἰπὼν ὡς ἡ τῶνδε τῶν / ἀνδρῶν ἀρετὴ τῆς Ἑλλάδος ἦν ψυχὴ τἀληθὲς εἰπεῖν·（D. 60. 23. 7–8）
(51) 前 389–322 年に生きた弁論家。
(52) ἆρ᾽ οὐ διὰ τὴν τῆς ἀρετῆς ἀπόδειξιν / εὐτυχεῖς μᾶλλον ... νομιστέον ;（Hyp. 6. 9. 15–17）
(53) Yoshitake (2010) の第 2 節（363–69 頁）はまさにこの問題を扱っている。すべての戦死者に軍事的功績を帰することがはらむ問題については，紙幅の都合で本書では割愛するが，その論文の第 3 節（369–76 頁）で詳しく検討されている。本章注 56 も見よ。
(54) 葬礼演説のなかで，「よき男になる」が達成された事実として語られている箇所は，

Th. 2. 35. 1 ; Lys. 2. 25. 1 ; Pl. *Mx.* 242b6 ; D. 60. 1. 1 ; Hyp. 6. 10. 21 である。このうちツキュディデスの一件だけは，戦死者全体を指しているとは必ずしも言えないかもしれない。

(55) 葬礼演説の中で，「戦いながら死ぬ」が達成された事実として語られている箇所は，Th. 2. 41. 5 と Lys. 2. 66. 4 である。「戦いながら死ぬ」はこのほかにも 2 件あるが（Lys. 2. 14. 9 ; Hyp. 6. 7. 1），そこではそれは戦死者たちが生前に目指したこととされるにとどまっている。

(56) なお，軍事的功績（たとえば「彼らは夷狄を倒し，その戦勝碑をギリシアのために，みずからの土地に建てた」（Lys. 2. 25，細井・桜井・安部訳）など）が戦死者全員に帰されるという奇妙なことについては，同様にして次のように考えることができる。本来それは全軍に帰せられるべきものであるから，もし全軍が何らかの意味で戦死者全員によって代表されているとすれば，葬礼演説の主張は理解しうるものとなるだろう。しかるに戦死者たちは，危険に身を曝した最たる者たちなのであり，その資格において，危険を冒した存在としての全軍を代表をすることができる。それなら，彼らが軍事的功績を果たしたと語ることは，同じ危険を冒した全軍がその功績を果たしたと語るのと違わないことになる。詳しくは，Yoshitake (2010), 369–76 を見よ。

(57) 葬礼演説の中で「カロスなる死」が語られる箇所は，ツキュディデスとリュシアスで各 1 件（Th. 2. 42. 4 ; Lys. 2. 79. 4），プラトン『メネクセノス』で 3 件（*Mx.* 234c1, 246. d2, 248. c3），デモステネスで 5 件（D. 60. 1. 8, 26. 10, 27. 2, 31. 10, 37. 5）である。ただし，ツキュディデスの一件には深刻なテクスト問題がある。κάλλιον は Dobree の推測読みで Marchant, Romilly らによって支持されているが，そこは大方の写本では μᾶλλον と記されており，Rohdes や Rusten らはこちらを支持している。詳しくは Rusten (1986) を見よ。なおデモステネス葬礼演説の特異性については，吉武（2004）を見よ。

(58) οὕτω / τὸν βίον ἐτελεύτησαν, οὐκ ἐπιτρέψαντες περὶ αὑτῶν τῇ / τύχῃ οὐδ᾽ ἀναμείναντες τὸν αὐτόματον θάνατον, ἀλλ᾽ ἐκλε-/ξάμενοι τὸν κάλλιστον.（Lys. 2. 79. 2–5）

(59) なぜそのような違いが生じたのかを考えるならば，やはり「カロスなる死」という評価が他の戦死評価と決定的に違っているのは，そこに「カロス」という感性的な言葉が用いられており，その示す内容がその言葉によってだけではなく，テュルタイオスによって提示され受け継がれた鮮烈なイメージによって支えられているということである。このことが当たっているとすると，戦死者たちを称えるために言葉の意味をスライドさせるという葬礼演説の技法が「カロスなる死」という概念には適用しえないし，また，もしすべての戦死者がカロスな死を遂げたと言ってしまってはあまりに嘘っぽいものになってしまう，と弁論家たちは踏んだのではないか，というのが私の推測である。

第 5 章　もう一つのカロスなる死

(1) 他のタイプと重複するとしてカッコ付きで記したものも含める。

(2) たとえば，すぐ後に引用するテクストの傍線部(ア)の「汝がカロスに生を終えたのを見届けるまでは」に対する既存の諸訳は次のようである。Rawlinson (1910): 'until I hear that thou hast closed thy life happily' ; Godley (1920): 'before I hear that you have ended your life well' ; Braun (1927): 'bevor ich weiß, ob dein Leben bis zu Ende glücklich gewesen' ; Powell

(1949) : 'until I hear that thou hast ended thy span well' ; Legrand (1964) : 'avant d'avoir apris que tu aies terminé tes jours dans la prospérité' ; Sontheimer (1964) : 'ehe ich erfahren habe, daß du dein Leben gut beendet hast.'

（3）「かの名」（τὸ οὔνομα τοῦτο）とは，「幸福な」（ὄλβιος）という修飾のことだと解されることが多いが，Thompson (1996), 15 とともに，「最も幸福な」（ὀλβιώτατος）という修飾のことだと解するべきである。(エ) は明らかに (ウ) よりも高いレベルの幸福度を表しているからである。

（4）ギリシア語テクストは Legrand (1964) による。

1.32 Σόλων μὲν δὴ εὐδαιμονίης δευτερεῖα ἔνεμε τούτοισι, Κροῖσος δὲ σπερχθεὶς εἶπε· " ὦ ξεῖνε Ἀθηναῖε, ἡ δ' ἡμετέρη εὐδαιμονίη οὕτω τοι ἀπέρριπται ἐς τὸ μηδέν, ὥστε οὐδὲ ἰδιωτέων ἀνδρῶν ἀξίους ἡμέας ἐποίησας ;" Ὁ δὲ εἶπε· " ὦ Κροῖσε, ἐπιστάμενόν με τὸ θεῖον πᾶν ἐὸν φθονερόν τε καὶ ταραχῶδες ἐπειρωτᾷς ἀνθρωπηίων πρηγμάτων πέρι. [...] Οὕτω ὦν, ὦ Κροῖσε, πᾶν ἐστι ἄνθρωπος συμφορή. Ἐμοὶ δὲ σὺ καὶ πλουτέειν μέγα φαίνεαι καὶ βασιλεὺς πολλῶν εἶναι ἀνθρώπων· (ア) ἐκεῖνο δὲ τὸ εἴρεό με οὔ κώ σε ἐγὼ λέγω, πρὶν τελευτήσαντα καλῶς τὸν αἰῶνα πύθωμαι. (イ) Οὐ γάρ τι ὁ μέγα πλούσιος μᾶλλον τοῦ ἐπ' ἡμέρην ἔχοντος ὀλβιώτερός ἐστι, εἰ μή οἱ τύχη ἐπίσποιτο πάντα καλὰ ἔχοντα εὖ τελευτῆσαι τὸν βίον. Πολλοὶ μὲν γὰρ ζάπλουτοι ἀνθρώπων ἀνόλβιοί εἰσι, πολλοὶ δὲ μετρίως ἔχοντες βίου εὐτυχέες. Ὁ μὲν δὴ μέγα πλούσιος, ἀνόλβιος δέ, δυοῖσι προέχει τοῦ εὐτυχέος μοῦνον, οὗτος δὲ τοῦ πλουσίου καὶ ἀνολβίου πολλοῖσι· ὁ μὲν ἐπιθυμίην ἐκτελέσαι καὶ ἄτην μεγάλην προσπεσοῦσαν ἐνεῖκαι δυνατώτερος, ὁ δὲ τοῖσδε προέχει ἐκείνου· ἄτην μὲν καὶ ἐπιθυμίην οὐκ ὁμοίως δυνατὸς ἐκείνῳ ἐνεῖκαι, ταῦτα δὲ ἡ εὐτυχίη οἱ ἀπερύκει, ἄπηρος δέ ἐστι, ἄνουσος, ἀπαθὴς κακῶν, εὔπαις, εὐειδής· (ウ) εἰ δὲ πρὸς τούτοισι ἔτι τελευτήσει τὸν βίον εὖ, οὗτος ἐκεῖνος τὸν σὺ ζητέεις, 〈ὁ〉 ὄλβιος κεκλῆσθαι ἄξιός ἐστι· πρὶν δ' ἂν τελευτήσῃ, ἐπισχεῖν μηδὲ καλέειν κω ὄλβιον, ἀλλ' εὐτυχέα. Τὰ πάντα μέν νυν ταῦτα συλλαβεῖν ἄνθρωπον ἐόντα ἀδύνατόν ἐστι, ὥσπερ χώρη οὐδεμία καταρκέει πάντα ἑωυτῇ παρέχουσα, ἀλλὰ ἄλλο μὲν ἔχει, ἑτέρου δὲ ἐπιδέεται· ἣ δὲ ἂν τὰ πλεῖστα ἔχῃ, αὕτη ἀρίστη. Ὣς δὲ καὶ ἀνθρώπου σῶμα ἓν οὐδὲν αὔταρκές ἐστι· τὸ μὲν γὰρ ἔχει, ἄλλου δὲ ἐνδεές ἐστι· (エ) ὃς δ' ἂν αὐτῶν πλεῖστα ἔχων διατελέῃ καὶ ἔπειτα τελευτήσῃ

εὐχαρίστως τὸν βίον, οὗτος παρ' ἐμοὶ τὸ οὔνομα τοῦτο, ὦ βασιλεῦ, δίκαιός ἐστι φέρεσθαι. Σκοπέειν δὲ χρὴ παντὸς χρήματος τὴν τελευτὴν κῇ ἀποβήσεται· πολλοῖσι γὰρ δὴ ὑποδέξας ὄλβον ὁ θεὸς προρρίζους ἀνέτρεψε." （Hdt. 1. 32. 1–48）

（5）松平訳（1967）にもとづいて一部改変した部分を〔　〕で囲った。

（6）Stein (1883) の注釈書（ad Hdt. 1. 32. 24）は，それ（ἐκεῖνο）を「幸福であること」（ὄλβιον εἶναι）と明言しており，大抵の訳はそれに従っているものと見られる。Hellman (1934) の研究書（46）も例外ではない。しかし，それは論理的に受け容れがたい。

（7）ソロンの(ア)の答えには，「王がいかに死ぬかを見届けるまでは，何とも答えることができない」と言った場合よりもう少し多くの内容が盛り込まれている，ということに注意するべきである。

（8）ソロンがクロイソスに対して見せている世辞のうまさについては，Pelling (2006), 106 を見よ。しかしそれでいて，彼は毅然とした態度を崩さない。Cartledge & Greenwood (1988), 351–52, 357 も見よ。

（9）καλός の見出しの下の，C. II. 1（καλῶς）の項目。

（10）ただし，LSJ (1996) が，形容詞 καλός の意味としては，〈適切な・問題ない〉を載せていないのは奇妙である。Bailly (1950) は 'convenable' とだけ載せている（s. v. καλός, A. 5）。

（11）カロスの語が，〈卓越〉を表すものでなくて，〈守るべき基準や許容範囲内にあること〉を示すという例は，古典期においても多数見られる。ソポクレス作品から挙げるならば，たとえば，*Ant.* 638 の「あなたがカロスに導いてくれている限り」（σοῦ καλῶς ἡγουμένου）では，父への恭順を示そうとしているハイモンは，「優れた導きをしてくれている限り」というよりも低い条件を出しているはずで，「まともな導きをしてくれている限り」と言っていると解するべきだろう。*Ant.* 925 の「もしこのことが神々のもとでカロスであるなら」（εἰ μὲν οὖν τάδ' ἐστὶν ἐν θεοῖς καλά）では，アンティゴネが「自身の正当性の確信を失う」ための条件は，「クレオンのやり方がもし神々の世界で好評を博しているなら」ということよりももっと低いはずで，「可とされているなら」ということで十分であろう。*Ant.* 723 の「よいことを語る人々から学ぶことはカロスである」（καὶ τῶν λεγόντων εὖ καλὸν τὸ μανθάνειν）は，ハイモンがそれは「立派なことだ」と言っておだてながら父を諭しているように見えるかもしれないが，それに劣らず，「そうすることこそが許容されうるのだ」という断固たる口調を聞き取ることもできる。*Aj.* 586 の「尋ねるな，詮索するな。分別を持つことがカロスだ」（Μὴ κρῖνε, μὴ 'ξέταζε· σωφρονεῖν καλόν.）も，それが立派なのだと勧奨していると見えるかもしれないが，夫が妻に一方的に指図しているという文脈からするとやはり，「他ならずそうすることこそが許容されうるのだ」ということであると理解すべきだろう。

（12）問題のある死というのは，事故死，暗殺，自殺，刑死，苦痛の激しい病死，そして埋葬を禁止された死などである。問題のない死というのは，それに比べて思い浮かべにくいのが特徴である。

（13）このことと共鳴するのは，ヘロドトスと同じ時代を生きたシモニデスの歌った，「恥ず

べきもの・醜きものが混り込んでいないものはすべてカロスなのだ」(πάντα τοι καλά, τοῖσίν / τ᾽ αἰσχρὰ μὴ μέμεικται.) という詩句である (fr. 542. 39–40 (*PMG*))。このカロス (καλά) には好ましいという響きがあるにしても, この句が実質的に言っているのは, 「特段に好ましい何かがある」ということではなくて,「差し障ることが何もない」という状態がカロスということなのだ, ということである。それは, 問題のないだけでも素晴らしいことなのだと持ち上げているのだとも言えるが (Most (1994), 143 はそのように解釈している), しかし同時に, どこまでをカロスと言いうるかということ, いわばカロスということの下限を説明しているのだとも言える。Vernant (1991), 90 は, シモニデスのこの言明にカロスという概念の転機を見ることができると主張しているが, これはホメロスの時代からこの語の持っていた意味の一つに過ぎないと私は考える。

(14) Shapiro (1996), 351–52 は, ソロンにおける「よき生の終わり」とは, ①大きな働きをした後に, ②仲間に囲まれて死に, ③永遠の名誉を得ることだと分析する。それでは, 何事もない死は含まれないことになる。しかし, たとえば〈幸運に恵まれて生き, 何事もなく死んだ〉というような者が(ウ)の条件から外れ, 幸福とはみなされないというのは奇妙だといわなくてはならない。もちろん, Shapiro (1996) の三つの条件を満たす死が「よき生の終わり」に属するものであることは疑いないが, それが「よき生の終わり」のすべてであるというところに, おそらく誤りがある。死ぬ前の偉大な行動を重視する人は, ほかにも Konstan (1983), 16 がある。Asheri (2007), 97–98 も見よ。

(15) τιμᾶν οὐκ ἀσφαλές, πρὶν ἂν ἅπαντά τις τὸν βίον διαδραμὼν / τέλος ἐπιστήσηται καλόν· (Pl. *Lg*. 802. a. 2–3)

(16) καλῶς μὲν αὐτοῖς κατθανεῖν ἧκον βίου, / καλῶς δὲ σῶσαι παῖδα κεὐκλεῶς θανεῖν. (E. *Alc*. 291–92)

(17) この 2 行は, Dale (1954) の注釈書 (ad E. *Alc*. 291–2) によって奇妙な文章だと指摘されている。一つ目の καλῶς は,「死ぬ」(κατθανεῖν) に掛かっているのか,「人生のあるところまでやってきた」(ἧκον βίου) に掛かっているのかはっきりしない。前者だと「人生の中でカロスに死ぬによいところまで来ている」ということを表し, 後者だと「死ぬのにちょうどよい年齢までやってきている」ということを表すであろう。どちらが正しいのか断定はできないが, 趣旨としてはほぼ同じことである。

(18) 本書 18 頁。

(19) καλλίω θάνατον / σκεψάμενος ἀπαλλάττου τοῦ βίου. (Pl. *Lg*. 854. c. 4–5)

(20) この事例はさらに,〈死ぬことによって邪悪と縁を切る〉という潔さをカロスと表現したものとも解しうるかもしれない。その場合は β-4 にも属することになる。神殿荒らしを目論むような輩には, そのような意味での働きかけがより効果的であると思われる。

(21) Καλόν γε μέντοι μὴ ᾽ξ ἀβουλίας πεσεῖν. (S. *El*. 398)

(22) Kells (1973), ad S. *El*. 398 も, ‘it is right’ということだと指摘している。

(23) Πεσούμεθ᾽, εἰ χρή, πατρὶ τιμωρούμενοι. (S. *El*. 399)

(24) οὕτω καλὸν δὴ καὶ τὸ κατθανεῖν ἐμοί, / ἰδόντα τοῦτον τῆς δίκης ἐν ἕρκεσιν. (A. *A*. 1610–11)

(25) β-2 に分類したソポクレス-①で, 兄の死体を埋葬しながら自分が死ぬことはカロスだ, というアンティゴネの語りも,「死んでもよい」(γ-2) という意味に解する余地もある。

しかし，テュルタイオスを想起させるその文言は，β-2 と解するほうが妥当であることを示唆している。このことについては第 6 章を見よ。また，ω に分類したソポクレス-③で，アイアスが生まれよき者の選択肢として挙げる καλῶς τεθνηκέναι とは，「立派に死ぬこと」（β）なのか「問題なく死んでいること」（δ-2）なのか，どちらに解する余地もあるように思われる。これについては第 7 章を見よ。

（26）εἰ γάρ σοι τοῦτο τέλος / εἴη τῶν νόμων, θεοὺς προσπαίσαντι καθαρώτερον δὲ δια- / γαγόντι τὸν βίον τῆς ἅμα τελευτῆς ἀρίστης τε καὶ καλλίστης / τυχεῖν.（Pl. *Epin*. 980. b. 3–6）

（27）究極の知恵を体得した人は，死ぬことによって，感覚から自由になり浄福に達することができる，という考えも，この書物の末尾（992b）で語られるが，その発想は究極の知恵のことを語り終えたその時点に相応しいことであって，それが語られる前の段階でクレイニアスの言葉の中にこの考えを読み込むのは妥当ではないだろう。

（28）Dover（1974）, 70. そこでは Aeschin. 1. 127, And. 2. 17, D. 58. 67, Isoc. 19. 4, Lycurg. 111 の例が挙げられている。

（29）Pl. *Phdr*. 270. c. 6, *Grg*. c. 6 など。

（30）Pl. *Phd*. 115. e. 5, *Phdr*. 258. d. 4–5 など。

（31）目的語つきの事例がヘロドトスの中に 17 件あるうち，明らかに戦死を表していると判断できるものは，テッロスの事例のほかは Hdt. 8. 100. 9, 9. 17. 19, 9. 27. 15 の 3 件だけである。

（32）クレオビスとビトンを語ったくだりに，「人間にとっては生よりもむしろ死んでいること（τεθνάναι）が望ましいことを神が示した」（Hdt. 1. 31. 17）という文言がある。ここではタネインがこのように広い意味の死を表すものとしても使われているということは否めない。しかしこれは完了形として，「死んでしまっている」という状態を表すものであって，「死ぬ」ということ（dying）を表すものとしてのタネインとはかなり異なるものとみなしてよいのではないか。

（33）表 2 を付録 A を照らし合わせれば容易に確認することができる。

第 6 章　それを行いながら死ぬことは……

（1）これらの語やその派生語による称賛には，次のような例がある。ポリュクセネ：E. *Hec*. 381（εὐγένεια：生まれのよさ）；マカリア：E. *HF*. 534（εὐκλεῶς：名高く）（id. 537 行，553 行参照）；イピゲネイア：E. *IA*. 1376（εὐκλεῶς：名高く），1402, 1411, 1422（γενναίως：血筋よく，およびその派生語）；アルケスティス：E. *Alc*. 150（εὐκλεής：名高い）（id. 623 行，624 行参照）.

（2）Wißmann（1997）, 263–73, 313–44, passim は，これらの女性たちの死の受容をそれぞれの作品の中の倫理的背景に照らし合わせて議論している。

（3）これは，彼女の死がなんと形容されるかという言葉だけの問題ではない。彼女は目指したものを得られたか，という問題でもある。

（4）数少ない一例は，柳沼（1990）, 372 である。

（5）Wilamowitz（1923）, 344 はアンティゴネの栄光ある殉教ということを示唆したが，Reinhardt（1979）, 249 n. 3 によって反駁された。Brown（1987）, 9 は，キリスト教の殉教者

という概念が，研究者たちの間でも強い影響力を持っていることを指摘している。また，Lesky (1983), 138 の注意深い指摘が示唆するように，彼女の死を自己犠牲とする見方にも警戒する必要がある。

(6) Reinhardt (1976), 102 : 'Wie Antigone in solcher Fülle stirbt, so würde sie in gleicher Fülle leben, auch als Frau der Sendung inne, gültig und geweiht...'

(7) Bowra (1944), 114.

(8) Loraux (1986b), 185–95 ; Loraux (1987), 9 ; Loraux (1995), 108.

(9) Sourvinou-Inwood (1989), 148. 彼女の文化的決定論は説得的だが，アンティゴネが悪い死を遂げることになった理由については，私は同意できない。

(10) Benardete (1999), 11–12 ; Oudemans & Lardinois (1987), 172.

(11) この章は，『西洋古典学研究』50 (2002), 45–55 に発表した論文を拡大し，The Institute of Classical Studies（ロンドン）でのカンファレンス 'Good Deaths, Bad Deaths'（2003）で口頭発表したものをもとにしている。その際に有益な助言を下さった R. Buxton 教授（Bristol），P. Easterling 教授（London）に特に感謝申し上げたい。

(12) κεῖνον δ' ἐγὼ / θάψω· καλόν μοι τοῦτο ποιούσῃ θανεῖν.（*Ant.* 71–72）ソポクレスのテクストは Lloyd-Jones & Wilson (1990) の OCT による。

(13) πείσομαι γὰρ οὐ / τοσοῦτον οὐδὲν ὥστε μὴ οὐ καλῶς θανεῖν.（*Ant.* 96–97）

(14) アンティゴネが目指した「死の美しさ」は，彼女の振る舞いの「内的美しさ」（innere Schönheit）と安易に同一視するべきではない。「内的美しさ」や「倫理的美しさ」のギリシア的概念については，Wankel (1961), 23–28 ; Donlan (1973), 367–68 ; Hobbs (2000), 229–30 を参照せよ。

(15) Griffith (1999), ad S. *Ant.* 61–63.

(16) この部分に対する主な訳は次のとおりである。Jebb (1928): 'well for me *to die in doing* that' ; Dain & Mazon (1955, Budé): 'je serai fière de *mourir en agissant* de telle sorte.' ; Storr (1912, Loeb): 'How sweet *to die in such employ*.' ; Lloyd-Jones (1994, Loeb): 'It is honourable for me *to do this and die*.'

(17) アンティゴネが二度目の埋葬をしに戻ったのかどうかについては，さまざまな議論がなされてきたが，Brown (1987), ad loc. の議論が最良であり，十分であると思われる。

(18) 投石刑のさまざまな例やその性格については，Gras (1984) および Halm-Tisserand (1988), 139–46 を見よ。

(19) Winnington-Ingram (1980) は，アンティゴネの自殺について，「その苦悩を打ち切り，死んだ家族に会いに行った」(146) と説明しているが，それは，彼女がその時点ですでに，状況の変化により深く打ちのめされてしまっていると見てのことだろう (139–40)。彼は，彼女が最初から「死に執心している」(131) ということを見抜いているが，その執心がどうなったのかについては触れていないことが惜しまれる。

(20) ソポクレスは，εὐγένεια の語を，*El.* 25, 257 ; *Ph.* 874 において，明らかに〈勇敢で，義務に忠実〉という意味で使っている。その意味がここにも適用しうる。

(21) 古代ギリシアの戦死者葬礼演説における称賛の論法については，本書第 4 章および Yoshitake (2010) を見よ。

(22) 川島（1999), 263 n. 71 も，この劇の中に同じイメージを捉えている。そして彼は，彼女が死んだときに，彼女の生は燃焼し尽くしたと言う。しかし私の結論は違い，そのような結末が目指されたが，実際には果たせなかったというものである。以下の議論を見よ。

(23) φορβῆς τοσοῦτον ὡς ἄγος μόνον.（S. *Ant*. 775）

(24) クレオンがアンティゴネの死を本当に意図していたのかどうかは，はっきりしないと言うほかはない。第 775–76 行においてクレオンが言うのは，穢れを逃れるために最小限の食料を与えるということだけである。もしこの食料が，第 775 行の古註（scholia）が示唆するように「穢れの除去（κάθαρσις《カタルシス》)」のためのものならば，一日分だけで十分であったかもしれない。しかし，彼がさらに食料を与えるということがないという保証もない。幽閉を決めたときの意図がどういうものだったにしても，実際，それをどうするかはまったく自由なまま彼の前に開かれている。ギリシア神話においては，監禁は閉じ込められた者が死ぬ前に解かれるというのがほとんど定石である。監禁は基本的に，誰かを殺す代わりに生きたままにすることにより移動の自由を奪うという刑罰，ないしは算段なのである。監禁のさまざまな例とその性格については，Seaford (1990) を見よ。

(25) 第 91 行の「私の力が尽きたときには」という言葉は，アンティゴネがもはや反抗する「力」をなくしてしまうときがやって来るかもしれないという可能性を示唆する。ソポクレス『アイアス』646–49 行におけるアイアスは，〈不可能なものは何もなく，いかなる強い意志も時間の流れの中において弱められるかもしれない〉という認識を語る。そしてそのあと自殺して，それが自分において現実になることを回避する。しかしアンティゴネがアイアスと同じであるということを示唆するものは，テクストの中には何もない。シケリアの石切り場に閉じ込められたアテナイ兵たちのツキュディデスによる描写（7. 87）は，遅い死の過酷さをわれわれに垣間見せる。

(26) 結局，彼女はそれを耐え切ることはなく，その代わりに自殺する。その結果としてクレオンが受難することになるのは確かであるが，彼に反逆するという彼女の意図は達成されたのか，断念されたのかは，判定しがたい問題である。

(27) Winnington-Ingram (1980), 139 ; Brown (1987), ad 801–943.

(28) Knox (1964), 16 ; Seaford (1984), 253–54.

(29) 第 821 行，847 行，851–52 行，876 行，881–82 行，887 行，919 行。

(30) 生きたままハデスに下る：第 807–09 行，811–13 行，821–22 行，920 行。結婚式（γάμος《ガモス》）も祝婚歌（ὕμνος《ヒュムノス》）も伴わない結婚：第 813–16 行，867 行，891 行，916–17 行。奇妙な墓：849 行。

(31) たとえば，Perrotta (1935), 107 ; Linforth (1961), 251 ; Winnington-Ingram (1980), 137–39 を見よ。議論の歴史的概括は，Rohdich (1980), 11–17 を見よ。より理論的な議論は，Oudemans & Lardinois (1987), 186 がある。

(32) 川島（1999), 234 が，アンティゴネは当初「石打ちの刑による名誉ある英雄的な死」に夢中であったと言っているのは，注目に値する。ただし，それがなぜ名誉あり英雄的なのかという説明が不足している。

(33) 柳沼（1990), 374 と川島（1999), 236–37 が，アンティゴネは望んでいたように死ぬこ

とができないので嘆いている，というのは正しい。

(34) Seidensticker (1983), 123 を見よ。Garrison (1995), 136–37 の議論にもかかわらず，コンモスの中にアンティゴネの自殺決意をたどるのは不可能である。ギリシア神話において，首吊りが未婚女性の典型的な自殺方法であるというのは，King (1993), 113–14 ; Loraux (1987), 9–10 と Loraux (1995), 291 n. 69 が指摘しているとおりである。しかし，それだけではアンティゴネがなぜ首吊りをしたかという説明にはならない。彼らの議論から確定できるのは，アンティゴネの自殺は正真正銘の無血の死で，投石による血塗れの死とは対照的だということくらいである。

(35) 彼女の自殺の性急さは，Kitto (1956), 175 によっても指摘されている。

(36) クレオンに対する反逆については，Knox (1964), 67 を見よ。受け容れがたいことの拒絶については，Seidensticker (1983), 123 を見よ。

(37) アンティゴネは埋葬を試み，ポリュネイケスは結局埋葬される。そしてその途中で彼女は死ぬ。少なくとも，彼女の勇敢で敬虔な試みは，利他主義を鍵として見るアリストテレスにとっては，カロスであろう。しかし，彼女の死についても同じだということはできない。なぜなら，彼女の死の理由も意味もこの劇ではかくのごとく曖昧にされているからである。

(38) 誰が正しく誰が間違っているかという議論の適正な総括は，Brown (1987), 6–8 に見出すことができる。

(39) Winnington-Ingram (1980), 147 は，この劇の中でクレオンの悲劇とアンティゴネの悲劇とを区別した。そして前者をアイスキュロス的で伝統的だとしたのは適切である。クレオンの悲劇はこの劇の中ですっきりと完結しているが，アンティゴネの悲劇はたぶんそれとはまったく違う性格のものである。

(40) Knox (1964), 116 は，神々がクレオンに対して下した判決を執行するのがアンティゴネだと言うが，それが正しいかは疑わしい。

(41) Brown (1987), 9 ; Griffith (1999), 32.

(42) Griffith (1999), 35, 53 を見よ。

(43) ἴτω ἴτω, / φανήτω μόρων ὁ κάλλιστ’ ἔχων / ἐμοὶ τερμίαν ἄγων ἁμέραν / ὕπατος·（S. *Ant.* 1328–31）

(44) クレオンは，現在の苦悩を終わらせてくれるならと思って，どんな死でもいいから死ぬことを求めているだけかもしれない。しかし，「最もカロスに……もたらす運命」という言葉は，皮肉にも言外の意味を含みうる。彼が求めているのは明らかに，不特定な種類の死か特定の種類の死かにかかわらず，彼にとっての絶対的によい死である。しかるに，アンティゴネは，彼女がよきものとして切望していた死をも，またそれ以外のよしとしていたものをもすべて奪われてしまった。彼がかのような願望を口にすることのおこがましさは，直後にコロスが語る言葉（第 1334–35 行）の冷ややかさによっても立証されると言えそうである。

(45) ἀλλ’ ὧν ἐρῶ μὲν, ταῦτα συγκατηυξάμην.（S. *Ant.* 1336）

(46) イスメネの口にした「あなたは不可能なことを熱望している」（ἀμηχάνων ἐρᾷς《アメーカノーン・エラース》）という言葉は，兄の埋葬へのアンティゴネの熱望だけでなく，カロス・タナトスへの熱望と

しても理解されるべきであろう。それには三つの理由がある。第一に，〈もしクレオンに従わないなら自分たちはもっとも惨めに死ぬことになるだろう〉と考えているイスメネは（第 57–60 行），当然，アンティゴネのカロス・タナトスが遂げられるという期待を非現実的なものと思っているはずである。第二に，アンティゴネの第 73 行の言葉「親しい彼とともに，私は親しい者として横たわる」は，自身の死の説明ながら，高度にエロティックな含意のあるものとなっている（Winnington-Ingram (1980), 130 を見よ）。第三に，そして最も重要なのだが，古典期においては，エロースとはカロスなもののそばに発生しそれを追い求める感情である，と一般に認識されていた（Pl. *Smp*. 197. b. 5, 8 ; 201. a. 5–6, 9–10 ; 203. c. 3–4 ; 204. b. 3 ; *Phdr*. 238. c. 1–2 ; 250. d. 7–e. 1, *etc*.)。

(47) Heath (1987), 92–95 が，〈関心の焦点である人物が劇の途中で変わるということは，ギリシア悲劇においては欠陥と見るべきでない〉と言っているのは正しい。しかし，『アンティゴネ』の観衆が最後の場面で，「最大限に同情的な注意をクレオンに向ける」ように期待されている，と言うのは疑わしい。重要なのは，クレオンの悲痛な嘆きは，アンティゴネの苦悩を思い起こさせるような仕方で作られているということである。観衆がこの劇の最後において，彼女が黙殺されているということにも気づくということには，少なからぬ意味がある。それが，彼女の受難の深さを考えさせるからである。

(48) このいきさつについては，第 7 章冒頭の『アイアス』のあらすじを見よ。

(49) ἐπεὶ καλόν μοι τοῦδ᾽ ὑπερπονουμένῳ / θανεῖν προδήλως [...]. (*Aj*. 1310–11)　この詩句のシンタクスが『アンティゴネ』第 72 行のそれときわめて似ていることは注目に値する。

(50) Linforth (1961), 251 ; Winnington-Ingram (1983b), 246.

(51) 戦士として生きることになっていたアマゾンの女たちがいることを忘れてはならないが，アマゾンの神話は，男が女に期待するものおよびギリシア的規範全般を反転させたイメージを描いたものであるということも忘れるべきではない。Tyrrell (1984), 40–63 ; Just (1989), 242–43 ; Blundell (1995), 62 を見よ。アマゾンの女英雄の戦死を記したテクストがいくつか存在するが，いずれにおいても彼女らの死はカロスと形容されてはいない，という事実にも意味はありそうである。

(52) たとえば，アンドロマケ（*Il*. 6. 454–64）；ブリセイス（*Il*. 19. 291–300）；アンドロマケ（E. *Tr*. 657–83）；ヘカベ（E. *Tr*. 686–705）；テクメッサ（S. *Aj*. 515–19）；イオレ（S. *Tr*. 323–27）. 歴史上の奴隷化された女性たちの記録としては，ツキュディデス第 3 巻 36 節（ミューティレーネー事件），第 5 巻 116 節（メーロス島事件）などがある。

(53) たとえば，カサンドラ（A. *A*. 1286–94）；イオ（A. *Pr*. 663–82. そこでは彼女が神託にも父の扱いにも抵抗した形跡の描かれていないことが注目される）；クリュソテミス（S. *El*. 335–40, 396, 997–1014）；イスメネ（S. *Ant*. 61–64, 92）.

(54) エレクトラ（A. *Ch*. 138–39）；エレクトラ（S. *El*. 303–06, 809–12, 951–55. この劇の彼女は，オレステスが生きていると信じている間は，自分で復讐に踏み出そうとは考えない）；エレクトラ（E. *El*. 135–39, 276–81, 686–88. この劇の彼女は，オレステスが帰ってきた場合にのみ復讐の流血計画を実行しようと思っているが，もし彼が復讐に失敗したなら自分は自殺するつもりでいる。彼女には一人で戦うという発想はない）；メガラ（E. *HF*. 296–99, 307–11. 彼女が死を受け容れるのは，夫も友も彼女と家族を助けに来てはく

れない，という確信からである。Yoshitake (1994), 136–39 を見よ)。

(55) たとえば，デイアネイラ（S. *Tr*. 719–22. 彼女は弁解を語ることもなく自殺に向かう）；パイドラ（E. *Hipp*. 393–407, 419–20, 717–21（自分の不面目が衆人に知られることのないように自殺するという意思を表す), 728–30, 856–886（〈救いようのない辱めを受けたので絶望して死ぬ〉という趣旨のことが彼女の残した書板に記されている))；メガラ（E. *HF*. 296–99, 307–11. 前注でも挙げた箇所だが，彼女は持ちこたえよという義父の言葉を無視し，あきらめて死を選ぶことを主張する)。

(56) Buxton (1982), 64.

(57) 大半の場合において，彼女らが術策（δόλος《ドロス》）を実行に移すのは，多かれ少なかれ自身の安全を確信してからのことである。たとえば，デイアネイラは，自身のたくらみが罪のないものであり無害であると信じている（S. *Tr*. 582–87)。メデイアは，アテナイに避難先を確保している（E. *Med*. 386–91, 709–58)。ヘカベはアガメムノンが協力してくれる確約をとっている（E. *Hec*. 870–904)。エウリピデス『イオン』におけるクレウサの策略が大胆で向こう見ずなのは例外的であるが，彼女はその爺やに大きく依存しているという事実を考え合わせるべきである。

(58) このいきさつについては，第10章冒頭の『オレステイア』三部作のあらすじを見よ。

(59) たとえば，ポリュクセネ，マカリア，イピゲネイア，アルケスティス。その要請を拒む権利は，彼女らにほとんど与えられていないが，その受け容れはみな高い称賛を受けている。この場合には，過つことのない契約が成立していることが重要である。この観点から見ると，『アンティゴネ』においても当初は，クレオンとアンティゴネの間に一つの契約（埋葬行為を働いたら石打ちの刑に遭う）が存在していたといえる。しかし劇が進行する間に，その契約は一方的に破棄され，それがこの悲劇の核心を生み出すことになる。

(60) Loraux (1995), 23–24（注とともに)；Garland (1990), 65–66；MacDowell (1986), 120–22 を見よ。アテナイにもそれに該当する慣行があった可能性があると言われている。E. *Med*. 250–51 も示唆するとおり，出産に際しての女性の死は，戦場における兵士の死と等価のものだったというのは正しいだろう。双方ともに，都市の公共目的に適いまた貢献する行動の最中での死である。それゆえ，これらの女性の死は「美しい死」（la belle mort）の女性版だ，と Loraux が言うのはもっともである。ただし，女性のこの種類の死がカロスと形容されている事例を見つけることはできない。この違いは，その死が，自身の意思によって後押しされているとみなすことのできる行動の中の死であるか否かということに由来するものであるように思われる。また，古代ギリシア人の感性が，根本的に穢れ《ミアスマ》とみなされていたもの（出産）をカロスと評価することを許さなかったという可能性も考えられる。最後のこの点については Parker (1983), 33, 48–56 を見よ。

(61) 例外の候補となる重要な事例は，アンドロマケである（E. *Andr*. 309–463)。もし彼女が祭壇から離れて死ぬことに同意するなら息子の命は助かる，とメネラオスから聞かされたとき，彼女は自分の命を息子の安全のために費やすというチャンスを与えられたと言える。しかし実際は，彼女が祭壇を離れると，メネラオスが嘘をついており，二人共を殺すつもりであることを知る。彼女は，自分の命を賭けた努力が空しいものであった

ことを味わうばかりとなる。彼女の目指した死は，アンティゴネのそれに比べると積極的な行動を欠いている。

(62) アテナイの悲劇は開演前の儀式を伴っており，それは全体として戦死者への公的表敬の場であった（Goldhill 1992, 106, 113)。そしてカロス・タナトスは，少なくとも都市生活においては，基本的に彼らの死のための名であった。しかるにこの劇は，反逆してカロス・タナトスを目指す女英雄とその不幸な最後をもって，そのような公式に複雑な疑問を投げかけたといえるだろう。Brown (1987), 9–10 が示唆しているように，この劇を見た観衆は当惑させられたに違いない。この劇の中に都市的イデオロギーの明確なメッセージを見出すことは困難だし，的外れでもあるだろう。より確かなこととしていえるのは，この劇はカロス・タナトスとは何かということを観衆に再考させ，またそれが女性にとっては，たとえ最も果敢で献身的な者にとっても，遂げることのできないものであることを認識させたということである。それは結局，少なくとも戦死という形でカロス・タナトスを遂げる機会を持つというのは男性の特権である，ということの認識でもある。

(63) 非暴力という態度は，「ともに憎み合うようにではなく，ともに愛し合うように生まれついた」（第 523 行）と自認するアンティゴネに，たしかに相応しいものであった。しかし，政治的手段としての非暴力は，現代的な概念で，前 5 世紀のギリシアの公衆からは支持を得られるものでなかったろう。この点に関する時代の通念は，Pl. *Grg*. 483. d–486. c のカリクラテースの議論に窺うことができる。アンティゴネの非暴力的な戦いはやはり無謀だったと言わざるを得ない。

(64) アンティゴネの苦渋と悲しみを想像すると，近年発生するようになった女性の自爆テロリストたちのことが思い浮かぶ。2003 年 10 月 5 日の BBC News（http://news.bbc.co.uk/1/hi/world/middle_east/3165604.stm）によると，その前日，イスラエル北西部のハイファのレストランで，29 歳のパレスチナ人女性が自爆し 19 人が殺された。この女性は司法修習生でもあったが，弟と従兄弟を 4ヶ月前にイスラエル軍の急襲によって殺されひどく落胆していたという。女性による自爆テロは，2002 年にエルサレムで初めてなされるが，その後相次いで発生し，これは 5 件目であった。もちろん，彼女たちが目指したものは，アンティゴネが目指した埋葬とはまったく違う。また彼女たちにはテロ行為への巧みな手引きがあったに違いない。しかしそのおおもとにはアンティゴネと同じ喪失感（グリーフ）と怒りと無力感があったはずである（自爆テロは，組織的に行われることが多いとしても，個々人の感情にかかわる自然発生的な側面もあることが，アサド (2008), 74–75 によって強調されている)。体力・体格や軍事的鍛練においては男たちに及ばなくとも，じっとしてはいられず，生命を文字通り費やす覚悟を決めて思いを遂げるための行動に出たという点で，彼女たちにはアンティゴネとあい通じるものがある。彼女たちは自爆テロという凶行に及んでしまったが，彼女たちの背後にはテロという道を選ばない幾多のアンティゴネがいまを生きているのに違いない。

第 7 章　生まれよき者がなすべきは……

(1) Knox (1961), 27–28 ; 吉武 (1989), 29, 33 n. 29.

（2）アトレウスの息子たちのこと。トロイア戦争におけるギリシア軍総大将のアガメムノンとその弟メネラオス。

（3）「テツネーケナイ」（τεθνηκέναι）は，「タネイン」（θανεῖν（死ぬ））の不定法完了形。καλῶς τεθνηκέναι《カロース・テツネーケナイ》は，「立派に死ぬ」という意味にも「問題を残さずに死んでいる」という意味にも取れる言葉である。その曖昧さに重要な意味があるので，本章ではあえてこのような「カロスにテツネーケナイする」という形にして表記する。

（4）第 479-80 行の訳として次のようなものがある。Jebb (1896) : ‘Nay, one of generous strain should nobly live, or forthwith nobly die’. Dain & Mazon (1958) : ‘Ou vivre noblement ou noblement périr, voilà la régle pour qui est d’un bon sang’. Stanford (1979) : ‘Either to live honourably or to die honourably —— that is the necessity for a man of noble race’. Lloyd-Jones (1994, Loeb) : ‘The noble man must live with honour or be honourably dead’. Garvie (1998) : ‘The noble man should either live well or die well’.

（5）後 4 世紀の修辞学者，文人。

（6）δεῖ ... ἢ ζῆν εὐδοκιμοῦντας ἢ τεθνηκέναι.（Lib. 11. 5. 5）

（7）LSJ（1996）の καλός の見出しの下にある II. C. 1 の項目では，καλῶς の意味として ‘rightly’（適切に）という意味が短く記載されており，『アイアス』479 行もその例として示されている。

（8）‘emphatic perfect’ : Smyth（1984）, 434.

（9）テュルタイオスの「カロス・タナトス」も完了形（τεθνάμεναι）を使って規定されているのは事実である。しかしそこでは，現在分詞とアオリスト分詞が組み合わされて，〈戦っている最中に倒れる〉という，死の瞬間のありさまが注意深く指定されていた（τεθνάμεναι ... πεσόντα ... μαρνάμενον : Tyrt. fr. 10. 1-2 West）。それに比べると，アイアスのセリフにおける 2 語のぎこちない組み合わせは，何か沢山のことを考えなくてはならないもののように見える。

（10）Lefèbre (1991), 91-95 ; O’Higgins (1989), 48 など。

（11）第 1 章での分類の β-4（潔さ）に当たるものである。Linforth（1954）, 24-25 ; Heath (1987), 181 など。

（12）第 391 行には，彼らを倒してもなお，さらに死ぬつもりなのだ，というアイアスの意向が現れている。

（13）πεῖρά τις ζητητέα（470）/ τοιάδ’ ἀφ’ ἧς γέροντι δηλώσω πατρὶ / μή τοι φύσιν γ’ ἄσπλαγχνος ἐκ κείνου γεγώς. / Αἰσχρὸν γὰρ ἄνδρα τοῦ μακροῦ χρῄζειν βίου, / κακοῖσιν ὅστις μηδὲν ἐξαλλάσσεται. / Τί γὰρ παρ’ ἦμαρ ἡμέρα τέρπειν ἔχει / προσθεῖσα κἀναθεῖσα τοῦ γε κατθανεῖν ; / Οὐκ ἂν πριαίμην οὐδενὸς λόγου βροτὸν / ὅστις κεναῖσιν ἐλπίσιν θερμαίνεται / ἀλλ’ ἢ καλῶς ζῆν ἢ καλῶς τεθνηκέναι / τὸν εὐγενῆ χρή. Πάντ’ ἀκήκοας λόγον.（480）（S. *Aj*. 470-80）

（14）木曽訳（1990）。ただし原文にもとづいて一部改変した部分を〔　〕で囲った。

（15）第 475-76 行もその補足的説明である。

（16）早急なる自殺は，父のような戦果を受け継げなくとも，父の気質だけは受け継いでいるということを証することができるだろう。

（17）Pl. *Phdr*. 250. d-e ; *Smp*. 210. a-212. c など。

(18) Easterling (1984), 4.

(19) ギリシア悲劇の，コロスだけで歌い舞う部分をスタシモンという。

(20) ἐθηλύνθην στόμα (*Aj*. 651). 私は女々しいことを言うようになってしまった，ということ。

(21) 吉武（1989), 33 n. 27.

(22) 古典期にカロス・カガトスという言葉が貴族の代名詞になってゆく過程で，カロスの語が貴族たちと関連を持ったということはできるとしても（Donlan 1973, 373），この語が単独で貴族性を表すような例は存在しないと思われる。諸辞書に記載がないのもそのためであろう。

(23) しかも，そのテウクロスも，結局アイアスの死体と妻子を守るためには何の力にもならぬことが，アトレイダイとの論戦の帰趨によって判明する。

(24) 第三スピーチも，彼の関心が結局は彼自身の救済のほうに向いていることを示している（第 692 行)。

(25) Taplin (2000), 125 ; Easterling (1984), 7 ; Belfiore (2000), 113 らは，アイアスの死が彼の家族を益したと断定するが，それは過大評価である。Belfiore はさらに，アイアスが死によって家族を救ったから，彼の死は高貴《ノーブル》だと言えると主張する。しかし，彼が死んだゆえに家族が救われた，あるいは，家族を救おうとして命をかけた，ということが明らかでなくては，その主張は成り立たないであろう。

(26) Pl. *Lg*. 873. c では，やむをえぬ事情で自殺した者は，例外的に罰を免除されただけである。もしも，毅然たる自殺によって気高さを見せつけるということが敬意の対象となりえたとすれば（次節参照），それは死がかのような問題を引き起こさない限りにおいてのことであろう。エウリピデス『オレステス』第 1152 行のピュラデスたちや同『ヘレネ』第 298 行のヘレネの場合はそういうことを見込めるわけだが，アイアスとは条件が大きく違うのである。

(27) 迅速な死は『イリアス』に描かれた戦死全般の重要な特徴であった。それらがみなよき死として描かれていたと断ずることはできないが，Hainsworth (1993), ad *Il*. 11. 263 の指摘するとおり，迅速でない死は『イリアス』の世界から排除された。生理学的レベルにおいてのことだが，アイアスは『イリアス』的な死に方を志向したのだと言える。

(28) アイアスの血が流れ続けているさまが，第 918–19 行，第 1411–12 行で繰り返し強調されている。

(29) 本書第 3 章を見よ。

(30) Taplin (2000), 125 参照。ただし，それが自殺によって防がれたのだというのは短絡的である。

(31) また，自殺の方法にも，首吊りなど，男性には似合わないとされるものがあった。Loraux (1987), 8–17, 54 を見よ。

(32) Loraux (1987), 22 は，彼の自刃が戦死の ‘poor imitation’ でしかないと言う。Winnington-Ingram (1980), 44 は，トロイアの土地自体を「敵」とみなすのは非理性的な思考だと述べている。

(33) このことは，第 970 行でテクメッサの言葉によっても強調される。

(34) せいぜいテウクロス自身がカロス・タナトスを遂げるだけで終わるかもしれなかった（第1310-11行）。

(35) その確証は劇中に描かれていないが，少なくともテウクロスは無事この難局を乗り越えることができた。彼は委ねられたとおり（第565-70行，687-89行），兄の妻子を守り父母の老後を見守ってゆくことが見込まれることとなる。

(36) 彼の自殺が家族に与える悲しみは解消しない。しかし死によって生じる感情的問題は，おそらく，死自体の評価とは切り離して考えるべきことであろう。劇中では，テクメッサが自分の悲しみに言及するときの口調は控えめである（第966行）。

(37) 問題なく死ぬことがまったく期待できない状況に立たされ，できることはただ，思わしくない生に見切りを付けて矜持を示すことだけしかない，というような場合は，自殺も是認されうるだろう。Pl. *Lg*. 873. c 参照。しかしそれがカロスと修飾されうるかどうかは別の話である。

(38) 第767-75行によれば，アイアスは，戦闘に関してではあるが，神の援けも必要としない，と豪語するような異常な尊大さの持ち主であった。その彼が自分では力及ばず，名誉を他人に守ってもらう，というのは最大限の皮肉である。

第8章　カロスなる見ものを目にするならば……

(1) 死んだ7人の名は第860-932行に示されているが，アテナイまで嘆願に来たのが何人の母であったかは不明である。全員でなく数名の母と考えるのが現実的である。橋本の解説（『ギリシア悲劇全集』第6巻（1991），407-08頁）を見よ。

(2) オリーブの枝を持ち祭壇にすがるという作法をもってなされた嘆願（ヒケテイア）は，無下に断ることが許されないという宗教的な掟があった。なお，この劇の題名のヒケティデス（*Hiketides*）とは，嘆願する女たちという意味である。ラテン語名は同じ意味の *Supplices* である。

(3) 舞台はスケーネーと呼ばれる。三人以内の俳優が立つ場所で，コロスの居場所である踊り場（オルケストラ）よりも一段高いところにある。

(4) θέαμα《テアーマ》とは，「見えるもの」のことである。ここでは「見もの」と訳したが，この言葉自体には素晴らしいという意味があるわけではない。「光景」と訳すこともできるが，必ずしも見える景色全体を言うものではない。

(5) 将たちの遺体は，たとえテセウスらが傷を洗って手当てをしてあるとしても（第764-66行），何日間もの野晒しゆえの損傷も手伝って直視しがたいものだということは自明だろう。第812行，945行では，依然として血塗れとされている。なお，劇では必ずしも腐敗が自然の理法どおりに進むと考えなくともよいが，もしあえてそれを考えるとすれば，彼らの死から次の時間が経過していることになる。遺体返還を求めて拒否され，テセウスへの嘆願を決意するまでの時間，アドラストスと母たちが嘆願のためにアルゴスからエレウシスまで（直線距離でも100キロメートル弱）旅した時間，エレウシスで嘆願していた時間，テセウスの軍のテーバイ遠征（往復で約100キロメートル）が要した時間。

(6) 第783行で εἴπερ ὄψομαι（もしも見るならば）の直後にコンマを置くか，直前にコン

マを置くかという問題。本書が準拠する Diggle のテクストは直後に置く。

（7）τὰ μὲν εὖ, τὰ δὲ δυστυχῆ. / πόλει μὲν εὐδοξία / καὶ στρατηλάταις δορὸς (780) / διπλάζεται τιμά· / ἐμοὶ δὲ παίδων μὲν εἰσιδεῖν μέλη / πικρόν, καλὸν θέαμα δ᾿ εἴπερ ὄψομαι, / τὰν ἄελπτον ἁμέραν / ἰδοῦσα, πάντων μέγιστον ἄλγος. (785) (E. *Supp*. 778–85) テクストは Diggle (1981) による。

（8）腐敗や傷の痛々しさを勘定しないとしても，死体を見ることは，最も下等な動物を見ることと同様に苦痛を伴う（λυπηρῶς《リュペーロース》）ことだと Arist. *Po*. 1448. b. 10–12 が言っていることは参考になる。

（9）Vernant (1991), 63 n. 24.

(10) 第 782–83 行に対する既存の主な訳を 6 つ挙げる。καλὸν θέαμα に当たる部分に下線を引いた。⑴のタイプ：Jones（1958）：‘For me, to look upon my children’s bodies—a bitter, lovely sight, if I ever see it...’ ; 中山（1965）：「わが子の遺体を見ようとはつらいけれどもうれしい観物——」。⑵のタイプ：Way（1912, Loeb）：‘But to see my son’s limbs ! —sight bitter for me, Yet proud, ...’ ⑶のタイプ：Colegidge（1938）：‘For me it is bitter to see the limbs of my dead sons, and yet a welcome sight, if I shall see it, ...’ ; Kovacs（1998, Loeb）：‘But for us to look on the bodies of our sons is painful (though it will be a fair sight if we ever behold it), ...’ ; Parmentier & Grégoire（1976, Budé）：‘Pour moi, revoir le corps de mes enfants est un spectacle amer et beau, ...’

(11) カロスの語が他のものとの関係性を表すのは，与格語などを補って「〜に相応しい」ということを表す場合である。ホメロスにおける場合については，Autenrieth (1984) s. v. および第 2 章を見よ。古典期における実態については，Pl. *Hp. Ma*. 290. c–293. c に語られているとおり。

(12) 愛情や称賛の対象であることを表すものとして，人名に付された「カロス」のこと。アルキビアデース・カロスやサッポー・カレーなど。アッティカにおいて行われた。

(13) アテナイの港がある地域。

(14) 嫌悪の気持ちが働いた，ということは，①相手が単に死人であるからか，②相手が罪人の死体であるからか，あるいは③相手が腐敗などで物理的に嫌悪感を催す状態にあるからか，のどれかによるものだったと考えられる。レオンティオスの見た死体は，死後どれだけ腐敗しているのか知る術はないが，Ferrari (2007), 180 も想定しているように，③が最も自然であるように思われる。Allen (2000), 136 n. 5 は，処刑後間もないときであったと言うが，その根拠は示されていない。

(15) ἐμπλήσθητε τοῦ καλοῦ θεάματος.（Pl. *R*. 440. a. 3）

(16) プラトンの研究者たちは，この一節が欲望と理性の相克を論じた箇所であるからか，ここでカロスという語が用いられていることの違和感にはほとんど関心を向けていない。しかし，レオンティオスが，我が意に従わない厄介者に見立てた自分の目に向かって，悪態としてかの言葉を吐くということには演劇性があるというのは，Ferrari (2007), 181 も指摘しているとおりである。

(17) プラトンは，カロスなるものは，「最も鋭敏な感覚である視覚」に訴えるときに最も鋭く感得され，エロースを掻き立てる，とも言っていた（*Phdr*. 250. d–e, *Smp*. 210. a–212.

c)。彼はまた，エロースとは狂気の一種だと言って憚らない（*Phdr*. 245. b, 249. d–e)。

(18) レオンティオスのエピソードはまさにエウリピデスのこのフレーズを踏まえたものであるかもしれない。そうでなくとも，何らかの慣用法がここでは皮肉的に使われているのではないか。

(19) カロスは，視覚的な様を表す場合であれば，いつも視覚上の卓越性を表すというわけではなく，たとえば〈武人としての卓越性を示唆するような外見を有していること〉を表すという場合もある，というのが第2章での議論であった。

(20) Parmentier & Grégoire (1923) の 'beau' という訳語は，「美しい」という意味や「立派な」という意味も具えており，カロスとよく似た広がりをもつ語であって，原語の意味を余すところなく表しているともいえる。しかし，かえってどういう意味で捉えているのかはっきり説明していないという面もある。この点については，Scully (1996), 75 の 'a bitter, beautiful sight' という訳についても同様である。

(21) Whitehorne (1986), 68 や Scully (1996), 75 は総勢40人を超える壮大なスペクタクルが繰り広げられたという。規模的な壮大さももちろん，カロスさの重要な要因でありうるが，そのほかにどんな要因がありえたかも考えなくてはならない。

(22) 第四エペイソディオンの始まりの部分には，運び込まれた遺体がどこに置かれるかを示す文言はないが，遺体はその時点でオルケストラではなくスケーネー上に置かれるのでなくてはならない。なぜなら第941–44行が，それまでコロスが遺体を間近に見ることはできないようにされていたことを示すからである。Scully (1996), 68, 69, 75 を見よ。

(23) 彼女たちはパロドス（入場歌，第42–86行）の終わりでも死への欲求を吐露していたが，それは「死んでこの苦悩を忘れたい」（第85–86行）というものであり，息子たちへの愛惜とは直接かかわりのない形のものであった。

(24) コンモスとは，交唱の形をとる激しい嘆きの歌のこと。

(25) 彼は，実はすでに第769行においても一度，死への欲求を口にしていたが，それは，テセウスが将たちの遺体を手ずから洗い世話を焼いた，という報告を受けたときのことであった。すなわち，まだ遺体を目にする前だが，やはり遺体の様を生々しく思い浮かべたときのことであったと言える。

(26) エウアドネは，悲しみのゆえに命を絶つだけではなく，火葬の薪に投身することによって遺体と「一緒に死ぬ」ことを目指している（第1007行，1063行)。生々しい遺体の存在が，投身自殺の契機になっているのである。

(27) 言葉の上で死を望むということは，もちろん本意としてではなくただ修辞的に語っているという場合もありうる。しかし，エウアドネのエピソードは，悲痛が本当に死へと繋がることもあるということを示す役割を果たしている。

(28) Toher (2001), 338 は，アドラストスが，嘆きに浸ることによって女性の領域に立つ者となったが，葬礼演説を語ることによって王としての立場に戻るのだと指摘している。

(29) ツキュディデス第2巻34節を見よ。Loraux (1986a), 264–87 ; Loraux (1998), 37 も見よ。

(30)「力の抜けた」(ἀμενής)：第1116行；「力がない」(οὐ ... ῥώμη)：第1116–17行。

(31)「彼らは行ってしまった」(βεβᾶσιν)：第1138行，1139行；「汝は行ってしまった」(ἔβας)：第1162行。

(32) 松平訳（1992)。ただし，〔　〕の部分は改変してある。この箇所の訳の問題については，第 2 章 2–3 節を見よ。

(33) Alc. fr. 400. 1 ; A. *Th.* 1011 など。

(34) 第 844 行の εἶδον《エイドン》（見た）は，一人称単数形と解する立場と三人称複数形とする立場とがあるが，私たちにとっては，どちらであっても大差はない。

(35) プラトン『ラケス』においては勇気と大胆さの違いが争点の一つになっている。このことは，一般にはその二つが同一のものとみなされていたという事情があることを表している。

(36) 橋本訳（1991)。ただし原文にもとづいて一部改変した部分を〔　〕で囲った。

(37)「それぞれの戦死者について，真に当人の手柄であることもそうでないことも引き合いにだし，それを言葉を尽くしてこの上もなく美しく飾りたて……」(Pl. *Mx*. 234. c–235. a, 津村訳（1975))。そのほかにも，アテナイの葬礼演説においては，戦死者全員が武勇《アレテー》を示したとか，戦績が戦死者だけに帰せられるなど，現場での正確な観察にもとづかない賛辞が珍しくないことについては，Yoshitake (2010), 363–77 を見よ。

(38) ここにはまた，テーバイとアルゴスのどの将とどの将が対戦するかという点を強調した使者の語り（A. *Th.* 375 以下）を描いたアイスキュロスに対する，エウリピデスの対抗心もあるかもしれない。

(39) 戦死者はその政治的道義的正当性によってでなく，武勇《アレテー》を発揮したことによって称えられるというのが，アテナイの葬礼演説における定石であった。

(40) Kitto (1961), 224 ; 橋本（1991), 413–14 など。

(41) Burian (1985), 142 ; Warren & Scully (1995), 10.

(42) ギリシア悲劇で，機械仕掛けで登場する神のこと。突然現れて将来のことを予告したり，とるべき道を示したりすることが多い。

(43) Warren & Scully (1995), 18.

(44) エピゴノイ（後に生まれた者たち）は，テーバイを攻めた七将の息子たちの呼び名である。

(45) Burian (1985), 154.

第 9 章　誅殺できないならこの館を焼いて……

(1) カロスの語には，大まかに分けて，何らかの〈卓越〉を表す場合と何らかの〈問題なさ・適切性〉を表す場合とがあるのであったが，この劇では，死を修飾する場合（第 781 行，1152 行）以外でも，それが一般的な妥当性を表す場合（第 467 行，893 行，1105 行）や，正義とは違う観点から見た適切さを表す場合（第 194 行，417 行）や，巧妙さを表す場合（第 1093 行，1131 行）が交錯しており，とくに第 819 行では「カロス（巧妙？）なことはカロス（適切？）でない」(τὸ καλὸν οὐ καλόν) などという逆説もコロスによって歌われている。この劇ではこのように，カロスという概念が注意深く使用されていると考えられる。それゆえなおのこと，カロスなる死というモチーフの使用にも我々は注意深く当たらなくてはならない。

(2) Arrowsmith (1958), 108 はここにデマゴギーを見る。Schein (1975), 62 はこの申し立て

をアンチクライマクスだという。ここでのカロスなる死の申し立ての意義については West (1987), ad 1152 も否定的である。

(3) Mullens (1940), 156 : 'beyond control' ; Pohlenz (1954), 418 : 復讐欲に支配されていて非道と評する；Wolff (1983), 354 : 'impulse of vengeance'.

(4) 性悪な仲間の唆し：Pohlenz (1954), 418 ; Parry (1969), 339, 342 ; Burkert (1974), 108. 縁者や世間の薄情と悪意：Falkner (1983), 295–96, 299 ; Porter (1994), 92 ; Komorowska (2000), 44–45. 腐敗した政治：Porter (1994), 53, 88. 世相に乗じた行動：Wolff (1983), 353 ; Burkert (1974), 107–08. ただし Porter (1994) や Komorowska (2000) はオレステスのかの行動は責めるに当たらないと言っている。オレステスの中に変化を認める者には，二つの考え方がある。劇中で堕落していったと言う者：Pohlenz (1954), Mullens (1940)（ほか多数）；途中で仮面が剝がれて性悪な本性が露呈してくると言う者：Conacher (1967), Schein (1975)。詳しくは第 4 節，第 5 節を見よ。

(5) Mullens (1940), 153, 157 ; Wolff (1983), 356 ; Conacher (1967), 223 など。

(6) μὴ γὰρ οὖν ζώιην ἔτι, / εἰ μὴ 'π' ἐκείνηι φάσγανον σπάσω μέλαν. / ἢν δ' οὖν τὸν Ἑλένης μὴ κατάσχωμεν φόνον, / πρήσαντες οἴκους τούσδε κατθανούμεθα. (1150) / ἑνὸς γὰρ οὐ σφαλέντες ἕξομεν κλέος, / καλῶς θανόντες ἢ καλῶς σεσωμένοι. (E. *Or.* 1147–52) 使用する『オレステス』のテクストは Diggle (1994) の校訂によるものである。

(7) オデュッセウス：*Od.* 1. 58, 10. 51 ; アキレウス：*Il.* 18. 98 ; アンドロマケ：*Il.* 6. 410–11 など。

(8) ソポクレス『アイアス』におけるアイアスの自殺は，状況が満足できないゆえの行為であるに劣らず，恥をさらすことに対する拒否の表明である。

(9) *Il.* 18. 32–34.

(10) West (1987), ad E. *Or.* 1152 は，この申し立ての意味を捉えかねている：'only it is not obvious what is so glorious about it.'

(11) {Ορ.} ἀλλὰ δῆτ' ἔλθω ; {Πυ.} θανὼν γοῦν ὧδε κάλλιον θανῆι. (781) / {Ορ.} εὖ λέγεις· φεύγω τὸ δειλὸν τῆιδε. {Πυ.} μᾶλλον ἢ μένων. (783) / {Ορ.} καὶ τὸ πρᾶγμά γ' ἔνδικόν μοι. {Πυ.} τοῦ δοκεῖν ἔχου μόνον. (782) (E. *Or.* 781–83). Morell が提案して以降，ほとんどのテクストは第 782 行を第 783 行の後ろに置いている。

(12) このほか，はなはだ屈折した見方ではあるが，放火した館の中でわが身を焼くということも，復讐行為（ヘルミオネの殺害）の只中で華々しく死ぬということとして，カロス・タナトスらしさの一つと言えるかもしれない。

(13) 彼の提案を詭弁・唆しととる向きもあるが，以上のことを踏まえると，ピュラデスは詭弁を弄してオレステスをヘルミオネ殺しへと唆していると断じるのは必ずしも当たっていない。むしろ誅殺に向けての自身の真摯な意欲を語っているのだと言えるだろう。

(14) κἀγὼ μὲν εὐγένειαν ἀποδείξω πόλει, / παίσας πρὸς ἧπαρ φασγάνωι (E. *Or.* 1062–63)

(15) Reinhardt (2003), 39 も，運命を英雄的に受けとめることが良き生まれの者のとるべき行動だと述べている。しかしそこでは，「英雄的に受けとめる」がどういうことなのかは明確化されていない。「よき生まれの者」（εὐγενής）に相応しい振舞いとはどういうものかを説明することは，確かに困難である。彼に期待される行動規範を踏みはずさないこ

とだと理解するのが実際的であろう。

(16) ただしこれは，「よき生まれの者」のすべきことはそれだけだ，ということではない。このことは重要である。

(17) ἐγὼ δὲ πάντως ἐκπνέων ψυχὴν ἐμὴν / δράσας τι χρῄζω τοὺς ἐμοὺς ἐχθροὺς θανεῖν, / ἵν' ἀνταναλώσω μὲν οἵ με προὔδοσαν, (1165) / στένωσι δ' οἵπερ κἄμ' ἔθηκαν ἄθλιον. / Ἀγαμέμνονός τοι παῖς πέφυχ', ὃς Ἑλλάδος / ἦρξ' ἀξιωθείς, οὐ τύραννος, ἀλλ' ὅμως / ῥώμην θεοῦ τιν' ἔσχ'· ὃν οὐ καταισχυνῶ / δοῦλον παρασχὼν θάνατον, ἀλλ' ἐλευθέρως (1170) / ψυχὴν ἀφήσω, Μενέλεων δὲ τείσομαι. / ἑνὸς γὰρ εἰ λαβοίμεθ', εὐτυχοῖμεν ἄν· / κεἴ ποθεν ἄελπτος παραπέσοι σωτηρία / κτανοῦσι μὴ θανοῦσιν, εὔχομαι τάδε. (E. *Or*. 1163–74)

(18) Willink (1986), ad *Or*. 1172–76 を見よ。England (1896), 354 ; Gow (1916), 81–82 ; Jackson (1955), 182–83 も見よ。

(19) Willink (1986) がテクストとして載せているのは Murray (1909) のものだが，注釈において支持されているのはこちら（England 提唱のテクスト）である。

(20) Wedd (1895), ad *Or*. 1172–4 ; Gow (1916), 81–82.

(21) 以上の解は Willink (1986), ad *Or*. 1172–76 が短く示唆していることの応用である。

(22) オレステスが第 1171 行で用いている〈命を放つ〉（ψυχὴν ἀφήσω《プシュケーン・アペーソー》）という言い回しは，選択的行動としての死をも表しうるし，死全般を表しうるものでもある（LSJ, s. v. ἀφίημι, II. 2 を参照せよ）。ここでは選択的行動としての死を表していると思われる。

(23) 復讐を果たさぬまま死ぬということが，自由人または良き生まれの者に相応しくないということはあるかもしれない。たとえば，Eucken (1986), 165 は，復讐行為のために死ぬことによって自由人らしい死が達成されると考えている。しかし，上で論じたように第 1170–72 行のオレステスは，自由人らしい死に復讐達成が加わったら幸運なのだと言っている。つまり彼は，復讐を達成せずとも，自由人らしい死は達成できるつもりなのである。

(24) 自然死なども自由人らしい死に含まれるだろうが，それは「他人の統制の下でなく」という意味においてのことである。しかるに，エウリピデス『ヘラクレイダイ』第 559 行の ἐλευθέρως《エレウテロース》（自由に）で修飾されたマカリアの死や，同『ヘカベ』第 550 行の ἐλευθέρα《エレウテラ》（自由な女として）で修飾されたポリュクセネの死は，その意味を超えて，「自身の統制の下で」という意味で使われているというべきだろう。

(25) 第 1163–64 行でオレステスが，「最後の息を吐き出しながら敵に復讐を果たしたい」と言っていたことは，復讐行為と死の同時性により，第 1152 行でピュラデスが〈カロスなる死を遂げることができる〉と言っていたこととよく重なり合う。このことも，オレステスのこの演説の一貫性を高めるものである。

(26) トロイア戦争のためにアガメムノンが供した，イピゲネイア（オレステスの姉）の命の代償を求めるということ。第 658–59 行を参照せよ。

(27) 第 1171 行も参照せよ。

(28) その意味では，オレステスがヘルミオネを殺そうとするのは，アキレウスの亡霊が自身の取り分としてポリュクセネの命を所望したことに似ている（e.g. E. *Hec*. 40–41）。しかし，トロイア戦争の功労者，しかももはや生身の人間ではないアキレウスと同じ資格

を，オレステスが有していないことは明らかである。

(29) εἰ μὲν γὰρ ἐς γυναῖκα σωφρονεστέραν / ξίφος μεθεῖμεν, δυσκλεὴς ἂν ἦν φόνος·（E. *Or.* 1132–33）

(30) 第三者を殺すという復讐の例としては，夫に復讐するために子供を殺すメデイアやプロクネ，息子を殺された復讐としてポリュメストルの子供たちを殺すヘカベが挙げられる。しかし，男が第三者への危害をもって相手への復讐とするというケースは，神話の中ではほとんど見当たらない。アトレウスは，テュエステスに復讐するとき相手の子供たちを殺すが，この復讐の本質は相手にその子供の肉を喰わせるというところにある。アイギストスは，父テュエステスがアトレウスから受けた仕打ちへの仕返しとして相手の息子たるアガメムノンを殺すが，それは，アトレウスがすでに死んでいて直接相手を害せないという状況でのことである。

(31) Zeitlin (2003), 326–27.

(32) もちろん，ヘレネを殺すということにもどれだけの妥当性があるのかは，ピュラデスの主張にもかかわらず，自明ではない。しかしそれはこの際問題ではない。

(33) Steidle (1968), 115 ; Erbse (1975), 449 ; West (1987), 34.

(34) もしメネラオスが市民への説得を試みたとしても，オレステスらがヘレネ誅殺を成功させて市民の支持を得るに至っているわけではないから，エレクトラが最初に目論んでいたほどの確実な成果は望めなくなっている。この事情も，上のように解することの妥当性を裏付ける。

(35) それを制止するのは，その直後に登場するアポロン神である。このことが示唆するのは，メネラオスにはオレステスを制止できる力がなかったということである。

(36) 誰に向けての復讐か，何事に対する復讐か，妥当な復讐か否かについての考えはまちまちだが，復讐ということを明記する研究者には次の人たちがいる。Mullens (1940), 156 : コントロールが効かなくなった，血で血をという復讐；Falkner (1983), 296 : 若者オレステスが大人たちの流儀を真似た復讐；Eucken (1986), 167 : メネラオスの侮辱を目指した復讐；Komorowska (2000), 46, 52 : 社会から受けた侮辱にも触発された同害復讐 (talion)。メネラオスに対する貸しの不正な取り立てとみる Wolff (1983), 352 もこれに連なる。復讐とも何とも名づけない人は多いが，復讐と見ることにあえて意見する人は少ない。ヘルミオネ殺しが過剰な復讐だと考えても，復讐にとどまるものではないと主張する人は稀である。Porter (1994) は，公認された復讐だとみなしつつも（id. 82–84），腐敗した社会に対する反乱・抗議（id. 53, 88–89, 97）でもあるとする特殊な例である。しかし，オレステスが社会に対して批判的メッセージを呈しているのだと見ることにはあまり賛成できない。

(37) オレステスの要求に対してメネラオスが示す反応の鈍さも，民会がそのような脅しには動じないものであることを示唆している。ヘルミオネの殺害はポリスにとって許しがたいことであるのは当然であるが，テュンダレオス一味や民会にとっては，ヘルミオネの死がどれほどの痛手になるのかは不明瞭である。

(38) ἐπεὶ δὲ κατθανούμεθ’.（E. *Or.* 1098）

(39) 民会の決議に対する向けようのない不満を，ヘルミオネ殺しという形で晴らすのだと

言ってもよいかもしれない。それは，誰に対する復讐というのも当たらないし，Porter (1994), 88 の言うような社会への反抗というのも正確ではない。

(40) 心情のレベルでは彼らは，〈どうせ死ぬことになっているのだから，何も恐れたり遠慮することもなく，どうしてもやりたいことをしてしまおう〉という気持ちであるかもしれない。しかしここで重要なのは，〈彼らが死なねばならなくなったこと〉との引換えに，彼らの企て（最初はメネラオスへの復讐ということだが，ヘレネ誅殺，人質殺しへと膨張してゆく）が発案されているという事実である。

(41) メネラオスへの復讐は，ヘルミオネ殺しのマイナーな意味とでも言うべきものである。この殺しはまた，イピゲネイアの生命というアガメムノン家からメネラオス家への貸しの，等価な取り立てであるとも言える。ただし，命の引渡しと取り返しの様態が著しく異なるので，もはや単なる貸しの取り立てではない。このほかにも，ヘルミオネ殺しには，オレステスが〈自分の死出の道連れ〉を確保するという意味を見出すこともできる。

(42) もちろんオレステスは，直接民会に働きかけているのではなく，アルゴス人らを説得するようにメネラオスに要求しているだけである。しかしヘルミオネの命を盾にしたその要求は民会にとっても脅威である。実際メネラオスは，「彼は生きようとしてポリスに無理を働いている（βιάζεται πόλιν ζῆν《ビアゼタイ・ポリン・ゼーン》）」（第 1623–24 行）という言葉を用いて，これをポリス全体に対する暴力（βία《ビア》）として捉えている。ただし，それがどれだけの影響力を持つかは，上注に述べたとおり不明瞭である。

(43) ἀλλ’ εἶ’ ὅπως γενναῖα κἀγαμέμνονος / δράσαντε κατθανούμεθ’ ἀξιώτατα.（E. *Or*. 1060–61）

(44) 戦利品である女クリュセイスを奪われた腹いせにアキレウスから女ブリセイスを横取りした者としてのアガメムノン。『イリアス』第一巻参照。

(45)「道義」という言葉を，ここでは「守るべき道」の意で用いる。たとえば，裁きに従う，命をかけた勝負の結果を潔く受け容れる，道理に合わぬことをしないなどのこと。それは必ずしも正義と同じものではない。

(46) 名のみの名誉ではなく，称えられるに相応しいものを持ち，そしてしかるべく評価されることという意味での名誉のことである。

(47) オレステスを捉えていると思われる〈侮辱を許さぬ心〉は名誉意識の一部ではあっても〈よきものへの配慮〉とは別ものである。ここで私が意図する〈よきもの〉とは，人々の声望や尊敬を集め維持する根拠となるような事柄であり，「生まれよき者」が目指し守るべきもののことである。

(48) オレステスは第 396 行で，自分の病は σύνεσις《シュネシス》（認識）だと語るが，この言は自分の果たした母殺しという所業のおぞましさを認識する（σύνοιδα δείν’ εἰργασμένος）に至って苦しんでいることを表すものであった。このシュネシスとは，自分の行動に対する客観的認識のことだと解される。この劇は，彼がそのようなシュネシスのない状態に再び陥るさまを描いていると言えるだろう。丹下 (1996), 244–47 は，死を免れたオレステスがシュネシスという魂の痛みを苦しみ続けるということを強調するが，この劇自体が克明に描いているのはむしろ，彼がそれを軽率に忘れ去ってしまう様だ，というのが私の考えである。

(49) 必ずしもこれら三つの立場が排他しあうものではなく，二つにまたがる立場もある。

(50) 受けた酷い仕打ちに感化されてのことだと言うのは，Pohlenz (1954), 421 である：敵の無分別や下劣さと戦ううちに自らも高貴さを失う；Falkner (1983), 296 : メネラオスやテュンダレオスなど大人たちの流儀をまねた；Porter (1994), 53, 88 : 腐敗し悪意に満ちた世界の不正に直面した人物の当然な反応；Wolff (1983), 341, 352 : 正義でなく政治力によって裁かれて，常習化された世間の不正と一体化した。

(51) 仲間に唆されてのことだと言うのは，Mullens (1940), 155–56 である：ピュラデスのヘレネ殺し提案は誘惑であり，エレクトラの人質提案が卑劣さを仕上げする；Parry (1969), 339–43 : 理性と人間的思慮を欠いた友らがオレステスの躓きをもたらす；Burkert (1974), 74, 108 : ピュラデスは良心もためらいもない人間で，行動の正当性を気にするオレステスに殺しを薦めて，ヘタイリア（徒党）の危険性を思わせる存在である。

(52) 隠されていた本性の現れだと言うのは，Arrowsmith (1958), 107–08 である：生き延びるためにヘレネ殺しとヘルミオネ捕獲を決意することで，オレステスの犯罪者的本性が明らかになる；Conacher (1967), 217 : オレステスの変化は，（堕落というよりも）復讐者という元来の姿が無意識的に露見したプロセスなのかもしれない；Schein (1975), 54 : 劇中で各人物がマスクを脱ぎ捨てて下地を見せるに至る。

(53) Willink (1985), lii も，死なねばならぬという状況が，そのような立派さを生み出すのだと指摘している。

(54) たしかに，死の埋め合わせへの熱意は第 1098 行からあったと言えるが，ヘレネに逃げられるまでは，それは大義のもとになされるものだったのであり，名誉をはっきりと傷つけるようなものではなかった。実際，ヘレネ誅殺を目指していたときには，名誉や信義や道義などどうでもいいと割り切る必要はなく，〈よきものへの意思〉に反してまでも行動するか否かということは問題にならなかった。しかし，ヘレネを失ったいま，それは破廉恥な人質殺しによってしかできなくなっている。状況が変わったことによって，ことが問題化してきたのである。エウリピデスは，〈ある行動が最初の状況においては達成するのに何の問題もないように見えていたのに，状況を変化させることによりその行動の問題点を抉り出し批判する〉という分析手法を『ヘラクレス』においても見せている。これについては Yoshitake (1994), 141–42 を見よ。

(55) このことは次のような事態と似ている。すなわち，金が最小限しかなければ品行方正な暮らしをする人が，金を潤沢に持つと放埒な暮らしをして何らかの問題を引き起こすという事態，あるいは，本来は誠実な人物なのに目の前に置かれたものに誘惑されて不正を犯してしまう，というような事態。

(56) 彼は皮肉にも，「生まれのよさ」の証しにならない部分でアガメムノンの血筋を表してしまったと言うべきかもしれない。ところで，この埋め合わせ欲求こそがオレステスを特徴づける本性だとすることは適当でない。少なくともオレステスの場合，それはアポロンの指示で霧散する程度の一時的なものに過ぎない。彼が最初から恨みに身を焦がしていたわけではなく，ヘレネ殺しのアイデアを持ちかけられるまでは，そういうこともなしに済んでいたのである。

(57) Willink (1986), ad *Or.* 1491 を参照せよ。

(58) 現在分詞を用いながら「私の魂を吐出しつつ（ἐκπνέων《エクプネオーン》），敵に何がしかのことを果た

した上で死にたい」（第 1163-64 行）と言うのは，復讐が死と同時に叶えられることを欲しているということである。それは，復讐が叶ったらすぐに死んでもよいということとほとんど同じである。

(59) ソポクレス『エレクトラ』のオレステスが母殺しについてまったく躊躇を見せないのは，例外的なオレステス像であるように思われる。

(60) オレステス自身の中に彼の問題行動の原因を見るという意味で，私の見解は上述の(3)の研究者たちのそれと似ていると言える。しかし私は，オレステスの中に悪辣を見るのではなく，弱さ・不確かさを見る。Schein (1975), 64 はオレステスの精神的な不安定さ（mental instability）を指摘している。中務（1990), 410 も同様。

(61) 彼が往々にしてピュラデスと一緒に現れ，ピュラデスの助言を受けながら行動することが多いということも，このことと無縁ではない（E. *IT.* など)。アイスキュロス『コエーポロイ』では，ピュラデスの助言が重要な役割を果たす（900-02)。エウリピデス『エレクトラ』においてもソポクレス『エレクトラ』においても，ピュラデスはダンマリとしてだが登場し，館中での殺害場面に立ち会っている。そこでオレステスがためらいを見せたか否かは何も示されていないが，彼らは，先行するアイスキュロス『コエーポロイ』が描いたイメージをあえて否定しようとはしなかったということができる。

(62) Wolff (1983), 340 は，この劇がオレステスの神話の中での「カッコ内の話」(parenthesis）をなすものだとうまく言い当てている。

(63) Parry (1969), 352 は，アポロンの措置は「論理的帰結」(logical outcome）でないと表現している。

(64) 神話では，オレステスがヘルミオネを娶り，のちにアルゴスとスパルタの王座を継承することになっている。

(65) ソポクレス『アイアス』におけるアイアスも，自分の受けた難儀について，やはり八つ当たり的な途方もない埋め合わせをしようとしてアテナ女神に制止されたが，それに続く女神の処遇は『オレステス』とは対照的で，彼は死ぬほかなくなるような屈辱を味わわされる。彼はその結果，せめて自分のよき本性の証しとして（*Aj.* 470-78）自刃を選ぶわけであるが（第 6 章を見よ)，それはまさに，『オレステス』の中で彼が最終的になげうってしまうことである。エウリピデスは多分にかの劇を意識して『オレステス』を作っていると思われる。

(66) 皮肉にもオレステスは，自刃にせよ誅殺にせよ果敢な行動をとらなかったからこそ救われる可能性を残していたのだと言うことができる。

(67) 館が焼け落ちるならば，刺殺されるか否かにかかわらず，ヘルミオネは死ぬことになる。

(68) 予言のこの部分は，オレステスがヘルミオネを殺そうとしていたのが実は，復讐というよりもむしろ，〈死の道連れを所望するということ〉にほかならなかった，ということを示唆するものである。

(69)「悪夢」(nightmare）というアイデアを，Arrowsmith (1958), 110 ; Parry (1969), 352 ; Mullens (1940), 157 も用いている。

(70) West (1987), 37 は，オレステスらが悪事もなさず従順に自害しようとするところをア

ポロンに救出されるというシナリオもありえたが，エウリピデスはそれを採らなかったと指摘している。そこからも分かるように，エウリピデスはオレステスが醜悪に振舞うさまをあえて描こうとしたのである。

(71) Arrowsmith (1958), 110 は，オレステスが救われても悪夢は残ると言う。Wolff (1983), 356 は，現実と myth の乖離は治癒できないと言う。Mullens (1940), 157 は，空想的状況を提示することで却って現実を強調していると言う。

(72) 自刃するのかもしれないし，焼死するのかもしれないが，いずれにせよ敵の手によらず自分たちの意志で死ぬということになる。

(73) もちろん，潔く自害すること自体，ピュラデスの申し立てていたほどよいものかどうかは怪しい。それがカロス・タナトスと称するには足りないものであることはほとんど自明である。それであってもなお，ヘルミオネを殺すことなしに潔く自刃するなら，名誉を守るためには死をも厭わない者であることが一応は証されるのであって，そのぶんだけマシなのだということが重要である。単純に，潔く死ぬのがよいということではまったくない。不正な裁定にただおとなしく従うことはある意味では愚かしくもある。

(74) 全ギリシア人のための復讐という大義はあっても殺すことは許されるのか，あるいは，ゼウス神の娘を殺したらどういうことになるか等の問題。

(75) アポロンの措置の意味については，従来次のようなことが語られてきた。いたずらに泥沼にはまり込んだ状況を打開する（Spira 1960, 140–41）；そうなったかもしれない状況を出現させることによって現実を強調しオレステスの堕落を描いている（Mullens 1940, 157）；現実と神話の対置によりいかなる解決も不可能だということを示すものであり，アポロンの出現自体が実現不可能な望み（impossible wish）である（Arrowsmith 1958, 110–11）；神話と現実の乖離を表している（Wolff 1983, 355）；表面上の救いによって内実での救いの無さを映し出すブラックユーモアである（Parry 1969, 452）；劇の幻想を壊しこれはただの劇なのだということを示して観衆を現実に引き戻す（Zeitlin 2003, 337）など。これらのいずれにも私は特に反対するものではない。しかし私が考えるのは，アポロンの措置はそれまでの劇展開と相俟って，もっと具体的で現世的なメッセージを観衆に伝える役目を果たしているだろうということである（中村 1979, 188 は，すでに二人の交渉が第 1617 行で成功したあとなので，アポロンの措置は様式化された趣向の繰り返しに過ぎないと言う。しかし，オレステスが第 1618–20 行でなお放火指示へと突き進むことを軽視するべきではないだろう）。

第 10 章　その男が正義の網にかかったのを見た私には……

(1) ὀλέσθαι《オレスタイ》（「滅びる」）の希求法一人称単数形で，「私は滅びたい」あるいは「私は滅びるがよい」という意味。

(2) *Ch.* 438 では，歌唱部分であるため ὀλοίμαν《オロイマーン》 という形をとっているが，*Ch.* 1006 の ὀλοίμην《オロイメーン》 と同じことである。この章では，両者をあわせて示そうとするときには，ὀλοίμην《オロイメーン》 と記すことにする。

(3)『オレステイア』の 3 作のテクストは，D. Page 校訂による OCT のもの（1972 年）を用いる。

(4) ①：「人々は称えながら嘆く，／ある男は戦いの名手であり，／ある男は殺戮の中でカロスに倒れた――『他人の／女のために』と。」（στένουσι δ᾽ εὖ λέγοντες ἄν- / δρα τὸν μὲν ὡς μάχης ἴδρις, / τὸν δ᾽ ἐν φοναῖς καλῶς πεσόντ᾽— "ἀλ- / λοτρίας διαὶ γυναικός"·）(*A*. 445–49)

(5) ②：χαίρω, † τεθνᾶναι δ᾽ οὐκέτ᾽ ἀντερῶ θεοῖς. †（*A*. 539）

(6) ③：ὡς νῦν τὸ σὸν δή, καὶ θανεῖν πολλὴ χάρις.（*A*. 550）

(7) ④：「そのような意地悪な情報のゆえにです，／上から下がったいくつもの輪縄を，ぎっちり押えられた私の首から／別の人たちが解くことになったのは。」(*A*. 874–76)

(8) ⑤：「幸福者と呼ぶべきは，／いとしい安寧の中で生を終えた者だ。」(*A*. 928–29)

(9) ⑥：「私は，ちょうどよい打撃を受けて，／よく死を導く流血がなされて，痙攣することなく／この目を閉じることができるようにと祈る。」（ἐπεύχομαι δὲ καιρίας πληγῆς τυχεῖν, / ὡς ἀσφάδᾳστος, αἱμάτων εὐθνησίμων / ἀπορρυέντων, ὄμμα συμβάλω τόδε.）(*A*. 1292–94)

(10) ⑦：ἀλλ᾽ εὐκλεῶς τοι κατθανεῖν χάρις βροτῷ.（*A*. 1304）

(11) ⑧：ἀλλ᾽ οὐκ ἀνεκτόν, ἀλλὰ κατθανεῖν κρατεῖ·（*A*. 1364）

(12) ⑨：「ああ，いかなるモイラ（死の運命）が，すぐに，過ぎたる痛みなしに，／長患いすることもなく，／常に私たちの中に終わりなき眠りをもたらすものとして／やって来てくれるだろうか。」（φεῦ, τίς ἂν ἐν τάχει, μὴ περιώδυνος, / μηδὲ δεμνιοτήρης, / μόλοι τὸν ἀεὶ φέρουσ᾽ ἐν ἡμῖν / Μοῖρ᾽ ἀτέλευτον ὕπνον, ...）(*A*. 1448–51)

(13) ⑩：「おお，大地よ大地よ，なんとか私を受け入れてほしかった，／このお方が銀の縁の湯船を／寝床にしているのを見ないうちに。」（ἰὼ γᾶ γᾶ, εἴθ᾽ ἔμ᾽ ἐδέξω, / πρὶν τόνδ᾽ ἐπιδεῖν ἀργυροτοίχου / δροίτης κατέχοντα χάμευναν.）(*A*. 1537–40)

(14) ⑪：οὕτω καλὸν δὴ καὶ τὸ κατθανεῖν ἐμοί, / ἰδόντα τοῦτον τῆς δίκης ἐν ἕρκεσιν.（*A*. 1610–11）

(15) この行の話者はテクストにより異なっている。

(16) ⑫：ἀλλὰ κἀγὼ μὴν πρόκωπος οὐκ ἀναίνομαι θανεῖν.（*A*. 1652）

(17) 神によって強いられるなら反対はしない，ということであって，積極的にそれを受け容れるということではない。

(18) 実際，καλόν にあたる部分の訳には，'with honour' をはじめ 'fine'，'sweet'，'welcome' という訳が行われている。いくつかの訳は第 2 節で紹介する。

(19) ⑬：「ぜひともイリオンで／リュキア人の誰かに，父よ，あなたは／槍で衝かれて撃たれていたらよかったのに。」（εἰ γὰρ ὑπ᾽ Ἰλίῳ / πρός τινος Λυκίων, πάτερ, / δορίτμητος κατηναρίσθης·）(*Ch*. 345–47)

(20) ⑭：「(あなたは) かの地でカロスに死んだ者たちに慕われて，／地下でひときわ/名誉のある王となり，／この上なく偉大なかの地下の支配者たちに／侍するお方ともなっていたであろうに。」（φίλος φίλοισι τοῖς ἐκεῖ καλῶς θανοῦ- / σιν, κατὰ χθονὸς ἐμπρέπων / σεμνότιμος ἀνάκτωρ, / πρόπολός τε τῶν μεγίστων / χθονίων ἐκεῖ τυράννων·）(*Ch*. 354–59)

(21) ὀλοίμαν をここでは一応「滅びるがよい」と訳すが，希求法によって表されている限りの願いなのであって，「滅びたい」でもありうる。どう訳すのが妥当かは，検討なくして安易には決定できない。この問題については第 3 節を見よ。⑯についても同じ。

(22) ⑮：「父への非礼の報いを，やがて彼女は支払うことになる，／神々により／私たちの手によりだ。／そののち，彼女を殺した上で私は滅びるがよい。」（πατρὸς δ᾽ ἀτίμωσιν ἆρα

τείσει, / ἕκατι μὲν δαιμόνων, / ἕκατι δ' ἀμᾶν χερῶν. / ἔπειτ' ἐγὼ νοσφίσας ὀλοίμαν.)（*Ch.* 435-38）

(23) ⑯：「そのような女が家の中に一緒にいて／ほしくはない。私はそれより先に，神々の意志により子もなく滅びるがよい。」（τοιάδ' ἐμοὶ ξύνοικος ἐν δόμοισι μὴ /γένοιτ'· ὀλοίμην πρόσθεν ἐκ θεῶν ἄπαις.）（*Ch.* 1005-06）

(24) この問題については，Lesky (1943), Srebrny (1964), Lebeck (1971), Garvie (1986) が気づいているが，いずれも，ὀλέσθαι という言葉がこのように用いられていることにより，結局何が表されているのかを突き詰めて考察することはせずに終わっている。

(25) ⑧の表現を応用すれば容易に可能である。

(26) アマゾンとは，伝説上の，戦闘と狩猟を事とする女性だけの民族。

(27) ⑰：「なぜなら，素性正しい男子が，／ゼウスから授けれられた王笏で祝福されながら死ぬことと，／女の手によるそれとは違うのだ，それも／アマゾンのような誰かの勢いのある遠矢によってではなくて，／汝がこれから聞くようにしてだ，アテナ女神よ，また／この件について判定を下すために投票に臨んでいる方たちよ。」（*Eu.* 625-30）

(28) アガメムノンの父アトレウスとアイギストスの父テュエステスは兄弟である。アトレウスは，妻と姦通したテュエステスを食事に招いて，相手の子供たち（アイギストスの兄弟）の肉を入れた料理を食わせた。

(29) ἐμοί の意味は，「私にとって」と「私において」という二通りが考えられるので，ここではその点をあえて曖昧に訳す。

(30) οὕτω καλὸν δὴ καὶ τὸ κατθανεῖν ἐμοί, / ἰδόντα τοῦτον τῆς δίκης ἐν ἕρκεσιν.（*A.* 1610-11）

(31) 第 1610 行に対する主な訳を，タイプ別に分け，καλόν と ἐμοί にあたる部分に下線を付して記す。(ア)のタイプ：Sommerstein (2008): 'So, truly, even death would be fine for me now...'; 久保 (1990)：「もう私は，死んでも，悔いはない。」(イ)のタイプ：Mazon (1925, Budé): 'Aussi la mort même me semblerait douce...'; Smyth (1926, Loeb): 'So even death were sweet to me now that...'; Thomson (1938): 'And now to die were sweet...'; Fraenkel (1950): 'This being so, even death would now be welcome to me...'; Staiger (1958): 'So wäre selbst das Sterben mir willkommen jetzt...'; Lloyd-Jones (1982): 'So even death is agreeable to me...' (ウ)のタイプ：Verrall (1904): 'And now I can even die with honour...'; Lattimore (1947): 'Now I can die in honor again, if die I must...' しかるに，Lloyd-Jones (1982) の 'agreeable' は，(ア)のようにも(イ)のようにも見えるが，*A.* 539 に付された注によれば，これは(イ)を意図しているようである。一方，'I would consider even death a beautiful thing...' と訳す Peradotto (1969) は，(イ)と(ウ)の中間と言うべきか。

(32) 第 1610 行に対して，Fraenkel (1950) の注釈書は 'For the thought, cf. 539, 550' と述べているだけであるし，Denniston-Page (1957) の注釈書は言及なしである。Lloyd-Jones (1982) も *A.* 539 への注を見よと記すが，そこを見ると，'May I die, if only this or that prayer is first granted' というのは慣用的言い回しだ，と記されているだけである。Thomson (1938) の注釈でも，これとほぼ同じ扱いである。

(33) カロスの語が〈問題ない〉という意味で死を形容していると明確に判定できる最古の例が，Hdt. 1. 32. 23 であることは第 5 章で示したとおりであるが，ヘロドトスがその箇

所を書いた時期がいつ頃なのかは不明である。おおむね前 490–25 年を生きたとされる彼は，『オレステイア』の上演年（前 458 年）に 30 歳少し過ぎだったことになるから，彼がその箇所を書いたのはそれより前であることも後であることもありうるだろう。しかしそのことはさほど重要ではない。私たちにとってより重要なのは，第 5 章で検討した「問題ない死」の全例 8 件を俯瞰するなら，『オレステイア』の上演年にはまだ，カロスの語が死を「問題ない」という意味で修飾する例はきわめて稀だったということである。

(34) Αἴγισθ', ὑβρίζειν ἐν κακοῖσιν οὐ σέβω.（*A.* 1612）

(35) この劇では，カロスなるものとして表される死が，第 1610 行のほか 2 件あり（*A.* 447, *Ch.* 354），それらはいずれも，立派な戦死を表すのに使われている。

(36) その場合，καλόν は人々の心に映る客観的評価を表し，ἐμοί の与格はそういう事態が起こる場を表すものとして解することになる。

(37) καὶ τοῦδε τἀνδρὸς ἠψάμην θυραῖος ὤν,（*A.* 1608）

(38) ἅπτειν というのは，基本的に，接触を表す動詞である。

(39) σὺ δ' ἄνδρα τόνδε φῂς ἑκὼν κατακτανεῖν, / μόνος δ' ἔποικτον τόνδε βουλεῦσαι φόνον ;（*A.* 1613–14）

(40)『オデュッセイア』においては，アガメムノンを殺したのはアイギストスということになっているし（*Od.* 11. 410），ソポクレスでははクリュタイメストラと二人で殺したとしているし（S. El. 97–99），エウリピデスでも同様である（El. 885, 916. cf. 970, 1046, 1160）。これに対して，『アガメムノン』のコロスは第 1635 行（οὐκ ἔτλης αὐτοκτόνως）で，アイギストスは手を下さなかったときっぱり否定している。

(41) γύναι, σὺ τοὺς ἥκοντας ἐκ μάχης νέον— / οἰκουρὸς εὐνήν〈τ'〉ἀνδρὸς αἰσχύνουσ' ἅμα, / ἀνδρὶ στρατηγῷ τόνδ' ἐβούλευσας μόρον ;（*A.* 1625–27）

(42) カロスなる戦死が本来的に男性に属するものであることについては，本書第 6 章を見よ。

(43) カロスのこの意味は，プラトン『ヒッピアス（大）』(290c–294e) で注目されている。

(44) Buxton (1980), 26–35 は，快楽を含めさまざまな領域において，人間の分際を超えた者が盲目という制裁を受けて，帳尻あわせとでも言うべきものが起こる，という「神話の論理」が存在することを論証している。

(45) *Od.* 5. 121–24（オリオン）, 127–28（イアシオン）の例がある。*h. Ven.* 153–54 も，人間の分を超えた快楽に対して死という制裁が下るということを前提として語られたものだと言える。

(46) {Αι.} ἀλλ' ἐπεὶ δοκεῖς τάδ' ἔρδειν καὶ λέγειν, γνώσῃ τάχα· / εἶα δή, φίλοι λοχῖται, τοὔργον οὐχ ἑκὰς τόδε. / {Χο.} εἶα δή, ξίφος πρόκωπον πᾶς τις εὐτρεπιζέτω. {Αι.} ἀλλὰ κἀγὼ μὴν πρόκωπος οὐκ ἀναίνομαι θανεῖν. / {Χο.} δεχομένοις λέγεις θανεῖν σε· τὴν τύχην δ' αἱρούμεθα.（*A.* 1649–53）

(47) テクストについての議論は多数あるが，なかんずく Fraenkel (1950), ad *A.* 1650 ; Brown (1951), 133–35 ; Gantz (1983), 84–85 をみよ。

(48) πατρὸς δ' ἀτίμωσιν ἆρα τείσει, / ἕκατι μὲν δαιμόνων, / ἕκατι δ' ἁμᾶν χερῶν. / ἔπειτ' ἐγὼ νοσφίσας ὀλοίμαν.（*Ch.* 435–38）

(49) τοιάδ' ἐμοὶ ξύνοικος ἐν δόμοισι μὴ / γένοιτ'· ὀλοίμην πρόσθεν ἐκ θεῶν ἄπαις.（*Ch.* 1005-06）

(50) ⑮と⑯に対する主な既存訳は，次のとおりである。ὀλοίμην に相当する部分に下線を付す。Mazon (1925, Budé): 'Que je la tue—et que Je meure ! / Les dieux me fassent plutôt mourir sans postérité !' ; Lattimore (1947): 'Let me take her life and die for it. / Sooner let God destroy me, with no children born' ; Lloyd-Jones (1982): 'Then may I perish, once I have slain her ! / Sooner than that, may the gods make me perish childless !' ; Sommerstein (2008): 'Then, when I have removed her, let me die ! / May heaven destroy me and my seed for ever !'

(51) 'when I have gained my object let me die content.' 10例のうちの多くは，Pohlenz (1930), 60が挙げている例とも，Thomson (1938), ad *A.* 455が挙げている例とも重なっている。

(52) Garvie (1986), ad *Ch.* 438における掲載順。

(53) (a)：「私の財産と奴隷達と高い屋根の館を／目にした私からは，生命が離れさえしてもよい。」（καί περ πολλὰ παθόντα· ἰδόντα με καὶ λίποι αἰὼν / κτῆσιν ἐμὴν δμῶάς τε καὶ ὑψερεφὲς μέγα δῶμα.）（*Od.* 7. 224-25）

(54) トロイア王族の一人。アフロディテ女神との間に英雄アエネアスをもうける。

(55) (b)：「そのあと私は，女神達にも似た女人よ，／汝のベッドに入ったならばハデスの館へ下ることを欲するかもしれない。」（βουλοίμην κεν ἔπειτα, γύναι εἰκυῖα θεῇσι, / σῆς εὐνῆς ἐπιβὰς δῦναι δόμον Ἄϊδος εἴσω.）（*h. Ven.* 153-54）

(56) (c)：「この男が正義の網にかかったのを見た私においては，／このような次第で，死ぬことさえもカロスである。」（οὕτω καλὸν δὴ καὶ τὸ κατθανεῖν ἐμοί, / ἰδόντα τοῦτον τῆς δίκης ἐν ἕρκεσιν.）（A. *A.* 1610-11）

(57) (d)：「どうしたらできるだろうか，最も狡猾な／憎きペテン師と／二人組みの王とを滅ぼして，／最後に自分も死ぬということは？」（πῶς ἂν τὸν αἱμυλώτατον, / ἐχθρὸν ἄλημα, τούς τε δισ- / σάρχας ὀλέσσας βασιλῆς, / τέλος θάνοιμι καὐτός ;）（S. *Aj.* 388-91）

(58) (e)：「死ぬことに躊躇うことはなく，／目を閉じる用意もできている，／二重のエリニュスを捕えたうえでなら。」（οὔτε τι τοῦ θανεῖν προμη- / θὴς τό τε μὴ βλέπειν ἑτοί- / μα, διδύμαν ἑλοῦσ' ἐρινύν·）（S. *El.* 1078-80）

(59) (f)：「私の母の血を流した上で，私は死にたい。」（θάνοιμι μητρὸς αἷμ' ἐπισφάξασ' ἐμῆς.）（E. *El.* 281）

(60) (g)：「私はそれ（クリュタイメストラの死）を目にしたうえで死にたいものだ，何としても。」（εἰ γὰρ θάνοιμι τοῦτ' ἰδὼν ἐγώ ποτε.）（E. *El.* 663）

(61) (h)：「最も親しき者よ，それ（ヘレネの誅殺）を見たうえで私は死にたいものだ，何としても。」（ὦ φίλτατ', εἰ γὰρ τοῦτο κατθάνοιμ' ἰδών.）（E. *Or.* 1100）

(62) (i)：「それ（ヘレネの誅殺）をし遂げたうえでなら，私は二度死ぬことも恐れない。」（καὶ μὴν τόδ' ἔρξας δὶς θανεῖν οὐχ ἅζομαι.）（E. *Or.* 1116 ）

(63) (j)：「彼が息絶えたと聞いたときに，私は死にたいものだ。」（τεθναίην ὅτ' ἐκεῖνον ἀποπνεύσαντα πυθοίμην.）（Call. fr. 591）

(64) εἰ γὰρ は，動詞希求法に添えられて，その願望が強いものであることを表す。

(65) Goodwin (1992), §1507 ; Smyth (1984), §1814-19 ; Monro (1986), §299.

(66) Reinhardt (1949), 117-18.

(67) Smyth (1984), §1819 を見よ。ホメロスにおいて，καί を伴った希求法の願望表現が譲歩や許容の意味を持ちうることを指摘している。

(68) βούλομαι（私は欲する）を，可能性を表現する形で言ったもので，欲求を控えめに表すための慣用句である。

(69) 二重否定は，本来的には〈否定的ではない〉ということを表すものであって，必ずしも積極的肯定を表すものではない。本章第 1 節のリストの②⑫はその例である。しかし，「ためらいはしない」の場合は特殊で，そのまま「乗り気である」ということを意味する。

(70) Πεσούμεθ', εἰ χρή, πατρὶ τιμωρούμενοι（S. *El*. 399）. ここで現在分詞が使われていることは，復讐行為の最中の死を表し，カロス・タナトスを示唆するという点で重要である。

(71) κατθανεῖν は，LSJ (1996) に従い，「弱って死ぬ」(die away, perish）というほどの意味とみなす。

(72) LSJ のギリシア語辞書は，ὄλλυμι の中動相形（ὀλέσθαι）が生物に適用される場合，変死を表すと説明している（die, esp. a violent death)。

(73) εἴθε は，動詞希求法に添えられて，その願望が強いものであることを表す。

(74) ὀλέσθαι の希求法形が，自分または他人への呪いを表している事例は，アイスキュロスに 3 件：*Supp*. 36, 867 ; *Th*. 452. ソポクレスに 11 件：*Tr*. 383 ; *Aj*. 842 ; *OT*. 645, 662, 1349 ; *El*. 127, 291 ; *Ph*. 961, 1019, 1035, 1285. エウリピデスに 22 件：*Cyc*. 269, 272 ; *Med*. 83, 113, 659, 1329 ; *Heracl*. 52 ; *Hipp*. 407, 664, 693, 1028, 1325 ; *Andr*. 453 ; *Tr*. 772 ; *IT*. 535 ; *Ion*. 705 ; *Hel*. 162, 1215 ; *Rh*. 720, 875, 906, 907.

(75) ἄν を伴った希求法の動詞は，可能性を表す。

(76) πῶς ἂν ὀλοίμην ; 惨めな状態にいる人物が，自分はどうしたらそのまま死んでしまえるだろうかと自問するものが 3 件（E. *Alc*. 864 ; E. *Med*. 97 ; E. *Supp*. 796（＝33 post 763)），傷を受けた御者がそのまま惨めに死ぬ可能性を自問するものが 1 件（E. *Rh*. 751)。

(77) E. *Ph*. 350 ; E. *IA*. 658 は，剣，争い，災いなど無生物を主語としている。争い，災いという抽象的なものも含むので，悪しき消滅の仕方ということは思い浮かべにくい。ただし，いずれも忌まわしいものとして消滅が望まれているのであり，それにふさわしい悪しき結果を表そうとしていると思われる。三件のうち，残りの一件である A. *Supp*. 783 は，コロス（ダナオスの娘たち）を主語とする一人称で，黒い煙（μέλας καπνός）や埃（κόνις）のように消え失せることを望むものである。その周辺数行を見ても，そこで言われている ὀλοίμαν が「姿を消す」という以上の意味を持っているかどうかは判定しがたいが，同じスタシモンの後方では彼女らが凄絶な死に方を願望するに至るので（第 794-801 行），この語はそれへの不吉な布石であるように見える。

(78) A. *Th*. 552：「完全に破滅的に完全に悪しく」（πανώλεις παγκάκως τε）と修飾されている死；E. *Supp*. 944：息子たちの変わり果てた死体を見た母たちが遂げるであろう死；E. *HF*. 1268：ヘラ女神が幼いヘラクレスに対して悪意を持って意図した死。4 件のうち，残りの 1 件である E. *Hipp*. 364 は，恋に苦しむ王妃パイドラを見て，コロスが同じ心情に立ち至る前に死にたいと語るものである。求めているのが悪い死だと，ὀλέσθαι の語以外を手掛かりに断定することはできないが，悪い死を求めているとしてもおかしくないとは言える。この一件については注 105 のあとの補注で検討したい。

(79) 死への心よせの言葉が，〈他の欲求の激しさ〉を表す手段となっていながらも，それ自体もまた文字通りに死の願望を表しているという例は，ほかにも *Il.* 24. 226–27（με κατακτείνειεν Ἀχιλλεὺς：息子の遺体の返還を切望するプリアモス）や，*Il.* 18. 98（τεθναίην：ヘクトルの打倒を切望するアキレウス）がある。いずれも，本当は死んでしまいたいと思っているような状況で語られている（プリアモスについては *Il.* 24. 226 の βούλομαι を，アキレウスについては *Il.* 18. 34 を参照せよ）。

(80) 前注のプリアモスもアキレウスも，死願望を希求法単独用法で表しているわけだが，自分の死を願ってはいても，自分の意思や自分の手で積極的に死のうと思っているわけではないことは明らかであろう。そのような状況で自殺するのは男のすることとはみなされていなかった，ということについては，Yoshitake (1994), 144–45 を見よ。

(81) Zeitlin (1965), 496 は，オレステスが母殺しに嫌悪感を感じていて，果たしたあとに死にたいと自分でも願っている，と解しているが（‘He wishes just to do the thing and then die himself’），この最後の点には私は賛成しない。

(82) Πυλάδη, τί δράσω ; μητέρ’ αἰδεσθῶ κτανεῖν ;（*Ch.* 899）

(83) τὸ μὴ χρεὼν πάθε.（*Ch.* 930）

(84) 第 438 行のアオリスト分詞 νοσφίσας（殺した上で）が，クリュタイメストラであるはずの目的語を欠いているのは，オレステスが母殺しをあからさまに語ることを忌避していることの現れだ，と言う Goldhill (1984), 148 は正しいと思われる。

(85) Pohlenz (1954), 60 は，第 438 行の ὀλοίμαν は母殺し後の「良心の苦悩」を思い浮かべることを促すものではないと言い，Reinhardt (1949), 118 は，第 438 行が表しているのは絶対的な意志であって，「良心の格闘」や「克己」ではないと述べている。なお，日本語の良心には曖昧な響きがあるが，ここで記す「良心」は conscience, Gewissen を指すものとする。それは，表面的な意味では「善悪の意識」ないし「罪の意識」，根本的な意味では「認識」のことである。

(86) Dodds (1973), 61.

(87) スネル（1974), 312 ; Stebler (1971), 118–19. ただし Cairns (1993), 303 は，悲劇の中で最初だとする。Willink (1986), ad E. *Or.* 396 は，この σύνεσις は ‘*scientia mali*’（悪の認識）であって，‘conscience’（良心）とは違うと述べている。LSJ (1996), s. v. (III) はこの箇所を挙げて ‘conscience’ と訳しているが，私はここで，*scientia*（認識）とは別物としての良心（conscience）という概念を持ち出すつもりはない。

(88) ἡ σύνεσις, ὅτι σύνοιδα δείν’ εἰργασμένος.（E. *Or.* 396）丹下（1996), 239 は，この σύνεσις を，「大それたことを仕出かしたということを知っていること――自意識，およびその自意識がまた自分を苦しめるということを認識していること，この二重の認識」と巧みに表現している。

(89) アガメムノンは，女クリュセイスを手放さざるを得なかったことの腹いせに，アキレウスから女ブリセイスを奪った。アガメムノンの自己認識については，ドッズ（1972), 第 1–2 章を参照せよ。

(90) ドッズ（1972), 7 頁を見よ。

(91) Stebler (1971), 59 は，*Ch.* 1016–17 についてだが，「Gewissen という新しい概念の萌芽

的形成」を見ることができると述べている。

(92) Willink (1986), ad E. *Or.* 396.

(93) スネル (1974), 312 頁。Cairns (1993), 201 n. 86 は，*Ch.* 899 でオレステスが見せるためらいの反応は，最も深いところで受け継がれた伝統的な信仰に由来するものだと言う。

(94) この論争の概要については，Lebeck (1971), 93–94 と Goldhill (1984), 137–38 を見よ。

(95) コンスタントと表現するのは Schadewaldt (1932), 351 である。段階的強まりを指摘するのは，Lebeck (1971), 114 ; Cairns (1993), 201 n. 83 である。なお，434–38 を 455 の後ろへ移動する必要（Lesky, Wilamowitz）がないことは，Lebeck (1971), 201 の説明で十分である。

(96) Lesky (1943), 105 は，これが「魂の格闘」(Kampf von der Seele) からもれ出た言葉だとしている。Lebeck (1971), 115 は，「形式的でもあり個人的でもある絶望の叫び」(cry of despair at once ritual and personal) だと，Goldhill (1984), 148 は，「絶望の修辞的表現」(rhetoric expression of despair) だと表現している。

(97) Lesky (1943), 85 は，第 438 行が母殺しへの願望以上のものを表していると言うが，〈母殺しののちに悲惨が待ち受けている〉というオレステスの知（Wissen des Orestes）がそれだ，としか言っていないのは，肝心なところが欠けていると評さざるをえない。Lebeck (1971), 201 が，438 は「来るべき苦しみの予告」である，と言うにとどまっていることも同様である。

(98) Gagarin (1976), 62 は，第 1006 行の表現は修辞的誇張にとどまるものではないと言うが，それをアトレウス家の終焉の予言としか示していないのは不十分である。Garvie (1986), ad *Ch.* 1006 も，聴衆は第 438 行におけるのと同様に，修辞的願望表現に込められた深い意味を見出すだろうと言うが，その内容として示しているのは，すぐあとのエリニュエス到来のことだけである。しかし，この一行にも，オレステスのどんな思いが表されているのかを探る余地があるはずである。

(99) ⑯とよく似た死への心よせとして，E. *Hipp.* 364–65 がある。これをどう考えるべきかについては，注 105 のあとの補注を見よ。

(100) 本書第 II 部の扉に掲げた壺絵（Museum of Fine Arts, Boston, 63. 1246）が表しているのは，アイギストスが竪琴に興じていたところを襲われる様子である。竪琴を伴うこの話形は『オレステイア』と同じではないが，非戦闘モードにあってなす術もなく殺されるということでは，入浴中に殺されたアガメムノンの場合と相通じるものとなっている。詳しくは Vermeule (1966), 20 を見よ。エウリピデス『エレクトラ』第 774–858 行が詳細に描いているのも，やはりアイギストスが青天霹靂の如く襲われる場面である。オレステスの描写も含め，この箇所については平田（1988）の議論を参照されたい。

(101) デルポイのアポロン神殿の祭壇に点っている火。

(102) σὺ δ᾽ εἰ δικαίως εἴτε μὴ κρῖνον δίκην· / πράξας γὰρ ἐν σοὶ πανταχῇ τάδ᾽ αἰνέσω.（*Eu.* 468–69）

(103) Zeitlin (1965), 496 のように，オレステスが自らそれを実現したいと考えていたと解するのは行き過ぎであろう。ただし，第 438 行が単なる修辞ではなく，オレステスの誠実な言であるという彼女の立場は評価されるべきである。

(104) Αἰγίσθου γὰρ οὐ λέγω μόρον· / ἔχει γὰρ αἰσχυντῆρος, ὡς νόμος, δίκην.（*Ch.* 989–90）

(105) エウリピデス『オレステス』のピュラデスはオレステスに，彼の刑罰を審議するアルゴスの民会に出向いて弁明することを勧めるが，その際，市民たちのもとに赴いて説得を試みたうえでなら，「負けて死ぬにしてもよりカロスに死ぬことになるだろう」と語る（θανὼν γοῦν ὧδε κάλλιον θανῆι : E. *Or.* 781）。第 9 章を見よ。そこに描かれているカロス・タナトスのイメージは，『オレステイア』において死を覚悟して復讐を果たし堂々と裁きの場に臨んだオレステスの毅然さの延長上にあると言えるだろう。

（補注）注 78 への補足として，エウリピデス『ヒッポリュトス』364 行の ὀλοίμαν《オロイマーン》について検討する。

貞淑な人妻ながら，アフロディテ女神の企みによって義理の息子への制止できない恋情を植えつけられ，自らを責めて苦悩する王妃パイドラを見て，街に住む女たちからなるコロス（の長）は，「私は本当に，親しい方よ，ὀλέσθαι《オレスタイ》してしまいたい，／あなたの心情にまで立ち至るより前に」（ὀλοίμαν ἔγωγε πρὶν σᾶν, φίλα, / κατανύσαι φρενῶν.（E. *Hipp.* 364–65））と言う。

これは，コロスが自分も同じ心的状況に立ち至ることのないようにと願いながら語ったものであることは間違いない。ただそういう目にあわないことを求めているだけなら，彼女自身が悪い死を望んでみせる理屈はない。しかし，彼女は ὀλοίμαν という言葉で悪い死を望んでいるように見えるのも事実である。そして彼女が悪い死を望むとしたら，それは尋常なことではない。検討したいのは，彼女がここで〈悪く死ぬこと〉を希求する，というのはありうることかどうかだ。考えられるのは次の 3 つの事態である。

(1) 不義の恋を抱いてしまった時点での死を希求する：彼女は何らかの状況に至るより前に死ぬことをよしとしているわけであるが，前といっても，まだ何も起こらないうちに死ぬことをよしとすることはあまり自然ではない。ならば，彼女が死ぬことを自らよしとすることが最も理解しやすいのは，〈不義の恋を抱くことになったが，まだそれが深い苦悩となる前に死ぬ〉ことを願うということである。たとえば，不義な恋心を感じたなら自責や恋の苦しみを募らせないうちにできるだけ早く死んでしまう，ということだろう（κατανύσαι《カタニュサイ》という語の意味するのは終点まで行き着くことであるから，その手前というのは，出発後から終点に至るまでの途上ということである）。そういうタイミングでの死を望んでいる，ということはありうるだろう。この場合は，すでに不義の恋という罪を犯してしまっている時点ということになるから，〈悪い死〉によって自分が制裁されることをよしとする理屈も，またそういう恋への嫌悪感を表現する心情も理解しやすい（彼女が不義の恋を悪と捉えていることは，第 483 行からも分かる）。それは，第 407–08 行で道ならぬ恋をする女たちを呪うパイドラの心情（「まったく悪しく滅びるがいい」ὡς ὄλοιτο παγκάκως）を，控えめに先取りするものだとも言える。

(2) 不義の恋を自分が抱くと想像した時点での死を望む：不義の恋をまだ抱いていなくとも，抱いて煩悶することになるかもしれないなら，それが実現するより前に死にたいと言ってみせるのは理解しうることだ。その場合，まだ恥ずべきことを犯していないわけだから〈悪く死ぬ〉ことを希求する道理はない。しかし，考えるだに忌まわしいという嫌悪感の表明として〈悪い死〉を望んでみせることは，理解できないことではない。

(3) パイドラの苦難を見た絶望から死を望む：自分が不義の恋を抱くようなことを想像

しなくとも，ただパイドラの苦難を見たことによってコロスが自分の死を望む，ということは考えうるだろうか。乳母は，パイドラの苦悩を聞いた絶望から，すぐにも死んでしまいたいという心情になっている（「この陽の光が憎らしい。私はこの身を投げたい」第 355–56 行）。しかし，コロスは乳母ほどパイドラに近しくはなく，彼女と同じようにはパイドラのために絶望するとは考えにくい（Barrett ad *Hipp*. 364–65）。確かにコロスは，アフロディテの計略にかかったら自分もひとたまりもないと心得ているのであり（第 371–72 行），人間という無力な存在としての自覚から，深遠な絶望をいま感じているとしても不思議はない。それゆえ，このまま死んでしまいたいというのは理解しうる。しかし，そのために〈悪い死〉を自らに希求することを説明するのは難しい。

以上のように，(1) と (2) の形では，コロスが〈悪く死ぬこと〉を自らによしとすることがあってもおかしくないと言える。ὀλέσθαι の語自体が通常悪い死を示唆するものであるならば，コロスのこの言葉は，第 355–56 行（上掲）の乳母の言葉に勝るとも劣らぬ力強さを持った感情表現だと言うことができる。

終　章　「美しい死」とギリシア悲劇

（1）ゼウスが人間の女ラオダメイアに産ませた子で，グラウコスとともにリュキア勢を率いてトロイア軍に加わって戦った将官。輝かしい活躍を見せるが，パトロクロスに討たれて死ぬ。

（2）松平訳（1992）。ὦ πέπον εἰ μὲν γὰρ πόλεμον περὶ τόνδε φυγόντε / αἰεὶ δὴ μέλλοιμεν ἀγήρω τ᾽ ἀθανάτω τε / ἔσσεσθ᾽, οὔτέ κεν αὐτὸς ἐνὶ πρώτοισι μαχοίμην / οὔτέ κε σὲ στέλλοιμι μάχην ἐς κυδιάνειραν· / νῦν δ᾽ ἔμπης γὰρ κῆρες ἐφεστᾶσιν θανάτοιο μυρίαι, ἃ ς οὐκ ἔστι φυγεῖν βροτὸν οὐδ᾽ ὑπαλύξαι, / ἴομεν ἠέ τῳ εὖχος ὀρέξομεν ἠέ τις ἡμῖν.（*Il*. 12. 322–28）

（3）『イリアス』第 22 巻には，ヘクトルがアキレウスと一騎打ちを始める直前に語る「いよいよわたしの最期の時が来た。せめては為すところなく名もなく果てるのではなく，後の世の語り草ともなる大きな働きをして死のうぞ」（松平訳（1992），ただし原文にもとづいて一部改変した。νῦν αὖτέ με μοῖρα κιχάνει. / μὴ μὰν ἀσπουδί γε καὶ ἀκλειῶς ἀπολοίμην, / ἀλλὰ μέγα ῥέξας τι καὶ ἐσσομένοισι πυθέσθαι.（*Il*. 22. 303–05））という言葉があるが，これが表しているのは死の名声は死ぬ前に大きな働きを示すことによって得られるということである。普通の戦死にはどういう評価が下るのかは，これを見てもやはり覚束ない。

あとがき

（1）前 3 世紀初頭に活躍したアルカディア地方テゲアの詩人。

（2）Ἥβᾳ μέν σε, Πρόαρχ᾽, ἔνεσαν, πάι, δῶμά τε πατρὸς / Φειδία ἐν δνοφερῷ πένθει ἔθου φθίμενος· / ἀλλὰ καλόν τοι ὕπερθεν ἔπος τόδε πέτρος ἀείδει, / ὡς ἔθανες πρὸ φίλας μαρνάμενος πατρίδος.（*AG*. 7. 724. Budé 版テクストによる。）

付　録

付録 A　前 8–5 世紀においてカロスと修飾された死の全例
付録 B1　『イリアス』における καλός《カロス》と κάλλος《カッロス》，およびそれらの変化形の全例
付録 B2　『オデュッセイア』における καλός《カロス》と κάλλος《カッロス》，およびそれらの変化形の全例
付録 B3　ホメロスにおいて，καλός《カロス》およびその変化形が，行為・事象を修飾しているケース全 44 件の内訳
付録 C1　歴史・弁論の 6 作家における「カロスなる死」の一覧
付録 C2　歴史・弁論の 6 作家における「戦いながらの死」の一覧
付録 C3　歴史・弁論の 6 作家における「よき男になる」（AAG）の一覧

付録 A　前 8-5 世紀においてカロスと修飾された死の全例

以下に挙げるのは，前 8-5 世紀における文献の中で，死がカロスと修飾されている例を，下記の方法によりできる限り網羅的に探し出した結果である。

その方法としては，*Thesaurus Linguae Graecae CD ROM #E* に記録されている前 8-5 世紀の作家から，まず，〈καλ で始まる語〉が 5 単語以内の距離において，〈θαν / θνα / θνη / θνε〉または〈πεσε / πεσο / πεσω / πιπτ / πεπτ〉または〈ολε / ολη / ολου / ολω / ολλυ / ωλες〉または〈τελευτ〉または〈τελο / τελε〉または〈ποτμ〉を含む語を伴って現れるケースを検索した[1]。次にその中から，καλός 派生語と死（θανεῖν, πεσεῖν, ὀλέσθαι, τελευτᾶν, τέλος, πότμος）に関係のない語が検索されている例を排除し，また両者の間に修飾関係のないものも排除した。その結果として，〈カロス派生語が死を（形容詞的にまたは副詞的に）直接修飾しているもの〉および，〈間接的に修飾しているもの〉が残された。＊の記号を後者の目印とする。

作家の生年の古い順，また慣例的に使われている作品順でそれらを配列し，それぞれの該当行に前後各 1 行を加えたギリシア語の原文を記した。それぞれの事例には番号が付してあり，本書では，作家名と番号を結びつけたものを事例番号としている（たとえばアイスキュロス-①)。

さらに，それぞれの事例で表されている死の内容を分析した結果も記してある。それぞれの事例について，「死の特定性」，「死のタイプ」，「死を表す語」の 3 項目である。このうち，「死の特定性」は，戦死を表したものかどうかを含めて内容の特定性を分析した結果で，次のように表記する（詳しくは第 1 章を見よ）。

特定─┬戦死　　：カロスなる死が，戦死を指していると特定される場合。
　　　└戦死以外：カロスなる死が，戦死ではない特定の死を指している場合[2]。

緩特定　　：カロスなる死が，その種別は曖昧でも，何らかの特定性のある死を指している場合。

不特定　　：カロスなる死が，カロスということ以外に特定性を与えられていない場合。

「死のタイプ」とは，各事例が，第 1 章で提示する「よき死」の 5 分類（$\alpha \sim \varepsilon$）のどのタイプに当てはまるかを，〔　〕に入れて記したものである。その表記方法は次のとおりである（これについても，詳しくは第 1 章を見よ)。

タイプ α（〈よき状態をもたらすもの〉として死が評価される場合）
　［α-1：祖国や他者などの救済や福利の実現を意味する死］
　［α-2：自身の苦悩からの解放やよりよき状態の実現を意味する死］
　［α-3：死一般が，絶対的善とみなされている場合］
タイプ β（〈果敢な従事・態度の証し〉として死が評価される場合）
　［β-1：戦死］

[β-2：戦闘以外の有意な企てへの従事の最中の，あるいはそれゆえの死]
[β-3：〈添うべきものと運命を共にする〉という形の死]
[β-4：死が避けられない場合の〈潔さ〉が称えられる場合]
タイプγ（〈死ぬときの周辺状況〉によって，死のよしあしが評価される場合）
[γ-1：それまでのよき人生の仕上げ]
[γ-2：幸福な状態の中での死]
[γ-3：十分に長く生きたあとの死]
タイプδ（〈その死に問題がないこと〉がよしと評価される場合）
[δ-1：苦痛のない安らかな死]
[δ-2：悪評や不名誉の伴わない死]
タイプε（〈葬礼が正しく施されること〉がよしと評価される場合）

なお，いずれのタイプとも判定できないものは〔ω〕と記した。「死を表す語」とは，死を表すために用いられている語が，θανεῖν, πεσεῖν, ὀλέσθαι, τελευτᾶν, τέλος, πότμος のうちのどの系統の語であるかを，ギリシア語テクストの末尾に，ブラケットをつけて［θανεῖν］のようにして示したものである。なお，各作家の生没年は，一般的に用いられているおよそのものである。

注1）検索には，TLG Workplace, 9. 02 (2001) を使用した。
注2）戦死に近いが戦死ではないという例，たとえばテウクロスが武器を持って個人的にアガメムノンと争うというソポクレス-④のような場合は，戦死以外に含まれる。

事例番号とテクスト箇所	死の特定性	〔死のタイプ〕	［死を表す語］

前**8**世紀生まれ

【ホメロス】

①『イリアス』22. 72–74＊　戦死　〔β-1〕　［θανεῖν］

ἄρηϊ κταμένῳ δεδαϊγμένῳ ὀξέϊ χαλκῷ
κεῖσθαι· πάντα δὲ **καλὰ θανόντι** περ ὅττι φανήῃ·
ἀλλ᾽ ὅτε δὴ πολιόν τε κάρη πολιόν τε γένειον

前**7**世紀生まれ

【テュルタイオス】

①断片 10. 1–2（West）　戦死　〔β-1〕　［θανεῖν］

τεθνάμεναι γὰρ **καλὸν** ἐνὶ προμάχοισι πεσόντα
ἄνδρ᾽ ἀγαθὸν περὶ ἧι πατρίδι μαρνάμενον·

②断片 10. 29–31（West）　戦死　〔β-1〕　［πεσεῖν］

ἀνδράσι μὲν θηητὸς ἰδεῖν, ἐρατὸς δὲ γυναιξὶ
ζωὸς ἐών, **καλὸς** δ᾽ ἐν προμάχοισι **πεσών**.
ἀλλά τις εὖ διαβὰς μενέτω ποσὶν ἀμφοτέροισι

【アルカイオス】（前 620 年頃-）

①断片 400. 1（*PLF*）　戦死　〔*β*-1〕　[θανεῖν]

τὸ γὰρ Ἄρευι **κατθάνην** **κάλον**

--前 **6** 世紀生まれ

【シモニデス】（前 556-468 年）

①断片 26. 1-3（*PMG*）＝531. 1-3（Loeb）　戦死　〔*β*-1〕　[θανεῖν, πότμος]

τῶν ἐν Θερμοπύλαις **θανόντων**
εὐκλεὴς μὲν ἁ τύχα, **καλὸς** δ᾽ ὁ **πότμος**,
βωμὸς δ᾽ ὁ τάφος, πρὸ γόων δὲ μνᾶστις, ὁ δ᾽ οἶκτος ἔπαινος·

②『ギリシア詞華集』7. 253. 1-3　戦死　〔*β*-1〕　[θανεῖν]

Εἰ τὸ **καλῶς** **θνῄσκειν** ἀρετῆς μέρος ἐστὶ μέγιστον,
ἡμῖν ἐκ πάντων τοῦτ᾽ ἀπένειμε τύχη·
Ἑλλάδι γὰρ σπεύδοντες ἐλευθερίην περιθεῖναι

【アイスキュロス】（前 525-456 年）

①『テーバイ攻めの七将』1010-12　戦死　〔*β*-1〕　[θανεῖν]

ἱερῶν πατρῴων δ᾽ ὅσιος ὢν μομφῆς ἄτερ
τέθνηκεν οὗπερ τοῖς νέοις **θνῄσκειν** **καλόν**.
ἡμῖν ἐκ πάντων τοῦτ᾽ ἀπένειμε τύχη·

②『アガメムノン』446-48　戦死　〔*β*-1〕　[πεσεῖν]

δρα τὸν μὲν ὡς μάχης ἴδρις,
τὸν δ᾽ ἐν φοναῖς **καλῶς** **πεσόντ᾽**— "ἀλ-
λοτρίας διαὶ γυναικός"·

③『アガメムノン』1609-11　不特定　〔*γ*-2〕　[θανεῖν]

πᾶσαν ξυνάψας μηχανὴν δυσβουλίας.
οὕτω **καλὸν** δὴ καὶ τὸ **κατθανεῖν** ἐμοί,
ἰδόντα τοῦτον τῆς δίκης ἐν ἕρκεσιν.

④『コエーポロイ』353-55　戦死　〔*β*-1〕　[θανεῖν]

δώμασιν εὐφόρητον—
{Χο.}　　φίλος φίλοισι τοῖς ἐκεῖ **καλῶς** **θανοῦ-**
σιν, κατὰ χθονὸς ἐμπρέπων

--前 **5** 世紀生まれ

【ソポクレス】（前 496-406 年）

①『アンティゴネ』71-73　戦死以外　〔*β*-2〕　[θανεῖν]

Ἀλλ᾽ ἴσθ᾽ ὁποία σοι δοκεῖ, κεῖνον δ᾽ ἐγὼ

θάψω· **καλόν** μοι τοῦτο ποιούσῃ **θανεῖν**.
Φίλη μετ᾽ αὐτοῦ κείσομαι, φίλου μέτα,

②『アンティゴネ』96-98　不特定　〔ω〕　[θανεῖν]

παθεῖν τὸ δεινὸν τοῦτο· πείσομαι γὰρ οὐ
τοσοῦτον οὐδὲν ὥστε μὴ οὐ **καλῶς** **θανεῖν**.
{ΙΣ.}　Ἀλλ᾽, εἰ δοκεῖ σοι, στεῖχε· τοῦτο δ᾽ ἴσθ᾽ ὅτι

③『アイアス』478-80　不特定　〔ω〕　[θανεῖν]

ὅστις κεναῖσιν ἐλπίσιν θερμαίνεται·
ἀλλ᾽ ἢ καλῶς ζῆν ἢ **καλῶς** **τεθνηκέναι**
τὸν εὐγενῆ χρή. Πάντ᾽ ἀκήκοας λόγον.

④『アイアス』1309-12　戦死以外　〔β-2〕　[θανεῖν]

βαλεῖτε χἠμᾶς τρεῖς ὁμοῦ συγκειμένους·
ἐπεὶ **καλόν** μοι τοῦδ᾽ ὑπερπονουμένῳ
θανεῖν προδήλως μᾶλλον ἢ τῆς σῆς ὑπὲρ
γυναικός, ἢ τοῦ σοῦ ξυναίμονος λέγω.

⑤『エレクトラ』397-99　緩特定　〔δ-2〕　[πεσεῖν]

{ΗΛ.}　Σὺ ταῦτα θώπευ᾽· οὐκ ἐμοὺς τρόπους λέγεις.
{ΧΡ.}　**Καλόν** γε μέντοι μὴ ᾽ξ ἀβουλίας **πεσεῖν**.
{ΗΛ.}　Πεσούμεθ᾽, εἰ χρή, πατρὶ τιμωρούμενοι.

⑥『エレクトラ』1320-22　緩特定　〔β-2〕　[ὀλέσθαι]

οὐκ ἂν δυοῖν ἥμαρτον· ἢ γὰρ ἂν καλῶς
ἔσωσ᾽ ἐμαυτήν, ἢ **καλῶς** **ἀπωλόμην**.
{ΟΡ.}　Σιγᾶν ἐπῄνεσ᾽· ὡς ἐπ᾽ ἐξόδῳ κλύω

【ヘロドトス】（前490-25年）

①『歴史』1. 30. 23-25　戦死　〔β-1〕　[θανεῖν]

μάχης πρὸς τοὺς ἀστυγείτονας ἐν Ἐλευσῖνι βοηθήσας καὶ τροπὴν ποιήσας τῶν πολεμίων **ἀπέθανε** **κάλλιστα**, καί μιν Ἀθηναῖοι δημοσίῃ τε ἔθαψαν αὐτοῦ τῇ περ ἔπεσε καὶ

②『歴史』1. 32. 22-24　不特定　〔γ-1〕　[τελευτᾶν]

φαίνεαι καὶ βασιλεὺς πολλῶν εἶναι ἀνθρώπων· ἐκεῖνο δὲ τὸ εἴρεό με οὔ κώ σε ἐγὼ λέγω, πρὶν **τελευτήσαντα** **καλῶς** **τὸν** **αἰῶνα** πύθωμαι. Οὐ γάρ τι ὁ μέγα πλούσιος μᾶλλον

③『歴史』1. 32. 25–27＊　不特定　〔γ–2〕　[τελευτᾶν]

τοῦ ἐπ᾽ ἡμέρην ἔχοντος ὀλβιώτερός ἐστι, εἰ μή οἱ τύχη ἐπίσποιτο **πάντα** **καλὰ** **ἔχοντα** εὖ **τελευτῆσαι** **τὸν** **βίον**. Πολλοὶ μὲν γὰρ ζάπλουτοι ἀνθρώπων ἀνόλβιοί εἰσι, πολλοὶ

④『歴史』3. 73. 2–4　緩特定　〔β–2〕　[θανεῖν]

μετὰ ταῦτα· "Ἄνδρες φίλοι, ἡμῖν κότε **κάλλιον** παρέξει ἀνασώσασθαι τὴν ἀρχήν, ἢ εἴ γε μὴ οἷοί τε ἐσόμεθα αὐτὴν ἀναλαβεῖν, **ἀποθανεῖν** ; ὅτε γε ἀρχόμεθα μὲν ἐόντες Πέρσαι

⑤『歴史』8. 100. 8–10　戦死　〔β–1〕　[τελευτᾶν]

Ἑλλάδα, καί οἱ κρέσσον εἴη ἀνακινδυνεῦσαι ἢ κατεργάσασθαι τὴν Ἑλλάδα ἢ αὐτὸν **καλῶς** **τελευτῆσαι** **τὸν** **βίον** ὑπὲρ μεγάλων αἰωρηθέντα· πλέον μέντοι ἔφερέ οἱ ἡ γνώμη

【エウリピデス】（前 485–406 年）

①『アルケスティス』290–93　緩特定　〔γ–1〕　[θανεῖν]

καίτοι σ᾽ ὁ φύσας χἠ τεκοῦσα προύδοσαν,
καλῶς μὲν αὐτοῖς **κατθανεῖν** ἧκον βίου,
καλῶς δὲ σῶσαι παῖδα κεὐκλεῶς **θανεῖν**.
μόνος γὰρ αὐτοῖς ἦσθα, κοὔτις ἐλπὶς ἦν

②『ヘカベ』309–11　戦死　〔β–1〕　[θανεῖν]

ἡμῖν δ᾽ Ἀχιλλεὺς ἄξιος τιμῆς, γύναι,
θανὼν ὑπὲρ γῆς Ἑλλάδος **κάλλιστ᾽** ἀνήρ.
οὔκουν τόδ᾽ αἰσχρόν, εἰ βλέποντι μὲν φίλωι

③『ヘカベ』328–30　戦死　〔β–1〕　[θανεῖν]

οἱ βάρβαροι δὲ μήτε τοὺς φίλους φίλους
ἡγεῖσθε μήτε τοὺς **καλῶς** **τεθνηκότας**
θαυμάζεθ᾽, ὡς ἂν ἡ μὲν Ἑλλὰς εὐτυχῆι,

④『イオン』857–59　緩特定　〔β–3〕　[θανεῖν]

{Χο.} κἀγώ, φίλη δέσποινα, συμφορὰν θέλω
κοινουμένη τήνδ᾽ ἢ **θανεῖν** ἢ ζῆν **καλῶς**.]
{Κρ.} ὦ ψυχά, πῶς σιγάσω ;

⑤『トロイアの女たち』385–88＊　戦死　〔β–1〕　[θανεῖν]

γένοιτ᾽ ἀοιδὸς ἥτις ὑμνήσει κακά.]

Τρῶες δὲ πρῶτον μέν, τὸ **κάλλιστον** **κλέος**,
ὑπὲρ πάτρας **ἔθνηισκον**· οὓς δ' ἕλοι δόρυ,
νεκροί γ' ἐς οἴκους φερόμενοι φίλων ὕπο

⑥『トロイアの女たち』401–03　戦死　〔β–1〕　[ὀλέσθαι]
εἰ δ' ἐς τόδ' ἔλθοι, στέφανος οὐκ αἰσχρὸς πόλει
καλῶς **ὀλέσθαι**, μὴ καλῶς δὲ δυσκλεές.
ὧν οὕνεκ' οὐ χρή, μῆτερ, οἰκτίρειν σε γῆν,

⑦『トロイアの女たち』1281–84　戦死以外　〔β–3〕　[θανεῖν]
καὶ πρὶν γὰρ οὐκ ἤκουσαν ἀνακαλούμενοι.
φέρ' ἐς πυρὰν δράμωμεν· ὡς **κάλλιστά** μοι
σὺν τῆιδε πατρίδι **κατθανεῖν** πυρουμένηι.
ἐνθουσιᾶις, δύστηνε, τοῖς σαυτῆς κακοῖς.

⑧『タウリケのイピゲネイア』320–23　戦死以外　〔β–2〕　[θανεῖν]
οὗ δὴ τὸ δεινὸν παρακέλευσμ' ἠκούσαμεν·
Πυλάδη, θανούμεθ', ἀλλ' ὅπως **θανούμεθα**
κάλλισθ'· ἕπου μοι, φάσγανον σπάσας χερί.
ὡς δ' εἴδομεν δίπαλτα πολεμίων ξίφη,

⑨『ヘレネ』297–99　不特定　〔 ω 〕　[θανεῖν]
ξυνῆι γυναικί, καὶ τὸ σῶμ' ἐστὶν πικρόν.
[θανεῖν κράτιστον· πῶς **θάνοιμ'** ἂν οὖν **καλῶς** ;
ἀσχήμονες μὲν ἀγχόναι μετάρσιοι,

⑩『オレステス』780–82　緩特定　〔β–2〕　[θανεῖν]
{Ορ.} εἰ τύχοι, γένοιτ' ἄν. {Πυ.} οὔκουν τοῦτο κρεῖσσον ἢ μένειν ;
{Ορ.} ἀλλὰ δῆτ' ἔλθω ; {Πυ.} **θανὼν** γοῦν ὧδε **κάλλιον** **θανῆι**.
{Ορ.} εὖ λέγεις· φεύγω τὸ δειλὸν τῆιδε. {Πυ.} μᾶλλον ἢ

⑪『オレステス』1151–53　戦死以外　(〔β–2〕)　[θανεῖν]
ἑνὸς γὰρ οὐ σφαλέντες ἕξομεν κλέος,
καλῶς **θανόντες** ἢ καλῶς σεσωμένοι.
{Χο.} πάσαις γυναιξὶν ἀξία στυγεῖν ἔφυ

⑫『アウリスのイピゲネイア』1251–53　不特定　〔 ω 〕　[θανεῖν]
τὰ νέρθε δ' οὐδέν· μαίνεται δ' ὃς εὔχεται
θανεῖν· κακῶς ζῆν κρεῖσσον ἢ **καλῶς** **θανεῖν**.

{Xo.} ὦ τλῆμον Ἑλένη, διὰ σὲ καὶ τοὺς σοὺς γάμους

⑬断片 361. 1-2（N）（『エレクテウス』）　不特定　〔ω〕　[θανεῖν]

ἐγὼ δὲ τοὺς **καλῶς** **τεθνηκότας**
ζῆν φημὶ μᾶλλον τοῦ βλέπειν τοὺς μὴ καλῶς.

⑭断片 472e. 45-47（K）（『クレタ人達』）　緩特定　〔β-2〕　[θανεῖν]

χωρεῖτε, λόγχη［　　　　　　ο］υμένη
λάζυσθε τὴν πανο［ῦργον, ὡ］ς **καλῶς** **θάνηι**,
καὶ τὴν ξυνεργὸν［τήνδε, δ］ωμάτων δ' ἔσω

⑮断片 994. 1-2（N）（作品名不詳）　戦死　〔β-1〕　[θανεῖν]

εἰ δὲ θανεῖν θέμις, ὧδε **θανεῖν** **καλόν**,
εἰς ἀρετὴν καταλυσαμένους βίον.

【ツキュディデス】（前 460-399 年）

①『歴史』4. 40. 2. 3-5　戦死　〔β-1〕　[θανεῖν]

Ἀθηναίων ξυμμάχων δι' ἀχθηδόνα ἕνα τῶν ἐκ τῆς νήσου αἰχμαλώτων εἰ οἱ **τεθνεῶτες** αὐτῶν **καλοὶ** **κἀγαθοί**, ἀπεκρίνατο αὐτῷ πολλοῦ ἂν ἄξιον εἶναι τὸν ἄτρακτον, λέγων τὸν

【リュシアス】（前 458-380 年）

①『弁論』2. 79. 3-5（葬礼演説）　戦死　〔β-1〕　[θανεῖν]

τὸν βίον ἐτελεύτησαν, οὐκ ἐπιτρέψαντες περὶ αὐτῶν τῇ τύχῃ οὐδ' ἀναμείναντες τὸν αὐτόματον **θάνατον**, ἀλλ' ἐκλεξάμενοι **τὸν** **κάλλιστον**. καὶ γάρ τοι ἀγήρατοι μὲν αὐτῶν

②『弁論』34. 6. 4-7. 1　戦死　〔β-1〕　[θανεῖν]

περιγενήσεται, εἰ ποιήσομεν ἃ ἐκεῖνοι προστάττουσιν ; εἰ δὲ μή, πολὺ **κάλλιον** μαχομένοις **ἀποθνῄσκειν** ἢ φανερῶς ἡμῶν αὐτῶν θάνατον καταψηφίσασθαι. ἡγοῦμαι γάρ,

【アンドキデス】（前 440-390 年）

①『秘儀について』57. 4-6　不特定　〔ω〕　[ὀλέσθαι]

ἐποίησεν ; εἰ μὲν γὰρ ἦν δυοῖν τὸ ἕτερον ἑλέσθαι, ἢ **καλῶς** **ἀπολέσθαι** ἢ αἰσχρῶς σωθῆναι, ἔχοι ἄν τις εἰπεῖν κακίαν εἶναι τὰ γενόμενα· καίτοι πολλοὶ ἂν καὶ τοῦτο εἵλοντο,

② 『秘儀について』57. 6–58. 1　　不特定　〔ω〕　[θανεῖν]

εἶναι τὰ γενόμενα· καίτοι πολλοὶ ἂν καὶ τοῦτο εἵλοντο,
τὸ ζῆν περὶ πλείονος ποιησάμενοι τοῦ **καλῶς** **ἀποθανεῖν**·
ὅπου δὲ τούτων τὸ ἐναντιώτατον ἦν, σιωπήσαντι μὲν

【イソクラテス】（前 436–338 年）

① 『デモニコスに与う』43. 7–9　　不特定　〔ω〕　[θανεῖν]

αἰσχρᾶς φήμης· τὸ μὲν γὰρ τελευτῆσαι πάντων ἡ πεπρω-
μένη κατέκρινεν, τὸ δὲ **καλῶς** **ἀποθανεῖν** ἴδιον τοῖς σπου-
δαίοις ἀπένειμεν.

② 『ニコクレスに与う』36. 7–37. 1　　不特定　〔ω〕　[θανεῖν]

σαυτῷ καὶ τῇ πόλει διαφυλάττειν· ἐὰν δ᾽ ἀναγκασθῇς κιν-
δυνεύειν, αἱροῦ **καλῶς** **τεθνάναι** μᾶλλον ἢ ζῆν αἰσχρῶς.
Ἐν πᾶσι τοῖς ἔργοις μέμνησο τῆς βασιλείας, καὶ

③ 『民族祭典演説』77. 3–5　　戦死　〔β-1〕　[θανεῖν]

ᾔσκουν, ἀλλὰ δεινότερον μὲν ἐνόμιζον εἶναι κακῶς ὑπὸ τῶν
πολιτῶν ἀκούειν ἢ **καλῶς** ὑπὲρ τῆς πόλεως **ἀποθνήσκειν**,
μᾶλλον δ᾽ ᾐσχύνοντ᾽ ἐπὶ τοῖς κοινοῖς ἁμαρτήμασιν ἢ νῦν ἐπὶ

④ 『民族祭典演説』95. 6–8　　不特定　〔ω〕　[θανεῖν]

οἷόν τ᾽ εἶναι διαφεύγειν τοὺς κινδύνους, ἀλλ᾽ ὥσπερ τῶν
ἀνδρῶν τοῖς καλοῖς κἀγαθοῖς αἱρετώτερόν ἐστιν **καλῶς**
ἀποθανεῖν ἢ ζῆν αἰσχρῶς, οὕτω καὶ τῶν πόλεων ταῖς

⑤ 『アルキダモス』89. 10–90. 1　　戦死　〔β-1〕　[τελευτᾶν]

παντάπασιν ἀνῃρῆσθαι μηδὲν ταπεινὸν διαπραξαμένους,
ἀλλὰ **καλὴν** **τὴν** **τελευτὴν** **τοῦ** **βίου** ποιησαμένους.
Ἃ χρὴ διαλογισαμένους μὴ φιλοψυχεῖν, μηδ᾽ ἐπακο-

⑥ 『ヘレネ頌』52. 7–53. 2　　戦死　〔β-1〕　[θανεῖν]

λέως, ὅμως αὐτοὺς συνεξώρμησαν καὶ συνεξέπεμψαν,
ἡγούμενοι **κάλλιον** αὐτοῖς εἶναι **τεθνάναι** μαχομένοις
περὶ τῆς Διὸς θυγατρὸς μᾶλλον ἢ ζῆν ἀπολειφθεῖσι τῶν

【クセノポン】（前 428–354 年）

① 『ギリシア史』4. 8. 38. 5–7　　戦死　〔β-1〕　[θανεῖν]

ἐκπεπληγμένους ἅπαντας, ὡς εἶδον τὴν ἐνέδραν, εἶπε πρὸς

τοὺς παρόντας· Ἄνδρες, ἐμοὶ μὲν ἐνθάδε **καλὸν ἀποθανεῖν**· ὑμεῖς δὲ πρὶν συμμεῖξαι τοῖς πολεμίοις σπεύδετε εἰς τὴν

② 『ギリシア史』7. 5. 18. 11–13　戦死　〔β–1〕　[τελευτᾶν]

εἶναι ἀμαχεὶ παρελθεῖν, λογιζομένῳ ὅτι εἰ μὲν νικῴη, πάντα ταῦτα ἀναλύσοιτο· εἰ δὲ ἀποθάνοι, **καλὴν τὴν τελευτὴν** ἡγή-σατο ἔσεσθαι πειρωμένῳ τῇ πατρίδι ἀρχὴν Πελοποννήσου

③ 『ソクラテスの思い出』4. 8. 2. 1–3　戦死以外　〔β–2〕　[θανεῖν]

δέστατα ἐνέγκας. ὁμολογεῖται γὰρ οὐδένα πω τῶν μνη-μονευομένων ἀνθρώπων **κάλλιον θάνατον** ἐνεγκεῖν. ἀνάγκη μὲν γὰρ ἐγένετο αὐτῷ μετὰ τὴν κρίσιν τριάκοντα ἡμέρας

④ 『ソクラテスの思い出』4. 8. 3. 1–3　戦死以外　〔β–2〕　[θανεῖν]

ζῆν. καὶ πῶς ἄν τις **κάλλιον** ἢ οὕτως **ἀποθάνοι**; ἢ ποῖος ἂν εἴη **θάνατος καλλίων** ἢ ὃν **κάλλιστά** τις **ἀποθάνοι**; ποῖος δ᾽ ἂν γένοιτο **θάνατος** εὐδαιμονέστερος τοῦ **καλλίστου**; ἢ

⑤ 『アナバシス』3. 1. 43. 5–7　不特定　〔ω〕　[θανεῖν]

μὲν **θάνατον** ἐγνώκασι πᾶσι κοινὸν εἶναι καὶ ἀναγκαῖον ἀνθρώποις, περὶ δὲ τοῦ **καλῶς ἀποθνῄσκειν** ἀγωνίζονται, τούτους ὁρῶ μᾶλλόν πως εἰς τὸ γῆρας ἀφικνουμένους καὶ

⑥ 『アナバシス』3. 2. 3. 2–4　戦死　〔β–1〕　[θανεῖν]

μὴ ὑφίεσθαι, ἀλλὰ πειρᾶσθαι ὅπως, ἢν μὲν δυνώμεθα, καλῶς νικῶντες σῳζώμεθα· εἰ δὲ μή, ἀλλὰ **καλῶς** γε **ἀποθνῄσκωμεν**, ὑποχείριοι δὲ μηδέποτε γενώμεθα ζῶντες τοῖς πολεμίοις.

⑦ 『アナバシス』4. 1. 19. 3–20. 1　戦死　〔β–1〕　[θανεῖν]

ᾐτιᾶτο αὐτὸν ὅτι οὐχ ὑπέμενεν, ἀλλ᾽ ἠναγκάζοντο φεύγοντες ἅμα μάχεσθαι. καὶ νῦν δύο **καλὼ** τε καὶ ἀγαθὼ ἄνδρε **τέθνατον** καὶ οὔτε ἀνελέσθαι οὔτε θάψαι ἐδυνάμεθα. ἀποκρί-

⑧ 『キュロスの教育』1. 4. 11. 10–12　戦死以外　〔β–2〕　[θανεῖν]

ἀνδρείους ὁμόσε ἐφέροντο· ὑπὸ δὲ τῆς πλατύτητος οὐδὲ ἁμαρτεῖν οἷόν τ᾽ ἦν αὐτῶν· **καλλίω** δή, ἔφη, ἔμοιγε δοκεῖ καὶ **τεθνηκότα** εἶναι ταῦτα ἢ ζῶντα ἐκεῖνα τὰ περιῳκοδομη-

⑨『キュロスの教育』7. 3. 11. 2-4　戦死　〔β-1〕　[τέλος]

μέν τινα σιωπῇ κατεδάκρυσεν, ἔπειτα δὲ ἐφθέγξατο· Ἀλλ' οὗτος μὲν δή, ὦ γύναι, ἔχει τὸ **κάλλιστον** **τέλος**· νικῶν γὰρ τετελεύτηκε· σὺ δὲ λαβοῦσα τοῖσδε ἐπικόσμει αὐτὸν τοῖς

⑩『ラケダイモン人の国制』9. 1. 1-3　戦死　〔β-1〕　[θανεῖν]

Ἄξιον δὲ τοῦ Λυκούργου καὶ τόδε ἀγασθῆναι, τὸ κατεργάσασθαι ἐν τῇ πόλει αἱρετώτερον εἶναι τὸν **καλὸν** **θάνατον** ἀντὶ τοῦ αἰσχροῦ βίου· καὶ γὰρ δὴ ἐπισκοπῶν τις ἂν εὕροι

【プラトン】（前 427-347 年）

①『法律』802. a. 2-4　不特定　〔γ-1〕　[τέλος]

τιμᾶν οὐκ ἀσφαλές, πρὶν ἂν ἅπαντά τις τὸν βίον διαδραμὼν **τέλος** ἐπιστήσηται **καλόν**· ταῦτα δὲ πάντα ἡμῖν ἔστω κοινὰ ἀνδράσιν τε καὶ γυναιξὶν ἀγαθοῖς καὶ ἀγαθαῖς διαφανῶς

②『法律』854. c. 3-5　緩特定　〔α-2/β-4〕　[θανεῖν]

κακῶν συνουσίας φεῦγε ἀμεταστρεπτί. καὶ ἐὰν μέν σοι δρῶντι ταῦτα λωφᾷ τι τὸ νόσημα· εἰ δὲ μή, **καλλίω** **θάνατον** σκεψάμενος ἀπαλλάττου τοῦ βίου.

③『法律』944. c. 6-d. 1　戦死　〔β-1〕　[θανεῖν]

ζωὴν αἰσχρὰν ἀρνύμενος μετὰ κάκης μᾶλλον ἢ μετ' ἀνδρείας **καλὸν** καὶ εὐδαίμονα **θάνατον**, τοιαύτης μὲν ὅπλων ἀποβολῆς ἔστω δίκη ῥιφθέντων, τῆς δὲ εἰρημένης ἔμπροσθεν ὁ δικάζων

④『メネクセノス』234. b. 10-c. 3　戦死　〔β-1〕　[θανεῖν]

μέντοι Ἀρχῖνον ἢ Δίωνα αἱρεθήσεσθαι.
{ΣΩ.} Καὶ μήν, ὦ Μενέξενε, πολλαχῇ κινδυνεύει **καλὸν** εἶναι τὸ ἐν πολέμῳ **ἀποθνῄσκειν**. καὶ γὰρ ταφῆς καλῆς τε καὶ μεγαλοπρεποῦς τυγχάνει, καὶ ἐὰν πένης τις ὢν τελευτήσῃ,

⑤『メネクセノス』246. d. 1-4　戦死　〔β-1〕　[τελευτᾶν]

Ὦ παῖδες, ὅτι μὲν ἐστε πατέρων ἀγαθῶν, αὐτὸ μηνύει τὸ νῦν παρόν· ἡμῖν δὲ ἐξὸν ζῆν μὴ καλῶς, **καλῶς** αἱρούμεθα μᾶλλον **τελευτᾶν**, πρὶν ὑμᾶς τε καὶ τοὺς ἔπειτα εἰς ὀνείδη καταστῆσαι καὶ πρὶν τοὺς ἡμετέρους πατέρας καὶ πᾶν τὸ

⑥『メネクセノス』248. c. 2–5　戦死　〔β–1〕　[τελευτᾶν]

κακοῦντες καὶ βαρέως φέροντες τὰς συμφοράς· κούφως δὲ καὶ μετρίως μάλιστ᾽ ἂν χαρίζοιντο. τὰ μὲν γὰρ ἡμέτερα **τελευτὴν** ἤδη ἕξει ἥπερ **καλλίστη** γίγνεται ἀνθρώποις, ὥστε πρέπει αὐτὰ μᾶλλον κοσμεῖν ἢ θρηνεῖν· γυναικῶν δὲ τῶν ἡμετέρων

⑦『エピノミス』980. b. 4–6　緩特定　〔γ–1〕　[τελευτᾶν]

εἴη τῶν νόμων, θεοὺς προσπαίσαντι καθαρώτερον δὲ δια-γαγόντι τὸν βίον τῆς ἅμα **τελευτῆς** ἀρίστης τε καὶ **καλλίστης** τυχεῖν.

⑧『第七書簡』334. d. 8–e. 2　戦死以外　〔β–2〕　[θανεῖν]

βλέψαντες καὶ Δίωνα, ὧν ὁ μὲν μὴ πειθόμενος ζῇ τὰ νῦν οὐ καλῶς, ὁ δὲ πειθόμενος **τέθνηκεν** **καλῶς**· τὸ γὰρ τῶν καλλίστων ἐφιέμενον αὐτῷ τε καὶ πόλει πάσχειν ὅτι ἂν

付録 B1 『イリアス』における καλός《カロス》 と κάλλος《カッロス》, およびそれらの変化形の全例

名詞 κάλλος《カッロス》 およびその変化形が使われているのは，テクスト箇所の後ろに＊印を付した 8 件。形容詞 καλός《カロス》 の変化形ついては比較級，最上級も，また中性対格形で副詞のように使われている例も含む。

1.473	καλὸν ἀείδοντες παιήονα κοῦροι Ἀχαιῶν	歌
1.604	Μουσάων θ᾽ αἳ ἄειδον ἀμειβόμεναι ὀπὶ καλῇ.	声
2.43	καλὸν νηγάτεον, περὶ δὲ μέγα βάλλετο φᾶρος·	肌着
2.44	ποσσὶ δ᾽ ὑπὸ λιπαροῖσιν ἐδήσατο καλὰ πέδιλα,	サンダル
2.307	καλῇ ὑπὸ πλατανίστῳ ὅθεν ῥέεν ἀγλαὸν ὕδωρ·	すずかけの木
2.673	Νιρεύς, ὃς κάλλιστος ἀνὴρ ὑπὸ Ἴλιον ἦλθε	ニレウス（ダナオイ勢中アキレウスに次ぐカロス）
2.850	Ἀξιοῦ οὗ κάλλιστον ὕδωρ ἐπικίδναται αἶαν.	清水
3.44	φάντες ἀριστῆα πρόμον ἔμμεναι, οὕνεκα καλὸν	パリス
3.89	τεύχεα κάλ᾽ ἀποθέσθαι ἐπὶ χθονὶ πουλυβοτείρῃ,	武器
3.169	καλὸν δ᾽ οὕτω ἐγὼν οὔ πω ἴδον ὀφθαλμοῖσιν,	アガメムノン
3.328	αὐτὰρ ὅ γ᾽ ἀμφ᾽ ὤμοισιν ἐδύσετο τεύχεα καλὰ	武具（パリスの）
3.331	καλάς, ἀργυρέοισιν ἐπισφυρίοις ἀραρυίας·	すね当て
3.388	ἤσκειν εἴρια καλά, μάλιστα δέ μιν φιλέεσκε·	糸（紡ぎ女の）
3.392 *	κάλλεΐ τε στίλβων καὶ εἵμασιν· οὐδέ κε φαίης	美貌（パリスの）
4.147	εὐφυέες κνῆμαί τε ἰδὲ σφυρὰ κάλ᾽ ὑπένερθε.	踵（メネラオスの）
5.92	πολλὰ δ᾽ ὑπ᾽ αὐτοῦ ἔργα κατήριπε κάλ᾽ αἰζηῶν·	作物（たくましい男らの丹精こめた）
5.194	καλοὶ πρωτοπαγεῖς νεοτευχέες· ἀμφὶ δὲ πέπλοι	馬車（戦車）
5.354	ἀχθομένην ὀδύνῃσι, μελαίνετο δὲ χρόα καλόν.	肌（アフロディテ女神の）
5.621	ἐσπάσατ᾽· οὐδ᾽ ἄρ᾽ ἔτ᾽ ἄλλα δυνήσατο τεύχεα καλὰ	武具
5.730	δῆσε χρύσειον καλὸν ζυγόν, ἐν δὲ λέπαδνα	軛
5.731	κάλ᾽ ἔβαλε χρύσει᾽· ὑπὸ δὲ ζυγὸν ἤγαγεν Ἥρη	胸紐（馬の）
5.858	τῇ ῥά μιν οὖτα τυχών, διὰ δὲ χρόα καλὸν ἔδαψεν,	肌（アレス神の）
6.156 *	τῷ δὲ θεοὶ κάλλός τε καὶ ἠνορέην ἐρατεινὴν	美貌（ベレロポンテスに授けられた）
6.195	καλὸν φυταλιῆς καὶ ἀρούρης, ὄφρα νέμοιτο.	見事な荘園
6.218	οἳ δὲ καὶ ἀλλήλοισι πόρον ξεινήϊα καλα	見事な品々（プレゼント）
6.294	ὃς κάλλιστος ἔην ποικίλμασιν ἠδὲ μέγιστος,	衣装（ヘカベがアテナ女神へ捧げる）
6.314	καλά, τά ῥ᾽ αὐτὸς ἔτευξε σὺν ἀνδράσιν οἳ τότ᾽ ἄριστοι	屋敷
6.326	δαιμόνι᾽ οὐ μὲν καλὰ χόλον τόνδ᾽ ἔνθεο θυμῷ,	「見苦しいぞ」（ヘクトルよりパリスに）
6.401	Ἑκτορίδην ἀγαπητὸν ἀλίγκιον ἀστέρι καλῷ,	星
7.103	Ὣς ἄρα φωνήσας κατεδύσετο τεύχεα καλά.	武具（メネラオスの）
8.305	καλὴ Καστιάνειρα δέμας ἐϊκυῖα θεῇσι	カスティアネイラ（女）

8.400	ἔρχεσθ'· οὐ γὰρ καλὰ συνοισόμεθα πτόλεμον δέ.	「ろくなことになるまいからな」
9.130*	ἐξελόμην, αἳ κάλλει ἐνίκων φῦλα γυναικῶν.	美貌（その女たちの）
9.140	αἴ κε μετ' Ἀργείην Ἑλένην κάλλισται ἔωσιν.	ヘレネに次ぐ美しさの女たち
9.152	καλήν τ' Αἴπειαν καὶ Πήδασον ἀμπελόεσσαν.	街アイペイア
9.187	καλῇ δαιδαλέῃ, ἐπὶ δ' ἀργύρεον ζυγὸν ἦεν,	見事な琴
9.217	καλοῖς ἐν κανέοισιν, ἀτὰρ κρέα νεῖμεν Ἀχιλλεύς.	籠
9.272*	ἐξέλεθ', αἳ τότε κάλλει ἐνίκων φῦλα γυναικῶν.	美貌（において際立っている女たち）
9.282	αἴ κε μετ' Ἀργείην Ἑλένην κάλλισται ἔωσιν.	女たち（ヘレネに次ぐ美しさの）
9.294	καλήν τ' Αἴπειαν καὶ Πήδασον ἀμπελόεσσαν.	街アイペイア
9.389*	οὐδ' εἰ χρυσείῃ Ἀφροδίτῃ κάλλος ἐρίζοι,	美貌（その女の）
9.556	κεῖτο παρὰ μνηστῇ ἀλόχῳ καλῇ Κλεοπάτρῃ	クレオパトレ（女）
9.615	καλόν τοι σὺν ἐμοὶ τὸν κήδειν ὅς κ' ἐμὲ κήδῃ·	「苦しめてやるがよいのだ」
9.707	αὐτὰρ ἐπεί κε φανῇ καλὴ ῥοδοδάκτυλος Ἠώς,	エオス女神
10.22	ποσσὶ δ' ὑπὸ λιπαροῖσιν ἐδήσατο καλὰ πέδιλα,	サンダル
10.34	τὸν δ' εὗρ' ἀμφ' ὤμοισι τιθήμενον ἔντεα καλὰ	鎧
10.132	ποσσὶ δ' ὑπὸ λιπαροῖσιν ἐδήσατο καλὰ πέδιλα,	サンダル
10.436	τοῦ δὴ καλλίστους ἵππους ἴδον ἠδὲ μεγίστους·	馬
10.472	καλὰ παρ' αὐτοῖσι χθονὶ κέκλιτο εὖ κατὰ κόσμον	武具
11.18	καλὰς ἀργυρέοισιν ἐπισφυρίοις ἀραρυίας·	すね当て
11.33	καλήν, ἣν πέρι μὲν κύκλοι δέκα χάλκεοι ἦσαν,	楯
11.77	δώματα καλὰ τέτυκτο κατὰ πτύχας Οὐλύμποιο.	屋敷
11.110	σπερχόμενος δ' ἀπὸ τοῖιν ἐσύλα τεύχεα καλὰ	武具（イソスとアンティポスから剝いだ）
11.247	βῆ δὲ φέρων ἀν' ὅμιλον Ἀχαιῶν τεύχεα καλά.	武具（アンピダマスから剝いだ）
11.352	οὐδ' ἵκετο χρόα καλόν· ἐρύκακε γὰρ τρυφάλεια	肌（ヘクトルの）
11.629	καλὴν κυανόπεζαν ἐΰξοον, αὐτὰρ ἐπ' αὐτῆς	机
11.727	ἔνθα Διὶ ῥέξαντες ὑπερμενεῖ ἱερὰ καλά,	生贄
11.755	κτείνοντές τ' αὐτοὺς ἀνά τ' ἔντεα καλὰ λέγοντες,	武具（エペイオス勢の）
11.798	καί τοι τεύχεα καλὰ δότω πόλεμον δὲ φέρεσθαι,	武具（アキレウスの）
12.295	καλὴν χαλκείην ἐξήλατον, ἣν ἄρα χαλκεὺς	楯
12.314	καλὸν φυταλιῆς καὶ ἀρούρης πυροφόροιο ;	果樹園
13.116	ὑμεῖς δ' οὐκ ἔτι καλὰ μεθίετε θούριδος ἀλκῆς	「もはや安閑としていることは許されぬ」
13.241	δύσετο τεύχεα καλὰ περὶ χροΐ, γέντο δὲ δοῦρε,	武具
13.432*	κάλλεϊ καὶ ἔργοισιν ἰδὲ φρεσί· τοὔνεκα καί μιν	美貌（ヒッポダメイアの）
13.510	ἐσπάσατ', οὐδ' ἄρ' ἔτ' ἄλλα δυνήσατο τεύχεα καλὰ	武具
13.611	ἆλτ' ἐπὶ Πεισάνδρῳ· ὃ δ' ὑπ' ἀσπίδος εἵλετο καλὴν	斧
14.175	τῷ ῥ' ἥ γε χρόα καλὸν ἀλειψαμένη ἰδὲ χαίτας	肌（ヘラ女神の）
14.177	καλοὺς ἀμβροσίους ἐκ κράατος ἀθανάτοιο.	巻き毛（女神の）
14.185	καλῷ νηγατέῳ· λευκὸν δ' ἦν ἠέλιος ὥς·	被衣
14.186	ποσσὶ δ' ὑπὸ λιπαροῖσιν ἐδήσατο καλὰ πέδιλα.	サンダル

14.238	δῶρα δέ τοι δώσω καλὸν θρόνον ἄφθιτον αἰεὶ	椅子
14.351	καλὴν χρυσείην· στιλπναὶ δ' ἀπέπιπτον ἔερσαι.	雲
15.705	καλῆς ὠκυάλου, ἣ Πρωτεσίλαον ἔνεικεν	快速船
15.713	πολλὰ δὲ φάσγανα καλὰ μελάνδετα κωπήεντα	剣
16.132	καλάς, ἀργυρέοισιν ἐπισφυρίοις ἀραρυίας·	すね当て
16.175	ὃν τέκε Πηλῆος θυγάτηρ καλὴ Πολυδώρη	ポリュドーレー（女）
16.180	παρθένιος, τὸν ἔτικτε χορῷ καλὴ Πολυμήλη	ポリュドーレー（女）
16.222	καλῆς δαιδαλέης, τήν οἱ Θέτις ἀργυρόπεζα	棺
16.299	πρῶτον, ἔπειτα δ' ἔνιψ' ὕδατος καλῇσι ῥοῇσι,	清流
17.19	Ζεῦ πάτερ οὐ μὲν καλὸν ὑπέρβιον εὐχετάασθαι.	「広言を吐くのはけしからぬこと」
17.55	καλὸν τηλεθάον· τὸ δέ τε πνοιαὶ δονέουσι	若木
17.91	ὤ μοι ἐγὼν εἰ μέν κε λίπω κάτα τεύχεα καλὰ	武具（パロトクロスの）
17.130	ἐς δίφρον δ' ἀνόρουσε· δίδου δ' ὅ γε τεύχεα καλὰ	武具（パロトクロスの）
17.162	αἶψά κεν Ἀργεῖοι Σαρπηδόνος ἔντεα καλὰ	武具（サルペドンの）
17.187	καλά, τὰ Πατρόκλοιο βίην ἐνάριξα κατακτάς.	武具（アキレウスの）
17.760	πολλὰ δὲ τεύχεα καλὰ πέσον περί τ' ἀμφί τε τάφρον	武具（ダナオイ勢の）
18.84	καλά· τὰ μὲν Πηλῆϊ θεοὶ δόσαν ἀγλαὰ δῶρα	武具
18.130	ἀλλά τοι ἔντεα καλὰ μετὰ Τρώεσσιν ἔχονται	武具
18.137	τεύχεα καλὰ φέρουσα παρ' Ἡφαίστοιο ἄνακτος.	武具
18.191	στεῦτο γὰρ Ἡφαίστοιο πάρ' οἰσέμεν ἔντεα καλά.	武具
18.290	νῦν δὲ δὴ ἐξαπόλωλε δόμων κειμήλια καλά,	財宝（館の中の）
18.383	καλή, τὴν ὤπυιε περικλυτὸς ἀμφιγυήεις·	カリス女神
18.390	καλοῦ δαιδαλέου· ὑπὸ δὲ θρῆνυς ποσὶν ἦεν·	椅子
18.408	ἀλλὰ σὺ μὲν νῦν οἱ παράθες ξεινήϊα καλά,	もてなしの品
18.459	καὶ καλὰς κνημῖδας ἐπισφυρίοις ἀραρυίας	すね当て
18.466	ὥς οἱ τεύχεα καλὰ παρέσσεται, οἷά τις αὖτε	武具
18.491	καλάς. ἐν τῇ μέν ῥα γάμοι τ' ἔσαν εἰλαπίναι τε,	街
18.518	καλὼ καὶ μεγάλω σὺν τεύχεσιν, ὥς τε θεώ περ	アレス神とアテナ女神（武装姿の）
18.528	τάμνοντ' ἀμφὶ βοῶν ἀγέλας καὶ πώεα καλὰ	羊（雪白の）
18.562	καλὴν χρυσείην· μέλανες δ' ἀνὰ βότρυες ἦσαν,	葡萄園（黄金色の）
18.570	ἱμερόεν κιθάριζε, λίνον δ' ὑπὸ καλὸν ἄειδε	リノス歌
18.588	ἐν καλῇ βήσσῃ μέγαν οἰῶν ἀργεννάων,	谷間
18.597	καί ῥ' αἳ μὲν καλὰς στεφάνας ἔχον, οἳ δὲ μαχαίρας	花輪
18.612	καλὴν δαιδαλέην, ἐπὶ δὲ χρύσεον λόφον ἧκε,	兜
19.11	καλὰ μάλ', οἷ' οὔ πώ τις ἀνὴρ ὤμοισι φόρησεν.	武具
19.79	ἑσταότος μὲν καλὸν ἀκούειν, οὐδὲ ἔοικεν	耳を傾けること
19.285	στήθεά τ' ἠδ' ἁπαλὴν δειρὴν ἰδὲ καλὰ πρόσωπα.	顔（ブリセイス（女）の）
19.370	καλὰς ἀργυρέοισιν ἐπισφυρίοις ἀραρυίας·	すね当て（アキレウスの）
19.380	καλοῦ δαιδαλέου· περὶ δὲ τρυφάλειαν ἀείρας	大楯

19.393	ζεύγνυον· ἀμφὶ δὲ καλὰ λέπαδν' ἔσαν, ἐν δὲ χαλινοὺς	胸帯（馬の）
20.8	οὔτ' ἄρα νυμφάων αἵ τ' ἄλσεα καλὰ νέμονται	森
20.185	καλὸν φυταλιῆς καὶ ἀρούρης, ὄφρα νέμηαι	荘園
20.233	ὃς δὴ κάλλιστος γένετο θνητῶν ἀνθρώπων·	ガニュメデス（少年）
20.235*	κάλλεος εἵνεκα οἷο ἵν' ἀθανάτοισι μετείη.	美貌（ガニュメデスの）
21.108	οὐχ ὁράᾳς οἷος καὶ ἐγὼ καλός τε μέγας τε ;	アキレウス
21.158	Ἀξιοῦ, ὃς κάλλιστον ὕδωρ ἐπὶ γαῖαν ἵησιν,	清水
21.238	χέρσον δέ· ζωοὺς δὲ σάω κατὰ καλὰ ῥέεθρα,	小川
21.244	κρημνὸν ἅπαντα διῶσεν, ἐπέσχε δὲ καλὰ ῥέεθρα	小川
21.301	πολλὰ δὲ τεύχεα καλὰ δαϊ κταμένων αἰζηῶν	武具
21.317	οὔτε τὰ τεύχεα καλά, τά που μάλα νειόθι λίμνης	武具
21.352	τὰ περὶ καλὰ ῥέεθρα ἅλις ποταμοῖο πεφύκει·	小川
21.354	οἳ κατὰ καλὰ ῥέεθρα κυβίστων ἔνθα καὶ ἔνθα	小川
21.361	Φῆ πυρὶ καιόμενος, ἀνὰ δ' ἔφλυε καλὰ ῥέεθρα.	小川
21.365	ὣς τοῦ καλὰ ῥέεθρα πυρὶ φλέγετο, ζέε δ' ὕδωρ·	小川
21.382	ἄψορρον δ' ἄρα κῦμα κατέσσυτο καλὰ ῥέεθρα.	小川
21.398	ἰθὺς ἐμεῦ ὦσας, διὰ δὲ χρόα καλὸν ἔδαψας ;	肌（アレス神の）
21.440	καλόν, ἐπεὶ πρότερος γενόμην καὶ πλείονα οἶδα.	「先手を取るのは私のすべきことではない」
21.447	εὐρύ τε καὶ μάλα καλόν, ἵν' ἄρρηκτος πόλις εἴη·	広い城壁
22.3	κεκλιμένοι καλῇσιν ἐπάλξεσιν· αὐτὰρ Ἀχαιοὶ	堅固な城壁
22.73	κεῖσθαι· πάντα δὲ καλὰ θανόντι περ ὅττι φανήῃ·	「目に映る何もかもがカロスなのだ」
22.154	καλοὶ λαΐνεοι, ὅθι εἵματα σιγαλόεντα	洗い場
22.155	πλύνεσκον Τρώων ἄλοχοι καλαί τε θύγατρες	娘たち
22.314	καλὸν δαιδάλεον, κόρυθι δ' ἐπένευε φαεινῇ	楯
22.315	τετραφάλῳ· καλαὶ δὲ περισσείοντο ἔθειραι	飾り毛
22.318	ἕσπερος, ὃς κάλλιστος ἐν οὐρανῷ ἵσταται ἀστήρ,	夕星
22.321	εἰσορόων χρόα καλόν, ὅπῃ εἴξειε μάλιστα.	肌（ヘクトルの）
22.323	καλά, τὰ Πατρόκλοιο βίην ἐνάριξε κατακτάς·	武具
23.66	πάντ' αὐτῷ μέγεθός τε καὶ ὄμματα κάλ' ἐϊκυῖα	澄んだ瞳（パロトクロスの亡霊の）
23.195	Βορέῃ καὶ Ζεφύρῳ, καὶ ὑπίσχετο ἱερὰ καλά·	贄
23.209	ἐλθεῖν ἀρᾶται, καὶ ὑπίσχεται ἱερὰ καλά,	贄
23.268	καλὸν τέσσαρα μέτρα κεχανδότα λευκὸν ἔτ' αὔτως·	大釜
23.533	ἕλκων ἅρματα καλὰ ἐλαύνων πρόσσοθεν ἵππους.	馬車
23.742*	χάνδανεν, αὐτὰρ κάλλει ἐνίκα πᾶσαν ἐπ' αἶαν	混酒器の美しさ
23.805	ὁππότερός κε φθῇσιν ὀρεξάμενος χρόα καλόν,	肌（試合相手の）
23.808	καλὸν Θρηΐκιον, τὸ μὲν Ἀστεροπαῖον ἀπηύρων·	太刀（トラケの）
24.52	ἕλκει· οὐ μήν οἱ τό γε κάλλιον οὐδέ τ' ἄμεινον.	「そのような行為は彼にとりカロスではない」
24.101	Ἥρη δὲ χρύσεον καλὸν δέπας ἐν χερὶ θῆκε	盃
24.228	Ἦ καὶ φωριαμῶν ἐπιθήματα κάλ' ἀνέῳγεν·	蓋

24.267	καλὴν πρωτοπαγέα, πείρινθα δὲ δῆσαν ἐπ᾽ αὐτῆς,	荷馬車
24.340	αὐτίκ᾽ ἔπειθ᾽ ὑπὸ ποσσὶν ἐδήσατο καλὰ πέδιλα	サンダル
24.388	ὥς μοι καλὰ τὸν οἶτον ἀπότμου παιδὸς ἔνισπες.	(倅の死のことをピタリと話し当てる)
24.429	ἀλλ᾽ ἄγε δὴ τόδε δέξαι ἐμεῦ πάρα καλὸν ἄλεισον,	盃
24.588	ἀμφὶ δέ μιν φᾶρος καλὸν βάλον ἠδὲ χιτῶνα,	外套
24.626	καλοῖς ἐν κανέοισιν· ἀτὰρ κρέα νεῖμεν Ἀχιλλεύς.	籠
24.644	δέμνι᾽ ὑπ᾽ αἰθούσῃ θέμεναι καὶ ῥήγεα καλὰ	毛布

付録 B2 『オデュッセイア』における καλός《カロス》 と κάλλος《カッロス》，およびそれらの変化形の全例

名詞 κάλλος およびその変化形が使われているのは，テクスト箇所の後ろに＊印を付した 8 件。形容詞 καλός《カロス》 の変化形ついては比較級，最上級も，また中性対格形で副詞のように使われている例も，また 1 件（2.63）しかない副詞形（καλῶς《カロース》）も含む。

1.96	ὣς εἰποῦσ᾽ ὑπὸ ποσσὶν ἐδήσατο καλὰ πέδιλα,	サンダル
1.131	καλὸν δαιδάλεον· ὑπὸ δὲ θρῆνυς ποσὶν ἦεν.	肘掛け椅子
1.137	καλῇ χρυσείῃ, ὑπὲρ ἀργυρέοιο λέβητος,	水差し（黄金の）
1.155	ἦ τοι ὁ φορμίζων ἀνεβάλλετο καλὸν ἀείδειν,	うまく歌う
1.208	αἰνῶς μὲν κεφαλήν τε καὶ ὄμματα καλὰ ἔοικας	目（テレマコスの）
1.301	καὶ σύ, φίλος, μάλα γάρ σ᾽ ὁρόω καλόν τε μέγαν τε,	体躯（テレマコスの）
1.312	τιμῆεν, μάλα καλόν, ὅ τοι κειμήλιον ἔσται	贈り物
1.318	καὶ μάλα καλὸν ἑλών· σοὶ δ᾽ ἄξιον ἔσται ἀμοιβῆς."	贈り物
1.370	ἔστω, ἐπεὶ τό γε καλὸν ἀκουέμεν ἐστὶν ἀοιδοῦ	歌人に耳を傾けること
2.4	ποσσὶ δ᾽ ὑπὸ λιπαροῖσιν ἐδήσατο καλὰ πέδιλα,	サンダル
2.63	οὐ γὰρ ἔτ᾽ ἀνσχετὰ ἔργα τετεύχαται, οὐδ᾽ ἔτι καλῶς	（家が悪しくも滅びた）
2.376	ὡς ἂν μὴ κλαίουσα κατὰ χρόα καλὸν ἰάπτῃ."	肌（母（ペネロペイア）の）
3.63	δῶκε δὲ Τηλεμάχῳ καλὸν δέπας ἀμφικύπελλον·	盃
3.69	"νῦν δὴ κάλλιόν ἐστι μεταλλῆσαι καὶ ἐρέσθαι	「異国人に尋ねるのは，今ならより妥当だ」
3.199	καὶ σύ, φίλος, μάλα γάρ σ᾽ ὁρόω καλόν τε μέγαν τε,	体躯（テレマコスの）
3.351	αὐτὰρ ἐμοὶ πάρα μὲν χλαῖναι καὶ ῥήγεα καλά.	クロークと毛布
3.358	Τηλέμαχον πείθεσθαι, ἐπεὶ πολὺ κάλλιον οὕτω.	「従うべきだ，その方がずっと妥当だから」
3.387	υἱάσι καὶ γαμβροῖσιν, ἑὰ πρὸς δώματα καλά.	館
3.464	τόφρα δὲ Τηλέμαχον λοῦσεν καλὴ Πολυκάστη,	ポリュカステ（女）
3.467	ἀμφὶ δέ μιν φᾶρος καλὸν βάλεν ἠδὲ χιτῶνα,	上着
4.53	καλῇ χρυσείῃ, ὑπὲρ ἀργυρέοιο λέβητος,	水差し（黄金の）
4.130	χωρὶς δ᾽ αὖθ᾽ Ἑλένῃ ἄλοχος πόρε κάλλιμα δῶρα·	贈り物（ヘレネに贈った）
4.297	δέμνι᾽ ὑπ᾽ αἰθούσῃ θέμεναι καὶ ῥήγεα καλὰ	毛布
4.309	ποσσὶ δ᾽ ὑπὸ λιπαροῖσιν ἐδήσατο καλὰ πέδιλα,	サンダル
4.404	ἀμφὶ δέ μιν φῶκαι νέποδες καλῆς ἁλοσύδνης	アンピトリテ女神
4.473	ῥέξας ἱερὰ καλ᾽ ἀναβαινέμεν, ὄφρα τάχιστα	生贄
4.591	δώσω καλὸν ἄλεισον, ἵνα σπένδῃσθα θεοῖσιν	盃
4.614	δώσω, ὃ κάλλιστον καὶ τιμηέστατόν ἐστι.	贈り物
4.749	ὡς ἂν μὴ κλαίουσα κατὰ χρόα καλὸν ἰάπτῃς.	肌（ペネロペイアの）
5.44	αὐτίκ᾽ ἔπειθ᾽ ὑπὸ ποσσὶν ἐδήσατο καλὰ πέδιλα,	サンダル
5.61	δαιομένων· ἡ δ᾽ ἔνδον ἀοιδιάουσ᾽ ὀπὶ καλῇ	声（カリュプソ女神の）

5.232	καλὴν χρυσείην, κεφαλῇ δ' ἐφύπερθε καλύπτρην.	帯（黄金の）
6.18*	πὰρ δὲ δύ' ἀμφίπολοι, Χαρίτων ἄπο κάλλος ἔχουσαι,	美貌（女中の）
6.27	σοὶ δὲ γάμος σχεδόν ἐστιν, ἵνα χρὴ καλὰ μὲν αὐτὴν	「ご自身が美しく着飾らねばならない」
6.39	καὶ δὲ σοὶ ὧδ' αὐτῇ πολὺ κάλλιον ἠὲ πόδεσσιν	「そのほうがあなたにずっと都合がいい」
6.87	καλὸν ὑπεκπρόρεεν μάλα περ ῥυπόωντα καθῆραι,	水流
6.108	ῥεῖά τ' ἀριγνώτη πέλεται, καλαὶ δέ τε πᾶσαι·	「女神たちはすべて美人であった」
6.111	ζεύξασ' ἡμιόνους πτύξασά τε εἵματα καλά,	衣類
6.237*	κάλλεϊ καὶ χάρισι στίλβων· θηεῖτο δὲ κούρη.	美貌（オデュッセウスの）
6.252	εἵματ' ἄρα πτύξασα τίθει καλῆς ἐπ' ἀπήνης,	車（女中たちの）
6.263	ὑψηλός, καλὸς δὲ λιμὴν ἑκάτερθε πόληος,	港
6.266	ἔνθα δέ τέ σφ' ἀγορὴ καλὸν Ποσιδήϊον ἀμφίς,	ポセイドン神の社
6.276	"τίς δ' ὅδε Ναυσικάᾳ ἕπεται καλός τε μέγας τε	オデュッセウス
7.159	"Ἀλκίνο', οὐ μέν τοι τόδε κάλλιον οὐδὲ ἔοικε	「異国の人が床に座っているのはよくない」
7.173	καλῇ χρυσείῃ, ὑπὲρ ἀργυρέοιο λέβητος,	水差し（黄金の）
7.191	ῥέξομεν ἱερὰ καλά, ἔπειτα δὲ καὶ περὶ πομπῆς	生贄
7.235	καλά, τά ῥ' αὐτὴ τεῦξε σὺν ἀμφιπόλοισι γυναιξί·	衣類（女中たちが作ったオデュッセウスの）
7.336	δέμνι' ὑπ' αἰθούσῃ θέμεναι καὶ ῥήγεα καλὰ	毛布
8.41	σκηπτοῦχοι βασιλῆες ἐμὰ πρὸς δώματα καλὰ	館
8.69	κῆρυξ· πὰρ δ' ἐτίθει κάνεον καλήν τε τράπεζαν,	テーブル
8.85	κὰκ κεφαλῆς εἴρυσσε, κάλυψε δὲ καλὰ πρόσωπα·	顔（オデュッセウスの）
8.166	"ξεῖν', οὐ καλὸν ἔειπες· ἀτασθάλῳ ἀνδρὶ ἔοικας.	「怪しからぬことを汝は言う」
8.260	λείηναν δὲ χορόν, καλὸν δ' εὔρυναν ἀγῶνα.	踊り場
8.266	αὐτὰρ ὁ φορμίζων ἀνεβάλλετο καλὸν ἀείδειν	上手く歌う
8.310	οὕνεχ' ὁ μὲν καλός τε καὶ ἀρτίπος, αὐτὰρ ἐγώ γε	アレス神
8.320	οὕνεκά οἱ καλὴ θυγάτηρ, ἀτὰρ οὐκ ἐχέθυμος."	アフロディテ女神
8.372	οἱ δ' ἐπεὶ οὖν σφαῖραν καλὴν μετὰ χερσὶν ἕλοντο,	鞠
8.439	ἐξέφερεν θαλάμοιο, τίθει δ' ἐνὶ κάλλιμα δῶρα,	贈り物
8.441	ἐν δ' αὐτὴ φᾶρος θῆκεν καλόν τε χιτῶνα	肌着
8.455	ἀμφὶ δέ μιν χλαῖναν καλὴν βάλον ἠδὲ χιτῶνα,	上着
8.457*	ἤϊε· Ναυσικάα δὲ θεῶν ἄπο κάλλος ἔχουσα	美貌（ナウシカア（女）の）
8.543	ξεινοδόκοι καὶ ξεῖνος, ἐπεὶ πολὺ κάλλιον οὕτω·	「演奏をやめ皆が楽しむほうがずっとよい」
8.549	ὅττι κέ σ' εἴρωμαι· φάσθαι δέ σε κάλλιόν ἐστιν.	「汝は話すほうがよい」
9.3	ἦ τοι μὲν τόδε καλὸν ἀκουέμεν ἐστὶν ἀοιδοῦ	歌人に耳を傾けること
9.11	τοῦτό τί μοι κάλλιστον ἐνὶ φρεσὶν εἴδεται εἶναι.	音楽と食と酒を堪能すること
9.426	καλοί τε μεγάλοι τε, ἰοδνεφὲς εἶρος ἔχοντες·	大柄な牡羊
9.513	ἀλλ' αἰεί τινα φῶτα μέγαν καὶ καλὸν ἐδέγμην	島に来るだろう男
10.13	καὶ μὲν τῶν ἱκόμεσθα πόλιν καὶ δώματα καλά.	館
10.40	πολλὰ μὲν ἐκ Τροίης ἄγεται κειμήλια καλὰ	宝物
10.221	Κίρκης δ' ἔνδον ἄκουον ἀειδούσης ὀπὶ καλῇ	声

10.227	καλὸν ἀοιδιάει, δάπεδον δ' ἅπαν ἀμφιμέμυκεν,	上手く歌う
10.252	εὕρομεν ἐν βήσσῃσι τετυγμένα δώματα καλὰ	館
10.315	[καλοῦ δαιδαλέου· ὑπὸ δὲ θρῆνυς ποσὶν ἦεν·]	椅子（ダイダロス（精巧）なる）
10.352	τάων ἡ μὲν ἔβαλλε θρόνοισ' ἔνι ῥήγεα καλὰ	毛布
10.365	ἀμφὶ δέ με χλαῖναν καλὴν βάλεν ἠδὲ χιτῶνα,	上着
10.367	καλοῦ δαιδαλέου· ὑπὸ δὲ θρῆνυς ποσὶν ἦεν·	椅子（ダイダロス（精巧）なる）
10.369	καλῇ χρυσείῃ, ὑπὲρ ἀργυρέοιο λέβητος,	水差し（黄金の）
10.396	καὶ πολὺ καλλίονες καὶ μείζονες εἰσοράασθαι.	男たち（豚から元の姿に戻された）
10.545	καλὴν χρυσείην, κεφαλῇ δ' ἐπέθηκε καλύπτρην.	帯（黄金の）
11.130	ἔρξας ἱερὰ καλὰ Ποσειδάωνι ἄνακτι,	生贄
11.184	σὸν δ' οὔ πώ τις ἔχει καλὸν γέρας, ἀλλὰ ἕκηλος	王権（ゲラス）
11.239	ὃς πολὺ κάλλιστος ποταμῶν ἐπὶ γαῖαν ἵησι,	川
11.240	καί ῥ' ἐπ' Ἐνιπῆος πωλέσκετο καλὰ ῥέεθρα.	水流
11.271	μητέρα τ' Οἰδιπόδαο ἴδον, καλὴν Ἐπικάστην,	エピカステ（女）
11.282*	γῆμεν ἑὸν διὰ κάλλος, ἐπεὶ πόρε μυρία ἕδνα,	美貌（クロリス（女）の）
11.310	καὶ πολὺ καλλίστους μετά γε κλυτὸν Ὠρίωνα·	オトスとエピアルテス
11.321	Φαίδρην τε Πρόκριν τε ἴδον καλήν τ' Ἀριάδνην,	アリアドネ（女）
11.402	βοῦς περιταμνόμενον ἠδ' οἰῶν πώεα καλὰ	羊
11.522	κεῖνον δὴ κάλλιστον ἴδον μετὰ Μέμνονα δῖον.	エウリュピュロス（メムノンに次いでカロス）
11.529	οὔτ' ὠχρήσαντα χρόα κάλλιμον οὔτε παρειῶν	肌（ネオプトレモスの）
11.640	πρῶτα μὲν εἰρεσίῃ, μετέπειτα δὲ κάλλιμος οὖρος.	順風
12.129	ἑπτὰ βοῶν ἀγέλαι, τόσα δ' οἰῶν πώεα καλά,	羊
12.192	ὣς φάσαν ἱεῖσαι ὄπα κάλλιμον· αὐτὰρ ἐμὸν κῆρ	声（セイレンたちの）
12.262	ἱκόμεθ'· ἔνθα δ' ἔσαν καλαὶ βόες εὐρυμέτωποι,	牛
12.318	ἔνθα δ' ἔσαν Νυμφέων καλοὶ χοροὶ ἠδὲ θόωκοι·	踊り場（または踊り隊）
12.355	βοσκέσκονθ' ἕλικες καλαὶ βόες εὐρυμέτωποι· —	牛
13.218	ἠρίθμει καὶ χρυσὸν ὑφαντά τε εἵματα καλά.	衣類
13.289	καλῇ τε μεγάλῃ τε καὶ ἀγλαὰ ἔργα ἰδυίῃ·	アテナ女神
13.398	κάρψω μὲν χρόα καλὸν ἐνὶ γναμπτοῖσι μέλεσσι,	肌（オデュッセウスの）
13.430	κάρψε μέν οἱ χρόα καλὸν ἐνὶ γναμπτοῖσι μέλεσσι,	肌（オデュッセウスの）
14.7	καλή τε μεγάλη τε, περίδρομος· ἥν ῥα συβώτης	中庭
14.154	[ἕσσαι με χλαῖνάν τε χιτῶνά τε, εἵματα καλά·]	衣類
14.253	ἐπλέομεν βορέῃ ἀνέμῳ ἀκραέϊ καλῷ	順風
14.299	ἡ δ' ἔθεεν βορέῃ ἀνέμῳ ἀκραέϊ καλῷ	順風
15.10	"Τηλέμαχ', οὐκέτι καλὰ δόμων ἄπο τῆλ' ἀλάλησαι,	「テレマコスが遍歴しているのは適切でない」
15.76	καλά, σὺ δ' ὀφθαλμοῖσιν ἴδῃς, εἴπω δὲ γυναιξὶ	贈り物
15.107	ὃς κάλλιστος ἔην ποικίλμασιν ἠδὲ μέγιστος,	衣装
15.114	δώσω ὃ κάλλιστον καὶ τιμηέστατόν ἐστι.	宝物の贈り物
15.136	καλῇ χρυσείῃ, ὑπὲρ ἀργυρέοιο λέβητος,	水差し（黄金の）

15.206	νηῒ δ' ἐνὶ πρυμνῇ ἐξαίνυτο κάλλιμα δῶρα,	贈り物
15.251*	κάλλεος εἵνεκα οἷο, ἵν' ἀθανάτοισι μετείη·	美貌（クレイトスの）
15.332	αἰεὶ δὲ λιπαροὶ κεφαλὰς καὶ καλὰ πρόσωπα,	顔（求婚者たちの給仕の若者たちの）
15.369	καλὰ μάλ' ἀμφιέσασα ποσίν θ' ὑποδήματα δοῦσα	上着
15.418	καλή τε μεγάλη τε καὶ ἀγλαὰ ἔργα ἰδυῖα·	女中（ポイニケ生まれのたくらみ深い女）
15.454	ἡ μὲν ἄρ' ὣς εἰποῦσ' ἀπέβη πρὸς δώματα καλά·	館
15.550	Τηλέμαχος δ' ὑπὸ ποσσὶν ἐδήσατο καλὰ πέδιλα,	サンダル（テレマコスの）
16.15	κύσσε δέ μιν κεφαλήν τε καὶ ἄμφω φάεα καλὰ	目の輝き（テレマコスの）
16.79	ἕσσω μιν χλαῖνάν τε χιτῶνά τε εἵματα καλά,	衣類
16.109	ῥυστάζοντας ἀεικελίως κατὰ δώματα καλά,	館
16.158	καλῇ τε μεγάλῃ τε καὶ ἀγλαὰ ἔργα ἰδυίῃ.	アテナ女神（の扮装する女）
16.210	ἀνδρὶ νέῳ καὶ καλὰ περὶ χροῒ εἵματ' ἔχοντι.	衣類
17.2	δὴ τότ' ἔπειθ' ὑπὸ ποσσὶν ἐδήσατο καλὰ πέδιλα	サンダル（テレマコスの）
17.39	κύσσε δέ μιν κεφαλήν τε καὶ ἄμφω φάεα καλά,	目（テレマコスの）
17.92	καλῇ χρυσείῃ, ὑπὲρ ἀργυρέοιο λέβητος,	水差し（黄金の）
17.264	"Εὔμαι', ἦ μάλα δὴ τάδε δώματα κάλ' Ὀδυσῆος·	館
17.307	καλὸς μὲν δέμας ἐστίν, ἀτὰρ τόδε γ' οὐ σάφα οἶδα,	飼い犬アルゴス（の体躯）
17.381	"Ἀντίνο', οὐ μὲν καλὰ καὶ ἐσθλὸς ἐὼν ἀγορεύεις·	「筋の通ったことをしかるべく言っていない」
17.397	"Ἀντίνο', ἦ μευ καλὰ πατὴρ ὣς κήδεαι υἷος,	「息子のことをよく心配してくれる」
17.460	"νῦν δή σ' οὐκέτι καλὰ διὲκ μεγάροιο ὀΐω	「汝がカロスに退出することはもうできぬと思う」
17.483	"Ἀντίνο', οὐ μὲν κάλ' ἔβαλες δύστηνον ἀλήτην.	「撃つとは怪しからぬ」
17.550	ἕσσω μιν χλαῖνάν τε χιτῶνά τε, εἵματα καλά."	衣類
17.583	καὶ δὲ σοὶ ὧδ' αὐτῇ πολὺ κάλλιον, ὦ βασίλεια,	「ひとりで話す方が汝にもずっと都合よかろう」
17.600	ἠῶθεν δ' ἰέναι καὶ ἄγειν ἱερήϊα καλά	生贄
18.68	καλούς τε μεγάλους τε, φάνεν δέ οἱ εὐρέες ὦμοι	腿（オデュッセウスの）
18.192*	κάλλεϊ μέν οἱ πρῶτα προσώπατα καλὰ κάθηρεν	美貌（アフロディテ女神が踊りに行く時に塗る）
18.192	κάλλεϊ μέν οἱ πρῶτα προσώπατα καλὰ κάθηρεν	顔（ペネロペイアの）
18.219*	ἐς μέγεθος καὶ κάλλος ὁρώμενος, ἀλλότριος φώς,	美貌（テレマコスの）
18.255	μεῖζόν κε κλέος εἴη ἐμὸν καὶ κάλλιον οὕτω.	よりよい評判
18.287	δέξασθ'· οὐ γὰρ καλὸν ἀνήνασθαι δόσιν ἐστίν·	「贈り物を拒むのはよろしくない」
18.301	ἄλλο δ' ἄρ' ἄλλος δῶρον Ἀχαιῶν καλὸν ἔνεικεν.	贈り物（アカイア人たちの各人の）
19.18	καλά, τά μοι κατὰ οἶκον ἀκηδέα καπνὸς ἀμέρδει	武具（オデュッセウスの父の）
19.37	ἔμπης μοι τοῖχοι μεγάρων καλαί τε μεσόδμαι	羽目板　天井を支えるもの
19.128	μεῖζόν κε κλέος εἴη ἐμὸν καὶ κάλλιον οὕτω.	評判（ペネロペイアの）
19.173	καλὴ καὶ πίειρα, περίρρυτος· ἐν δ' ἄνθρωποι	クレーテーの地
19.208	ὣς τῆς τήκετο καλὰ παρήϊα δάκρυ χεούσης,	頬（ペネロペイアの）
19.242	καλὴν πορφυρέην καὶ τερμιόεντα χιτῶνα,	上着
19.263	μηκέτι νῦν χρόα καλὸν ἐναίρεο μηδέ τι θυμὸν	肌（ペネロペイアの）
19.417	κύσσ' ἄρα μιν κεφαλήν τε καὶ ἄμφω φάεα καλά.	目

19.519	καλὸν ἀείδῃσιν ἔαρος νέον ἱσταμένοιο,	ナイチンゲールの鳴きぶり
19.580	κουρίδιον, μάλα καλόν, ἐνίπλειον βιότοιο,	館
20.122	αἱ δ' ἄλλαι δμῳαὶ κατὰ δώματα κάλ' Ὀδυσῆος	館
20.126	ποσσὶ δ' ὑπὸ λιπαροῖσιν ἐδήσατο καλὰ πέδιλα,	サンダル
20.164	καὶ τοὺς μέν ῥ' εἴασε καθ' ἕρκεα καλὰ νέμεσθαι,	中庭
20.255	καλοῖσ' ἐν κανέοισιν, ἐοινοχόει δὲ Μελανθεύς.	パン籠
20.294	ἴσην· οὐ γὰρ καλὸν ἀτέμβειν οὐδὲ δίκαιον	「侮辱するのはよろしくない」
20.319	ῥυστάζοντας ἀεικελίως κατὰ δώματα καλά."	館
20.354	αἵματι δ' ἐρράδαται τοῖχοι καλαί τε μεσόδμαι·	羽目板
21.7	καλὴν χαλκείην· κώπη δ' ἐλέφαντος ἐπῆεν.	鍵
21.49	βοσκόμενος λειμῶνι· τόσ' ἔβραχε καλὰ θύρετρα	扉
21.78	κουρίδιον, μάλα καλόν, ἐνίπλειον βιότοιο,	館
21.117	οἷός τ' ἤδη πατρὸς ἀέθλια κάλ' ἀνελέσθαι."	武器
21.138	αὐτοῦ δ' ὠκὺ βέλος καλῇ προσέκλινε κορώνῃ,	ドアの取っ手
21.145	ὅ σφι θυοσκόος ἔσκε, παρὰ κρητῆρα δὲ καλὸν	クラテール（混酒器）
21.165	αὐτοῦ δ' ὠκὺ βέλος καλῇ προσέκλινε κορώνῃ,	ドアの取っ手
21.312	"Ἀντίνο', οὐ μὲν καλὸν ἀτέμβειν οὐδὲ δίκαιον	「侮辱するのはよろしくない」
21.339	ἕσσω μιν χλαῖνάν τε χιτῶνά τε, εἵματα καλά,	衣類
21.411	ἡ δ' ὑπὸ καλὸν ἄεισε, χελιδόνι εἰκέλη αὐδήν.	弦の鳴りぐあい
22.9	ἤ τοι ὁ καλὸν ἄλεισον ἀναιρήσεσθαι ἔμελλε,	盃（黄金の）
22.114	ὣς δ' αὔτως τὼ δμῶε δυέσθην τεύχεα καλά,	武具
22.137	αὐλῆς καλὰ θύρετρα, καὶ ἀργαλέον στόμα λαύρης·	扉
22.162	οἴσων τεύχεα καλά· νόησε δὲ δῖος ὑφορβός,	武具
22.183	τῇ ἑτέρῃ μὲν χειρὶ φέρων καλὴν τρυφάλειαν,	兜
22.495	γρηῢς δ' αὖτ' ἀπέβη διὰ δώματα κάλ' Ὀδυσῆος	館
23.155	ἀμφὶ δέ μιν φᾶρος καλὸν βάλεν ἠδὲ χιτῶνα·	上着
23.156*	αὐτὰρ κὰκ κεφαλῆς χεῦεν πολὺ κάλλος Ἀθήνη	美貌（湯浴み後のオデュッセウスの）
23.277	ἔρξανθ' ἱερὰ καλὰ Ποσειδάωνι ἄνακτι,	生贄
23.366	ἦ ῥα, καὶ ἀμφ' ὤμοισιν ἐδύσετο τεύχεα καλά,	武具
24.3	καλὴν χρυσείην, τῇ τ' ἀνδρῶν ὄμματα θέλγει,	杖（黄金の）
24.44	κάτθεμεν ἐν λεχέεσσι, καθήραντες χρόα καλὸν	肌（アキレウスの）
24.60	Μοῦσαι δ' ἐννέα πᾶσαι ἀμειβόμεναι ὀπὶ καλῇ	声（ムーサ女神たちの）
24.112	βοῦς περιταμνομένους ἠδ' οἰῶν πώεα καλά,	羊
24.206	καλὸν Λαέρταο τετυγμένον, ὅν ῥά ποτ' αὐτὸς	農園
24.277	τόσσα δὲ φάρεα καλά, τόσους δ' ἐπὶ τοῖσι χιτῶνας,	毛布
24.361	ὣς ἄρα φωνήσαντε βάτην πρὸς δώματα καλά.	館
24.367	ἀμφὶ δ' ἄρα χλαῖναν καλὴν βάλεν· αὐτὰρ Ἀθήνη	上着

付録 B3　ホメロスにおいて，καλός《カロス》およびその変化形が，行為・事象を修飾しているケース全 44 件の内訳

肯定の度合い	形容されている対象		『イリアス』における箇所	『オデュッセイア』における箇所	件数
絶対的に肯定	(感官で捉えられる対象)	歌	1.473／18.570	1. 155／8. 266／10. 277／19.519／21.411	18
		声	1.604	5.61／12.192／24.60	
		風		11.640／14.253／14.299	
		歌人に耳を傾けること		1.370／9.3	
		音楽と酒を堪能すること		9.11	
		「目に見える限りのもの」	22.73		
	(感官で捉えられない対象)	「敵を苦しめること」	9.615		4
		「弁論を大人しく聞くこと」	19.79		
		「息子の死を言い当てること」	24.388		
		「息子を心配する父のごとくに心配すること」		17.397	
相対的にのみ肯定(比較級)	(すべて、感官で捉えられない対象)			3.69／3.358／6.39／8.543／8.549／17.583	22
相対的にのみ否定(比較級)			24.52	7.159	
絶対的に否定			6. 326／8. 400／13.116／17.19／21.440	2. 63／8. 166／15. 10／17.381／17.460／17.483／18.287／20.294／21.312／	
件　数			13	31	44

付録 C1　歴史・弁論の 6 作家における「カロスなる死」の一覧

事例番号	テクスト箇所	死を表す語	誰の死か	誰の言葉か	現実度[1]	現実度への補足	概　要
ヘロドトス-①	1.30.24	ἀπέθανε	テッロス	ソロン	A		戦死。彼は敵を敗走させて最もカロスに死んだ。
ヘロドトス-②	1.32.23	τελευτήσαντα	クロイソス	ソロン	C	幸福の条件	汝（クロイソス）がカロスに生を終えたと聞くまでは，汝が最も幸福であるかどうかは判定できない。
ヘロドトス-③	1.32.26	τελευτῆσαι	不特定（富裕な者）	ソロン	C	相対的幸福の条件	すべてがカロスという状況下でよく生を終えるのでなければ，その日暮らしの者より幸福とは言えない。
ヘロドトス-④	3.73.3	ἀποθανεῖν	話者自身を含むペルシア人たち	ゴブリュアス	B1	反語による提案	支配を取り戻すか死ぬかすることが，いつ，今よりもっとカロスでありうるだろうか。
ヘロドトス-⑤	8.100.9	τελευτῆσαι	話者自身	マルドニオス	B1	A に近いが B	戦死。大いなる企ての中でカロスに生を終えるかヘラスを征服するほうがマシだと考えた。
ツキュディデス-①	4.40.2.4	τεθνεῶτες	スパクテリアで戦死したラケダイモン人たち	アテナイの同盟軍の兵士	A	肯定には至らず	戦死。死んだ仲間たちはカロカガトスであったか，と生存者らに問うた。(返答は否定的)
クセノポン-①	*HG.* 4.8.38	ἀποθανεῖν	話者自身	アナクシビオス	B1	自身の期待	戦死。「ここで死ぬことは私においてカロスであろう。」
クセノポン-②	*HG.* 7.5.18	τελευτὴν	話者自身	エパメイノンダス	B1	自身の期待	戦死。支配権を祖国に残すことを試みている者においては，死ぬことがカロスだろう，と考えた。
クセノポン-③	*Mem.* 4.8.2	θάνατον	ソクラテス	(著者)	A		ソクラテスよりカロスに死を耐えた（ἐνεγκεῖν）人はいない，と合意されている。
クセノポン-④	*Mem.* 4.8.3	ἀποθάνοι, θάνατος	ソクラテス	(著者)	A	ファクトを示唆する反語	1. 誰が彼よりカロスに死ぬことができようか。 2. 最もカロスに死ぬ人の死より，どんな死がもっとカロスでありえようか。 3. 最もカロスな死より，いかなる死がもっと幸福なものでありえようか。
クセノポン-⑤	*An.* 3.1.43	ἀποθνήσκειν	不特定	クセノポン(指揮官として)	C	長寿者の条件	カロスに死のうと頑張る者たちが，むしろ老年まで生きられるものだ。
クセノポン-⑥	*An.* 3.2.3	ἀποθνήσκωμεν	話者自身を含むギリシア軍勢	ケイリソポス	B1	提案	戦死。さもなくば，我々はカロスに死のうではないか。
クセノポン-⑦	*An.* 4.1.19	τέθνατον	レオニュモスとバシアス	クセノポン(指揮官として)	A		戦死。今二人の者が，カロスかつよき男として死んでしまっているのに……。
クセノポン-⑧	*Cyr.* 1.4.11	τεθνηκότα	野生の動物	キュロス	A		野生の獲物は，死んでしまっていても，囲われた生きている動物よりもカロスであった。
クセノポン-⑨	*Cyr.* 7.3.11	τέλος	アブラダタス	キュロス	A		戦死。「婦人よ，この人は最もカロスなる死を得た。」(死者の妻に死を報告している。)
クセノポン-⑩	*Lac.* 9.1.2	θάνατον	不特定	リュクルゴス	B2	一般的勧告	戦死。カロスなる死を恥ずかしい生よりも選ぶべきものにした，というリュクルゴスの功績は……。

リュシアス-①	2.79.4	θάνατον	今回葬られる戦死者たち	同左	B1	A に近いが B	戦死。彼らは，自らやって来る死を待つのでなく，最もカロスなる死を選択して，生を終えた。
リュシアス-②	34.6.5	ἀποθνῄσκειν	アテナイ人たち	(弁論者)	B2	一般的勧告	戦死。そのような場合は，……するよりも戦いながら死ぬことのほうがずっとカロスだと認めるべきだ。
アンドキデス-①	*Myst.* 57.5	ἀπολέσθαι	不特定	(弁論者)	C	単なる選択肢	仮に，カロスに死ぬか醜く助かるかのどちらかを選ばねばならなかったとしたら……。
アンドキデス-②	*Myst.* 57.7	ἀποθανεῖν	不特定	(弁論者)	C	単なる選択肢	仮に，同じ選択を迫られたなら，多くの人は生きることのほうをカロスな死よりも選んだろう。
イソクラテス-①	*Ad Dem.* 43.8	ἀποθανεῖν	熱意ある人全般	(弁論者)	C	一般的認識	カロスな死は熱意ある人々(σπουδαίοις)の特質である。
イソクラテス-②	*Ad Nic.* 36.8	τεθνάναι	ニコクレス	(弁論者)	B2	一般的勧告	生死を賭ける危険を余儀なくされた場合は，恥ずかしく生きるよりはカロスに死ぬことを選べ。
イソクラテス-③	*Paneg.* 77.4	ἀποθνῄσκειν	ギリシアのために危険を冒した人たち	同左	B1	A に近いが B	戦死。彼らは国のためにカロスに死ぬことを恐れなかった。
イソクラテス-④	*Paneg.* 95.7	ἀποθανεῖν	カロカガトスな人全般	(弁論者)	B2	一般的期待	カロスかつアガトスなる人々はカロスな死を選ぶべきという現実のとおり……。
イソクラテス-⑤	*Arch.* 89.11	τελευτὴν	名声と共に生きてきた人たち	(弁論者)	B2	一般的勧告	戦死。ヘラスで一番手であるか，生の終わりをカロスなものにして討たれるかが必要。
イソクラテス-⑥	*Hel.* 53.1	τεθνάναι	神々の息子たち	神々	B2	親の期待	戦死。ヘレネのために戦いながら死ぬことがよりカロスだと考えながら，息子たちを送り出した。

注 1）〈現実度〉とは，各事例におけるカロスなる死の現実度のことである。記号は以下のとおり。
A：カロスな死が，ファクト（すでに実現した事実）として語られている場合。
B1：まだ実現されていないカロスな死を自分（たち）が遂げることへの，本人自身の意欲が語られている場合。
B2：まだ実現されていないカロスな死への，他人の期待や一般的な期待が語られている場合。
C：A と B のいずれでもない形で，カロスな死が語られている場合。

付録C2　歴史・弁論の6作家における「戦いながらの死」の一覧

テクスト箇所	誰の死か	死の動詞の形[1]	ファクトか[2]	概　要
【ヘロドトス】				
1.176.9	クサントスの全住人	ἀπέθανον	○	自分たちの町を守って，戦いながら死んだ。
5.49.43	不特定	(ἀποθνήσκειν)	× (考え)	金や銀をめぐる意欲は，戦いながら死ぬように人を駆り立てもする。
7.225.2	クセルクセスの兄弟二人	πίπτουσι	○	テルモピュライ戦で，戦いながら死んだ。
9.67.6	テーバイ人の親ペルシア派たち	ἔπεσον	○	プラタイア戦で，戦いながら死んだ。
9.75.7	ソパネス	(ἀποθανεῖν)	○	ダトンでの戦いで，戦いながら死んだ。
9.102.24	ペルシア人指揮官二人	τελευτῶσι	○	プラタイア戦で，戦いながら死んだ。
【ツキュディデス】				
2.41.5.3	この墓地に葬られている人々	ἐτελεύτησαν	○	その血筋に相応しく戦いながら死んだ。
4.40.1.4	ラケダイモン人たち	(ἀποθνήσκειν)	× (考え)	彼らは武器を携えたまま，能う限り戦いながら死ぬものだ。(人々の憶測)
【クセノポン】				
HG. 1.1.18	ミンドロス	ἀπέθανεν	○	敵を追って自ら上陸し，戦いながら死んだ。(一緒の者たちは逃走した)
HG. 4.3.8	ポリュカルモス	ἀποθνήσκει	○	供の者たちと一緒に戦いながら死ぬ。
HG. 4.3.12	ペイサンドロス	(ἀποθανεῖν)	○	海岸に座礁した船の上で戦いながら死んだ。(他の者たちは船を捨てて逃げた)
HG. 4.4.10	パシマコス	ἀποθνήσκει	○	多数の敵に対して僅かの者たちとともに戦いながら死ぬ。
HG. 4.8.39	アナクシビオス	ἀποθνήσκει	○	その場で戦いながら死ぬ。
HG. 4.8.39	アナクシビオスの仲間12人	συναπέθανον	○	アナクシビオスとともに戦いながら死んだ。(他の者たちは逃走して死んだ)
HG. 5.3.6	テレウティアス	ἀποθνήσκει	○	その場で戦いながら死ぬ。
HG. 5.4.33	クレオニュモス	ἀπέθανε	○	王のために戦いながら，三度倒れたのち敵の只中で死んだ。
HG. 5.4.45	ポイビダスと数人の供の者たち	ἀπέθανον	○	統監は二三の供の者たちとともに戦いながら死んだ。(麾下の部隊は逃走した)
HG. 6.4.6	テバイの指導者たち	(ἀποθνήσκειν)	× (考え)	再び亡命するよりは戦いながら死ぬほうがよいと考えた。
HG. 6.5.14	ポリュトロポス	ἀποθνήσκει	○	追撃中に，戦いながら死んだ。
HG. 6.5.43	テルモピュライで布陣したラケダイモン人たち	(ἀποθανεῖν)	△ (選択)	バルバロイの侵入を許すより，戦いながら死ぬことを選んだ。(プロクレスの演説)
HG. 7.2.9	プレイウスに侵入した者たち	ἀπέθανον	○	ある者たちは城壁の内側で戦いながら死んだ。(他の者たちは外へ飛び降りて死んだ)
HG. 7.4.23	アルキダモスの前で戦っていた者たち	ἀπέθνησκον	○	彼の前で戦っていた者たちは，死んだ。
HG. 7.4.31	オリンピアに侵入したエリス人たち	ἀποθνήσκουσιν	○	地面上で戦いながら死んだ。
HG. 7.5.17	アテナイ騎兵隊	ἀπέθανον	○	戦いながら壁外を守り，彼らのうちのよき男たちが死んだ。
Oec. 4.19.5	キュロス周りの者たち	συναπέθανον	○	キュロスの死体のために戦いながら死んだ。(*An.* 1.9.31と同じ事実)
An. 1.8.27	大王の周りの者たち	ἀπέθνησκον	○	大王の周りの戦いつつあった者で，死んだ者たちの数は……。
An. 1.9.31	キュロス周りの者たち	ἀπέθανον	○	彼のために戦いながら死んだ。
Cyr. 3.3.51	不特定	(ἀποθνήσκειν)	× (考え)	逃げながら助かるより戦いながら死ぬことを選ぶべき，と悟らせることは可能だろうか。
Ages. 2.4.2	ポリュカルモス	ἀποθνήσκει	○	供の者たちと一緒に戦いながら死ぬ。(*HG.* 4.3.8.2と同じ事実)

【リュシアス】				
2.14.9	アテナイ人たち	(ἀποθνήσκειν)	× (考え)	彼らは，自由と正義のために戦いながら死ぬことが勇敢さの印だと考えた。
2.66.4	ペイライエウスで戦った傭兵たち	τελευτὴν ἐποιήσαντο	○	アテナイのために戦いながら，徳を祖国と思いながら，生を終えた。
34.6.5	アテナイ人たち	(ἀποθνήσκειν)	× (考え)	自身に死刑を投票するより戦いながら死ぬほうがずっとカロスだ，と認めるべきだ。
Fr. 345.3	孤児らの父親たち	ἀπέθανον	○	戦闘において祖国のためによき男となりながら，戦いながら死んだ。
【アンドキデス】 なし				
【イソクラテス】				
De big. 28.4	アルキビアデスの父	ἀπέθανεν	○	コロネイアで戦いながら死んだ。
Hel. 53.1	メムノンやアキレウスなど	(τεθνάναι)	× (考え)	ヘレネのために戦いながら死ぬことがよりカロスだと考えて，神々は息子たちを送り出した。
Paneg. 168.6	アテナイ人のある者たち	(ἀποθνήσκειν)	○	味方と戦いながら死ぬ，ということになった。
Arch. 88.2	アテナイ人たち	(ἀποθνήσκειν)	× (一般論)	我々が戦いながら死なねばならないのはなぜか。
In Loch. 20.5	アテナイ人たち	(ἀποθνήσκειν)	× (一般論)	我々は国のために戦いながら死ぬことをもよしとするのに……。

注1：定動詞以外はカッコに入れる。
注2：〈ファクトか〉の記号は以下のとおり。
　○＝「戦いながら死ぬ」ことが，ファクトとして表されている場合。
　×＝「戦いながら死ぬ」ことが，ファクトでないものとして表されている場合。
　△＝「戦いながら死ぬ」ことが，ファクトとして表されていると言い切れない場合。

付録 C3　歴史・弁論の 6 作家における「よき男になる」(AAG) の一覧

テクスト箇所	誰の AAG か	AAG 動詞部分の形[1]	死を表している動詞[2]	ファクトか	概　要[3]
【ヘロドトス】					
1.31.27	クレオビス＋ビトン	(γενομένων)	他 (τελευτὴ ἐπεγένετο)	○	クレオビスとビトンが，母の牛車を引いて駆け果せた後に死んだ。(最上級)
1.95.11	メディア人たち	ἐγένοντο	?	○	メディア人らが，アッシリア人と戦いながらよき男になった。
1.169.4	イオニア人たち	ἐγένοντο	?	○	二三の町以外のイオニア人は，みな戦いよき男となったが，結局占領されて祖国に留まった。
5.2.3	ペリントス人たち	(γινομένων)	?	○	ペリントス人らが自由のためによき男になった。
5.109.17	キュプロス人たち	(γίνεσθαι)	?	× (勧告)	過去の苦痛を思い起こして，汝らはよき男にならねばならぬ。
6.14.12	11 隻の船長たち	(γενομένοισι)	?	○	ラデの海戦で 11 隻の船長たちが，よき男になり……
6.114.3	カッリマコス	(γενόμενος)	他 (διαφθείρεται)	○	マラトン戦でカッリマコスが，よき男となって，死んだ。
6.117.6	エピゼロス	(γινόμενον)	×	○	エピゼロスがよき男になって戦っていたが，幻を見て突然盲目になった。
7.53.4	クセルクセスの重臣たち	(γίνεσθαι)	?	× (勧告)	クセルクセスが重臣たちに呼びかける。よき男になり，以前の功績を辱めぬようにと。
7.181.3	ピュテアス	(γενομένου)	×	○	アルテミシオン海戦でピュテアスが。結局は死なない。(最上級)
7.224.4	レオニダス	(γενόμενος)	他 (πίπτει)	○	テルモピュライ戦でレオニダスが，よき男になって，死ぬ。(最上級)
7.224.6	レオニダスの仲間たち	(γενομένων)	AAG	○	テルモピュライ戦で。(厳密には AAG ではなく，「価値ある」(ἀξίων) 男たちになったとされている)
7.226.1-2	スパルタ人たち＋テスピアイ人たち	(γενομένων)	AAG	○	テルモピュライ戦で。(厳密には AAG ではなく，「同様な者たち」(τοιούτων) になったとされている)
7.226.2	ディエネケス	(γενέσθαι)	AAG	○	テルモピュライ戦で。(最上級)
8.79.4	アリスティデス	(γενέσθαι)	×	× (伝聞)	アリステイデスが最もよく最も公正な人物である，と私は聞き知っている。(最上級)
9.17.18	ポーキス人たち	(γενέσθαι)	?	× (勧告)	今こそ汝らの誰もがよき男にならねばならない。
9.71.16	ポセイドニオス	(γενέσθαι)	AAG	○	プラタイア戦で，ポセイドニオスが。
9.75.5	ソパネス	(γενόμενον)	他 (κατέλαβε ἀποθανεῖν)	○	プラタイア戦より後年に，ソパネスが，よき男になって，死ぬという結果になった。
【ツキュディデス】					
2.35.1.4	不特定	(γενομένων)	?	? (仮定)	男達が行動によってよき者になったのなら，敬意も行動で示されればよい。(葬礼演説での言葉)
5.9.9.2	クレアダス	γίγνου	?	× (勧告)	よき男になれ。(ブラシダスからクレアダスへの訓示)
7.77.7.2	アテナイと同盟国の兵士たち	(γίγνεσθαι)	?	× (勧告)	諸君がよき男になるしか道はない。(ニキアスの訓示)
【クセノポン】					
HG. 6.5.42	ラケダイモン人たち	(γενήσεσθαι)	×	× (想定)	彼らは汝らに対して悪人よりはよき男になるだろう，と予期するべきだ。
HG. 6.5.43	ラケダイモン人たち	ἐγένοντο	?	○	彼らはその性質ゆえに，私たちに対してよき男たちとなってくれた。
HG. 6.5.48	ラケダイモン人たち	ἐγένοντο	?	○	彼らは全ギリシアのためによき男たちとなった，ということを思い起こして……。

HG. 7.1.30	アルキダモス指揮下の諸部隊	(γενόμενοι)	×	× (勧告)	よき男となってまっすぐな目で見つめてやろう。
Mem. 4.5.12	不特定	(γίγνεσθαι)	×	× (考え)	人は，このようにして最もよき最も幸福な男になるものだ。(最上級)
Mem. 4.5.12	不特定	(γίγνεσθαι)	×	× (考え)	それによって，人は最もよき最も幸福な男になるものだ。(最上級)
Oec. 11.6.1	私（ソクラテス）	(γενέσθαι)	×	× (仮想)	私がよき男になることができるものと思って，私に説明してください
An. 4.1.26	不特定	(γενέσθαι)	?	× (意志)	よき男になりたい者はいないか，と問うことになった。
Cyr. 4.4.3	兵士たち	ἐγένεσθε	×	○	勇敢に戦って捕虜を取って戻った兵士たちに，汝らはよき男になったと言う。
Cyr. 6.4.6	アブラダタス	(γενομένου)	AAG	× (仮定)	あなたがよき男となったなら，あなたと一緒に土を被ることを欲します。(妻の言葉)
Cyr. 7.1.12	アブラダタス麾下の者たち	γενώμεθα	?	× (勧告)	よき男になろうではないか。(アブラダタスの訓示)
Cyr. 7.1.12	不特定	(γενομένοις)	?	× (考え)	よき男になった者には，多くのよきものがもたらされる。
Cyr. 7.1.32	アブラダタスの戦車兵たち	(γενόμενοι)	他（ἀπέθανον）	○	彼らは戦車から放り出され，そこでよき男になって，切られて死んだ。
Cyr. 7.5.75	不特定	(γενέσθαι)	×	× (考え)	一旦よき男になったということだけでは，それが継続するためには十分でない。
Ages. 1.1.3	アゲシラオス	εἰ + ἐγένετο	?	○	完璧によき男になったのなら，それに見合わぬ称賛が存在しないというのもおかしい。
Ages. 2.8.7	不特定	εἰ + γίγνοιντο	?	× (仮定)	もしよき男となるならば多くのよきことがあるだろう，という希望を彼は人々に与えた。
Cyn. 13.18.3	不特定	ἐγένοντο	×	○	狩猟を愛した人々は，男も女もよき人となったものだ。
【リュシアス】					
2.25.1	ペルシア戦争を戦ったアテナイ人たち	(γενόμενοι)	?	○	彼らは，よき男となり……戦勝碑を建てた。(葬礼演説の言葉)
10.24.4	ディオニュシオス	(γεγενημένον)	×	○	危機においては最もよき男になりながらも，彼はこのような災いに陥った。(最上級)
12.97.7	ペイライエウスへ行った人たち	(γενόμενοι)	×	○	汝らはよき男となりアテナイを解放し人々を帰国させた。
25.31.7	民主派の告発者たち	(γεγενημένοι)	×	× (考え)	彼らは，自分たちが最もよき男で他の者たちは不正であるかのようにふるまう。(最上級)
31.30.1	不特定	(γενομένους)	?	× (想定)	ポリスのためによき男となった人たちに敬意を表するのはなぜか，を思い起こせ。
34.10.3	不特定	(γίγνεσθαι)	?	× (勧告)	我々は，よき男にならねばならない。
【アンドキデス】					
Myst. 140.2	アテナイ人たち	(γεγενῆσθαι)	×	○	汝らは，最もよき男となったと全ギリシア人に思われていることを思い起こせ。(最上級)
【イソクラテス】					
Evag. 14.2	不特定	(γεγενημένους)	?	○	他の人々も，自分たちのうちのよき男となった人々を称えるべきであった。
Antid. 99.2	不特定	γεγόνασιν	?	× (仮定)	もし私の同胞の誰かがよき男となったなら，汝らは彼らを称えるがよい。

注 1：定動詞以外はカッコに入れる。
注 2：〈死を表している動詞〉についての記号は以下のとおり。
　× ＝死が表されていない場合。
　他 ＝死が，AAG 以外の動詞（カッコ内の）によって表されている場合。
　AAG ＝死が，AAG によって表されている場合。
　？ ＝死が表されているかどうか不明で，AAG も死を表しているかどうかはっきりしない場合。
注 3：ἀγαθός が最上級で用いられている場合は，カッコ付きで（最上級）と記す。

初出一覧

各章の初出は以下のとおりである。既発表の論文は収録に際して大幅に加筆修正を行った。

序　章　書き下ろし
第 1 章　書き下ろし
第 2 章　「カロス・タナトスとは何か（上）」『ギリシア悲劇における死の受容についての研究』平成 10 年度〜平成 12 年度科学研究費補助金研究成果報告書（2002 年 3 月），1–32 頁。
第 3 章　「カロス・タナトスとは何か——Tyrtaios の戦死論」『名古屋大学文学部研究論集・文学』53 号（2007 年 3 月），87–109 頁。
第 4 章　書き下ろし
第 5 章　「〈カロスなる生の終り〉と幸福なる者の条件——Hdt. 1. 32. 5–9 について」『名古屋大学文学部研究論集・文学』62 号（2016 年 3 月），37–51 頁。
第 6 章　「カロス・タナトス，アンティゴネの目指したもの」『西洋古典学研究』50 号（2002 年 3 月），45–55 頁。
第 7 章　「エー・カロース・テツネーケナイ——Aias の悲劇的課題」『名古屋大学文学部研究論集・文学』57 号（2011 年 3 月），27–45 頁。
第 8 章　「カロン・テアマ——運ばれてきた将たちの遺体（E. *Supp.* 783）」『西洋古典論集』22 号（2010 年 3 月），143–62 頁。
第 9 章　「自刃，誅殺，人質殺し——『オレステス』という悪夢」『西洋古典論集』23 号（2015 年 7 月），39–67 頁。
第 10 章　書き下ろし
終　章　書き下ろし